GOLDMANN

Autorin

Janet Dailey ist eine der erfolgreichsten amerikanischen Schriftstellerinnen der Gegenwart: Über achtzig Millionen Exemplare ihrer bis heute siebzig Romane wurden in neunzehn Sprachen übersetzt. Ihre Unterhaltungsromane zeichnen sich durch die Einbeziehung der Gegenwart in die romantische Romanwelt aus, durch eine Handlung, die Abenteuer, Leidenschaft und Spannung bietet.

Außer dem vorliegenden Band sind als Einzelausgaben im Goldmann Taschenbuch Verlag bereits erschienen:

Sturmritt. Roman (8852)
Nachtglut. Roman (8493)
Unbezähmbar. Roman (844)

Zwei Romane in einem Band

Janet Dailey

Das hungrige Herz

Sturmritt

Zwei Romane in einem Band

GOLDMANN VERLAG

Umwelthinweis:
Alle bedruckten Materialien dieses Taschenbuches sind chlorfrei und umweltfreundlich. Das Papier enthält bereits Recycling-Anteile.

Der Goldmann Verlag
ist ein Unternehmen der Verlagsgruppe Bertelsmann

Made in Germany · 1. Auflage · 10/92

Umschlaggestaltung: Design Team München
Umschlagfoto: Bavaria/TC, Gauting
Satz: IBV Satz- und Datentechnik GmbH, Berlin
Druck: Elsnerdruck, Berlin
Verlagsnummer: 11595
UK · Herstellung: Heidrun Nawrot
ISBN 3-442-11595-7

Das hungrige Herz

Roman

Aus dem Amerikanischen
von Eva Malsch

Die amerikanische Originalausgabe erschien unter dem Titel
»Touch The Wind« bei Pocket Books, New York

1

Drei goldene Armbänder klirrten, als Sheila Rogers die Tür ihres blauen Thunderbirds schloß. Sie wandte sich dem Hotel zu, in dem Brad arbeitete. Das Wasser des Colorado River, an dessen Ufer das mehrstöckige Haus stand, war spiegelglatt, und die Texas-Sonne hinterließ eine lange, gelbe Spur auf der klaren Fläche. Die Luft des Februarnachmittags fühlte sich kühl auf Sheilas Wange an.

Sie warf einen Blick auf ihre Armbanduhr, als sie zur Hoteltür ging. Es war schon fast fünf. Aber sie war es gewöhnt, die Leute warten zu lassen. Sheila wollte sich zwar nicht eingestehen, daß sie verwöhnt war, aber sie gab immerhin zu, daß sie als einziges Kind liebevoller Eltern fast immer ihren Willen durchgesetzt hatte. Nur Brad konnte sie nicht um den Finger wickeln wie die anderen Männer, mit denen sie ausgegangen war. Vielleicht war sie deshalb so fasziniert von ihm. Nun würde er sich ärgern, weil sie zu spät kam, aber Sheila war überzeugt, daß er ihr nicht lange böse sein konnte.

Bei diesem Gedanken umspielte ein schwaches Lächeln ihre sinnlichen Lippen. Sie hatte den Eingang schon fast erreicht, als sie Brad an der Seitenwand des Gebäudes stehen sah, wo er sich mit einem anderen Hotelangestellten unterhielt. Anklagend erwiderte er ihren Blick. Er mußte sie gesehen haben, als sie aus ihrem Wagen gestiegen war, und doch war er ihr nicht entgegengekommen. Er hätte zugelassen, daß sie kostbare Minuten verschwendete, während sie im Hotel nach ihm suchte, um sie für ihre Verspätung zu bestrafen.

Sie blieb vor dem Eingang stehen, und als sie ihn ansah, stockte ihr der Atem. Das wirre blonde Haar fiel ihm in die gebräunte Stirn. Sein gutgeschnittenes Gesicht strahlte eine umwerfende Männlichkeit aus, sein kantiges Gesicht verriet Arroganz. Er war groß und muskulös, und sein Anblick ließ jedes Mädchenherz höher schlagen. Die Hoteluniform, ein Kamelhaarblazer, den er über einem weißen Pullover zu dunklen Hosen trug, unterstrich noch seine männliche Erscheinung.

Jedesmal, wenn Sheila ihn sah, wurde sie von den gleichen Gefühlen erfaßt – von einem leichten Erstaunen, weil sie vergessen hatte, wie gut er aussah, und von einem leisen Schuldbewußtsein, weil sie ihn wieder einmal hatte warten lassen. Sie lächelte verführerisch, und ihre Armbänder klirrten, als sie sich das lange, goldbraune Haar aus dem Gesicht strich.

»Tut mir leid, daß ich zu spät komme, Liebling«, sagte sie, als sie mit graziösen Schritten auf ihn zuging.

Brad Townsend erwiderte ihr Lächeln nicht. Er nickte seinem Mitarbeiter kurz zu, dann umschloß er Sheilas Hand mit einem schmerzhaft festen Griff und zog sie an der Seitenwand des Hotels entlang.

»Brad, du tust mir weh«, protestierte sie, als sie stehengeblieben waren.

Sein Kuß war eine Mischung aus schmerzhafter Bestrafung und Meisterschaft. Seine Arme umschlossen Sheila fest, um ihren winzigen Widerstand bereits im Keim zu ersticken. Besiegt legte sie den Kopf in den Nacken, gestattete seinen Lippen, ihre Halsgrube zu erforschen. »Tut mir leid«, flüsterte sie mit geschlossenen Augen, als sich eine feurige Schwäche in ihren Gliedern ausbreitete. »Ich wollte nicht zu spät kommen.«

»Das sagst du immer«, entgegnete er und knabberte an ihrem Ohrläppchen. Ihre Hände glitten unter den Blazer, um die Wärme seines Körpers zu spüren, seinen muskulösen Rücken. Und seine Finger bewegten sich über ihre Taille zu den Hüften, um sie näher zu sich heranzuziehen.

»Ich wurde nach der letzten Vorlesung aufgehalten.«

Er hob den Kopf. »Welcher Professor war es denn diesmal? Aber das spielt ja keine Rolle. Du bist ja der Liebling von allen Professoren.«

»Es war Benton.« Sheila ignorierte sein spöttisches Grinsen. »Er wollte mir ein paar Ratschläge geben und mir sagen, wie ich in diesem Semester meine Seminararbeit anlegen soll.«

»Und du hast mich warten lassen, um dich mit diesem vertrockneten alten Kerl zu unterhalten.«

»Ich habe dir ja schon gesagt, daß es mir leid tut.«

»Ich würde gern herausfinden, ob du es wirklich ernst mit deiner Reue meinst«, sagte Brad leichthin, aber seine braunen Augen wurden noch dunkler vor Begierde.

Mit einem atemlosen Lachen legte sie ihm die Hände auf die Brust und spürte seinen kräftigen Herzschlag. »Aber dein Dienst fängt doch in ein paar Minuten schon wieder an.«

»Ja.« Seine Lippen glitten über ihren schöngeschwungenen Mund. »Und bei der Liebe will ich mich nicht hetzen. Dazu muß man sich viel Zeit nehmen.«

Das Blut stieg ihr in die Wangen. Nicht vor Schüchternheit. Es kam von der uralten Versuchung, das Unbekannte zu erforschen, einer Versuchung, in die sich auch Angst mischte.

»Rede nicht so«, flüsterte sie.

»Ich könnte ja auch zu spät zur Arbeit kommen«, schlug er vor, und ihr Puls begann schneller zu schlagen vor Furcht und Erregung.

»Nein.« Aber Sheila wußte nicht genau, wogegen sie sich wehrte.

Sein Mund strich aufreizend über ihre Lippen, bis sie zitterten vor Sehnsucht nach einem Kuß. Aber Brad ignorierte das Flehen dieser Lippen. Schließlich konnte Sheila die qualvolle Nähe seiner Lippen nicht mehr ertragen, ohne von einem Kuß erlöst zu werden, und so schlang sie die Finger in sein blondes Haar und zwang ihn, den Kopf zu neigen.

Aber die Initiative wurde ihr sofort entrissen, als er seinen Mund besitzergreifend auf den ihren preßte. Sein Kuß wurde leidenschaftlicher, seine fordernde Zunge zwang ihre Lippen auseinander, fachte die Flammen ihres Verlangens zu einem lodernden Inferno an, das Sheila das Gefühl gab, allein mit Brad auf der Welt zu sein. Aber so war es nicht.

»Komm, Brad!« rief eine ungeduldige Stimme. »Es ist schon zwei Minuten nach fünf!«

Die Kälte der Realität schien Sheila zu überfluten, als Brad den Kuß abrupt beendete. Voller Scham, weil jemand die hemmungslose Umarmung beobachtet hatte, klammerte sich Sheila an Brad, so daß sein Körper sie vor neugierigen Blicken abschirmte.

»Ich komme in ein paar Minuten!« antwortete er. »Sag dem Boß, daß ich einem Gast helfe, seinen Wagen zu starten!«

»Okay.« Die andere Männerstimme lachte. »Ruf mich, wenn du meinen Beistand brauchst!«

»Ich komme sehr gut ohne dich zurecht.«

Die Schritte verklangen hinter ihnen, und Sheila befreite sich unbehaglich aus Brads Armen.

Doch nachdem er eine so überwältigende Leidenschaft in ihr entfacht hatte, war sie von einer zitternden Schwäche erfüllt, die es ihr nicht gestattete, sich allzuweit von ihm zu entfernen. Aber sie drehte ihm den Rücken zu, ging langsam davon, und als er ihr folgte, legte er einen Arm um ihre Taille.

Sein warmer Atem streichelte ihr Haar. Sheila versteifte sich trotz des unbefriedigten Verlangens in ihrem Herzen. Die leichte Berührung seiner Hand durchdrang den Stoff des Kleides, schien wie Feuer auf ihrer Haut zu brennen.

»Du bist doch nicht etwa verlegen?« fragte er spöttisch. »Tom hat doch nur gesehen, daß wir uns geküßt haben.«

»Das stört mich ja auch nicht.« Ihre Leidenschaft hatte das kurze Mißbehagen rasch wieder verdrängt, und sie wehrte sich nicht, als er sie erneut an seine muskulöses Brust zog. »Wenn du wüßtest, was du aus mir machst«, flüsterte sie.

»Was mache ich denn aus dir?« Er schob ihr das Haar hinter die Ohren. »Du spielst doch nur mit mir, Sheila Rogers. Du gibst Versprechungen mit deinen Küssen, aber wenn ich mehr von dir fordere, weigerst du dich. Ich sollte dich in ein Hotelzimmer schleifen und dich vergewaltigen – jetzt gleich.« Seine Hand legte sich sanft um ihre Brust.

»Nein.«

»Ich werde es auch nicht tun. Aber in den letzten Wochen gab es mehrere Augenblicke, wo ich dich hätte verführen können – und du hättest nur zum Schein protestiert. Gib es doch zu!«

Sie ärgerte sich über sein arrogantes Selbstvertrauen. »Und warum hast du mich dann nicht verführt?« fragte sie herausfordernd.

»Weil ich nicht nach deiner Pfeife tanzen will wie deine anderen Freunde, du verwöhntes kleines Biest. Wenn ich dich liebe, dann nur, wenn du mich dazu aufforderst – und nicht, weil ich deinen Widerstand besiegt habe. Wenn wir miteinander ins Bett gehen, mußt du mich darum bitten. Es ist mir egal, ob das vor oder nach unserer Hochzeit geschieht. Aber du wirst mich darum bitten.«

»Du eingebildeter Kerl...«, begann Sheila, wütend über seinen selbstgefälligen Ton. Aber er verschloß ihr die Lippen mit einem leidenschaftlichen Kuß, und sie wehrte sich nur sekundenlang, bis der alte Zauber erneut seine Wirkung ausübte, bis sie sich an ihn klammerte und ihren Stolz vergaß.

Schließlich hob er mit einem zufriedenen Lächeln den Kopf. »Sag mir, daß du mich liebst!« befahl er.

»Ich liebe dich«, antwortete sie folgsam.

»Und du wirst versprechen, mich zu lieben und zu ehren und mir zu gehorchen.«

Sie öffnete den Mund, um auch diesen Befehl zu befolgen, aber dann erlosch das Strahlen in ihren Augen, als sie sich an die Diskussion mit ihren Eltern erinnerte. »Ja«, sagte sie erst nach mehreren Sekunden.

Brad hatte ihr Zögern bemerkt, und seine Augen verengten sich.

»Ich habe mit Mummy und Dad über uns gesprochen«, sagte sie.

»Und?« fragte er tonlos.

»Sie finden, daß wir noch zu unreif sind, um zu heiraten.«

Er ließ sie abrupt los. »Ich bin nicht gut genug für dich. Das haben sie gesagt, nicht wahr? Ich bin zu arm für ihren Liebling. Wahrscheinlich nehmen sie es mir übel, daß ich sieben Jahre gebraucht habe, um vier College-Jahre zu schaffen. Ist es denn meine Schuld, daß ich keine reichen Eltern habe und mein Studium immer wieder unterbrechen muß, um Geld zu verdienen?«

»Brad, bitte! Davon haben sie nicht gesprochen. Sie finden nur, daß es unklug von uns wäre, schon jetzt zu heiraten. Du wirst erst im Frühjahr promovieren...«

»...und sie haben Angst, daß sie uns bis dahin finanziell unterstützen müssen, wenn wir schon vorher heiraten. Vermutlich glauben sie, daß ich dich wegen deines Geldes heiraten will.«

»Es geht nicht um das Geld. Aber sie finden, daß wir mit der Hochzeit noch ein Jahr warten sollen – damit du dein Studium beenden und dir einen Job suchen kannst, ohne die Verantwortung für eine Ehefrau tragen zu müssen. Ein Jahr ist doch nicht so lang – nicht, wenn wir uns lieben.«

Er sah ihr in die Augen. »Sag es mir ehrlich, Sheila – deine Eltern haben sich ihren zukünftigen Schwiegersohn anders vorgestellt.«

Wieder zögerte sie. Ihr Vater hatte klar und deutlich erklärt, daß er nichts von Brad hielt, und sie hatte es nur dem Einfluß ihrer Mutter zu verdanken, daß er dann zumindest vorgeschlagen hatte, sie solle noch ein Jahr mit der Hochzeit warten. Sheila wußte, daß er an diese Bedingung die Hoffnung knüpfte, sie würde noch vor Ablauf jenes Jahres mit Brad Schluß machen.

»Nun, das beantwortet wohl meine Frage«, stieß er hervor.

»Sie haben nichts gegen dich – aber sie kennen dich nicht so gut wie ich. Außerdem glauben sie immer noch, daß ich ihr kleines Mädchen bin. Sie können sich nicht vorstellen, daß ich die Frau eines Mannes werden soll, der ihnen fremd ist.«

»Möchtest du noch ein Jahr warten?«

»Natürlich nicht«, sagte sie.

»Aber es macht dir offenbar nicht sehr viel aus.«

Verzweifelt hob sie eine Hand, und die Armbänder begannen heftig zu klirren. »Was soll ich denn tun? Wie ein Klageweib auf die Brust schlagen und jammern und schreien?«

»Wahrscheinlich halten sie mich für einen Mitgiftjäger.«

»Unsinn!« widersprach Sheila ärgerlich. »Ich gebe zu, daß mein Vater dir nicht traut, aber meine Mutter ist bereit, dir eine Chance zu geben.«

»Und was würdest du tun, wenn sie dir sagen, daß du mich nicht heiraten sollst?«

»Das werden sie nicht sagen.«

»Aber wenn sie es tun?«

»Dann würde ich trotzdem deine Frau werden«, erwiderte sie mit zusammengebissenen Zähnen.

»Das sagst du jetzt. Aber nach einer Weile würdest du mir erklären, du hättest es dir anders überlegt.«

»Wenn ich es mir anders überlegen sollte, dann bestimmt nicht, um meinen Eltern einen Gefallen zu tun.« Sie wandte sich ab, aber er hielt sie am Arm fest und drehte sie zu sich herum.

»Mach das nicht noch einmal! Lauf mir nicht davon!«

Sheila hielt seinem wütenden Blick stand, ohne mit der Wimper zu zucken. »Wenn du mich losläßt, wirst du gleich sehen, daß ich dir davonlaufe.«

»Aber ich lasse dich nicht los.« Ein seltsamer Ausdruck trat in seine Augen. »Du gehörst mir, und ich lasse dich nicht gehen.«

Plötzlich stieg kalte Angst in ihr auf. »Du tust mir weh, Brad.«

»Es ist das Geld, nicht wahr?« Sein Griff lockerte sich ein wenig. »Du willst mir zuliebe dein Luxusleben nicht aufgeben. Deshalb willst du mich nicht heiraten. Weil ich dir nicht den Lebensstil bieten kann, den du gewöhnt bist.«

»Du denkst immer nur ans Geld, nicht wahr? Aber ich habe keine Lust, den Rest meines Lebens damit zu verbringen, daß ich mich für meine reichen Eltern entschuldige.«

»Du mußtest nie auf Geld verzichten.« Nun klang seine Stimme gepreßt. »Ich hatte niemals Geld. Ich mußte um alles, was ich haben wollte, kämpfen. Und jetzt soll ich sogar dich verlieren. Jetzt, wo deine Eltern wissen, daß wir heiraten wollen, werden sie dich gegen mich aufhetzen. Sie werden Leute dafür bezahlen, daß sie dir Lügen über mich erzählen, und du wirst ihnen schließlich glauben.«

»Das ist nicht wahr. Meine Eltern sind nicht unfair.«

»Wahrscheinlich sind sie so rein und tugendhaft wie du«, stieß er verächtlich hervor.

»Jedenfalls sind sie nicht solche Monstren, wie du dir das einbildest.«

»Du bist entweder blind oder unglaublich naiv. Ich...«

»Brad!« fiel ihm eine ungeduldige Männerstimme ins Wort.

Brad versuchte nicht, seinen Ärger über die Unterbrechung zu verbergen. »Was willst du denn, Tom?«

»Ich kann nicht den ganzen Abend deine Arbeit tun. Du solltest jetzt reingehen, sonst feuern sie dich.«

»Ich komme gleich.«

»Gut. Aber beeil dich!«

Sheila war froh über die Gelegenheit, das unerfreuliche Gespräch zu beenden. Sie konnte Brads sarkastische Bemerkungen, die ungerechtfertigten Anschuldigungen gegen ihre Eltern nicht mehr hören. Sie wollte nur weg von hier, um allein und in Ruhe über ihr Problem nachdenken zu können. »Geh hinein, Brad«, sagte sie leise. »Ich muß jetzt auch fahren.«

»O Sheila!« Er lachte gequält. »Ich glaube, jetzt haben wir zum erstenmal richtig gestritten.«

»Ich habe jedenfalls nicht damit angefangen.«

»Schrecklich, nicht wahr?« Er ließ ihren Arm los, strich ihr tröstend über die Wange, aber Sheila wandte sich ab, unfähig, ebenso schnell wie er von Zorn zu Zärtlichkeit überzuwechseln. »Ich wollte nicht, daß wir uns streiten«, flüsterte Brad zerknirscht. »Ich habe nur den Kopf verloren – das ist alles.«

»Mir hat es genügt«, erwiderte sie mit gepreßter Stimme.

»Sheila, schau mich an.« Als sie nicht gehorchte, legte er einen Finger unter ihr Kinn und zwang sie, ihm den Kopf zuzuwenden. Seine Augen baten flehend um Verzeihung.

»Verstehst du denn nicht, was ich empfinde?«

»Das hast du mir deutlich genug klargemacht. Du glaubst, daß ich dich nicht wirklich liebe und daß sich meine Eltern gegen dich verschworen haben.«

»Aber das ist es doch gar nicht.« Er sah ihr unglücklich in die Augen. »Ich habe nur solche Angst, dich zu verlieren.«

»O Brad«, flüsterte sie, und ihr Ärger löste sich in nichts auf. »Niemand kann uns auseinanderbringen.«

»Ich habe dich gebeten, meine Frau zu werden.«

»Und ich habe ja gesagt«, erinnerte sie ihn.

»Aber ich kann dir nichts bieten außer meiner Liebe. Und ich bitte dich, alles andere für nichts aufzugeben.« Er strich sanft über ihre Wange, und Sheila spürte erneut den Zauber, der von ihm ausging.

»Das ist gar kein so schlechter Tausch, Liebling«, sagte sie lächelnd.

»Von der Liebe kann man nicht leben. Dazu braucht man Geld, und das habe ich nicht.«

Sie legte ihm einen Finger auf die Lippen. »Ich will nichts mehr davon hören.«

Brad küßte ihre Fingerspitze, dann hielt er ihre Hand fest. »Tut mir leid, daß ich noch einmal davon sprechen muß – aber daß man Geld braucht, um seinen Lebensunterhalt bestreiten zu können, ist eine unabänderliche Tatsache, so unangenehm sie auch sein mag.«

»Mich interessiert nur, daß du mich liebst.« Sie strich ihm zärtlich das Haar aus der Stirn. »Sag mir, daß du mich liebst!«

»Ich liebe dich.« Stöhnend preßte er sie an sich. »Und ich kann nicht ein ganzes Jahr lang warten.«

»Ich weiß.« Widerstrebend befreite sie sich aus seinen Armen. »Aber wenn du jetzt nicht hineingehst, wirst du deinen Job verlieren.«

»Ich rufe dich heute abend an, wenn an der Rezeption nicht viel zu tun ist.«

»Ich werde zu Hause sein«, versprach sie.

»Und ich würde dir raten, allein zu sein!« drohte Brad lächelnd.

»Ich werd's mir überlegen.« Sie lachte und wandte sich ab, ohne ihn noch einmal zu küssen. Das hätte nur einen Augenblick verlängert, der ohnehin schon viel zu lange dauerte.

Er winkte ihr nach, als sie in ihrem Thunderbird davonfuhr. Überrascht ertappte sie sich dabei, daß sie die Melodie eines traurigen Liedes vor sich hin summte, das vom bitteren Ende einer großen Liebe handelte. Irritiert umklammerte sie das Lenkrad etwas fester und ärgerte sich, weil das Lied sie an den Streit erinnerte und nicht an die wunderbare Versöhnung. Geld... Wie kann man nur über etwas so Dummes streiten, fragte sie sich. Aber vielleicht entwickeln arme Menschen einen ganz besonderen Stolz, wenn es um Geld geht.

Sie kurbelte das Wagenfenster herunter, und der Wind spielte mit ihrem Haar. Alles wird gut werden, sagte sie sich. Brad war ein harter Diamant, der noch ein bißchen Schliff brauchte, um in ihre Welt zu passen. Dann würden sie wunderbar miteinander harmonieren, und ihr Geld und die Verbindungen ihrer Eltern würden für eine glückliche Zukunft sorgen, deren einzige Grenze der Himmel war – hell, strahlend, wolkenlos.

2

Sie betrat die Eingangshalle, und die hohen Absätze ihrer Sandalen versanken in einem dicken, cremefarbenen Teppich. Das Haus ihrer Eltern, im Ranch-Stil erbaut, sah aus wie eine Herrschaftsvilla. Aber für Sheila war es ganz einfach ihr Zuhause.

Ein Dienstmädchen kam ihr in der Halle ihres Elternhauses entgegen. Sheila reichte der Frau ihre Handtasche und den teuren Aktenkoffer, der ihre Bücher und Aufzeichnungen enthielt. »Würden Sie das bitte in mein Zimmer bringen, Rose? Ist meine Mutter zu Hause?«

»Mrs. Rogers ist in ihrem Wohnzimmer.«

»Danke.«

Der dicke Teppich dämpfte Sheilas Schritte, als sie den breiten Korridor entlangging, der zum Schlafzimmer ihrer Eltern und dem angrenzenden Wohnraum führte. Sie klopfte an die Tür, dann trat sie ein.

»Bist du es, Liebling?« kam die fragende Stimme ihrer Mutter aus dem Schlafzimmer.

Sheila lachte. »Das kommt darauf an, welchen Liebling du meinst – Dad oder mich.«

»Ich habe deinen Vater gemeint.« Constance Rogers erschien in der Verbindungstür und band den Gürtel ihres sandfarbenen Morgenmantels zu. »Wir geben heute abend diese politische Party, und ich habe ihn gebeten, etwas früher daheim zu sein. Aber du bist mir ebenso willkommen, Sheila, obwohl ich dich früher erwartet hatte.« Constance Rogers war eine ältere, elegantere Ausgabe ihrer Tochter. Ihr goldbraunes Haar war kürzer geschnitten und von weißen Strähnen durchzogen. Ihre Figur war schlank, ohne Sheilas üppige Kurven aufzuweisen.

»Ich habe mich nach der Vorlesung noch mit Professor Benton unterhalten.«

»Und dein Lippenstift ist verschmiert, also hast du dich auch noch mit Brad getroffen.«

Sheila wandte sich ab, um dem prüfenden Blick ihrer Mutter zu entgehen. Sie beging nie den Fehler, ihre Mutter zu unterschätzen. Während sie im Schatten ihres Mannes zu stehen schien, war Constance Rogers doch eine starke Persönlichkeit. Ihre Intelligenz und ihre Menschenkenntnis hatten ihrem Mann ebenso wie ihr Sinn für Publicity geholfen, Erfolg und Macht zu erringen.

»Ja.« Sheila setzte sich auf das Samtsofa. »Ich möchte dich bitten, mit Dad über ihn zu sprechen.«

»Warum?«

»Wir wollen nicht erst in einem Jahr heiraten.«

Constance ging zu einem Schaukelstuhl und setzte sich hinein. »Aber ich bin wie dein Vater der Meinung, daß ihr noch ein Jahr warten solltet.«

»Dann bist du also auch dagegen, daß ich Brad heirate?«

»Liebling, ich würde dich niemals in die Arme dieses Mannes treiben, indem ich dir verbiete, seine Frau zu werden. Aber ich begreife einfach nicht, was dich so an ihm fasziniert. Es gibt so viele Männer in Texas, die dir mehr bieten können. Du brauchst dir nur einen auszusuchen.«

»Ich will aber Brad heiraten.«

»Warum – wenn es so viele andere gibt, die besser zu dir passen würden?«

»Weil ich ihn als Herausforderung betrachte.« Ohne zu überlegen, war Sheila mit der Wahrheit herausgeplatzt. Sie war seiner nie ganz sicher. Er würde niemals ihren Launen nachgeben, würde sie niemals verhätscheln, wie sie es seit ihrer Geburt gewöhnt war. Ihre Beziehung war bisher ein ständiger Kampf zwischen zwei gleich starken Persönlichkeiten gewesen, und bisher war keiner Sieger geblieben. Doch dann sagte sie sich, daß dies zwar die Würze ihrer Liebe war, jedoch nicht der eigentliche Grund, warum sie Brad heiraten wollte. »Ich verstehe nicht, was ihr gegen ihn habt.«

Ihre Mutter zögerte, dann antwortete sie ebenso offen, wie ihre Tochter gesprochen hatte. »Er ist anmaßend und unhöflich.«

Sheila lehnte sich in die weiche Polsterung zurück. »Haben das deine Eltern auch über Dad gesagt, bevor du mit ihm durchgebrannt bist? Er war nicht kultiviert, besaß keinen gesellschaftlichen Schliff und kein politisches Verständnis. Du weißt doch, wie sehr du ihn beeinflußt hast? Du hast Dad zu dem Mann gemacht, der er heute ist.«

»Du kannst Dad nicht mit Brad vergleichen.«

»Warum nicht? Brad ist sehr ehrgeizig.«

»Ich glaube eher, daß er geldgierig ist.« Sheilas Vater war unbemerkt ins Zimmer gekommen, ging zu seiner Frau und küßte sie auf die Wange.

»Das ist nicht wahr!« stieß Sheila hervor. »Und außerdem, Dad – du bist doch auch ganz versessen darauf, immer mehr Profit zu machen.«

»Aber ich bin bereit, dafür zu arbeiten, während dein Freund den leichteren Weg gehen will.«

»Wie kannst du das sagen! Du weißt doch, daß er sich sein Studium selbst verdient hat.«

»Ja, ich habe mich oft gefragt, warum ein politischer Wissenschaftler in einem Hotel arbeitet. Da er hier in der Hauptstadt lebt, hätte er in einem Regierungsbüro arbeiten können, wenn er sich ernsthaft für seinen künftigen Beruf interessieren würde.«

»Ein interessanter Aspekt, E. J.« Constance Rogers tätschelte die Hand ihres Mannes, die liebevoll auf ihrer Schulter lag.

»Brad hat schon im Regierungsbüro gearbeitet. Aber die Dienststunden haben sich mit seinen Vorlesungen überschnitten.«

»Wirklich?« fragte Sheilas Vater ungläubig. »Ich verlasse mich auf meine Menschenkenntnis, und du siehst in diesem Mann Eigenschaften, die einfach nicht existieren. Ich möchte nicht, daß mein kleines Mädchen verletzt wird.« Elliot John Rogers war ein willensstarker Mann, und in dieser Beziehung war Sheila ganz seine Tochter.

Wütend sprang sie auf. »Ihr kennt Brad nicht so, wie ich ihn kenne.

Und ihr wollt ihn auch gar nicht besser kennenlernen, damit ihr nicht zugeben müßt, daß ihr euch geirrt habt.«

»Das stimmt nicht«, protestierte ihre Mutter, aber Sheila hatte das Zimmer bereits verlassen.

Es war sinnlos, diese Diskussion in Gegenwart ihres Vaters fortzusetzen. Er ließ niemals die Meinungen anderer Leute gelten – höchstens die seiner Frau.

Den ganzen Abend dachte Sheila über ihre schwierige Situation nach – während ihrer einsamen Mahlzeit, während sie in ihren Büchern blätterte. Sie wartete auf Brads Anruf, auf den Trost, seine Stimme zu hören. Aber als sie um Mitternacht unter ihre seidene Bettdecke schlüpfte, hatte er noch immer nicht angerufen. Sie schloß die Augen und hoffte, ein Traum würde ihr die Lösung aller Probleme zeigen.

Irgend etwas versuchte sie zu wecken. Protestierend warf sie den Kopf auf dem Kissen hin und her, doch dieses Etwas war beharrlich. Schläfrig öffnete sie die Augen. Es war stockdunkel in ihrem Zimmer. Das einzige, was sie sehen konnte, waren die Leuchtziffern auf ihrem Reisewecker, der neben ihrem Bett stand. Ein paar Minuten nach drei... Gähnend kroch Sheila tiefer unter die Decke.

Ein leises Klopfen unterbrach die Stille. Es klang, als würde jemand gegen eine Glasscheibe pochen. Sie richtete sich auf dem Ellbogen auf und lauschte. Hatte sie sich das Geräusch nur eingebildet? Aber da war es wieder zu hören. Jemand klopfte an die Glastür, die von ihrem Schlafzimmer in einen Patio führte. Sie schlug die Decke zurück und sprang aus dem Bett. Es mußte Brad sein. Niemand anderer würde mitten in der Nacht an ihre Tür klopfen.

Barfuß lief sie zu der Glastür und zog die jadegrünen Jalousien hoch. Brads blondes Haar leuchtete silbern im Mondlicht. Sheila öffnete die Tür, und er kam lautlos herein.

»Was machst du denn hier?« flüsterte sie. »Es ist drei Uhr.«

Dasselbe Mondlicht, das sein Haar schimmern ließ, beleuchtete ihre schlanken Beine unter dem roten, duftigen Nachthemd, das knapp über ihren Knien endete. Lächelnd ließ er seinen Blick über ihre Gestalt wandern. »Ich weiß, wie spät es ist. Mein Dienst war eben erst zu Ende, und ich mußte dich einfach sehen.«

»Du hättest mich anrufen können.«

Er legte die Hände auf ihre Schultern, und sie versteifte sich. Es erschien ihr nicht richtig, daß Brad um diese Stunde in ihr Schlafzimmer kam – auch wenn sie ihn heiraten wollte.

»Durchs Telefon kann man sich nicht küssen.« Zärtlich preßte er seine Lippen auf die ihren, aber er versuchte nicht, sie an sich zu ziehen. »Liebst du mich immer noch?«

»Dachtest du, ich würde so rasch aufhören, dich zu lieben?«

Da nahm er sie in die Arme, legte sein Kinn auf ihr goldbraunes Haar, und sie fühlte sich geborgen an seiner Brust. Er forderte keine leidenschaftlichen Küsse von ihr, er wollte nur ihre Nähe spüren.

Sie seufzte. »Wenn Dad dich hier findet... Er hat ohnehin kein Zutrauen zu dir. Du hättest wirklich anrufen sollen.«

»Dieses Risiko habe ich gern auf mich genommen, um dich in den Armen zu halten und zu hören, daß du mich immer noch heiraten willst. Das willst du doch?« Seine Lippen glitten über ihr seidiges Haar.

»Natürlich. Oder glaubst du, ich lasse jeden x-beliebigen Mann nachts in mein Schlafzimmer?«

»Hoffentlich nicht«, erwiderte er grinsend, dann fuhr er in ernsterem Ton fort: »Ich weiß, ich hätte dich anrufen sollen. Aber deine Eltern hätten das Telefonläuten gehört und wahrscheinlich von ihrem Apparat den Hörer abgenommen. Und ich wollte nicht, daß sie unser Gespräch belauschen.«

»Warum nicht?«

Er antwortete nicht sofort, legte einen Finger unter ihr Kinn und hob ihr Gesicht hoch. »Du bist sehr schön, weißt du das? Die Ehe mit dir wird ganz nett sein, nachdem ich dir ein paar Dinge beigebracht habe.«

»Mhm, und du wirst einen brauchbaren Ehemann abgeben. Aber du kommst vom Thema ab. Worüber wolltest du mit mir sprechen?«

»Ich hätte doch anrufen sollen.« Seine weißen Zähne blitzten auf, als er lächelte. »Ich kann mich nicht richtig konzentrieren, wenn ich dich in den Armen halte und von deinen weichen Schultern und deinen gefährlichen Kurven abgelenkt werde.« Seine Hände glitten über den dünnen Stoff ihrer Ärmel, um ihre Finger zu umfassen. »Komm, setzen wir uns.«

Er führte sie zum Bett, und Sheila setzte sich ans Fußende. Brad knipste die Nachttischlampe an. Dann setzte er sich auch auf den Bettrand. »Ich habe heute abend lange nachgedacht. Sheila – ich kann nicht ein ganzes Jahr auf unsere Hochzeit warten.«

»Ja, das ist schrecklich lange«, sagte sie wehmütig.

»Aber wir brauchen nicht zu warten. Du bist zwanzig Jahre alt. Wir können auch ohne die Zustimmung deiner Eltern heiraten.«

»Ich weiß, aber...«

»Ich wünschte, deine Eltern würden uns ihren Segen geben, aber wir werden auch so glücklich sein. Außerdem müssen sie mich wohl oder übel akzeptieren, wenn wir verheiratet sind.«

»Willst du, daß ich mit dir durchbrenne?«

»Ja. Ich will nicht einmal mehr eine Woche warten.«

»Und dein Studium? Dein Job? Wo werden wir wohnen?«

»Ich weiß, es ist nicht sehr vernünftig, schon jetzt zu heiraten«, gab Brad zu. »Wir sollten wenigstens bis zum Sommer warten – bis ich meinen Doktor habe. Aber wann war die Liebe jemals vernünftig.« Er holte tief Atem. »Vielleicht empfindet eine Frau anders als ein Mann. Vielleicht spürst du dieses starke Verlangen nicht im selben Maß wie ich.«

»Ich spüre es auch«, entgegnete sie hastig.

»Kannst du dir vorstellen, wie sehr ich mir wünsche, aller Welt zuzurufen, daß die Frau an meiner Seite Mrs. Sheila Townsend ist?«

»Das wünsche ich mir genauso.« Sie hatte nicht gewußt, daß Brad so romantisch war. Herrisch, besitzergreifend – das schon... Aber diese Seite seines Wesens war ihr neu.

»Dann lauf mit mir davon, und wir heiraten morgen. Wir können nach Mexiko fahren und sind in wenigen Stunden Mann und Frau.«

»Ja, aber...«

»Aber?«

»Laß mir noch ein wenig Zeit. Ich muß darüber nachdenken.« Durchbrennen war die offensichtliche Lösung des Problems, aber Sheila wußte nicht, ob es die einzige Alternative war – auch wenn ihre Mutter diesen Weg gewählt hatte.

Er griff nach ihren Händen. »Wenn du dir wegen deiner Eltern Sorgen machst, Liebling... Du mußt wählen – zwischen ihnen und mir. Entweder verletzt du deine Eltern, oder du verletzt mich. Aber die beiden haben einander, und ich habe nur dich.«

Nachdem er das Problem in diese Worte faßte, konnte sie eigentlich nur eine Entscheidung treffen. Seine Hände glitten zu ihrer Taille, und er zog sie an sich. »Kommst du mit mir, Sheila?«

»Ja«, sagte sie, ohne zu zögern.

Seine Lippen legten sich auf die ihren, kosteten den süßen Geschmack ihrer Unterwerfung. Sheilas Herz schlug schneller unter der Glut seiner Liebkosungen. Sein Mund wanderte über ihre Wangen, über die zitternden Wimpern, über die Schläfe, über die sensitive Haut unter dem Ohrläppchen, bevor er zu ihren Lippen zurückkehrte. Und ihre Sinne antworteten voller Leidenschaft.

Er drehte sie halb herum, drückte ihren Kopf auf das Kissen hinab, den Mund immer noch auf den ihren gepreßt, während seine Hände über ihren Körper wanderten und ein fieberhaftes Verlangen in ihr wachriefen. Als Sheila spürte, daß er ihr Nachthemd aufzuknöpfen begann, wußte sie, daß sie den letzten Rest ihrer Kontrolle über die Situation verloren hatte. Das zerwühlte Bett schuf eine so intime Atmosphäre, daß das Verlangen, von den vielen heißen Küssen geweckt, nicht unerfüllt bleiben konnte.

»Brad – nicht«, protestierte sie schwach.

»Doch«, flüsterte er und ignorierte die Hände, die vergebens versuchten, den seinen Einhalt zu gebieten, als sie das Nachthemd weiter aufknöpften. »Ich kann nichts dafür, daß ich dich so sehr begehre, Sheila – und ich will dich lieben – jetzt.« Er streifte ihr das Nachthemd von den Schultern, so daß es eine sanft gerundete Brust freigab. Sie schwoll ein wenig an unter seiner Berührung, und Sheila war unfähig, die Reaktionen ihres Körpers zu kontrollieren.

»Nein...« Sie versuchte seine Hand wegzuschieben.

»Schick mich nicht weg, Liebling.« Seine Lippen streiften die ihren, während seine Hand ihre Brust streichelte. »Du hast einen so schönen, festen Busen. Ich möchte ihn berühren und sehen und wissen, daß das bald alles mir gehören wird.« Sein Daumen kreiste um ihre Brustwarze, immer wieder, bis sie ganz hart wurde. Sie erschauerte, und die verführerische Liebkosung beraubte sie ihrer letzten Willenskraft. Das sanfte Lampenlicht beleuchtete die schimmernde Halbkugel ihrer Brust, die rosige Knospe ihrer Brustwarze vor Brads glühenden Blicken. Seine Finger spielten mit der harten Spitze, um sie noch mehr zu reizen. Sheila stöhnte unwillkürlich.

»Gefällt dir das, mein verwöhntes kleines Biest?« Er hob den Kopf und lächelte zufrieden, als er die fiebrige Röte ihrer Wangen sah, das Zittern ihrer Lippen. »Das tut gut, nicht wahr?«

»Ja, ja«, flüsterte sie keuchend, in qualvollem Verlangen. Sie warf den Kopf hin und her auf dem Kissen, als seine Finger die Brustwarze losließen, als seine Hand unter ihren Busen glitt, um die schimmernde Halbkugel hochzuheben. Durch halbgeschlossene Lider sah sie, wie sich sein Kopf über die rosige Spitze beugte. »Brad – nicht...«, protestierte sie und stöhnte auf, als seine Lippen sich um ihre Brustwarze schlossen.

Seine Zunge glitt über die harte Spitze, fuhr darum herum, als würde sie die Süße einer Weintraube schmecken. Als Brad zart hineinbiß, stockte ihr Atem, und sie verspürte einen Schmerz, der seltsam angenehm war. Sein Mund öffnete sich, begann sanft an ihrer Brust zu saugen, und Sheila fühlte, wie sich das wilde Pochen in ihrem Unterleib verstärkte, fühlte eine brennende Leere, die sich danach sehnte, erfüllt zu werden.

Unerwartet kehrten seine Lippen zu den ihren zurück. Harte Küsse verwirrten Sheila, denn sie verweigerten es ihr, mit der Leidenschaft zu reagieren, die ihren Körper zu verzehren schien. Schließlich hob Brad keuchend den Kopf, und in seinen dunklen Augen lag heiße Wut. »Ich sollte dich nehmen – hier in deinem Bett, vor der Nase deines Vaters. Das würde er verdienen.«

Seine Hand glitt über ihre Rippen hinab zum Gummiband ihres Höschens, hob es hoch, nur so weit, daß seine Fingerspitzen darunter wandern und Sheilas bebende Bauchmuskeln liebkosen konnten.

»Brad – nein!« Diesmal war ihr Protest ernst gemeint, denn der Ausdruck seiner Augen machte ihr angst.

Sein Knie schob sich zwischen ihre Beine, sein Gewicht preßte ihren plötzlich widerstrebenden Körper auf die Matratze. Sheila spürte seine überlegene Kraft und wußte, daß er sie überwältigen konnte, wenn er das wollte. Aber er lachte leise an ihrem Hals. »Du weißt doch, daß ich dich erst lieben werde, wenn du mich darum bittest.« Er richtete sich ein wenig auf, so daß sein Gewicht ihren Körper nicht mehr fesselte. »Außerdem – auch wenn ich deinen Körper besessen hätte, so würde ich erst nach unserer Hochzeit überzeugt sein, daß du mir gehörst. Vielleicht sind deine altmodischen Grundsätze ansteckend. Hast du ein weißes Kleid für die Zeremonie, meine süße Jungfrau?«

Sie entspannte sich, fühlte sich nicht mehr bedroht. »Ich habe ein weißes Kleid – aber es ist tief ausgeschnitten.«

»Um modische Probleme wollen wir uns nicht kümmern.« Er küßte sie auf die Wange, dann legte er sich neben sie auf den Rücken, und Sheila raffte ihr Nachthemd über der Brust zusammen, wodurch ihr sein spöttisches Grinsen entging. »Du heiratest mich übermorgen in Mexiko, nicht wahr? Nein, morgen schon.«

»Jetzt kann mich nichts mehr daran hindern«, flüsterte sie.

»Ich habe mich gestern abend telefonisch erkundigt. Um in Mexiko zu heiraten, brauchen wir nur Touristenvisa und Personalausweise.«

»Wir werden so glücklich sein, Liebling.« Seufzend schmiegte sie sich in seine Armbeuge.

»Aber bevor wir glücklich sein können, müssen wir Pläne machen, und deine Pose hemmt mein Denkvermögen.« Sanft schob er sie von sich und setzte sich auf.

Widerwillig richtete auch Sheila sich auf. »Und wie sehen deine Pläne aus?«

»Wir könnten natürlich mit meinem Motorrad fahren, aber das wäre unbequem mit dem vielen Gepäck. Sosehr mir auch der Gedanke mißfällt, aber es wäre klüger, das Auto zu benutzen, das dir deine Eltern geschenkt haben. Die Wagenpapiere sind doch auf deinen Namen ausgestellt?«

»Ja, sicher.«

»Und wenn wir schon so weit fahren, um zu heiraten, wäre es doch verrückt, wenn wir nicht ein paar Tage in Mexiko flittern würden?«

»Völlig verrückt«, stimmte sie lächelnd zu. »In welcher Stadt werden wir denn heiraten?«

»In Juárez.«

»In Juárez?« wiederholte Sheila erstaunt. »Aber da sind wir doch einen ganzen Tag unterwegs. Warum nicht gleich in Laredo?«

»Nicht so laut!« Brad runzelte die Stirn. »Ich weiß, Juárez ist sehr weit weg, aber bedenk doch – wenn deine Eltern herausfinden, daß wir durchgebrannt sind, werden sie annehmen, daß wir die Grenze überquert haben. Dein Vater würde in den nächstgelegenen Orten nach uns fahnden. Er käme niemals auf die Idee, daß ich so ›dumm‹ sein könnte, bis nach Juárez zu fahren.«

»Da könntest du recht haben.« Aber Sheila fand, daß Brad übertriebene Vorsichtsmaßnahmen ergreifen wollte. Sie war überzeugt, daß ihre Eltern nicht so weit gehen würden, sie suchen zu lassen. Immerhin war sie volljährig.

»Ich weiß, daß ich recht habe«, erklärte er mit Nachdruck, und sie widersprach ihm nicht. Brad erinnerte sie an einen kleinen Jungen, der ein aufregendes Spiel plante, und sie mußte insgeheim lächeln. »Jedenfalls«, fuhr er fort, »kenne ich mich in Juárez besser aus als in den anderen Grenzstädten.«

»Dann kannst du mir ja alle Sehenswürdigkeiten zeigen.«

»Mit Vergnügen.« Grinsend ließ er seinen Blick über Sheilas Gestalt unter dem dünnen Nachthemd wandern. »Wenn wir nebst diversen anderen Lustbarkeiten Zeit dazu finden...«

Seltsamerweise weckte diese anzügliche Bemerkung nicht von neuem ihr Verlangen. Im Gegenteil, sie fühlte sich sogar unbehaglich. Doch dann zuckte sie leichthin mit den Schultern. »Wir können doch nicht die ganze Zeit im Hotelzimmer bleiben. Irgendwann einmal müssen wir auch essen gehen.«

»Vermutlich.« Er stand auf und wandte Sheila den Rücken zu. »Das bringt mich auf ein anderes Thema...«

»Worauf denn?«

»Auf das Geld.«

Sie seufzte. Der Streit vom vergangenen Nachmittag war noch so frisch in ihrer Erinnerung, daß sie immer noch den bitteren, sarkastischen Klang seiner Worte im Ohr hatte. »Ich dachte, wir wollten nicht mehr darüber sprechen.«

»Es fällt mir auch sehr schwer, dir das zu sagen, aber...« Er machte eine kleine Pause. »Ich bin völlig pleite. Mit dem Lohn von dieser Woche mußte ich die Miete bezahlen, und ich habe nur noch ein paar Dollar in der Tasche.«

»Oh...«

»Sheila, ich... Mir ist das schrecklich peinlich, aber... Hast du ein bißchen eigenes Geld? Ich meine – abgesehen von dem Trust Fonds, den du zu deinem einundzwanzigsten Geburtstag bekommst? Ich will nicht, daß du zu deinem Vater gehst und dir Geld leihst. Allein schon der Gedanke, daß wir mit seinem Geld durchbrennen müßten, macht mich wahnsinnig.«

Sheila war einigermaßen überrascht. Er bat sie tatsächlich um Geld. Bisher hatte er sich strikt geweigert, von ihr Geld zu nehmen, auch wenn er kaum noch einen Cent besessen hatte. Und jetzt wollte er, daß sie mit ihrem Geld nach Mexiko fuhren, um dort zu heiraten. Das war ein gutes Zeichen. Vielleicht konnte sie ihn doch noch dazu überreden, mit ihrem Erbe Karriere zu machen, ohne dabei ein schlechtes Gewissen zu haben. Eine wunderbare Zukunft lag vor ihr. Sicher, ihre Eltern würden sich sehr über ihre Flucht aufregen, aber wenn sie erst einmal mit Brad verheiratet war, würden sich die beiden mit der vollendeten Tatsache abfinden.

»Ich habe mein eigenes Geld«, sagte sie. »Ein Sparkonto, das Vater für mich eingerichtet hat.«

»Wieviel ist denn drauf?«

»Fast zehntausend Dollar.«

»Gut. Heb das Geld morgen ab, dann haben wir eine Sorge weniger.«

»Aber dein Job – und deine Vorlesungen...«

»Die Vorlesungen muß ich eben ausfallen lassen, und ich werde Tom sagen, er soll meinem Boß einreden, daß ich krank bin.« Er strich sich das dichte blonde Haar aus der Stirn. »Jetzt muß ich aber gehen. Wir haben morgen einen anstrengenden Tag vor uns, und deshalb sollten wir beide noch ein wenig schlafen. Wir treffen uns um vier Uhr nachmittags vor dem Hotel, und dann können wir besprechen, wann und wo wir losfahren. Stell dir das vor, Liebling! In etwas mehr als zwölf Stunden sind wir unterwegs nach Mexiko.«

Er nahm sie noch einmal in die Arme und küßte sie. Aber als er gegangen war und die Glastür hinter sich geschlossen hatte, fröstelte Sheila. Wieder stieg dieses seltsame Unbehagen in ihr auf, und sie kroch schaudernd unter die Bettdecke. Das sind nur die Nerven, sagte sie sich. Jede Braut ist nervös vor der Hochzeit.

3

Sheila stand in ihrem Hotelzimmer und hielt lächelnd den Telefonhörer ans Ohr. »Ja, Mutter, du hast mich richtig verstanden. Brad und ich sind in Juárez, und wir waren vor zwanzig Minuten auf dem Standesamt und haben geheiratet.«

Brad hatte besitzergreifend einen Arm um ihre Schultern gelegt, und seine Nähe wärmte sie, vertrieb die verwirrende innere Kälte, die sie den ganzen Tag gequält hatte. »Sei nicht böse, Mutter. Brad und ich sind sehr glücklich. Wir bleiben noch zwei Tage in Juárez, dann kommen wir nach Hause. Wir lieben uns einfach zu sehr, um ein ganzes Jahr zu warten.«

Als sie den Hörer aufgelegt hatte, schmiegte sie sich an die Brust ihres Mannes, und seine Lippen glitten über das weiche goldbraune Haar an ihrer Schläfe. »Waren sie sehr wütend?«

»Nein.« Sheila betrachtete den einfachen goldenen Ring an ihrem Finger. »Nur ein bißchen enttäuscht.«

»Sie werden schon drüber hinwegkommen.«

»Sicher.«

»So, und jetzt gehen wir in die Hotelhalle und stoßen mit einem Marguerita auf unsere Hochzeit an. Dann essen wir im Restaurant bei Kerzenlicht. Ich habe bemerkt, daß du heute beim Lunch kaum einen Bissen hinuntergebracht hast, und ich möchte nicht, daß du heute nacht vor Hunger in Ohnmacht fällst, Mrs. Townsend.«

»Das bin ich, nicht wahr? Mrs. Townsend... Daran muß ich mich erst gewöhnen.«

»Aber bitte möglichst bald!« Er gab ihr einen Klaps aufs Hinterteil. »So, und jetzt mal dir die Lippen an, dann gehen wir hinunter.« Sheila ging gehorsam zum Toilettentisch, aber er rief sie noch einmal zurück und grinste schief: »Es ist mir schrecklich unangenehm – aber meine Taschen sind leer. Wenn du nicht willst, daß ich in unserer Hochzeitsnacht Teller wasche, um das Dinner bezahlen zu können, mußt du mir noch ein bißchen Geld von deinem Sparkonto geben. Am besten gibst du mir gleich alles, dann riskieren wir nicht, daß dir jemand die Handtasche stiehlt.«

»Wie du willst, Mr. Townsend.« Sie zog den Umschlag aus ihrer Tasche, der das Geld enthielt, und gab ihn Brad. Dann ging sie zum Spiegel und bemalte sich mit einem himbeerrosa Glanzstift die Lippen. Dabei beobachtete sie, wie ihr Mann die Geldscheine zu zählen begann. »Es ist noch alles da«, sagte sie lächelnd. »Die ganzen zehntausend Dollar. Hoffentlich wirst du jetzt nicht alles haarklein nachzählen, ich bin nämlich hungrig.«

»Ja – ja, natürlich«, sagte er geistesabwesend und ohne ihr Lächeln zu erwidern. Wie verhext fuhr er fort, die Geldscheine zu zählen, und Sheila lächelte nachsichtig. Wahrscheinlich hatte er noch nie so viel Geld auf einmal gesehen. Ihr Blick wanderte zu seinen Händen, die fast ehrfürchtig in den Banknoten blätterten, und wieder stieg dieses seltsame Unbehagen in ihr auf. Langsam drehte sie sich um und starrte ihn an.

Brad hob den Kopf und stopfte das Geld hastig in seine Hosentasche. Der geistesabwesende Ausdruck verschwand aus seinen Augen, als er sie anlächelte. »Du siehst sehr hübsch aus, Sheila.«

Sein Lächeln erwärmte ihr Herz. Was sollte dieses dumme Unbehagen? Er war ihr Mann, und sie liebte ihn. »Freut mich, daß ich dir gefalle. Gehen wir?«

Nach zwei Margueritas auf leeren Magen war Sheila leicht beschwipst. Brad hatte doppelt soviel getrunken, doch der Alkohol schien keine Wirkung auf ihn auszuüben. Er bestellte sich sogar noch einen fünften und gab dem Kellner ein hohes Trinkgeld. Plötzlich kam er ihr wie ein Fremder vor, und es nützte nichts, daß sie sich verzweifelt gegen dieses Gefühl wehrte. »Ich wußte gar nicht, daß du so viel trinkst.«

»Man heiratet ja auch nicht jeden Tag. So was muß man schon feiern.« Mit einem arroganten Lächeln hob er das Glas an die Lippen.

Im Restaurant beobachtete Sheila gerührt, wie Brad einen sechsten Marguerita bestellte, den er dann konsumierte, während er die Speisekarte studierte. Sie schlug vor, zum Essen ein Glas Wein zu trinken, und er ließ die teuerste Flasche kommen, die der hoteleigene Keller zu bieten hatte. Während des Essens kam ein Gitarristenduo ins Lokal und blieb an ihrem Tisch stehen, um ihnen eine Serenade vorzuspielen. Brad griff sofort in die Tasche, um den beiden ein großzügiges Trinkgeld zu geben, wobei er den Musikern den Schein nicht etwa diskret zusteckte, sondern eine große Show abzog. Als die Gitarristen zum Nebentisch gegangen waren, fragte Sheila mit sanfter Stimme: »War das nicht ein bißchen zuviel, Brad?«

»Ich bin heute so glücklich«, verteidigte er sich grinsend, »und ich will, daß alle anderen auch glücklich sind.« Er hob sein Weinglas. »Auf dich, Sheila – und auf unsere wundervolle Zukunft!«

Ihr Lächeln war etwas gezwungen, als sie ihm zuprostete. Der Wein schmeckte sauer und unangenehm. Sie versuchte die Ängste zu verdrängen, die in ihr aufstiegen, die Behauptung ihres Vaters, Brad sei geldgierig, möglichst rasch wieder zu vergessen. Er schlug heute nur ein bißchen über die Stränge, weil er glücklich war. Und wie könnte sie ihm das übelnehmen?

Als der Kellner das Geschirr abräumte, fragte Brad: »Möchtest du einen Brandy zum Kaffee?«

»Nein, und ich wünschte, du würdest auch nicht so viel trinken, Brad.«

»Ich bin nicht betrunken«, stieß er ärgerlich hervor. Doch dann lächelte er verständnisvoll. »Oh, du denkst an unsere Hochzeitsnacht. Keine Angst, ich werde meine ehelichen Pflichten erfüllen, ob ich nun betrunken oder nüchtern bin.«

Seine Taktlosigkeit trieb das Blut in Sheilas Wangen.

Brad brach in Gelächter aus. »Wie hold meine jungfräuliche Braut errötet...«

»Brad, bitte!« stieß sie ärgerlich hervor. »Kannst du nicht leiser sprechen?«

Er zuckte mit den Schultern. »Tut mir leid, Liebling.«

Der Kellner kam, und Sheila seufzte erleichtert auf, als Brad weder Kaffee noch Brandy bestellte, sondern um die Rechnung bat. Wieder gab er ein zu hohes Trinkgeld und wedelte mit dem dicken Banknotenbündel, damit es nur ja alle sehen konnten.

Im Hotelzimmer küßte er ihren Hals und flüsterte heiser: »Ich glaube, es ist Tradition, daß die Braut zuerst ins Bad geht.«

Ihr Koffer stand neben der Badezimmertür. Zögernd nahm Sheila ihn auf. So hatte sie sich ihre Hochzeitsnacht nicht vorgestellt. Brad benahm sich eher wie ein Fremder als wie ihr Liebhaber, aber nun war es zu spät für solche Überlegungen.

Als sie aus der Badewanne gestiegen war, bürstete sie ihr goldbraunes Haar, bis es glänzte, dann schlüpfte sie in ihr durchsichtiges, türkisblaues Nachthemd, das nur von zwei dünnen Trägern gehalten wurde. Tapfer kämpfte sie gegen das flaue Gefühl in ihrer Magengegend und öffnete die Badezimmertür. Wie erstarrt blieb sie stehen.

Brad saß zusammengesunken in einem Sessel, eine Flasche Tequila in der einen Hand, ein Glas in der anderen. Sein Hemd war halb aufgeknöpft und entblößte die blond behaarte Brust.

»Wo hast du denn die Flasche her?«

»Die hat mir der Zimmerkellner gebracht.« Brad musterte sie durch halbgeschlossene Lider. »Komm näher!« befahl er dann.

Sie gehorchte. Ihre Beine schienen sich aus eigenem Antrieb zu bewegen. Dicht vor dem Sessel blieb sie stehen.

Sein Blick wanderte von ihren nackten Schultern über ihre Brüste, die durch den dünnen Stoff hindurchschimmerten, bis zu der sanften Rundung ihrer Hüften.

»Dreh dich um!«

Wieder gehorchte Sheila. Sie schien keinen eigenen Willen mehr zu haben. Die Haut auf ihrem Rücken begann zu prickeln, als sie seinen Blick spürte, und sie kam sich vor wie ein Stück Ware, das begutachtet wurde. Sie hörte, wie die Flasche und das Glas auf dem Tisch neben dem Sessel abgestellt wurden, und dann sagte Brad: »Nicht schlecht.« Er begann ihr Hinterteil zu streicheln, und sie zuckte zusammen. »Keine Angst!« Seine Hände glitten an ihren Rippen hoch, legten sich um ihre Brüste. »Dein Busen gefällt mir immer noch am besten.«

»Brad, nicht...« Ihre Stimme zitterte, und sein heißer Atem, der nach Wein und Schnaps roch und ihr Gesicht streifte, war ihr unangenehm.

Eine Hand glitt zu einer ihrer weichen Brustwarzen, die sich unter der dünnen Spitze des Nachthemds abzeichneten, und Sheila wich zurück, als seine Finger die Warze sanft zu massieren begannen.

»Dieses Nichts von einem Nachthemd hat vermutlich ein Vermögen gekostet, was?«

»Gefällt es dir?« Sheila holte tief Atem und versuchte das seltsame Mißbehagen zu verdrängen, das seine Nähe ihr plötzlich bereitete.

»Und ob!« Er ließ sie los; als sie sich umdrehte, sah sie, daß er sein Glas nachfüllte. »Ich werde dir für jeden Wochentag so ein Nachthemd kaufen.«

»Das ist wirklich nicht nötig.«

»Da hast du vielleicht recht«, sagte er und trank einen Schluck. »Am besten ziehst du nachts überhaupt nichts an.«

Sie nahm ihm das Glas aus der Hand. »Hör doch auf zu trinken!«

Seine Augen verengten sich, dann stand er lächelnd auf und zog sie an sich. »Du hast schon wieder recht. Warum soll ich dieses scharfe Zeug trinken, wenn ich die verlockende Schönheit meiner Frau genießen kann?« Sein Gesicht näherte sich dem ihren, und seine Alkoholfahne drang ihr unangenehm in die Nase. Im letzten Augenblick wandte sie den Kopf zur Seite, so daß sein Mund nicht ihre Lippen berührte, sondern nur ihre Wange streifte. Brad schien ihren Ekel nicht zu bemerken. Seine Arme schlossen sich fester um sie, und er flüsterte ihr heiser ins Ohr: »Du ahnst gar nicht, wie glücklich ich heute nacht bin, Liebling.«

»Wirklich?« erwiderte sie kühl und versuchte vergeblich, sich aus seinen Armen zu befreien.

»Als ich dir heute nachmittag den Ring an den Finger steckte, begann ein neues Leben für mich. Du weißt ja gar nicht, was es bedeutet, Geld zu haben, Sheila. Mein Leben lang mußte ich irgendwelchen Leuten in den Hintern kriechen, um weiterzukommen, um irgendeinen dreckigen Job zu kriegen. Aber jetzt muß ich nicht mehr vor diesen reichen Bastarden im Hotel katzbuckeln.«

Sheila zuckte zusammen, als hätte er sie ins Gesicht geschlagen. War es denn wirklich möglich? Lernte sie diesen Mann erst richtig kennen, nachdem sie seine Frau geworden war?

»Nein, das mußt du nicht mehr«, stimmte sie mit erstickter Stimme zu.

Seine Hände strichen über ihre zart geformten Schulterblätter, glitten zu der schlanken Taille, zu den schön geschwungenen Hüften. »Du hast nicht nur ein schönes Gesicht, du hast auch einen wunderbaren Körper. Es ist mir sehr schwergefallen, bis heute abend zu warten. Wenn's nach mir gegangen wäre – ich hätte dich schon viel früher verführt.«

Sie stieß ihn von sich. »Brad – ich muß mit dir reden.«

»Aber doch nicht in unserer Hochzeitsnacht!« Er warf einen spöttischen Blick auf ihr durchsichtiges Nachthemd. »Darauf haben wir doch beide sehnsüchtig gewartet, nicht wahr? Ich habe noch nie ein Mädchen gekannt, das so wild darauf war, die Jungfernschaft loszuwerden wie du. Warum kriegst du denn auf einmal kalte Füße?«

»Das ist es nicht... Ich finde nur, daß wir miteinander reden sollten.« Sie versuchte ruhig zu bleiben und wandte sich ab.

»Was ist denn los mit dir?« Er griff nach ihrem Ellbogen und drehte sie zu sich herum. »Du sehnst dich doch seit Wochen nach mir.«

Sheila versuchte, sich von seinem harten Griff zu befreien. »Nichts ist los mit mir«, protestierte sie.

Sein Blick wanderte zu ihrem Arm, und er lächelte, als er ihren vergeblichen Versuch beobachtete, seine Hand abzuschütteln.

»Ich weiß, wie sehr dich meine Küsse immer erregt haben.«

Aber das war nicht mehr der Mann, dessen Küsse und Liebkosungen sie so sehr genossen hatte. Sie verstand nicht, warum sie plötzlich so anders auf seine Berührung reagierte, genausowenig, wie sie die Veränderung verstand, die mit Brad vorgegangen war. Sie versuchte ihre Angst mit einem Lachen zu überwinden. »Ich bin nur nervös. Hab ein bißchen Geduld mit mir, Brad.«

»O nein!« Sein Gesicht verzerrte sich. »Dieses Spiel mache ich nicht mehr mit. Du hast mich zu lange hingehalten.« Er riß sie an sich, preßte ihre Hüften gegen die Härte seiner männlichen Erregung, und es war, als sei das dünne Nachthemd zu ihrer zweiten Haut geworden. Ekel stieg in ihr auf. »Das wolltest du doch, nicht wahr?« flüsterte Brad. »Aber du bist dir zu gut dazu, es einzugestehen, was?«

»Nein, das ist es nicht...« Sheila wußte, daß sie von Natur aus leidenschaftlich war, und sie erinnerte sich auch, wie oft Brad diese Leidenschaft geweckt hatte. Nur diesmal schien er es nicht darauf anzulegen, ihr Verlangen zu entfachen.

Mit einem Ruck riß er ihr die Träger von den Schultern, und eine Seitennaht des dünnen Nachthemdes platzte. Mit brutalen Fingern begann er eine ihrer nackten Brüste zu kneten, während das türkisblaue Schleiergewand zu Boden fiel. »Brad, du tust mir weh!« protestierte sie. Doch er ließ sich nicht beirren, packte mit der anderen Hand ihr Haar und zog ihren Kopf nach hinten. Ihr Mund war ein leichtes Opfer für seinen gierigen Kuß. Sie kämpfte verzweifelt gegen ihren Widerwillen an, als seine Zunge zwischen ihren Zähnen hindurchstieß, versuchte auf sein glühendes Verlangen so zu reagieren, wie er es von ihr erwartete.

Er hob sie hoch, trug sie zum Bett und legte sie darauf. Keuchend blieb er vor ihr stehen und starrte ihren nackten Körper an. Reglos lag sie da und sah zu, wie er sich auszog, und ein Gefühl der Unwirklichkeit erfaßte sie. Es war ein Alptraum, irgend etwas, das einer anderen Frau geschah – nicht ihr. Wenn sie die Augen schloß, würde sie vielleicht erwachen und den Brad vor sich sehen, den sie geliebt hatte, nicht diesen Fremden...

Erschrocken schlug sie die Augen auf, als das Bett unter ihr nachgab, als er sich nackt neben sie setzte und nach ihrer Brust griff. Er küßte sie auf die Schulter, aber bald gab er es auf, sie zu reizen, ihr Verlangen zu wecken, und Sheilas Versuch, Leidenschaft zu heucheln, war so armselig, daß sie bald darauf verzichtete. Und so verschränkte sie die Arme unter dem Kopf und bat nur leise: »Bitte – sei sanft...«

»Entspann dich doch, verdammt noch mal!« befahl er, als er sich auf sie legte und ihre Beine auseinanderzwang.

Als sie den stechenden Schmerz spürte, wollte sie aufschreien. Aber seine Lippen preßten sich auf die ihren und erstickten den Schrei, so daß sie kaum noch atmen konnte. Er nahm sie rücksichtslos wie ein brünstiger Eber, bis er sich schließlich befriedigt zur Seite rollte. Tränen der Scham und der Demütigung mischten sich mit den Tränen des Schmerzes, die Sheilas Wangen bereits benetzt hatten. Sie fühlte sich mißbraucht, erniedrigt durch dieses Erlebnis, das die Erfüllung ihrer Liebe hätte werden sollen. Sie versuchte, von dem nackten Körper an ihrer Seite abzurücken, aber ihre zitternden, schmerzenden Muskeln wollten ihr nicht gehorchen.

Brad richtete sich auf einem Ellbogen auf und lächelte zynisch: »Warum heulst du denn?«

Wenn er nur ein bißchen netter zu ihr gewesen wäre, wenn er nur ein einziges zärtliches Wort gesagt hätte, um sie zu entschädigen für die gefühllose, fast brutale Art, mit der er sie genommen hatte – Sheila hätte ihm vielleicht verziehen. Sie wäre bereit gewesen, Brads Verhalten seinem reichlichen Alkoholkonsum zuzuschreiben.

Hastig wischte sie sich mit dem Handrücken die Tränen von den Wangen, und ihr Stolz verbot es ihr, Brad zu zeigen, wie sehnsüchtig sie auf eine tröstende Geste wartete.

»Es – ist nichts...«

»Gut.« Er ließ sich wieder in die Kissen zurücksinken. »O Gott, bin ich müde...«

Nach wenigen Minuten schnarchte er. Sheila stand langsam auf, ignorierte das wilde Brennen in ihrem Unterleib, trat ans Hotelfenster und blickte auf die Straße. Leute schlenderten die Gehsteige entlang, kleine Bettlerjungen drängten sich dazwischen. Sheila hatte sich immer als realistisch eingeschätzt. Sie hatte nie erwartet, daß Vögel singen, daß Glocken läuten werden. Sie hatte nie geglaubt, daß sie sich romantische Illusionen über die Liebe gemacht hatte. Aber jetzt wußte sie, daß es doch so gewesen war. Sie hatte erwartet, daß es ein bißchen weh tun, aber nicht, daß ihr ganzer Körper von Ekel erfüllt sein würde. Sex war nicht die intime Vereinigung zweier Liebender, er war Gewalt, der Zwang, sich dem Willen eines Mannes zu unterwerfen.

Brad hatte sie selbstsüchtig genommen und nur an sein eigenes Vergnügen gedacht. Vielleicht nur, weil er getrunken hatte? Würde er anders sein, wenn er nüchtern war? Würde morgen das Entsetzen über dieses traumatische Erlebnis nachlassen? Würde alles wieder gut werden?

Die kühle Nachtluft streichelte ihre nackte Haut. Sheila wandte sich vom Fenster ab, verwirrt und unsicher. Ihr dünnes Nachthemd lag auf dem Boden. Sie zögerte, dann hob sie es auf und streifte es über den Kopf.

Vielleicht würde am Morgen die Erinnerung an das gräßliche Erlebnis verblassen. Vielleicht würde alles wieder so werden wie vorher.

4

Brad erwachte, als die Sonne ins Zimmer schien. Als er sich neben Sheila rekelte, tat sie, als würde sie noch schlafen. Er machte nicht den Versuch, sie zu wecken, stand auf, ging ins Bad und zog sich an. Durch halbgeschlossene Lider beobachtete sie dann, wie er das Banknotenbündel aus der Hosentasche nahm. Ihr Vater hatte gesagt, Brad sei geldgierig, und sie war nun beinahe überzeugt, daß er recht hatte. Am ersten Morgen nach der Hochzeitsnacht kümmerte sich Brad nicht um seine junge Frau, sein erster Gedanke galt ihrem Geld.

»Aufwachen, Dornröschen!« befahl er, ohne ihr einen Blick zu gönnen.

Widerwillig öffnete sie die Augen. »Es ist doch noch so früh...«

»Wir fahren nach Acapulco. Diese überfüllte Grenzstadt ist nichts für Flitterwöchner, und meiner verwöhnten Frau gefällt es an einem exotischen Ort sicher besser.«

Als er sie endlich ansah, las Sheila in seinen braunen Augen, daß es ihm völlig egal war, was sie sich wünschte und was nicht. Brad selbst hatte entschieden, daß Juárez nicht gut genug für ihn war. Juárez war für die Touristen da, und Acapulco war der Treffpunkt des Jet-sets, zu dem er sich jetzt auch zählte. »Ich will nicht nach Acapulco«, sagte sie tonlos.

»Du hast doch gesagt: ›Wohin du gehst, da will auch ich hingehen.‹« Er grinste spöttisch. »Also zieh dich an und pack deine Sachen, ich bezahle inzwischen die Rechnung.«

»Es gefällt mir sehr gut in diesem Hotel.«

»Sei nicht lächerlich!« entgegnete er, die Hand bereits auf der Türklinke. »Ich will dir richtige, schöne Flitterwochen bieten.«

Mit meinem Geld, dachte sie und hatte plötzlich das hysterische Bedürfnis zu lachen.

Als sie eine halbe Stunde später das Badezimmer verließ, im Höschen, den BH in der Hand, saß Brad auf dem Bett und schüttelte ungeduldig den Kopf. »Du bist ja noch nicht einmal angezogen.«

»Brad, wir haben keine Zeit, nach Acapulco zu fahren. Denk doch an unsere Vorlesungen und an deinen Job!«

»Wir haben genug Zeit.«

Sheila runzelte die Stirn. »Und deine Doktorarbeit?«

»Wozu brauche ich einen Doktortitel? Wir haben genug Geld, um in Mexiko wie die Fürsten zu leben.«

»Irgendwann einmal wird uns das Geld ausgehen – sogar in Mexiko«, erwiderte sie mit scharfer Stimme.

»Wenn du einundzwanzig bist, bekommst du ja den Trust Fonds.«

»Und du bildest dir ein, daß ich dir das ganze Geld geben werde?« Die goldenen Flecken in ihren dunklen Augen begannen zu funkeln.

»Wir sind verheiratet. Was dir gehört, gehört auch mir. Und was mein ist, ist dein«, fügte er scherzhaft hinzu.

Aber Sheila fand das keineswegs komisch. Alle ihre schönen Zukunftspläne lösten sich nacheinander in Luft auf. Und sie begann zu erkennen, daß es immer nur *ihre* Pläne gewesen waren. Brad hatte ihr nur zugestimmt, weil er genau wußte, was sie hören wollte. »Hast du denn überhaupt keinen Ehrgeiz?«

»Es ist ein Ganztagsjob, mit dir verheiratet zu sein.« Sein Blick wanderte über ihren Körper. »Zumindest für eine Weile.«

»Und später?«

»Dein Vater wird sicher eine geeignete Position für seinen Schwiegersohn finden.«

»Einen Job, der gut bezahlt wird und nicht zuviel von deiner kostbaren Zeit in Anspruch nimmt, was?« fragte sie mit einem falschen Unschuldslächeln.

»Genau. Aber zuerst wollen wir mal am Strand von Acapulco faulenzen.« Er riß ihr den BH aus der Hand. »Das Ding wirst du gar nicht brauchen«, sagte er und stopfte den BH in Sheilas Koffer. »Die Fahrt nach Acapulco ist lang und ermüdend, da brauche ich unterwegs ein bißchen Aufheiterung.« Er wollte nach ihren Brüsten greifen, aber als er sah, wie sie erschauerte, blieb seine Hand in der Luft hängen, und seine Augen verengten sich. »Jetzt brauchst du nicht mehr die Schüchterne zu spielen. Wir sind verheiratet. Bilde dir nur ja nicht ein, daß ich immer so viel Geduld mit dir haben werde wie heute nacht!«

»Oh – du hattest heute nacht Geduld mit mir?«

»Jedenfalls mehr als jetzt. Außerdem liebst du die Höhlenmenschentaktik.« Grinsend faßte er nach ihren Brüsten, aber Sheila trat einen Schritt zurück. Brad lachte. »Okay, du kannst deine Bluse anziehen. Ich packe die Koffer, und du holst die Sachen aus dem Badezimmer.«

Wie betäubt von der Erkenntnis, wer Brad Townsend in Wirklichkeit war, gehorchte Sheila. Als sie das Bad verließ, waren die Koffer gepackt, und Brad schob sie den Korridor entlang zu einem Ausgang.

»Können wir nicht zuerst frühstücken?« fragte Sheila.

Er sah sich angewidert um. »Nicht hier. Wir können ja unterwegs was essen.«

Auf dem kleinen Hotelparkplatz war niemand zu sehen. Sheila nahm auf dem Beifahrersitz ihres blauen Thunderbirds Platz, während Brad die Koffer im Fond verstaute. Als er sich ans Steuer gesetzt hatte, beugte er sich zu ihr herüber, um sie zu küssen. In letzter Sekunde wandte Sheila den Kopf beiseite, und so berührten seine Lippen nur ihre Mundwinkel.

»Na, genierst du dich immer noch, in der Öffentlichkeit deine Gefühle zu zeigen?« fragte er spöttisch. »Wir werden mal sehen, ob wir deine Hemmungen während der Fahrt abbauen können.« Er zwinkerte ihr zu und startete den Motor.

Wenige Minuten später fuhren sie in dem blauen Thunderbird durch den Stadtverkehr von Juárez. Sheila saß auf dem Beifahrersitz, an die Wagentür gedrückt. Sie war müde und entmutigt und hatte das Gefühl, dem Schicksal in die Falle gegangen zu sein. Die cremefarbene Seide ihrer Bluse fühlte sich kühl an auf ihrer nackten Haut und erinnerte sie unentwegt daran, was für einen Mann sie geheiratet hatte.

Bald lagen die Außenbezirke von Juárez mit ihren ärmlichen Hütten hinter ihnen. Einige Straßenarbeiter, die ein paar geringfügige Schäden auf der Autobahn reparierten, zwangen Brad, das Tempo zu verringern. Dann fuhren sie wieder zügig dahin.

Sie hatte längst erkannt, daß sie einen schrecklichen Fehler gemacht hatte, und war fest entschlossen, diese Farce von einer Ehe möglichst schnell zu beenden. Sie würde sich scheiden lassen. Nachdem sie diese Entscheidung getroffen hatte, fühlte sie sich seelisch und körperlich so erschöpft, daß sie in einen tiefen, traumlosen Schlaf fiel.

Nach vielen Stunden und Meilen erwachte sie mit steifem Nacken. Langsam öffnete sie die Augen, starrte auf die Sierra Madre Mountains, die vor ihr aufragten. Sie fuhren nicht mehr auf dem modernen Highway, sondern auf einer holprigen Sandstraße. Sheila warf Brad einen verwirrten Blick zu. »Wo sind wir denn?«

»Angeblich auf einer Abkürzung, die durch die Berge zur Westküste führt«, stieß er ärgerlich hervor. »Aber dieser dumme Mexikaner, der mir den Tip gegeben hat, kennt sich offenbar überhaupt nicht aus.«

»Es ist natürlich undenkbar, daß du irgendwo falsch abgebogen bist«, meinte Sheila sarkastisch.

Er warf ihr einen kurzen Blick zu, und das Lenkrad wurde ihm fast aus der Hand gerissen, als ein Vorderreifen in ein Schlagloch rutschte.

»Wahrscheinlich hält dieser Bursche das für eine gute Straße, aber sie wird den Wagen ruinieren«, murmelte er.

Wie nett von ihm, daß er sich darum Sorgen macht, dachte Sheila zynisch. Eigentlich ist es ja mein Wagen, den er da fährt. Aber sie schwieg. Die Luft war kalt. Sie blickte zu den Bergen und überlegte, daß die Temperatur vermutlich wegen der höheren Lage gesunken war. Fröstelnd verschränkte sie die Arme vor der Brust.

»Es ist kalt. Kannst du die Heizung nicht anstellen?«

»Sie funktioniert nicht.«

»Irgendwas stimmt mit dem Auto nicht, weil die rote Warnlampe am Armaturenbrett leuchtet«, sagte Sheila mit einem boshaften Lächeln. »Siehst du den Dampf da vorn?«

Fluchend stoppte Brad den Wagen, ließ den Motor laufen, stieg aus und schlug krachend die Tür zu. Eine Dampfwolke erhob sich, als er die Motorhaube öffnete.

Nach wenigen Minuten setzte er sich wieder hinter das Lenkrad, stellte den Motor ab und schlug mit der Faust gegen das Armaturenbrett. »Verdammt!«

»Was ist denn los?« Seine frustrierte Wut verschaffte Sheila eine seltsame Befriedigung.

»Ein Wasserschlauch ist gerissen.«

»Kannst du das nicht reparieren?« fragte sie mit Unschuldsmiene. Sie wußte, daß er jede Art von manueller Arbeit verabscheute. Sein Gesicht war hochrot vor Zorn. »Zufällig schleppe ich keine Ersatzteile mit mir herum.«

»Das wußte ich nicht. Ich dachte, du hättest an die Möglichkeit einer Panne gedacht und die nötigen Vorkehrungen getroffen.«

»Ach, halt doch den Mund, Sheila!«

»Und was sollen wir jetzt tun? Hier warten, bis jemand vorbeikommt? Da das eine so befahrene Straße ist...«

Blitzschnell schossen seine Hände vor, packten sie am Hals, würgten ihr die Luft ab. »Du machst den Mund erst wieder auf, wenn ich es dir sage, ja?«

Sheila brachte ein schwaches Nicken zustande, und als er die Hände sinken ließ, rang sie keuchend nach Atem. Mit tränennassen Augen starrte sie aus dem Fenster in die leere Wildnis. Ein Windstoß wirbelte Staub auf, und sie kniff die Lider zusammen, als sie eine Bewegung in dem gelben Schleier entdeckte. Langsam löste sich der Staub auf, und sie sah Pferde und Reiter zwischen den dichten Büschen.

Sheila sagte Brad nichts von ihrer Entdeckung. Erst als einer der Männer neugierig herüberblickte, flüsterte sie mit heiserer, schmerzender Kehle: »Brad, da draußen ist jemand.«

»Was?« Er beugte sich zu ihr herüber. »Wo?«

»Da drüben.« Sheila wurde von einer plötzlichen Angst ergriffen, die sie sich nicht erklären konnte. »Die Reiter...«

»Das sind wahrscheinlich mexikanische Cowboys. Ich habe gehört, daß es in dieser Gegend ein paar Rinderranches gibt. Jedenfalls werden wir nichts riskieren.« Er beugte sich nach hinten, öffnete seinen abgewetzten Koffer, und Sheila hob überrascht die Brauen, als sie sah, daß er einen Revolver zwischen seinen Kleidern hervorholte.

»Was willst du denn tun?«

Er ignorierte ihre Frage, vergewisserte sich, daß die Waffe geladen war, schob sie dann in den Gürtel und knöpfte sein Jackett zu. Als er die Tür öffnete, befahl er: »Du bleibst im Wagen.«

Ihr Blick kehrte zu den Reitern zurück, die nun auf den Thunderbird zukamen. Als Brad ausstieg, löste sich einer von der Gruppe und sprengte heran, während die anderen die Pferde zügelten.

»Hallo!« rief Brad und ging um die geöffnete Motorhaube herum.

»Buenos dias, Señor«, erwiderte der Mann, brachte das Pferd zum Stehen und schwang sich aus dem Sattel. Seine kräftige Gestalt war in einen schmutzigen, buntgestreiften Poncho gehüllt.

»Sprechen Sie Englisch?« fragte Brad.

Der Mann schüttelte traurig den Kopf. »No hablo inglés.«

Brad seufzte. »Mein Auto... Sehen Sie? Wasserschlauch kaputt...«

Der Mann zuckte hilflos mit den Schultern. Die anderen waren inzwischen näher gekommen, und Sheila zählte neun Reiter. Sie konnte dieses unheimliche Gefühl der Angst nicht abschütteln. Es war, als würde irgendein primitiver Instinkt in ihr eine Gefahr wittern. Sie ignorierte Brads Befehl und stieg aus dem Auto.

»Steig sofort wieder ein!« stieß Brad hervor.

»Nein«, erwiderte sie, ohne die Reiter aus den Augen zu lassen. Es war eine bunt zusammengewürfelte Schar, die auf kleinen, aber muskulösen Pferden saß. Aus den Augenwinkeln sah Sheila, daß Brad mit Hilfe der Zeichensprache versuchte, dem Mexikaner sein Problem zu erklären.

»Gibt es hier irgendwo eine Stadt oder ein Dorf, wo ich mein Auto reparieren lassen kann?« fragte er langsam. »Comprendez?«

Der Mann hörte ihm aufmerksam zu, aber dann schüttelte er bedauernd den Kopf.

»Daß diese verdammten Mexikaner auch nicht Englisch lernen können!« sagte Brad ärgerlich zu Sheila.

Sie warf ihm nur einen kurzen Blick zu, dann sah sie wieder zu den Reitern hinüber. Es war vor allem ein Mann, der ihre Aufmerksamkeit erregte, obwohl er sich äußerlich nicht von den anderen unterschied. Er trug einen staubigen, breitrandigen Hut, saß geduckt im Sattel, eine behandschuhte Hand auf dem Sattelhorn. Und doch spürte Sheila eine animalische Wachsamkeit hinter dieser gleichmütigen Pose. Er war unrasiert und ungekämmt und schmutzig wie die anderen. Aber er hatte nicht wie die anderen breite, derbe Gesichtszüge, die auf eine mexikanische oder indianische Abstammung hinwiesen. Sein Gesicht war kantig und schmal, und die schwarzen Augen, die Sheilas Blick erwiderten, wirkten kalt und hart.

Brad verlor allmählich die Geduld. »Verdammt, es muß doch hier irgendwo einen Mechaniker geben!«

»Mecánico? Si, si.« Der Mann nickte eifrig, und mit einem spanischen Redeschwall zeigte er in die Richtung, aus der die Reiterschar gekommen war.

Sheila schob sich eine goldbraune Haarsträhne aus dem Gesicht und merkte nicht, daß sich dabei der seidene Blusenstoff über ihren Brüsten spannte. Wie gebannt kehrte ihr Blick zu dem dunkelhaarigen Reiter zurück.

»Könnten Sie zu dem Mechaniker reiten und ihn holen?« Mit einer komplizierten Pantomime versuchte Brad dem Mexikaner klarzumachen, was er wollte. »Ich bezahle Sie. Viele Pesos.«

»Pesos? Si, si«, versicherte der Mann und wartete.

»Wieviel?« Brad griff in die Tasche. »Fünfzig?« Als er das Banknotenbündel hervorzog, das Sheila ihm gegeben hatte, lief ihr ein kalter Schauer über den Rücken. Sie wollte Brad anschreien, ihn wütend beschimpfen für seine Dummheit, diesen Leuten das viele Geld zu zeigen. Aber sie brachte keinen Laut hervor, weil ihre Kehle wie zugeschnürt vor Angst war. Der Mexikaner lachte entzückt und entblößte gelbe, unregelmäßige Zähne. Dann sagte er etwas zu den anderen.

Spürte Brad denn nicht, auf welch subtile Weise sich die Atmosphäre verändert hatte? Daß die Luft wie geladen war vor einem Gewittersturm? Sie sah, wie die Reiter lächelten, und jeder Muskel in ihrem Körper spannte sich an.

»Fünfzig Pesos genügen ihm nicht, was?« stieß Brad zwischen den Zähnen hervor. »Dieser habgierige Bastard! Hundert Pesos? Reicht das?«

Sheila unterdrückte das Bedürfnis, in hysterisches Gelächter auszubrechen. Seine kindische Sucht, überall zu zeigen, wie reich er war, machte ihn blind für die Erfordernisse der Situation. Aber sie konnte sich nicht dazu durchringen, ihn zu warnen. Die Szene strebte einem gefährlichen Höhepunkt zu, aber es lag nicht in ihrer Macht, dem Lauf der Dinge Einhalt zu gebieten.

Der Mann streckte die Hand aus, und Brad nickte zufrieden. »Na endlich!« Er zog ein paar Scheine hervor, aber der Mann wartete nicht, bis Brad ihm das Geld gereicht hatte. Statt dessen schlossen sich seine Finger um das ganze Bündel. Zu spät erkannte Brad die Gefahr, die Sheila schon vom ersten Augenblick an gespürt hatte. Fluchend tastete er nach dem Revolver, der in seinem Gürtel steckte. Und als er den

Griff der Waffe umfaßte, sah Sheila entsetzt die Revolvermündung, die aus dem Poncho des Mexikaners ragte. Ein Schuß krachte ohrenbetäubend, und dann brach Brad zusammen. Der kleine Revolver glitt aus seinen schlaffen Fingern.

Du Narr, dachte Sheila. Sie wollte auf ihn zulaufen, aber der Mexikaner kniete bereits neben ihm und riß ihm das Banknotenbündel aus der Hand. Zögernd trat sie einen Schritt näher, starrte das kleine rote Loch in Brads Brust an. Kein Blut quoll hervor, wie sie es so oft im Kino gesehen hatte. Da war nur dieses kleine Loch, und das Hemd färbte sich langsam rot und verriet, daß die Wunde tödlich war.

Wie durch einen Schleier nahm sie wahr, daß Sattelleder zu knarren begann, hörte Hufschläge. Langsam hob sie den Kopf und sah, daß die Reiter näher gekommen waren. Zwei stiegen von ihren Pferden und halfen dem Mann, Brads Taschen zu durchsuchen. Ihr Herz klopfte schmerzhaft vor Angst. All die anderen blickten sie an, und sie lehnte sich zitternd an die Autotür.

Zwei weitere Männer schwangen sich aus den Sätteln und kamen auf sie zu. Es war sinnlos zu fliehen. Sie hatten Brad getötet, und sie wußte, daß sie keine Gnade zu erwarten hatte. Ganz gewiß nicht, bevor man auch sie erschießen würde...

Überleben! Das Wort dröhnte in ihren Schläfen. Überleben! Ihr Herzschlag beruhigte sich, und die Angst ließ nach, die ihr die Kehle zuschnürte. Sie mußte überleben...

5

Sheila blickte den Angreifern gefaßt entgegen. »Ich weiß einen Weg, wie Sie noch viel mehr Geld bekommen können. Verstehen Sie? Mucho dinero!«

Schweigend und ausdruckslos sahen die Männer sie an. Die beiden, die auf sie zugekommen waren, blieben stehen.

»Mucho dinero!« wiederholte sie.

Die zwei Mexikaner kamen einen Schritt näher. Der eine war groß und schlank, und ein breitrandiger Hut überschattete sein Gesicht. Der andere war klein und untersetzt.

»Ich heiße Sheila Rogers«, sagte sie und ignorierte die Tatsache, daß sie seit gestern Townsend hieß. »Mein Vater ist sehr reich und wird Ihnen viel Geld bezahlen, wenn Sie mich gehen lassen – unverletzt.«

Ihre Worte schienen niemanden zu beeindrucken. Sie sah von einem Gesicht zum anderen, wich hastig dem Blick des schlanken dunklen Reiters aus. Instinktiv wußte sie, daß er der Gefährlichste von allen war.

»Kann denn niemand verstehen, was ich sage?« Ihre Stimme klang wütend und verzweifelt. »Mein Vater würde ein hohes Lösegeld für mich bezahlen.«

Plötzlich kam Sheila die Ironie ihrer Lage zu Bewußtsein. Sie befand sich in einer gottverlassenen Gegend, wegen der Dummheit ihres Mannes war sie zur Witwe geworden. Und nun war das Geld ihres Vaters die einzige Waffe, mit der sie kämpfen konnte.

Eine leise Stimme sagte etwas auf spanisch. Sie gehörte dem dunkelhaarigen Reiter, und ihr Blick kehrte zu ihm zurück. Er beobachtete sie mit halbgeschlossenen Augen, sein Pferd stampfte rastlos.

»Wieviel?« fragte eine zweite Stimme mit unverkennbar amerikanischem Akzent. Der große Mann, der vor Sheila stand, hatte diese Frage gestellt, und Sheila starrte in seine emotionslosen blauen Augen.

»Sie sind Amerikaner«, stieß sie keuchend hervor.

Er ignorierte ihre Feststellung. »Wieviel wird Ihr Vater bezahlen?«

»Tausende – wenn Sie mir nichts tun.«

Ohne sie aus den Augen zu lassen, sagte er ein paar Worte auf spanisch zu den Männern, die hinter ihm warteten. Sheila sah, daß die Miene des dunkelhaarigen Reiters undurchdringlich blieb. Er sagte etwas mit derselben leisen, ruhigen Stimme, und Sheila wandte ihre Aufmerksamkeit wieder dem Amerikaner zu.

»Wer ist Ihr Vater, und wo wohnt er?«

»Er heißt Elliot Rogers und lebt in Austin, Texas.«

»Nie gehört.«

»Ich bezweifle, daß Sie jemals auf denselben Partys eingeladen waren wie mein Vater.« Ihre gelbgefleckten Katzenaugen glitten über die Banditenschar hinweg. »Sie verkehren wohl nicht in denselben Kreisen.«

Der Mann lachte leise und übersetzte nicht, was sie gesagt hatte. Er ging auf sie zu, und Sheila wappnete sich, um nicht zusammenzuzukken, als er nach dem dünnen Stoff ihrer Bluse griff. Er roch nach Staub und Schweiß und Pferden.

Aus der Nähe konnte Sheila erkennen, daß sich jungenhafte, gutgeschnittene Züge unter den Bartstoppeln verbargen. Sie versuchte sein Alter zu schätzen, aber das wurde durch die harten Linien, die das Leben in sein Gesicht gegraben hatten, erschwert. Er mochte um die Dreißig sein, aber Sheila hatte das Gefühl, daß er viel jünger war.

Seine blauen Augen maßen sie von oben bis unten und ließen nichts aus.

Und doch war es Sheila nicht unangenehm, so gründlich und mit Kennerblick gemustert zu werden.

»Das ist eine sehr teure Bluse«, sagte er, ließ den Stoff los, griff nach ihren Händen und hob sie hoch. Sein Blick blieb an ihrem goldenen Ehering hängen, und er deutete mit dem Kinn auf Brad. »War das Ihr Mann?«

»Ja. Mein voller Name lautet Sheila Rogers-Townsend. Wir waren auf unserer Hochzeitsreise.«

»Und was haben Sie hier gemacht?«

»Brad sagte, ein Mexikaner habe ihm erzählt, diese Straße sei eine Abkürzung zur Westküste.«

»Das stimmt nicht.« Er sagte wieder etwas auf spanisch, und die Antwort des dunkelhaarigen Reiters rief ein empörtes Gemurmel in der Schar hervor, das er jedoch sofort zum Schweigen brachte.

»Sie haben Glück«, sagte der Amerikaner. »Der Boß glaubt Ihre Story.« Seine Mundwinkel zogen sich nach unten, aber es lag keine Wärme in seinem Lächeln. »Sie wissen doch, daß wir leicht herausfinden können, ob Ihr Vater wirklich so reich ist?«

»Ich lüge nicht.«

»Sie hätten aber lügen können – um Ihre hübsche Haut zu retten.«

Er ließ eine ihrer Hände los und griff nach einem kurzen Strick, den ihm einer der Reiter reichte.

»Sie brauchen mich nicht zu fesseln«, protestierte Sheila, als er den Strick um ihre Handgelenke wand.

»Nur eine Vorsichtsmaßnahme«, sagte er und verknotete das Seil, das schmerzhaft in ihre zarte Haut schnitt. Ihr Blick wanderte wieder zu dem Mann, der ihre Geschichte geglaubt hatte. Irgendwie hatte sie von Anfang an gewußt, daß er der Anführer war.

Er gab einen Befehl, und die Männer stiegen wieder in die Sättel. Sheila warf einen Blick auf die Leiche, die im Staub lag. Sie sollte Entsetzen und Trauer über Brads Tod empfinden, sagte sie sich. Aber die Angst und ein unbändiger Überlebenswille hatten alle anderen Gefühle in ihr ausgelöscht.

Der Amerikaner zerrte an ihren Fesseln.

»Warten Sie!« stieß sie hervor. »Sie können ihn doch nicht einfach hier liegen lassen.«

»Erwarten Sie, daß wir uns plötzlich in gute Christen verwandeln und ihm zu einem anständigen Begräbnis verhelfen?«

»Ich finde es einfach nicht richtig, ihn hier...« Sie stolperte vorwärts, als er erneut an dem Strick riß, der ihre Handgelenke fesselte. Er hob sie auf sein Pferd, dessen Zügel einer der Mexikaner festhielt. Der Amerikaner warf ihr einen kalten Blick zu, dann sagte er etwas auf spanisch zu dem Mann, der die Zügel hielt, wandte sich ab und ging zu dem Toten. Wie einen Mehlsack hob er ihn hoch und trug ihn zum Auto. Wie magnetisch angezogen, wandte sich ihr Blick ab von dieser Szene, begegnete einem harten, dunklen Augenpaar. In vager Angst beschleunigte sich ihr Pulsschlag, als sie den Anführer der Banditen anstarrte. Dann wurde ihre Aufmerksamkeit abgelenkt, als der Mexikaner mit den gelben Zähnen, der Brad erschossen hatte, sein Pferd zwischen den Amerikaner und Sheila schob. Er ließ einen spanischen Redeschwall los, zeigte immer wieder auf sie, und sie erriet, daß er sie als sein Eigentum beanspruchte.

Ein kalter Schauer lief ihr über den Rücken. Man würde sie doch nicht mit Brads Mörder reiten lassen. Der Amerikaner hatte zumindest eine Spur von Mitleid bewiesen. Ihr angstvoller Blick suchte wieder den Anführer, bei dem die Entscheidung lag. Er sah sie nicht einmal an, als er gleichgültig mit den Schultern zuckte und sein Pferd herumschwang. Mit einem Triumphgeheul ritt der Mexikaner auf Sheila zu.

»Nein!« schrie sie, als er sie um die Taille packte. Verzweifelt wehrte sie sich, aber der Mörder lachte nur, als er sie auf sein Pferd herüberzog. Keuchend und kraftlos blieb sie quer über seinen Knien liegen. Der Amerikaner gönnte ihr nicht einmal einen Blick, als er sich auf sein Pferd schwang und an die Seite des Anführers ritt. Der Mörder zog sie hoch, so daß sie vor ihm im Sattel saß, und da ihre Hände gefesselt waren, mußte sie sich an seine Brust lehnen, um nicht das Gleichgewicht zu verlieren und vom Pferd zu fallen.

Der Mörder lachte über ihre Bemühungen und wußte ebensogut wie

Sheila, daß sie sich nicht losreißen konnte und ihre Kraft sinnlos verschwendete. Wut und Selbstmitleid trieben ihr Tränen in die Augen, aber sie unterdrückte das Schluchzen, das in ihrer Kehle aufstieg, gab ihre Gegenwehr auf und saß starr und steif auf seinem Schoß.

Die Pferde waren in einen wiegenden Trab gefallen. Sheila ließ einen mürrischen, anklagenden Blick über die Bande schweifen, die sich nun vom Schauplatz des Verbrechens entfernte. Zwei Nachzügler setzten ihre Pferde in Galopp, um die Reiterschar einzuholen. Das goldene Feuer in Sheilas Augen begann voller Haß zu funkeln, als der blauäugige Amerikaner heransprengte. Er gönnte ihr nicht einmal einen Blick, als er sein Pferd an die Seite des Anführers lenkte.

Ihre gefesselten Hände und die Tatsache, daß sie seitwärts saß, zwangen Sheila, sich an den Arm und die Brust des Mannes zu lehnen. Ihre Schulter rieb sich an seiner Brust, und der rauhe Stoff seines Ponchos scheuerte durch die dünne Seide der Bluse auf ihrer Haut. Sein Atem stank, und Sheila wandte angewidert den Kopf ab.

Sattelleder knarrte, als sich die Bande von der Sandstraße entfernte. Sie ritten durch die Wildnis, parallel zu der aufragenden Bergkette. Dann verlangsamten sie das Tempo, wie auf einen stummen Befehl hin.

Das Sattelhorn übte einen ständigen Druck aus, bohrte sich aber nicht mehr in ihren Schenkel. Der Mann sagte etwas auf spanisch zu ihr, in leisem, einschmeichelndem Ton, und sein heißer Atem strich über ihr Gesicht. Sheila warf ihm einen vernichtenden Blick zu, dann zuckte sie zusammen, als sie sah, wie seine funkelnden Augen nach unten starrten.

Durch ihre gebückte Haltung war der Ausschnitt ihrer Bluse tiefer gerutscht, und ihre Oberarme schoben die Brüste zusammen, so daß sich eine tiefe Furche bildete. Sheila hob die Unterarme, um die gefesselten Handgelenke schützend vor den Blusenausschnitt zu halten.

»No, no, Señora«, protestierte er mit einem lüsternen Grinsen und zerrte am Strick, um ihre Hände hinabzuziehen.

Er drehte sich im Sattel, so daß er einen Ellbogen zwischen ihre Handgelenke schieben, einen kräftigen Druck auf ihre Fesseln ausüben und ihre Unterarme wegreißen konnte. Als seine Finger über den Seidenstoff glitten, der die Rundung ihrer Brüste nachzeichnete, lehnte sich Sheila zurück, um seiner gierigen Hand zu entgehen. Dadurch spannte sich die Seide noch enger um ihren Busen, und seine Hand konnte eine ganze Brust umfassen.

»Nehmen Sie Ihre Pfote weg!« rief Sheila wütend. »Sie dreckiges, häßliches Schwein!«

Aber er lachte nur und begann schmerzhaft ihre Brust zu kneten. Zwei Reiter kamen näher heran, um zuzuschauen und dem Mann, den sie Juan nannten, spöttische Ratschläge zu erteilen. Sheila versuchte ihn gegen die Schienbeine zu treten, aber ihre Füße trafen nur das Leder der Steigbügel.

Seine Finger wanderten zu den Blusenknöpfen, zerrten ungeduldig daran, bis sie abrissen und ihre vollen Brüste entblößt waren. Er lachte die Zuschauer triumphierend an, als wollte er mit dem Wert seiner Beute prahlen.

Übelkeit stieg in Sheila auf, als seine harten, rauhen Finger ihre Brüste mißhandelten. Sie fühlte sich zutiefst gedemütigt, würgte mit erstickter Stimme hervor: »Mein Vater wird euch keinen Cent bezahlen! Hört ihr? Keinen Cent!« Mit aller Kraft versuchte sie, die widerliche Hand abzuschütteln, und das Pferd warf den Kopf hoch und begann nervös zu wiehern. Sheila erkannte, daß es nur einen einzigen Weg gab, diesen ekelerregenden Fingern zu entkommen, und so begann sie, ihre Schuhabsätze in die Flanken des Tieres zu rammen, immer wieder.

Verängstigt bäumte sich das Pferd auf, und der Reiter mußte seine ganze Kraft, sein ganzes Geschick aufwenden, um nicht die Gewalt über das Tier zu verlieren. Die anderen lachten, und Sheila warf einen Blick auf das Profil ihres Peinigers und sah, daß er hochrot vor Wut war. Sie trat heftig gegen einen der Zügel, der Kopf des Pferdes wurde hochgerissen, und sie spürte, wie die Beine des Tieres unter ihr einknickten. Sie wand sich aus den Armen des Mexikaners, noch bevor das Pferd zur Seite stürzte. Hart prallte sie auf dem Sandboden auf, kam jedoch sofort wieder auf die Beine, um den Hufen zu entfliehen, die wild um sich schlugen.

Taumelnd rannte sie davon, aber sie hatte nur wenige Fuß zurückgelegt, als sie schwere Schritte hinter sich hörte. Eine Hand packte ihren Ellbogen und wirbelte sie herum. Sie verlor das Gleichgewicht, fiel zu Boden, und Brads Mörder stand vor ihr, das häßliche Gesicht vor Zorn verzerrt. Zwei Reiter zügelten ihre Pferde zu beiden Seiten des Mädchens und stiegen ab.

Sie rappelte sich auf, wich zurück, ohne den Mann namens Juan aus den Augen zu lassen. Sofort traten die beiden anderen hinzu, hielten sie an den Armen fest. Wütend trat sie um sich, biß nach ihren Händen. Erstaunlicherweise wurde sie losgelassen. Sie fragte nicht, warum, wandte sich nur blitzschnell ab, um weiterzulaufen. Aber da hatten die anderen Reiter bereits einen Kreis um sie gebildet. Keuchend blieb sie stehen, ihr Blick suchte voller Panik den Anführer. Seine ausdruckslosen Augen ruhten auf ihren Brüsten, und instinktiv hob sie die gefesselten Hände vor die zerrissene Bluse. Er lächelte spöttisch über diese Bewegung, die zu verhüllen suchte, was alle längst gesehen hatten. Dann stieg er vom Pferd und band etwas hinter dem Sattel los, das wie eine zusammengerollte Decke aussah, sowie ein Lasso.

Als er auf sie zukam, sah sie, daß er viel größer und kräftiger war, als sie vermutet hatte. Er bewegte sich geschmeidig wie ein Raubtier, und die dunklen Augen ließen Sheilas Gesicht nicht los, schienen sie zu hypnotisieren, so daß sie das Gefühl hatte, gar nicht fliehen zu können – selbst wenn man es ihr gestattet hätte.

Er blieb vor ihr stehen, wickelte einen bunten Poncho auseinander und zog ihn über Sheilas Kopf. Sie spürte den rauhen Stoff auf der Brust und den Armen, und das Blut raste heiß durch ihre Adern, als sie sich der gefährlichen Nähe dieses Mannes bewußt wurde. Die Schlinge des Lassos legte sich über ihren Kopf, und ihr Atem stockte, als der Strick um ihren Hals glitt – aber dann rutschte das Lasso weiter hinab auf ihre Schultern. »Was – werden Sie mit mir tun?« flüsterte sie.

Er sagte nichts, sondern zog das Lasso bis zu ihrer Taille hinab.

Sie riß den Blick los von seinem undurchdringlichen Gesicht, um den einzigen Mann zu suchen, der ihr eine Erklärung geben konnte. »Was hat er mit mir vor?« fragte sie den Amerikaner. »Sie wollten davonlaufen – und das paßt ihm nicht«, lautete die gleichmütige Antwort. »Jetzt will er Ihnen eine Lektion erteilen.«

Sie wandte sich wieder dem glitzernden Paar ebenholzschwarzer Augen zu. Er hielt das Ende des Lassos fest, drehte sich um und führte Sheila zu seinem Pferd. Als er sich in den Sattel geschwungen hatte, blieb er eine Weile reglos sitzen und starrte auf ihr bleiches Gesicht herab. Dann setzte er das Pferd in langsamen Trab. Das Seil begann sich zu straffen. Sheila blieb nichts anderes übrig, als am anderen Ende des Lassos hinterherzulaufen oder durch den Sand geschleift zu werden. Beides war besser als die widerlichen Hände von Brads Mörder, und Sheila beschloß zu laufen.

Nach zwei Meilen waren ihre Beine wie Bleigewichte, die sie mühsam über den holprigen Sandboden schleppte. Unablässig drang ihr der Staub in die Kehle, den die Pferdehufe aufwirbelten, schweißverklebt hing ihr das Haar in die Stirn.

Sie stolperte über ein Grasbüschel, fiel auf die Knie, das Seil zerrte sie über den harten Boden. Ein erstickter Schrei kam über ihre Lippen, dann lockerte sich das Lasso endlich. Sie war zu erschöpft, um aufzustehen. Schluchzend lag sie im Staub, spürte jeden einzelnen Knochen, und ihre Lungen schmerzten bei jedem Atemzug. Als staubige Stiefel in ihrem Blickfeld auftauchten, hob sie den Kopf. Die maskulinen Gesichtszüge ihres Peinigers mit den dichten Bartstoppeln verschwammen vor ihren glasigen Augen.

Er schraubte den Drehverschluß einer Feldflasche ab und reichte sie Sheila. Ihr Mund war staubtrocken. Sie versuchte trotzdem, Speichel zu sammeln und auszuspucken – ein schwacher, unzulänglicher Ausdruck ihres Hasses. Schweigend starrte er sie an, dann zuckte er mit den Schultern und setzte die Flasche an die Lippen. Als sie das Gurgeln der Flüssigkeit hörte, wurde Sheila fast wahnsinnig. Ihr durstiger Körper schrie nach Wasser, und als er die Flasche sinken ließ, war ihr Stolz vergessen. Wenn er sie ihr ein zweites Mal angeboten hätte, sie hätte gierig danach gegriffen. Aber er verschloß die Flasche wieder und kehrte zu seinem Pferd zurück.

Sheila starrte ihm nach. Beinahe hätte sie ihren Stolz verloren und sich diesem skrupellosen Banditen unterworfen. Sie hatte nie zuvor in ein Augenpaar geblickt, das so schwarz wie die Hölle und so gefühllos war.

Sie stand kurz vor einem hysterischen Anfall. Sie war seelisch und körperlich so erschöpft, daß sie nur noch einen kleinen Anstoß brauchte, um den letzten Rest ihrer Beherrschung zu verlieren. Aber ihr instinktiver Überlebenswille gab ihr immer wieder neue Kraft.

Ihr müder Blick wanderte über die kleine, von niedrigen Büschen bedeckte Lichtung. Die anderen Reiter hatten ihre Pferde gezügelt und schwangen sich aus den Sätteln, um den Tieren eine Erholungspause zu gönnen. Sheilas Mundwinkel zuckten, als sie keuchend Atem holte, um ihre berstenden Lungen mit Luft zu füllen. Man hielt nicht Rast, weil sie keinen Schritt mehr gehen konnte, sondern weil sich die Pferde ausruhen mußten.

Sie hob den Kopf und sah zu den gezackten Umrissen der Berge hinüber, die sich am Horizont abzeichneten. Die blendend helle Sonne stand direkt über ihnen, überschattete die Hänge, so daß sie dunkel und abweisend wirkten. Die Berge schienen jetzt nähergerückt zu sein. Oder war das eine Sinnestäuschung – hervorgerufen durch ihre Erschöpfung?

Ihr verschleierter Blick glitt nach Osten. Sie waren stetig bergauf geritten, vermutlich schon seit jenem Augenblick, als sie die Straße im Süden verlassen hatten. Die Luft war immer dünner geworden, und das war der Grund, warum ihr das Atmen so schwer fiel. Aber Sheila war viel zu entnervt, um in dieser Erkenntnis Trost zu finden.

Sie senkte den Kopf und schloß die Augen. Sie war zu müde, um nachzudenken. Und es schien ihre ganze Kraft zu kosten, Herz und Lungen in Gang zu halten. In einem Betäubungszustand, der einer Trance glich, lauschte sie auf ihre heftig hämmernden Pulsschläge.

Kein anderer Laut drang zu ihr – nicht das leise Murmeln der Männer, die sich in einer fremden Sprache unterhielten, nicht das Stampfen und Wiehern der Pferde, nichts drang in ihr Bewußtsein außer diesem beruhigenden Pochen, das ihr versicherte, daß sie noch lebte.

6

Sengend schien die Sonne auf Sheila herab, als sie sich aufrappelte. Schwankend stand sie im Staub, das Seil hing schlaff an ihr herab. Sie starrte auf den dunklen Reiter, der sich wieder in den Sattel geschwungen hatte, und erwartete, daß sich das Seil jeden Augenblick wieder straffen würde. Doch statt dessen ritt der Banditenführer auf sie zu. Eine behandschuhte Hand griff nach dem Lasso, das um ihre Taille geschlungen war, löste geschickt den Knoten. Dann spürte sie, wie ein harter Arm sie umfaßte. Mühelos hob er sie hoch, als wäre sie eine Feder, und als sie dann auf seinem Schoß saß, erinnerte sie sich halb benommen, wie Juan sie in einer ähnlichen Situation mißbraucht hatte.

»Nicht«, flüsterte sie. »Nicht wieder...«

Aber er ignorierte ihr hilfloses Flehen, begann das Lasso zusammenzurollen, mit dem er sie meilenweit durch die Wildnis geschleift hatte, und befestigte es dann hinter dem Sattel. Dann setzte er Sheila so zurecht, daß ihre Schulter unter seiner linken Achselhöhle steckte und ihr Kopf an seiner muskulösen linken Schulter lag. Die linke Hand griff nach den Zügeln, die ums Sattelhorn geschlungen waren, lag dann leicht an ihrer Hüfte, als er das Pferd in Trab setzte. Die anderen Reiter folgten ihm in lockerer Formation.

Durch den Schleier ihrer goldbraunen Wimpern blickte Sheila in sein Gesicht. Die Bartstoppeln betonten noch die harten Linien seines Kinns. Sein schmaler Mund wirkte grausam und gnadenlos. Die aristokratischen Konturen seiner schmalen Nase wiederholten sich in den hohen Wangenknochen. Die schwarzen Augen, deren Blick immer wieder über das Land schweifte, spiegelten nichts von seinen Gedanken wider. Es war ein faszinierendes Gesicht, von aggressiver Männlichkeit, wie aus hartem Holz geschnitzt. Er war ein Mann, den man fürchten mußte. Und doch lehnte Sheila bequem an seiner Brust. Er roch ein wenig nach Moschus, und dieser Duft umnebelte Sheilas Sinne, schien ihre letzte Widerstandskraft zu lähmen und lullte sie schließlich sanft in den Schlaf.

Irgend etwas berührte ihre Wange. Eine leise Samtstimme flüsterte im Befehlston unverständliche Worte in ihr Ohr. Ihre Lider flatterten, langsam öffnete sie die Augen. Nebel schienen ihren Blick zu verschleiern. Sie lehnte an irgend etwas Hartem, Unnachgiebigem. Oder war es jemand? Die Nebel lösten sich auf, und ihr Blick fiel auf behandschuhte Finger, die sich von ihrer Wange entfernten, und dann kehrte die Erinnerung schlagartig zurück.

Sie schwankte, als er aus dem Sattel stieg und sie ihrer Stütze beraubt war. Er hob sie vom Pferd, stellte sie auf die zitternden Beine und begann das Tier abzusatteln. Die Abenddämmerung war hereingebrochen, eine beißende Kälte kroch in Sheilas Glieder. Die Männer schlugen ihr Nachtlager auf. Sie sah sich in der Senke um, in der sie haltgemacht hatten. Dichtes Gras wuchs am Ufer eines schmalen Bachs. Ein Pferd hatte bereits zu grasen begonnen, während sein Reiter ihm noch den Sattel vom Rücken zog. Das Wasserrauschen zog Sheila an wie ein Magnet. Der Durst brannte wie Feuer in ihrer Kehle. Sie starrte auf den Bach, doch ihre Füße waren im Gras wie festgewachsen.

Eine Feldflasche wurde ihr unter die Nase gehalten. Gierig griff sie danach, bis sie die behandschuhte Hand wiedererkannte, die ihr die Flasche reichte. Sie sehnte sich nach dem Wasser, aber sie brachte es nicht über sich, aus seiner Flasche zu trinken. Und so ließ sie die Hände wieder sinken, begegnete herausfordernd seinem Blick, dann wandte sie sich ab und sah in die nachdenklichen Augen des Amerikaners. Sie machte ein paar unsichere Schritte, wurde jedoch sofort aufgehalten von der befehlsgewohnten Stimme, die sie inzwischen so gut kannte, die ein paar leise Worte auf spanisch sprach.

»Ich bin zu müde, um davonzulaufen. Ich will mich nur setzen.« Sie erkannte ihre heisere, keuchende Stimme fast nicht wieder. »Können Sie das nicht verstehen?«

Offenbar hatte man begriffen, was sie wollte, denn niemand hielt sie zurück, als sie zu einem Grashügel taumelte und sich darauf niederließ. Ein Mann gesellte sich zu ihr, eine Feldflasche in der Hand. Sie holte tief Atem bei diesem qualvollen Anblick, starrte anklagend in ein blaues Augenpaar. »Gehen Sie weg!«

»Ich dachte, Sie wollen überleben, Mrs. Sheila Rogers-Townsend«, sagte der Amerikaner spöttisch. »Aber anscheinend ziehen Sie es vor zu verdursten. Hatten Sie schon immer solche selbstmörderischen Bedürfnisse?«

»Das geht Sie nichts an.« Sie schloß die Augen, um die Wasserflasche nicht mehr sehen zu müssen.

»Doch, das geht uns alle was an. Sie haben behauptet, Ihr reicher Vater würde viel Geld für Ihre Freilassung zahlen. Und jetzt versuchen Sie sich umzubringen, bevor er unsere Forderungen erfüllen kann.«

»Geld!« Sheila versuchte zu lachen, aber über ihre Lippen kam nur ein erstickter Laut.

»Da hinten an der Straße haben Sie uns recht überzeugende Gründe genannt, warum wir Sie am Leben lassen sollen. Sie sind nie in Panik geraten, Sie haben nie den Kopf verloren. Warum wollen Sie nicht auch jetzt klug sein und etwas trinken?« Er schraubte den Verschluß der Feldflasche ab, und sie begann zu zittern, als sie das knirschende Geräusch hörte. »Sie wollen doch nicht sterben, Mrs. Townsend.«

Sheila zuckte zusammen. »Nennen Sie mich nicht so«, stieß sie hervor, und dabei dachte sie, daß er recht hatte – daß sie tatsächlich nicht sterben wollte.

Sie spürte, wie er ihr die Flasche an den Mund hielt, der verlockende Geruch des Wassers stieg ihr in die Nase. »Trinken Sie!« Er bog ihren Kopf zurück, ein paar Wassertropfen flossen zwischen ihre Lippen. Sie hob die Hand, um die Flasche noch schräger zu halten, das erfrischende Wasser füllte ihren ausgetrockneten Mund, und sie konnte nicht schnell genug schlucken und begann zu würgen.

»Langsam«, sagte der Amerikaner. »Schluck für Schluck... Und trinken Sie nicht die ganze Flasche auf einmal leer. Später können Sie noch etwas Wasser haben.«

Er nahm ihr die Flasche weg, obwohl ihr Durst noch lange nicht gestillt war, aber sie fühlte sich etwas besser. Prüfend sah sie ihn an. »Wie heißen Sie?«

Er schraubte die Flasche zu und ließ sich Zeit mit der Antwort. »Man nennt mich Laredo. Das ist genauso gut wie irgendein anderer Name.«

»Stammen Sie denn aus Laredo?«

»Nicht direkt.«

»Sind Sie Amerikaner?«

»Ich bin da geboren.« Er blickte nach Norden, und seine Stimme klang so, als würde er nie mehr dorthin zurückkehren wollen.

»Was sind das für Männer?«

»Sie meinen, wie sie heißen – was sie von Beruf sind?« Laredo schüttelte den Kopf. »Das haben sie wahrscheinlich vergessen, und das ist auch besser so.«

Sie hatten Feuer gemacht, und die Flammen warfen flackernde Schatten auf Juans bösartiges Gesicht. Er beobachtete Sheila, und sie erinnerte sich an den fauligen Geruch seines Atems, an seine schmutzigen Hände auf ihrer Haut. »Es ist wohl leichter für Sie und Ihre Freunde, zu stehlen, zu morden und Frauen zu vergewaltigen«, stieß sie haßerfüllt hervor.

Er war der Richtung ihres Blicks gefolgt, und als er sie wieder ansah, waren seine blauen Augen ausdruckslos. »Ich lasse Ihnen die Flasche hier«, sagte er und stellte sie ins Gras. »Aber Sie sollten noch eine Weile warten, bevor Sie wieder trinken.« Er stand auf und wollte davongehen, aber sie rief ihn zurück.

»Laredo! Was haben die Männer mit mir vor? Soll ich heute nacht für Sie und Ihre Freunde als Vergnügungsobjekt dienen?«

Langsam drehte er sich zu ihr um. »Sie haben gesagt, Ihr Vater würde keinen Cent für Sie bezahlen, wenn Ihnen irgend etwas zustieße.«

»Das ist keine Antwort auf meine Frage.«

Laredo zuckte mit den Schultern und ging zum Lagerfeuer. Sheila blickte nachdenklich vor sich hin. Nichts könnte diese Männer daran hindern, sie zu vergewaltigen und trotzdem Lösegeld von ihrem Vater zu fordern.

Als sie den Geruch von gekochten Bohnen wahrnahm, der vom Feuer herüberdrang, spürte sie, wie hungrig sie war. Seit ihrer letzten Mahlzeit waren fast vierundzwanzig Stunden vergangen, die ihr wie eine Ewigkeit erschienen. Alpträume dauern immer endlos lange, dachte Sheila, und der ihre hatte eben erst begonnen. Laredo saß mehrere Yards von ihr entfernt mit gekreuzten Beinen auf der Erde und aß von seinem Teller, den er mit einer Hand festhielt. Sheila beobachtete ihn mit knurrendem Magen. Neben ihm stand ein Becher, der verlockend nach heißem Kaffee duftete.

Vor dem Feuerschein zeichneten sich die Umrisse einer großen Gestalt ab, die auf sie zukam. An den geschmeidigen Bewegungen erkannte sie sofort den Anführer. Erst als er nur noch wenige Schritte von ihr entfernt war, sah sie, daß er in einer Hand einen Teller und in der anderen einen Becher trug. Er stellte die Mahlzeit neben sie auf den Boden, dann richtete er sich wieder auf. Gierig blickte sie auf die Bohnen mit dem Stück Fleisch und der Brotscheibe, auf den Kaffeebecher, hielt die gefesselten Hände hoch, damit er den Knoten lösen konnte. Aber er starrte nur auf sie herab, und seine harten Gesichtszüge blieben in den Schatten der Nacht verborgen. »Binden Sie mich los!« verlangte sie. Er rührte sich nicht, und Sheila sah ungeduldig zu Laredo hinüber. »Würden Sie Ihrem geistesschwachen Anführer bitte sagen, daß ich mit gefesselten Händen nicht essen kann?«

Ein Wortwechsel auf spanisch folgte ihren Worten, dann stellte Laredo seinen Teller beiseite, kam zu ihr und band ihr die Hände los.

»Danke.« Sheila bog ihre fast gefühllosen Finger und blickte auf die roten Striemen an ihren Handgelenken.

Er zuckte mit den Schultern. »Ich befolge nur seine Befehle«, sagte er und kehrte zu seinem Teller zurück.

Während der nächsten Minuten verdrängte sie alle Gedanken und konzentrierte sich ganz auf das Essen. Als kein Krümel mehr übrig war, spülte sie den letzten Bissen mit einem Schluck Kaffee hinunter. Dann umklammerte sie den heißen Becher mit beiden Händen und starrte auf das sterbende Feuer, ebenso wie Laredo. Sie sah ihn an, und sie fand, daß er im sanften Schein des schwindenden Lichts jünger aussah. Ein

Ausdruck der Verlassenheit lag in seinen Augen, der Sheilas Neugier weckte. »Sie gehören nicht wirklich zu diesen Männern«, sagte sie leise.

»Nein?« fragte er zynisch.

»Sie sind ganz anders.«

»Warum? Weil ich Englisch kann?«

»Nicht nur deshalb. Warum sind Sie bei Ihnen? Ich kann nicht glauben, daß Sie freiwillig hier sind.«

»Sie wollen es nicht glauben«, verbesserte er sie.

»Sind Sie denn freiwillig hier?«

»Ja, sie sind meine Freunde.«

»Obwohl sie einen Mann getötet haben?«

»Meinen Sie Ihren Ehemann? Er wurde von seiner eigenen Dummheit getötet. Wenn er nicht nach seiner Waffe gegriffen hätte, wäre ihm nichts passiert. Er hätte nur ein bißchen Geld verloren.« Er warf ihr einen kurzen Blick zu. »Ich habe übrigens festgestellt, daß sein Tod Ihnen keinen übertriebenen Kummer bereitet.«

Sheila ignorierte diese Bemerkung. »Er hat also seinen Tod provoziert, weil er sein Eigentum verteidigt hat? Auf diese Weise wollen Sie den Mord rechtfertigen?« Sie blickte zu dem Anführer hinüber, der nur wenige Schritte entfernt stand. »Oder sprechen Sie nur seine Worte aus? Die Worte Ihres Bandenführers, der mir so gnädig das Leben geschenkt hat, um mich dem Schwein auszuliefern, das meinen Mann umgebracht hat?«

Laredo nippte an seinem Kaffee und gab keine Antwort.

»Was ist denn los mit Ihnen?« fuhr sie mit schneidender Stimme fort. »Glauben Sie, ich wüßte nicht mehr, daß Sie keinen Finger für mich gerührt haben, als er mich Ihrem Bandenbruder ausgeliefert hat? Aber das kann ich Ihnen wohl nicht zum Vorwurf machen, was? Sie müssen Ihrem Boß gehorchen.«

»Genau«, erwiderte Laredo gelassen.

»Wer ist er eigentlich? Dieser Teufel in Menschengestalt...«

»Namen sind bei uns nicht wichtig. Trinken Sie Ihren Kaffee.«

»Und Sie gehorchen ihm bedingungslos? Immer?« Es schien so sinnlos zu sein, sich an ihn zu wenden, aber er war ihre einzige Hoffnung. »Laredo, Sie müssen mir helfen, Sie sind Amerikaner, und ich bin Amerikanerin. Sie können nicht zulassen, daß diese Männer all das tun, was sie mit mir vorhaben. Bitte! Sie müssen mir zur Flucht verhelfen...«

»Damit Sie zu den Soldados gehen?« unterbrach er sie. »Zur Policia? Damit Sie alles erzählen, was hier geschehen ist? Sie vergessen, daß man mich genauso jagen würde wie meine Freunde.«

»Ich werde nichts sagen. Ich schwöre es. Bitte, helfen Sie mir!«

»Das ist unmöglich«, sagte er und trank seinen Becher leer.

Tränen brannten in ihren Augen. »Wohin werden Sie mich bringen?«

Er zeigte nach Westen. »Da hinauf.«

Sie wandte den Kopf, und die glühende Spitze einer Zigarette erinnerte sie daran, daß der Bandenführer noch immer in ihrer Nähe stand. Ihr Blick wanderte zu den dunklen Umrissen der Sierra Madre, die sich unter dem Sternenhimmel abzeichneten. »In die Berge?« fragte sie, und Laredo nickte.

Natürlich – diese Wildnis war bestens geeignet, um den Outlaws als Unterschlupf zu dienen... Sheilas Herz wurde schwer vor Verzweiflung. »Und wie wollen Sie Kontakt mit meinem Vater aufnehmen?«

»Es gibt Mittel und Wege«, sagte Laredo.

»Was geschieht mit mir, wenn Sie das Geld haben?«

»Diese Entscheidung liegt nicht bei mir.«

»Nein!« stieß sie verächtlich hervor. »Das wird *er* bestimmen. Machen Sie eigentlich immer alles, was er will?«

»Sie reden zuviel.« Er erhob sich und reichte Sheila eine Hand, um ihr auf die Beine zu helfen. »Es ist schon spät. Wir müssen schlafen gehen.«

»Wir?« wiederholte sie atemlos.

Laredo nickte. »Sie schlafen heute nacht bei mir.«

Wut stieg in ihr auf. Hatte er geglaubt, sie würde keinen Widerstand leisten? Weil er Amerikaner war und mit ihr gesprochen hatte, dachte er wohl, sie würde dankbar sein, weil sie bei ihm schlafen durfte und nicht bei einem der anderen Banditen. Sein ausgestreckter linker Arm hob den Poncho an, so daß sie das Messer blitzen sah, das in seinem Gürtel steckte.

Sie täuschte bittere Resignation vor, griff nach seiner Hand und ließ sich auf die Beine ziehen. Dann tat sie so, als würde sie stolpern, und riß blitzschnell das Messer aus der Scheide, bevor Laredo wußte, wie ihm geschah. Sofort sprang sie zwei Schritte zurück, die Messerklinge blinkte drohend im Schein des erlöschenden Lagerfeuers. »Rühren Sie mich nicht an!«

»Sie kleine Närrin«, sagte er seufzend. »Geben Sie mir das Messer.«

»Wenn Sie mir in die Nähe kommen...« Ein brennender Schmerz schnitt ihr das Wort ab. Stahlharte Finger umklammerten von hinten das Gelenk der Hand, die das Messer hielt, drehten ihr den Arm auf den Rücken, bis sie gezwungen war, das Messer fallen zu lassen. Dann wurde sie herumgewirbelt, eine andere Hand griff in ihr Haar, riß ihren Kopf nach hinten, und sie starrte in die kohlschwarzen Augen des Bandenführers.

Sein Blick wanderte über ihr Gesicht, blieb an den zitternden Lippen hängen, und sie erwartete jeden Moment, seinen harten Mund auf dem ihren zu spüren, erwartete seinen brutalen Kuß...

Aber da schleuderte er sie von sich, so daß sie taumelnd zu Boden fiel. Dann hob er den Strick auf, der ihre Handgelenke gefesselt hatte, warf ihn Laredo zu und erteilte einen Befehl auf spanisch. Laredo grinste, als er sie erneut fesselte. »Sie verrücktes Huhn! Warum haben Sie das gemacht?«

»Ich werde es immer wieder versuchen.«

»Das weiß er.« Laredo warf eine Decke über sie, dann holte er seinen Sattel und legte ihn neben Sheilas Kopf. Als er seine Decke ausgeschüttelt hatte, legte er sich an Sheilas Seite nieder und benützte den Sattel als Kopfkissen. »Schlafen Sie, Mrs. Townsend. Wir haben einen langen, anstrengenden Tag vor uns. Übrigens wird das Camp die ganze Nacht bewacht, und ich habe einen sehr leichten Schlaf.«

Sheila unterdrückte ein Schluchzen der Enttäuschung und blickte dem hochgewachsenen Mann nach, als er die Tassen und Teller zum Feuer trug und dann zurückkam, um ein paar Schritte von ihr entfernt in der Dunkelheit stehenzubleiben. Ein Streichholz flammte auf, abgeschirmt von einer Hand, die sich um eine Zigarette wölbte. Dann konnte sie die Umrisse seiner Gestalt nicht mehr sehen, aber sie wußte, daß er da war – ihr neuer Peiniger.

Die Tatsache, daß Laredo nur neben ihr lag, ohne sie anzurühren, gab ihr kein Gefühl der Sicherheit oder Erleichterung.

Sie erschauerte immer noch, wenn sie an die Arme dachte, die sie festgehalten hatten. Als sie die Augen schloß, bezweifelte sie, daß es ihr gelingen würde einzuschlafen.

Die verknoteten Stricke scheuerten auf der wunden Haut ihrer Handgelenke. Und der harte Boden preßte sich gegen ihre erschöpften, schmerzenden Muskeln. Sheila roch den Duft des brennenden Tabaks. Überleben, dachte sie und hätte am liebsten gelacht.

7

Das harte Sattelleder hatte Sheilas Schenkel wundgerieben. Sie hatte nicht mehr die Kraft, sich mit den gefesselten Händen an der Sattelkante festzuhalten. Sie sehnte sich danach, den Kopf an Laredos breiten Rücken zu lehnen. Aber sie wußte, er würde wie ein Ball immer wieder abprallen, wenn sie es versuchte. Der Bandenführer ritt neben ihnen. Er hatte den ganzen Tag im Sattel gesessen, aber er sah frisch und munter aus und schien nicht einmal den Bruchteil der Müdigkeit zu spüren, die Sheila quälte.

Sie ritten steil bergauf. Im Morgengrauen waren sie aufgebrochen, und bei Sonnenaufgang hatten sie die Berge erreicht, hatten Pässe überquert und Täler durchmessen. Offenbar war es allein der Instinkt des Anführers, der ihnen den Weg wies. In einem Augenblick bitteren Hasses hoffte Sheila, daß er sich verirren möge, doch dieses Gefühl hielt nicht lange an, als sie an der Hinterbacke des Pferdes abrutschte. »Hilfe!« schrie sie.

Laredo griff nach hinten, um sie festzuhalten, während das Pferd den Hang hinaufgaloppierte. Auf einem schmalen Grat fiel es wieder in Trab. »Können wir nicht anhalten und rasten?« bat Sheila verzweifelt. »Oder wenigstens langsamer reiten?«

»Wir sind bald da«, versprach er ohne Mitleid.

»Wo? In der Hölle?«

Eine Ewigkeit schien vergangen zu sein, als sie in eine Schlucht bogen. Die Felswände ragten fast senkrecht zu beiden Seiten auf. Die Pferde beschleunigten ihre Schritte, zogen am Gebiß, als sie ihr Zuhause erblickten.

Sheila sah über Laredos Schulter und versuchte einen Eindruck vom Ziel der Reiter zu gewinnen. Verkümmerte Büsche klammerten sich an Felswände, die immer enger zusammenrückten. Der Bergkorridor mündete in einen schmalen Canyon, der sich tief ins Innere der Sierra-Madre-Kette grub. Ein gewundener Pfad führte durch den Canyon zu einigen Adobehütten. Vor einem der Häuschen zügelte Laredo sein Pferd, stieg ab und hob Sheila aus dem Sattel. Wie durch einen Schleier sah sie, daß die übrigen Reiter zu anderen Hütten ritten, hörte dumpf fröhliche Stimmen, sah Gestalten, die aus den Türen liefen.

Laredo führte Sheila in die Hütte, und sie sah sich uninteressiert um. Eine primitive Küche mit einem Eßtisch nahm fast die Hälfte des Raumes ein. Die einfachen Möbel in der anderen Hälfte sollten wohl den Anschein eines Wohnzimmers erwecken. Ein Torbogen führte in einen Flur, an dem vermutlich weitere Räume lagen.

Eine vertraute spanische Stimme begann hinter Sheila zu sprechen. Sie wandte sich um und blickte in die dunklen Augen ihres Kidnappers. Kaltes Metall glitt zwischen ihre Handgelenke, sie senkte den Kopf und sah, daß Laredo ihre Fesseln durchschnitt. Nachdem er sein Messer in die Scheide zurückgesteckt hatte, schlenderte er zur Tür.

»Wohin gehen Sie?« rief Sheila und versuchte, nicht zu zeigen, wie sehr sie sich davor fürchtete, mit dem Bandenführer allein zu bleiben.

»Ich muß mich um die Pferde kümmern.« Laredo ging hinaus, und Sheila wandte sich unbehaglich von dem glitzernden schwarzen Augenpaar ab, denn sie hatte das unheimliche Gefühl, daß er ihre Gedanken lesen konnte. Er trat neben sie und wies mit einer herrischen Geste auf den Torbogen. »Señora...« Widerstrebend folgte sie ihm durch einen schmalen Korridor, von dem zwei Türen abgingen. Er zeigte auf die letzte Tür, und Sheila betrat eine kleine Zelle, die mit einer Pritsche, einem einfachen Toilettentisch mit Waschbecken und einem Stuhl eingerichtet war. Über dem Toilettentisch hing ein Spiegel, und Sheila erschrak, als sie ihr Gesicht sah. Ihr schweißnasses Haar hing ihr staubig und glanzlos auf die Schultern, ihre Wangen waren vor Schmutz verkrustet. Unbewußt berührte Sheila ihre Wange, als wollte sie sich vergewissern, daß es tatsächlich ihr Spiegelbild war, das ihr entgegenblickte. Sie tastete über die Staubschicht, die ihre sonst so zarte, klare Haut bedeckte. Jetzt erst erkannte sie, wie schmutzig sie am ganzen Körper sein mußte, nahm den Geruch nach Schweiß und Pferden wahr, der ihrer Haut und ihren Kleidern anhaftete.

»Kann ich mich irgendwo waschen?«

In den schwarzen Augen spiegelte sich kein Begreifen wider. Sheila seufzte ungeduldig. Wie sollte sie ihm nur klarmachen, was sie wollte. »Ich möchte mich waschen – baden...«

Er beobachtete ihre Pantomime, dann nahm er den Krug, der auf dem Toilettentisch stand, und goß Wasser in die Schüssel.

»Nein, nein... Señor – wie immer Sie auch heißen...«

»Ráfaga«, unterbrach er sie.

Keine Gefühlsregung zeigte sich in dem schmalen, harten Gesicht, in den kühlen schwarzen Augen.

Sheila starrte ihn neugierig an. Sie war sich nicht sicher, ob er ihr seinen richtigen Namen genannt hatte. Da Laredo es stets vermieden hatte, den Namen seines Anführers zu erwähnen, hatte sie angenommen, daß dies ein Geheimnis bleiben sollte.

»Señor Ráfaga?« wiederholte sie, um sicherzugehen, daß sie ihn richtig verstanden hatte, was er mit einem arroganten Kopfnicken bestätigte. »Señor Ráfaga«, begann Sheila noch einmal, »ich will mir nicht nur die Hände waschen – sondern alles – mein Haar, die Kleider... Verstehen Sie?«

Sein Gesicht war ausdruckslos. Er mußte doch begreifen, was sie meinte. Sie fragte sich, ob er sich absichtlich dumm stellte, als er wieder auf die Schüssel zeigte.

»Sie ist zu klein.« Sheila setzte sich auf den Boden und tat so, als würde sie Wasser an sich hochspritzen. »Ich will baden – in einer Wanne, verstehen Sie?«

Ein spöttisches Gelächter klang in der Tür auf. »Was machen Sie denn da?« fragte Laredo.

Sheila wurde rot vor Verlegenheit. Steifbeinig stand sie auf, wischte den Staub von ihren Jeans und versuchte ihre Würde zurückzugewinnen. »Könnten Sie diesem Schwachkopf beibringen, daß ich baden will?«

»Mit einem solchen Luxus können wir hier draußen leider nicht dienen.«

»Aber es gibt doch sicher irgendein Gefäß, das etwas größer ist als diese idiotische Schüssel. Wo baden Sie denn?« fragte sie herausfordernd. Dann fügte sie sarkastisch hinzu: »Oder baden Sie nie?«

Ein spanischer Einwand hinderte Laredo zu antworten. Die beiden Männer wechselten ein paar Worte, und schließlich sagte der Anführer: »Baño.«

»Das heißt ›Bad‹«, erklärte der Amerikaner.

Sheila seufzte ungeduldig. »Wenigstens hat er es endlich begriffen.«

»Sie können in einem Bach baden«, sagte Laredo.

Der Mann, der sich als Ráfaga vorgestellt hatte, öffnete eine Schublade des Toilettentisches und nahm ein zusammengefaltetes Handtuch heraus, das er Sheila reichte, zusammen mit einem gebrauchten Seifenstück. Dann wies er mit dem Kopf zur Tür, und sie folgte ihm aus dem Haus.

Ein Mann, mit einem Gewehr bewaffnet, lehnte an einem Verandapfosten. Als er Sheila in der Tür sah, richtete er sich sofort auf, entspannte sich aber wieder, als er hinter ihr Ráfaga und Laredo erkannte. Sie kannte den Mann nicht und war fast sicher, daß er nicht zu der Bande gehörte, die sie hierhergebracht hatte. Ráfaga bedeutete ihr zu warten, während er mit dem Fremden sprach. Sie drehte sich neugierig zu Laredo um. »Wer ist das? Und was macht er hier?«

»Er bewacht die Hütte. Solange Sie hier sind, wird immer jemand vor der Tür stehen.«

»Hat Ráfaga Angst, daß ich wieder mal ein Messer stehle?« Als Sheila seinen erstaunten Blick sah, fügte sie hinzu: »Er hat mir gesagt, daß er so heißt.«

»Ja, so wird er genannt.«

»Sie scheinen überrascht zu sein...« Sie legte den Kopf schief und sah ihn herausfordernd an.

»Nun, ich finde es erstaunlich, daß Sie das begriffen haben – nachdem Sie mit dem Wort ›Bad‹ solche Schwierigkeiten hatten.« Seine blauen Augen funkelten belustigt.

»Ich Tarzan, du Jane – mit dieser Methode geht's viel leichter.« Sheila zuckte mit den Schultern. »Wahrscheinlich heißt er in Wirklichkeit genausowenig Ráfaga wie Sie Laredo.«

»Das ist ein Name, den ihm seine Männer gegeben haben.«

»Und was bedeutet er?« Sheila sah den großen, dunkelhaarigen Mann an. Vielleicht Panther, dachte sie, denn er erinnerte sie immer wieder an eine Raubkatze.

»Es bedeutet...« Laredo zögerte, suchte nach dem englischen Äquivalent. »Windhauch – oder Lichtblitz.«

Diese Wörter wiesen auf etwas Behendes, Flinkes, Flüchtiges hin. Ein passender Name, wenn man an den Lebenswandel dieses Mannes dachte, fand Sheila. »Und wie heißt er wirklich?«

»Das weiß ich nicht.« Laredo nahm seinen Hut ab, strich sich mit den

Fingern durch das dichte braune Haar. Dann setzte er den Hut wieder auf und zog ihn tief in die Stirn. »Diese Frage wird hier nicht gern gehört.«

Laredo legte den Kopf in den Nacken und blickte unter der Hutkrempe hervor ausdruckslos auf Sheila.

Sie wies mit einer weit ausholenden Armbewegung auf die Berge ringsum und stieß einen bitteren Seufzer aus. »Wohin soll ich denn gehen?«

»Sie können nirgendwohin gehen«, antwortete Laredo. »Aber Ráfaga glaubt, daß Sie dumm genug sein werden, es zu versuchen.«

»Und Sie glauben das auch?«

»Immerhin haben Sie mir das Messer gestohlen. Ja...« Laredo nickte. »Ich glaube, Sie würden versuchen davonzulaufen. Aber Sie hätten keine Chance.«

Der Wächter hörte aufmerksam zu, als Ráfaga auf ihn einredete, und ließ Sheila nicht aus den Augen. Offenbar war sie der Gegenstand des Gesprächs. »Soll der Mann mich oder Ráfaga bewachen?«

»Diego oder jemand anderer wird stets darauf aufpassen, daß Sie keine einsamen Spaziergänge machen«, erwiderte Laredo.

Auch ohne die Erklärung hätte Sheila gewußt, daß sie unweigerlich in der Falle saß. Ihr Gefängnis bestand aus Wänden und Wärtern, nur die Gitterstäbe an den Fenstern fehlten.

Ráfaga kam zu ihr zurück, Laredo hob in spöttischem Salut die Fingerspitzen an den breiten Hutrand und ging davon. Der Anführer geleitete Sheila hinter das Haus, wo im Schatten hoher Bäume ein kleiner Stauteich lag, durch den ein Bach floß. Die Wasserfläche glitzerte kühl und einladend. Für einen Augenblick vergaß Sheila ihre mißliche Lage. Sie legte das Handtuch und die Seife ans Ufer und wollte sich den schmutzigen Poncho über den Kopf ziehen, als ihr einfiel, daß Ráfaga immer noch hinter ihr stand.

»Würden Sie sich bitte umdrehen?« Sie machte eine kreisende Handbewegung. Er rührte sich nicht. Sheila verschränkte die Arme vor der Brust und wartete.

»Baño«, sagte er und zeigte auf den Teich.

»Erst wenn Sie sich umdrehen. Trauen Sie sich zu, allein auf mich aufzupassen?« Sheila starrte in Ráfagas ausdruckslose Augen. Sie wußte, daß er kein Wort von dem verstand, was sie da sagte. Aber sie mußte ihrer Wut Luft machen, sonst würde sie daran ersticken. »Haben Sie keine Angst, daß ich in meiner Verzweiflung irgend etwas Verrücktes tun werde? Ich könnte Ihnen zum Beispiel die Augen auskratzen.«

Der zornige Klang ihrer Stimme veranlaßte ihn nicht einmal, mit der Wimper zu zucken. Natürlich, er wußte ja, daß das Gift, das sie verspritzte, völlig wirkungslos war.

Er ging zu einem Baum und lehnte sich lässig mit der Schulter an den Stamm, dann sagte er ein paar Worte auf spanisch. Sie hörte »Baño« und »Casa« heraus, und da sie wußte, daß das letztere Wort »Haus« bedeutete, nahm sie an, daß sie in die Adobehütte zurückkehren würden, wenn sie jetzt nicht ihr Bad nahm. Wütend erkannte sie, daß sie die Wahl hatte – entweder blieb sie schmutzig, oder sie zog sich vor seinen Augen aus. Sie kehrte ihm den Rücken zu, zog sich den Poncho über den Kopf, und ihre Finger bebten vor Zorn. »Wenn Sie auf eine Privatvorstellung hoffen, dann täuschen Sie sich! Meine Kleider sind genauso schmutzig wie ich.« Mit einer Hand hielt sie die Bluse vor der Brust zusammen, dann fuhr sie herum und warf ihm den Poncho ins Gesicht. Mit einer lässigen Handbewegung fing er ihn auf.

Sheila setzte sich, um ihre Schuhe auszuziehen, dann glitt sie von der Böschung ins Wasser. Es war so eiskalt, daß es ihr sekundenlang den Atem verschlug. Wenn sie sich auf den Grund des seichten Teichs setzte, ging ihr das Wasser bis zum Hals. Sie zog die Bluse und die Jeans aus, warf die nassen Kleider ans Ufer. Das Höschen behielt sie an. Rasch seifte sie sich von Kopf bis Fuß ein, und als sie den Seifenschaum aus dem Haar gespült hatte, waren ihre Glieder fast gefühllos vor Kälte. Sie bewegte sich zum Ufer, tastete nach dem Handtuch, schüttelte es auseinander, hielt es vor der Brust und stieg aus dem Teich.

Ráfaga lehnte immer noch an dem Baumstamm und sah zu, wie sie das Handtuch unter den Achseln festklemmte, ihre Kleider wusch und dann anzog. Da die Bluse keine Knöpfe mehr hatte, band sie die Zipfel unter der Brust zusammen. Dadurch wurden ihre Rundungen zwar deutlich nachgezeichnet, aber das war immer noch besser, als den schmutzigen Poncho auf der nackten Haut zu spüren. Nachdem sie das Handtuch wie einen Turban um ihr nasses Haar gewickelt hatte, drehte sie sich zu Ráfaga um. Stolz hob sie das Kinn und versuchte, die Kälteschauer zu unterdrücken, die ihr über den ganzen Körper liefen.

Ráfaga machte eine leise Bemerkung auf spanisch und zeigte auf ihre

Schuhe. Sie wurde rot und zwängte hastig ihre nassen Füße hinein. Dabei mußte sie sich bücken, und sie spürte seinen Blick, der in den tiefen Busenausschnitt fiel, und wandte sich rasch ab.

Ihre Zehen quietschten bei jedem Schritt, als er sie zum Haus zurückführte. Als sie eingetreten waren, begann Sheila zu niesen, und er entfernte sich von der Tür. »Haben Sie etwa Angst, daß Sie sich einen Schnupfen bei mir holen?« rief sie ihm nach.

Sie ging in ihr Zimmer und wollte sich gerade in die Bettdecke wikkeln, als Ráfaga mit einem weißen Männerhemd zurückkam.

»Gracias.« Sheila bezweifelte, daß die Geste anderen Motiven entsprungen war als dem selbstsüchtigen Wunsch, sich nicht mit einer kranken Frau belasten zu müssen.

»Por nada«, lautete die knappe Antwort, und dann ließ er sie allein. Hastig zog Sheila die nassen Sachen aus und schlüpfte in das trockene Hemd. Ihre bebenden Finger hatten kaum den letzten Knopf geschlossen, als Ráfaga zurückkam. Er musterte sie von ihrem Turban bis zu den Zehen, und sein Blick verweilte besonders lange auf ihren nackten Beinen. Das Hemd reicht bis zur Mitte ihrer Oberschenkel.

Wortlos warf er einen Kamm auf ihr Bett, packte die tropfnassen Kleider und ging wieder hinaus. Sheila kroch unter die Bettdecke und war schon nach wenigen Minuten eingeschlafen.

Eine Frauenstimme weckte sie. Die Sonne war noch nicht untergegangen, also konnte sie nicht allzulange geschlafen haben. Sie lauschte der Stimme, die ein spanisches Lied trällerte. Neugierig schlug Sheila die Decke zurück und stand auf. Auf bloßen Füßen ging sie leise durch den Korridor, blieb im Torbogen stehen und sah sich nach der Sängerin um.

Ráfaga stand in der Küche und hielt eine dampfende Tasse in der Hand. Sein anderer Arm war um die Taille eines schlanken, brünetten Mädchens geschlungen. Lachend sah sie zu ihm auf, die Hände auf seine Brust gelegt. Sein Hemd war halb aufgeknöpft, damit sie seine nackte Haut spüren konnte. Er war nun rasiert, kein Hut verdeckte sein ebenholzschwarzes, dichtes Haar. Seine Gesichtszüge strahlten in diesem Augenblick, als er das Mädchen anlächelte, eine harte, vitale Männlichkeit aus, die ihn gefährlicher wirken ließ als je zuvor. Sheila spürte, wie sich ihr Pulsschlag beschleunigte.

Sie hatte sich nicht gerührt, aber irgend etwas verriet Ráfaga, daß sie im Torbogen stand. Er wandte sich zu ihr, und auch das brünette Mädchen folgte seiner Blickrichtung. Sie hob überrascht die Brauen, als sie Sheila entdeckte, dann leuchtete wilder Haß in ihren schwarzen Augen auf, und sie begann Ráfaga auf spanisch zu beschimpfen, was ihn aber offensichtlich nicht beeindruckte.

Er machte eine leise Bemerkung, die das Mädchen jedoch nicht beruhigte. Es stürmte auf Sheila los, auf die sich ein wütender spanischer Wortschwall ergoß. Anscheinend paßte es Ráfagas Freundin nicht, eine fremde Frau im Haus zu haben, die noch dazu so leicht bekleidet war.

Dem verächtlichen Blick des Mädchens und der schneidenden Stimme entnahm Sheila, daß der Wortschwall wenig schmeichelhafte Kommentare über sie enthielt. Sheila lächelte, amüsiert über die unbegründete Eifersucht des Mädchens.

Als die Brünette das sah, wurde sie noch wütender, lief auf Sheila zu und spuckte ihr ins Gesicht. Nun stieg auch in Sheila heiße Wut auf, und ohne lange zu überlegen, verabreichte sie dem Mädchen eine schallende Ohrfeige. Kreischend stürzte sich die Brünette auf Sheila und riß sie an den Haaren. Sheila wehrte sich mit Zähnen und Fingernägeln. Ráfagas scharfer Befehl verhallte wirkungslos.

»Heiliger Jesus!« Der verwirrte Laredo war in der Tür erschienen. Er erholte sich jedoch sofort von seiner Überraschung und trennte mit Ráfagas Hilfe die beiden schreienden Mädchen. Ein Arm schlang sich von hinten um Sheilas Taille und zerrte sie aus der Reichweite der Brünetten. »Lassen Sie mich los!« brüllte sie und hämmerte sinnlos auf den muskulösen Arm ein, der sie umklammerte. Ihre Gegnerin, die von Laredo festgehalten wurde, schrie gellend. Ráfaga drehte Sheila zu sich herum und sah ihr spöttisch in die Augen, dann sagte er zu der Brünetten etwas auf spanisch. Sheila entnahm seinem Tonfall, daß er von ihr sprach und daß es sich keineswegs um ein Kompliment handelte. »Was hat er gesagt?« fuhr sie Laredo an.

Der Amerikaner zögerte und warf seinem Boß einen kurzen Blick zu, dann erklärte er: »Er versuchte Elena Vernunft beizubringen. Er fragte sie, warum er sich eine Wildkatze mit Krallen und gelben Augen ins Bett holen sollte, wenn er statt dessen ein sanftes Schmeichelkätzchen haben könnte.«

Diese Worte entfachten Sheilas Zorn von neuem. »Sie Bastard!« schrie sie Ráfaga ins Gesicht. »Als ob ich mich von Ihnen jemals anrühren lassen würde... Sie Mörder! Ich – in Ihrem Bett? Lieber würde ich in einer Schlangengrube liegen!«

Seine Augen verengten sich, als er ihren haßerfüllten Blick sah. Dann nahm er sie auf die Arme und trug sie in ihr Zimmer. Unsanft ließ er sie auf die Pritsche fallen und blieb daneben stehen. Er sagte kein Wort, aber seine ganze Haltung schien auszudrücken, daß er sie mit Leichtigkeit in sein Bett holen könnte, wenn er nur wollte. Alle Farbe war aus ihrem Gesicht gewichen, als er sich abwandte und das Zimmer verließ.

8

Eine Stunde später kam Laredo zu ihr, um ihr zu sagen, daß das Essen fertig sei. Sie hatte zwar Hunger, aber keine Lust, in den Hauptraum des Hauses zu Ráfaga und seiner heißblütigen Geliebten zurückzukehren. Aber Laredo erklärte mit kühler Stimme, daß niemand ihr ein Tablett bringen würde. »Wenn Sie essen wollen, müssen Sie sich an den Küchentisch setzen.«

Er hatte sich gewaschen und rasiert und sah jetzt typisch amerikanisch aus, aber Sheila wußte, daß er sich nicht mit ihr verbunden fühlte, nur weil sie dieselbe Nationalität besaßen. Er war ein Mitglied der Bande, und deshalb gehörte er zu ihren Feinden.

Sheila stand an dem kleinen Fenster. Sie hatte den Vorhang beiseite geschoben, um den Sonnenuntergang zu betrachten. Nun ließ sie den Vorhang fallen und wandte sich zu Laredo um. Ihr ausdrucksvoller Mund war zu einem Strich zusammengepreßt.

»Also gut, ich komme. Aber sagen Sie dieser kleinen mexikanischen Katze, daß sie mich in Ruhe lassen soll.«

»Ráfaga hat sie schon besänftigt.«

»Hoffentlich! Sonst muß er mit einem Mädchen ins Bett gehen, das die Wangen voller Kratzer und kaum mehr Haare auf dem Kopf hat.«

Laredo grinste. »Unterschätzen Sie Elena nicht! Ich glaube, sie würde aus einem solchen Kampf als Siegerin hervorgehen.«

»Sie sollten mich auch nicht unterschätzen, Laredo. Ich habe in den letzten Tagen sehr viel gelernt.« Damit ging Sheila an ihm vorbei in den Flur.

Als sie den Hauptraum betrat, saß Ráfaga am Kopfende des Tisches, und die Mexikanerin verteilte das Essen auf Keramikteller. Sheila nahm an Ráfagas rechter Seite Platz. Immer wieder spürte sie, daß ihr das brünette Mädchen haßerfüllte Blicke zuwarf. Die Atmosphäre war so gespannt, daß Sheila kaum einen Bissen herunterbrachte. Schließlich legte sie ihre Gabel beiseite und bat Laredo, der ihr gegenübersaß: »Sagen Sie ihr doch, sie soll mir ein Messer geben. Dann kann sie ganz sicher sein, daß er mir nie in die Nähe kommen wird.«

Laredo unterdrückte ein Grinsen, warf seinem Boß einen kurzen Blick zu, dann übersetzte er, was Sheila gesagt hatte. Elena starrte die Amerikanerin skeptisch an und gab auf spanisch Antwort.

»Sie glaubt, daß Sie das nur sagen, weil Sie sich vor ihr fürchten«, wiederholte Laredo auf englisch. »Nur eine alte, verkrüppelte Frau würde einen Mann wie Ráfaga aus ihrem Bett jagen, und Sie sehen weder alt noch verkrüppelt aus.«

Diese Andeutung, daß Ráfaga ein so begehrenswerter Liebhaber war, wirkte wie ein rotes Tuch auf Sheilas Temperament. Da das Lob zuerst auf spanisch ausgesprochen worden war, hatte er es natürlich verstanden. Ihre katzengoldenen Augen starrten ihn an, ausdruckslos erwiderte er ihren Blick.

»Also – das ist doch...«, stammelte Sheila in hilfloser Wut, dann beherrschte sie sich mühsam, preßte die Lippen zusammen und wandte sich an Laredo.

»Dann sagen Sie ihr, daß er meinen Mann ermordet hat und daß ich mir sehnlich wünschte, er möge ein ähnliches Schicksal erleiden.«

Die Brünette hob das Kinn, als Laredo ihr Sheilas Worte übersetzt hatte, dann nickte sie verständnisvoll, und das kampfeslustige Funkeln in ihren Augen erlosch. Offenbar war sie nun überzeugt, daß Sheila ihr keine Konkurrenz machen würde. Der Waffenstillstand erlaubte es Sheila, ihren Teller in Ruhe leer zu essen. Dann kehrte sie in ihr Zimmer zurück.

Ihre Gedanken bewegten sich immer wieder im Kreis. Wie lange würde es dauern, bis die Banditen Verbindung mit ihren Eltern aufgenommen und das Lösegeld erhalten hatten?

Die Nacht brach herein. Sheila legte sich auf die harte Matratze, deckte sich zu und hoffte, daß sie bald Schlaf finden und die vielen unbeantworteten Fragen ein paar Stunden lang vergessen konnte.

Laredo verließ das Adobehaus bald nachdem Sheila zu Bett gegangen war. Ein leises Murmeln drang aus dem Hauptraum herüber. Der weiche Klang der Stimme und die langen Gesprächspausen verrieten den intimen Charakter dieses Beisammenseins. Sheila versuchte sich auf die nächtlichen Geräusche draußen im Freien zu konzentrieren, aber sie ertappte sich dabei, daß sie immer wieder auf die zärtliche Unterhaltung lauschte, die das Paar im Hauptraum führte. Dann verstummte Elenas zärtliche Stimme abrupt, und Sheila erschauerte angewidert, als sie sich vorstellte, wie Ráfagas brutale Lippen dem Mädchen den Mund verschlossen. Die Wand zwischen beiden Zimmern war nicht dick genug, und Sheila hörte immer wieder Elenas ekstatisches Stöhnen. Schließlich preßte sie die Hände auf beide Ohren. Doch die verhaßten Geräusche drangen immer wieder zu ihr.

Endlose Minuten verstrichen, und kein Anzeichen wies darauf hin, daß die beiden Befriedigung gefunden hatten. Sheila stöhnte bei dem gräßlichen Gedanken, daß sie diese Geräusche womöglich während der ganzen Nacht hören müßte, daß Ráfaga bis zum Morgengrauen beweisen würde, was für ein guter Liebhaber er war.

Ein Schrei des Ekels stieg in ihrer Kehle auf, als drüben endlich Stille eintrat. Sheila preßte eine Hand auf ihren verkrampften Magen und wartete, um festzustellen, ob die beiden ihr Verlangen gestillt hatten oder ob sie nur eine kleine Pause einlegten. Ein Knarren verriet ihr, daß sich das Bett wieder bewegte, und sie schluckte rasch, um den Klumpen im Hals hinunterzuwürgen, der sie zu ersticken drohte.

Aber die ekelerregenden Geräusche wiederholten sich nicht. Ein Rascheln zeigte an, daß Kleider angezogen wurden, dann erklangen geflüsterte Koseworte.

Nach einer Weile vernahm sie leise Frauenschritte, die das Nebenzimmer und vielleicht auch das Haus verließen. Schaudernd fragte sich Sheila, wie viele Nächte lang sie wohl dazu gezwungen sein würde, diese animalischen Liebesakte mit anzuhören. Sie starrte an die Decke und haßte alle Männer und ihre körperlichen Gelüste. Sie waren gefühllos und selbstsüchtig, nur darauf bedacht, das eigene Verlangen zu stillen. Die Liebe war eine Falle, die der Mann entwickelt hatte, um die Frau seinem Willen zu unterwerfen. Sie selbst würde nie mehr in diese Falle gehen.

Stille erfüllte das Haus. Ruhelos stand Sheila auf und schlich den Flur entlang. Plötzlich hörte sie die Tür des Nebenzimmers knarren, und dann stand Ráfaga auf der Schwelle, von silbernem Mondlicht übergossen, das durch die Fenster des Wohnraums hereinfiel.

Sein Oberkörper war nackt, enge schwarze Hosen umspannten seine Hüften, und Sheila mußte daran denken, daß er noch vor wenigen Minuten mit einer Frau im Bett gelegen hatte. Wie gelähmt starrte sie ihn an.

»Señora?«

Plötzlich wurde Sheila von einer überwältigenden Sehnsucht nach Freiheit ergriffen. Sie mußte fliehen – koste es, was es wolle, und so stürzte sie auf die Haustür zu.

»Sheila!« Daß er sie beim Vornamen rief, trieb sie zu noch größerer Eile an. Aber bevor sie die Tür erreicht hatte, umfaßte sie sein starker Arm und wirbelte sie herum.

»Lassen Sie mich los! Sie Teufel!« Wütend hämmerte sie mit beiden Fäusten gegen seine Brust. »Sie sollen mich loslassen! War Elena eine zu leichte Eroberung? Wollen Sie mich jetzt auch noch vergewaltigen?«

Er drehte ihr die Arme auf den Rücken, preßte sie an seine bronzebraune Brust. Ein Muskel zuckte in seinem Kinn, als seine kohlschwarzen Augen auf sie herabstarrten. Vergebens versuchte sich Sheila aus seinen Armen zu befreien. Seine Stimme flüsterte einen ärgerlichen Befehl dicht neben ihrem Ohr, und um dieser verhaßten Stimme auszuweichen, wandte sie den Kopf, drehte ihm dabei das Gesicht zu. Die zufällige Berührung seiner Lippen ließ sie erstarren. Sie konnte sich nicht rühren. Die Zeit schien stillzustehen, als ihre Lippen kaum spürbar aufeinanderlagen.

Sie erinnerte sich an Brads brutale Angriffe und schloß die Augen. »Nicht schon wieder«, flüsterte sie schluchzend.

Der zarte Bann war gebrochen. Ráfaga hob den Kopf, und Sheila sah blinzelnd in seine schwarzen Augen, die arrogant ihren Blick erwiderten. Dann hob er sie auf die Arme.

»Nein!« protestierte sie und wehrte sich verzweifelt und vergeblich. Er trug sie in ihr Schlafzimmer, dort ließ er ihre Füße zu Boden gleiten, hielt sie mit einem Arm fest und hob mit dem anderen ihr Kinn. Ihr Herzschlag setzte sekundenlang aus, als sein Mund sich auf den ihren legte, warm und fest. Sie konnte sich nicht rühren, war gezwungen, seinen Kuß zu ertragen.

Dann ließ er sie los, warf sie auf das Bett. Deutlicher hätte er ihr mit keinem Wort sagen können, daß es durchaus in seiner Macht läge, sie zu nehmen. Aber er wollte sie nicht, und ihre Angst war unbegründet. Schweigend wandte er sich ab und ging hinaus.

Sie erschauerte immer noch unter der Kälte des Blicks, den er ihr zugeworfen hatte. Zusammengekrümmt lag sie auf ihrem Bett. Ihre Augen brannten, aber keine Tränen lösten sich von ihren Wimpern. Es dauerte lange, bis sie endlich einschlafen konnte.

Zwei Tage lang zog sie sich in ihr Zimmer zurück, wenn Ráfaga im Haus war. Jedesmal, wenn sie ihn sah, begann ihr Blut schneller und heißer durch die Adern zu fließen. Sie haßte ihn mit einer Intensität, die sie am ganzen Körper zittern ließ.

Und doch war sie machtlos. Sie war seine Gefangene, und wenn sie ihn provozierte, war sie seinen grausamen Strafmaßnahmen ausgeliefert. Niemand würde sie beschützen. Sie war allein, wurde nur von ihrem Überlebenswillen geleitet. Am Nachmittag des dritten Tages begannen die leeren, endlosen Minuten, die Enge ihrer kleinen Zelle an Sheilas Nerven zu zerren. Sie hatte das Gefühl, wahnsinnig zu werden, wenn sie noch eine weitere Stunde in dieser Hütte verbringen müßte. Mit langen Schritten ging sie zur Haustür und riß sie auf. Sofort wirbelte der Wachtposten zu ihr herum, hielt das Gewehr quer vor seine Brust, um ihr den Weg zu versperren. Mit gelben Zähnen grinste er sie an. Es war Juan, der Mörder ihres Mannes.

Sie begann zu beben vor Ekel, als seine glühenden dunklen Augen über ihren Körper wanderten. Er schien sie mit seinen Blicken auszuziehen, und sie fröstelte, als sie sich vorstellte, er könnte die Hände ausstrecken, um sie zu berühren.

»Baño, Señora?« fragte er mit einem lüsternen Funkeln in den schwarzen Augen.

Sie schluckte und schüttelte den Kopf. Er richtete den Lauf der Waffe auf Sheila, um sie ins Haus zu treiben. Sie trat zwei Schritte nach hinten, wagte kaum zu atmen vor Angst. Dann wurde seine Aufmerksamkeit durch ein Geräusch hinter seinem Rücken abgelenkt. Er warf einen Blick über die Schulter, und sein boshaftes Grinsen erlosch. Der Türrahmen verdeckte Sheila die Sicht, und so wußte sie nicht, wer oder was Juan so eingeschüchtert hatte. Doch der vertraute Klang der spanischen

Stimme ließ keinen Zweifel daran. Juan gab Antwort und starrte Sheila an, und sein Blick schien ihr zu sagen, sie solle sich auf etwas gefaßt machen, wenn sie sich einmal wiedertrafen – allein.

Die stumme Drohung trieb ihr das Blut in die Wangen. Ráfaga und Laredo tauchten vor der Tür auf, und Juan trat zur Seite und senkte das Gewehr. Sheila wandte sich ab und ging mit zitternden Knien ins Wohnzimmer, gefolgt von Laredo.

»Was hatten Sie vor?« fragte er.

Sollte sie ihm sagen, sie habe nur frische Luft schnappen wollen, sei aber von Juan aufgehalten worden? Daß er beabsichtigt habe, sie ins Haus zurückzutreiben, um sich an ihr zu vergehen? Man würde ihr nicht glauben. Juan war einer von ihnen, sein Wort galt mehr als das ihre. Sheila erriet, daß man verboten hatte, sie zu berühren. Also würde Juan niemals zugeben, daß er beabsichtigt hatte, ihr etwas anzutun. Er würde erklären, er habe sie nur daran hindern wollen, das Haus zu verlassen.

»Ich werde noch verrückt, wenn ich noch lange in diesem Haus wie eine Gefangene leben muß«, stieß sie hervor. »Ich wollte nur ein bißchen frische Luft atmen – aber euer Wachhund ließ mich nicht hinaus.«

»Es ist besser, wenn Sie im Haus bleiben.«

»Wie lange denn noch?« Ihre Stimme klang schrill. »Sie können nicht erwarten, daß ich ständig in diesem elenden Loch hocke.«

Ráfaga sagte etwas auf spanisch, und Laredo drehte sich zu ihm um. Dann wandte er sich wieder zu Sheila. »Ich gehe mit Ihnen spazieren.«

»Danke!« sagte sie bitter.

Laredo trat zur Seite und ignorierte ihren Sarkasmus. Juans kleine, untersetzte Gestalt wartete draußen. Er entfernte sich vom Verandapfosten, um ihr erneut den Weg zu versperren, aber eine Geste Laredos bewog ihn, sie vorbeizulassen.

Sie senkte den Kopf, als sie die Veranda überquerte und an Juan vorbeiging. Aber sie spürte seinen Blick im Rücken, lüsternd und drohend. Laredo griff nach ihrem Ellbogen und führte sie von den Adobehütten weg, an den anderen Rand des Canyons, der im Schatten lag. Hinter sich hörte sie Kinder spielen. Vögel zwitscherten in den Zweigen, und auf einer Wiese in der Mitte des schmalen Tals grasten Rinder und Pferde und verjagten mit ihren Schwänzen die Fliegen. Die friedliche Szene kam ihr wie Hohn vor, wenn sie an ihre Lage dachte.

Laredo hatte ihren Arm losgelassen, und sie durfte frei neben ihm hergehen. Nervös umklammerte sie ihre Ellbogen, starrte geradeaus, mit großen Augen, in deren Tiefen kalte Angst lag.

»Erzählen Sie mir was, Laredo!« bat sie. »Wer sind Sie, und wieso sind Sie hierhergekommen? Erzählen Sie mir irgendwelche Lügen – das ist mir egal. Aber reden Sie – damit ich von meinen Gedanken abgelenkt werde.«

Er zögerte kurz. »Wo soll ich anfangen?«

»Wieso haben Sie sich diesen Banditen angeschlossen?«

»Ich habe Marihuana über die Grenze geschmuggelt. Der Mann, mit dem ich Geschäfte machte, wollte die Bedingungen zu meinen Ungunsten ändern. Wir kämpften, er zog ein Messer, ich nahm es ihm weg und tötete ihn. Unglücklicherweise kam die mexikanische Polizei an, bevor ich davonlaufen konnte.«

»Aber das war doch Notwehr! Wie lautete die Anklage?«

»Es kam niemals zu einer Gerichtsverhandlung.«

»Was?«

»In Mexiko ist die Gerichtsbarkeit anders als in den Staaten«, sagte er grinsend. »Sie hält sich an den alten napoleonischen Code, nach dem man schuldig ist, wenn man nicht das Gegenteil beweisen kann. Man sitzt bis zur Verhandlung im Gefängnis, und das kann sehr lange dauern. Dadurch bleiben die Straßen von Verbrechern frei.«

»Und deshalb versteckten Sie sich hier in den Bergen? Weil Sie von der Polizei gesucht werden? Wie sind Sie denn entkommen?«

Er blieb stehen, um Sheila eine Zigarette anzubieten, die sie dankend annahm, dann zündete er sich auch eine an. »Eines Tages erfolgte ein gutorganisierter Angriff auf das Gefängnis, in dem ich saß. Es ging so schnell, daß ich gar nicht wußte, was eigentlich los war. Zellentüren flogen auf, jeder rannte in eine andere Richtung und versuchte zu fliehen. Und dann sah ich einen der mexikanischen Angreifer, eiskalt und gelassen. Er hatte drei andere amerikanische Gefangene bei sich und schien sie aus dem Chaos hinauszuführen. Ich nahm an, daß er wußte, was er tat und wohin er ging, und so folgte ich ihm.«

»Ráfaga«, sagte Sheila.

Laredo nickte und studierte die Spitze seiner Zigarette. »Jemand hatte ihn beauftragt, die drei Amerikaner zu befreien und über die Grenze zu bringen.«

»Und warum sind Sie nicht mit den anderen in die Staaten zurückgekehrt? Warum sind Sie bei ihm geblieben?«

»Die anderen waren nur wegen geringfügiger Drogendelikte angeklagt, aber ich wegen Mordes. Man hätte mich nach Mexiko ausgeliefert. Außerdem hatte ich während der Flucht einen Gefängniswärter getötet. Man hätte meine Familie verständigt, es hätte Schlagzeilen in der Lokalzeitung gegeben. Nun wissen Sie nicht, ob ich lebe oder schon tot bin, und es ist besser, wenn ich auf dieser Seite der Grenze bleibe.«

»Aber wurde Ihre Familie nicht schon bei Ihrer Verhaftung benachrichtigt?«

»Ich wurde unter einem falschen Namen und mit einem falschen Paß eingesperrt. Die mexikanische Polizei fand heraus, wer ich wirklich bin, aber in den Akten des amerikanischen Konsuls steht immer noch der falsche Name.«

Sheila begann weiterzugehen, schlenderte ziellos auf die grasenden Pferde zu. »Wie lange sind Sie schon bei Ráfaga?«

»Fast drei Jahre.«

»Er ist viel mit Ihnen zusammen – mehr als mit den anderen.«

»Ich bin sozusagen seine linke Hand geworden.«

»Und die rechte?«

»Er hat zu niemandem genug Vertrauen, um ihn zu seiner rechten Hand zu machen.« Laredo blieb stehen, um den Zigarettenstummel auszutreten.

Ein kalter Schauer jagte über Sheilas Rücken. Sie warf die halbgerauchte Zigarette in das hohe Gras zu ihren Füßen.

»Was wird mit mir geschehen, Laredo?«

»Ich weiß nicht, was Sie meinen.«

Sie hob den Kopf, um sein Mienenspiel zu beobachten.

»Sind meine Eltern schon verständigt worden?«

Sein Gesicht war ausdruckslos. »Diese Frage kann ich nicht beantworten, Mrs. Townsend.«

»Nennen Sie mich doch Sheila, um Himmels willen! Ich will nicht an Brad erinnert werden.«

»Oh, das wollte ich nicht, Sheila.«

»Wird man mich freilassen, wenn das Lösegeld bezahlt ist?«

»Ich weiß nicht, warum wir Sie dann noch festhalten sollten.«

Das war kaum eine zufriedenstellende Antwort, dachte Sheila und ging seufzend weiter. Aus weiter Ferne kam ein dünner Klagelaut, und sie hob lauschend den Kopf. »Was ist denn das?«

Laredo blickte nach Süden. »Ein Zug – der Chihuahua-Pacific, der von der mexikanischen Seite von Presidio durch die Sierras und den Copper Canyon an die pazifische Küste fährt. Wenn der Wind aus dieser Richtung kommt, kann man den Pfiff hören.«

»Wie weit sind die Schienen entfernt?« fragte sie aufgeregt.

»Vielleicht hundert Meilen – aber Sie würden es nicht schaffen, Sheila«, fügte er hinzu und grinste, als er ihren wütenden Blick sah. »Wechseln wir lieber das Thema. Erzählen Sie mir doch von Ihrem Elternhaus. Haben Sie Geschwister?«

»Ich bin das einzige Kind, und das ist gut so, denn meine Eltern würden jede Summe zahlen, um mich zu retten.«

Er ging nicht auf diese Bemerkung ein. »Ich habe einen jüngeren Bruder. Er ist ein athletischer Typ – Basketballspieler in der High-School. Manchmal frage ich mich, ob er schon promoviert hat.«

»Sie vermissen Ihre Familie, nicht wahr?« Sheila hatte plötzlich Mitleid mit ihm.

Er runzelte die Stirn, und sie glaubte schon, er würde diese Frage verneinen. Aber dann lachte er und sagte: »Manchmal vermisse ich den Sonntagnachmittagskaffee mit Nußtorte und Schlagsahne. Manchmal habe ich solche Sehnsucht danach, daß ich glaube, ich werde verrückt, wenn ich nicht bald ein Stück Torte bekomme.« Als wäre ihm plötzlich bewußt geworden, was er gesagt hatte, wandte er sich ab und beschleunigte seine Schritte, so daß sich der Abstand zwischen ihnen vergrößerte.

Sie gingen jetzt zwischen den Pferden hindurch, und Laredo legte eine Hand auf die Kruppe einer kastanienbraunen Stute. »Sie sind also ein Einzelkind?«

»Ja, und Brad hat immer behauptet, ich sei sehr verwöhnt und verhätschelt. Er hat mich um meine reichen Eltern beneidet.«

»Und das ist einer der Gründe, warum Sie nicht allzu tief um ihn trauern?«

»Brad hat sich mehr für mein Geld interessiert als für mich.«

»Warum erzählen Sie mir das?«

Als Sheila den Kopf hob, sah sie, daß er sie skeptisch beobachtete. Ein leichter Windstoß zerzauste ihr Haar, und sie strich es aus der Stirn.

»Ich weiß es nicht. Vielleicht, weil Sie mir von Ihrer Familie erzählt haben. Oder vielleicht, weil ich es mir laut eingestehen und meine eigenen Worte hören wollte«, erwiderte sie langsam. »Vielleicht möchte ich, daß Sie mein Freund werden«, sagte sie.

»Warum?« beharrte Laredo.

»Weil ich Sie an heiße Butterbonbons und Zuckergüsse erinnere.« Sie versuchte seiner Frage auszuweichen. »Spielt es denn eine Rolle, warum?«

»Es könnte eine Rolle spielen.« Laredo sah sie ausdruckslos an. »Vielleicht wollen Sie mich auch nur um den Finger wickeln.«

»Könnte ich das denn?« fragte sie mit einem provokativen Lächeln.

»Sie würden die nötigen Voraussetzungen mitbringen.« Hinter seinem spöttischen Ton lag unverkennbare Bewunderung, und Sheila wußte, daß er sie attraktiv fand. Für sie stellte er jedoch hauptsächlich ein Bindeglied zu ihrer alten Welt dar, denn sie war sicher, daß er die Vergangenheit nicht völlig hinter sich gelassen hatte – wenn er auch immer wieder behauptete, er würde jetzt hierhergehören. Wie könnte sie die Bande stärken, die ihn noch immer mit seiner Familie verknüpften, und dadurch erreichen, daß er die Treue, die er seinem Boß bewies, auf sie übertrug? Sex wäre eine Möglichkeit, doch davor scheute sie zurück; der Preis war zu hoch.

Langsam waren sie bis zum anderen Ende der Wiese gewandert. Sheila sah, daß sich zu ihrer Linken etwas bewegte. Ein kleiner Junge sprang auf, ein dichter schwarzer Haarschopf fiel ihm über die dunklen Augen. Er verschwand beinahe in seinem rostbraunen Poncho, auch die ausgebeulten braunen Hosen waren ihm viel zu groß.

Zögernd und unsicher neigte er den Kopf, um Sheila und Laredo zu begrüßen. *»Buenos tardes, Señora, Señor.«*

»Buenos tardes«, sagte Sheila mit einem neugierigen Lächeln.

Auch Laredo erwiderte den Gruß. »Jetzt sind wir weit genug gegangen«, sagte er und machte kehrt, um über die Wiese zurückzuschlendern.

»Gibt es hier viele Kinder? Ich höre sie manchmal schreien und lachen, wenn sie draußen spielen.« Sie blickte zu den verstreuten Adobehäusern hinüber und sah, daß sich da und dort etwas bewegte, konnte aber auf diese Entfernung keine einzelnen Gestalten erkennen.

»Etwa ein Dutzend – die Indianerkinder mitgezählt.«

Sheila runzelte die Stirn. »Indianer?«

»Als wir hierherkamen, stellten wir fest, daß sich ein paar Tarahumara-Familien hier niedergelassen hatten. Sie lebten sehr zurückgezogen.«

Sie machten sich auf den Rückweg. Sheila strebte keine weitere Konversation an. Laredo hatte ihr mehr erzählt, als sie erwartet hatte. Vielleicht würde es ihr doch noch gelingen, ihn auf ihre Seite zu ziehen.

9

Ein neuer Wachtposten stand auf der Veranda, als sie das Haus erreichten. Sein rundes Gesicht war ausdruckslos. Respektvoll neigte er den Kopf, als Sheila an ihm vorbeiging. Es war die erste höfliche Geste, die man ihr erwies, seit sie im Canyon angekommen war.

Ihr Lächeln veranlaßte Ráfaga zu einer Bemerkung, als sie das Haus betrat. Sofort stieg Zorn in ihr auf, und sie drehte sich zu Laredo um.

»Was hat er über mich gesagt?« fragte sie.

»Er hat nur gesagt, daß Ihnen der Spaziergang anscheinend gutgetan hat, weil Sie viel besser aussehen«, antwortete Laredo.

»Sie können ihm sagen, daß alle Gefangenen ab und zu ein bißchen Bewegung brauchen. Sie können ihm auch sagen, daß ich heute nachmittag baden will, solange die Sonne noch hoch genug steht, um den Teich zu erwärmen. Ich hole meine Seife und mein Handtuch, dann können Sie mich hinbringen. Ich bin sicher, daß er mir nicht erlauben wird, allein zum Teich zu gehen. Dazu ist er viel zu mißtrauisch.«

Sie lief in ihr Zimmer. In dem Augenblick, als sie Ráfaga gesehen hatte, war ihre gute Laune sofort wieder verflogen. Während sie die Schublade der Kommode öffnete, hörte sie leise Stimmen im anderen Zimmer. Als sie zurückkam, verstummte das Gespräch.

»Ich bin fertig«, verkündete sie.

»Ich habe zu tun«, sagte Laredo und stülpte sich seinen Stetson auf den Kopf. »Ráfaga wird Sie zum Teich begleiten.«

Sheilas Augen verengten sich. »Wem mißtraut er eigentlich? Ihnen oder mir?«

»Vielleicht uns beiden.« Laredo grinste. »Er weiß, daß es schon verdammt lange her ist, seit ich mit einer Blondine zusammen war.«

»Genügt es nicht, daß ich die Demütigung erdulden muß, beim Baden beobachtet zu werden? Darf ich mir nicht einmal den Mann aussuchen, der mir dabei zuschaut?«

Laredo blickte in Ráfagas ausdrucksloses Gesicht und zuckte mit den Schultern. »Befehl ist Befehl«, lautete seine knappe Erklärung.

Die Knöchel ihrer Finger, die das Handtuch umklammerten, traten weiß hervor, als Laredo ihr mit einem spöttischen Lächeln zunickte, bevor er zur Tür ging. Sheila starrte auf die bronzebraune Maske, die Ráfagas Gedanken verbarg, und zitterte vor Zorn am ganzen Körper.

»Nun, Sie Voyeur! Sind Sie bereit?« fragte sie sarkastisch.

Die Lippen zu einem schmalen Strich zusammengepreßt, wandte sich Sheila ab und ging durch die Tür, die Laredo offengelassen hatte. Ráfaga folgte ihr auf den Fersen und ließ sie den Weg zu dem von einer Quelle gespeisten Teich entlanggehen, ohne ihren Arm zu nehmen.

Am Ufer angekommen, ging er zu dem Baum, an dem er schon an jenem ersten Tag gelehnt hatte. Sheila kochte vor Wut. Sie hatte keine Lust, wieder nasse Kleider anzuziehen, wenn sie mit ihrem Bad fertig war. Nachdem sie ihm den Rücken zugewandt hatte, begann sie ihre Bluse aufzuknöpfen. »Sind Sie so pervers, daß es Ihnen Spaß macht, einer Frau beim Baden zuzuschauen? Oder wollen Sie mich nur demütigen?« Sie hatte keine Lust, wieder mit den Kleidern ins Wasser zu gehen, zog die Bluse aus und warf sie auf den Boden. Als sie mit zitternden Fingern den Reißverschluß ihrer Jeans aufzog, spürte sie seinen Blick auf den nackten Schultern, auf ihrer schmalen Taille. »Sie sadistisches Monstrum! Warum tun Sie mir das an? Man sollte Sie vierteilen und den Geiern zum Fraß vorwerfen! Schade, daß Sie nicht verstehen können, was ich sage, daß Sie nicht wissen, wie sehr ich Sie verachte!«

Sie streifte die Jeans und das Höschen ab, und das Bewußtsein, splitterfasernackt zu sein, trieb ihr das Blut in die Wangen. Rasch tauchte sie im kalten Wasser unter, und als sie sich die nassen Haarsträhnen aus dem Gesicht geschoben hatte, warf sie einen Blick ans Ufer. Ráfaga saß nun unter dem Baum, den Hut über die Augen gezogen. Sie seifte sich ein, und als sie ihr Bad beendet hatte, stieg sie mit stolz erhobenem Kopf aus dem Wasser, ohne ihre Blöße zu bedecken. »Schauen Sie nur her!« rief sie, als sie sich abtrocknete. »Damit Sie in die richtige Stimmung für heute nacht kommen – wenn Elena Sie wieder besucht!«

Als er den Namen seiner Geliebten hörte, erhob er sich mit einem belustigten Lächeln, kam aber nicht auf Sheila zu. Nervös wandte sie ihm den Rücken zu und zog sich an. Erst als sie die Bluse unter dem Busen verknoten wollte und ihre Finger vor Zorn bebten, ging er zu ihr, schob ihre Hände beiseite und zog die Blusenzipfel mit starken Fingern zusammen. Als er sie miteinander verknotete, berührten seine Knöchel die Rundungen ihrer Brüste. Sheila zuckte zusammen, und er hob spöttisch die Brauen.

»Was kann ich denn dafür«, stieß Sheila hervor und bemühte sich verzweifelt, sich von seiner Nähe nicht einschüchtern zu lassen, »wenn mir Ihre Berührung das Gefühl gibt, daß ich mich wieder waschen müßte?«

Ihre Haut prickelte noch von dem intimen Kontakt. Ráfaga ignorierte den scharfen Klang ihrer Stimme und beobachtete die gelben Flammen, die in ihren Augen tanzten. Schweigend standen sie voreinander, und die Luft zwischen ihnen schien zu knistern, während Sheilas halbgeöffnete Lippen ihn nahezu herausforderten, sie noch einmal anzurühren.

Am liebsten hätte sie ihn in den eiskalten Teich gestoßen. Anscheinend konnte er ihre Gedanken lesen, denn sein Blick wanderte zu der spiegelglatten Wasserfläche, dann zurück zu ihrem Gesicht, und in den ebenholzschwarzen Tiefen seiner Augen funkelte es belustigt.

Sie konnte ihren Zorn kaum mehr unterdrücken, als sie zu dem Adobehaus zurückkehrten, das abseits von den anderen Hütten stand. Sheila ging voran und spürte, daß Ráfaga dicht hinter ihr war, trotz der animalischen Lautlosigkeit seiner Schritte. Sie wußte, daß sie ihre Wut im Zaum halten mußte, weil er gefährlich war.

Die Nachmittagsspaziergänge mit Laredo wurden zu einer täglichen Routine, und Sheila begann sich wie ein Kind darauf zu freuen, dem man Schokolade versprochen hat. Immerhin konnte sie auf diese Weise der bedrückenden Langeweile in der Adobehütte entkommen – und der irritierenden Nähe Ráfagas.

Noch nie in ihrem Leben war sie sich überflüssig vorgekommen. Sie hatte immer irgendeine Beschäftigung gehabt, um sich die Zeit zu vertreiben. Aber hier konnte sie nichts anderes tun als durch das Haus wandern, wenn sie allein war, und auf die Nachmittagsspaziergänge mit

Laredo warten. Nach einer Woche begann die monotone Leere ihres Daseins an Sheilas Nerven zu zerren.

Am Ende einer Wanderung warf Laredo ihr einen prüfenden Blick zu. »Sie sehen erschöpft aus, Sheila. Haben Sie nicht gut geschlafen?«

»Nicht besonders.« Daran waren natürlich Elenas nächtliche Besuche bei Ráfaga schuld – und die dünne Wand zwischen den beiden Zimmern.

»Legen Sie sich doch ein bißchen hin«, schlug Laredo vor.

»Ich brauche mich nicht auszuruhen!« Sheila ging durch die Tür, die er für sie aufhielt.

Die Luft um sie herum schien zu vibrieren wie eine Stimmgabel. Und ihr Ärger wuchs noch, als sie Ráfaga sah, der am Tisch saß und sein Gewehr reinigte.

»Ich will endlich raus hier! Haben Sie schon etwas von meinen Eltern gehört?«

»Das kann ich Ihnen nicht sagen.«

»Weil der große Boß es verboten hat, was?« fragte sie spöttisch. »Aber wenn Sie diese Frage nicht beantworten können – vielleicht können Sie mir ein neues Paar Daumen zum Drehen besorgen.«

»Langweilen Sie sich?«

»Ob ich mich langweile? Das ist die Untertreibung des Jahres.«

»Aber wir gehen doch jeden Tag spazieren.«

»Ja, zwei Stunden lang. Und was soll ich in der übrigen Zeit machen? Schlafen?«

Ein grimmiger Zug lag um Laredos Mund, als er tief Atem holte und Ráfaga ansah, als wollte er ihn um Rat fragen. Sheila hörte sich ungeduldig den spanischen Wortwechsel an.

»Nun, was für einen Vorschlag hat der Salomon der Diebe und Mörder gemacht?« fragte sie.

Laredo grinste, als würde er sich köstlich über ihren Zorn amüsieren. »Er findet auch, daß Sie was Besseres mit Ihrer Zeit anfangen müßten, und deshalb hat er beschlossen, daß Sie Elena im Haushalt helfen sollen.«

»So!« rief sie wütend. »Das hat er beschlossen. Dann bin ich also nicht nur in diesem miesen Loch gefangen, ich soll auch noch seinen Dreck wegputzen und ihn bedienen.«

Laredo grinste. »Sie müssen doch zugeben, daß Sie sich damit die

Zeit vertreiben könnten. Außerdem wohnen Sie hier. Da ist es wohl nicht zuviel verlangt, daß Sie Ihren Teil zur Hausarbeit beitragen.«

»So, finden Sie?« rief sie ärgerlich. »Und wenn dieses Haus makellos sauber wäre, es wäre immer noch ein schäbiges Loch. Was das Kochen betrifft, so weiß ich nicht, was ich mit diesen primitiven Geräten anfangen soll. Außerdem würde ich sein Essen vergiften.«

Ihre Drohung ließ Laredo sichtlich kalt. Lächelnd zuckte er mit den Schultern. »Oh, dieses Risiko nimmt er in Kauf.«

»Elena ist sicher dagegen, daß ich ihr helfe.«

»Sie werden es tun. Ráfaga hat es beschlossen.«

Als Elena von Sheilas neuem Status erfuhr, bekam sie einen Wutanfall. Aber Ráfaga brachte sie mit wenigen ruhigen Worten zum Schweigen. Der Waffenstillstand zwischen den beiden Mädchen war beendet, und Sheila sah sich erneut dem Haß und der Eifersucht der Brünetten ausgesetzt, die ihr die schwierigsten Arbeiten zuwies und sie ständig anschrie. Sheila schrie genauso gellend zurück und bat Laredo, der sich über das unablässige Gezänk nur amüsierte, vergeblich um Hilfe. Ráfaga tat so, als würde ihn das alles nicht interessieren.

Wütend über Elenas Benehmen, knallte Sheila die Teller auf den Tisch und starrte Laredo an, der vergnügt kicherte.

»So helfen Sie mir doch!« stieß sie zwischen zusammengepreßten Zähnen hervor. »Wenn diese Bestie nicht bald aufhört, mich anzuschreien, werde ich ihr den Hals umdrehen. Sagen Sie Ihrem Boß lieber, daß er ihr den Mund stopfen soll – sonst werde ich das besorgen!«

»Oh, was für ein Temperament!« murmelte Laredo spöttisch.

»Passen Sie nur auf, daß mein Temperament nicht mit mir durchgeht!« erwiderte Sheila.

Elena gab einen weiteren Schwall unverständlicher Befehle von sich, und Sheila wirbelte mit geballten Händen herum. Ein scharfes Wort von Ráfaga brachte Elena zum Schweigen. Blanker Haß funkelte in ihren dunklen Augen, als sie Sheila einen Teller mit gekochtem Fleisch und ein Messer in die Hände drückte.

Sheila stellte den Teller auf den Tisch, dann drehte sie das Messer hin und her.

»Wenn ich nur wüßte, wen ich damit zuerst erstechen soll...«

Laredo grinste schief. »Ich glaube, Elena weiß gar nicht, daß man Ihnen kein Messer anvertrauen darf.«

Sheila erwiderte sein Grinsen mit einem falschen, honigsüßen Lächeln.

»Wenn ich es mir recht überlege – wahrscheinlich werde ich Ihrem unerbittlichen Boß zuerst den Garaus machen. Ich werde ihm das Herz aus der Brust schneiden und es Ihnen dann als Festmahl servieren.« Sie hielt das Messer über das faserige, gekochte Fleisch. »Ich werde es in ganz dünne Streifen schneiden – aber es ist vermutlich so hart, daß ich mir dazu eine Axt holen muß und daß ich es nur in große Stücke zerteilen kann.«

»Sind Sie aber blutrünstig!« sagte Laredo lachend, als Sheila das Fleisch in Scheiben zu schneiden begann und dann das Messer ansetzte, um ein größeres Stück abzusäbeln.

Bronzebraune Finger legten sich auf ihre Hand. Sheilas Atem stockte, als er ihre Hand so zurechtrückte, daß die Messerklinge eine dünnere Scheibe markierte.

»Gracias.« Sie schenkte ihm ein sacharinsüßes Lächeln. »Ich würde Ihr Herz viel lieber in dünne Scheiben schneiden, das würde länger dauern.« Sie sah Laredo an. »Warum übersetzen Sie denn nicht, was ich gesagt habe?«

Er lachte leise. »Soll ich Ihnen etwa den Spaß verderben?«

»Er weiß ohnehin schon, daß ich ihn für einen skrupellosen, miesen Bastard halte.«

»Vorsicht!« warnte Laredo.

»Wieso? Er versteht doch kein Wort.«

»Dieses eine Wort klingt in seiner Sprache ähnlich.« Laredos belustigtes Lächeln war erloschen.

»Tatsächlich?« Sheila hob in gespieltem unschuldigen Staunen die Brauen. Dann sah sie zu Ráfaga hinüber und verbarg das haßerfüllte Glitzern ihrer Augen unter dem dichten Schleier ihrer Wimpern. »Ich wollte ihn nicht ›Bastard‹ nennen«, sagte sie mit honigsüßer Stimme. »›Hurensohn‹ wäre viel zutreffender.«

Es wurde zu einem amüsanten Spiel für Sheila, ihn mit höflichem Lächeln zu beleidigen. Seine undurchdringliche Miene verriet niemals auch nur das geringste Interesse, und Laredo hütete sich, Sheilas Worte zu übersetzen.

10

Doch das Spiel verlor bald seinen Reiz. Am dritten Abend verschafften ihr die lächelnd vorgetragenen Beleidigungen keine Genugtuung mehr, sie hinterließen sogar einen bitteren Nachgeschmack, weil sie so wirkungslos verhallten. Sheila erkannte nun, daß es kindisch war, auf diese Weise zu rebellieren. Dadurch konnte sie nichts ändern. Sie war nach wie vor in Ráfagas Haus gefangen und Elenas eifersüchtigem Haß ausgesetzt. Sie hatte nur verbal rebelliert, seit sie dem Mädchen bei der Küchen- und Hausarbeit half. Die einzige Alternative wäre der Müßiggang gewesen, und davon hatte Sheila mehr als genug.

Vor dem Fenster wechselte grauer Nieselregen mit heftigen Schauern, und Sheila war ans Haus gefesselt. Gelbe Blitzzacken beleuchteten die Berge, zuckten grell über den Himmel. Unheimliche schwarze Wolken verdunkelten den Himmel und ließen Sheilas ungemütliches Schlafzimmer noch düsterer erscheinen.

Inmitten eines Gewittersturms hörte sie plötzlich Hufe, die durch die aufgeweichte Erde stapften, und dann klopfte es an der Tür. Sie fragte sich, wer wohl bei diesem Wetter hierher in die einsame Wildnis kam, und ihre Neugier war erst recht geweckt, als sie hörte, wie Ráfaga dem Wachtposten Befehle erteilte. Der Mann rannte durch den Regen zu den anderen Adobehütten. Minutenlang war nichts anderes zu hören als das leise Gespräch, das Ráfaga im Wohnraum mit dem fremden Reiter führte. Sheila stand am Fenster ihres Zimmers, schob den Vorhang beiseite und blickte in den Regen hinaus. Niemand bewachte die Haustür, alles hatte Schutz vor dem Gewitter gesucht. Nur ein Narr würde sich bei diesem Wetter hinauswagen – ein Narr oder eine Gefangene, die im Schutz des Regens fliehen wollte. Rasch kletterte sie durch das offene Fenster und sprang in eine Pfütze. Ein Blitz zerriß die dunkle Wolkendecke, als sie auf die Bäume hinter dem Haus zulief. Noch bevor sie den schützenden Schatten erreichte, war sie bis auf die Haut durchnäßt. Hinter dichten Zweigen verborgen, warf sie einen Blick zur Hütte zurück. Zwei Männer liefen darauf zu. Als sie die Verandastufen hinaufstiegen, erkannte Sheila die Gestalt im gelben Ölhautmantel. Es war Laredo, und der andere Mann war der Wachtposten, den Ráfaga losgeschickt hatte, um den Amerikaner zu holen.

Bald würde man ihre Flucht entdecken. Sheila rannte weiter, und erst, als sie vom Haus aus nicht mehr gesehen werden konnte, verlangsamte sie ihre Schritte. Immer wieder zuckten Blitze auf, gefolgt von krachenden Donnerschlägen.

Der Boden unter ihren Füßen schien zu erzittern. Sheila war versucht, den Schutz der Bäume zu verlassen und die kürzere Route zum Canyon-Paß zu wählen, die quer über die Wiese führte. Aber dann stürzte ein neuer Regenschauer vom Himmel, und sie gab diesen Plan wieder auf.

Sie senkte den Kopf, damit ihr das Wasser nicht in die Augen tropfte, und rannte weiter. Das Geräusch ihrer Schritte wurde vom strömenden Regen gedämpft, der zwischen den Blättern der Bäume herabprasselte.

»Sheila!«

Im Gewitterlärm war sie sich nicht sicher, ob wirklich jemand ihren Namen gerufen hatte. Sie blieb stehen und sah sich um. Ein Pferd wieherte zu ihrer Linken, und ihr Atem stockte, als sie Laredo zwischen den Baumstämmen hindurchreiten sah.

Andere Geräusche drangen zu ihr, und ihr Blick wanderte zu den Bäumen an Laredos linker Seite, die an das Weideland grenzten. Dort entdeckte sie drei weitere Reiter. Der eine war Ráfaga. Sheila wußte es, noch bevor sie die harten Gesichtszüge unter dem breiten Hutrand erkannte. Die Pferde wurden gezügelt, bildeten einen Kreis rings um sie, und sie blieb stehen, da es sinnlos war weiterzulaufen. Stolz hob sie den Kopf, um sich nicht anmerken zu lassen, wie bitter enttäuscht sie über den fehlgeschlagenen Fluchtversuch war.

»Was machen Sie denn hier draußen?« Laredo kannte die Antwort auf diese Frage, das las sie in seinen spöttischen blauen Augen.

Sheila gab ihm die Antwort, die er verdiente. »Ich wollte spazierengehen. Unglücklicherweise ist mir nicht aufgefallen, daß es so stark regnet.«

»Seltsam... Als ich Sie vom Haus zu den Bäumen laufen sah, dachte ich, Sie wollten fliehen.«

»Wie dumm von Ihnen!«

»Da sieht man wieder mal, wie schnell man einen falschen Eindruck gewinnen kann.«

»Ja, nicht wahr?« Sheila konnte ihren Zorn nur noch mit Mühe unterdrücken.

Ein Blitz zuckte auf, eine blendende Gabel aus elektrischen Flammen. Laredo blickte sich um, als würde ihm jetzt erst bewußt werden, daß es wie aus Kannen goß.

»Jedenfalls ist es gut, daß ich Sie gesehen habe. Sie hätten sich eine Lungenentzündung holen können, wenn Sie zu weit gegangen wären.« Ein Arm in gelber Ölhaut griff nach unten, um ihr in den Sattel zu helfen. »Wir wären schon früher gekommen, aber es hat eine Weile gedauert, bis die Pferde gesattelt waren. Wir wußten ja nicht, wie weit Sie schon gekommen waren, und wir hatten im Gegensatz zu Ihnen keine Lust, durch den Regen zu laufen.«

Sein Sarkasmus brachte sie noch mehr in Wut. Er hatte einen Fuß aus einem Steigbügel genommen, sie schob den ihren hinein, und er hob sie aufs Pferd.

Sheila zitterte am ganzen Körper, als Laredo sie vor dem Adobehaus absetzte. Sie lief hinein, gefolgt von Laredo, Ráfaga und dem dritten Reiter, während der Wachtposten die Pferde versorgte.

»Ziehen Sie sich was Trockenes an!« rief Laredo ihr nach, als sie durch den Korridor lief.

Mit klappernden Zähnen drehte sie sich um. »Falls Sie es vergessen haben sollten – meine Garderobe ist nicht sehr umfangreich. Ich habe nur das, was ich auf dem Leib trage, und ein Hemd. Das habe ich heute morgen gewaschen, also habe ich keine trockenen Sachen, die ich anziehen könnte.«

Ihre Zähne, die vor Kälte aufeinanderschlugen, nahmen ihrem Sarkasmus einen Teil seiner Schärfe. Als sie die Zimmertür hinter sich schloß, hörte sie gerade noch, wie Laredo in fließendem Spanisch etwas zu Ráfaga sagte und eine Antwort bekam.

Bald darauf kam Ráfaga in ihr Zimmer. Er hatte den dicken Poncho ausgezogen, der ihn vor dem Regen geschützt hatte, und sein Hemd darunter war nur etwas feucht. Die Hose war jedoch völlig durchnäßt und der Blick seiner schwarzen Augen eiskalt. Sie stand mitten im Raum, in einer kleinen Pfütze, und die nasse Bluse klebte an ihrem Körper, zeichnete ihre Brüste nach und die rosa Spitzen, die ganz hart waren vor Kälte. Nichts davon entging Ráfagas Blick.

»Was wollen Sie?« stieß sie hervor.

Er zeigte auf ihre nassen Kleider, in einer unmißverständlichen Geste.

»Wenn ich auch gezwungen bin, in Ihrer Gegenwart zu baden, bedeutet das noch lange nicht, daß ich mich auch hier vor Ihnen ausziehen muß.«

Er ging auf sie zu und begann an den verknoteten Zipfeln ihrer Bluse zu zerren. Sie schob seine Hände weg. »Ich mach' das schon!« stieß sie zwischen den zusammengebissenen Zähnen hervor.

Mit einem hochmütigen Nicken ging Ráfaga zum Toilettentisch und nahm das Handtuch vom Haken neben der Waschschüssel. Dann kam er zu Sheila zurück und wartete, bis sie auch die Jeans und das Höschen ausgezogen hatte. Schmerzhaft war sie sich ihrer Nacktheit bewußt, als sie nach dem Handtuch griff, aber sein desinteressierter Blick blieb an ihrem bleichen, nassen Gesicht hängen, ohne nach unten zu wandern.

Während sie sich mit zitternden Händen abzutrocknen begann, ging er zum Bett und griff nach der Decke. Das Handtuch hatte die Feuchtigkeit kaum aufgesogen, als er bereits die Decke um sie wickelte und sie vor ihrem Busen eng zusammenzog. Den überhängenden Teil warf er ihr über die Schulter, so daß es aussah, als würde sie einen Sari tragen.

Sheila begann ihr Haar trockenzureiben, als Ráfaga das Zimmer verließ. Bald darauf hörte sie wieder Schritte im Flur. Aber diesmal war es nicht Ráfaga. Sheila nahm das Tuch nicht von ihrem Kopf, als Laredo in der Tür auftauchte.

»Ist der Wachtposten, der die Pferde weggebracht hat, schon wieder zurückgekommen? Hat Ráfaga Angst, daß ich wieder aus dem Fenster klettere?« fragte sie spöttisch. »Sollen Sie auf mich aufpassen?«

»Er möchte, daß Sie ins Vorderzimmer kommen. Dort können Sie sich am Herdfeuer wärmen.«

»Wie rücksichtsvoll! Es handelt sich vermutlich um einen Befehl, und es bleibt mir gar nichts anderes übrig, als zu gehorchen?«

»Genau. Sheila...«

»Ja?«

»Versuchen Sie das nicht noch einmal.«

Sie griff nach ihrem Kamm, der auf dem Toilettentisch lag, und begann ihr Haar zu entwirren. »Und warum nicht?«

»Heute hatten Sie Glück. Es wäre sehr unangenehm für Sie geworden, wenn Sie das Ende des Canyons erreicht hätten.«

»Warum? Weil ich mich im Gewitter verirrt hätte? Oder weil mich wilde Tiere gefressen hätten?«

Er ignorierte ihren Sarkasmus. »Niemand verläßt den Canyon ohne Ráfagas Erlaubnis, Sheila – niemand«, betonte er.

Sie hob den Kopf. »Das klingt ja wie eine Drohung.«

»Es ist eine Warnung. Diese Regel ist eine Sicherheitsmaßnahme, zum Schutz unseres Camps. Unser Versteck würde nicht lange geheim bleiben, wenn jeder kommen und gehen könnte, wie er wollte. Jemand von außerhalb könnte herausfinden, daß es dieses Camp gibt. Deshalb darf niemand ohne Ráfagas Erlaubnis den Canyon verlassen – und Sie schon gar nicht.«

Ihre Hand klammerte sich um den Kamm, und die Zacken gruben sich schmerzhaft in ihre Finger. Sie verstand die Logik, die hinter Laredos Erklärung steckte, aber sie war nicht bereit, diese Gesetze zu befolgen.

»Er regiert mit eiserner Hand, nicht wahr?«

»Wenn er das nicht täte, hätte man diesen Canyon schon längst entdeckt.«

»Schade, daß man ihn noch nicht gefunden hat...« Sheila holte tief Atem. »Dann wäre keiner von euch hier – und ich auch nicht.«

»Ich weiß, daß die Umstände für Sie etwas anders sind. Aber verstehen Sie bitte auch unsere Lage. Hier sind wir frei und in Sicherheit, und Ráfaga tut alles, damit das auch so bleibt.«

»Das kann ich mir denken«, stieß sie hervor.

Laredo seufzte. »Sie wollen es einfach nicht verstehen.«

»Oh, doch, ich verstehe es.« In wütender Enttäuschung ballte sie die Hände. »Ich verstehe, daß ich hier eine Gefangene bin – daß man mir überhaupt keine Privatsphäre gönnt – daß ihr alle Diebe und Mörder seid – und daß ihr es nicht verdient, frei herumzulaufen.«

Seine Lippen preßten sich zu einer dünnen Linie zusammen. »Kommen Sie, setzen Sie sich ans Feuer.«

Einen Augenblick lang blieb Sheila eigensinnig stehen. Dann ging sie mit hocherhobenem Kopf an Laredo vorbei und in den Flur hinaus.

11

Ein lebhaftes Feuer knisterte im Kamin. Ráfaga saß mit dem dritten Mann am Tisch, mit dem Fremden, dessen Ankunft Sheila zu ihrem Fluchtversuch veranlaßt hatte. Die beiden hoben die Köpfe und beobachteten sie, als sie zum Herd ging.

Sie kniete vor dem Feuer nieder, der Schlitz der Decke entblößte eine schön geformte Wade und einen Teil ihres nackten Oberschenkels. Da ihr provisorischer Sari sie etwas einengte, war Sheila gezwungen, die Beine seitlich anzuziehen, als sie sich auf den warmen Steinboden vor dem Herd setzte.

Laredo ging zum Tisch und nahm auf dem Stuhl Platz, der dem Feuer am nächsten stand. Das Schweigen, das Sheila empfangen hatte, wurde nun gebrochen, als sie sich setzte. Sie fragte sich, warum sich die Männer so leise unterhielten. Sie konnte ohnehin kein Wort verstehen.

Sie begann wieder, ihr Haar zu frottieren, und verspritzte Wassertropfen. Manche landeten zischend auf den heißen Steinen im Herd. Als ihr Haar fast trocken war, begann sie einen Kamm durch die langen honigfarbenen Strähnen zu ziehen.

Der Fremde schien den beiden Männern irgend etwas mitzuteilen. Laredo und Ráfaga sagten meist nur »Ja« oder »Nein« oder schienen Fragen zu stellen. Offenbar handelte es sich um eine wichtige Nachricht, sonst wäre der Mann nicht bei diesem Wetter in den Canyon gekommen.

Sie wandte den Hinterkopf dem Feuer zu, um ihr Haar trocknen zu lassen. Dabei fuhr sie fort, die Strähnen zu kämmen. Vor dem Hintergrund der tanzenden Flammen sah ihr Haar wie geschmolzenes Gold aus.

Irgendeine magnetische Kraft zwang sie, Ráfaga anzusehen. Nachdenklich schien er an ihr vorbeizustarren, in die Flammen, bis Sheila merkte, daß er das Spiel des tanzenden Flammenscheins auf ihrer nackten rechten Schulter beobachtete. Langsam wanderte sein Blick über ihr Kinn, über ihre Wangen, über die klassisch geformte, gerade Nase und die goldbraunen Wimpern, dann kehrte er zu ihrem Mund zurück, wo er lange verweilte. Und Sheila hatte das verrückte Gefühl, daß eine unsichtbare Macht sie zwang, sich vor dem Feuer auszustrecken, um sich voller Hingabe verführen zu lassen.

Tief erschüttert von dieser lebhaften Vision, hörte Sheila, wie er auf eine Frage Laredos antwortete, ohne seine Aufmerksamkeit von ihr abzuwenden. Nur mit Mühe konnte sie den Blick von seinen hypnotischen Augen losreißen. Sie kehrte ihm den Rücken zu. Als Laredo aufstand und zum Herd kam, wandte sie sich ab, starrte in die Flammen und hoffte, er würde die Röte ihrer Wangen dem Widerschein des Feuers zuschreiben.

Er hockte sich vor den Herd, warf noch ein paar Scheite hinein und stocherte dann in den glühenden Klumpen des brennenden Holzes herum. Dabei warf er ihr einen fragenden Seitenblick zu.

Sie nickte und sah unsicher zum Tisch hinüber. Plötzlich hatte sie das Gefühl, daß man über sie redete – vielleicht schon die ganze Zeit.

»Laredo?«

Seine Hände lagen auf seinen Knien, und er wollte gerade aufstehen, aber nun wartete er mit schiefgelegtem Kopf. »Ja?«

Ihr Blick wanderte zu dem Fremden, der am Tisch saß. »Wer ist das?«

»Ein Freund«, erwiderte er lakonisch.

Sheila sah sich den Mexikaner noch einmal an. »Ist er einer von Ihren Kontaktmännern?«

»Er ist ein Freund.« Zu weiteren Erklärungen ließ sich Laredo nicht herbei.

Sheila wandte sich ihm zu, und ihre Augen verengten sich. »Ist er meinetwegen hier?«

»Wie kommen Sie darauf?«

»Oh – es ist nur so ein Gefühl... Habe ich recht?«

»Sheila«, sagte er ungeduldig, »Sie wissen genau, daß ich solche Fragen nicht beantworten kann.«

»Warum? Es geht um mich, also ist es ganz natürlich, daß ich mich für diesen Mann interessiere. Hat er Verbindung mit meinem Vater aufgenommen?«

Laredo seufzte. »Wenn wir zu irgendwelchen definitiven Ergebnissen kommen, werden wir Sie rechtzeitig informieren.«

»Sagen Sie Ihrem Boß, daß ich jetzt wieder in mein Zimmer gehen möchte.«

»Bleiben Sie noch hier, in Ihrem Zimmer ist es zu kalt.«

»Und wenn ich trotzdem gehe?«

»Dann würde man Sie wieder hierherholen.«

Resigniert starrte sie wieder in die Flammen, deren Knistern gut zu ihrer Nervosität paßte. Wieder spürte sie Ráfagas magnetischen Blick, doch sie widerstand dem Zauber und drehte sich nicht um. Bald darauf erhob sich der Fremde, und Ráfaga begleitete ihn zur Tür und gab dem Wächter einen Befehl. Der Mann verließ seinen Posten und verschwand mit dem Fremden im Regen. Danach begannen Ráfaga und Laredo zu diskutieren, und Sheila glaubte dem Tonfall des Amerikaners zu entnehmen, daß er mit irgendeiner Entscheidung nicht einverstanden war.

Als Elena kam und das Abendessen vorbereitete, stand Sheila nicht auf, um ihr zu helfen. Die Ankunft des brünetten Mädchens beendete das Gespräch zwischen Ráfaga und Laredo. Der Amerikaner runzelte die Stirn, und Sheila nahm an, daß es ihm nicht gelungen war, Ráfaga umzustimmen. Sie fragte sich, ob ihr Vater nicht bereit gewesen war, die geforderte Summe zu zahlen. Vielleicht war Laredo gewillt, sich mit weniger zufriedenzugeben, vielleicht war es auch umgekehrt. Während des Essens überdachte sie diese Möglichkeiten, und niemand wunderte sich über ihre Schweigsamkeit, da auch die anderen offenbar wenig Lust hatten, Konversation zu machen.

Nach dem Essen servierte Elena Kaffee, und Sheila beobachtete, wie sie dabei ihre Brüste an Ráfagas Schulter drückte. Angewidert wandte sie sich ab. Sofort spürte sie, daß Ráfaga sie beobachtete, und starrte in ihren Kaffee, der so schwarz und unergründlich war wie Ráfagas Augen.

Er sagte irgend etwas zu Elena, worauf sie einen Wutanfall bekam, und Sheila nahm an, daß es wieder einmal um ihre Person ging. Mit einem knappen Befehl brachte Ráfaga die Brünette zum Schweigen, und sie stürmte zornig aus dem Haus. Sheila trank ihren Kaffee und blickte seufzend auf das schmutzige Geschirr. Dann stand sie auf und begann zu spülen, währen die beiden Männer am Tisch sitzen blieben. Nach einer Weile kam Elena herein, das dunkle Haar unter einem Schal verborgen, und schleuderte Ráfaga ein Bündel vor die Füße. Dann rannte sie wieder hinaus. Sheila fragte sich, was ihm das Mädchen gebracht hatte. Seine Schmutzwäsche?

Als die Tür ins Schloß gefallen war, stand er auf und kam auf Sheila zu, das Bündel in der Hand. Sie holte tief Atem. Wenn er glaubte, sie würde seine schmutzige Wäsche waschen, mußte er sich auf eine Überraschung gefaßt machen. Aber da schüttelte er das Bündel auseinander, und eine bestickte Bluse und ein weiter roter Rock kamen zum Vorschein. Beides war offenbar getragen, Kleidungsstücke von Elena, die sie nur widerwillig zurückgegeben hatte.

Aber das war Sheila egal. Die Aussicht, Kleider tragen zu können, wo noch alle Knöpfe dran waren und deren Saum nicht nur bis zum Oberschenkel reichte, war so verlockend, daß sie ihren Stolz vergaß. Aufgeregt riß sie ihm die Sachen aus der Hand und stürmte in ihr Schlafzimmer, ohne sich um das restliche schmutzige Geschirr zu kümmern.

Die Bluse war ein bißchen eng um die Schultern, und der Rock war zu kurz, aber das machte nichts. Ihre Laune hatte sich entschieden gebessert, und sie kehrte ins Wohnzimmer zurück, unbewußt von dem Wunsch beseelt, sich in ihren neuen Kleidern zu zeigen. Sie schenkten ihr ein Selbstvertrauen wieder, dessen Fehlen sie gar nicht bemerkt hatte. Ráfaga inspizierte sie mit einem klinischen Interesse, das ihrer Eitelkeit keineswegs schmeichelte. Und Laredo war auf dem Weg zur Tür. »Gehen Sie noch nicht, Laredo!« bat Sheila.

»Es ist schon spät«, sagte er lächelnd.

»Bleiben Sie noch ein wenig!« Sie wußte gar nicht, wie verführerisch sie aussah mit den leicht geöffneten Lippen und den strahlenden Augen. Ihr Haar leuchtete wie dunkles Gold im Feuerschein. Und ihre helle Haut bildete einen bezaubernden Kontrast zum satten Rot des weiten Rocks, der um ihre Beine flatterte.

»Ich...« Laredo zögerte und sah sie bewundernd an.

»Kommen Sie!« Sheila nahm ihn am Arm und zog ihn in den Raum zurück. »Ich habe neue Kleider, und das muß gefeiert werden, bevor ich mich darüber ärgere, daß es nur Second-Hand-Ware ist.«

»Also gut.« Grinsend zog Laredo seinen Regenmantel wieder aus, und Sheila hängte ihn an den Haken neben der Tür. Dann drehte sie sich im Kreis, daß der Rock um ihre Beine schwang.

»Sie haben mir noch gar nicht gesagt, wie ich aussehe. Es ist zwar nicht besonders schick...«

»Aber mehr, als Sie sonst tragen«, vollendete er den Satz, und sie brach in Gelächter aus. Seine blauen Augen hatten sich verdunkelt. »Sie sind sehr schön, Sheila.«

Sie hatte es nicht darauf angelegt, ihn zu betören, aber seine Bewunderung tat ihr gut, und sie lächelte ihn dankbar an.

»Jedenfalls fühle ich mich jetzt viel wohler.« Sie strich über den Rock, prüfte geistesabwesend den Kontrast, den ihre helle Haut zu dem knallroten Stoff bildete.

»Und wie sollen wir das Ereignis feiern?« fragte er.

»Ich möchte tanzen.«

»Tut mir leid, aber die Musiker haben heute abend frei.«

Ein Stuhlbein scharrte über den Boden, und Sheila wirbelte herum und erinnerte sich daran, daß sie ja Publikum hatten. Ráfagas Gesicht war zu einer harten, kalten Maske erstarrt – dunkel und gefährlich und typisch spanisch.

Man brauchte Sheila nicht erst zu sagen, daß das Blut der Grausamkeit in seinen Adern floß. Sie erkannte es an den kantigen Linien seines Kinns, an dem arroganten, skrupellosen Zug, der um seinen Mund lag. Er ging zu einem der dunklen Fenster, gegen deren Scheiben der Regen prasselte, und Sheila blickte ihm nach.

Die unwillkommene Erinnerung an seine Anwesenheit verdarb ihr den Spaß ein wenig. Entschlossen sah sie zu Laredo auf.

»Wir können auch ohne Musik tanzen«, sagte sie.

Er schüttelte den Kopf, und der Feuerschein spiegelte sich glänzend in seinem braunen Haar. »Ich habe schon so lange nicht mehr getanzt. Ich weiß nicht, ob ich es noch kann.«

»Aber Sie werden es doch nicht völlig verlernt haben«, erwiderte sie, legte ihre linke Hand auf seine Schulter, zwang ihn, ihre rechte zu umfassen, und begann eine Melodie zu summen.

Zögernd blickte er auf seinen Boß, der in den Regen hinausstarrte. Dann lächelte er und legte einen Arm um Sheilas Taille. »Ich fürchte, ich bin ein bißchen aus der Übung.«

Er vertraute sich Sheilas Führung an, und nach ein paar ungeschickten Anfangsschritten hatte er seinen Rhythmus gefunden. »Sehen Sie, es geht doch ganz gut!« rief sie.

Er grinste. »Wenigstens sind Ihre Zehen noch ganz. Ein Wunder, daß Sie sich getraut haben, barfuß mit mir zu tanzen…«

»Ich hatte überhaupt keine Angst.«

Sie wirbelten durch das Zimmer. Sheilas schwingender Rock leuchtete scharlachrot im Schein der Flammen. Das flackernde Licht verlieh dem Raum eine magische Atmosphäre und schien die Realität zu verdrängen.

Laredo drehte Sheila im Kreis herum, und sie klammerte sich lachend an ihn. Er verlangsamte seine Schritte und blickte lächelnd auf sie herab.

»Und Sie wollten mir weismachen, daß Sie das Tanzen verlernt haben«, sagte sie atemlos.

Er zuckte mit den Schultern. »Offenbar habe ich mich geirrt.«

»Ja, das glaube ich auch.«

»Wissen Sie, woran mich das erinnert?« fragte er geistesabwesend.

»Nein. Woran?«

»An die Tanzabende, die ich früher besucht habe... Das ist endlos lange her...«

Sie sah zu ihm auf, sah, daß sein Blick zu ihren Lippen wanderte, und wußte, daß sie nur eine kleine, einladende Bewegung zu machen brauchte, um ihn zu einem Kuß zu animieren. Aber das wollte sie nicht. Seine Anspielung auf die Vergangenheit rief ihr wieder in die Erinnerung zurück, wie die Dinge im Augenblick standen, und ihre Freude war verflogen. Plötzlich waren die neuen Kleider nicht mehr wichtig. Sie wollte nur noch heim – in die Sicherheit ihres Elternhauses zurückkehren. Vielleicht könnte Laredo ihr helfen, obwohl er sich bisher geweigert hatte. »Wann wird mein Vater das Lösegeld bezahlen?« fragte sie.

Sofort rückte Laredo ein wenig von ihr ab. »Das weiß ich nicht.«

»Und wer wird es holen? Ich nehme an, es wird unter euch allen aufgeteilt.«

»Vermutlich.« Es war, als hätte sich eine Maske über sein Gesicht gelegt. Aber Sheila wußte, daß es eine dünne Maske war, die man leicht zerreißen konnte.

»Schade... Für einen einzigen Mann wäre das eine Menge Geld. Wissen Sie, daß Sie alles haben könnten?«

Sie spürte, wie sich seine Muskeln anspannten. Was sie da sagte, gefiel ihm nicht. Er wäre sicher gern zurückgewichen, um sich ihrer gefährlichen Nähe zu entziehen, aber Sheila schmiegte sich an ihn.

»Sheila...«, begann er zu protestieren, aber sie unterbrach ihn.

»Hören Sie zu, Sie können das ganze Geld haben, wenn Sie mich nach Hause bringen.«

»Das geht nicht.«

»Doch. Wir beide wären wieder daheim – dort, wohin wir gehören. Wir könnten einfach eines Nachmittags spazierengehen und nicht mehr zurückkommen. Sie könnten irgendwo weiter unten im Canyon zwei Pferde verstecken. Wir würden davonreiten und hätten ein paar Meilen Vorsprung, bevor man unsere Abwesenheit bemerken würde.«

»Ich kann nicht nach Hause zurückgehen. Das habe ich Ihnen doch erklärt.«

»Auf diese Weise schon. Sie wären ein Held. Sie hätten mich gerettet, und Ihre Familie wäre stolz auf Sie, und mein Vater wäre Ihnen sehr dankbar. Er kennt viele einflußreiche Leute, und er würde dafür sorgen, daß Sie nie mehr hierher zurückkehren müßten.«

»Ich...« Er runzelte die Stirn, und sein Widerstand schien zu schmelzen. Sheila legte einen Finger auf seine Lippen, um seinen Protest zum Schweigen zu bringen. Dann strich sie über das braune Haar an seiner Schläfe. Automatisch zog er sie wieder enger an sich.

»Sie würden ein kleines Vermögen dafür bekommen. Mein Vater wäre Ihnen ewig dankbar – und ich auch.« Ihre Stimme klang heiser und verlockend. »Ich weiß, daß ich Ihnen gefalle, Laredo. Und ich würde Ihnen gern für den Rest meines Lebens beweisen, wie dankbar ich Ihnen wäre – wenn Sie mich von hier wegbrächten...«

»Nein!« Ráfagas Stimme war leise, gefährlich und unheimlich drohend, wie ferner Donner. Erschrocken fuhren sie auseinander. »Sie werden ihn nicht verführen, Señora. Laredo weiß, welche Strafe er zu erwarten hat, wenn er den Canyon ohne meine Erlaubnis verläßt. Und er weiß, daß ich ihn finden und töten werde, wenn er mit Ihnen flieht. Wenn ein Mann sich zwischen Geld und einer Frau oder seinem Leben entscheiden muß, wird er das Leben wählen. Laredo wird Sie nirgendwohin bringen, bevor ich sage, daß Sie gehen können.«

Sheila starrte ihn an, und alle Farbe wich aus ihren Wangen. Ihr Atem stockte, nicht wegen seiner Worte, sondern wegen der Tatsache, daß er in akzentfreiem Englisch gesprochen hatte.

»Sie – Sie können Englisch«, stammelte sie.

»Ja«, bestätigte er kühl.

»Das – hätten Sie mir sagen können.«

»Hätten Sie dann aufgehört, mich als Bastard zu beschimpfen? Ich glaube nicht.«

Sheila erinnerte sich nur zu gut an die Beleidigungen, die sie ihm ins Gesicht geschleudert hatte, im Glauben, daß er kein Wort verstand, und wurde rot. »Nein, das hätte keinen Unterschied gemacht«, stieß sie wütend hervor. »Aber warum haben Sie es mir nicht gesagt? Warum haben Sie so getan, als müßte Laredo alles übersetzen? Hat es Ihnen Spaß gemacht, mich als Närrin hinzustellen?«

»Ich hatte kein Interesse daran, mit Ihnen zu reden und Ihre Fragen zu beantworten. Außerdem – wenn Sie gewußt hätten, daß ich Englisch kann, hätten Sie in meiner Gegenwart niemals so offen mit Laredo gesprochen wie vorhin.«

Sie starrte Laredo an, der schweigend neben ihr stand. Er hatte gewußt, daß Ráfaga Englisch konnte, aber es war ihm nicht eingefallen, ihr das zu sagen. »Sie hätten mich warnen können!« rief sie anklagend.

»Dazu hatte ich keine Veranlassung.«

»Natürlich nicht!« stieß sie verächtlich hervor. »Sie stehen ja auf seiner Seite!«

»Das habe ich Ihnen von Anfang an gesagt«, erwiderte er ruhig.

»Ich weiß nicht, wen von euch beiden ich mehr verabscheuen soll – Laredo, weil er eine Angehörige seines eigenen Volkes verrät...« Sie wirbelte zu Ráfaga herum. »Oder Sie, weil Sie...«

»Es interessiert mich nicht, was Sie von mir halten«, unterbrach er sie kalt. »Ich möchte Ihnen nur klarmachen, daß solche Verführungsversuche, wie Sie sie heute abend unternommen haben, sinnlos sind. Hier wird Ihnen niemand zur Flucht verhelfen.«

»Da wäre ich nicht so sicher.« Sheila warf herausfordernd den Kopf in den Nacken, und ihr dunkelgoldenes Haar funkelte im flackernden Feuerschein. »Mit Geld kann man sich einiges kaufen.«

Seine dunklen Augen verengten sich. »Sie sind ziemlich unbesonnen, Señora. Sie sprechen, ohne nachzudenken. Ich werde es sofort erfahren, wenn Sie noch einmal den Versuch machen sollten, einen meiner Männer zu bestechen. Aber wenn Sie keiner Vernunft zugänglich sind...« Er ließ die unausgesprochene Drohung in der Luft hängen. »Ich würde es sehr bedauern, wenn ich Ihnen die wenigen Freiheiten entziehen müßte, die Sie hier genießen.«

»Freiheiten?« Sheila trat ärgerlich einen Schritt auf ihn zu. »Was habe ich denn für Freiheiten? Ich werde hier gegen meinen Willen als Gefangene festgehalten.«

»Sie können sich frei in diesem Haus bewegen und auch draußen – unter Bewachung. Würden Sie es vorziehen, in Ihrem Zimmer eingesperrt zu werden?«

»Das würden Sie nicht wagen!«

»Doch – wenn Sie Ihre Zunge nicht im Zaum halten können.«

Unwillkürlich hob sie die Hand, um in dieses kalte, arrogante Gesicht zu schlagen, aber er umklammerte mit eisenharten Fingern ihre Handgelenke. »Lassen Sie mich los!« schrie sie, doch er verstärkte den schmerzhaften Griff noch. Dann sah er Laredo an.

»Du kannst gehen. Das Freudenfest der Señora ist zu Ende.«

Sheila wandte sich um und sah den Amerikaner gehorsam zur Tür gehen, den Mantel vom Haken nehmen. »Nein, bleiben Sie hier, Laredo! Sie können mich doch nicht mit diesem – Sadisten allein lassen!« Doch ihre Bitte stieß auf taube Ohren. Laredo zog seinen Regenmantel an und verließ das Haus. »Warum haben Sie eine solche Macht über ihn?« fuhr sie Ráfaga an, der ihre Handgelenke immer noch unerbittlich festhielt.

»Er schuldet mir sein Leben. Und Ihnen schuldet er nichts.«

»Und wie lange muß er für seine Schuld bezahlen? Bis an sein Lebensende?«

»Er braucht mir nur zu sagen, daß er gehen will, dann werde ich ihm keine Steine in den Weg legen. Er bleibt freiwillig bei mir. Aber er kann jederzeit gehen – wenn er Sie nicht mitnimmt.«

»Sie haben ihm ja auch geschworen, daß Sie ihn dann töten würden.«

»Das war kein Schwur, nur ein Versprechen. Aber jeder Mann in diesem Camp weiß, daß ich ein solches Versprechen halte. Hören Sie auf meinen Rat, Señora, und versuchen Sie nicht noch einmal, einen meiner Männer auf Ihre Seite zu ziehen. Sie hätten seinen Tod auf Ihrem Gewissen.« Plötzlich ließ er sie los und wandte sich ab. »Gehen Sie in Ihr Zimmer, Señora Townsend.«

Sie wirbelte herum und lief mit stolz erhobenem Kopf den Korridor entlang.

12

Immer neue Donnerschläge krachten und harmonierten mit den stürmischen Gefühlen, die Sheila bewegten. Als sie die Kerze neben ihrem Bett angezündet hatte, schien das Zimmer noch kleiner zu werden. Ihr

Blick fiel in den Spiegel, auf die Kleider, die Ráfaga ihr gegeben hatte. Plötzlich konnte sie es nicht mehr ertragen, sie auf der Haut zu spüren. Sie zog sie aus, wickelte sich wieder in die Bettdecke, rollte die Kleider zu einem Bündel zusammen. Dann ging sie in den Wohnraum zurück.

Ráfaga stand neben dem Herd und starrte in die Flammen. Die tanzenden Schatten, die der Feuerschein warf, akzentuierten seine harten Gesichtszüge. Als Sheila eintrat, wandte er sich langsam um. »Was wollen Sie? Sind Ihnen neue Beleidigungen eingefallen, nachdem Sie erfahren haben, daß ich Ihre Sprache verstehe?«

»Hier sind die Kleider Ihrer Geliebten. Sie können sie ihr zurückgeben.« Sheila warf ihm das Bündel vor die Füße, und es landete beinahe im Feuer. »Ich will sie nicht.«

Er zog die Kleider aus der gefährlichen Nähe der Flammen, behielt sie achtlos in der Hand. »Vorhin waren Sie ganz begeistert davon.«

»Da wußte ich noch nicht, wie sehr ich alles verabscheue, was auch nur entfernt mit Ihnen in Zusammenhang steht.«

Seine Augen verengten sich. Langsam kam er auf sie zu und ließ die Kleider auf einen Stuhl fallen. »Wenn Sie es so betrachten, dann gehört diese Decke auch mir. Geben Sie sie her!«

»Nein!« Instinktiv verschränkte sie die Arme vor der Brust.

»Aber sie gehört doch mir. Und da Sie mein Eigentum nicht auf Ihrer Haut spüren wollen, möchte ich sie wiederhaben.«

»Also gut, dann ziehe ich meine eigenen Sachen an und bringe Ihnen die Decke zurück.«

»Ich will sie jetzt haben.«

Kalte Angst stieg in ihr auf. »Nein...«

»Warum nicht?« fragte er spöttisch. »Weil Sie nichts darunter anhaben? Sie wissen doch, daß ich Sie schon ein paarmal nackt gesehen habe. Ich kenne Ihre runden festen Brüste, Ihre schlanke Taille, die schmalen Hüften, die wie geschaffen sind, um einen Mann aufzunehmen.«

Das Blut stieg ihr in die Wangen, und sie wollte sich abwenden. Aber er hielt sie am Arm fest, und dabei geriet die Decke ins Rutschen. Sheila konnte nur mit Mühe verhindern, daß das provisorische Gewand zu Boden fiel. Ráfaga zog sie langsam an sich. »Ich kenne Dinge, von denen Laredo höchstens träumen kann.« Seine Stimme war leise und samtweich.

Da Sheila ihre Decke festhalten mußte, hatte sie nur eine Hand frei, um ihn wegzustoßen, doch das gelang ihr nicht. Sein Kopf neigte sich zu ihr herab, sie wandte sich ab, doch sie konnte nichts dagegen tun, daß sein Mund über ihren Hals strich. Es war, als würden Feuerzungen ihre Haut streifen. Wieder versuchte sie ihn wegzuschieben – vergebens.

»Warum sind Sie zu mir nicht so nett wie zu Laredo?« flüsterte er. »Vielleicht könnten Sie mich überreden, Sie gehen zu lassen.«

»Ich hasse Sie!«

Er zog sie noch fester an sich, und sie spürte, wie sich die harten Muskeln seiner Oberschenkel an ihre Hüften preßten. »Ja, hasse mich nur, meine Löwin! Du würdest mir am liebsten die Augen auskratzen. Immer wieder versuchst du gegen mich zu kämpfen, ignorierst meine Befehle, obwohl du weißt, daß dir das nichts nützt. Du wärst viel besser dran, wenn du nachgiebiger wärst.«

»Wenn ich nachgiebig wäre, hätte mich Ihre Mörderbande vergewaltigt und getötet, nachdem sie meinen Mann umgebracht hatte.«

»Und jetzt bist du meiner Gnade ausgeliefert.«

»Gnade? Sie kennen keine Gnade, und Sie haben kein Herz.« Sie sah, wie sich seine Kinnmuskeln anspannten, und sie wußte, daß sie ihn provoziert hatte. Sie hatte ihn beschuldigt, keine Gnade zu kennen, und sein Kuß war gnadenlos. Seine Arme preßten ihr die Luft aus den Lungen, während seine Lippen es ihr verwehrten, neuen Atem zu holen. Schwarze Ringe begannen vor ihren Augen zu kreisen, als sie am Rand einer Ohnmacht schwebte.

Doch dann ließ der schmerzhafte Druck seines Mundes nach, und Sheila war noch zu benommen, um seiner Zunge zu widerstehen, die zwischen ihre Lippen glitt. Es wurde ihr auch nur halb bewußt, daß seine Arme sie nicht mehr so fest umspannten, daß seine Hände liebkosend über ihren Rücken wanderten und ein sinnliches Feuer in ihr entfachten, bis sie sich schwach an ihn klammerte.

Nur ein leises protestierendes Stöhnen kam aus ihrer Kehle, als er sie hochhob. Er küßte sie immer noch, während er sie aus dem Raum trug. Ein heißes, instinktives Verlangen war in ihr erwacht, dem sie hilflos ausgeliefert war. Und sie haßte ihn verzweifelt, während sie die Meisterschaft seiner Verführungskünste anerkennen mußte. Verglichen mit Ráfaga war Brad ein armseliger Amateur gewesen.

Er legte sie auf das Bett und nahm ihr dabei die Decke ab. Hastig griff sie danach, aber er warf sie zu Boden. Und dann merkte sie, daß dies nicht ihr Bett war, und es war auch nicht ihr Schlafzimmer, in das er sie gebracht hatte. Diese Entdeckung lähmte sie für einen Augenblick, und als sie sich wieder bewegen konnte, spürte sie auch schon das Gewicht seines Körpers neben sich auf der Matratze. Seine Hände fanden sie im Halbdunkel, hielten sie eisern fest, als sie sich wehren wollte. »Schrei doch, kleine Löwin!« flüsterte er lachend. »Niemand wird dich bei diesem Sturm hören. Und wenn sie dich hören, werden sie nicht kommen.«

Seine Lippen glitten über ihren Hals, und Sheila bohrte ihre Fingernägel tief in sein Fleisch. Aber trotz eines erstickten Schmerzenslautes ließ er sie nicht los. Ihr heftiger Widerstand zehrte an ihren Kräften, und sie hielt inne, um Atem zu holen. Sofort ergriff er wieder Besitz von ihren geöffneten Lippen, bog ihren Kopf zurück, als er sie küßte, und seine Hände wölbten sich um ihre Brüste, um die festen Rundungen zu erforschen.

Sheila spürte, wie ihre Brustwarzen hart wurden, und sie verfluchte sich, weil sie unfähig war, die Reaktionen ihres Körpers zu kontrollieren. In ihrem Kopf drehte sich alles, und sie war ihrem brennenden Verlangen wehrlos ausgesetzt. Diese wollüstigen Gefühle waren ihr fremd, und doch hatte sie keine Macht über sie. Es waren diese Gefühle, die sie völlig beherrschten, die sich noch verstärkten, als Ráfagas Lippen über ihren Hals zu ihren Brüsten hinabwanderten. Als sie seine Zunge auf einer Brustwarze spürte, stieß sie unwillkürlich einen leisen Schrei des Entzückens aus. In der sanften Leidenschaft seiner Liebkosungen lag nichts Drängendes, und doch begann das Feuer in ihrem Körper immer heißer zu brennen. Seine Hände erforschten die intimsten Stellen ihres Körpers, und sosehr sie es auch wünschte, sie konnte diesen Berührungen nicht gleichgültig gegenüberstehen. Sie war wie ein Blatt, das sich im Wind drehte. Ihre Jungfernschaft hatte sie an Brads wilde Leidenschaft verloren. Und nun siegten Ráfagas sinnliche Künste über ihre Selbstachtung. Unter ihren Händen spürte sie die bebenden Muskeln seiner Schultern, das warme Blut, wo sie ihn gekratzt hatte. Aber nun versuchten ihre Finger nicht mehr, ihn zu verletzen. Sie genossen es, sein hartes Fleisch zu spüren.

Um ihre Chance zu nutzen, solange sie noch einen eigenen Willen hatte, stemmte sie ihre Hände gegen seine Schultern, zwang Ráfaga, den

Kopf zu heben und sein aufreizendes Spiel mit ihrer Brustwarze zu beenden. Doch er war stärker als sie, und er neigte den Kopf, um sie zu küssen, doch sie wich seinen Lippen aus.

»Worauf warten Sie noch?« flüsterte sie verzweifelt. »Vergewaltigen Sie mich – damit ich es hinter mir habe...«

»Nicht so schnell, meine Löwin! Ich möchte den Augenblick der Qual verlängern.« Sein Atem streichelte ihre Wange, bevor sein Mund sich wieder hungrig auf den ihren preßte. Und es war tatsächlich eine Qual – eine süße Qual. Der Schmerz in ihrem Unterleib peinigte Sheilas Nerven, schrie nach Erfüllung des Verlangens. In zitternden Liebkosungen wanderten ihre Hände über seinen Rücken, seine Schultern, und ihr Körper wand und krümmte sich in verzehrender Leidenschaft.

Aber es dauerte noch eine Weile, bis er sich auf sie legte. Seine Pulse rasten nun genauso wild und heiß wie die ihren, seine Haut schien wie die ihre zu brennen, und die Glut beider Körper verschmolz zu einem einzigen Feuer. Sheila spürte die Härte seiner Männlichkeit und wußte, daß sein Verlangen genauso groß war wie das ihre. Sie seufzte leise, als seine muskulösen Beine zwischen die ihren glitten. Die Erfüllung war nicht mehr fern, und ein ekstatischer Schauer lief durch ihre Glieder. Und als die Erfüllung kam, wurde Sheila eingehüllt in einen samtigen Nebel von Gefühlen. Ein primitives Zittern wurde abgelöst von einem wundersamen Entzücken, bis sie schwach und erschöpft dalag.

Langsam ebbte der Wirbelwind der fremden, neuen Emotionen ab. Allmählich kehrte sie in die Wirklichkeit zurück und empfand tiefe Scham, weil sie in seinen Armen solche Freuden genossen hatte. Ráfaga bewegte sich, seine Schulter streifte ihren Arm, und ein neuer Schauer lief über ihren Körper, erweckte von neuem die Angst, daß sie die Kontrolle über ihre Gefühle verlieren würde. Sie mußte fliehen aus seiner gefährlichen Nähe. Aber als sie an den Bettrand rutschte und aufstehen wollte, hielt er sie am Arm fest. »Wohin gehst du?«

»In mein Zimmer.«

»Warum?«

»Deine Huren lassen dich doch immer allein schlafen.«

»Du spielst auf Elena an, nicht wahr?«

»Auf wen sonst? Glaubst du, ich habe euch beide nicht gehört, als ich drüben in meinem Zimmer lag? Dieses widerliche Gestöhne – und dann die geflüsterten Abschiedsworte, wenn sie dich verließ...«

»Wenn du es so abstoßend gefunden hast, hättest du nicht zuhören sollen.«

»Was blieb mir denn anderes übrig, nachdem ihr euch wie Tiere aufgeführt habt, die sich paaren?«

Er zog sie neben sich, preßte ihre Schultern auf die Matratze.

Sheila wehrte sich nicht.

Sie zog es vor, passiven Widerstand zu leisten.

»Jedenfalls hat es Elena und mir Spaß gemacht – auch wenn es dir kein Vergnügen bereitet hat«, sagte er kalt.

»Jedenfalls würde es mir ein großes Vergnügen bereiten, wenn ich nicht mit dir in diesem Bett schlafen müßte«, erwiderte sie, und ihre Stimme klang genauso eisig wie die seine.

»Schade ...«

»Warum sollte ich auch? Elena hat ja auch nicht bei dir geschlafen. Warum zwingst du mich hierzubleiben?«

»Elena wollte zu ihrem Mann und ihren Kindern nach Hause gehen. Aber auf dich wartet nur ein leeres Bett.«

»Was? Sie ist verheiratet? Und sie ist trotzdem jede Nacht zu dir gekommen?«

»Du solltest andere Menschen nicht vorschnell verurteilen. Elenas Mann ist gelähmt und geisteskrank – schon seit vier Jahren. Er hat ihr nur die Erinnerung an seine Liebe gelassen – und zwei Kinder. Aber sie ist noch jung, hat die physischen Bedürfnisse einer normalen Frau. Ich brauchte eine Frau, aber ich wollte mich nicht an eine Ehefrau binden, und so trafen wir diese Vereinbarung, die uns beide zufriedenstellte.«

»Das alles ändert nichts an der Tatsache, daß sie verheiratet und deine Geliebte ist.«

Seine Hand glitt über ihre Schulter, schloß sich um ihren Hals, aber es war kein Würgegriff, sondern eine zärtliche Liebkosung. »Du findest also, daß sie eine Heuchlerin ist, weil sie bei ihrem Mann bleibt und bei mir nur körperliche Befriedigung sucht. Und was ist mit dir? Du regst dich über den angeblichen Mord an deinem Mann auf und weinst ihm keine Träne nach.«

»Du weißt nicht, was ich fühle«, verteidigte sich Sheila.

»Auch ich höre die Geräusche aus dem Nebenzimmer, wenn ich im Bett liege, und ich habe dich noch nie weinen hören. Weder um dich selbst noch um seinetwillen.«

»Wenn ich weine, würde das etwas ändern?« fragte sie bitter. Niemals würde sie Ráfaga gegenüber zugeben, daß der Tod ihres Mannes sie nicht allzu tief getroffen hatte. »Hättest du Mitleid mit mir? Das bezweifle ich. Du kennst nicht einmal die Bedeutung dieses Wortes. Und ich würde niemals an einem Ort weinen, wo du mich hören könntest, weil ich weiß, daß du dich nur über mich lustig machen würdest.«

»Vielleicht trauerst du nicht um ihn, weil du ihn nicht geliebt hast.«

»Laredo hat dir erzählt, was ich über ihn gesagt habe!« rief sie anklagend.

»Stimmt es? Erzähl mir von ihm!«

Sie zögerte, doch dann sagte sie sich, daß er sie zum Sprechen zwingen würde, auf irgendeine Weise. Und so antwortete sie. »Da gibt es nicht viel zu erzählen. Ihr beide hättet euch vermutlich wunderbar verstanden. Auch er hat sich nur für mein Geld interessiert, und er nahm mich, weil ich gerade zur Verfügung stand und weil er das Recht zu haben glaubte, seine Begierden an mir zu befriedigen.«

»Du warst noch Jungfrau, als er dich nahm.« Es war keine Frage, sondern eine Feststellung. Sein irritierender Blick wanderte über ihr Gesicht. Seine Hand glitt zu ihrem Kinn, sein Finger zeichnete die Umrisse ihrer Lippen nach. Sheilas Nerven vibrierten, so intensiv war sie sich seiner Nähe bewußt, als sie nackt neben ihm lag. Wie männlich er war – wie stark...

»War ich das?« murmelte sie, unfähig, überzeugend zu lügen, wo sie doch wußte, daß er die geringste Veränderung ihres Herzschlags wahrnehmen würde.

»Du hast gesagt, daß ihr auf der Hochzeitsreise wart, als dein Mann dich genommen hat. Und ich weiß, daß dich noch niemand die Freuden der Liebe gelehrt hat. Heute nacht warst du erstaunt über das Vergnügen, das eine Frau bei der Liebe empfinden kann, und du hattest Angst vor deinen eigenen Gefühlen. Aber das ist ganz natürlich, kleine Löwin. Wenn du diese Gefühle verstehen lernst, wirst du vielleicht auch Elena gegenüber toleranter sein.«

»Soll das heißen, daß du mich die Liebe lehren willst?« stieß sie hervor.

»Ich glaube, du wirst eine gelehrige Schülerin sein.«

»Ich bin zwar deine Gefangene – aber ich werde niemals deine Geliebte sein.«

»Freiwillig vielleicht nicht.«

Sie versuchte die Hand wegzustoßen, die nun ihr Kinn umklammerte, aber sein Griff wurde plötzlich stahlhart. »Laß mich doch in Ruhe!« rief sie. »Du bist mir die ganze Zeit nie in die Nähe gekommen. Warum jetzt?«

»Es ist doch verständlich, daß ein Mann eine so schöne und reizvolle Frau wie dich besitzen möchte. Und als du mich heute abend provoziert hast, sah ich keinen Grund mehr, mir meine Wünsche nicht zu erfüllen. Tut es dir nicht leid, daß du Laredo in meiner Gegenwart dazu überreden wolltest, mit dir zu fliehen?«

»Ich glaube dir kein Wort. Du bist nicht der Mann, der sich von Gefühlen mitreißen läßt – weder von Wut noch von Verlangen.«

Er lachte leise. »Du bist schön, aber trotzdem nicht dumm.« Seine Hand verfing sich in ihrem Haar. »Ich finde deine Schönheit verlokkend. Andere Männer könnten ebenso empfinden. Und wenn du ihnen deinen Körper zusammen mit deinem Geld anbietest, könnte vielleicht einer schwach werden. Aber morgen werden alle wissen, daß du mir gehörst, und keiner wird sich in deine Nähe wagen.«

»Oh, verdammt...« Auf ihrer Zunge lagen noch weitere bittere Worte, aber da preßte er bereits wieder seine Lippen auf die ihren, und der samtige Nebel begann sie erneut zu umhüllen. Willenlos ließ sie sich an seinen harten, muskulösen Körper pressen. Sheila unterwarf sich dem unausweichlichen, wilden Feuer, das durch ihre Adern lief.

Viel später zog Ráfaga eine Decke über sie beide und befahl Sheila zu schlafen. Sie wollte wieder protestieren, aber sie war zu erschöpft, und sie wehrte sich auch nicht, als er besitzergreifend einen Arm um sie legte.

Sie hatte das Gefühl, sie wäre eben erst eingeschlafen, als ein wütender spanischer Wortschwall sie weckte. Neben sich spürte sie eine köstliche Wärme. Noch schlaftrunken suchte sie nach der Quelle dieser Wärme, und dann schlug sie die Augen auf, als sie dicht an ihrem Ohr Ráfagas Stimme hörte. Sofort war sie hellwach, als die Erinnerung zurückkam.

Elena stand totenbleich im Zimmer, und was immer Ráfaga gesagt haben mochte, es hatte sie nicht besänftigt, denn ihre Stimme klang schrill und anklagend, als sie antwortete. Verlegen zog sich Sheila die Decke bis ans Kinn, angewidert von der eifersüchtigen Szene, die Elena ihrem Geliebten machte. Warum war sie während der Nacht nicht erwacht und aus dem Zimmer geflohen? Sie war körperlich erschöpft gewesen von Ráfagas überwältigenden Zärtlichkeiten und geistig verwirrt, weil sie ganz anders darauf reagiert hatte, als sie sich das je hätte träumen lassen. Auf keinen Fall wollte sie in einen Streit zwischen Elena und Ráfaga verwickelt werden. Elena konnte ihn ruhig haben, Sheila verzichtete nur zu gern auf ihn, und das könnte sie dem anderen Mädchen am besten verdeutlichen, wenn sie möglichst rasch dieses Bett und dieses Zimmer verließ.

»Du bleibst!« Ráfaga legte eine Hand auf ihren Arm, als hätte er ihre Gedanken erraten.

»Aber sie will dich, und ich will dich nicht.«

»Was ihr beide wollt, spielt keine Rolle.«

Elena gab einen neuen spanischen Wortschwall von sich, wurde dann aber unterbrochen, als eine Stimme im Wohnraum erklang. Sheilas Atem stockte, als Laredo in der Tür auftauchte. Sein Lächeln erlosch, als er Sheila in Ráfagas Bett sah, und das Blut stieg ihr in die Wangen, obwohl seine blauen Augen nicht verrieten, was er dachte. Am liebsten hätte sie sich in irgendeiner dunklen Ecke verkrochen.

Elena drehte sich zu Laredo um und redete auf ihn ein, aber er schüttelte den Kopf und wandte sich ab, als wollte er sich in den Streit zwischen den dreien nicht hineinziehen lassen.

»Du kannst bleiben, Laredo«, sagte Ráfaga. »Elena geht.«

Als er die letzten Worte auf spanisch wiederholte, warf sie ihm einen kalten, stolzen Blick zu, dann antwortete sie mit leiser, mühsam beherrschter Stimme. Ráfaga sagte nichts, sein Gesicht war ausdruckslos. Elena wandte sich ab und ging mit hocherhobenem Kopf hinaus.

Das Glitzern in Laredos blauen Augen schien deutlich zu sagen: »Ich hätte Ihren prophezeien können, daß das passieren würde.«

Ungeniert schlug Ráfaga die Decke zurück, setzte sich auf und schwang die Beine über den Bettrand. Sheila hielt die Decke am Kinn fest und verhinderte damit, daß er ihre Nacktheit entblößte.

Als er aufstand und in seine Hose schlüpfte, wandte sie beschämt den Blick von seinem nackten Körper ab. Heiß stieg ihr das Blut in die Wangen, als sie Laredo ansah. »Ich habe Ihnen gestern abend gesagt, daß Sie nicht gehen sollen«, sagte sie anklagend zu Laredo, aber er sah sie nur schweigend an.

Sie hatte die Decke eng um ihren Körper gezogen. Das dunkelblonde Haar fiel in weichen Wellen auf ihre nackten Schultern. In ihren katzengoldenen Augen schimmerten Tränen verletzten Stolzes.

Ráfaga schloß den Gürtel seiner Hose und warf ihr einen spöttischen Blick zu. »Mach doch ihn nicht für das verantwortlich, was du provoziert hast! Es war keine Vergewaltigung. Oder willst du etwa leugnen, daß du heute nacht nur so geglüht hast vor Verlangen?«

»Und wie willst du die Striemen auf deinem Rücken erklären?« fuhr sie ihn an. Aber Ráfaga ignorierte ihre Frage, als seien die Kratzer so nebensächlich, daß sie keine Erklärung erforderten.

»Du solltest die Wunden waschen, Ráfaga«, meinte Laredo mit ruhiger Stimme.

Ráfaga goß Wasser in seine Waschschüssel und tauchte einen Lappen hinein. »Das kann Sheila machen.«

»Den Teufel werde ich!« rief sie. »Hoffentlich bekommst du eine Blutvergiftung.«

Ráfaga grinste Laredo an. »Da siehst du, wie blutrünstig sie ist!« Dann ging er zum Bett, den Lappen in der Hand. »Du wirst jetzt die Kratzer waschen, meine Löwin.«

»Nein!«

»Doch!« Er umklammerte eines ihrer Handgelenke, zog sie hoch, und die Decke rutschte gefährlich hinab. Sheila befand sich in einer prekären Lage. Sie wußte, er würde nicht zögern, ihr die Decke vom Leib zu reißen, wenn sie sich seinen Wünschen widersetzte. »Also gut! Aber ich kann es nicht machen, wenn du mich festhältst.«

Lachend ließ er sie los, und sie wickelte die Decke noch enger um sich und rutschte zu der Seite des Bettes, an der er stand, dann riß sie ihm den nassen Lappen aus der Hand. Er verzog spöttisch den Mund, dann setzte er sich auf den Bettrand und wandte ihr den Rücken zu.

Sie lag auf den Knien, in die Decke gehüllt, und starrte auf sein zerzaustes, ebenholzschwarzes Haar, auf die bronzebraune Haut an seinen muskulösen Schultern. Wenn sie jetzt ein Messer in der Hand gehalten hätte statt des feuchten Lappens, sie hätte es ihm mit Wollust in den Rücken gestochen.

»Die Kratzer, Señora...« Seine träge Stimme erinnerte sie an ihre Aufgabe, und sie hatte wieder einmal das Gefühl, daß er ihre Gedanken lesen konnte.

Sie ging nicht sehr sanft mit ihm um, als sie das getrocknete Blut von seinem harten Fleisch zu wischen begann. Sie spürte, wie sich seine Muskeln unter ihrer brutalen Berührung zusammenzogen, aber er gab keinen Laut von sich, sog nicht einmal scharf den Atem ein, um anzuzeigen, daß sie ihm Schmerzen bereitete. Seine übermenschliche Selbstbeherrschung weckte jedoch keineswegs ihr Mitleid, und sie machte sich nicht die Mühe, ihn etwas vorsichtiger zu behandeln.

Die Kratzer waren schlimmer, als sie vermutet hatte. Sie hatte ihm nicht nur die Haut aufgerissen, ihre Nägel hatten tiefe Furchen in sein Fleisch gegraben. Die Wunden waren tiefrot und mußten ihm höllisch weh tun. Sheilas Blick wanderte zu Laredo, der sie beobachtete, und sein Blick sagte ihr, daß er ihre grausame Behandlungsmethode durchaus billigte. »Hast du keinen Alkohol, mit dem ich die Wunden desinfizieren kann?« fragte sie und erlaubte ihrer Stimme nicht, irgendwelche Gefühle zu verraten.

Sie sagte sich, daß es ihr völlig egal war, wie sehr sie Ráfaga verletzt hatte. Er verdiente es. Trotzdem fühlte sie jetzt Mitleid in sich aufsteigen und tröstete sich mit dem Gedanken, daß sie eben nicht so skrupellos war wie diese Bande von Dieben und Mördern.

»Ich hole ihn«, sagte Laredo, ging hinaus und kam nach wenigen Augenblicken mit einer Flasche zurück, die zu zwei Dritteln gefüllt war. Er entkorkte sie und gab sie Sheila, die eine gehörige Portion auf den Lappen goß.

»Das wird weh tun«, sagte sie überflüssigerweise.

»Vielleicht solltest du den Alkohol tropfenweise auf die Wunden gießen, um meine Qual zu verlängern«, schlug Ráfaga spöttisch vor, und sofort verflog das Mitleid, das sie eben noch widerwillig empfunden hatte. Sie drückte den Lappen auf die Wunden, die nun höllisch brennen mußten, aber sie empfand keine Befriedigung dabei.

Ráfaga stand auf, ging zu einer Kommode und nahm ein Hemd aus der Schublade, und Sheila gab Laredo die Flasche zurück.

»Hast du kochen gelernt, Sheila?« fragte Ráfaga. Ráfaga zog das Hemd an und warf einen gleichgültigen Blick in ihre Richtung.

»Nein. Du wirst dir das Frühstück selber machen müssen. Bis zu Mittag wird sich Elena ja hoffentlich beruhigt haben und dir das Essen machen.«

»Elena wird nicht zurückkommen«, erwiderte Ráfaga und wandte sich dann an Laredo. »Sag zu Juans Frau, sie soll täglich kommen und die Mahlzeiten vorbereiten, und sag ihr auch, sie kann ihr Kind mitbringen, wenn sie will. Juan hat immer behauptet, sie sei die beste Köchin von Chihuahua. Jetzt können wir feststellen, ob das stimmt.«

Laredo nickte ihm grinsend zu, dann ging er hinaus.

»Hol deine Sachen herüber«, sagte Ráfaga zu Sheila. »Du wirst von heute an hier schlafen.«

»Wirklich?«

Aber er lächelte sie nur an und verließ wortlos das Zimmer, als wüßte er, daß sie nur protestierte, um ihren Stolz zu retten.

13

Nach der letzten Nacht hatte Sheila erwartet, daß Ráfaga ihr nicht mehr erlauben würde, mit Laredo auszugehen, weil er ihnen nicht trauen würde, wenn sie miteinander allein waren. Aber zu ihrer Überraschung durfte sie ihre Nachmittagsspaziergänge mit Laredo fortsetzen. Aber als sie nun schweigend nebeneinander über die Wiese gingen, wünschte sie fast, sie wäre im Haus geblieben. »Um Gottes willen, so sagen Sie doch endlich was!« stieß sie hervor, als sie die Stille nicht mehr ertrug. »Sagen Sie, daß es Ihnen leid tut oder daß ich es verdient habe – aber sagen Sie irgend etwas!«

»Das ist nicht das Ende der Welt, Sheila«, erwiderte er besänftigend.

»Soll ich etwa in Jubelgeschrei ausbrechen, weil er mich zu seiner Geliebten gemacht hat?«

»Sheila...«

»Warum rauben Sie keinen anderen unvorsichtigen Autofahrer aus und kidnappen seine Frau, damit Ihr Boß mich endlich vergißt?«

»Wir sind keine Räuber und Kidnapper.«

»Was Sie nicht sagen! Verzeihen Sie mir, wenn ich Sie einen Lügner nenne!«

»Das war nur Zufall.« Laredo starrte grimmig vor sich hin. »Die Dinge sind nur etwas außer Kontrolle geraten. In den Staaten werden genauso viele Autofahrer überfallen und getötet wie in Mexiko.«

»Ach!« Sheila sah ihn skeptisch an. »Aber wenn Sie nicht stehlen, wovon bezahlen Sie dann Ihr Essen, Ihre Kleidung, die Munition und alles andere?«

»Wir leben nicht gerade im Luxus, und das Leben ist hier billiger als in den Staaten. Wir züchten selber unsere Rinder und bauen unser eigenes Gemüse an.«

»Und was tun Sie dann mit dem gestohlenen Geld?« fragte Sheila herausfordernd. »Ist Ráfaga ein Robin Hood, der alles den Armen gibt? Oder ist er wie Pancho Villa mit seinen zahllosen Frauen und Räuberscharen, die ihre Missetaten unter dem Deckmantel der Revolution verbergen?«

»Ich habe Ihnen schon gesagt, daß wir nicht stehlen.« Seine Augen verengten sich zu eisblauen Schlitzen. »Ráfaga überfällt zwei- oder dreimal im Jahr ein Gefängnis. Dafür wird er bezahlt.«

»Ich verstehe. Dann gehören Sie also einem barmherzigen Orden an. Sie stehlen nicht, Sie brechen nur in Gefängnisse ein, töten ein paar Wärter und kassieren dafür Ihren Lohn. Aber so was Schlimmes wie Stehlen – nein, das tun Sie nicht!«

»Verdammt, was erwarten Sie denn von uns?« stieß Laredo ärgerlich hervor. »Sollen wir uns Jobs suchen? In den Feldern arbeiten? Zum Teufel, wir alle werden steckbrieflich gesucht. Ich behaupte ja nicht, daß es rechtmäßig ist, was wir tun. Ich weiß, daß ich in meiner eigenen Hölle lebe. Aber vielleicht bekommen ein paar von den Jungs, die wir befreien, doch noch die Chance, ihr Leben zu ändern, bevor sie wie ich in der Hölle enden.«

»Ihre Motive sind gewiß sehr edel«, meinte sie ironisch.

»Es ist mir egal, was Sie von meinen Motiven halten. Jedenfalls haben Sie kein Recht, mich oder Ráfaga oder sonst jemanden hier zu verurteilen. Wir versuchen nur, frei zu bleiben und das Beste daraus zu machen.«

Sheila erkannte, daß sie sich auf gefährlichem Boden befand. Wenn sie sich weiterhin über die Art lustig machte, wie Laredo seine Schuldgefühle mit vernünftigen Argumenten zu verdrängen suchte, würde sie sich nur seinen Zorn zuziehen. Vielleicht würde sie ihn doch noch dazu überreden können, ihr zur Flucht zu verhelfen – egal, was Ráfaga ihm befohlen hatte.

»Wie ist denn Ráfaga zu diesem seltsamen Job gekommen?«

»Keine Ahnung.«

Sheila zögerte. Laredos scheinbare Unkenntnis hatte ihre Neugier geweckt. Sicher, Ráfaga war ein Rätsel, aber irgend etwas mußte Laredo doch wissen. Es war unmöglich, daß er überhaupt nichts in Erfahrung gebracht hatte.

»Sie müssen doch irgend etwas über ihn wissen. Hat er eine Familie? Wo hat er so gut Englisch gelernt? Sie haben mir erzählt, daß Sie schon seit drei Jahren bei ihm sind. In dieser Zeit haben Sie doch sicher einiges über ihn erfahren.«

»Ráfaga beantwortet nur selten Fragen, und über seine Vergangenheit schweigt er sich aus.«

»Und die anderen haben Ihnen auch nichts von ihm erzählt?«

»Ich habe ein paar Geschichten über ihn gehört«, gab Laredo zögernd zu. »Aber ich weiß nicht, ob sie wahr sind. Einige Jungs behaupten, seine Mutter sei die Geliebte eines reichen Amerikaners gewesen. In anderen Stories ist er der jüngste Sohn aus einer prominenten mexikanischen Familie, und in einer weiteren Geschichte wird behauptet, er sei als Kind über die Grenze geflohen, um bei einem Onkel in den Staaten zu leben, und er hätte sich jahrelang als Sohn dieses Onkels ausgegeben.« Er machte eine kleine Pause. »Es gibt auch Gerüchte, daß er in Revolten gegen die Regierung verwickelt war oder ein paar Reaktionären Waffen in die Hände geschmuggelt hat. Jedenfalls steht es fest, daß er einige Verbrechen begangen hat. Sie verraten alle, daß er ein gebildeter Mann ist. Dafür spricht auch sein fließendes Englisch. Er weiß auch sehr gut, wie es in Gefängnissen aussieht und was sie einem Mann antun können, wenn er zu lange darin sitzt.«

»Und welche Geschichte stimmt nach Ihrer Meinung?«

»Keine. Die Wahrheit kann Ihnen nur Ráfaga selbst erzählen.«

»Wenn wir nachts im Bett liegen?« fragte sie sarkastisch.

»Hören Sie, Sheila...« Er blieb stehen und legte ihr die Hände auf die Schultern. »Sie sind hier nicht schlecht behandelt worden. Man hätte Sie vergewaltigen und töten und Ihre Leiche neben der Ihres Mannes liegen lassen können. Es war Ráfaga, der die Burschen daran gehindert hat, sich auf Sie zu stürzen und Sie zu vergewaltigen.«

»Aber nicht, um mich zu schützen, sondern weil er auf das Lösegeld scharf war. Und das bekommt er nur, wenn ich unverletzt zu meinem Vater zurückkehre.«

»Seien Sie doch realistisch, Sheila! Ihre Eltern würden das Lösegeld auf jeden Fall zahlen, egal in was für einem Zustand Sie sich befinden. Das weiß ich genausogut wie Ráfaga. Wir könnten Sie vergewaltigen und töten und trotzdem das Lösegeld kassieren.«

Sheila wurde blaß, als sie erkannte, daß er die Wahrheit sagte. Und es konnte immer noch Wahrheit werden.

Der Gedanke, daß Ráfaga der einzige Mensch war, der zwischen ihr und diesem Schicksal stand, war entmutigend. Aber Laredo hatte noch nicht zu Ende gesprochen.

»Sie können von Glück reden, daß Sie so viele Freiheiten haben. Sicher, Sie werden ständig bewacht. Aber wie Ráfaga betont hat, er könnte Sie auch in Ihr Zimmer einsperren. Oder...« Laredo machte eine Pause, um seinen Worten mehr Gewicht zu verleihen. »Oder Sie könnten Tag und Nacht gefesselt sein. Und nun hat Ráfaga beschlossen, daß Sie sein Bett teilen sollen. Seien Sie doch froh, daß er kein mieser Bastard ist wie Juan! Man hat Sie weder geschlagen noch hungern lassen. Es könnte viel schlimmer sein. Und es wird allmählich Zeit, daß Sie das begreifen und aufhören, sich selbst leid zu tun.« Er nahm die Hände von ihren Schultern und ging weiter. »Ich sage nicht, daß Sie sich darüber freuen sollen. Aber Sie sollten versuchen, das Beste aus der Situation zu machen.«

Sheila mußte zugeben, daß es gar nicht so dumm war, was Laredo da sagte. »Ich werde darüber nachdenken.«

Sie wandte den Kopf, als sie Hufschläge hörte. An der lässigen Grazie des Reiters erkannte sie Ráfaga. Sein rotbraunes Pferd trabte direkt auf sie zu. Dicht vor den beiden Spaziergängern zügelte er das Tier, nickte Laredo kurz zu und wandte sich dann an Sheila. »Möchtest du reiten?«

»Ja, auf meinem eigenen Pferd.«

Er streckte die Hand aus. »Komm! Wir werden eins für dich aussuchen.«

Zögernd sah sie Laredo an, und seine blauen Augen schienen ihr zu sagen, daß sie an den Ratschlag denken sollte, den er ihr vorhin gegeben hatte. Also gut, sie wollte versuchen, das Beste aus ihrer Situation zu machen. Sie griff nach Ráfagas Hand, und er zog sie zu sich hinauf in den Sattel.

Er nahm die Zügel in die linke Hand und schwang das Pferd in einem Halbkreis herum, wobei sein Arm leicht ihren Körper streifte. Ihre Schultern rieben sich an seiner harten Brust, während das Pferd unter dem zusätzlichen Gewicht nervös zu tänzeln begann, dann fiel es in leichten Trab, und sie ritten auf die Adobehäuser zu.

Seine muskulösen Schenkel schienen ihre Beine zu verbrennen. Der männlich erdhafte Geruch, der von ihm ausging, weckte ihre Sinne, rief eine Reaktion hervor, die rein körperlich war und sich der Kontrolle durch ihren Verstand entzog. Sein warmer Atem streichelte ihre Nakkenhaare. »Möchtest du wirklich dein eigenes Pferd haben?«

»Natürlich«, sagte sie, und sie wußte, daß Ráfaga nur zu deutlich spürte, wie sehr seine Nähe sie verwirrte.

Als sie sich den Hütten näherten, verlangsamte er die Gangart des Pferdes. Es war das erstemal, daß Sheila ihn ins Dorf begleiten durfte. Sie versuchte den körperlichen Kontakt mit Ráfaga zu ignorieren und blickte sich interessiert um.

»Worüber hast du dich denn so ernsthaft mit Laredo unterhalten?«

»Wir haben überlegt, wie wir fliehen könnten.«

»Du machst Witze, Señora.« Sein Lachen war spöttisch, aber es schwang auch ein arroganter Ton darin mit, der ihr verriet, daß er fest davon überzeugt war, die Situation unter Kontrolle zu haben.

»Señora? Findest du nicht, daß solche Formalitäten unter diesen Umständen lächerlich sind?«

Als sie sich im Sattel umwandte, um ihm einen eisigen Blick zuzuwerfen, stellte Sheila fest, daß sein Gesicht dem ihren verwirrend nahe war. Ihre Augen wanderten zu seinen Lippen, zu den Fältchen zu beiden Seiten seines Mundes, die ihr sagten, daß er sich köstlich amüsierte. Rasch drehte sie sich wieder um, als ihre Pulse beängstigend zu rasen begannen. Entschlossen starrte sie geradeaus und kämpfte gegen die plötzliche Schwäche in ihren Gliedern an.

»Aber du hast natürlich recht.« Und nach einer kleinen Pause fügte er hinzu: »Sheila.«

Die Art, wie er ihren Namen ausgesprochen hatte, steigerte die erotische Verwirrung ihrer Sinne noch. Eine leichte Bewegung seiner linken Hand setzte das Pferd in noch langsameren Trab, als sie das erste Adobehaus erreichten.

Als sie zwischen zwei Reihen niedriger Hütten hindurchritten, legte er einen Arm um ihre Taille, und seine Hand begann ihren nackten Bauch unter der verknoteten Bluse zu streicheln. Ein Schauer überlief sie, und ihr Atem ging rascher. Sie haßte ihn – aber er brauchte sie nur zu berühren, und dann konnte er alles mit ihr machen, was er wollte. Fast schmerzhaft spürte sie die Blicke der Leute, die ihnen folgten. Manche nickten Ráfaga zu oder hoben die Hand zum Gruß, und alle hatten offenbar großen Respekt vor ihm. Sogar die Kinder auf der schmalen Gasse hörten zu spielen auf, um ihnen nachzustarren. Sheila wußte, daß sie mit ihrem goldbraunen Haar und der hellen Haut einen ungewöhnlichen Anblick in dieser Umgebung bot und einen interessanten Kontrast zu Ráfagas dunklem Teint bildete.

Ein Mann saß reglos auf der Veranda eines Hauses und sah nicht auf, als die beiden vorbeiritten. Und als Sheila zur Haustür blickte, sah sie Elena mit haßverzerrtem Gesicht auf der Schwelle stehen. Der Gelähmte war offenbar ihr kranker Mann. Die zornigen Blicke, die Elena ihr zuwarf, erinnerten Sheila an Ráfagas Ankündigung, die er in der vergangenen Nacht gemacht hatte. Er hatte gesagt, am nächsten Tag würden alle erfahren, daß sie seine Geliebte sei, und nun wußte sie, daß er nicht nur mit ihr durch das Dorf ritt, um ein Pferd für sie auszusuchen, sondern um ihren neuen Status zu demonstrieren.

Ein Hund raste bellend heran und schnappte nach einem Hinterbein des Pferdes, das jedoch unbeirrt weitertrottete, wenn es auch die Ohren anlegte.

Als er das Pferd vor einem kleinen Korral zügelte, schwang sie sofort ein Bein über das Sattelhorn, weil sie es kaum erwarten konnte, aus seiner irritierenden Nähe zu kommen. Aber er hielt sie fest, ließ sie langsam zu Boden gleiten, obwohl er wußte, daß sie seine Hilfe nicht wollte. Sie ging auf den Zaun des Geheges zu, wo sich die Pferde versammelten, um Ráfagas Hengst zu begrüßen.

»*Buenos dias, Señor* Ráfaga! Hallo, *Señora*!« Ein lächelnder Mexikaner kam aus einem Stall. Sheila erkannte den Mann, der bereits mehrmals vor Ráfagas Haus Wache gestanden hatte. »Was wünschen Sie?« fragte er in gebrochenem Englisch.

»Satteln Sie ein Pferd für die Señora!« befahl Ráfaga.

Der Mexikaner blickte auf die fünf Pferde, die sich am Zaun drängten. »Welches denn?« Die Frage war an Sheila gerichtet, aber es war Ráfaga, der antwortete. »Den Rotbraunen mit dem weißen Flecken auf der Stirn.«

»Aber die Gelbschimmelstute da drüben wäre viel besser«, meinte der Mann.

Sheila verglich den Rotbraunen mit der Gelbschimmelstute, die viel lebhafter wirkte und unruhig auf und ab tänzelte, während der kastanienfarbene Hengst reglos am Zaun stand.

»Nein, die Stute nicht«, sagte Ráfaga.

Der Mann runzelte die Stirn, und Sheila erklärte ihm mit einem sarkastischen Blick in Ráfagas Richtung: »Ich darf kein Pferd reiten, das mit mir durchgehen könnte – oder vice versa.«

»Durchgehen? Aber nein, Señor, die Stute ist sehr sanft. Mein Sohn Pablo hat sie schon oft geritten.«

Ráfaga sah Sheila nachdenklich an, dann teilte er dem Mexikaner auf spanisch mit, welche Entscheidung er getroffen hatte. Und der Mann erklärte ihr mit einem zufriedenen Lächeln, sie dürfe die Gelbschimmelstute reiten.

»Hast du keine Angst, daß ich fliehen könnte?« flüsterte sie Ráfaga zu.

Er sah sie ausdruckslos an. »Du wirst daran denken. Aber du wirst es nicht versuchen.«

Er hatte recht. Sie würde es nicht versuchen, solange er in ihrer Nähe war. Er war skrupellos und würde vor nichts zurückschrecken, um ihre Flucht zu vereiteln. Seufzend wandte sie sich ab und ging zu dem Mexikaner, der gerade die Stute sattelte. Sie streichelte über das samtweiche Maul, und das Tier schmiegte den Kopf an ihre Schultern.

»Sie heißt Arriba«, sagte der Mann.

»Arriba?« wiederholte Sheila, und die Stute spitzte die Ohren.

»Si. Ihre Mutter war sehr alt, und sie hatte lange Zeit keine Babys mehr bekommen. Dann bekam sie dieses, und wir riefen: ›Arriba, Arriba!‹ Deshalb wurde sie so genannt«, erklärte er lächelnd.

Als die Stute gesattelt war, kam Ráfaga heran und half Sheila in den Sattel, dann regulierte er die Steigbügel. Selbstvergessen betrachtete Sheila seine aggressiv männlichen Gesichtszüge. Was war es nur, das sie so sehr an ihm faszinierte?

Die Stute tänzelte unruhig, aber Sheila berührte ihre Flanken erst mit den Fersen, als auch Ráfaga im Sattel saß. Seite an Seite ritten sie außen um das Dorf herum und dann durch den Canyon. Sheila spürte immer wieder, daß Ráfaga ihre Brüste beobachtete, die im Rhythmus des Trabs hüpften, und das Blut stieg ihr in die Wangen. »Sei doch nicht so verlegen!« sagte er lachend. »Ich finde diesen Anblick sehr hübsch.«

»Du hast mich zu einem Ritt eingeladen«, erwiderte Sheila mit eisiger Stimme, »aber du hast nicht gesagt, daß du das nur getan hast, um deine niederen Instinkte zu befriedigen. Wohin reiten wir?«

Seine Augen glitzerten boshaft, aber er nickte nur und drückte seine Schenkel in die Flanken des Pferdes.

»Zum Ende des Canyons.«

»Können wir nicht aus dem Canyon hinausreiten?« Sheila blickte zu dem Paß hinüber, über den sie vor so vielen Tagen in den Canyon geritten waren.

Ráfaga schüttelte den Kopf.

»Vielleicht ein andermal.«

Mit diesem halben Versprechen mußte sich Sheila zufriedengeben. Aber der Ausritt führte ihr plastisch vor Augen, wie schön es war, frei zu sein.

Sie ritten am Rand des Canyons entlang, und auf dem Rückweg folgten sie der gegenüberliegenden Felswand und kamen an dem Teich vorbei, der hinter Ráfagas Haus lag. Sheila war heiß geworden nach dem Ritt, und sie sah sehnsüchtig auf die spiegelnde Wasserfläche. »Der Teich sieht heute sehr einladend aus.«

»Möchtest du nach unserem Ausritt baden?« fragte Ráfaga.

»Ja, sehr gern.«

Er nickte kurz, und Sheila vermutete, daß er ihr damit die Erlaubnis gegeben hatte, zum Teich zu gehen. Sheila runzelte die Stirn, weil sie sich über sein autokratisches Verhalten ärgerte, aber das merkte er nicht, weil er vorausritt.

Bald verließen sie den Wald, und der Korral lag vor ihnen. Der Mann tauchte aus dem Schuppen auf, als er sie sah.

»War es schön?« Er hielt den Kopf der Stute fest, als Sheila aus dem Sattel stieg.

»O ja«, versicherte Sheila und streichelte den schlanken Hals des Tieres.

»War Arriba brav?« erkundigte er sich lächelnd.

»O ja, sehr«, erwiderte Sheila.

»Hat sie nicht versucht, mit Ihnen durchzugehen?«

»Nein, sie war ganz sanft.«

»Gefällt sie Ihnen?«

Sheila lachte. »O ja, wir haben bereits Freundschaft geschlossen.«

»Dann gehört sie Ihnen. Ich möchte sie Ihnen schenken.«

»Das ist doch nicht Ihr Ernst«, protestierte Sheila. Sie sah Ráfaga an, der mit einem belustigten Grinsen neben ihr stand. »Sie wollen sie doch nicht *mir* schenken?«

»Si, si. Arriba gehört Ihnen.«

Verwirrt wandte sie sich wieder an Ráfaga. Was sollte sie tun? Er nickte fast unmerklich, und Sheila schloß daraus, daß sie das Geschenk annehmen durfte. Mit einem verlegenen Lächeln sagte sie: »Gracias. Ich weiß gar nicht, wie ich Ihnen danken soll. Sie ist so hübsch.«

»Wenn sie Ihnen gefällt, dann ist mir das Dank genug.«

Sheila fragte sich immer noch, ob irgendeine Gegenleistung von ihr erwartet wurde. Aber da legte Ráfaga die Hand auf ihren Arm. »Komm, wir gehen.«

»Meint er es wirklich ernst?« fragte sie, als sie außer Hörweite waren. »Hat er mir die Stute tatsächlich geschenkt?«

»Si. Aber er wäre sehr überrascht, wenn du sein Angebot wörtlich nehmen würdest.«

»Ich verstehe nicht...«

»Das war eine Höflichkeitsgeste. Er wäre tief beleidigt gewesen, wenn du sein Geschenk nicht angenommen hättest, aber er erwartet, daß du das Geschenk taktvoll zurückläßt oder ihm etwas Gleichwertiges schenkst.«

»Ach so!«

»Das ist so Brauch in meinem Land. Wir sagen: ›Mein Haus ist dein Haus‹, und das meinen wir auch völlig ernst. Aber wir erwarten natürlich nicht, daß der Beschenkte das Haus verkauft.«

»Das kann ich mir denken.« Lachend sah sie zu ihm auf. Auch er lachte, und ihr Herz schlug schneller, als sie entdeckte, wie sich sein hartes Gesicht dabei veränderte. Würde sie jetzt auch noch seinem Charme zum Opfer fallen?

14

Sie holten Handtuch und Seife aus dem Haus, dann gingen sie zum Teich. Hastig zog sich Sheila aus, um ihren nackten Körper nicht allzulange seinen Blicken auszusetzen. Sie hatte ihm den Rücken zugewandt, und als sie einen Blick über die Schulter warf, sah sie seinen bronzebraunen nackten Oberkörper in der Sonne glänzen. »Was machst du denn?«

»Hast du erwartet, daß ich angezogen bade?«

Wütend biß sie sich auf die Lippen. Das hätte sie sich eigentlich denken können. Sie griff nach ihren Kleidern, die sie ins Gras gelegt hatte. »Nur weil du mich gezwungen hast, in deinem Bett zu schlafen, muß ich noch lange nicht zusammen mit dir baden.«

Aber bevor sie beginnen konnte, sich wieder anzuziehen, fühlte sie sich von starken Armen umfaßt und hochgehoben. Ihre nackten, weichen Hüften spürten seine harten Bauchmuskeln, ihre Brüste die dunklen Haare, die auf seinem Oberkörper wuchsen. »Wenn du wüßtest, wie ich dich verachte«, flüsterte sie.

»Und deshalb versuchst du immer wieder, dich gegen mich aufzulehnen?« Seine schwarzen Augen funkelten spöttisch, schienen sie aufzufordern, sich doch zu wehren. Aber sie wußte, daß das sinnlos wäre. Er würde sie kurzerhand ins Wasser werfen. Vielleicht machte es ihm besonderen Spaß, ihren Widerstand zu brechen. Nun, wenn es so ist, dachte sie ärgerlich, dann soll er diesmal eine Enttäuschung erleben. Fügsam ließ sie ihre Kleider ins Gras fallen.

Er trug sie ins Wasser, und als er sie losließ, verspürte sie den kindischen Wunsch, ihm das arrogante Gesicht vollzuspritzen. Doch sie widerstand dieser Versuchung, weil sie wußte, daß sie ihn damit nur zu Vergeltungsmaßnahmen herausfordern würde. Erstaunt sah sie, daß er sich abwandte.

Ließ er sich tatsächlich die Gelegenheit entgehen, sie in dieser Idylle zu verführen? Sie hatte keine Sekunde lang geglaubt, daß er nur baden wollte.

Sheila war um ein paar Zoll kleiner als Ráfaga, und das kühle Wasser umspülte ihre Brüste. Sein Arm glitt von ihrem Rücken, seine Hand tauchte auf, um ihr die Seife anzubieten. Sekundenlang starrte sie darauf, bevor sie das Stück Seife nahm und sich dabei bemühte, jeden Hautkontakt zu vermeiden.

»Wasch mir den Rücken!« befahl er.

Sie wollte schon protestieren, aber dann sagte sie sich, daß es ihm nur Vergnügen bereiten würde, sie zum Gehorsam zu zwingen. Und so biß sie die Zähne zusammen und begann ihm den Rücken einzuseifen, verteilte den Schaum auf den sehnigen Muskeln an seinen Schultern und Rippen. Durch den Seifenschaum fühlte sich sein hartes Fleisch seidig an, und es fiel ihr immer schwerer, gleichgültig zu bleiben, während sie ihn wusch.

Ihre sensitiven Finger spürten die Wölbung seines Bizeps, als ihre Hände über seinen linken Arm glitten. Sheila kannte die Kraft dieser Arme und Hände, die Kraft, die gleichermaßen zur Geltung kam, wenn diese Arme straften und wenn sie eine Frau umfingen. Und an das letztere mußte sie unablässig denken, auch wenn sie es vergessen wollte. Doch das konnte sie nicht, da die roten Striemen an seinen Schultern sie viel zu lebhaft an die vergangene Nacht erinnerten.

Sheila wandte sich seinem rechten Arm zu, um dem Anblick der schlimmsten Wunde auszuweichen, die sie ihm zugefügt hatte. Die Kratzer waren immer noch dunkelrot, und sie überlegte, ob die Seife nicht höllisch darauf brannte. Sie versuchte sich einzureden, daß sie das hoffte. Aber es gelang ihr nicht, denn sie mußte sich viel zu sehr darauf konzentrieren, ihre erwachenden Sinne zu unterdrücken, als daß sie sich ihrer Rachsucht hingeben könnte.

»So, und jetzt die Brust.« Ráfaga drehte sich um, und als sie seinen Wunsch erfüllte und dabei einen Blick in sein stolzes Gesicht warf, kam sie sich wie eine Sklavin vor, die ihren Herrn bedient. Doch dann verdrängte seine männliche Schönheit alle Gedanken, und sie war sich nur noch ihrer Sinne bewußt. Ihr Blick wanderte immer wieder unter den Wasserspiegel, der bis zu seiner Taille reichte, und sie zitterte vor Anstrengung, als sie sich immer wieder zwang, die gekräuselten Haare auf seiner Brust anzustarren.

Ráfaga nahm ihr die Seife aus der Hand. »So, jetzt bin ich dran.« Seine Stimme klang weich wie Samt. Alle Willenskraft verließ Sheila, als er ihre Schultern berührte, den Seifenschaum auf ihrem Oberkörper verteilte. Sie spürte, wie ihre Brustwarzen sich verhärteten, als er ihr den Busen wusch und mit seinen starken Fingern ein flammendes Verlangen in ihr weckte. Eine Hand glitt ihren Rücken hinab, drückte gegen ihren Oberschenkel, und ihre Hüften trieben ihm im Wasser entgegen, fühlten die Härte seiner männlichen Begierde. Sie wollte sich wehren, stemmte sich mit beiden Händen gegen seine Brust, aber er preßte sie an sich, verschloß ihr die Lippen mit einem Kuß, der ihren Pulsschlag beschleunigte. Trotzdem war noch ein Rest von Widerstandskraft in ihr, und sie versteifte sich in seinen Armen.

»Verschließ mir deine Schenkel nicht, Sheila«, flüsterte er an ihren Lippen.

»Ich will nicht...« Ein Kuß brachte sie zum Schweigen.

»Öffne sie!« befahl Ráfaga. Seine Arme drückten sie noch fester gegen seine harte Brust, und da war es um Sheila geschehen. Willig öffnete sie die Beine und wurde hochgehoben, um den Stoß seiner Lenden zu empfangen. Das lustvolle Stöhnen, das ihr unwillkürlich über die Lippen kam, wurde von einem neuen leidenschaftlichen Kuß erstickt. Das kühle Wasser konnte die Flamme ihres Begehrens nicht löschen, und ihre Finger krallten sich in seinem dichten schwarzen Haar fest, als die Schauer eines heftigen Orgasmus durch ihren Körper liefen. Es war, als würde sie ertrinken und dann emporsteigen zu berauschenden Höhen.

Sie wußte nichts mehr von Zeit und Raum, als sie sich von Ráfaga ins unbekannte Reich der Liebeslust entführen ließ, hatte längst aufgehört, ihn als skrupellosen Eroberer zu betrachten. Und als die Flammen herabgebrannt waren, dauerte es minutenlang, bis Sheila aus der schwarzen Betäubung einer halben Ohnmacht in die Wirklichkeit zurückkehrte. Als sie die Augen aufschlug, sah sie verwirrt, daß sie am Ufer des Teiches lag, im weichen Gras. Sie konnte sich nicht daran erinnern, daß Ráfaga sie aus dem Wasser getragen hatte, und es erschreckte sie, daß er die Macht besaß, sie ihre Umgebung vergessen zu lassen. Er lag neben ihr, und der zufriedene Ausdruck in seinen Augen erinnerte sie an eine Dschungelkatze, die soeben ihre Beute verspeist hatte und nun satt und träge in der Sonne lag.

»Ich hasse dich«, flüsterte sie und wußte, daß sie log.

Er grinste mit blitzenden weißen Zähnen, als er aufsprang. »Ich wünschte, alle meine Feinde würden mich auf deine Weise hassen – besonders, wenn sie so aussehen wie du.« Und er ließ den Blick über ihren nackten, ausgestreckten Körper wandern, bevor er sich abwandte, um sich anzuziehen.

Es ärgerte sie, daß sie seine Bemerkung so amüsant fand, und sie kleidete sich schnell mit zusammengekniffenen Lippen an. Verzweifelt wünschte sich Sheila, sie könnte sich selber das Versprechen geben, daß sie sich nie mehr verraten würde. Aber sie ahnte, daß es ihr nicht gelingen würde, ein solches Versprechen zu halten.

Hastige Schritte näherten sich dem Teich, und dann rief Laredos Stimme nach Ráfaga. Beide wandten sich um und sahen den Amerikaner zwischen den Baumstämmen auftauchen. Laredos Blick blieb sekundenlang an Sheila hängen. Winzige Wasserbäche rannen an ihren Schläfen hinab, flossen aus ihrem golden schimmernden Haar. Er trug zwei Gewehre in den Händen, und eins davon warf er Ráfaga zu, mit einer knappen Erklärung auf spanisch. Ráfaga fing die Waffe mit einer Hand auf, mit der anderen packte er Sheilas Arm und schob sie vor sich her.

»Hör doch auf, mich so zu stoßen!« protestierte Sheila und versuchte, ihren Arm von seinem harten Griff zu befreien. Ihre Schuhe standen noch am Ufer des Teichs. Es war unmöglich, auf dem unebenen Boden Fuß zu fassen, während er sie so rücksichtslos vor sich her schob. »Ich kann nicht barfuß laufen!«

Aber weder Laredo noch Ráfaga achteten auf ihren Protest.

Ein Reiter wartete vor dem Adobehaus und hielt zwei gesattelte Pferde an den Zügeln. »Juan!« Ráfaga stieß Sheila zum Haus, auf den Wachtposten zu, und sekundenlang hatte sie die beängstigende Vision von gelben Zähnen und einem häßlichen, lüstern grinsenden Gesicht.

Aber dann sah sie erleichtert, daß es ein anderer war, der vor dem Haus Wache stand, der Mann, der ihr die Stute »geschenkt« hatte.

Sie strich sich das nasse Haar aus dem Gesicht und blickte den drei Reitern nach, die durch den Canyon davongaloppierten. »Was ist denn los?«

»Machen Sie sich keine Sorgen, Señora«, sagte der Mexikaner in seinem gebrochenen Englisch.

»Was ist passiert?«

»Soldados – am Ende des Canyons.«

Sheilas Atem stockte, und neue Hoffnung stieg in ihr auf. »Suchen sie mich?«

»Quien sabe?« Der Wächter schüttelte den Kopf. »Wir müssen abwarten.«

»Ja, wir müssen warten.« Zögernd sah sie ihn an. »Sie heißen Juan?«

»Si, Señora«, antwortete er respektvoll.

»Hier wohnt doch noch ein anderer Juan.«

»Si – Juan Ortega. Er ist loco – schlecht.«

Sheila hätte ihm gern wortreich zugestimmt, aber sie schwieg und konzentrierte alle Gedanken auf ihr stummes Gebet. Lieber Gott, bitte, schick die Soldaten hierher...

Sie mußten das Auto und Brads Leiche gefunden haben, dachte sie. Oder vielleicht hatten ihre Eltern die Polizei verständigt, nachdem sie nicht mit Brad zurückgekommen war, und man suchte jetzt nach ihr.

Aber eine Stunde später tauchten drei Reiter im Canyon auf und machten alle ihre Hoffnungen zunichte. Sie verließ ihren Beobachtungsposten und ging ins Haus. Sie blieb in ihrem Zimmer, als Ráfaga und Laredo ein paar Minuten später den Wohnraum betraten. Kurz danach kamen noch weitere Männer, und sie lag auf ihrem Bett und lauschte den aufgeregten Stimmen. Jedesmal, wenn Ráfaga sprach, erkannte sie sofort das dunkle Timbre seiner Stimme. Dann schloß sie immer fest die Augen und versuchte zu vergessen, wie sehr er ihre Sinne ansprach. Aber es war hoffnungslos.

Als Juans Frau das Abendessen gekocht hatte, rief Ráfaga nach ihr, und sie verließ ihr Zimmer und setzte sich an den Küchentisch. Die Männer waren immer noch versammelt. Sie lehnten die Einladung zum Essen ab, nahmen aber dankbar den Kaffee an, den Consuela ihnen servierte. Nach dem Essen half Sheila der Frau, das Geschirr abzuräumen, und dann wollte sie sich in ihr Zimmer zurückziehen. Aber Ráfaga befahl ihr zu bleiben, und sie fügte sich, weil sie vor den Männern keine Szene provozieren wollte. Schweigend saß sie an Ráfagas Seite.

Nach den Gesichtern zu schließen, diskutierten sie über ein sehr wichtiges Thema, aber sie konnte kein Wort verstehen. Ráfaga machte sich Notizen auf einem gelben Blatt Papier, ebenfalls auf spanisch. Der Mond stand schon hoch am Himmel, als die Männer das Haus verließen. Laredo war der letzte, da er noch mit Ráfaga unter vier Augen sprechen wollte, bevor er sich verabschiedete. Während Ráfaga seine Notizen durchlas und neue hinzufügte, räumte Sheila die Kaffeetassen ab, denn Consuela war schon längst nach Hause gegangen. Dann versuchte sie sich lautlos aus dem Raum zu stehlen, aber Ráfaga rief ihr nach: »Wohin gehst du?«

»Ins Bett. Wohin sonst?«

»Warte!« befahl er. »Ich bin in ein paar Minuten fertig.«

»Ich bin müde und möchte schlafen.«

»Und ich will dich nicht wecken, wenn ich später nachkomme.«

»O Gott!« stieß sie hervor. »Muß ich das heute schon wieder ertragen?«

»Komm her!«

Es war Sheilas erster Impuls, den Befehl zu ignorieren und aus dem Zimmer zu gehen. Ráfaga interpretierte den Grund ihres Zögerns richtig und wiederholte seinen Befehl. »Komm her!«

Ihre Finger gruben sich in die Handflächen, die Nägel bohrten sich in die empfindliche Haut. Sheila ging zum Stuhl, befolgte seinen Befehl mit trotzig zusammengepreßten Lippen. Jeder Nerv in ihrem Körper war zum Zerreißen gespannt. Er griff nach einem ihrer Arme, die steif an den Seiten herunterhingen, und zog sie zu sich heran.

»Es fällt dir also sehr schwer, meine Berührung zu ertragen?« fragte er spöttisch.

»Ja«, erwiderte Sheila, aber in ihrem Hals hämmerte bereits ein verräterischer Puls.

»Und du findest, daß es genügt, sich einmal am Tag zu umarmen?«

»Das ist viel zuviel!«

»Und es würde dir heute nacht keinen Spaß mehr machen?«

»Natürlich nicht!« Aber ihre Sinne straften ihre Worte Lügen.

Er zog sie blitzschnell auf seine Knie, und Sheila wappnete sich, um nicht erneut schwach zu werden. Doch alle Mühe war vergeblich. Ein wildes Feuer schien durch ihre Adern zu rasen, als er in ihre Bluse griff und ihre Brüste zu liebkosen begann und den Seidenstoff beiseite schob, um eine Brust zu entblößen. Und als seine Lippen die rosa Spitze berührten, stöhnte sie protestierend und lustvoll zugleich. Es war eine Qual, dem erregenden Gefühl zu widerstehen, als er an ihrer Brustwarze saugte, aber es gelang Sheila, sich gegen die Wellen des Verlangens zu wehren, die ihren Körper durchströmten – bis seine Hand zwischen ihre Schenkel glitt. Ein Zittern ging durch ihre Knie, und sie wußte, daß sie verloren war. Langsam zog er sie aus, bevor er sie ins Schlafzimmer trug, und sie schlang die Arme um seinen Hals, und ihr Mund war ein williger Gefangener seiner besitzergreifenden Lippen.

Das Leben, das sie geführt hatte, bevor sie in den Canyon gebracht worden war, schien niemals existiert zu haben. Während der nächsten beiden Wochen wiederholte sich das Spiel der Verführung, des schnell gebrochenen Widerstands, der Eroberungen. Und Sheilas Widerstand wurde immer schwächer. Manchmal wachte sie auf in kühlen Bergnächten, suchte instinktiv die Wärme seines Körpers. In solch schlaftrunkenen Augenblicken erschien es ihr ganz natürlich, neben ihm zu liegen. Es war, als hätte sie niemals allein geschlafen.

Sheila bewegte sich unruhig auf dem Lager hin und her und verabscheute die irritierenden Gedanken, die ihren Halbschlaf störten. Eine Hand berührte ihren Arm, und sie zuckte zurück, weil es ihr Stolz verlangte.

»Nein...« Halbherzig protestierte sie gegen die zarte Berührung, gegen das Verlangen, das sich darin ausdrückte, wie sie glaubte.

»Ich habe heute morgen keine Zeit, dein Nein in ein Ja zu verwandeln.« In seiner leisen, stark akzentuierten Stimme klang träge Belustigung mit. Er war sich sehr sicher, daß er ihre Reaktion ändern könnte, wenn er es wollte. »Komm, du mußt dich anziehen.«

Widerstrebend schlug sie die Augen auf. Eine Lampe verbreitete sanftes Licht. Verwirrt starrte sie Ráfaga an, der angekleidet auf dem Bettrand saß und sich die Stiefel anzog. »Aber es ist doch noch dunkel.«

»Der Morgen wird bald anbrechen. Consuela macht schon das Frühstück.«

»Warum so früh?«

Ráfaga stand auf. »Sobald die Sonne aufgeht, reite ich los.«

»Davon hast du gestern abend nichts gesagt. Wohin reitest du? Und warum?«

Er grinste zynisch. »Wohin reitest du? Was machst du? Wann kommst du zurück? Du führst dich auf wie eine Ehefrau, die ihren Mann ins Kreuzverhör nimmt. Ich wußte gar nicht, daß es dich so interessiert, was ich mache.«

Sofort bereute sie ihre impulsiven Fragen. »Es ist mir völlig egal!« stieß sie hervor und schwang die Beine über den Bettrand.

»Ah, das ist wieder ganz meine Löwin. Kratzt und beißt, wenn sie nicht schnurrend in meinen Armen liegt...«

Sheila wickelte sich in die Decke und ging mit stolz erhobenem Kopf zum Toilettentisch. Die Decke ließ ihren Rücken frei, und das von der

Sonne gebleichte Haar fiel ihr in weichen Wellen auf die gebräunten Schultern. Als sie nach ihrer Bluse griff, hörte sie Ráfagas Schritte hinter sich. »Warum versteckst du dich immer wieder hinter dieser Decke? Glaubst du nicht, daß ich mittlerweile jeden Quadratzoll von dir kenne?«

»Ich habe keine Lust, nackt vor dir zu posieren.«

Er hob ihr Haar im Nacken hoch, um ihren Hals zu küssen, und Sheila wußte, daß ihre Sinne wieder über ihre Willenskraft siegen würden, wenn sie ihn nicht rasch ablenkte. »Ich nehme an, du willst wieder in ein Gefängnis einbrechen.«

Ihr Ziel war erreicht, als er den Kopf hob. Im Spiegel über dem Toilettentisch sah sie, wie er die Brauen arrogant hochzog.

»Warum sagst du das?«

»Laredo hat mir von deinem Job erzählt. Wahrscheinlich reitet ihr wie die Wilden in den Gefängnishof und überrumpelt die Wärter.«

»Wir reiten nur bis zum Ende der Sierras. Dann lassen wir die Pferde zurück und benutzen andere Transportmittel.«

Er hatte weder zugegeben noch geleugnet, daß er ein Gefängnis überfallen wollte.

»Und dann werdet ihr irgendwelche Sträflinge befreien?«

»Wir werden sehen«, antwortete er ausweichend. »Jedenfalls werden wir nur drei oder vier Tage wegbleiben.«

»Und was soll in der Zwischenzeit mit mir geschehen? Willst du mich in meinem Zimmer einsperren und einen Wächter vor der Tür postieren?«

»Wird das nötig sein?«

»Wer weiß…«

Seine Augen verengten sich. »Consuela wird jeden Tag für dich kochen. Du darfst das Haus nur mit Juan verlassen. Er wird für dich verantwortlich sein. Ich habe den Befehl gegeben, daß man dich sofort aufhalten soll, wenn du das Haus ohne Juan verläßt. Und es wird immer ein Wachtposten vor der Haustür stehen – ob Juan nun hier ist oder nicht.«

»Soll das heißen, daß du mir nicht traust?«

»Ganz recht«, entgegnete er kühl. »Ich traue dir nicht. Und jetzt zieh dich an, damit wir frühstücken können.«

»Ich bin nicht hungrig«, murmelte sie widerspenstig.

Ráfaga blieb in der Tür stehen und lächelte ironisch, wobei sich die Falten an seinen Mundwinkeln vertieften. »Arme Sheila! Wer wird deine Krallen schärfen, wenn ich weg bin? Vielleicht wirst du merken, daß du mich vermißt.«

»Niemals!« stieß sie hervor.

Seine dunklen Augen funkelten belustigt, dann ging er in den Flur und ließ Sheila allein.

Das Essen stand auf dem Tisch, als sie den Vorderraum betraten. Sie frühstückten schweigend, und als Sheila ihren Teller beiseite schob, hörte sie Pferde vor dem Haus stampfen. Sattelleder knarrte, dann öffnete sich die Tür. Laredo kam herein. »Wir sind fertig.«

Ráfaga warf Sheila einen ausdruckslosen Blick zu, bevor er aufstand und zur Tür ging. Sie sah zu, wie er seinen Hut aufsetzte und tief in die Stirn zog. Dann griff er nach dem Gewehr, das an der Wand lehnte, und drehte sich zu Sheila um. »Komm mit hinaus!«

Sheila erhob sich, und Consuela lief zu ihr und legte ihr einen Rebozo um die Schultern. Dankbar lächelte sie die Frau an und zog den wärmenden Schal enger um sich. Ráfaga hielt ihr die Tür auf, um ihr den Vortritt zu lassen. Das leise Stimmengewirr verstummte, als sie zusammen über die Veranda gingen. Mehr Menschen als Pferde hatten sich vor dem Haus versammelt. Fünf gesattelte Pferde warteten, und zwei Reiter waren bereits aufgestiegen – Laredo und ein Mann, den Sheila nicht kannte. Zwei Mexikaner verabschiedeten sich noch von ihren Familien.

Ráfaga nahm Sheilas Arm und führte sie zu dem Pferd, dessen Zügel Juan festhielt. Unwillkürlich wich sie zurück, als er sie in die Arme ziehen wollte. »Damit alle wissen, daß du mir gehörst«, flüsterte er, »und daß man auch mir ein Leid zufügt, wenn man dir etwas antut...« Automatisch hob sie den Kopf, und ihre Lippen begegneten den seinen. Es war ein süßer Kuß, besitzergreifend und doch zart.

Sheilas Lippen zitterten, als er sie losließ. »Wenn ich davonreite, wirst du hier mit Juan stehen und mir nachblicken«, befahl er. »Und du wirst erst ins Haus gehen, wenn die anderen zu ihren Häusern aufbrechen.« Als sie nickte, stieg er in den Sattel, schwang das Pferd herum, und die anderen Reiter gruppierten sich um ihn.

Laredo verabschiedete sich mit einem Lächeln von Sheila, dann gab er seinem Pferd die Sporen.

Die Morgenröte färbte den Himmel, als die Männer auf den Paß zugaloppierten, der aus dem Canyon führte. Sheila beobachtete die Reiter, aber Ráfaga warf keinen einzigen Blick zurück, um zu sehen, ob sie noch vor dem Haus stand.

15

Wie leer das kleine Adobehaus wirkte, als Ráfaga gegangen war... In der Stille konnte Sheila beinahe das Echo ihres eigenen Herzschlags hören. Sie ging zum Fenster an der Vorderfront und kam sich vor wie ein Geist, der mit seinen Ketten rasselte.

Die Nachmittagssonne begann sich auf die westlichen Gipfel herabzusenken. Die purpurroten Stunden des Morgens schienen in weiter Ferne zu liegen. Wenn schon die Tagesstunden so langsam verstrichen – wie würde es erst nachts sein, fragte sich Sheila. Sie verschränkte schaudernd die Arme vor der Brust und schloß die Augen.

»Vielleicht wirst du merken, daß du mich vermißt«, hatte Ráfaga gesagt.

»Niemals!« hatte sie erwidert. Aber sie erinnerte sich nur zu gut an die harte Kraft seines muskulösen Körpers, der so oft neben ihr gelegen hatte, an die Liebkosungen seiner erfahrenen Hände, die es so gut verstanden, ihre Sinne zu erregen, an das exquisite Gefühl, das sie empfand, wenn sein Mund von ihren weichen Lippen Besitz ergriff.

Aber vor allem dieser überwältigende sinnliche Augenblick, wenn er in sie eindrang... Ein hungriges Feuer brannte in ihren Lenden, entfacht von all diesen lebhaften Erinnerungen, und plötzlich sehnte sich ihr Herz nach ihm. Sie hatte ihn ein Schwein genannt, ein Tier. Aber war sie denn besser als er – sie, die so verzweifelt nach der Befriedigung verlangte, die er ihr zu schenken vermochte? Sheila hob eine Hand und strich sich mit zitternden Fingern durch das Haar. War sie eine Hure geworden? Könnte jeder Mann ihr Verlangen stillen? Aber dann erinnerte sie sich, wie ihr übel geworden war, als Brad ihren Körper auf so bestialische Weise mißbraucht hatte. Und Laredo weckte keinerlei sinnliche Gefühle in ihr. Ráfaga schien der einzige zu sein, der ihre Begierde entfachen konnte. Warum?

Seufzend blieb Sheila vor einem der Fenster stehen, und dann stockte ihr Atem. An einem Verandapfosten lehnte der Mann, der Brad erschossen hatte. Seine kleinen, lüsternen Augen starrten sie an. Angstvoll kehrte Sheila ihm den Rücken zu. Sie hatte ihn schon seit Tagen nicht mehr gesehen. Aber nun stand er draußen und bewachte das Haus.

Sheila zog sich in eine Ecke des Wohnraums zurück, sank mit zitternden Beinen auf einen Stuhl und versuchte sich zu beruhigen, indem sie an Ráfagas Abschiedsworte dachte. Sie gehörte ihm – niemand würde es wagen, Hand an sie zu legen und seinen Zorn auf sich zu ziehen.

Zum erstenmal überlegte Sheila, was mit ihr geschehen könnte, wenn Ráfaga nicht zurückkam. Verzweifelt betete sie um seine schnelle, sichere Heimkehr. Sie dachte nicht mehr daran, während seiner Abwesenheit einen Fluchtversuch zu unternehmen. Ein sechster Sinn sagte ihr, daß der Mann da draußen jede ihrer Bewegungen beobachtete. Im Haus, in Juans Obhut, würde sie gut aufgehoben sein. Sonst würde überall Brads Mörder lauern.

Als es an der Tür klopfte, sprang sie erschrocken auf. »Wer – wer ist da?«

»Ich bin es – Juan«, antwortete eine vertraute Stimme.

Sheila atmete erleichtert auf. »Kommen Sie herein!«

Er trat ein und ließ die Tür hinter sich offen, als würde das der Anstand erfordern. »Vielleicht möchte die Señora ausreiten?« fragte er in seinem stark akzentuierten Englisch. Seine Haltung war würdig, sein Benehmen höflich und respektvoll, als wäre er ein Gastgeber, der sich bemüht, seinen Gast zu unterhalten.

»Ja, sehr gern.«

Die gesattelte Gelbschimmelstute wartete vor der Haustür. Sheila rannte an dem Wachtposten vorbei, ohne ihm einen Blick zu gönnen, aber sie spürte, daß er sie verlangend anstarrte. Sie schwang sich in den Sattel, wartete ungeduldig, bis auch Juan auf sein Pferd gestiegen war, dann sprengte sie davon.

»Die Señora reitet wie der Teufel«, sagte der Mexikaner, als sie in langsameren Trab gefallen waren.

Sie zögerte kurz, dann sagte sie: »Ich mag diesen Mann nicht, der gerade vor dem Haus Wache hält.«

»Ich verstehe«, war die einzige Antwort, die sie erhielt.

Der Ritt beruhigte Sheilas angespannte Nerven ebenso wie die Gesellschaft des schweigenden Juan. Sie bedauerte es sehr, als sie eine Stunde später wieder nach Hause kamen, aber Juan versprach ihr, daß er auch am nächsten Tag mit ihr ausreiten würde. Sheila freute sich darauf.

Am dritten Tag von Ráfagas Abwesenheit fand sie die Leere im Haus erdrückend. Als Juan angeritten kam und die Gelbschimmelstute am Zügel mit sich führte, stürzte Sheila erleichtert zur Tür hinaus. Der Wachtposten hielt den Kopf der Stute fest, während sie in den Sattel stieg, und sie lächelte ihn dankbar an.

Brads Mörder ließ sich nicht mehr blicken. Sheila sprach nicht mit Juan darüber, aber sie war überzeugt, daß er die Wachen neu eingeteilt hatte, um ihr den Anblick des verhaßten Mannes zu ersparen.

Während dieser Nachmittagsritte lernte sie Juans Höflichkeit und seine stille Würde, sein freundliches Lächeln immer mehr schätzen. Nun erwiderte sie sein Lächeln, während sie die Pferde anspornten und über die Wiese des Canyons sprengten. Erst als sie die breite Fläche überquert hatten, setzten sie die Tiere in langsameren Trab.

Sheila klopfte den gebogenen Hals der Stute, als sie ungeduldig zu stampfen begann und zu einem neuen Galopp ansetzen wollte. Allmählich beruhigte sich das Pferd, und Sheila wandte ihr Gesicht dem Wind zu, um die vom schnellen Ritt erhitzten Wangen kühlen zu lassen.

»Es ist so schön, im Freien zu sein«, sagte sie seufzend. »Manchmal habe ich das Gefühl, von diesem leeren Haus verschluckt zu werden.«

»So geht es mir auch«, entgegnete Juan und nickte verständnisvoll. »Jedesmal, wenn Consuela unser Haus verläßt, um für Sie zu kochen. Wenn Ráfaga zurückkommt, werden Sie sich nicht mehr so einsam fühlen.«

Ihre Pulse begannen schneller zu schlagen, als er diesen Namen erwähnte. Aber Juan würde es nicht begreifen, wenn sie gegen seine Bemerkung protestierte. Und auch Sheila wußte, daß sie Ráfaga vermißte, daß sie voller Sehnsucht auf seine Rückkehr wartete.

»Wie lange kennen Sie Ráfaga schon?« fragte sie.

»Schon sehr lange«, antwortete er. Anscheinend hatte er die Jahre nicht gezählt.

»Und wie haben Sie ihn kennengelernt?«

»Ich habe auf einem großen Rancho die Pferde versorgt«, antwortete er. »Mein Bruder saß wegen Rauschgifthandels im Gefängnis. Er erzählte mir, daß ein Mann ihn herausholen würde. Ich wollte diesem Mann helfen, weil mein Bruder so verzweifelt im Gefängnis war. Vor dem Überfall wartete ich draußen, um meinem Bruder zur Flucht zu verhelfen. Es war Mittag, und es war sehr heiß und still. Ich dachte schon, der Mann würde nicht mehr kommen. Plötzlich brach ein Höllenlärm los, ich sah meinen Bruder aus dem Gefängnis laufen, und er rief mir zu, ich solle mit ihm kommen. Plötzlich krachten Schüsse, und mein Bruder brach zusammen. Ich rannte zu ihm. Er war schwer verletzt, und ich trug ihn aus der Gefahrenzone. Ein Mann zeigte mir, wo ich ihn verstecken könnte, und ich blieb bei meinem Bruder. Später kam der Mann zurück und sah nach meinem Bruder. Er sagte, ich könnte jetzt nichts mehr tun und müsse gehen. Aber ich entgegnete, daß ich bei meinem Bruder bleiben wolle. Der Mann sah mich lange an, dann sagte er, ich könne mit ihm kommen. Und so lernte ich Ráfaga kennen«, schloß Juan.

»Und dann kamen Sie hierher?« fragte Sheila.

»Si.«

»Ist Ihr Bruder noch am Leben?«

»Si.«

Sie lenkten die Pferde in den Schatten der südlichen Canyon-Wand. Vor ihnen stieg der Weg zum Paß an und – für Sheila – in die Freiheit.

Sie warf Juan einen neugierigen Blick zu.

»Aber warum bleiben Sie hier? Sie haben doch keinen Grund, sich zu verstecken. Sie haben nichts verbrochen.«

»Mein Bruder war hier, und später holte Ráfaga unsere Familien. Er ist ein guter Mann. Und ich lebe gern hier. Ich sorge für die Pferde, und meiner Familie geht es gut. Dies ist ein armes Land, Señora, aber wir führen hier ein besseres Leben als die meisten Mexikaner.«

»Und Ihre Kinder? Hier gibt es keine Schulen, sie können nirgendwo Lesen und Schreiben lernen. Sie können nicht einmal diesen Canyon verlassen.«

»Ich bringe ihnen Englisch bei, damit sie eines Tages nach Amerika gehen können, wenn sie wollen.« Sheila sah, daß er stolz das Kinn hob, und erkannte, daß sie ihn mit der Andeutung, er würde nicht gut genug für seine Familie sorgen, beleidigt hatte. »Es ist wichtig für die Kinder, möglichst viel zu lernen.«

»Ja, natürlich«, stimmte sie lächelnd zu.

Sie hatten das Ende des Canyons fast erreicht, und Juan zügelte sein Pferd, um es herumzuschwingen. Sheilas Stute folgte ihm.

»Reiten Sie niemals mit Ráfaga?«

»Nur manchmal«, antwortete Juan. »Es ist sehr aufregend. Eben noch war alles still, und plötzlich bricht ein Lärm im Gefängnis los, und Ráfaga ist da. Im nächsten Augenblick ist er schon wieder verschwunden – wie der Wind.«

Sheila erinnerte sich, daß Laredo ihr gesagt hatte, der Name Ráfaga würde Windhauch bedeuten. Würde er aus ihrem Leben ebenso schnell wie der Wind verschwinden? So schnell, wie er aufgetaucht war?

Von innerer Unruhe erfaßt, blickte sie zu den Felswänden des Canyons auf und fragte sich, wie lange er sie noch hier festhalten würde – als seine Gefangene, seine Sklavin, seine Geliebte.

Sie berührte die Flanken der Stute mit den Fersen und folgte Juan. Jetzt wollte sie sich nicht mehr mit ihm unterhalten, da er das Gespräch unweigerlich immer wieder auf Ráfaga bringen würde.

Ráfaga hatte gesagt, er würde drei oder vier Tage wegbleiben. Heute war der dritte Tag, und dies waren vermutlich für lange Zeit die letzten Stunden, die sie für sich allein haben würde. Eigentlich sollte sie seine Abwesenheit genießen.

Als sie an der Nordseite des Canyons auf gewundenen Pfaden zwischen den Bäumen hindurchritten, erinnerte sich Sheila an den letzten Ausflug, den sie mit Ráfaga hierher unternommen hatte. Und am Ufer des Teichs begann ihre Haut zu glühen bei dem Gedanken an jenen Nachmittag, als er sie im Wasser umarmt hatte. Diesen Erinnerungen konnte sie nicht entkommen, ebensowenig, wie sie den Felswänden ihres Gefängnisses entfliehen konnte, das von bewaffneten Banditen bewacht wurde.

Seufzend schwang Sheila ihre Stute herum, um zum Haus zurückzureiten.

Sie ritten von hinten auf den Korral zu, auf einem Weg, den Sheila zuvor nicht gekannt hatte. Plötzlich sah sie eine kleine Senke vor sich, in deren Mitte zwei hohe Pfosten standen, etwa vier Fuß voneinander entfernt. Erstaunt zügelte sie die Stute und blickte auf den kleinen roten

Sandplatz. »Das habe ich noch nie gesehen«, murmelte sie. Dann wandte sie sich Juan zu und stellte fest, daß er mit ernster Miene und besorgt gerunzelter Stirn auf den roten Sand starrte. »Was ist denn das?« fragte sie.

»Hier werden die Männer bestraft, die etwas verbrochen haben oder ungehorsam waren«, sagte Juan. »Kommen Sie – ich mag diesen Ort nicht.«

Verwirrt folgte ihm Sheila, als er zum Korral ritt. Sie hätte ihm gern noch weitere Fragen gestellt, aber es war offensichtlich, daß Juan zu keinen weiteren Erklärungen bereit war.

Wie sie bereits wußte, gehörte es zu Ráfagas Gesetzen, daß niemand ohne seine Erlaubnis den Canyon verlassen durfte. Jeder, der es trotzdem tat, wurde offenbar zu diesem Sandplatz geführt, um bestraft zu werden.

Soviel konnte sie sich zusammenreimen – aber worin würde die Strafe bestehen? Als sie Juans Reaktion in Betracht zog, sagte sich Sheila, daß es vielleicht besser war, wenn sie das nicht wußte. Und plötzlich erschauerte sie, ohne sich erklären zu können, warum.

Sie hatten den Korral umrundet.

Seite an Seite ritten sie die schmale Straße zwischen den Adobehäusern entlang. Als sie an Elenas Haus vorbeikamen, sah Sheila den Gelähmten auf der Veranda sitzen. Zu ihrer Überraschung hielt Juan an und bat: »Uno momento, Señora.« Er ritt auf den Mann zu, und die Stute folgte ihm. Sheila hörte, wie Juan den Kranken begrüßte und in spanischer Sprache mit ihm redete. Dabei zeigte er mehrmals auf sie. Nichts rührte sich im Gesicht des Gelähmten. Er starrte ins Leere, als wüßte er nichts von ihrer Anwesenheit.

Elena erschien in der Tür und warf Sheila einen wütenden Blick zu, bevor sie mit scharfer Stimme auf Juan einsprach. Rasch trat sie hinter den Stuhl ihres Mannes und legte ihm die Hände auf die Schultern. Sie erinnerte Sheila an eine Mutter, die ihr Kind beschützen will, und plötzlich hatte sie Mitleid mit Elena. Aber sie wußte, daß die brünette Frau ihr diese Empfindung nicht danken würde, und so wandte sie sich ab und lenkte die Stute in die Mitte der Straße zurück. Juan folgte ihr nach wenigen Minuten. »Elena war böse auf mich, Señora. Sie ist überzeugt, daß mein Bruder nicht versteht, was ich zu ihm sage, und findet es verrückt, daß ich mit ihm rede.«

»Er ist – Ihr Bruder?« stammelte Sheila.

»Si, Césare ist mein Bruder. Wußten Sie das nicht?«

Sie schüttelte den Kopf. »Aber Ráfaga und Elena…«

»Das ist jetzt vorbei.«

Juan machte auf Sheila den Eindruck eines ehrlichen, anständigen Mannes, und sie konnte nicht glauben, daß er das Verhältnis billigte, das zwischen Elena und Ráfaga bestanden hatte. »Aber sie ist doch Ihre Schwägerin…«

»Sie sorgt gut für Césare.« Sein Gesicht nahm einen verschlossenen Ausdruck an, und damit gab er Sheila zu verstehen, daß sie sich in Dinge einmischte, die sie nichts angingen.

Aber sie ließ sich nicht so leicht beirren. »Ich verstehe nicht, wie Sie Ráfaga gegenüber so loyal sein können, wenn er der Liebhaber Ihrer Schwägerin war.«

»Ráfaga trifft keine Schuld«, erwiderte er kurz angebunden.

Ärger stieg in Sheila auf, aber dann erinnerte sie sich, daß sie derzeit in einer Zivilisation lebte, die von Männern beherrscht wurde, und sie sagte sich, daß es sinnlos wäre, mit Juan über ein solches Thema zu diskutieren. Vor Ráfagas Haus stieg sie aus dem Sattel, übergab Juan die Zügel und bedankte sich für den Ausritt.

Drei Tage waren seit Ráfagas Aufbruch vergangen, und als an diesem Abend die Sonne unterging, war er noch immer nicht zurückgekehrt. Sheila zündete die Kerosinlampe im Wohnraum an, setzte sich an den Tisch und griff nach einem der Bücher, die Laredo ihr gebracht hatte. Sie las, bis ihre Augen im schwachen Licht müde geworden waren, dann ging sie zu Bett.

Schritte, die im leeren Haus hohl widerhallten, weckten sie mitten in der Nacht. Sie öffnete die schweren Lider und lauschte, als sich die Schritte dem Schlafzimmer näherten. Ein träges, sinnliches Lächeln umspielte ihre Lippen, als sie auf die Seite des Bettes hinüberrutschte, wo Ráfaga immer lag. Ihr Verstand, vom Schlaf noch halb benommen, funktionierte nicht richtig, sonst hätte sie gegen die Freude angekämpft, die plötzlich ihr Herz erfüllte. »Ráfaga«, flüsterte sie schläfrig, als die Silhouette einer dunklen Gestalt im Türrahmen erschien.

Sie bekam keine Antwort und blinzelte. Die Gestalt war nicht groß genug, um Ráfaga zu sein. Mit einem Schlag war Sheila hellwach, und ihr Atem stockte vor Angst. »Juan? Sind Sie es?«

»Si, Juan«, antwortete eine gutturale Stimme. Langsam kam die Gestalt auf sie zu.

Es war nicht der sanfte, freundliche Juan, den sie meinte, es war Juan Ortega – Brads Mörder. Ihr Schreckensschrei wurde erstickt von ihren Halsmuskeln, die sich zusammenzogen, als seine bedrohliche Gestalt ins Zimmer kam. Aber sie konnte es sich nicht leisten, in Panik zu geraten.

Blitzschnell registrierte ihr Gehirn mehrere Fakten auf einmal. Entweder hatte dieser Mann vor dem Haus Wache gestanden oder einer seiner Freunde. Sonst hätte er nicht hereinkommen können. Ihre Schreie würden den anderen Mann vielleicht herbeilocken – aber in diesem Augenblick stand das Schicksal auf Ortegas Seite.

Niemand war da, der sie retten könnte. Sie mußte sich selbst helfen. Sheila war nackt unter ihrer Decke, und sie erkannte, daß das Bett nicht der richtige Ort war, um in Verteidigungsstellung zu gehen. Als er den Fuß des Bettes erreichte, kletterte sie hinaus, zog die Decke mit sich und versuchte aus dem Zimmer zu laufen. Ihre Füße verwickelten sich in den Falten der Decke, verlangsamten ihre Flucht.

Er wollte ihren Arm packen, griff daneben, seine Finger blieben in der Decke hängen, die Sheila krampfhaft festhielt, da sie ihre Blöße verhüllen wollte. Und so wurde sie unweigerlich zu Juan gezogen. Mit einem leisen, triumphierenden Lachen riß er sie an seine breite Brust. Verzweifelt versuchte sie sich loszureißen. Aber er hielt sie unerbittlich fest, und sie spürte seine rauhen Hände auf dem Rücken. Ein Arm umklammerte ihre Taille, während der andere ihr die Decke vom Leib riß. Seine brutalen Finger griffen nach ihren Brüsten, sein übelriechender Atem warnte Sheila, als sein Mund sich dem ihren näherte. Rasch wandte sie den Kopf zur Seite und schauderte, als seine Lippen ihren Hals berührten. Wie eine Wildkatze wehrte sie sich, mit Zähnen und Fingernägeln, schluchzte in atemlosem Entsetzen. Es gelang ihr, sich seinen Armen teilweise zu entwinden, sich halb herumzudrehen, doch ihr einziger Gewinn bestand darin, daß sich nun die widerliche Härte seines erregten Glieds in ihren verlängerten Rücken preßte.

Er keuchte heftig vor Begierde, sein heißer, stinkender Atem raubte Sheila beinahe die Besinnung. Verzweifelt drehte und wand sie sich, aber sie konnte seinen Händen nicht entkommen, die ihren ganzen Körper abtasteten.

Als er sie hochhob und zum Bett trug, stieß sie einen schrillen Angstschrei aus. Er warf sie auf die Matratze, legte sich auf sie, und weil seine Lippen ihren Mund nicht gefangennehmen konnten, näherte er seinen weit aufgerissenen Mund einer ihrer Brüste, als ob er sie verschlingen wollte. Sheila verkrallte die Finger in seinen Haaren, versuchte seinen Kopf hochzuziehen. Aber er war stärker als sie. Seine Zähne gruben sich in ihre Brustwarze, bissen fest hinein, bis der überwältigende Schmerz sie zwang, sein Haar loszulassen.

Während er an ihrer Brustwarze sog, umfaßte eine seiner Hände eine gerundete Hälfte ihres Hinterteils, um es unter seine Hüften zu schieben. Sheila wehrte sich verzweifelt, aber sie erzielte keinen anderen Erfolg, als ihm in seinen Bemühungen noch beizustehen. Sie spürte, wie er versuchte, sich zwischen ihre Beine zu zwängen, und sie hob ein Knie, um ihn wegzudrängen, doch sie war seiner Kraft hilflos unterlegen. Ihr Magen krampfte sich zusammen, als er mit einer Hand seine Hose öffnete. Sie stemmte beide Hände gegen seinen Bauch, versuchte ihn mit aller Kraft von sich zu schieben. Ihre Rechte streifte etwas Hartes – den Griff eines Messers.

Sie hatte keine Zeit, lange nachzudenken. Ihre tastenden Finger suchten und fanden den kleinen Hebel, der das Messer aus der Scheide springen ließ, und dann stieß sie die Klinge in Ortegas Rücken. Er zuckte vor Überraschung zusammen, als er den ersten Stich verspürte.

Als sie zum zweitenmal zustach, richtete er sich auf, verdrehte einen Arm, um hinter sich zu greifen, zu der Quelle seiner Schmerzen. Und als Sheila die Klinge zum drittenmal in seinen Körper bohrte, erkannte er plötzlich, woher der Schmerz kam.

Sein Gesicht war dunkelrot und verzerrt vor Wut. Er grunzte wie ein wilder Stier, und Sheila schluchzte vor Erschöpfung und Verzweiflung. Zu spät sah sie, wie seine Faust hochschwang, und dann schienen grelle Lichter in ihrem Kopf zu explodieren, als ein harter Schlag ihr Kinn traf. Sie drohte in die schwarzen Nebel einer Ohnmacht zu sinken, wußte in diesem Dämmerzustand nur eins – daß sie das Messer nicht loslassen durfte. Aber sie brauchte es nicht mehr zu benutzen, denn er stand auf und taumelte aus dem Zimmer.

Als er gegangen war, schien er alle ihre Kräfte mit sich genommen zu haben. Wie leergebrannt lag sie auf dem Bett, und aus ihrer Kehle rang sich ein trockenes Schluchzen. Tränen liefen über ihre Wangen. Allmählich ließ der Schmerz in ihrem Kinn nach und wurde erträglicher. Ihre Haut begann unangenehm zu prickeln an allen Stellen, die seine gierigen Hände berührt hatten.

Mühsam erhob sie sich, schleppte ihren gepeinigten, schmerzenden Körper zu der Kommode. Sie schob die Lampe zur Seite, weil sie wollte, daß die Dunkelheit sie verhüllte, und legte das Messer daneben. Der Wasserkrug neben der Schüssel war noch voll. Sheila hob ihn hoch und begann langsam kaltes Wasser über ihre Schultern und die heiße Haut zu gießen, bis er halb leer war.

Das Wasser rann an ihrem Körper hinab und bildete eine Pfütze auf dem Boden. Aber sie achtete nicht darauf, als sie sich einzuseifen begann, überall, wo die schmutzigen Hände sie berührt hatten. Sorgsam rieb sie an den betreffenden Stellen jeden einzelnen Quadratzoll ihrer Haut ab.

Immer noch schluchzend, wusch sie den Seifenschaum mit dem restlichen Wasser ab, doch das Ekelgefühl ließ sich nicht vertreiben. Sie nahm das rauhe Handtuch vom Haken, versuchte dieses gräßliche Gefühl wegzuwischen. Mit aller Kraft rieb sie ihre Haut ab, bis sie fast wund war, und sie hätte ihre Bemühungen fortgesetzt, wenn sie nicht gehört hätte, daß die Haustür aufging.

Ein mörderischer, primitiver Haß begann heiß durch ihre Adern zu fließen. Das Handtuch entglitt ihren Händen, fiel auf den Boden, in die Pfütze zu ihren Füßen. Heftige Wut ließ ihre Hand erzittern, als sie nach dem Messer tastete. Diesmal würde sie ihn töten. Auf Zehenspitzen schlich sie in den Flur.

16

Das gelbe Glühen in ihren Augen erinnerte an eine mordlustige Löwin. Sie stand in der Nähe der Tür, die zum Hauptraum führte, den Rücken flach an die Wand gepreßt. Sheila wartete auf ihr Opfer. Reglos lauschte sie auf die Schritte, die langsam näher kamen. Ein kaltes Lächeln umspielte ihre Lippen, als die gedrungene Gestalt den Flur betrat. Mit erhobenem Messer stürzte sie sich auf die dunkle Gestalt, die ihr entgegenkam, doch die Klinge sauste durch die leere Luft. Blitzschnell war die Gestalt beiseite gesprungen, eine eisenharte Faust schloß sich um ihr Handgelenk, schlug ihre Hand gegen die Wand, und das Messer glitt aus ihren schmerzenden Fingern.

»Ich bin nicht die halbe Nacht hindurchgeritten, um in meinem eigenen Haus ermordet zu werden«, sagte eine vertraute Stimme.

»Ráfaga!« rief sie ungläubig und unendlich erleichtert. »Du bist wieder hier – o Gott!« Sie warf sich in seine Arme, preßte das Gesicht an seine Brust. »Ich bin froh – so froh...«

Er nahm die Satteltaschen von den Schultern und ließ sie auf den Boden fallen. Es waren diese Taschen gewesen, die seinem schlanken Körper die gedrungene Gestalt verliehen hatten, so daß Sheila überzeugt gewesen war, Ortega vor sich zu haben. Er nahm sie nicht sofort in die Arme, obwohl sie sich verzweifelt an ihn klammerte.

»Sheila...«

Sie hörte, wie sich in seiner Stimme Ärger und Verwirrung mischten, und hob protestierend den Kopf. »Halt mich fest!« Sie zitterte, erfüllt von dem heißen Verlangen, seine Kraft zu spüren. »Bitte, halt mich fest!« In seinen Armen würde sie Trost finden, und sie fragte sich nicht, warum.

Er zögerte, dann umarmte er sie. Seine Hände glitten an ihrem Rükken hinab, um ihren ganzen Körper an sich zu pressen. Dann neigte er den Kopf, drückte sein Kinn in ihr seidiges, zerzaustes Haar.

Als sie seine harten Muskeln spürte, begannen die hartnäckigen Spuren, die Ortegas Berührungen hinterlassen hatten, zu verblassen. Ihre Lippen preßten sich auf seine Brust, und seine beschleunigten Herzschläge sagten Sheila, daß sie das Richtige tat.

Dann hob sie den Kopf, ließ ihre Lippen zu seiner Halsbeuge wandern. Ihre Finger schoben seinen Hemdkragen beiseite, begannen die Knöpfe zu öffnen, dann glitten ihre Hände über seine warme Brust.

Sein Mund streifte ihre Schläfe, und Sheila erbebte in plötzlichem Begehren. Sie legte den Kopf in den Nacken, um ihm in die Augen zu sehen, ihre Lippen öffneten sich in einer stummen Einladung. Sein Blick richtete sich auf ihren weichen, zitternden, feucht glänzenden Mund.

»Bitte«, flüsterte Sheila, »küß mich...«

Er wartete eine Sekunde lang, die ihr wie eine Ewigkeit erschien, bevor er ihren Wunsch erfüllte. Seine Lippen öffneten sich über den ihren, hart und verlangend. Und Sheila erwiderte seinen Kuß mit dem gleichen unersättlichen Feuer. Bis zu diesem Augenblick hatte sie nicht erkannt, daß sie eine gelehrige Schülerin ihres Liebhabers gewesen war. Sie öffnete sein Hemd so weit, daß sie seine nackte Brust an ihrem Busen spüren konnte.

Seine erfahrenen Hände wanderten über ihre Hüften und ihren Rükken, entdeckten die sensitiven Stellen an ihren Schultern. Sein Mund begann diese Zentren der Leidenschaft noch genauer zu erforschen, und dabei streifte er zufällig ihr geschwollenes Kinn.

Eine Schmerzwelle durchfuhr ihren Körper, wie splitterndes Glas. Unwillkürlich schrie Sheila auf, legte eine Hand über die verletzte Stelle und wandte den Kopf ab. Sofort fühlte sie, wie seine sanften Finger ihre Hand berührten.

»Was ist? Habe ich dir weh getan?« fragte er überrascht.

»Nein, ich...«

»Laß mich sehen...« Seine zarten Finger strichen über ihr Kinn, und als er die Beule berührte, zuckte sie zusammen. »Wer hat das getan?« stieß er hervor.

Tränen stiegen ihr in die Augen. »Er hat versucht, mich zu vergewaltigen. Ich kämpfte mit ihm, zog ihm das Messer aus der Scheide und stach ihm in den Rücken – und da gab er mir einen Kinnhaken. Als du hereinkamst, dachte ich, daß er nun vollenden wollte, was er begonnen hatte. Deshalb versuchte ich dich zu erstechen – weil ich dachte, du seist Juan. Ich wollte ihn töten! Ich wollte ihn töten!« wiederholte sie, einem hysterischen Anfall nahe.

»Wer war es?« Seine Finger bohrten sich schmerzhaft in ihre Schultern. »Wer?«

»Juan.«

Wütend stieß er sie von sich. »Du Lügnerin!«

Sie taumelte gegen die Wand. »Wenn du mir nicht glaubst, dann frag ihn doch! Und schau dir die Stichwunde auf seinem Rücken an!«

Seine schwarzen Augen waren ausdruckslos im Mondlicht, das durch die Fenster hereinfiel. »Du wirst ihm ins Gesicht sagen, was du da behauptet hast.«

»Mit Vergnügen!«

Ráfaga wandte sich abrupt ab und kehrte in den Wohnraum zurück, und Sheila stolperte ins Schlafzimmer. Ihre Zehe verfing sich in der Decke, die auf dem Boden lag, sie hob sie auf und wickelte sich hinein.

Sie wollte sich auf das Bett legen und sterben, aber sie hörte Ráfagas harte Stimme, die dem Wachtposten Befehle erteilte. Mit hocherhobenem Kopf ging sie in den vorderen Raum.

Die Lampe war angezündet und verbreitete ein unheimliches Licht. Ráfaga stand vor dem Herd, die Hände auf dem Rücken verschränkt. Seine Beine waren leicht gespreizt, und seine ganze Haltung verriet, daß er der Herr war und daß er in diesem Canyon uneingeschränkte Macht besaß.

Sheila erinnerte sich an jenen Augenblick, als sie sich in seine Arme geworfen und ihn angefleht hatte, sie zu küssen. Von all den Männern, bei denen sie Trost und Verständnis suchen könnte, wäre er nun der letzte, auf den ihre Wahl fallen würde. In seinem gefühllosen Herzen war kein Raum für Mitleid.

Er warf ihr einen langen, harten Blick zu. Sheila hob ihr Kinn noch einen Zoll höher und erwiderte seinen Blick mit der gleichen Kälte. Seine Augen wanderten zu ihrem Kinn, und sie erriet, daß sich ihre Haut bereits verfärbt haben mußte. Die Schmerzen wurden immer stärker, ein qualvolles Pochen pulsierte durch ihren Kopf und weckte ein Gefühl leichter Übelkeit. Es klopfte an der Tür, und er rief: »Herein!«

Sheila wandte sich schaudernd ab, als die Tür aufschwang, unfähig, ihrem Peiniger ins Gesicht zu blicken. Sie lauschte einem kurzen spanischen Wortwechsel, dann sagte Ráfaga auf englisch: »Die Señora hat Ihnen was zu sagen.«

Sheila drehte sich widerwillig um. Zuerst fiel ihr Blick auf Laredo, dessen Augen sich verengten, als er ihr blaurot verfärbtes Kinn sah, und dann erkannte sie den Mann, den der Amerikaner am Arm festhielt und der sie verschlafen und verwirrt anstarrte. Es war der nette, freundliche Juan, der ihr in den letzten Tagen Gesellschaft geleistet hatte. Sie wollte etwas sagen, doch die Stimme gehorchte ihr nicht. Wie aus weiter Ferne hörte sie einen spanischen Befehl, und Laredo ließ Juans Arm los, trat hinter ihn und schob ihm das Hemd hoch – und schüttelte den Kopf. Sheila spürte, wie Ráfaga neben sie trat. »Er ist nicht verwundet.« Hinter seinen eiskalten Worten stand eine bittere Anklage. Er hielt sie für eine verachtenswerte Lügnerin.

Ihre Wut half ihr, die Sprache wiederzufinden. Er war viel zu schnell bereit gewesen, sie zu verdammen. »Aber ihn habe ich doch gar nicht gemeint!« stieß sie hervor, und ihr Herz klopfte wie rasend – als hätten sich Tausende von Dämonen in ihrer Brust versammelt. »Ich meinte diesen mörderischen Bastard, der meinen Mann getötet hat. Diesen Schurken, dem du mich für kurze Zeit anvertraut und dann wieder weggenommen hast. Offenbar fand er, daß es dir nicht zusteht, meinen Körper ganz allein zu benützen, und deshalb wollte er die Beute mit dir teilen. Laredo weiß, welche fette, geifernde Bestie ich meine!«

Als ihr Zorn verebbt war, begann sie unkontrolliert zu schluchzen. Sie wandte sich von Ráfaga ab, von Scham erfüllt, im Bewußtsein der Demütigung, die sie erlitten hatte, mit bebenden Schultern. Heiße Tränen flossen aus ihren Augen, strömten brennend über ihre Wangen. Die Beine drohten unter ihr nachzugeben, und sie begann unsicher zu schwanken. Starke Hände faßten nach ihren Schultern.

»Rühr mich nicht an!« Sheila zuckte zurück, ihre Stimme war heiser, unterbrochen von stoßweisem Schluchzen. »Du mieses Schwein!« schrie sie hysterisch.

Ráfaga flüsterte einen spanischen Fluch, dann begann er neue Befehle zu erteilen. In Sekundenschnelle wurde ihr zitternder Körper in andere Arme geschleudert, etwas Hartes berührte ihre Lippen, und sie wandte mit einem hysterischen Aufschrei den Kopf ab.

»Kommen Sie, Sheila«, sagte Laredo. »Trinken Sie das!« Er flößte ihr den Alkohol gewaltsam ein, die scharfe Flüssigkeit brannte in ihrer Kehle, und sie schob die Flasche beiseite. Laredo zwang sie nicht, noch einen Schluck zu nehmen. Ihr Schluchzen war leiser geworden, und sie lehnte erschöpft den Kopf an Laredos Schulter. Ihre tränenverschleierten Augen suchten Ráfagas kalten Blick, dann ging die Tür erneut auf.

Zwei Männer zerrten ihren Peiniger herein. Sein Oberkörper war nackt, von einem blutgetränkten Verband umwunden. Nun konnte Ráfaga nicht mehr bezweifeln, daß sie die Wahrheit gesagt hatte.

Sein Gesicht war ausdruckslos, und das Lampenlicht spiegelte sich in einem metallischen Gegenstand wider. Sheila sah, daß es das Messer war, mit dem sie Juan in den Rücken gestochen hatte – Juans Messer. Ráfaga machte einen drohenden Schritt auf den Mann zu, und als Sheila in seine Augen sah, stockte ihr Atem. Denn sie las in seinem Blick, daß Ráfaga den Mann töten würde. Und obwohl sie Ortega den Tod wünschte, scheute sie doch vor dem zurück, was jetzt geschehen würde.

Als Ráfaga einen zweiten Schritt machte, mußte Brads Mörder die

Absicht seines Anführers erkannt haben, und er stieß mit winselnder Stimme einen spanischen Wortschwall hervor. Sheila blickte Ráfaga an, erwartete, Verachtung in seinen harten Gesichtszügen zu lesen. Er stand stocksteif da, mit gestrafften Schultern. Ein Muskel zuckte in seinem Kinn.

Die Atmosphäre im Zimmer hatte sich auf subtile Weise verändert. Sheila spürte, wie sich die Aufmerksamkeit aller Anwesenden auf sie richtete. Ihr Blick wanderte zu Laredo hinüber. Er sah sie an, schien in ihren Zügen zu forschen, wütend und zweifelnd zugleich. Ein kalter Schauer lief ihr über den Rücken.

»Was ist los?« fragte sie vorsichtig. »Was hat er über mich gesagt?«

Laredo zögerte kurz. »Er hat gesagt, er habe vor der Tür Wache gestanden und Sie wären auf die Veranda gekommen und hätten ihn ins Haus gebeten. Er wußte, daß er das Haus nicht betreten durfte, aber er sagt, es sei mitten in der Nacht gewesen und er habe geglaubt, daß irgend etwas nicht in Ordnung wäre.«

Sheila schüttelte den Kopf. »Das ist nicht wahr.«

»Er sagte, Sie hätten mit ihm gesprochen. Er habe Sie nicht verstanden, aber er nahm an, Sie wollten ihn dazu überreden, mit ihm den Canyon zu verlassen. Als er sich weigerte, kamen Sie auf ihn zu und ließen die Decke zu Boden fallen. Dann legten Sie die Arme um ihn, und er verlor den Kopf. Und da nahmen Sie ihm das Messer weg und stachen ihn in den Rücken. Er behauptet, Sie wären geflohen, wenn er Sie nicht geschlagen hätte.«

»Das stimmt nicht.«

»Er schwört bei der Heiligen Jungfrau, daß er die Wahrheit gesagt hat«, erwiderte Laredo tonlos.

»Es ist nicht wahr!« Sheila wandte sich zu Ráfaga um, dann ging sie auf ihn zu. »Es ist nicht wahr!« wiederholte sie.

Es war so wichtig, daß er ihr glaubte. Aber er schien weit von ihr entfernt zu sein, starrte sie wie eine Bronzestatue an, mit blicklosen Augen. Sie wußte, daß er sich ebenso wie Laredo an ihren Versuch erinnerte, Laredo zu bestechen, damit er ihr zur Flucht verhalf. Sheila umklammerte mit einer Hand die Decke, trat ganz dicht an Ráfaga heran und legte einen Arm um seine Taille.

»Er hat gelogen.« Ihre Stimme war heiser vor Erregung. »Er kam in mein Zimmer, als ich schlief. Er wollte mich vergewaltigen. Warum, glaubst du wohl, habe ich dich gebeten, mich festzuhalten und zu küssen?«

Der Blick seiner schwarzen Augen wurde weicher, und instinktiv legte er einen Arm um sie. In diesem Augenblick begann Ortega wieder zu sprechen, und Sheila spürte, wie Ráfagas Hand von ihrer Schulter glitt. »Was hat er gesagt?« Sie schmiegte sich an ihn, versuchte die unsichtbare Barriere niederzureißen, die er wieder zwischen ihr und sich errichtet hatte.

»Er sagt, du hättest ihn betören wollen – so, wie du jetzt mich zu betören versuchst.«

»O nein...«

»Aber du kannst mich nicht betören – und du kannst mir auch nicht entkommen.« Er erteilte einen Befehl auf spanisch, und die beiden Männer, die Juan Ortega festhielten, ließen ihn los. Und dann verließen sie alle das Haus, und Sheila blieb mit Ráfaga allein zurück.

»Du hast ihn freigelassen«, flüsterte sie anklagend.

»Er hat seinem Befehl zuwidergehandelt, und dafür werde ich ihn bestrafen.«

»Und mich wirst du auch bestrafen, weil ich beinahe vergewaltigt worden wäre?« fragte sie bitter.

Er seufzte ungeduldig auf. »Es ist schon spät.«

»Aber ich bin nicht müde. Und ich werde ganz bestimmt nicht mit dir ins Bett gehen. Scher dich zum Teufel!«

»Drei Tage lang habe ich mich gefragt, ob du hiersein würdest, wenn ich zurückkäme.« Seine Nasenflügel bebten vor Wut. »Nun bin ich wieder hier, und es ist immer noch die Hölle. Aber du gehörst nach wie vor mir, und du wirst in meinen Armen liegen – im Schlafzimmer oder hier.«

»Wage es ja nicht, mich anzurühren!«

Er lächelte kalt und begann sich langsam auszuziehen. Sein nackter Körper schimmerte im Lampenschein. Sheilas Herz begann schneller zu schlagen, halb vor Angst, halb vor jener wilden Erregung, die ihr schon so vertraut geworden war. Aber als er auf sie zukam, schüttelte sie in stummem Protest den Kopf.

»Breite die Decke auf dem Boden aus«, befahl er.

Nein, schien eine Stimme in Sheila zu schreien, aber ihre Hände streiften die Decke von ihrem Körper und befolgten seinen Befehl. Er zog sie an sich, sein Mund preßte sich auf den ihren. Es war ein harter, brutaler Kuß, ein Kuß voller Zorn. Entsetzt über das Fehlen jeglicher feuriger Leidenschaft, versuchte sich Sheila zu wehren, aber seine Arme waren unnachgiebig wie Eisen. Und sie konnte der verletzenden Gewalt seiner Lippen nicht entkommen.

Mit gefährlicher, grausamer Sinnlichkeit zwang er sie, den Mund zu öffnen. Ihr Busen wurde gegen die harte Wand seiner Brust gepreßt, seine Hände drückten ihre Hüften an die seinen. Dann bog er sie nach hinten, drückte sie hinab, bis ihre Schultern den Boden berührten.

Später trug er sie ins Schlafzimmer. Erschöpft und beschämt nach dem animalischen Liebesakt, leistete sie keinen Widerstand, als Ráfaga sie auf sein Bett legte. Sie wußte nicht, daß ein zutiefst verwunderter Ausdruck in ihren Augen lag, aber Ráfaga sah es. Dann wandte er sich ab, ging zum Toilettentisch und zündete die Lampe an. »Warum ist der Boden so naß?«

»Ich – ich habe mich gewaschen.« Sie sah, wie er nach dem Krug griff. »Er ist leer. Ich habe das ganze Wasser verbraucht.«

»Warum?« fragte Ráfaga und hob mit einem satanischen Lächeln eine dunkle Braue.

»Aus offensichtlichen Gründen.« Sheila fuhr sich mit einer zitternden Hand über die Stirn und erschauerte, als sie sich an ihr dringendes Bedürfnis erinnerte, sich rein zu waschen. »Ich fühlte mich beschmutzt von *ihm*«, sagte sie, unfähig, ihren Peiniger beim Namen zu nennen. »Ich mußte die widerlichen Spuren seiner Hände abspülen, aber ich erwarte nicht von dir, daß du das verstehst. Mein Gott, du glaubst mir ja nicht einmal!« Ihre Stimme bebte, als sie ihm diesen letzten Satz entgegenschleuderte. Sie drehte das Gesicht zur Wand und preßte eine Faust an die Lippen. Nach einer Weile hörte sie Ráfagas Schritte, die sich dem Bett näherten.

»Hier!« sagte er. Aus den Augenwinkeln sah sie, daß er ihr seine Satteltasche reichte. Mit tränenfeuchten Augen starrte sie darauf.

»Was soll das?«

Er warf die Tasche neben Sheila auf das Bett, dann kehrte er zum Toilettentisch zurück. »Ich habe dir ein paar Sachen zum Anziehen gekauft, da du Elenas abgelegte Kleider nicht tragen willst.«

Sheila öffnete die Tasche und packte mehrere Jeans und Blusen aus. Erstaunt betrachtete sie eine erdbeerfarbene Bluse aus reiner Seide.

»Ich dachte, die Farbe würde gut zu deinem goldbraunen Haar passen«, sagte er leise. Sheila hob den Kopf und verlor sich in den dunklen Tiefen seiner Augen.

»Woher hast du die Sachen? Hast du einen Laden geplündert?«

»Ich habe sie gekauft.«

»Warum?«

»Weil du was zum Anziehen brauchst, wie du mehrmals betont hast.«

»Aber es ist dir doch viel lieber, wenn ich nackt herumlaufe«, erwiderte sie sarkastisch und warf die Sachen auf den Boden. »Und es würde mir nicht im Traum einfallen, dich zu enttäuschen.«

Ráfagas Blick schien sie zu durchbohren. »Du willst mein Geschenk nicht annehmen?«

»Ach, tu doch nicht so, als hättest du mir eine Freude machen wollen! Wenn du das wirklich wolltest, würdest du mich gehen lassen.«

Er wandte ihr den Rücken zu. »Du findest es unerträglich, hier bei mir zu leben, nicht wahr? Du haßt dieses Haus.«

»Haß?« Sie lachte bitter auf. »Seltsam, daß du dieses Wort benutzt – wo du mich doch vor fünf Minuten aus Haß genommen hast, nicht aus Liebe...«

»Ich habe dich aus Wut genommen.« Er wandte sich um und kam langsam auf das Bett zu, wie ein nackter Bronzegott.

»Warum? Um zu vollenden, was Juan begonnen hat? An dem Tag, als du weggeritten bist, sah ich ihn draußen, und ich wußte sofort, daß er es versuchen würde. Ich dachte, ich wäre sicher vor ihm, wenn ich im Haus bliebe und nur mit dem anderen Juan wegginge. Ich dachte, dein Wort würde mich schützen, aber so war es nicht. Wenn ich mir vorstelle, wie ich dir bei deiner Rückkehr in die Arme gesunken bin, wird mir ganz übel. Nicht einmal bei dir bin ich sicher. Das hast du bewiesen, als du mich eine Lügnerin genannt und mich vergewaltigt hast.«

Er setzte sich auf den Bettrand. Sie wollte von ihm abrücken, aber er hielt sie an den Handgelenken fest. »Ich glaube, daß Juan versucht hat, dich zu vergewaltigen, und ich glaube auch, daß du mit seinem Messer deine Ehre verteidigt hast.«

»Aber – warum hast du dann auf ihn gehört?« fragte sie verwirrt.

»Weil ich glaube, daß du ihn ins Haus eingeladen hast, daß du ihn überreden wolltest, dir zur Flucht zu verhelfen. Und ich weiß, daß du mit deinem Körper keine leeren Versprechungen machst, wenn du einen Mann auf deine Seite ziehen willst. Das hast du an jenem Abend bewiesen, als du versucht hast, Laredo zu umgarnen. Ich glaube, du hast ihn gebeten, mit dir zu fliehen, und geglaubt, du könntest ihn unter Kontrolle halten. Aber das konntest du nicht.«

»Das ist nicht wahr. Ich schwöre es.«

»Noch vor einem Augenblick hast du gesagt, daß du frei sein willst«, erwiderte er kühl. »Du hast zugegeben, was ich bereits wußte. Vermutlich steckt in deiner Version genauso ein Körnchen Wahrheit wie in der Ortegas. Aber ich konnte ihn nicht töten, weil er dich begehrte, denn dann müßte ich mich selbst töten – weil auch ich dich immer wieder besitzen will.« Mit einem sanften Kuß streifte er ihre Lippen. »Das war der Grund, warum ich dich so voller Wut genommen habe. Weil du mich genauso betört hast wie Juan. Weil dein Bild mich drei Tage lang verfolgt hat, meine Löwin, und weil ich mich drei Nächte lang nach dir gesehnt hatte.« Er nahm sie in die Arme, und diesmal erschauerte sie entzückt unter seiner zärtlichen Leidenschaft. »Du hast mich behext, meine Löwin, aber ich dich auch«, flüsterte er. »Ich habe dich so behext, daß du nach meiner Liebe verlangst, genauso wie ich nach der deinen.«

17

Eine unnatürliche Stille erfüllte das Haus. Sheila stand am Fenster und runzelte die Stirn, als ihr bewußt wurde, daß Consuela grußlos gegangen war. Die schreckliche Stille hatte offenbar auch an den Nerven der Mexikanerin gezerrt. Sheila berührte die Knöpfe ihrer neuen Bluse. Ráfaga hatte ihr leidenschaftslos befohlen, die Sachen zu tragen, die er ihr gekauft hatte. Es waren die letzten Worte gewesen, die er zu ihr gesagt hatte.

Seine Gleichgültigkeit heute morgen und am Mittag stand in krassem Gegensatz zu den feurigen Liebkosungen der vergangenen Nacht. Sexuell mußte sie ihn betört haben, aber ansonsten stand er ganz gewiß nicht in ihrem Bann. Irgendwie hatte Sheila das Gefühl, daß es eher umgekehrt war. Sie schwankte zwischen Liebe und Haß, wann immer er in ihrer Nähe war, wie ein Barometer, das zwischen zwei feindlichen Fronten gefangen war. Sie fragte sich, wie lange sich diese beiden Emotionen noch bekämpfen würden, bis die eine über die andere siegte.

Sie hörte Hufschläge, und dann sah sie, wie Juan vor die Veranda ritt und Arriba und Ráfagas Pferd am Zügel mit sich führte. Als sie sich vom Fenster abwandte, sah sie Ráfaga mitten im Zimmer stehen. »Juan ist mit den Pferden gekommen«, sagte sie. »Ich nehme an, wir werden ausreiten...«

»Nein.«

»Aber warum...«

»Nun wird Juan Ortega seine Strafe erleiden. Die Mittagssonne ist heiß, und der Weg zum Richtplatz ist weit. Ich dachte, du würdest lieber reiten.« Ein sardonisches Licht leuchtete in seinen Augen auf. »Du willst doch sehen, wie er bestraft wird?«

»Ich...« Sheila zögerte. Sie war sich nicht ganz sicher, ob sie das wollte.

»Aber gestern hast du ihm doch voller Inbrunst das Messer in den Rücken gestoßen«, sagte er spöttisch. »Ist dir der Rachedurst inzwischen vergangen?«

Sheila las zwischen den Zeilen. Ráfaga beschuldigte sie, ein schlechtes Gewissen zu haben, da sie Juan ins Haus eingeladen habe, ohne bereit gewesen zu sein, die Konsequenzen zu tragen. Und deshalb müsse sie einen Teil der Schuld an dem nächtlichen Zwischenfall tragen.

»Nein!« stieß sie ärgerlich hervor. »Ich freue mich darauf, ihn bestraft zu sehen.«

Sie folgte ihm aus dem Haus. Ein schweigender Juan übergab ihr die Zügel der Stute, und Ráfaga berührte ihren Ellbogen, um ihr in den Sattel zu helfen. Sie riß sich los, lehnte seinen Beistand angewidert ab. Als sie im Sattel saß, merkte sie, daß Juan auf ihr violettes Kinn starrte. Sie hatte die entstellende Verletzung im Spiegel begutachtet und wußte, wie häßlich sie aussah.

»Fühlt sich die Señora gut?« fragte er mit sanfter Besorgnis.

»Sehr gut.« Ihre Stimme klang viel schärfer, als sie es beabsichtigt hatte.

Als sie die Zähne zusammenbiß, schoß eine Schmerzwelle durch ihr Kinn. Sie schwang die Stute herum und lenkte sie zu den fernen Häusern.

Sie kannte ihr Ziel – den runden Sandplatz hinter dem Korral. Aus den Augenwinkeln sah sie, daß Ráfaga an ihre Seite ritt, aber sie nahm seine Gegenwart mit keinem Wort und mit keinem Blick zur Kenntnis.

Kein Lebenszeichen war zu sehen, als sie die Adobehäuser passierten. Und als sie sich dem Sandplatz näherten, wußte Sheila, warum. Alle Männer, Frauen und Kinder, die im Canyon lebten, hatten sich um die kleine Senke versammelt. Obwohl die Menschenmenge so groß war, hörte Sheila kaum Stimmen. Nur die kleineren Kinder spielten und lachten, die Kinder, die nicht wußten, was geschehen würde.

Am Rand des Sandplatzes zügelte Sheila ihr Pferd, und Ráfagas Hengst kam neben ihr zum Stehen. Sofort wurden sie zum Mittelpunkt der allgemeinen Aufmerksamkeit. Alle Köpfe wandten sich in ihre Richtung, und das Schweigen erschien Sheila jetzt noch bedrückender als zuvor. Laredo stand mit zwei anderen Männern neben den beiden Pfosten, und als er seinen Boß und Sheila entdeckte, kam er auf sie zu und starrte Ráfaga ärgerlich an. »Was macht sie hier, zum Teufel?«

Ráfagas Gesicht war ausdruckslos. »Mrs. Townsend möchte zuschauen.«

»Aber das ist doch... Sag ihr, daß sie zurückreiten soll, Ráfaga.«

»Ich habe ihr nicht befohlen mitzukommen. Sie ist freiwillig hier.«

Laredo wandte sich zu ihr. »Um Himmels willen. Sheila, reiten Sie zurück!«

»Sie vergessen, daß ich allen Grund habe, Ortega bestraft zu sehen«, erwiderte sie kühl.

Er seufzte. »Sie sind entweder dumm oder borniert. Ich kann nur hoffen, daß Sie wissen, was Sie tun.«

Ráfaga gab ihm einen Befehl auf spanisch, und Laredo hielt die Zügel des Rotbraunen fest, als sein Boß aus dem Sattel stieg. Langsam ging Ráfaga auf die Mitte des Platzes zu, und erst jetzt sah Sheila die beiden Männer, die Ortega festhielten. Er war bleich unter der Sonnenbräune und blickte immer wieder nervös auf die beiden Pfosten. Ráfaga begann auf spanisch zu sprechen, und Sheila beugte sich zu Laredo hinab. »Was sagt er?«

»Er erklärt den Leuten, warum Ortega bestraft wird.«

Dann stand Ráfaga schweigend neben ihr. Sheilas Blick wanderte über die Menschen, die sich rings um die Senke versammelt hatten. Sie sahen sich um, als ob sie auf irgend etwas warteten.

»Und was wird jetzt geschehen?« fragte sie, als Ráfaga verstummt war.

»Wenn jemand Einspruch erheben will, kann er jetzt vortreten und Juan verteidigen.«

»Wie demokratisch!« bemerkte sie spöttisch, und Laredo warf ihr einen kühlen Blick zu.

Als Ráfaga nickte, führten die beiden Männer Ortega zu den Pfosten. Sie schoben ihn dazwischen und banden ihn mit jeder Hand an einem Pfahl fest. Sheila entdeckte einen Mann, der nun auf Ortega zuging, eine Peitsche in der Hand. Er blieb hinter dem Gefesselten stehen, die Peitsche schwirrte durch die Luft und landete klatschend auf Ortegas Nacken. Ein roter Streifen leuchtete zwischen seinen Schulterblättern auf, sein Körper zuckte vor Schmerz zusammen. Immer wieder landete die Peitsche auf seinem Rücken, und Sheila sah in fasziniertem Entsetzen zu, wie sich eine Masse gekreuzter roter Linien auf der Haut bildete. Sie konnte den Blick nicht abwenden von der grausigen Szene, konnte die Ohren nicht verschließen vor Ortegas erstickten Schreien. Bald gab er keinen Laut mehr von sich, hing schlaff zwischen den beiden Pfosten. Die Peitsche fiel zu Boden, ein anderer Mann ging auf Ortega zu und zerschnitt seine Fesseln. Sheila sah, wie er zusammenbrach und reglos liegen blieb.

Eine unerklärliche Macht lenkte ihren Blick plötzlich auf Ráfaga. Ausdruckslos sah er sie an, und sie spürte, daß ihr übel wurde. Sie schwang das Pferd herum, galoppierte davon. Im Schatten der Bäume sprang sie aus dem Sattel, kniete sich auf den Waldboden und übergab sich. Danach hatte sie nicht mehr die Kraft, wieder auf den Rücken der Stute zu steigen. Sie hielt sich am Sattel fest, führte sie schwankend zwischen den Stämmen hindurch. In ihrem Kopf war nur Raum für einen einzigen Gedanken. Ich muß weg von hier – weg von hier...

Sie sah die Sonne auf der stillen Wasserfläche des Teichs glitzern, taumelte ans Ufer und sank auf die Knie, wollte sich kaltes Wasser ins Gesicht spritzen, aber ihre Hände hatten nicht die Kraft dazu. Jemand beugte sich zu ihr herab, und sie hob den Kopf. Ráfaga stand neben ihr, und bevor sie zurückweichen konnte, hatte er ihr ein nasses Tuch aufs Gesicht gepreßt, wischte ihr den Schweiß von der Stirn und der Oberlippe.

»Es hat dir also kein Spaß gemacht, Ortegas Bestrafung mit anzusehen?« Er tauchte das Tuch wieder in den Teich, um ihre Stirn erneut zu kühlen.

»Es war barbarisch und unmenschlich.«

»Jede Strafe ist unmenschlich. Aber was würdest du als Alternative vorschlagen?«

»Ich weiß nicht...«

»Wenn du eine menschliche Form der Bestrafung finden würdest, hättest du ein weltweites Problem gelöst.« Er legte ihr das feuchte Tuch zusammengefaltet in den Nacken, dann zog er sie auf die Beine. Sheila sah in seine unergründlichen Augen. »Vielleicht hättest du doch nicht zuschauen sollen«, sagte er leise.

Das wünschte sie sich jetzt auch, doch dieser Wunsch kam zu spät. Sie war so schwach, daß sie nicht protestierte, als Ráfaga sie auf die Arme nahm und ins Haus trug.

Die Szene auf dem Richtplatz verfolgte sie noch tagelang, auch nachts in gräßlichen Alpträumen. Ráfaga tröstete sie wie ein verängstigtes Kind, und sie schmiegte sich schutzsuchend an ihn. Aber tagsüber sagte sie sich immer häufiger, daß sie den Canyon endlich verlassen mußte.

Eine Woche später ritt sie mit Ráfaga an einem warmen Frühlingsnachmittag aus. Unverhofft geleitete er sie den Weg hinauf, der aus dem Canyon führte. Als sie die Felswände des Passes hinter sich gelassen hatten, lenkte er sein Pferd auf einen schmaleren Pfad. Sheila hielt die Zügel locker in den Händen, und die Stute suchte sich allein ihren Weg den steilen Hang hinauf.

Der Pfad endete auf einem kleinen Felsplateau, das mit verkrümmten Bäumen bewachsen war. Als Ráfaga abstieg und den Sattelgurt seines Pferdes lockerte, damit das Tier nach dem beschwerlichen Aufstieg wieder zu Atem kommen konnte, folgte Sheila seinem Beispiel. Sie ließ die Zügel zu Boden fallen, dann schlenderte sie zu dem Felsvorsprung, auf dem Ráfaga stand.

Von hier aus hatte man einen ungehinderten weiten Blick auf den Canyon und auf die Gipfel der Sierra Madre, die sich nach Norden erstreckte. Etwas schwindlig von der dünnen Höhenluft, setzte sich Sheila auf einen flachen Felsblock, um die Landschaft und die Siedlung im Canyon zu betrachten.

Bald wandten sich ihre Gedanken wieder der dominierenden Gegenwart Ráfagas zu. Er stand nahe am Abgrund, ein Knie leicht gebeugt, während das andere Bein den Großteil seines Körpergewichts trug. Die Falten seines Ponchos verhüllten einen Großteil seiner muskulösen Gestalt. Sheilas Blick wanderte zu seinem scharfgeschnittenen Profil, glitt über die hohen Wangenknochen, das pechschwarze Haar, die Augen, die nachdenklich in die Ferne starrten. Er war aggressiv männlich und unbesiegbar. Unwillkürlich fragte sie sich, warum er so geworden war.

»Wer bist du, Ráfaga?«

Er sah sie an und hob fragend die Brauen, als hätte er ihre Anwesenheit vorübergehend vergessen. »Ein Mann«, sagte er dann.

Sheila sagte sich, daß keiner ihrer früheren Bekannten diese Frage so beantwortet hätte. Jeder hätte seinen Namen genannt, seinen Beruf angegeben.

»Ich meine – wie heißt du wirklich? Woher kommst du? Warum lebst du hier?«

Er lächelte belustigt. »Was haben dir denn die anderen über mich erzählt?«

»Unterschiedliche Geschichten«, gab sie zu. »Warst du mal im Gefängnis?«

»Ja.«

»Warum?«

»Aus dem üblichen Grund. Ich habe ein Verbrechen begangen.«

»Was für ein Verbrechen?«

»Ist das so wichtig? Ich habe seither viele andere Verbrechen begangen, so daß jenes erste an Bedeutung verloren hat.«

»Und dann bist du aus dem Gefängnis ausgebrochen?«

»Si.«

»Warum?«

»Du warst noch nie in einem Gefängnis, sonst würdest du so was nicht fragen. Wie ein Tier eingesperrt zu sein – das ist genauso qualvoll wie die körperlichen Schmerzen, die von Peitschenhieben verursacht werden, noch dazu, wenn die Menschen, die man liebt, die Schande der Strafe mittragen müssen. Noch schlimmer ist es, wenn weder der Häftling noch seine Familie das Geld hat, kleine Vorzüge zu erkaufen. Dann vegetiert man wirklich wie ein Tier in seiner Zelle dahin.«

»Und wer hat die Schande mit dir getragen?« wiederholte Sheila seine Redewendung. »Hast du eine Familie? Hast du Geschwister?«

»Ich hatte eine Familie.« Ráfaga wandte sich wieder den Berggipfeln zu.

»Und jetzt sind deine Verwandten tot?«

»Für mich sind sie gestorben. Ich kann nicht zurückkehren, ohne sie mit meiner jetzigen Existenz zu beschmutzen.«

»Aber du vermißt sie?«

»Ich kenne sie nicht mehr, und sie kennen mich nicht mehr.« Er sah ihr wieder in die Augen. »Man kann nie mehr das werden, was man früher war. Ein vergangener Augenblick läßt sich nicht zurückholen. Nur ein Narr würde das versuchen.«

»Wie bist du zu dem geworden, was du bist? Zu einem...« Sie suchte nach dem richtigen Wort. Irgendwie schienen »Bandit« und »Outlaw« nicht ganz zu passen, wenn sie auch wußte, daß diese Ausdrücke teilweise zutrafen. »Zu einem gedungenen Verbrecher«, sagte sie schließlich, immer noch unzufrieden mit ihrer Wortwahl.

»Das war Schicksal. Ein Mann, der damals mit mir entkam, ließ einen Freund im Gefängnis zurück. Er wollte ihn herausholen und bot mir für meine Mithilfe eine kleine Summe an. Ich hatte kein Geld, und ich konnte nicht zu meiner Familie zurückkehren. Ich hatte drei Möglichkeiten – zu verhungern, zu stehlen oder zu diesem Mann zu gehen.«

»Wenn du noch einmal von vorn anfangen könntest – würdest du dasselbe tun?«

»Quien sabe? Das Leben gestattet uns nicht, einen Weg zurückzugehen und die Richtung zu ändern. Heute kann man das Morgen ändern, aber nicht das Gestern.«

Er wandte sich von der Felsenkante ab und setzte sich ein paar Fuß von Sheila entfernt auf seine Fersen. Seine Hand glitt unter den Poncho, und als sie wieder auftauchte, hielt er eine schwarze, dünne Zigarre in den Fingern. Nachdem er sie zwischen die Lippen geklemmt hatte, zündete er ein Streichholz an einem Felsen an, legte eine Hand um die Flamme, um sie vor dem Wind zu schützen. Bald trug dieselbe Brise den Duft brennenden Tabaks zu Sheilas Nase.

»Bist du ein Revolutionär?« fragte Sheila und schob sich eine sonnengebleichte Haarsträhne aus der Stirn.

»Jeder in Mexiko ist Revolutionär. Man kann bei jeder Fiesta immer noch den alten Ruf auf den Straßen hören – ›viva la revolución!‹ Hier ist es genauso wie in deinem Land. Sobald die erste Waffe für die Freiheit abgefeuert wurde, wird die Kugel unsterblich.« Ráfaga machte eine Pause, inhalierte den Rauch, blies eine dünne Wolke in die Luft. Dann rollte er die Zigarre zwischen den Fingern und studierte sie, als fände er sie äußerst interessant. Sheila sagte nichts. Sie spürte, daß er über ihre Frage nachdenken wollte, bevor er sie beantwortete. »Als ich in die Sierras ging, war ich vielleicht von dem jugendlichen Traum beseelt, die Ungerechtigkeiten dieser Welt auszumerzen.«

Sie hörte, wie zynisch seine Stimme klang. »Und was ist aus diesen Träumen geworden?«

»Eine Vision. Ich erkannte, daß man die Freiheit nicht mit Waffengewalt erobern kann. Man findet nur Freiheit, wenn man die Waffen streckt. Und ich lernte, was klügere Männer schon immer wußten. Wenn man erreichen möchte, daß eine Änderung von Dauer ist, muß man ganz langsam vorgehen. In Mexiko wird es allmählich etwas besser. Aber es gibt immer noch zahllose Männer, die für wenig Lohn viel arbeiten und dann in die nächste Cantina gehen, um ihren Kummer zu ertränken, während ihre Frauen in der Kirche beten.«

Der verächtliche Ton, in dem er die letzten Worte aussprach, veranlaßte Sheila zu der Frage: »Glaubst du an Gott?«

»Ich glaube, daß es einen Gott gibt. Aber ich glaube nicht, daß er verantwortlich ist für die Art, wie wir leben. Wir bestimmen unser Leben selbst.«

Er stand auf und ging zum Rand des Plateaus zurück. Der Zigarrenrauch wirbelte in einer dünnen grauen, gekräuselten Wolke davon, getragen vom Wind. Ráfaga schien weit entfernt von Sheila zu sein. Obwohl er ihre Fragen nicht direkt beantwortet hatte, so hatte er ihr doch einige seiner Gedanken mitgeteilt. Nun hatte er sich wieder in sich selbst zurückgezogen, wirkte kühl und unnahbar.

»Wenn das Verhör beendet ist«, Ráfaga warf den Zigarettenstummel auf den Boden und trat ihn mit dem Stiefelabsatz aus, »können wir ja zurückreiten. Es wird langsam Zeit.«

»Nur noch eine Frage…«

»Ja?«

»Wann läßt du mich gehen?« Sie beobachtete ihn angespannt, aber in seinem ernsten Gesicht zeigte sich keine Regung.

Ohne zu antworten, ging er zu den Pferden, die an ein paar Grasbüscheln zupften, die hartnäckig aus dem felsigen Boden wuchsen. Er nahm die Zügel auf, führte die Tiere zu dem Felsblock, auf dem Sheila saß. Energisch blickte sie ihm entgegen. Sie würde es nicht dulden, daß er ihre Frage ignorierte.

»Du hattest genug Zeit, um das Lösegeld zu fordern und in Empfang zu nehmen«, sagte sie. »Warum hast du mich noch nicht freigelassen?«

»Ich habe kein Geld bekommen.« Er reichte ihr die Zügel der Stute.

»Das glaube ich nicht. Mein Vater hätte jede geforderte Summe bezahlt. Wieviel hast du verlangt?« Unbewußt nahm sie ihm die Zügel aus der Hand. Ráfaga wandte sich ab und ging zur linken Flanke seines Hengstes. Er legte ihm die Zügel über den Hals, dann hob er den Steigbügel, um den Sattelgurt festzuzurren. Sheila griff nach seinem Arm, ihre Finger gruben sich in den Stoff des Ponchos.

»Wieviel?« wiederholte sie mit bebender Stimme.

Er sah sie ausdruckslos an. »Ich habe kein Geld verlangt.«

Ohne seinen muskulösen Arm loszulassen, warf Sheila den Kopf in den Nacken. Ihre Halsmuskeln zogen sich zusammen, und sie schluckte.

»Wie meinst du das?«

»Genauso, wie ich es gesagt habe«, erwiderte Ráfaga gleichmütig. »Ich habe an deine Eltern keine Lösegeldforderungen gestellt.«

»Aber...« Sie war völlig verwirrt, fast betäubt. Sie fuhr sich mit bebenden Fingern über die Augen, als wollte sie Schleier wegwischen, die nicht nur ihren Blick trübten, sondern auch ihr Denken beeinträchtigten. »Warum?«

Er ging auf die linke Seite der Stute und zog Sheilas Sattelgurt fest, ignorierte ihre Frage, tat so, als hätte er sie nicht gehört. Nein, sagte sie sich, er tat nicht einmal so. Er hatte die Frage gehört, aber sie war ihm nicht wichtig.

»Du willst mich nicht gehen lassen, nicht wahr?« Ihre Stimme klang erstickt.

Seine Hände legten sich um ihre Taille. Sheila war zu verwirrt, um zu protestieren, als er sie in den Sattel hob. Er legte die Zügel über den Hals der Stute, dann schlang er sie um das Sattelhorn. Ihr Blick folgte ihm, als er zu seinem Hengst ging und sich mühelos auf den Rücken des Tieres schwang.

»Ich werde nicht von hier wegreiten, bevor du mir geantwortet hast«, sagte Sheila und lenkte die Stute von dem schmalen Pfad weg.

Er drehte sein Pferd herum und sah sie an, dann lenkte er den Hengst so dicht an ihre Stute heran, daß sich ihre Schenkel berührten. Ausdruckslos erwiderte er ihren Blick.

»Du wirst im Canyon bleiben«, sagte er, und nach ein paar Sekunden fügte er hinzu: »Noch eine ganze Weile.«

»Wie lange?« beharrte Sheila. »Bis du meiner müde wirst? Was wirst du dann tun? Wirst du mich dann an einen deiner Männer abtreten? Oder willst du mich verkaufen?«

Seine Augen verengten sich. »Du stellst viel zu viele dumme Fragen.«

»Dumm?« Ihre Stimme brach. »Warum ist es dumm, dich zu fragen, was mit mir geschehen wird, wenn du mich satt hast?«

»Wenn dieser Tag kommt, kannst du gehen, wohin du willst.«

»Erwartest du, daß ich dir das glaube?«

»Ich gebe dir mein Wort darauf.«

Ein unheimliches Glitzern in seinen Augen forderte Sheila dazu heraus, seine Behauptung erneut anzuzweifeln. Aber sie schluckte die Entgegnung hinunter, die ihr auf der Zunge lag, denn sie wußte, daß sie ihm in diesem Moment überhaupt nichts glauben würde, was immer er ihr auch versprechen mochte.

»Wissen – meine Eltern, daß ich am Leben bin?« stammelte sie.

»Keine Ahnung.«

»Aber das mußt du doch wissen. Deine Informanten haben dir sicher mitgeteilt, ob ich gesucht werde.«

»Ich habe nichts gehört.«

»Kannst du sie nicht verständigen?« Tränen verschleierten ihren Blick, als sie sich vorstellte, daß ihre Eltern sie wahrscheinlich für tot hielten. »Kannst du sie nicht wissen lassen, daß ich noch lebe?«

»Das ist nicht möglich.«

»Laredo hat mir gesagt, daß es Mittel und Wege gibt, alles herauszufinden.«

»Ja, aber dieses System funktioniert nicht umgekehrt. Ich kann deinen Eltern keine Nachricht zukommen lassen.«

»Mein Gott, bist du wirklich so gefühllos?« rief sie schluchzend. »Begreifst du denn nicht, was sie durchmachen müssen – wenn sie befürchten, daß ich tot bin, es aber nicht mit Sicherheit wissen?«

»Es wäre ebenso schmerzlich für sie zu wissen, daß du noch am Leben bist, daß sie aber keine Verbindung mit dir aufnehmen können.«

»Bitte, Ráfaga, laß sie benachrichtigen!«

»Das ist nicht möglich.« Er nahm Sheila die Zügel aus der Hand, um die Stute mit sich zu führen. »Und jetzt wollen wir nicht mehr darüber sprechen.«

»O Gott, wie ich dich hasse...«

»Du wiederholst dich«, sagte er spöttisch.

18

Die beruhigenden Gitarrenklänge fügten sich zu einer sanften Serenade zusammen, die das Sternenlicht draußen untermalte. Sheila bemühte sich, die schmeichelnde Melodie zu ignorieren. Ihre Gedanken überschlugen sich, wie so oft in diesen letzten Wochen. Wieder einmal versuchte sie Pläne zu schmieden, überlegte, wie sie fliehen könnte.

Solange Ráfaga hier war, brauchte sie sich keinen Hoffnungen hinzugeben. Er blieb ständig an ihrer Seite, nahm sie überallhin mit, und sie hatte das Gefühl, daß er genau wußte, woran sie dachte. Sheila hatte damit gerechnet, daß sie eine Gelegenheit zur Flucht finden würde, wenn er den Canyon verließ, um die Befreiungsaktion in Angriff zu nehmen, die er vorbereitet hatte. Aber die Tage wurden zu Wochen, und nichts wies darauf hin, daß eine neue Aktion bevorstand. Eines Abends fragte sie möglichst beiläufig, wann er denn wieder wegreiten würde. Sie saßen gerade beim Essen, und er erzählte ihr ebenso beiläufig, daß demnächst kein Überfall geplant sei.

Es gab keinen Ausweg. Und sie hatte keinen Menschen, der ihr helfen würde.

Der letzte Ton der Gitarre verstummte, und eine bedrückende Stille erfüllte den Raum. Eine unwiderstehliche Macht zwang Sheila, über ihre Schulter zu blicken. Ihr Pulsschlag beschleunigte sich, als sie in Ráfagas Augen sah, die sie anscheinend unverwandt beobachtet hatten. Sie verspürte das fast schmerzliche Bedürfnis, zu ihm zu gehen – nicht, um ihn zu bitten, ihr die Freiheit zu schenken, sondern um sich seiner besitzergreifenden Umarmung hinzugeben.

So war es immer. Der Zauber, den er auf sie ausübte, war verwirrend. Jedesmal, wenn er sie in die Arme nahm, erlebte Sheila von neuem die

Ekstase, in die er sie zu versetzen vermochte. Ráfaga beherrschte ihre Sinne völlig. Er konnte sie zu den schwindelnden Höhen einer Leidenschaft emporheben, von deren Existenz sie nichts geahnt hatte.

Er legte die Gitarre beiseite. Mit katzenhafter Anmut erhob er sich und kam zu ihr ans Fenster. Sie verlor sich im dunklen Feuer seiner Augen. Obwohl er sie nicht berührte, spürte sie die sinnliche Kraft, die von ihm ausging. Dann legten sich seine schlanken Finger um das weiche Fleisch ihrer Oberarme. Sheila glaubte, ihre Knochen müßten schmelzen, als er sie an sich zog. Ihr Herz hämmerte wie verrückt gegen ihre Rippen.

Und ihr rasender Pulsschlag verspottete ihre Fluchtpläne. Sie liebte ihn. Wahrscheinlich hatte sie ihn schon die ganze Zeit geliebt.

Ihr Verstand erinnerte ihr Herz daran, daß er der Anführer einer Bande von Desperados war. Er hielt sie gefangen, hatte sie zu seiner Geliebten gemacht, ohne auf ihre Wünsche Rücksicht zu nehmen. Aber das wußte sie ohnehin schon alles. Sie wußte es schon sehr lange, aber es machte keinen Unterschied. Das Herz war niemals logisch oder weise.

Seine Hände schoben den Kragen ihrer Bluse beiseite, während seine Lippen die sensitive Stelle an ihrer Schulter suchten. Als er sie gefunden hatte, lief ein wunderbares Beben über Sheilas Haut. Der innere Kampf zwischen dem, was klug war, und dem, was sie als Tatsache anerkennen mußte, war beendet. Die Liebe siegte, als Sheila sich zurückneigte, um ihm einen besseren Zugang zu der Stelle zu ermöglichen, die sein Mund erforschte.

Bald hob er sie hoch und trug sie ins Schlafzimmer. Und als sie diesmal nackt neben ihm lag, bemühte sie sich nicht mehr, ihre Gefühle zu unterdrücken. In der Süße ihrer Hingabe fand sie die Erfüllung ihrer Liebe. Morgen würde sie noch Zeit genug finden, um sich über die Konsequenzen ihrer Handlungsweise den Kopf zu zerbrechen. Heute nacht wollte sie ganz in dem Entzücken aufgehen, das ihr Ráfagas Leidenschaft schenkte. Aber als das Feuer der Leidenschaft erloschen war, kehrte der kalte Verstand auf den Schwingen der Angst zurück. Die letzte Bastion ihrer Verteidigung war niedergerissen worden, und sie befürchtete, daß Ráfaga merken würde, wie sehr sie von ihm bezaubert war. Es gab keine Zukunft für ihre Liebe. Sheila wußte, daß sie vor Ráfaga fliehen mußte, solange sie noch die Chance hatte, ihn zu vergessen.

Ráfaga berührte ihren Arm, und Sheila zuckte zurück. Sie blickte ihn an, um festzustellen, ob er wieder einmal wußte, was sie dachte. Er hob eine dunkle Braue, um die Hast zu verspotten, mit der sie sich von ihm zurückgezogen hatte.

»Du hast gesagt, daß du heute nachmittag ausreiten willst. Juan hat die Pferde gebracht«, sagte er in belustigtem Ton.

»Gut«, erwiderte sie leise.

Sie zitterte am ganzen Körper, schob die bebenden Hände in die Taschen ihrer Jeans, um sie vor Ráfagas wachsamem Blick zu verbergen. Dann ging sie vorsichtig um ihn herum, vermied jeden unnötigen Kontakt. Sie war am Ende ihrer Nervenkraft angelangt. Sie würde es nicht mehr lange ertragen.

Die Stute wieherte fröhlich, als Sheila zu ihr lief, und schob den Kopf vor, um sich die samtweichen Nüstern streicheln zu lassen. Sheila erfüllte diesen Wunsch, und die verkrampften Muskeln um ihre Lippen entspannten sich, als sie liebevoll lächelte.

»Hallo, Arriba«, sagte sie und beobachtete, wie die Stute die Ohren aufstellte, als sie ihren Namen hörte. »Wollen wir aufbrechen?«

Juan beugte sich aus seinem Sattel herab, um Sheila die Zügel zu reichen. Sie griff nach dem Sattelhorn, schob einen Fuß in den Steigbügel und schwang sich auf den Rücken des Pferdes, bevor Ráfaga ihr helfen konnte. Er nahm Juan die Zügel seines Hengstes ab, dann ging er an die Flanke des Tieres, um aufzusteigen.

Seine Finger schlossen sich um das Sattelhorn, aber dann sah er Laredo auf das Haus zulaufen und wartete. Sheila spürte, daß der Amerikaner seinem Boß eine wichtige Nachricht überbringen würde, und lauschte neugierig auf den leisen spanischen Wortwechsel zwischen den beiden Männern.

Ráfaga nickte ungeduldig, dann schwang er sich vom Pferd und band es an einem Verandapfosten fest. »Ich muß etwas erledigen«, sagte er zu Sheila. »Du kannst mit Juan vorausreiten, ich komme später nach.«

»Natürlich«, murmelte Sheila. Sie schenkte Juan ein zitterndes Lächeln. Ihr Magen krampfte sich zusammen. »Können wir aufbrechen?«

»Si.« Er erwiderte ihr Lächeln und schwang seinen Hengst zu der Wiese herum, wo die Pferde und die kleine Rinderherde grasten.

Sheila drückte die Fersen leicht in Arribas Flanken, und die Stute folgte Juans Pferd. Sheila spürte, daß ihr ein dunkles Augenpaar nachblickte, als sie davonritt, aber sie wandte sich nicht um, obwohl sie wußte, daß Ráfaga darauf wartete. Juan hielt sein Pferd in leichtem Trab, und Sheila versuchte nicht, das Tempo zu beschleunigen.

»Die Señora macht sich Sorgen?« fragte er mitfühlend.

»Nein«, erwiderte Sheila und versetzte die Stute in einen Kanter.

Die Rinder wichen irritiert zur Seite, als sie über die Wiese sprengte. Ein Kalb schlug mit allen Beinen aus und rannte dann davon, den Schwanz hoch in der Luft. Die langbeinige Stute machte weite Sprünge, auch im Kanter, und gewann an Boden. Juans langsameres, untersetztes Pferd blieb bald zurück. Sheila blickte über die Schulter. Sie wußte, daß er seinen Hengst bald in einen Galopp setzen würde, wenn sich ihr Vorsprung noch vergrößerte.

In früheren sorgenfreien Zeiten hätte Sheila ihn verspottet wegen seines langsamen Pferdes. Heute beobachtete sie es nur mit einem abwesenden Blick – bis sie sah, daß das Tier strauchelte. Noch ein Schritt, und es stürzte taumelnd zu Boden.

Erschrocken sah sie, daß Juan aus dem Sattel fiel und im Gras landete. Erschrocken zügelte sie Arriba, schwang sie herum und galoppierte zu ihrem Begleiter zurück. Juan war bereits aufgestanden und ging ihr entgegen.

»Ist Ihnen etwas passiert, Juan?« fragte sie besorgt.

»Nein.« Mit gerunzelter Stirn versuchte er sein Pferd hochzuziehen.

Auf wackeligen Beinen erhob sich das verängstigte Tier, warf den Kopf nervös hin und her, die Augen blitzten weiß auf. Dann verlagerte es sein Gewicht nach links, um das rechte Vorderbein zu schonen.

»Es ist verletzt«, sagte Sheila, aber das hatte Juan bereits bemerkt. Prüfend ließ er eine Hand über das Bein gleiten, flüsterte dem Pferd tröstende Worte auf spanisch zu, um es zu besänftigen. »Ist es sehr schlimm?« fragte Sheila.

»Es ist...« Juan zögerte und suchte nach dem richtigen englischen Wort. »Ich glaube, es ist eine böse Verstauchung.«

Sheila seufzte erleichtert auf. »Das ist gut. Ich dachte schon...« Sie vollendete den Satz nicht.

»Ich muß ihn zum Korral zurückbringen. Tut mir leid, daß wir schon so früh umkehren müssen.«

»Schon gut, Juan, ich verstehe, daß...« Auch diesen Satz sprach sie nicht zu Ende, als ihr bewußt wurde, daß dies die Chance war, auf die sie so lange gewartet hatte – die Chance zur Flucht. Wenn Juans Pferd lahmte, konnte er ihr nicht folgen. Ohne lange zu überlegen, riß sie die Stute in einem Halbkreis herum und sprengte auf das Ende des Canyons zu. Tränen verschleierten ihr den Blick, und sie hatte nicht die leiseste Ahnung, woher sie kamen.

»Señora!« rief Juan ihr überrascht nach. »Bleiben Sie hier! Kommen Sie zurück!«

Ihr Kinn zitterte, als sie einen Blick über die Schulter warf. Sie las die Verzweiflung, die Angst im Gesicht des Mexikaners. Er lief ihr nach, und sie wandte sich wieder ab, beugte sich tief über den Pferdehals.

»Kommen Sie zurück…« Aber da ging Juans Ruf bereits im Donnern der Hufe unter. Ein einziges Mal drehte sie sich noch um und sah Juan über die Wiese auf die Adobehäuser zulaufen, um Alarm zu schlagen.

Als sie über den Paß geritten war, lenkte Sheila die Stute den Hang hinab, dann ließ sie die Zügel locker. Ein kaum erkennbarer Weg führte durch den dichten Wald, schlängelte sich in vielen Windungen nach unten. Sheila beugte sich tief über den Pferdehals, um von den herabhängenden Ästen nicht aus dem Sattel gerissen zu werden.

Baumstämme, die immer wieder quer auf dem Weg lagen, zwangen Arriba, das Tempo zu verringern. Aber nach jeder Kurve, wenn die Stute freie Sicht hatte, fiel sie in einen kurzen, zügigen Galopp. Der Weg schien bis in alle Ewigkeit bergab zu führen. Als sie endlich ebenen Boden erreichten, verlangsamte das Pferd seine Schritte und öffnete weit die Nüstern, um die Luft einzusaugen.

Sheilas erster Impuls war, die Stute erneut in Galopp zu setzen, denn sie wußte, daß Ráfaga ihr bald folgen würde. Aber der Verstand sagte ihr, daß das nicht wichtig wäre. Sie mußte noch einen langen Weg zurücklegen, bevor sie die Zivilisation erreichte. Deshalb mußte sie das Pferd schonen.

Als sie Arriba in langsamen Trab setzte, lag in jedem weit ausholenden Schritt der Stute eine beruhigende Kraft. Im Tal angelangt, wandte sich Sheila nach Süden, wählte den Weg des geringsten Widerstandes. Im Osten erhoben sich weitere Berge, die sie überqueren müßte, und das würde bedeuten, daß Arriba eine langsamere Gangart einschlagen und ihre Kräfte bald verbrauchen würde. Das Tal erstreckte sich nach Norden, aber soviel Sheila wußte, war das Land da oben zerklüftet, trocken und nur schwach besiedelt. Im Süden lagen große und kleine Städte, Holzfäller- und Minencamps. Außerdem war der Boden des Tales relativ eben, und die leichtfüßige Gelbschimmelstute würde die Möglichkeit haben, ihre Höchstgeschwindigkeit in die Waagschale zu werfen und alle Verfolger abzuschütteln.

Als Sheila einen Blick über die Schulter warf, konnte sie keine Reiter entdecken. Ráfagas Bild tauchte sekundenlang vor ihrem inneren Auge auf, und ihr Herz krampfte sich zusammen in schmerzlicher Sehnsucht. Dann schüttelte sie den Kopf, um das Bild zu verscheuchen.

Sie streichelte den feuchten Hals der Stute und ritt weiter, abwechselnd im Kanter und im Trab. Sheila wußte nicht, wie viele Meilen sie bereits zurückgelegt hatte und wieviel Zeit verstrichen war. Die Sonne hatte den Zenit längst überschritten. In wenigen Stunden würde das Tageslicht erlöschen.

Irgend etwas erregte ihre Aufmerksamkeit. Sie wandte den Kopf und sah ein halbes Dutzend Reiter auf sich zusprengen. Sie erkannte Ráfaga sofort. Ihre Fersen bohrten sich in die Flanken der Stute, und Arriba schnellte vorwärts. Vor sich sah Sheila eine große, ebene Fläche. Sie wußte, daß sie mit ihrer leichtfüßigen Stute mühelos entkommen konnte, wenn sie diese Ebene erreichte.

Ráfaga schien ihre Gedanken erraten zu haben, denn er versuchte, ihr den Weg abzuschneiden. Sheila beugte sich im Sattel vor, vergrub ihr Gesicht in der flatternden Mähne des Tieres. Und als hätte Arriba die Verzweiflung ihrer Reiterin gespürt, beschleunigte sie das Tempo noch, um den Preis der Freiheit zu gewinnen.

Sheila wandte sich um und sah, daß es nicht gelingen würde, ihr den Weg abzuschneiden, bevor sie die Ebene erreichte. Ihr Herz begann schmerzhaft zu hämmern, und eine Sekunde lang wünschte sie sich, er möge sie einholen und in den Canyon zurückbringen. Doch dieser Augenblick der Schwäche ging vorüber, ohne daß sie das Tempo der Stute verlangsamt hätte. Als sie über die unsichtbare Linie galoppierte, die ihr den Sieg sichern würde, sah sie, wie Ráfaga seinen Rotbraunen zügelte. Er wußte, daß er sie nicht mehr einholen konnte.

Plötzlich gellte ihr ein ohrenbetäubender Krach in den Ohren, und die Stute stolperte. Sheila fand kaum noch Zeit, die Füße aus den Steigbügeln zu reißen und sich aus dem Sattel zu werfen. Sie flog durch die Luft, und dann tauchte sie in schwarzen Nebeln unter.

Als sie die Augen öffnete, beugte sich Ráfaga über sie. »Wie konntest du nur so dumm sein!« sagte er kalt. »Es war verrückt, diesen Fluchtversuch zu wagen.«

»Ich weiß«, flüsterte sie schluchzend.

»Hast du Schmerzen?«

»Ja«, erwiderte sie stöhnend.

»Wo?« fragte er mitleidlos.

»Im Kopf...« Sie versuchte sich aufzurichten. »Überall...«

»Bleib liegen!« befahl er. Trotz seiner Wut waren seine Hände überraschend sanft, als sie nach Verletzungen suchten, und das fand Sheila tröstlich. Die Betäubung begann nachzulassen. Wenn sie von den Kopfschmerzen absah, glaubte sie nicht, daß sie ernsthaft verletzt war. Wahrscheinlich hatte sie sich bei dem Sturz nur ein paar blaue Flecken zugezogen.

Ráfaga gelangte zu derselben Erkenntnis. »Du hast nur ein paar Schrammen abbekommen, aber zum Glück hast du dir keine Knochen gebrochen.«

»Arriba...« Sheila wollte nach dem Zustand der Stute fragen, aber Ráfaga legte bereits einen Arm um sie und half ihr auf die Beine.

Ihr schmerzender Körper protestierte, und Sheila mußte sich sehr konzentrieren, damit ihr die gequälten Muskeln gehorchten. Ráfagas starker Arm stützte sie, als sie unsicher schwankte. Ihr Blick fiel auf eine große, gelbliche Masse, die reglos auf dem Boden lag. Es war Arriba, ohne Sattel und Zaumzeug, im Tode erstarrt. Mit einem erstickten Schrei taumelte Sheila zu der Stute, fiel neben ihr auf die Knie. Ungläubig strich sie über den schweißnassen Hals. Der Körper war noch warm, aber kein Leben pulsierte mehr in den Adern. Und dann sah sie den Einschuß. Anklagend wandte sie sich zu Ráfaga um. »Du hast sie getötet!«

Er zog sie wieder hoch. »Hast du geglaubt, ich würde dich entkommen lassen?«

»Aber es wäre nicht nötig gewesen, sie zu erschießen.«

Sheila versuchte sich loszureißen, aber er hielt sie eisern fest und preßte sie so eng an sich, daß sie kaum Luft bekam. Vergeblich versuchte sie, ihn von sich zu stoßen, warf den Kopf in den Nacken, damit er die Tränen des Zorns und der Trauer sah, die in ihren Augen schimmerten.

»Wenn es eine andere Möglichkeit gegeben hätte, dich aufzuhalten, hätte ich Arriba nicht getötet. Glaubst du, ich wußte nicht, was für ein Risiko ich einging, als ich das Gewehr hob? Glaubst du, ich wußte nicht, daß ich dein Leben aufs Spiel setzte? Glaubst du, ich habe mir nicht gewünscht, daß ich die Kugel zurückholen könnte, kaum daß sie den Lauf verlassen hatte? Es ist nicht so wichtig, daß das Pferd jetzt tot ist.« Er sprach nicht aus, wie wichtig es ihm war, daß Sheila am Leben und unverletzt war.

»Aber es war nicht Arribas Schuld«, protestierte sie.

»Nein, es war meine Schuld. Ich hätte dir nicht erlauben dürfen, dieses Pferd zu reiten...« Er schaute an Sheila vorbei. »Was ist los?«

»Eine Patrouille ist auf dem Weg hierher«, hörte sie Laredo antworten. »Sie müssen den Schuß gehört haben.«

»Sag den Männern, sie sollen sich trennen«, befahl Ráfaga. »Wir treffen uns später im Canyon.« Dann hob er Sheila in den Sattel des Rotbraunen, schwang sich selbst hinter ihr hinauf. Seine Füße hatten die Steigbügel noch nicht gefunden, als er das Pferd herumriß und in Galopp setzte. Nur für einen flüchtigen Augenblick sah Sheila die Reitertruppe im Süden. Wie nahe sie der Freiheit gewesen war...

Da der Rotbraune eine doppelte Last zu tragen hatte, konnte er den Verfolgern nicht davonlaufen, und so lenkte Ráfaga ihn nach Nordosten, einen steilen Hang hinauf, wo die Bergerfahrenheit des Pferdes den Mangel an Schnelligkeit wettmachte.

Als sie auf einer kleinen Lichtung anhielten, spürte Sheila, wie Ráfaga sich im Sattel umdrehte. »Folgen sie uns?« fragte sie.

»Ich sehe sie nicht mehr«, sagte er und fügte in bitterem Ton hinzu: »Aber du hättest lieber eine andere Antwort gehört, nicht wahr?«

Sheila schwieg. Es hatte keinen Sinn, diese Frage zu verneinen, auch wenn ein »Nein« keine Lüge gewesen wäre. Sie ritten weiter, und es war dunkel geworden, als sie den Canyon-Paß erreichten. Mondstrahlen versilberten die Schlucht, als sie hindurchgaloppierten. Der Rotbraune schien jetzt, wo er auf dem Heimweg war, seine Erschöpfung zu vergessen, und auch Sheila hatte das seltsame Gefühl, daß sie nach Hause kam.

Laredo erwartete sie im Haus. Er lächelte nicht, als sie eintraten. »Ihr habt es also geschafft. Consuela hat Kaffee gemacht, und das Essen steht auf dem Tisch.«

Sheila öffnete den Mund, um zu sagen, daß sie sofort ins Bett gehen wollte, aber Ráfaga ließ sie nicht zu Wort kommen. »Wir trinken jetzt Kaffee.«

Er verlieh seiner Stimme jenen Klang, den sie schon gut genug kannte. Dieser Tonfall besagte, daß er ihr den Kaffee notfalls mit Gewalt in die Kehle gießen würde. Deshalb sagte sie nichts und ging zum Tisch.

Ráfaga goß zwei Tassen voll, als sie sich an den Tisch gesetzt hatten, und stellte eine vor Sheila hin. Sie nippte an dem heißen schwarzen Getränk, unfähig, ihm in die Augen zu sehen. Ein drückendes Schweigen lag über dem Raum. Sie schaute Laredo an, der ihr gegenübersaß, aber er wich ihrem Blick aus und stand auf.

»Ich gehe jetzt lieber«, sagte er und verließ grußlos das Haus.

Sie spürte, daß Ráfaga sie beobachtete, aber sie wagte nicht, den Kopf zu heben.

»Warum bist du geflohen, Sheila?«

Da sah sie ihn endlich an, und Tränen verbargen die Liebe, die in ihren Augen leuchtete. »Ich mußte es doch wenigstens versuchen.«

Er nahm ihr die Kaffeetasse aus den zitternden Händen. Sein Blick verriet nichts von seinen Gedanken, aber sie wartete, hoffte, daß er sie in die Arme nehmen und an seine Brust ziehen würde, an den einzigen Ort, an den sie gehörte. Statt dessen wandte er sich ab, um in seine Tasse zu starren. »Du bist müde. Geh schlafen.«

Wie benommen erhob sie sich, ging ins Schlafzimmer, um sich auszuziehen und sich zu waschen. Dann kroch sie ins Bett, lag lange wach, um auf Ráfaga zu warten. Aber schließlich gewann ihre Erschöpfung die Oberhand, und sie schlief ein.

19

Ráfaga lag nicht neben ihr, als sie erwachte, aber sie konnte sich vage erinnern, im Schlaf seine schützenden Arme gespürt zu haben.

Als sie die Küche betrat, warf Ráfaga ihr nur einen kurzen Blick zu, und der Guten-Morgen-Gruß blieb ihr im Hals stecken. Sein Zorn schien wie eine dunkle Wolke über dem Raum zu hängen.

Sheila versuchte die bedrückende Atmosphäre zu ignorieren und wandte sich mit einem gezwungenen Lächeln an Consuela. »Buenos dias!«

Die Frau blickte nur kurz in ihre Richtung, nickte Sheila nervös zu, dann beugte sie sich hastig über den Herd. Ráfaga erteilte ihr einen knappen Befehl auf spanisch. »Si, Señor«, sagte Consuela atemlos und rannte sichtlich erleichtert aus dem Haus.

Ein goldenes Feuer begann in Sheilas Augen zu funkeln, und ihr Zorn wuchs. Gestern abend war es Laredo gewesen, der sich in ihrer Gesellschaft sehr unbehaglich gefühlt hatte. Heute morgen war es Consuela, die es nicht wagte, sie anzusehen.

Und Ráfaga... Seinen Zorn konnte Sheila verstehen. Aber es war eine seltsame Art von Zorn, vermischt mit Gefühlen, die ihr rätselhaft waren.

Sheila goß sich eine Tasse Kaffee ein und trug sie zum Tisch, wo das von Consuela zubereitete Frühstück wartete und von Ráfaga ignoriert wurde. Auch Sheila stellte fest, daß sie keinen Appetit hatte.

»Iß!« sagte Ráfaga.

Sie schüttelte den Kopf. »Ich bin nicht hungrig.«

Er stritt nicht mit ihr, erinnerte sie auch nicht daran, daß sie seit gestern mittag nichts mehr gegessen hatte. Obwohl er sich nicht rührte, spürte Sheila seine Ungeduld genauso deutlich, als wenn er mit den Fingern auf die Tischplatte getrommelt hätte. Es war sein Schweigen, das sie verwirrte, und die Ahnung, daß in seinem Innern ein heftiger Kampf tobte.

Sie hatte schon einmal zu fliehen versucht – in jener Gewitternacht. Auch damals war er ärgerlich gewesen. Aber diesmal schien ihn eine andere Art von Wut zu erfüllen. Sie beobachtete ihn über den Rand ihrer Kaffeetasse hinweg. Seine harten Gesichtszüge waren wie aus Granit gemeißelt. Die ausdruckslosen Augen verwehrten es Sheila, seine Gedanken zu lesen.

Sie biß die Zähne zusammen. Die Stille wurde immer unerträglicher. »Warum sagst du nichts?« stieß sie hervor. »Okay, ich wollte fliehen, und du hast mich wieder eingefangen. Es war ja nicht das erstemal, daß ich es versucht habe.«

»Aber es war das erstemal, daß du es geschafft hast, den Canyon zu verlassen«, erwiderte Ráfaga.

»Hoffentlich machst du Juan nicht für meinen Fluchtversuch verantwortlich. Es war nicht seine Schuld. Sein Pferd lahmte, und er konnte mich nicht aufhalten.«

»Ich habe Juan keine Vorwürfe gemacht.« Seine Stimme war kalt wie Eis.

»Warum bist du dann immer noch so wütend?« Allmählich verlor sie die Geduld. »Du hast mich ja zurückgeholt, also ist alles in Ordnung.«

»Du hast den Canyon ohne meine Erlaubnis verlassen.«

»Oh, das tut mir leid«, erwiderte sie sarkastisch. »Vielleicht hätte ich erst zurückreiten und dir sagen sollen, daß ich fliehen will.«

Ein Muskel zuckte in seinem Kinn. »Du hast ein Gesetz gebrochen.«

»Du mit deinen Gesetzen!« stieß sie ärgerlich hervor. »Ich fühle mich nicht an deine Gesetze gebunden.«

»Du verstehst das nicht. Da du meine Geliebte bist, gelten die Gesetze auch für dich. Und weil du diesen Gesetzen unterworfen bist, mußt du auch bestraft werden, weil du gegen eine der Regeln verstoßen hast.«

»Ach, wirklich?« Aber ihr ironisches Lächeln erlosch, als ihr die volle Bedeutung seiner Worte klar wurde. Sie dachte an den Richtplatz hinter dem Korral und erhob sich langsam. »Das meinst du doch nicht ernst...« Sie schüttelte den Kopf, als wollte sie einen bösen Traum verdrängen. »Das würdest du mir niemals antun.«

Auch Ráfaga war aufgestanden. Er umfaßte ihre Oberarme, und seine Finger gruben sich schmerzhaft in ihr Fleisch. »Wenn ich die Gesetze dir zuliebe ändern könnte, ich würde es tun.« Bildete sie sich es nur ein, oder lag wirklich ein gequälter Ausdruck in seinen Augen? »Aber ich kann nicht mehr tun, als die Strafe zu mildern, weil du eine Frau und weil du nicht so vertraut mit unseren Regeln bist.«

Sie versuchte sich loszureißen. »Nein – du kannst mich nicht auf diese Weise bestrafen...«

»Du hast gegen ein Gesetz verstoßen, das uns heilig ist, weil es unsere Freiheit garantiert. Du mußt bestraft werden. Ich kann es nicht ändern.«

»Aber ich gehöre doch zu dir. Ich...«

»Die Gesetze gelten für alle.« Er schlang die Arme um sie, drückte sie an seine Brust, mit einer zärtlichen Hand preßte er ihren Kopf an sich. Die eisige Furcht, die sie erfüllte, jagte einen Schauer durch ihren ganzen Körper. Sie spürte sein warmes, hartes Kinn, als er es an ihre Schläfe legte. »Ich kann es dir nicht ersparen, Querida. Ich kann um Milde bitten und dafür sorgen, daß du nicht allzu schwer verletzt wirst. Mehr kann ich nicht tun.«

Als sie unkontrollierbar zitterte, drückte er sie noch fester an sich, als ob er versuchen wollte, ihr einen Teil ihrer Angst zu nehmen. Sheila schloß die Augen und glaubte, das kalte Grauen, das sie empfand, müßte das Blut in ihren Adern gefrieren lassen. »Wann?«

Ráfaga brauchte nicht zu fragen, was sie meinte. »Heute morgen. Es ist besser so. Dann ist das qualvolle Warten nicht so lange.«

»Du wußtest es schon gestern, nicht wahr? Und Laredo und Consuela wußten es auch.«

»Ja, wir wußten es alle.«

»Und du hast es mir erst jetzt gesagt!« rief sie anklagend.

»Jeder hier kennt die Strafe für die Tat, die du begangen hast. Nur du kanntest sie nicht, und ich sah keinen Grund, deine Unkenntnis durch Angst zu ersetzen.«

Der Teil ihres Gehirns, der noch klar denken konnte, erinnerte sich deutlich an die Stunden, die sie geschlafen hatte, während Ráfaga wach geblieben war. Er hatte allein im Hauptraum gesessen, hatte unter dem Wissen um die Qualen gelitten, die am Morgen auf sie warteten. Das erklärte den brütenden Zorn, der niemals gegen Sheila direkt gerichtet gewesen war.

Doch diese Erkenntnis half ihr nicht, die Strafe zu akzeptieren, die sie erdulden sollte. Sie bewegte sich in seinen Armen, wehrte sich gegen seinen Versuch, ihr Trost zu spenden.

Ráfaga duldete es, daß sie ein wenig von ihm abrückte, aber einer seiner Arme lag fest um ihre Taille, um zu verhindern, daß sie sich noch weiter von ihm entfernte. Seine andere Hand ruhte auf der Biegung zwischen ihrem Hals und ihrer Schulter, ein Daumen preßte sich gegen ihr Kinn. Seine dunklen Augen blickten in die ihren, lasen die namenlose Angst.

»Ich hasse dich dafür«, flüsterte sie.

»Si. Und du wirst mich noch mehr hassen, wenn der Tag zu Ende ist.« Es klopfte an der Tür, und er ließ sie los. »Es ist soweit«, sagte er tonlos.

Sie stieß einen erstickten Schrei aus und wollte in ihr Zimmer fliehen, aber er hielt sie am Arm fest. »Du bist eine Frau – und Amerikanerin. Sie erwarten von dir, daß du weinst und schreist und um Gnade winselst.«

Sheila verstand die Herausforderung, die in seinen Worten lag. Nein, sie würde sich nicht auf diese Weise demütigen. Eine Eiseskälte stieg in ihr auf, die ihre Sinne betäubte und ihre Angst gefrieren ließ. Sie warf ihm einen ausdruckslosen Blick zu. »Du kannst mich loslassen. Ich werde nicht davonlaufen.«

»Du wirst sie also enttäuschen?«

Wieder klopfte es an der Tür – diesmal lauter. »Du solltest sie endlich hereinlassen«, sagte sie kühl.

Er ging zur Tür und öffnete sie. Zwei Männer standen auf der Schwelle, ihre Pferde waren an den Verandapfosten festgebunden. Der eine sagte etwas zu Ráfaga, während sie beide an Ráfaga vorbei auf Sheila starrten, mit unverhohlener Neugier. Ohne mit der Wimper zu zucken, erwiderte sie ihre Blicke. Ráfaga wandte sich zu ihr um und verkündete: »Wir gehen jetzt.«

Ihre Schritte waren bemerkenswert fest, als sie an ihm vorbeiging. Draußen blieb sie stehen und musterte die Pferde, dachte für einen kurzen, schmerzhaften Moment an die Gelbschimmelstute, die sie nie mehr reiten würde. »Welches Pferd soll ich nehmen? Oder soll ich zu Fuß gehen – wie ein Tier, das zur Schlachtbank getrieben wird?«

»Du wirst den Rotbraunen reiten«, erwiderte Ráfaga tonlos.

Sein Pferd... Sheila ging auf das Tier zu, und einer der Männer band es los. Sie stieg auf und wollte nach den Zügeln greifen, aber der Mann behielt sie in der Hand, als er sich auf sein eigenes Pferd schwang. Sie sah Ráfaga an. »Sag dem Mann, daß ich mein Pferd selbst in die gewünschte Richtung lenken kann.«

Ohne eine Gefühlsregung zu zeigen, gab Ráfaga dem Mann einen Befehl auf spanisch, und der Reiter überließ ihr mit einem skeptischen Blick die Zügel. Mit straffen Schultern und hocherhobenem Kopf wartete Sheila, bis Ráfaga auf sein Pferd gestiegen war, dann ritt sie an seiner Seite durch die schmale Straße.

Wie an dem Tag, als Juan Ortega bestraft worden war, hatten sich alle Dorfbewohner auf dem Richtplatz versammelt. Laredo kam Ráfaga entgegen und griff ihm in die Zügel. »Du kannst das nicht zulassen!«

»Ich kann es nicht verhindern.«

Juan kam an Sheilas Seite, den Hut in der Hand, die Augen von tiefer Trauer erfüllt. »Señora…«, begann er.

»Sie können nichts dafür, Juan«, unterbrach sie ihn, »und es tut mir leid, daß Arriba sterben mußte.« Als sie sich an Ráfaga wandte, war ihre Stimme wieder eiskalt. »Soll ich jetzt auf den Richtplatz gehen?«

Seine Augen waren so kalt wie ihre Stimme. »Ja.«

Sie stieg ab, und als sie zu den beiden Pfosten gehen wollte, trat ihr Laredo in den Weg. »Ich hätte nie gedacht, daß Ráfaga das erlauben würde, Sheila«, sagte er heiser. »Und wenn ich es geahnt hätte, dann hätte ich ihm gestern das Gewehr aus der Hand geschlagen, als er auf Arriba schoß.«

»Jetzt ist es zu spät, sich darüber Gedanken zu machen. Bitte, geben Sie mir den Weg frei!«

Der jungenhafte Charme seiner Gesichtszüge verschwand hinter harten grimmigen Linien. Er zögerte noch sekundenlang, dann trat er zur Seite. Er griff nach ihrem Arm. »Ich begleite Sie«, sagte er heiser.

Sheila riß sich los, wehrte seine hilfsbereite Geste voll kalter, zorniger Verachtung ab. »Ich kann allein gehen.«

Flankiert von Laredo und Ráfaga, ging sie zum Zentrum des Platzes, zu den beiden Pfosten. Sie spürte die vielen neugierigen Blicke, die stummen Fragen, als die Zuschauer sich wunderten, wie lange sie wohl ihre Fassung bewahren würde. Dieses Wissen gab ihr Kraft. Diese Bande von Kriminellen erwartete, daß sie vor Angst schreien würde, und nun war sie entschlossener denn je, nicht als Zielscheibe ihres Spotts und ihrer Verachtung zu dienen.

Ráfaga begann mit ruhiger Stimme zu erklären, warum Sheila bestraft werden sollte. Danach klang erregtes Gemurmel auf, im Gegensatz zu dem zustimmenden Schweigen, das seiner kurzen Ansprache bei Ortegas Bestrafung gefolgt war. Eine schwache Hoffnung stieg in Sheila auf. Würde man Gnade walten lassen?

Dann übertönte eine scharfe Frauenstimme das unentschlossene Gemurmel. Sheila wandte sich um und sah, daß Elena sie haßerfüllt anstarrte. Ihr Blick ließ keinen Zweifel daran, daß sie die Bestrafung der Missetäterin forderte. Dann trat Juan vor, um Sheila zu verteidigen, Laredo stellte sich neben ihn, um sich mit ihm solidarisch zu erklären. Die Gunst des Volkes schien sich Sheila zuzuwenden. Aber dann stockte ihr Atem, als eine neue Stimme aufklang – die Stimme Ortegas. Sein Gesicht war verzerrt vor wilder Rachsucht, sein Rücken immer noch gebeugt vom Schmerz der Strafe, die er ihretwegen hatte erdulden müssen. Sie sah Ráfaga an, dessen Gesicht ausdruckslos war wie eh und je, dann wandte sie sich an Laredo, las die Resignation in seinen blauen Augen. »Was hat er gesagt?« flüsterte sie.

»Er sagt, daß es keine Rolle spielt, warum und unter welchen Umständen Sie geflohen sind. Und er hat sie daran erinnert, daß er bestraft wurde, weil er eine Regel mißachtet hat – eine Regel, die er vergessen hatte, weil Sie Ihre Verführungskünste an ihm erproben wollten. Und wenn seine mildernden Umstände ihn nicht vor der Peitsche retten konnten, dürfen auch die Ihren kein Milderungsgrund sein. Außerdem sagt er, daß der Canyon durch Ihre Schuld beinahe von einer Regierungspatrouille aufgestöbert worden wäre. Das allein sei schon Grund genug, Sie zu bestrafen.«

Als Juan Ortega schwieg, nickten alle zustimmend, und Sheila wußte, daß jede weitere Hoffnung vergeblich war. Ráfaga wandte sich zu ihr. Ein Muskel zuckte in seiner Wange, aber sonst wies nichts darauf hin, daß er gegen die Strafmaßnahme war. Sheilas Knie begannen zu zittern, aber sie hatte sich sofort wieder in der Gewalt, als sie Ráfagas ausdruckslosen Blick erwiderte. Sie wartete nicht auf seinen Befehl, trat zwischen die zwei Pfosten und streckte die Arme aus. Die Stricke, mit denen ihre Handgelenke festgebunden wurden, schnitten ihr schmerzhaft ins Fleisch. Ráfaga griff nach der Peitsche, die ihm ein Mexikaner reichte.

Sofort war Laredo an ihrer Seite, wehrte mit einem Arm den Mann ab, der die Stricke der Fesseln um die Pfosten schlingen wollte. Über die Schulter warf er einen Blick auf Ráfaga. »Verdammt, du kannst ihr das nicht antun!« stieß er verzweifelt hervor.

»Geh weg«, befahl Ráfaga tonlos.

»Um Gottes willen, Mann! Laß mich an ihrer Stelle auspeitschen!«

Ráfaga schob ihn beiseite. »Glaubst du, ich würde nicht an ihre Stelle treten, wenn das möglich wäre? Geh jetzt weg!«

Elektrische Ströme schienen die Luft zwischen den beiden Männern zu laden, bis sich Laredo endlich geschlagen gab, seinen Arm senkte und es zuließ, daß der Mann Sheilas rechte Hand an den einen Pfosten festband. Seine kummervollen blauen Augen blickten kurz auf Sheila, bevor er sich mit hängendem Kopf abwandte.

Während ihre linke Hand an den zweiten Pfosten gebunden wurde, starrte Sheila auf Ráfaga. Eisige Furcht krampfte ihr den Magen zusammen, und sie versuchte nicht auf die Peitsche zu schauen, die er umklammerte. Sie wollte weinen, ihn anflehen, ihr diese grausame Qual zu ersparen. Aber der Anblick seines ausdruckslosen Gesichts, die Erkenntnis, daß er seine Gefühle völlig unter Kontrolle hatte, gaben ihr die Kraft, ihre Angst zu unterdrücken.

Statt um Gnade zu bitten, würde sie sich ihr Grauen nicht anmerken lassen. In herausforderndem Stolz hob sie den Kopf. »Wer wird mich auspeitschen? Du, Ráfaga?«

»Nein«, sagte er fast unhörbar. Sein dunkler Blick glitt zu Laredo hinüber, der ihnen den Rücken zugewandt hatte, als ob er es nicht ertragen könnte, Sheila zwischen den beiden Pfosten gefesselt zu sehen. »Laredo wird es tun.«

Diese Worte konnte Sheila deutlich genug hören, ebenso der Amerikaner, der nun herumwirbelte und seinen Boß ungläubig anstarrte. »Das kannst du nicht von mir verlangen.«

»Ich würde die Peitsche in keine anderen Hände geben, Amigo.«

Unentschlossen sah Laredo ihn an. Dann nahm er die Peitsche und trat hinter Sheila. Nach einem letzten Blick in ihre Augen stellte sich auch Ráfaga hinter sie. Ihre Muskeln spannten sich, als sie das kalte Metall eines Messers spürte, das ihr unter die Bluse geschoben wurde. Die stumpfe Kante der Klinge berührte ihren Rücken, dann zerschnitt die Schneide den dünnen Blusenstoff.

Er ging zu Laredo zurück. »Es ist soweit«, sagte er und nickte dem Amerikaner zu.

Schweißperlen standen auf Sheilas Stirn. Hinter ihr knallte die Peitsche dreimal, in rascher Folge. Angst schnürte ihr die Kehle zu, als sie den Lederriemen durch die Luft schwirren hörte. Dann riß sie sich zusammen, schloß die Finger um die Pfosten, an die ihre Handgelenke gefesselt waren. Nichts konnte sie auf den beißenden Schlag vorbereiten, als die Peitsche zum erstenmal ihren nackten Rücken traf.

Ein keuchender Schmerzensschrei stieg in ihrem Hals auf. Sie biß die Zähne zusammen, versuchte den Schrei hinunterzuschlucken, und es gelang ihr teilweise. Wieder hörte sie das Rauschen der Luft, bevor sie tausend Nadelstiche im Rücken zu spüren glaubte. Diesmal biß sie sich auf die Unterlippe, um ein gequältes Stöhnen zu unterdrücken.

Tränen liefen über ihre Wangen, wenn sie auch nicht wußte, daß sie weinte. Sie war sich nur der überwältigenden Pein in ihrem Rücken bewußt. Und sie wußte, daß Ráfaga vor ihr stand. Aber sie konnte ihn nicht mehr sehen, der Schmerz lähmte ihre Sinne.

Fünf- oder sechsmal – Sheila hatte aufgehört, die Hiebe zu zählen – ertrug sie die Qualen, die ihr die knallende Peitsche bereiteten. Beim nächstenmal gaben die Knie unter ihr nach, und sie sank in den Staub, ihr ganzes Körpergewicht wurde von den Stricken gehalten, die ihre Handgelenke fesselten. Die Arme wurden ihr beinahe aus den Gelenken gerissen. Aber sie spürte ihre Glieder nicht mehr.

Ihr Kopf sank auf die Brust, ihr Haar klebte an Stirn und Nacken, fest an die Haut gedrückt von dem Schweiß, der ihr aus allen Poren strömte. Halb betäubt wartete Sheila auf den nächsten schneidenden Hieb. Der Schweiß brannte in ihren Augen, vernebelte ihr den Blick

Salziger Blutgeschmack erfüllte ihren Mund. Es war ihr eigenes Blut, und es floß aus der Wunde auf ihrer Unterlippe, in die sie die Zähne gegraben hatte. Sie wartete auf den nächsten Biß des Lederriemens, wartete eine halbe Ewigkeit, wie es ihr erschien. Und als kein Schlag ihren wunden Rücken traf, versuchte sie sich aufzurichten.

»Bleib unten! Wenn du nicht aufstehst, kann ich die Bestrafung abbrechen, Querida.«

Sheila hörte ihn. Sie verstand ihn sogar, aber ein animalischer Instinkt zwang sie aufzustehen, als würde es den Tod bedeuten, am Boden zu bleiben.

Irgend jemand fluchte wütend auf spanisch, und ein Stöhnen klang auf. Sheila wußte nicht, daß es ihr eigenes Stöhnen war. Und dann stand sie wieder schwankend auf beiden Beinen. Sie hörte den Peitschenknall nicht, und ihr Körper zuckte krampfhaft, als der Hieb sie traf. Wieder wurde sie in die Knie gezwungen, wieder wollte sie aufstehen.

»Nein!« Der Ruf dröhnte ihr wie ein Donnerschlag in den Ohren. Zwei Hände hielten sie fest.

»Rühr mich nicht an!« schrie eine Stimme, die wie die Stimme einer Wahnsinnigen klang. Und diesmal erkannte Sheila, daß es ihre eigene war.

»Es ist vorbei«, flüsterte Ráfaga.

Ihre Arme fielen zu beiden Seiten herab, die Fesseln an ihren Handgelenken wurden durchschnitten. Sheila sank gegen die Stütze, die man ihr bot, ihr Kopf ruhte an irgend etwas Hartem. Eine zitternde Hand strich ihr das schweißnasse Haar aus der Stirn.

Eine spanische Stimme flüsterte ihr zärtliche Worte ins Ohr, während sich ein eisernes Band um ihre Schenkel legte und sie hochhob, so daß sie über der Erde zu schweben schien.

»Ist sie okay?«

Sheilas halbbetäubtes Gehirn erkannte Laredos Stimme. Sie versuchte die schweren Lider zu heben. Ihr verschleierter Blick starrte in ein verschwommenes blaues Augenpaar, in dem sich ein Schmerz widerspiegelte, der ihrem eigenen glich. Aber es war zu anstrengend, in dieses Gesicht zu schauen, und so schloß sie die Augen wieder, überließ sich dem Dunkel, in das sie hinabsank.

Der nächste Moment bewußter Wahrnehmung dauerte länger. Sheila saß auf einem Bett, ein starker Arm hielt sie fest, während eine Hand die zerfetzte Bluse von ihrem Körper streifte. Dann wurde sie behutsam auf den Bauch gelegt.

Ihre Lider flatterten, sie öffnete die Augen und erkannte Ráfagas Hand, die ihr das Haar aus dem Gesicht strich. Hinter ihm sah sie Consuela, mit dunklen, sorgenvollen Augen. Ihr Rücken fühlte sich an, als ob er in Flammen stünde, trotzdem lächelte Sheila der Frau zu.

»Es geht mir gut.« Ihre heisere Stimme war nur ein Flüstern.

»Sprich jetzt nicht, Querida«, ermahnte Ráfaga sie in sanftem Ton, dann wandte er sich ab, um Consuela etwas aus der Hand zu nehmen. »Wir müssen dir den Rücken waschen. Es tut mir leid – aber es wird dir sehr weh tun.«

Als sie ein feuriges Stechen verspürte, vergrub Sheila das Gesicht in den Kissen, um einen Schmerzensschrei zu unterdrücken. Obwohl er »wir« gesagt hatte, wußte sie, daß es nur Ráfagas Hände waren, die sie berührten, die sorgsam ihren Rücken säuberten, bevor sie eine schmerzlindernde Salbe auf die wunde Haut strichen.

Dann wischte er ihr mit einem kühlen, feuchten Tuch den Schweiß von Gesicht und Nacken. Nachdem er es um ihre Handgelenke gewikkelt hatte, auf denen die Stricke brennende Striemen hinterlassen hatten, sagte er ihr, daß sie jetzt schlafen sollte. Gehorsam schloß Sheila die Augen.

In der Nacht, als sie das nächstemal erwachte, saß Ráfaga neben ihrem Bett, das Gesicht in den Händen vergraben. Sheila suchte in ihrem

Innern nach einem Gefühl wilden Hasses, weil er ihr das alles angetan hatte. Aber sie haßte ihn nicht. Er rieb sich mit seinen starken Händen über das Kinn, dann über den Nacken, und Sheila las tiefen Schmerz in seinen Augen, die jedoch sofort ausdruckslos wurden, als er merkte, daß sie wach war. »Wie fühlst du dich?« fragte er leise.

»Es tut weh.«

»Es wird noch eine ganze Weile weh tun. Du mußt dankbar sein, weil die Wunden heilen werden, ohne Narben auf deiner schönen Haut zu hinterlassen.« Er zögerte. »Hasse ihn nicht für das, was er getan hat.«

»Ich hasse ihn nicht.«

»Das ist gut.«

»Ráfaga... Hättest du mich ausgepeitscht, wenn Laredo sich geweigert hätte?«

Er starrte auf seine Hände und runzelte die Stirn. »Nein. Ich hätte es nicht fertiggebracht.«

Sheila lächelte sanft. »Doch, ich glaube schon.«

Er hob den Kopf, und kalter Zorn funkelte in seinen Augen, weil sie es wagte, ihn in einer so ernsten Angelegenheit einer Lüge zu bezichtigen.

»Du hättest es fertiggebracht«, sagte sie leise, »bevor du die Peitsche einem Mann wie Juan Ortega gegeben hättest.«

»Vielleicht«, sagte er kurz angebunden und wollte aufstehen, aber Sheila streckte eine Hand aus und hielt ihn am Arm fest.

»Heute morgen«, begann sie unsicher, »habe ich dich und all die Menschen gehaßt, die zu dir gehören. Jetzt hasse ich niemanden mehr.« Und dich am allerwenigsten, hätte sie hinzufügen können, aber ihr Herz war noch nicht bereit, dieses Geständnis zu machen. Sie wartete und hoffte, daß er etwas sagen würde, das es ihr ermöglichen würde, ihm rückhaltlos alle ihre Gefühle zu offenbaren.

Jetzt war sein Blick nicht mehr kalt. Seine Augen wirkten wie weicher schwarzer Samt, als er auf sie herabsah. Ihr Puls begann schneller zu schlagen. In diesem Moment erschien er ihr attraktiver als je zuvor – stark, vital und sehr männlich.

Aber als Ráfaga antwortete, sagte er nichts, was Sheila veranlassen konnte, die wahren Tiefen ihrer Gefühle zu enthüllen. »Du mußt etwas essen. Ich werde Consuela sagen, daß sie dir etwas kochen soll.«

20

Während der Tage ihrer Genesung lernte Sheila einen neuen Ráfaga kennen. Der herrische, autokratische Mann hatte sich in einen zärtlichen, rücksichtsvollen Liebhaber verwandelt. Sheila hatte nicht geglaubt, daß es möglich gewesen wäre, sich noch heftiger in ihn zu verlieben. Aber nun liebte sie ihn mehr denn je.

»Es ist schön«, sagte sie seufzend.

»Was ist schön?« fragte Ráfaga.

Sheila zuckte zusammen. Sie hatte nicht gemerkt, daß sie laut gesprochen hatte. Er lächelte sie an, auf diese Art, die ihr jedesmal den Atem nahm, zärtlich und intim, als wären sie die einzigen Menschen auf der Welt, während sie jetzt durch das hohe Gras der grünen Wiese gingen und ihre Pferde an den Zügeln mit sich führten.

»Der Tag«, log sie, und das Blut stieg ihr in die Wangen.

»Ich glaube, du bist müde.« Seine dunklen Augen musterten die schwache Röte. »Komm, lassen wir die Pferde grasen.« Er nahm ihren Ellbogen und führte sie zu einem kleinen Hügel. »Ruhen wir uns aus.«

Widerstandslos hatte Sheila die Zügel losgelassen, und das Pferd hatte sofort den Kopf gesenkt, um an den Halmen zu zupfen. In der Nähe grasten noch andere Pferde und Rinder, und deshalb konnte Juans Sohn Pablo nicht weit sein. Sheila blickte sich suchend um und sah ihn auf einem flachen Felsblock im Schatten sitzen. Sie winkte ihm zu, und er hob schüchtern eine Hand, um den Gruß zu erwidern.

»Pablo ist ein sehr verantwortungsbewußter Junge«, meinte Ráfaga.

»Ja, er ist sehr gewissenhaft«, stimmte Sheila zu. »Juan bringt ihm Englisch bei, damit Pablo eines Tages in die Staaten gehen kann.«

»Armer Pablo!« Ráfaga lachte, setzte sich ins Gras und zog Sheila an seine Seite hinab. »Ausgerechnet Juan gibt ihm Englischunterricht.«

»Ich könnte ihn ja auch unterrichten. Und er könnte mir Spanisch beibringen.« Kaum war ihr der Gedanke gekommen, als sie ihn auch schon ausgesprochen hatte.

Eine gänseblümchenartige Blüte wuchs im dichten grünen Gras. Sheila pflückte sie, drehte sie geistesabwesend zwischen den Fingern hin und her. Ráfaga streckte sich der Länge nach auf dem weichen Grasteppich aus und zog Sheila in seine Armbeuge herab.

»Ich glaube nicht, daß du Pablo Unterricht geben wirst.« Er wandte ihr das Gesicht zu, und ein seltsames Lächeln umspielte seine Lippen.

»Warum nicht?« fragte sie neugierig.

»Weil Pablo langsam erwachsen wird. Und ich möchte nicht, daß du seine erste unglückliche Liebe wirst.« Ein schimmerndes Licht schien in seinen Augen zu tanzen. »In diesem Alter ist man sehr anfällig für solche Krankheiten.«

»Hast du jemals darunter gelitten?« Irgendwie fiel es ihr schwer, sich Ráfaga als verletzlichen Jungen vorzustellen.

»Alle Jungen leiden darunter, bevor sie Männer werden.«

»Wie war sie denn?« Sheila starrte in den strahlendblauen Himmel hinauf. Die Luft war verwirrend klar und hell.

»Das ist schon so lange her, daß ich mich nicht mehr daran erinnern kann.«

»Aber an irgend etwas mußt du dich doch erinnern«, beharrte sie.

»Ich glaube, sie hatte goldenes Haar und wußte gar nicht, daß ich existierte«, erwiderte er grinsend.

»War sie Amerikanerin?«

»Schon möglich«, sagte er gleichmütig.

Sheila dachte an ihr eigenes Haar, in das die Sonne hellgoldene Strähnen gezaubert hatte. Ein heißes Glücksgefühl stieg in ihr auf. Vielleicht war Ráfaga immer noch empfänglich für blonde Amerikanerinnen. Sie überlegte gerade, ob sie das Thema noch weiter verfolgen sollte, als Ráfaga plötzlich auf etwas anderes zu sprechen kam.

»Du hast recht.« Sein Arm legte sich fester um ihre Taille, und aus seiner Stimme klang tiefe Zufriedenheit. »Es ist ein schöner Tag.«

»Die Berge sehen aus, als wären sie ganz nahe – fast so, als ob ich nach ihnen greifen und sie berühren könnte.« Sie blickte auf die Gipfel, die sich klar vor dem vibrierenden Blau des Himmels abzeichneten. »Hast du jemals daran gedacht, von hier wegzugehen?« fragte sie dann.

»Wohin sollte ich gehen?« antwortete Ráfaga mit einer Gegenfrage.

Sheila drehte sich auf die Seite, stützte sich auf einen Ellbogen und legte die andere Hand auf seine muskulöse Brust. In ihren Augen leuchtete ein Hoffnungsschimmer.

»Du könntest in ein anderes Land gehen, ein neues Leben beginnen, einen anderen Namen annehmen. Du bist intelligent und begabt. Ich glaube, du könntest es weit bringen.«

»Ein neues Land und eine neue Identität würden die Tatsache, daß ich steckbrieflich gesucht werde, nicht ändern, Sheila. Außerdem ziehe ich es vor, in diesen Bergen zu leben, die ich so genau kenne wie deinen schönen Körper.« Ihr Haar war über eine Wange gefallen, und Ráfaga strich es ihr hinter die Ohren, sanft liebkosten seine Fingerspitzen ihre Haut. Sheila verspürte ein erstes bebendes Verlangen, aber sie beschloß, es zu ignorieren. Sie wollte zu Ende bringen, was sie begonnen hatte. Und sie würde sich von Ráfaga nicht ablenken lassen, sosehr sie sich auch nach seiner Zärtlichkeit sehnte.

»Ich habe Geld, Ráfaga«, sagte sie hastig. »Nicht nur Geld von meinen Eltern – ich meine, ich habe mein eigenes Geld. Wenn du...«

Ein Finger legte sich auf ihre Lippen und brachte sie zum Schweigen. »Mit Geld kann man Dinge kaufen, Sheila. Ich kaufe mir die Dinge, die ich brauche. Aber meine Freiheit kann ich nicht kaufen – nicht nach so langer Zeit. Und alles, was ich mir sonst noch wünsche, finde ich hier in diesem Canyon. Freunde, die Berge, einen Ort, wo ich leben kann, ein Dach über dem Kopf. Geld brauche ich nur, um Kleider und die Nahrungsmittel zu kaufen, die es hier nicht gibt.«

Sie ärgerte sich, weil er ihr Angebot ablehnte, noch bevor sie es ausgesprochen hatte. »Und wenn du Geld brauchst, holst du einfach irgendwelche Sträflinge aus den Gefängnissen.«

»Du findest es also nicht richtig, daß ich für Geld die Gesetze breche, die von der Regierung aufgestellt wurden?«

»Allerdings nicht.«

»Wir haben uns außerhalb der gesetzlichen Welt begeben, die du kennst, und dann haben wir entdeckt, daß wir ohne Gesetze nicht frei sein können. Deshalb stellten wir unsere eigenen Gesetze auf. Das ist ein gewisser Widerspruch – aber wir befinden uns nun einmal in dieser Situation.«

»Und du willst für immer hierbleiben?«

Seine Hand umfaßte ihren Nacken, seine Finger streichelten rhythmisch die sensitive Sehne an ihrem Hals. »Manche Lebewesen kann man nicht entwurzeln, woanders wieder einpflanzen und erwarten, daß sie dort gedeihen. Und ich bin eins von diesen Geschöpfen.« Seine Augen wurden noch dunkler, schienen fast in Sheilas Seele zu blicken. »Ich könnte die Sierras nicht verlassen, und es gibt auch keinen Grund, warum ich es versuchen sollte. Ich habe hier alles, was ich brauche.«

Seine Hand legte sich fester um ihren Nacken, er zog Sheila zu sich herab. Aufreizend streifte sein Mund den ihren, neckte ihn mit dem Versprechen eines Kusses. Aber als Sheila die Lippen öffnete, um den Kuß zu empfangen, wich er kaum merklich zurück. »Ich habe hier alles, was ich brauche«, wiederholte er leise, dicht an ihrem Mund, und sein Atem mischte sich warm mit dem ihren. »Alles, was ich mir jemals wünschen konnte, habe ich hier gefunden.«

Die Zeit schien gekommen zu sein. Ihr Herz sehnte sich danach, alles zu geben. »Ich liebe dich«, flüsterte Sheila.

Als Antwort verstärkte er den Druck seiner Finger in ihrem Nacken, zog sie noch ein wenig tiefer herab, und sein Mund öffnete sich über ihren Lippen. Ihre Sinne wurden heftig erregt durch die verführerische Mischung von Tabakduft und dem männlichen Geruch, der von ihm ausging. Und sein Kuß weckte vollends ihre Leidenschaft, jagte ein wildes Feuer durch ihren Körper.

Entzückt schmiegte sie sich an seine Brust, ihre weichen Brüste preßten sich an seine straffen Muskeln. Besitzergreifend umschlangen ihre Arme seinen breiten Brustkorb. Seine Zunge teilte ihre Lippen, um das Innere ihres Mundes zu erforschen, und das Verlangen flackerte wie eine goldene Flamme auf, um heiß durch ihre Adern zu laufen.

Eine Hand legte sich auf ihre Hüften, um ihren Körper auf den seinen zu schieben, dann legte sich die andere Hand um die weiche Rundung einer Brust. Schlanke Finger entfernten die goldenen Haare von ihrem Nacken, während sein Mund eine feurige Spur zu ihrer Halsgrube zog. Ráfaga folgte der Spur wieder zurück, seine Lippen hielten kurz an der Wölbung ihrer Schulter inne, um sie zu liebkosen, machten wieder kehrt, um die empfindsame Stelle an ihrem Hals und das Ohrläppchen zu küssen.

Und dann preßte sich sein Mund wieder auf ihre Lippen, kostete ihre Süße, beanspruchte sie als seinen alleinigen Besitz. Sheila konnte den schnellen Schlag seines Herzens spüren, eine wilde Serenade, die mit ihren eigenen jagenden Pulsen harmonierte.

Plötzlich rollte er sie ins Gras, und seine Finger begannen mit ihren Blusenknöpfen zu hantieren, mit einer Hast, die Sheila in noch größere Erregung versetzte. Ein sinnlicher Schauer rann über ihre Haut, als der Blusenstoff beiseite geschoben wurde, um eine Brust zu entblößen. Das Gefühl der Kühle dauerte nur kurz an, löste sich auf unter der Wärme seiner Hand, die sich um die feste Rundung legte, die ihm entgegenzublühen schien.

Sheila schob ihre Hände unter sein Hemd, genoß hemmungslos das Gefühl, seine harten Muskeln unter ihren Fingern zu spüren. Ihre Brustwarze erhärtete sich unter den Liebkosungen seiner Hände zu einer rosaroten Spitze, und Ráfaga gab ihre Lippen frei, um die erotische Knospe mit Lippen und Zunge zu erforschen. Sie erschauerte vor Verlangen, und das Begehren steigerte sich noch, als seine Hand über ihren nackten Bauch zu den schmerzenden Lenden glitt. Ihre Hüften bewegten sich, um die verführerischen Zärtlichkeiten zu empfangen.

Er drückte Sheila ins Gras, suchte nach dem Verschluß ihrer Jeans. Sie stöhnte unwillkürlich, und Ráfaga zögerte sofort und sah ihr besorgt in die Augen.

»Tut dir der harte Boden im Rücken weh?« Seine Stimme klang heiser vor Begierde, aber es war eine Begierde, die er im Zaum halten konnte. Sheila hatte schon vor langer Zeit festgestellt, daß seine Selbstbeherrschung ein Merkmal der Erfahrungen war, die er in der Liebe gesammelt hatte.

»Nein«, flüsterte sie mit bebender Stimme und schlang ihre Arme um seinen Nacken. »Du bereitest mir nur Schmerzen, wenn du mich warten läßt.«

Er lächelte mit aufblitzenden Zähnen, dann senkte er seinen Mund auf ihre geöffneten Lippen herab. »So soll es sein, Querida«, sagte er leise und küßte sie.

Für Sekunden gewann ihre Vernunft die Oberhand, als sie spürte, wie der Reißverschluß ihrer Jeans geöffnet wurde. In schwachem Protest preßte sie die Hände gegen seine Brust, entzog ihre Lippen seinem leidenschaftlichen Mund.

»Pablo kann uns sehen«, erinnerte sie ihn atemlos.

Er hob den Kopf. »Soll ich dich loslassen?« Das Glitzern seiner Augen verriet, daß er die Antwort schon kannte, bevor Sheila sie aussprach.

»Nein.« Sie rieb ihre Wange an seinem Kinn, wie ein Kätzchen, das gestreichelt werden möchte.

»Du willst nicht, daß ich dich loslasse, aber du willst auch nicht, daß ich dich ganz und gar liebe«, sagte er mit sanftem Spott. »Beide Wünsche kann ich dir leider nicht erfüllen.«

»Ich weiß«, erwiderte Sheila und seufzte in heißem Verlangen.

Ráfaga richtete sich auf, griff nach Sheilas Handgelenken, und als er aufstand, zog er sie auf die Beine. Sie öffnete den Mund, um zu protestieren, aber er nahm sie auf die Arme, trug sie mühelos, als ob sie eine Feder wäre, zu der Canyon-Wand, die sich hinter dem kleinen Hügel erhob.

Sheila blickte sich um. »Wohin gehst du?«

»Dorthin.« Ráfaga hob den Kopf und zeigte mit dem Kinn auf eine Stelle an der Felswand.

Sein Ziel war eine Höhle, deren Eingang teilweise hinter Büschen verborgen war. Die Strahlen der schrägstehenden Sonne erhellten das Dunkel im Innern der Höhle. Sheila sah sich neugierig um und stellte fest, daß die Öffnung in der Felsenwand von Menschenhand erweitert worden war.

Als hätte er die Frage gelesen, die sich in ihren Gedanken formte, sagte Ráfaga: »Hier hat einmal eine Tarahumura-Familie gewohnt.«

Als er Sheila auf die Beine stellte, vergaß sie die ehemaligen Höhlenbewohner. Seine Hände schoben die Bluse von ihren Schultern. Rasch schlüpften ihre Arme aus den Ärmeln. Ein plötzliches, primitives Verlangen nach Ráfaga erfüllte sie, und er schien dasselbe zu empfinden. Ein verzehrendes Feuer lag in seinem fordernden, besitzergreifenden Kuß. Und die Leidenschaft der beiden war wie ein ausbrechender Vulkan, weißglühende Hitze schien sie miteinander zu verschmelzen.

Erst die Kälte des Sonnenuntergangs trieb Sheila viel später aus den Armen ihres Geliebten. Sie erhob sich und begann sich anzuziehen. Sie wußte, daß seine dunklen Augen sie beobachteten, aber sie empfand keine Scham. Sie war stolz, weil er sie schön fand in ihrer Nacktheit, war stolz auf ihre helle, schimmernde Haut, die sanft gerundeten Hüften und die festen Brüste.

Ohne Hast zog sie sich an. Plötzlich hörte sie hinter sich das Rascheln von Kleidern. Sie schlüpfte in ihre Bluse, drehte sich um und sah, daß Ráfaga das Hemd in das Gurtband seiner Jeans stopfte. Dann kam er zu ihr. Er sagte nichts, aber der Blick seiner dunklen Augen war voller Zärtlichkeit und Bewunderung, als sie in die ihren blickten. Sheila hatte das Gefühl, sie könnte für den Rest ihres Lebens zufrieden und glücklich sein, wenn sie nichts anderes tun würde, als sich im Licht dieser Augen zu baden.

Es war nur eine federleichte Berührung, als er mit dem Handrücken über ihre Wange strich. »Ich hole jetzt die Pferde.«

Ein schwaches Lächeln umspielte seine Mundwinkel, dann verließ er die Höhle. Sheila schaute ihm nach, bis er aus ihrem Blickfeld verschwand, dann starrte sie auf die Stelle, wo sie ihn zuletzt gesehen hatte. Ihre Finger lagen auf den Knöpfen der Bluse, die sie erst zu einem Drittel geschlossen hatte.

Zufällig streiften ihre Fingerspitzen die Rundung einer Brust und verweilten dort. Lebhaft erinnerte sie sich, wie Ráfaga ihren Busen mit Händen und Lippen stimuliert hatte, und sie glaubte, ihr Herz müsse überfließen von dieser Liebe, die nicht nur körperlich war.

Irgend etwas bewegte sich im dichten Gebüsch, aber nicht in der Richtung, in die Ráfaga gegangen war, sondern in der entgegengesetzten. Trotzdem wandte sich Sheila erwartungsvoll um, glaubte ihn zu sehen, wie er mit den Pferden auf sie zukam. Dann weiteten sich ihre Augen vor Entsetzen, und sie zog mit zitternden Fingern die Bluse vor ihrer Brust zusammen.

Juan Ortega stand in der Nähe der Höhle. Sheila fragte sich, wie lange er schon hier war, denn sie glaubte in seinem Blick zu lesen, daß er sie schon längere Zeit beobachtete. Übelkeit stieg in ihr auf bei dem Gedanken, daß er Zeuge des privaten Zwischenspiels in der Höhle geworden sein könnte. Er sagte etwas in seinem gutturalen Spanisch und trat einen Schritt auf sie zu, doch dann wich er hastig zurück, als er einen harten Befehl hörte.

Ráfaga war zurückgekommen. Aufatmend lehnte sie sich an die Felswand, sog keuchend die Luft ein, nachdem ihr mehrere Sekunden lang der Atem gestockt hatte. Erleichtert schloß sie die bernsteinfarbenen Augen, als sie Ráfagas spanische Frage hörte, die wie ein Peitschenhieb klang, und Ortegas hastig gemurmelte Antwort. Sie blieb im Schatten, bis sie Juan davongehen hörte.

»Sheila!« rief Ráfaga, und seine Stimme war immer noch hart vor Ärger.

»Ja!« entgegnete sie, und er kam zu ihr ins Dunkel der Höhle. Seine Hände packten sie an den Schultern, zogen sie von der Felswand weg. »Warum bist du hier drinnen?«

»Er – er war hinter mir her. Ich dachte...« Zitternd warf sie sich in seine Arme.

»Er hat mich gesucht, und der Junge, der unten auf die Rinder aufpaßt, hat ihm erzählt, daß wir hier heraufgegangen sind. Ortega hörte ein Geräusch in der Höhle und ging hinein, um nachzusehen, was los ist. Als er dich sah, fragte er nach mir. Du bist in die Höhle gelaufen, und da dachte er, ich sei auch drinnen.«

Sheila legte den Kopf in den Nacken und versuchte in der Dunkelheit in Ráfagas Gesichtszügen zu lesen.

»Glaubst du ihm?« fragte Sheila tonlos.

»Es wäre immerhin möglich, daß er die Wahrheit sagt.«

»Ja«, stimmte Sheila tonlos zu.

Der Mann war schlau, aber sie traute ihm nicht. Bemüht, ihre überreizten Nerven unter Kontrolle zu halten, befreite sie sich aus Ráfagas Armen und knöpfte die Bluse zu. Sie wußte, daß er sie beobachtete, aber sie wich seinem Blick aus. »Sind die Pferde da?« Sie wechselte das Thema, wollte nicht mehr über Ortega sprechen, wollte auch diese Höhle verlassen, die durch seine Anwesenheit entweiht worden war.

»Ja, sie stehen weiter unten auf dem Pfad.«

Als Sheila in das schwindende Sonnenlicht hinauseilte, folgte ihr Ráfaga mit langen Schritten. Die Pferde standen in der Nähe des Höhleneingangs. Der Rappe bewegte gleichgültig ein Ohr, als sie herankamen, aber der Rotbraune hob den Kopf und schnaubte leise. Sheila ging zu dem Rotbraunen und wollte ihm die herabhängenden Zügel über den Kopf streifen, aber Ráfaga hielt ihren Arm fest. »Du hast Angst vor Ortega. Warum?«

»Ich hatte schon immer Angst vor ihm – seit dem Augenblick, als ich ihn das erstemal sah. Auch wenn du dafür kein Verständnis hast...«

»Was soll das heißen?«

»Das soll heißen, daß ich ihn in jener Nacht, als er mich vergewaltigen wollte, nicht ins Haus gebeten habe – auch wenn ich weiß, daß du mir nicht glaubst. O Ráfaga – jedesmal, wenn er mir in die Nähe kommt, überläuft es mich eiskalt...«

»Du brauchst keine Angst vor Ortega zu haben«, fiel er ihr ins Wort. »Er wird es nicht wagen, dir noch einmal zu nahe zu treten, denn er weiß nur zu gut, was ich dann mit ihm tun würde.« Er wollte ihr Mut machen, und er glaubte, was er sagte. Aber Sheila glaubte ihm nicht – wenn sie auch nicht recht wußte, warum ihr Ortegas Anblick jedesmal von neuem Angst einjagte.

Doch dann zwang sie sich, nicht mehr an Ortega zu denken, und ließ sich von Ráfaga in den Sattel des Rotbraunen helfen. »Warum reitest du dein Pferd nicht mehr?« fragte sie.

»Weil es jetzt dir gehört.«

»Aber nicht wirklich«, sagte sie lächelnd und erinnerte sich an den Tag, an dem Juan ihr Arriba »geschenkt« hatte.

»Doch, der Rotbraune gehört dir, das ist keine leere Geste. Ich habe Juan schon Bescheid gesagt, und er wird von nun an immer den Rotbraunen für dich satteln, wenn du ausreiten willst.«

»Weil du mich für den Verlust Arribas entschädigen willst?« flüsterte sie.

»Ich weiß, ich kann dir Arriba nicht ersetzen – aber ich kann dir ein Pferd schenken, das ihr ebenbürtig ist. Und jetzt müssen wir nach Hause. Ein Reiter wartet auf mich.«

Als sie den Wohnraum betraten, erkannte Sheila sofort den Mann wieder, der vor vielen Wochen im Gewittersturm in den Canyon gekommen war. Diesmal musterte er sie mit unverhohlenem Interesse, und sie war überzeugt, daß sein Besuch mit ihr zusammenhing.

Welche Nachricht er auch immer überbracht hatte, sie schien Ráfaga zu mißfallen. Als Sheila ihn fragte, ob ihre Vermutung stimmte, ob der Mann ihretwegen gekommen war, schüttelte Ráfaga den Kopf. Aber er weigerte sich, ihr mitzuteilen, was er erfahren und warum der Mann so schnell eine so weite Strecke zurückgelegt hatte. Denn Sheila hatte sein Pferd gesehen, das schweißüberströmt und erschöpft vor dem Adobehaus stand.

Es war eines der wenigen Male in diesen glücklichen Tagen nach ihrer Genesung, daß sie sich als Außenseiterin fühlte. Aber die Stunden intimer Harmonie entschädigten sie reichlich für jene Momente, in denen Ráfaga unsichtbare Barrieren zwischen Sheila und sich errichtete. Im Dorf war es nicht unbemerkt geblieben, daß sich die Beziehung zwischen Ráfaga und der Amerikanerin geändert hatte. Wenn sie die schmale Straße entlangschlenderte, grüßte man sie lächelnd und respektvoll. Und wenn sie das Haus verließ, trat ihr der jeweilige Wachtposten nicht mehr in den Weg, sondern ließ sie mit einer höflichen Verbeugung an sich vorbeigehen.

Auch an einem sonnigen Morgen, ein paar Tage später, nickte der Wächter ihr freundlich zu, als sie mit Seife und Handtuch über die Veranda ging und ihm in der Zeichensprache erklärte, daß sie sich im Teich die Haare waschen wolle. Lächelnd erinnerte sie sich an jene Tage, wo er ihr mit dem Gewehr den Weg versperrt hatte.

Sie dachte jetzt nur noch selten an ihre Eltern, und es war ihr, als seien schon viele Jahre verstrichen, seit sie ihr Zuhause verlassen hatte. Ihre Eltern schienen nun in einer Welt zu leben, an der sie keinen Anteil mehr hatte. Doch das machte ihr nichts aus. Sie war zufrieden in dieser neuen Welt, die sie mit Ráfaga bewohnte.

Selbstvergessen summte sie vor sich hin und kniete am Ufer des Teichs nieder. Sie erschauerte, noch bevor sie den Kopf in das eisige Wasser tauchte. Ihr Haar war viel länger geworden. Es schwamm in den sanften Wellen wie ein dunkelgoldener Fächer. Sie rieb die Kopfhaut mit Seife ein, bis sie zu prickeln begann, dann verteilte sie den Schaum auf dem ganzen Haar.

Als sie die Seife herausspülte, hatte sie plötzlich das Gefühl, daß jemand in ihrer Nähe war. Sie drehte sich um, erwartete halb und halb, Ráfaga zu sehen, aber es ließ sich niemand blicken. Sheila zuckte mit den Schultern und tauchte den Kopf wieder ins Wasser, schloß die Augen, weil die Seife auf der Hornhaut brannte.

Der Tag war viel zu schön, um sofort ins Haus zurückzukehren. Sheila ging zu einer Stelle in der Nähe des Ufers, wo die Sonne zwischen den Zweigen herabschien und die Erde wärmte. Sie setzte sich, faltete das Handtuch auseinander und begann die Haarspitzen trockenzureiben. Ein Mann stand zwischen den Bäumen und beobachtete sie. Sie hatte ihn schon oft im Canyon gesehen, aber sie kannte seinen Namen nicht. In seinem Blick lag irgend etwas, das sie unsicher machte. Zögernd lächelte sie. »Buenos dias.«

Er erwiderte ihren Gruß nicht, aber er bedeutete ihr aufzustehen. Langsam gehorchte sie und fragte sich, ob Ráfaga den Mann geschickt hatte. Aber das konnte sie nicht glauben. Als er auf sie zukam, wich sie vorsichtig zurück.

Plötzlich schlang sich ein Arm von hinten um ihre Taille, eine Hand preßte sich auf ihren Mund und erstickte ihren Schreckensschrei. Rasch lief der erste Mann auf sie zu, zog einen Strick aus seiner Hosentasche und fesselte ihr die Hände. Und dann wurde sie in den Wald gezerrt, wo drei gesattelte Pferde warteten. Die Hand, die noch immer auf ihrem Mund lag, ließ ihr kaum Luft zum Atmen. Als die Hand von ihren Lippen glitt, stieß sie einen Schrei aus. »Ráfa...« Aber dann wurde ihr ein schmutziges Taschentuch zwischen die Lippen geschoben und erstickte sie beinahe. Ein Tuch wurde ihr um den Mund gebunden, um den Knebel festzuhalten. Als man sie in den Sattel hob, sah sie den zweiten Kidnapper, und sie empfand keine Überraschung, als sie Juan Ortega erkannte.

Mit einem boshaften Grinsen schwang er sich in den Sattel, ohne die Zügel ihres Pferdes loszulassen. Der andere Mann war bereits aufgestiegen. Statt durch die Bäume nach Osten zu reiten, kehrten sie zum Teich zurück. Hoffnung stieg in Sheila auf. Wenn die beiden Männer sie nicht aus dem Canyon brachten, konnte sie vielleicht irgendwie Alarm schlagen.

Sie waren schon fast auf gleicher Höhe mit dem Teich, dicht an der Nordwand des Canyons, als Ortega plötzlich sein Pferd zügelte. Sheila hob den Kopf und sah, daß Juan ihnen mit einem Gewehr in der Hand den Weg versperrte. Der zweite Mann sprengte rasch nach vorn, um Sheila vor Juans Blicken zu verbergen. Aber er hatte sie bereits gesehen und stellte kalt eine Frage auf spanisch.

Tränen der Erleichterung traten ihr in die Augen. Juan wußte, wie sehr sie Ortega verabscheute, und er würde kein Wort der erfundenen Geschichte glauben, die Ortega ihm vermutlich erzählen wollte.

Dann sahen ihre Augen, was Juan nicht sehen konnte, denn die Sicht wurde ihm durch den anderen Reiter versperrt. Ortega zog langsam und vorsichtig sein Messer aus der Scheide. Sheila versuchte einen warnenden Schrei auszustoßen, der nur erstickt und gedämpft durch den Knebel drang, aber Juans Aufmerksamkeit erregte. Auf diesen Moment hatte Ortega gewartet – auf den Moment, wo Juans scharfe Augen ihn nicht mehr beobachteten.

Blitzschnell schleuderte er das Messer, und Juan erkannte seinen Fehler zu spät. Er riß das Gewehr an die Schulter, aber da bohrte sich das Messer bereits in seine Brust, und er taumelte nach hinten. Ortega gab seinem Pferd die Sporen und riß an Sheilas Zügeln. Sie warf noch einen kurzen, entsetzten Blick auf Juans gekrümmten Körper, der sich im Gras wand, dann wurde ihr Pferd davongezerrt, zu einem schmalen Weg, der sich plötzlich hinter einem Felsbrocken öffnete. Es gab noch einen zweiten Weg aus dem Canyon – einen Weg, den Sheila nicht gekannt hatte.

21

Als sie den Canyon verlassen hatten, sprengten sie nach Westen. Sheila spürte, daß ihr Pferd vor Erschöpfung stolperte, sich gegen die Zügel wehrte, die es beharrlich weiterzogen.

Sie sah, daß die beiden Männer immer wieder nervös zurückblickten, und sie wußte, daß sie ihre Pferde nur deshalb so unbarmherzig antrieben, um einen möglichst großen Vorsprung zu gewinnen. Was immer auch ihr Ziel war, Ortega wollte es erreichen, bevor die Verfolger sie einzuholen vermochten. Und Sheila konnte nur hoffen, daß Ráfaga ihnen bereits auf der Spur war.

Ortegas Pferd stolperte und ging fast in die Knie. Fluchend zerrte er an den Zügeln, riß den Kopf des Tieres hoch, und Sheila sah voller Mitleid Blutblasen in dem Schaum vor dem Maul. Auf einem Felsplateau hielten sie an, und Ortega gönnte den Pferden die längst fällige Pause. Offenbar hatte er erkannt, daß sie den Weg zu Fuß fortsetzen müßten, wenn er die Tiere weiterhin so gnadenlos antrieb. Ihr war heiß, und sie war ebenso müde wie die Pferde. Ihre Finger waren gefühllos von dem Strick, der eng um ihre Handgelenke gewickelt war. Trotzdem befahl ihr die Angst, doppelt wachsam zu sein.

Die beiden Männer stiegen ab und tranken in durstigen Zügen aus ihren Feldflaschen. Sheila spürte, wie trocken ihre Zunge unter dem schmerzhaften Knebel lag. Als die Männer ihren Durst gestillt hatten, gaben sie auch den Pferden zu trinken. Sheila bewegte sich im Sattel, versuchte ihre verkrampften Muskeln zu lockern, und als das Sattelleder knarrte, drehte sich Ortega zu ihr um. Seine Lippen verzerrten sich zu einem wollüstigen Grinsen, als sein Blick auf ihre Brüste fiel.

Die Sonne stand im Zenit, und der Schweiß rann Sheila aus allen Poren. Er durchtränkte die Bluse, und der dünne Stoff klebte an ihrer Haut. Sheila preßte die Lippen zusammen, als ihr bewußt wurde, wie deutlich er die Konturen ihrer Brüste nachzeichnen mußte.

Sie erschauerte vor Angst, als Ortega zu ihrem Pferd ging. Trotzdem versuchte sie gelassen zu wirken, denn sie wußte, daß es ihm Spaß machen würde, sie zittern zu sehen. Aber es fiel ihr sehr schwer, nicht vor der Berührung seiner plumpen Hände zurückzuzucken, als er den Strick vom Sattelhorn löste. Mit einem Ruck riß er sie aus dem Sattel, und sie stolperte gegen ihn. Hilflos wand sie sich in seinen Armen und hörte, wie der andere Mann etwas sagte. Sie hatte inzwischen ein paar spanische Wörter gelernt und verstand, daß der Mann Ortega darauf hinwies, dazu sei jetzt keine Zeit. Aber Ortega lachte nur und preßte Sheila an sich. Dann drehte er sie um, so daß der andere ihr Gesicht sehen konnte, riß ihr die Bluse vom Leib und fragte seinen Gefährten anscheinend mit triumphierender Stimme, wie man denn eine solche Beute ignorieren könnte.

Die Wut gab Sheila übermenschliche Kräfte. Schluchzend riß sie sich los, aber der andere Mann fing sie auf und hielt sie fest, als Ortega ihr die Jeans herabzog. Es fiel dem anderen nicht leicht, Sheila zu umklammern, da sie sich verzweifelt wehrte. Aber er blieb Sieger. Sie spürte die Härte seiner Männlichkeit an der Hüfte und wußte, daß auch er sie vergewaltigen würde, wenn Ortega mit ihr fertig war.

Sheila trat nach Ortega, zielte mit dem Absatz auf seinen Unterleib, aber er packte ihren Fuß, bevor Sheila ihn verletzen konnte, und zerrte an ihrem Hosenbein. Sie war halb wahnsinnig vor Angst, schrie immer wieder Ráfagas Namen, aber durch den Knebel drang nur ein unverständliches Stammeln. Sie wurde zu Boden geworfen und festgehalten, wand sich wie eine Schlange auf einem heißen Ofen. Ortegas Gefährte umklammerte ihre Handgelenke und drückte sie hinter ihrem Kopf gegen den harten Fels, während Ortega vor ihr kniete und seine Hose öffnete. Plötzlich krachte eine Explosion, und Sheilas Hände waren frei. Als sie sich aufrappelte, rannte Ortega bereits zu den Pferden, doch da krachte es ein zweites Mal, und er stürzte zu Boden. Als sie sich umwandte, sah sie Ráfaga auf das Felsplateau laufen, ein Gewehr in der Hand, gefolgt von Laredo und einem dritten Mann.

Schluchzend vor Erleichterung brach sie zusammen. Mit tränenverschleierten Augen sah sie, daß Ortega davonzukriechen versuchte. Ein weiterer Schuß krachte, und er hielt inne. Und dann stand Ráfaga vor ihm, warf ihn mit der Stiefelspitze auf den Rücken und richtete die Mündung seines Gewehrs auf Ortegas Kopf. Laredo kniete neben ihr nieder, zog seine Jacke aus und breitete sie über ihren nackten Körper. »Gott sei Dank, daß Sie nicht verletzt sind.« Er wollte sie von dem Knebel befreien, aber da rief Ráfaga: »Rühr sie nicht an!«

Seine weißen Zähne blitzten, als er herumwirbelte, um das Gewehr auf den Amerikaner zu richten.

Laredo, der ihn nur zu gut kannte, wich sofort zurück und hob beide Hände, so daß Ráfaga sie sehen konnte. Sheila, die den jungen blonden Mann sehr gern mochte, empfand kalte Angst, als sie in das eiskalte Gesicht seines Anführers blickte. Seine stahlharten Augen waren grauenerregend, und sie zuckte unwillkürlich zusammen, als er auf sie zukam.

Wortlos bückte er sich, um ihr den Knebel abzunehmen. Seine Berührung war sanft, doch der grausame Ausdruck seiner Augen änderte sich nicht. Ein atemloses Schluchzen der Erleichterung rang sich aus ihrer Kehle, als er ihr das Taschentuch aus dem Mund gezogen hatte. Tränen lösten sich von ihren Wimpern, aber Sheila konnte nicht so befreiend weinen, wie sie es wollte. Ráfaga schob ein Messer zwischen ihre Handgelenke und durchschnitt alle Fesseln, dann richtete er sich auf und ging davon. Sie war wie gelähmt vor Entsetzen und unfähig aufzustehen.

Weder Laredo noch der andere Reiter wagten es, ihr zu helfen. Sie lag da und wußte nicht, was sie tun sollte. Sie sehnte sich danach, Trost in Ráfagas Armen zu finden, aber er schien sein Herz mit einem Eispanzer umgeben zu haben.

Er kehrte auf die Lichtung zurück, führte drei Pferde mit sich und trug eine Decke unter dem Arm. Nachdem er dem dritten Mann die Zügel übergeben hatte, ging er zu Sheila. Er faltete die Decke auseinander und schirmte das Mädchen damit vor den Blicken der anderen ab, griff nach der Jacke und warf sie in Laredos Richtung. Dann wickelte er Sheila wie ein Baby in die Decke. Und wie ein Baby hob er sie hoch und trug sie zu seinem rotbraunen Hengst.

Laredo stand neben dem Kopf des Pferdes. »Was sollen wir mit ihnen machen?« Er zeigte auf die beiden Leichen.

»Die kannst du den Aasgeiern überlassen«, stieß Ráfaga zwischen zusammengebissenen Zähnen hervor. Dann wandte er sich an den dritten Mann und befahl ihm, die Pferde der Toten zu holen.

Sheila zitterte, und sein Arm schloß sich fester um sie, preßte sie an seine Brust. Sie kuschelte sich noch tiefer in die Decke, da sie woanders keine Wärme finden konnte. Der Ritt zum Canyon war lang und verlief in düsterem Schweigen.

Vor dem Haus angekommen, schwang sich Ráfaga behende aus dem Sattel. Er hielt Sheila noch immer auf den Armen und bedeutete dem

Wachtposten mit einem knappen Kopfnicken, die Tür zu öffnen. Über seine Schulter hinweg sah Sheila, daß Laredo absteigen wollte, aber Ráfaga warf die Tür mit einem Fußtritt zu, kaum daß er sie ins Haus getragen hatte. Er brachte sie geradewegs in ihr Schlafzimmer und ließ sie sanft zu Boden gleiten.

Sein Gesicht war eine starre Bronzemaske, mit stählernen, schwarzen, gefühllosen Augen. »Bleib hier!« befahl er.

Da sie nicht wußte, wie wörtlich er das meinte, rührte sich Sheila nicht von der Stelle. Außerdem bezweifelte sie, daß es ihr überhaupt gelungen wäre, sich zu bewegen.

Sie war noch zu betäubt von dem schrecklichen Geschehen, um sich über sein verändertes Benehmen zu wundern. Als er hinausgegangen war, hörte sie Geräusche aus der Küche und fragte sich, ob Consuela gekommen war. Und da erinnerte sie sich an Consuelas Mann, dessen Brust Ortegas Messer durchbohrt hatte. Als Ráfaga zurückkam, wollte sie sich nach Juans Befinden erkundigen, aber als sie in seine ausdruckslosen Augen sah, blieb ihr die Frage im Hals stecken. Er stellte eine dampfende Schüssel auf den Boden, dann begann er sie von Kopf bis Fuß zu waschen, um die Spuren von Ortegas Berührungen zu entfernen. Vielleicht erinnerte er sich dabei daran, daß sie sich schon einmal hatte waschen müssen, weil sie sich von Ortegas Händen beschmutzt fühlte. Und vielleicht wußte er jetzt endlich, daß es ein Fehler gewesen war, diesem Mann zu trauen.

Als er sie abgetrocknet hatte, legte er sie wieder auf das Bett und deckte sie zu. Für eine Minute setzte er sich neben sie auf die Bettkante. Sheila sehnte sich nach seiner Umarmung, sehnte sich nach der Wärme und Sicherheit, die sie an seiner Brust finden würde. Hilflos blickte sie in seine dunklen Augen, doch sie sah darin nur grausame Kälte. Sie wollte ihn anflehen, sie in die Arme zu nehmen und festzuhalten, aber sie brachte kein Wort hervor.

Eine Träne hatte sich von ihren Wimpern gelöst, schien auf ihrer Wange zu einem kristallischen Tropfen zu gefrieren. Mit einer Fingerspitze wischte er sie weg, ein Muskel zuckte in seinem Kinn. Dann stand er wortlos auf und ging hinaus. Sheila drehte das Gesicht zur Wand und krümmte sich unglücklich zusammen. Als sie hörte, wie die Haustür zufiel, schloß sie die Augen.

Nachdem die Sonne untergegangen war, kam Ráfaga zurück und brachte ihr etwas zu essen. Sheila wollte den Teller zurückweisen, aber er bestand darauf, daß sie etwas zu sich nahm. Das waren die einzigen Worte, die er mit ihr sprach. Sie schaffte es, ein Drittel des Essens hinunterzuwürgen, dann schob sie den Teller weg.

Am Morgen wurde diese Prozedur wiederholt, nur daß Sheila diesmal noch weniger aß. Sie wußte nicht, wo Ráfaga geschlafen hatte. Jedenfalls war er nicht bei ihr gewesen. Angesichts seiner abweisenden Haltung zog sie sich in ihr eigenes Schneckenhaus zurück.

Wieder verließ er das Haus, sobald sie gefrühstückt hatte. Sheila stand auf, denn sie wollte ihn nicht ein drittes Mal im Bett empfangen, während er durch sie hindurchstarrte, als ob sie eine Fremde wäre. Als sie angezogen war, ging sie zur Haustür. Die Stille in dem leeren Haus war bedrückend, und ihr wurde fast übel.

Sie wollte ein wenig frische Luft schnappen, aber der Wachtposten ließ sie nicht hinaus. Traurig schüttelte er den Kopf und bedeutete ihr, ins Haus zurückzugehen. Sie war wieder eine Gefangene – gefesselt an diese wenigen kleinen Räume.

Rastlos wanderte sie durch das Haus, ihre Nerven waren zum Zerreißen gespannt. Sie beobachtete die Schatten vor dem Fenster, die von der Sonne geworfen wurden, wartete auf die Mittagsstunde, wo Ráfaga ihr wieder etwas zu essen bringen würde. Aber es war Laredo, der zu ihr kam, als die Sonne im Zenit stand. Sein Anblick brachte sie um den letzten Rest ihrer Beherrschung.

Als er klopfte, riß sie die Tür auf und schrie: »Was wollen Sie?«

Laredo schob sich an ihr vorbei ins Haus, ein kleines Tablett in den Händen. »Wie schön, daß Sie aufgestanden sind!« Seine blauen Augen musterten sie prüfend. »Ich habe Ihnen was zu essen gebracht. Ráfaga hat gesagt, daß Sie seit gestern kaum was zu sich genommen haben.«

»Wenn er so besorgt um mich ist, warum bringt er mir das Essen dann nicht selber?« Sheilas Fingernägel gruben sich in ihre Handflächen, und der Schmerz, den sie dabei empfand, verstärkte noch ihre Bitterkeit. Sie wußte nicht mehr, was sie tat, als sie ihm das Tablett aus den Händen schlug, so daß es klirrend zu Boden fiel. »Ich habe nicht gegessen, weil ich nicht hungrig war. Und ich habe immer noch keinen Hunger. Das können Sie Ráfaga ausrichten, da er meinen Anblick ja offenbar nicht mehr ertragen kann.«

»Sheila, das ist es nicht.« Er schüttelte traurig den Kopf, und sein sanfter Blick begegnete ihren zornig funkelnden Augen.

»Nein?« stieß sie hervor. »Er hat kein Wort mit mir gesprochen – und er hat mich auch nicht angerührt. Er hat es nicht einmal ertragen, mit mir unter einem Dach zu schlafen.«

»Sie verstehen das nicht, Sheila...«, begann er.

»Nein, ich verstehe es nicht!« schrie sie enttäuscht und zutiefst verletzt. »Wo ist er jetzt? Was macht er? Warum kann er nicht...«

Sie stand kurz vor einem hysterischen Anfall, ein Schluchzen erstickte ihre Stimme. Laredo griff nach ihren Schultern. »Er ist bei Juan, Sheila«, sagte er mit strengem Ton.

Sie sog scharf den Atem ein, starrte ihn sekundenlang an, dann riß sie sich los und wandte sich ab. Er versuchte nicht, sie zurückzuhalten, als sie sich ein paar Schritte von ihm entfernte, aber sie wußte, daß er sie beobachtete, als sie die Arme vor dem verkrampften Magen verschränkte. Eine Welle der Übelkeit stieg in ihr auf, aber sie kämpfte verbissen dagegen an. »Juan – wie geht es ihm?« stammelte sie.

»Er ist noch bewußtlos. Er hat viel Blut verloren. Das Messer hat zwar nicht die Lunge getroffen, aber er hat vermutlich andere innere Verletzungen.«

Sheila schloß die Augen. »Es ist meine Schuld. Ich hätte ihn nicht warnen sollen, dann hätte er Ortega nicht aus den Augen gelassen.«

»Sie dürfen sich keine Vorwürfe machen, Sheila. Juan hätte wissen müssen, wie gefährlich es ist, auch nur für einen Sekundenbruchteil die Aufmerksamkeit von einem Mann wie Ortega abzuwenden.«

»Sie wissen, was geschehen ist?«

Laredo nickte. »Juan war bei Bewußtsein, als wir ihn fanden. Ich weiß nicht, wie er es geschafft hat, aber es gelang ihm jedenfalls, zum Teich zu kriechen. Ráfaga, der Wachtposten und ich fanden ihn, als wir nach Ihnen suchten. Irgend jemand hatte Juan erzählt, er habe gesehen, wie Ortega und Chavez drei Pferde aus dem Korral holten. Juan wurde mißtrauisch und folgte ihrer Spur, und er kam gerade dazu, als sie mit Ihnen aus dem Canyon ritten.«

Sheila erschauerte. »Als Juan ausgeschaltet war, dachte ich, ihr würdet uns nicht einholen, bevor...«

Laredo nahm sie in die Arme. »Ráfaga kennt diese Berge besser als Ortega, und als er die Spur sah, die zu dem Weg hinter dem Teich führte, nahm er eine Abkürzung über einen Steilhang. Deshalb waren wir gerade noch rechtzeitig zur Stelle.« Sie legte den Kopf an seine Brust, und er wiegte sie sanft hin und her. »Jetzt ist ja alles vorbei, Sheila.«

»Nicht ganz. Ráfaga…«

In diesem Augenblick ging die Haustür auf, und Ráfaga kam herein. Abrupt blieb er stehen, als er Sheila in Laredos Armen sah. Wut blitzte in seinen Augen auf, und der Amerikaner schob Sheila sanft von sich und begegnete furchtlos dem Blick des Anführers. »Ich habe ihr von Juan erzählt.« Dann ging er seelenruhig an Ráfaga vorbei und verließ das Haus.

Ráfaga starrte Sheila an, und allmählich gelang es ihm, seine Wut zu unterdrücken. Sein Blick wanderte zu dem Tablett, das inmitten von Scherben und Essensresten auf dem Boden lag.

»Consuela hat das gekocht, damit du es ißt – und nicht, damit du es auf den Boden wirfst«, sagte er eisig.

Seinem Zorn hätte sie begegnen können, aber dieser kalten Gleichgültigkeit war sie nicht gewachsen. »Iß es doch selber!« schrie sie. »Ich will es nicht!«

Er richtete sich zu seiner vollen Größe auf. »Dann werden wir es eben den Küchenschaben überlassen.«

Ráfaga wandte sich zur Tür, aber Sheila brachte es nicht fertig, ihn gehen zu lassen. Sie griff nach seinem Arm, und er blieb stehen und sah auf sie herab, während sie in seinen Zügen nach irgendwelchen Anzeichen forschte, die ihr erklären könnten, warum er sich ihr gegenüber so benahm.

»Was hast du, Ráfaga?« fragte sie leise. »Was habe ich dir getan? Glaubst du etwa, ich sei freiwillig mit Ortega gegangen?«

»Du solltest mich hassen für meine Dummheit, Sheila«, sagte er leise. »Meine verdammte Dummheit hätte fast einem meiner besten Freunde das Leben gekostet. Vielleicht wird Juan sterben. Ich weiß es nicht. Und meine Dummheit hat dich in die Arme eines Mannes getrieben, der dich in seiner primitiven Gier beinahe mißbraucht hätte. Ich verdiene deinen Haß, weil es mir nicht gelungen ist, dich zu beschützen, nachdem ich dich gezwungen habe, dich in meinen Schutz zu begeben – in jener Nacht, als ich dich zu meiner Geliebten machte. Und da draußen in den Bergen sah ich die Angst in deinen Augen…«

»Ja, ich hatte Angst«, gab Sheila zu, ging zu ihm, lehnte sich an seine Brust und schloß die Augen. »Angst vor der kalten Wut, die ich in deinem Blick las. Und später dachte ich, du würdest mich für Ortegas und Chavez' Fluchtversuch verantwortlich machen. Aber ich hasse dich nicht. Wie könnte ich?«

Sie hätte noch hinzugefügt: »Wo ich dich so sehr liebe...« Aber da legte er bereits einen Finger unter ihr Kinn und hob ihren Kopf hoch, und sein Mund preßte sich auf den ihren. Sheila schlang die Arme um seinen Hals, als er sie hochhob und ins Schlafzimmer trug.

Sie fand Trost in den Armen des geliebten Mannes, und doch fehlte die Harmonie, die sie sonst miteinander verbunden hatte. Ráfaga war zurückhaltender als sonst. Sie redete sich ein, daß dies an seiner Sorge um Juan läge. Sobald Juan genesen wäre, würde Ráfaga wieder der alte sein.

Aber sie täuschte sich. Juan erholte sich allmählich unter der liebevollen Fürsorge seiner Frau Consuela, aber Ráfaga ging Sheila immer noch aus dem Weg.

Manchmal beobachtete er sie stumm, als erwartete er, irgendeine Entdeckung zu machen. Diese Augenblicke irritierten sie, sosehr sie sich auch bemühte, sie zu ignorieren.

Seine Seite des Bettes war meist leer. Ráfaga war fast nie im Haus, wenn Sheila erwachte. Er erhob sich im Morgengrauen und ließ sie schlafen. Dumpfe Kopfschmerzen pochten in ihren Schläfen, als sie eines Morgens wieder einmal allein im Bett lag. Sheila runzelte die Stirn und versuchte den Schmerz mit den Fingern wegzumassieren.

Leichte Schritte klangen in der Halle auf. Sheila wandte ihren Kopf dem Geräusch zu, bewegte sich etwas zu schnell, und ein leichtes Schwindelgefühl trieb ihr das Blut aus den Wangen.

Consuela erschien lächelnd in der Tür des Schlafzimmers. »Buenos dias, Sheila.«

»Buenos dias...« Sheilas Stimme klang schwach und tonlos. »Wie geht es Juan heute morgen?«

Consuela erklärte auf spanisch, daß er sich schon viel besser fühle, dann schnalzte sie mit der Zunge, lachte Sheila schelmisch an und sagte etwas. Sheila runzelte die Stirn und war sicher, daß sie die Frau nicht richtig verstanden hatte. Wahrscheinlich lag es an diesen dumpfen Kopfschmerzen, daß sie sich nicht richtig konzentrieren konnte.

»Was hast du gesagt, Consuela?«

Als Consuela ihre Worte wiederholte, begriff Sheila noch immer nichts. Consuela versuchte es noch einmal und nahm die Zeichensprache zu Hilfe. Entsetzt schnappte Sheila nach Luft, als Consuela die Arme wiegte, als würde sie ein imaginäres Bündel hin und her schaukeln. Dann zeigte sie auf Sheila und sagte: »Bebé.«

»Das ist doch nicht möglich«, protestierte Sheila. Als sie rasch nachgerechnet hatte, mußte sie sich sagen, daß es doch möglich war. Es war sogar sehr wahrscheinlich. Sie war schwanger. Ihre Hand glitt auf den Bauch, als könnte sie spüren, wie das Kind in ihr wuchs.

Aber der Bauch war flach und glatt, wie immer. Jetzt noch. Wie naiv von ihr, daß sie nicht damit gerechnet hatte, dachte Sheila ärgerlich. Eineinhalb Monate oder zwei... O Gott, sie konnte sich nicht einmal mehr erinnern.

Consuela merkte sofort, daß Sheila noch nichts gewußt hatte. Die herzensgute Frau versicherte ihr hastig, daß das doch wunderbare Neuigkeiten wären. Sheila konnte mehr dem Klang ihrer Stimme als den spanischen Worten entnehmen, was sie meinte. Im Augenblick empfand sie nichts als Entsetzen und Verwirrung. Plötzlich schnappte sie ein paar Worte auf, die sie verstand. Consuela sagte, wie sehr sich Ráfaga freuen würde. Und da wurde Sheila plötzlich klar, daß sie es ihm sagen mußte.

Irgendwie gelang es ihr, Consuela hinauszukomplimentieren, denn sie wollte allein sein mit ihrem neuen Wissen. Sie trug Ráfagas Kind unter dem Herzen. Ein Teil ihres Ichs freute sich darüber, aber sie hatte auch Angst, weil es im Umkreis von vielen Meilen keine Ärzte gab. Sie würde ihr Baby unter den primitivsten Bedingungen zur Welt bringen müssen.

Und Ráfaga... Würde er sie noch lieben, wenn sie dick wie eine Melone wurde und die Grazie einer watschelnden Ente besaß? Lautlos begann sie zu weinen.

22

Während der Mahlzeit lag drückendes Schweigen über dem Raum. Sheila wußte, daß ihre Lider noch gerötet waren vom Weinen, aber Ráfaga hatte es anscheinend nicht bemerkt.

Sein wachsamer und doch verschleierter Blick hatte während der ganzen Mahlzeit ihr Gesicht beobachtet.

Sie waren allein im Haus. Consuela war bei Juan. Dies war der richtige Zeitpunkt, um Ráfaga von dem Baby zu erzählen. Ihre Hände schlossen sich um die leere Kaffeetasse, die vor ihr stand.

Es war nicht leicht, es ihm zu sagen. Zitternd, ein wenig herausfordernd hob sie das Kinn und platzte heraus. »Ich bekomme ein Baby.«

»Ja.«

»Du wußtest es?«

»Glaubst du, ich kenne nicht jeden Quadratzoll von deinem Körper? Glaubst du, daß mir auch nur die geringste Veränderung entgehen würde?«

Er lächelte nicht, und in seinen Augen lag keine Freude. Er will das Baby nicht, dachte sie und hatte das Gefühl, daß ein Teil ihres Herzens starb.

»Soll ich eine Abtreibung arrangieren?« fragte er tonlos.

»Eine Abtreibung?« Schützend legte sie die Arme vor den Bauch, als könnte er ihr schon im nächsten Augenblick das Leben entreißen, das in ihr wuchs.

»Was willst du dann von mir?« fragte Ráfaga und sah sie ausdruckslos an.

»Ich will, daß du dich über das Baby freust«, hätte Sheila am liebsten geschrien. Aber statt dessen zuckte sie nur mit den Schultern und sagte: »Nichts.«

»Viele Frauen kommen nach Mexiko, um die Babys loszuwerden, die sie nicht haben wollen. Du willst es doch auch loswerden?« fragte er mit entnervender Gelassenheit.

Mein Gott, dachte sie, wie konnte er nur so etwas vorschlagen? Es war seine Saat, die sie unter dem Herzen trug, sein Kind. Wie konnte er nur glauben, daß sie es loswerden wollte?

»Nein.« Sheila stand langsam vom Tisch auf.

»Warum hast du es mir dann gesagt?«

»Weil du der Vater des Kindes bist und weil ich dachte, es könnte dich vielleicht interessieren!« schrie sie. Sie zitterte jetzt unkontrolliert, und in ihren Augen brannten Tränen. Ein Stuhlbein scharrte über den Boden, als Ráfaga aufstand. Ihr Herz schlug heftig gegen die Rippen. Jeder Muskel in ihr war angespannt, und sie war bereit, sofort die Flucht zu ergreifen. Aber er kam nicht auf sie zu. Seine Schritte näherten sich der Tür.

Als Sheila hörte, wie sich die Tür öffnete und schloß, tastete sie nach dem Sessel, auf sie eben noch gesessen hatte, denn die Beine drohten unter ihr nachzugeben. Langsam ließ sie sich auf den Stuhl sinken, vergrub das Gesicht in den Händen und begann zu weinen. Sie würde Ráfagas Baby bekommen, aber sie würde ihn verlieren. Das war kein fairer Tausch.

Der Tränenvorrat ging zu Ende. Sheila war sich ihrer Umgebung nicht mehr bewußt, spürte nur noch ihren Kummer. Sie hörte nicht, daß sich die Tür öffnete, daß Schritte auf sie zukamen. Sie glaubte immer noch, daß sie allein mit ihrer Verzweiflung war, als sich plötzlich eine Hand auf ihre Schulter legte. Ruckartig hob sie den Kopf, und ihre tränenfeuchten Augen sahen Ráfaga neben dem Stuhl stehen.

»Rühr mich nicht an!« Der Stuhl fiel zu Boden, als sie aufsprang und seine Hand von ihrer Schulter glitt. Als er wieder nach ihr greifen wollte, trat sie zurück. »Komm mir nicht zu nahe!« stieß sie hervor, bitter und gekränkt, ein verwundetes Tier, das nach dem Feind schlug, der es verletzt hatte. »Hast du mir nicht schon genug angetan? Warum kannst du mich nicht in Ruhe lassen?«

Das Zimmer war klein, und schon nach wenigen Sekunden hatte er sie in eine Ecke getrieben, hielt ihre Arme fest und weigerte sich, sie loszulassen. »Hör mir zu, Sheila!« befahl er.

»Ich will nichts mehr hören!« schrie sie und preßte die Hände gegen seine Brust.

»Doch, du wirst mir zuhören«, beharrte er. »Ich kenne einen Priester, der uns trauen und den Mund halten wird. In den Augen der Regierung werden wir nicht rechtmäßig verheiratet sein. Aber vor Gott wären wir Mann und Frau...«

»Ich würde niemals die Schande ertragen, mit dir verheiratet zu sein«, fiel ihm Sheila wütend ins Wort.

»Aber ich wünsche, daß unsere Verbindung den Segen der Kirche hat, und ich will dir den Schutz meines Namens geben.«

»Und ich will keines von beiden!« rief sie verzweifelt. Ihr Stolz sagte ihr, daß sie sein Angebot ablehnen mußte, das er ihr nur gemacht hatte, weil sie sein Kind unter dem Herzen trug. Sheila verstärkte ihre Weigerung noch mit einer Lüge. »Ich will dich nicht!«

Sekundenlang hatte sie das Gefühl, das dunkle Feuer seiner Augen müsse sie verzehren wie in einem rasenden Inferno. Brutal riß er sie an sich, und Sheila konnte kaum noch atmen.

»Was willst du dann?« Seine harten Finger bohrten sich in ihre Oberarme. »Daß ich dich gehen lasse? Damit du zu deinen Eltern zurückkehren und in ihrem Haus dein Kind zur Welt bringen kannst? Aber ich lasse dich nicht gehen. Schlag dir das aus dem Kopf! Weder dich noch das Kind lasse ich gehen, das durch unsere Liebe entstanden ist. Wir werden heiraten, und wenn unser Baby geboren ist, wird der Priester es taufen. Hier in diesem Haus wird es aufwachsen, in diesem Canyon, mit all den Brüdern und Schwestern, die es vielleicht noch bekommen wird.«

»Dann – willst du unser Baby haben, Ráfaga?« flüsterte sie.

»Es ist Fleisch von unserem Fleisch«, entgegnete er ärgerlich. »Wie soll ich es da nicht wollen?«

»Ich weiß nicht... Aber als ich es dir sagte, warst du – so gleichgültig...«

»Willst du denn unser Baby haben?« Seine Finger gruben sich noch fester in ihre Arme.

»Natürlich. Ich liebe dich doch, Ráfaga. Wie konntest du jemals glauben, ich wollte das Kind abtreiben lassen!« rief sie vorwurfsvoll.

»Es wäre immerhin möglich gewesen.« Er schien noch immer nicht ganz überzeugt zu sein. »Ich habe dich mit Gewalt in diesen Canyon gebracht und dich gezwungen, in meinem Bett zu liegen. Ich habe dich hart bestraft, als du zu fliehen versuchtest. Mußte ich da nicht bezweifeln, daß du mein Baby haben willst? Und als ich deine geröteten Lider sah, dachte ich, du hättest deine Schwangerschaft entdeckt und aus Verzweiflung darüber geweint.«

»Ich weinte, weil ich glaubte, daß du mich und das Baby nicht willst.« Mit zitternden Fingern strich sie ihm über die Wange. »Und in ein paar Monaten werde ich so fett und häßlich sein, daß du...«

»Nein...« Seine Stimme klang wieder samtig und weich – es war die Stimme, nach der sie sich tagelang vergeblich gesehnt hatte. »Für mich wirst du immer schön sein, auch wenn sich dein Bauch über unserem Kind wölbt. Auch dann werde ich dich genauso begehren wie jetzt – wie ich dich begehrt habe, als ich dich zum erstenmal sah. Schon damals wollte ich dich besitzen. Aber als ich dich dann in meinen Armen gehalten hatte, wollte ich mehr besitzen als deinen Körper. Ich wollte deine Seele, dein Herz, deinen Verstand. Ich liebe dich, Querida, wie ich nie zuvor eine Frau geliebt habe.«

Sheila glaubte, ihr Herz müsse bersten vor Glück. Wie lange hatte sie auf diese Worte gewartet... Sie hatte die Hoffnung fast schon aufgegeben, daß sie das Geständnis seiner Liebe jemals hören würde. »Ich liebe dich.« Es war wie ein Gelübde, als sie diese Worte leise aussprach.

Ráfaga lächelte, mit den Lippen und mit den Augen. »Bald wird das Baby in deinem Leib wachsen.« Seine Hand legte sich auf ihren Bauch, streichelte sanft darüber, erregte ihre Sinne. »Und dann werde ich dich ansehen und dasselbe Verlangen nach dir haben wie eh und je, Querida. Ich werde niemals aufhören, dich zu begehren und dich zu lieben.« Seine Stimme wurde noch tiefer und heiserer, als seine Hand unter ihre Bluse glitt und die sanfte Rundung einer Brust umfaßte. »Denk an die zahllosen Stunden, wo ich bei dir sitzen und zusehen werde, wie unser Kind an deiner Brust saugt. Verstehst du nun, wie glücklich ich war, als ich erkannte, daß du schwanger bist?«

»Ja.« Sie lachte in atemlosem Glück, und Freudentränen schimmerten in ihren Augen. »Ja, ich verstehe es.«

»Und du bist damit einverstanden, daß der Priester uns traut?«

Sheila nickte.

Seine dunklen Brauen zogen sich zusammen. »Ich bedaure es sehr, daß ich dir keine legale Zeremonie anbieten kann, aber mein Name ist zu bekannt und...«

»Ich weiß. Das macht mir nichts aus.«

Ráfaga holte tief Atem, und in seinen Augen lag ein dumpfer Schmerz. »Ich habe kein Recht, dich zu bitten, mein Leben zu teilen. Ich kann dir so wenig bieten, und du gibst mir so viel!«

»Alles, was ich brauche, ist deine Liebe.« Sie schlang die Arme um seinen Hals und erwiderte voller Leidenschaft seinen Kuß, der den Bund besiegelte.

Es war drei Tage später. Das goldene Licht der Morgendämmerung erhellte den Himmel. Ráfagas Hände legten sich sanft um Sheilas Gesicht. Sein Blick wanderte zu Laredo, der bereits im Sattel saß und die Zügel von Sheilas Pferd festhielt.

»Es ist Zeit, *amado*«, sagte er leise.

»Komm doch mit uns, Ráfaga!« bat sie, als er sie zum Abschied küßte.

Er schüttelte den Kopf. »Der Weg ist weit, und du wirst dich am Ziel mindestens einen Tag lang ausruhen müssen. Ich kann es nicht riskieren, mich so lange in diesem Ort aufzuhalten. Ich reite euch morgen nach, und wenn wir uns wiedersehen, werden wir vor dem Priester stehen.« Er gab ihr noch einen Kuß, dann hob er sie in den Sattel. »Geht direkt zu Vater Ramirez, und sprecht sonst mit niemandem! Er kennt mich und wird eine Unterkunft für euch finden.«

Laredo nickte und übergab Sheila die Zügel ihres Rotbraunen. »Ich werde gut auf sie aufpassen, Ráfaga.«

Ihre Augen füllten sich mit Tränen, als sie auf Ráfaga hinabblickte. Seine Lippen waren zu einem schmalen Strich zusammengepreßt, aber in seinen dunklen Augen schimmerte das Licht seiner Liebe. Sie wollte noch einmal protestieren, ihm sagen, daß sie nicht ohne ihn reiten wollte.

Aber da schlug er auf die Kruppe des Rotbraunen. Erschrocken sprang das Pferd nach vorn. Sheila hatte es sofort wieder unter Kontrolle, dann trieb sie es zu größerem Tempo an. Nach wenigen Sekunden ritt Laredo an ihrer Seite.

Sie passierten den Teich, bogen in den schmalen Felsenweg, der an der Nordwand des Canyons hinaufführte. Sheila ritt voran, folgte dem Pfad, der sich durch einen Korridor aus Felsen und Bäumen nach oben schlängelte. Sobald sich die Sonne über den Grat im Osten erhoben hatte, erstrahlte der Morgen in hellem Licht.

Der Rotbraune stieg den letzten Steilhang hinauf, als Sheila plötzlich einen Gewehrschuß hörte. Auf dem Grat zügelte sie das Pferd und sah, daß Laredo den Kopf nach Süden wandte. Er spornte das Pferd an, jagte es den Hang herauf, und auf dem Grat angelangt, sprang er aus dem Sattel und ignorierte Sheila, als er zu einem Felsvorsprung lief.

»Was ist denn los?« Sie war ebenfalls abgestiegen und zu ihm gelaufen.

Durch die klare Bergluft drangen langsam undeutliche Stimmen heran.

»Mein Gott, eine Patrouille!« stieß er hervor.

Und da entdeckte sie auch schon die Schar uniformierter Reiter, die über die Wiese auf die Adobehäuser zugaloppierten. Der Canyon, das Versteck der Desperados, war entdeckt worden. Ihr Atem stockte. Ráfaga war in Gefahr. Ohne zu überlegen, schwang sie ihr Pferd herum, aber Laredo griff ihr in die Zügel. »Was haben Sie vor?«

»Ráfaga ist da unten... Ich muß zu ihm...«

»Glauben Sie, das will ich nicht? Aber er weiß, daß wir in Sicherheit sind, und er braucht sich nur selbst zu retten. Und wenn nicht, werde ich ihn aus dem Gefängnis holen.«

Sie sah ein, daß er recht hatte, aber sie konnte sich in diesem Augenblick nicht von ihrem Verstand leiten lassen. Sie bohrte ihre Absätze in die Flanken des Rotbraunen, sprengte den Weg zurück, den sie gekommen waren, und ihre Zügel glitten aus Laredos Händen. Es blieb ihm nichts anderes übrig, als ihr zu folgen.

Über dem Trommeln der Hufe hörten sie Schüsse im Canyon krachen. Ráfaga und seine Männer waren bereits in einen erbitterten Kampf verwickelt. Am Ufer des Teiches angelangt, zeigte Laredo in die Richtung des Adobehauses, wo sie sich von Ráfaga verabschiedet hatten. Die meisten Schüsse kamen aus der Dorfmitte, aber auch in der Nähe von Ráfagas Haus, das etwas abseits stand, wurde gefeuert.

Laredo sprengte zwischen den Bäumen hervor, und sofort verstärkte sich das Feuer. Sheila wollte ihm folgen, aber dann zügelte sie instinktiv das Pferd, als sie sah, wie der Amerikaner zusammenzuckte und aus dem Sattel fiel. Auch sein Pferd stürzte, rappelte sich aber wieder auf und trottete zu Sheila in den Wald zurück. Sie wollte sich gerade aus dem Sattel schwingen, als Laredos Ruf zu ihr drang. »Verschwinden Sie! Sie können mir nicht helfen...« Seine Stimme klang seltsam gepreßt. »Retten Sie sich...«

Sie wußte, daß es keinen Sinn hatte, zu ihm zu laufen und sich den Schüssen auszusetzen. Und so ritt sie am Waldrand entlang zur anderen Seite des Hauses, in dem Ráfaga festsaß.

Die Lichtung, auf der das Haus stand, erschien ihr gefährlich groß, sie mußte sie überqueren, um Ráfaga zu erreichen. Sie zögerte nur sekundenlang – dann sprengte sie zur Ostwand des Hauses.

Die Patrouille hatte zuerst die Dorfmitte angegriffen und wandte sich erst jetzt mit geballter Kraft dem einsamen Haus zu. Ein Gewehrlauf ragte aus einem der Fenster, und Sheila zügelte dicht daneben den Rotbraunen. »Ráfaga!«

Sofort erschien sein Kopf im Fensterrahmen, und seine Augen verengten sich ärgerlich. »Was machst du hier?«

»Ich mußte zurückkommen. Beeil dich...«

Aber er kletterte bereits aus dem Fenster. »Wo ist Laredo?« fragte er, mit einem Fuß schon im Steigbügel des Pferdes, das vor dem Haus stand.

»Er wurde aus dem Sattel geschossen«, sagte sie und sah, wie er die Zähne zusammenbiß.

»Auf der Wiese haben wir keine Chance. Wir müssen durch den Wald fliehen.«

Kugeln schwirrten ihnen um die Köpfe, als sie den Weg zurückgaloppierten, den Sheila gekommen war. Unverletzt erreichten sie die Bäume, und Ráfaga lenkte sein Pferd auf den Pfad, der an der Nordwand des Canyons hinaufführte. Fast zu spät sah er die uniformierten Reiter, die hinter den Baumstämmen hervorkamen und ihnen den Weg versperrten. Ohne zu zögern, wirbelte Ráfaga seinen Braunen herum. Sheila erriet, daß er zwischen den Bäumen bleiben wollte, bis sie die Ostwand erreichten, und dann würde er zum Hauptweg galoppieren, der aus dem Canyon führte.

Ein Schrei eines uniformierten Reiters sagte ihnen, daß man sie entdeckt hatte. Zwischen den Baumstämmen war es fast unmöglich, das Pferd zu größerem Tempo anzutreiben, wenn die tiefhängenden Zweige ihre Gesichter peitschten und sie aus den Sätteln zu werfen drohten.

»Sheila!« Ráfaga war hinter ihr. Sie blickte über die Schulter zurück, tief über den Pferdehals gebeugt. »Wir müssen versuchen, die Wiese zu überqueren, bevor sie uns den Weg abschneiden.«

Aus den Augenwinkeln sah sie einen Teil der Patrouille, die von der Wiese her näher kam. Nachdem sie von hinten verfolgt und von der Seite her bedroht wurden, wußte sie, daß Ráfaga recht hatte, und nickte zustimmend. Der schmale Canyon erschien ihr plötzlich sehr breit und der sanft ansteigende Weg weit entfernt.

Der Rotbraune brach vor dem Braunen zwischen den Bäumen hervor, konnte den Vorsprung noch ein paar Schritte halten. Dann sprengten beide Pferde nebeneinander her, und schließlich setzte sich der Braune an die Spitze. Ráfaga verringerte das Tempo des Tieres, um zu verhindern, daß der Abstand zwischen ihnen größer wurde.

Die Reiter galoppierten heran, der Winkel beider Reitbahnen verkürzte sich, als sich Sheila und Ráfaga der Wiesenmitte näherten. Sheila wußte, daß Ráfaga eine kleine Chance hatte. Sein Pferd konnte noch etwas Tempo zulegen, er könnte es schaffen. Aber nicht, wenn er von ihr aufgehalten wurde. Sie traf ihre Entscheidung, ohne lange zu überlegen, folgte nur ihrem Instinkt.

»Reit ohne mich weiter!« rief sie ihm zu.

»Nein!«

Aber sie schwang bereits ihr Pferd herum, als Ráfaga vergeblich versuchte, nach ihren Zügeln zu greifen. Sie sprengte die Patrouille direkt entgegen, begann zu winken und aus Leibeskräften zu schreien. »Hilfe! Ich bin Amerikanerin!« Dann wiederholte sie den Ruf und betete schluchzend um Ráfagas Rettung.

Die Patrouille drosselte das Tempo, als Sheila ihr entgegengaloppierte. Dicht vor den Reitern hielt sie an. Der Anführer erteilte einige Befehle, und ein Teil der Truppe sprengte Ráfaga nach. Sheila wandte sich um und sah den einsamen Reiter hinter einer Biegung verschwinden. Sie wußte, daß sie ihm genug Vorsprung verschafft hatte. Mit zitternden Beinen stieg sie aus dem Sattel.

»Sind Sie verletzt, Señora?« fragte der Offizier in gebrochenem Englisch und schwang sich ebenfalls vom Pferd.

Sie schüttelte unter Tränen den Kopf.

»Sind Sie Señora Townsend aus Texas?«

»Ja«, gab sie zu.

Der Mann war mittelgroß, hatte eine Hakennase und stechende braune Augen. »Sind Sie Elliot Rogers' Tochter?« Als sie nickte, verzogen sich seine dünnen Lippen zu einem höflichen Lächeln. »Wir haben lange nach Ihnen gesucht, Señora. Seit wir die Leiche Ihres Mannes im Auto gefunden haben.« Mit einer leichten Verbeugung stellte er sich vor. »Capitán Ramon Echeverria.«

Unsicher sah sie zu ihm auf. Er musterte sie mit gerunzelter Stirn, wachsam und nachdenklich. Sie zitterte immer noch nach der nervlichen Anspannung, unter der sie gestanden hatte, und es fiel ihr schwer, ihre Abneigung gegen den Offizier zu verbergen, dessen Patrouille hinter Ráfaga her war. »Wie – wie haben Sie mich gefunden?« stammelte sie.

Sein dünnes Lächeln war höflich, aber keineswegs freundlich. »Wie gesagt, wir suchen nach Ihnen, seit wir Ihren Mann gefunden haben, Señora. Zuerst waren viele Gerüchte im Umlauf, die besagten, daß Sie von den Männern gefangengehalten wurden, die Ihren Mann erschossen hatten. Dann hörten wir nichts mehr. Es war, als hätten die Berge Sie verschluckt. Vor ein paar Wochen hat eine Routinepatrouille in der Nachbarschaft einen Schuß gehört, und als sie in die Richtung des Krachs ritt, erblickte sie ein paar Reiter und eine blonde Frau. Daraufhin schickten wir ein paar Scouts los, die diese Gegend erforschten, und so fanden wir den Canyon.«

»Ich verstehe«, murmelte sie und war wütend, weil ihr alberner Fluchtversuch zu diesem Ergebnis geführt hatte.

Der mexikanische Offizier sah kurz zu dem Weg hinüber, der aus dem Canyon führte, dann richtete er seinen durchdringenden Blick wieder auf Sheila. »Ein Pech, daß der Mann entkam, als Sie auf uns zuritten... Er ist der Anführer der Bande, nicht wahr?«

»...Ja.« Sheila zögerte nur sekundenlang, aber das genügte, um das Mißtrauen des Offiziers zu erregen.

»Wie heißt er?«

»Das weiß ich nicht.«

»Das ist doch Ráfagas Bande?«

»Ja – so wurde er genannt.«

Nachdenklich starrte er sie an. »Sie waren lange hier, Señora. Die Banditen haben kein Lösegeld gefordert. Sie sind eine schöne Frau, und dieser Bandit Ráfaga ist sicher nicht blind.« Sheila spürte, daß sie blaß wurde. »Wahrscheinlich waren Sie nicht ganz unfreiwillig seine Gefangene, Señora.«

»Wie können Sie es wagen...«

»Verzeihen Sie, Señora, aber Sie müssen zugeben, daß ich gute Gründe für meine Vermutung habe.«

»Als ich damals von der Patrouille entdeckt wurde, versuchte ich gerade zu fliehen. Aber Ráfaga und seine Männer holten mich zurück.«

»Oh... Dann verzeihen Sie, wenn ich Sie falsch eingeschätzt habe, Señora.« Doch sein Blick war immer noch mißtrauisch. Vorläufig akzeptierte er, was er sah, aber Sheila fühlte, daß er es später in Frage stellen würde. »Wenn sich die Señora erholt hat, werden wir zu den Häusern reiten, wo meine Männer die Gefangenen zusammengetrieben haben.«

Sheila nickte und ließ sich widerwillig von Echeverria auf ihr Pferd helfen. Dabei fing sie seinen skeptischen Blick auf. Sie ahnte, daß er sich fragte, ob sie die Geliebte eines oder mehrerer Banditen gewesen war. Aber sie tat so, als würde sie seinen Blick nicht bemerken, und lächelte kühl, als er ihr die Zügel des Rotbraunen übergab.

23

Als sie zwischen den Adobehäusern hindurchritten, sah Sheila, daß die Patrouille Ráfagas Männer zusammengetrieben hatte wie Vieh, das zur Schlachtbank geführt werden sollte. Anscheinend waren nur wenige entkommen. In einer Gruppe von Verwundeten entdeckte sie Laredo, aber sie wagte nicht zu fragen, wie schwer er verletzt war. Mehrere Soldaten standen Wache und ignorierten die weinenden Frauen, die sich um ihre verwundeten Männer kümmern wollten. Verängstigte Kinder klammerten sich an die Röcke ihrer Mütter. Die kleineren weinten, weil sie sich vor etwas fürchteten, das sie nicht verstanden, und die großen blickten sich mit runden, dunklen, tränennassen Augen um.

Der Offizier, der neben Sheila ritt, hielt nicht an, sondern steuerte auf die Häuser zu, die seine Männer durchsuchten, um versteckte Banditen aufzustöbern. Sheila riß sich zusammen, um nicht zu zeigen, wie sehr ihr das alles zu Herzen ging. Als Sheila an Elenas Haus vorbeiritt und sah, daß sich die Mexikanerin über ihren reglosen Mann beugte, zügelte sie den Rotbraunen. Ein Gewehr lag neben dem Stuhl des Gelähmten, ein roter Fleck breitete sich auf seinem Hemd aus.

Als Sheila ihr Pferd zügelte, wandte sich der Offizier ihr zu, um zu sehen, was ihre Aufmerksamkeit erregt hatte. Elena hob den Kopf, wischte sich die Tränen von den Wangen und stand auf, um ihnen stolz entgegenzublicken. Eine ihrer Hände lag auf der toten Schulter ihres Mannes. Sie begann auf spanisch leise zu sprechen.

»Können Sie Spanisch, Señora?« fragte der Offizier.

»Ein wenig«, murmelte Sheila, unfähig, den Blick von Elena abzuwenden.

»Meine Soldaten haben mir gesagt, die Frau habe seinen Stuhl zur Tür geschoben und ihm ein Gewehr in die Hand gedrückt, als sie die Patrouille kommen sah«, erklärte der Offizier an Sheilas Seite. »Und dann sagte sie, die Soldaten hätten ihn getötet, als ob er ein ganzer Mann gewesen wäre, und jetzt sei er endlich in Freiheit.«

Ein Kloß saß in Sheilas Kehle, als sie weiterritt. »Ihr Mann war gelähmt und hilflos wie ein Baby. Er wußte nicht, was mit ihm geschah.«

Er sah sie neugierig an. »Haben Sie ihn gekannt?«

»Wie Sie bereits sagten – ich habe lange hier gelebt.«

Als sie den Korral erreicht hatten, half er ihr aus dem Sattel. Sheila stand seiner höflichen Sorge um ihr Wohlbefinden ziemlich skeptisch gegenüber. Sie wünschte, er würde weggehen und sie allein lassen, zumindest für eine kleine Weile.

Wie ein Schatten folgte er ihr auf eine kleine überdachte Veranda. »Darf ich Ihnen etwas zu trinken holen?« erbot er sich.

»Nein, danke«, erwiderte Sheila kurz angebunden.

»Wir werden bald aufbrechen. Wenn Sie irgend etwas mitnehmen wollen… Ich werde meinen Leuten sagen…«

»Ich möchte nichts mitnehmen.« Nur Ráfagas Baby, fügte sie in Gedanken hinzu.

»Nun, hier gibt es wahrscheinlich auch nichts, was man mitnehmen könnte«, meinte der Offizier. »Sie können es sicher kaum erwarten, diesen Canyon zu verlassen. Sie haben viel durchgemacht – erst mußten Sie mit ansehen, wie Ihr Mann ermordet wurde, dann wurden Sie von diesen Verbrechern gefangengenommen. Sie sind eine sehr tapfere Frau, Señora Townsend.«

»Bitte…« Sheila fand seine Beileidsbezeugungen irritierend. »Ich möchte nicht mehr daran erinnert werden.«

»Ich verstehe.« Er neigte den Kopf, zum Zeichen, daß er ihre Wünsche respektierte. »Sie wollen nicht davon sprechen.«

»Nein«, bestätigte sie mit scharfer Stimme.

»Wenn Sie mich jetzt entschuldigen – ich muß mit meinen Leuten reden.«

»Natürlich.« Sheila nickte und wandte sich ab, als sich der Offizier mit einem höflichen Lächeln zurückzog.

Sie schloß die Augen vor dem Anblick, der sich ihr ringsum bot, und wünschte, sie könnte auch den Geräuschen entfliehen. Sie wünschte, sie könnte weinen wie die Frauen und Kinder, aber sie mußte sich beherrschen und ihren Kummer verbergen. Ihr Gesicht war ausdruckslos, als der Offizier zurückkam, um ihr zu sagen, daß sie das Dorf nun verlassen wollten.

Getrennt von den Gefangenen, ritt Sheila mit dem Offizier an der Spitze der Patrouille. Als sie ein letztes Mal zu den Adobehäusern zurückblickte, wußte sie, daß sie nie mehr an diesen Ort zurückkehren würde, der ihre Heimat geworden war. Denn der Canyon war kein sicherer Hafen mehr, unberührt von der Außenwelt.

Die Soldaten, die Ráfaga gefolgt waren, warteten am Ende des Canyons und meldeten, er sei spurlos verschwunden. Erleichtert atmete Sheila auf, doch ansonsten ließ sie sich ihre Freude nicht anmerken. Ráfaga war spurlos verschwunden, wie der Windhauch, der ihm den Namen gegeben hatte. Und als eine leichte Brise über ihre Wange strich, wußte sie plötzlich, daß sie ihn wiedersehen würde.

»Wir haben Ihren Eltern bereits mitteilen lassen, daß wir Sie unversehrt gefunden haben«, sagte der Capitán. »Sie haben sich große Sorgen um Sie gemacht.«

»Sind sie in Mexiko?« Plötzlich sehnte sich Sheila verzweifelt nach ihren Eltern, die sie eine scheinbare Ewigkeit lang nicht gesehen hatte.

»Si. Ihre Mutter lebt seit Ihrem Verschwinden in Chihuahua, und Ihr Vater fliegt an den Wochenenden her, wann immer seine Geschäfte es zulassen. Ich habe oft mit Ihren Eltern gesprochen.«

»Ich möchte sie sehen.«

»Das sollen Sie auch. Ihre Eltern werden in unser Camp kommen.«

Im Licht der untergehenden Sonne schlug die Patrouille ihr Nachtlager auf. Die Soldaten bauten Korräle für die Pferde und zündeten ein Feuer an. Mit den letzten roten Sonnenstrahlen kamen Sheilas Eltern an, und sie stürzte sich in ihre Arme, weinend und lachend, küßte sie liebevoll, und alle drei begannen gleichzeitig zu reden. Und doch war es nur eine bittersüße Freude, die Sheila bei diesem Wiedersehen empfand.

Schließlich hatte sie ihre Gefühle wieder unter Kontrolle, trat einen Schritt zurück, um ihre Eltern anzusehen, und hielt ihre Hände fest. Sie lächelte unter Tränen. Ihr Vater schaffte es trotz Jeans und einer Leinenjacke, wie ein erfolgreicher Geschäftsmann auszusehen. Und ihre Mutter, die einen Hosenanzug aus Khaki trug, wirkte elegant wie eh und je.

»Daß du nur gesund bist, mein Liebling«, sagte ihr Vater immer wieder.

»Es war die Hölle, Sheila«, flüsterte Constance Rogers. »All die Monate ohne ein Wort von dir...« Prüfend sah sie ihre Tochter an. »Was haben sie mit dir gemacht? Haben sie dich...«

Sheila lächelte schwach. »Du willst fragen, ob sie mich vergewaltigt haben? Nein. Ráfaga hielt mich in seinen Armen – aber er hat mich nicht vergewaltigt.«

»Du meinst den Anführer dieser Bande?« stieß ihr Vater hervor.

»Wenn du ihn kennenlernen könntest – du würdest ihn auch mögen, Dad.«

Ihre Mutter sah sie immer noch forschend an. »Du bist schwanger, nicht wahr?«

»Ja. Ráfaga und ich wollten morgen in einem Dorf auf der anderen Seite der Berge heiraten.«

»Mein kleines Mädchen – mit einem Banditen verheiratet...«, stammelte ihr Vater ungläubig. »Dann wäre mir ja Brad noch lieber gewesen.«

»Das spielt nun keine Rolle mehr, Elliot«, versuchte ihn Constance zu besänftigen. »Jetzt kommt sie mit uns nach Hause und wird diesen Mann bald vergessen haben.«

Sheila runzelte die Stirn. »Ich möchte nicht nach Texas zurückgehen.« Verwirrt strich sie sich über die Stirn. Ihre Gedanken waren noch nicht so weit in die Zukunft vorausgeeilt.

»Natürlich kommst du mit uns, Liebling«, erwiderte ihre Mutter lächelnd. »Du mußt doch an das Baby denken. Ich nehme an, du willst es behalten?«

»Ja.« Schützend legte Sheila eine Hand auf ihren Bauch.

»Du brauchst ein Dach über dem Kopf und mußt ärztlich versorgt werden. Was läge denn näher, als daß du mit uns nach Hause kommst?«

»Wahrscheinlich hast du recht«, gab sie zögernd zu.

»Wir haben auch keinen Grund, den Leuten auf die Nase zu binden, daß es nicht Brads Kind ist«, meinte ihr Vater.

»Dad…« Sheila lachte leise. »Wenn das Baby schwarze Haare und dunkle Augen hat, wird kein Mensch glauben, daß Brad der Vater war.«

»Nach der Geburt des Kindes wirst du aufs College zurückgehen wollen«, sagte Constance Rogers, ohne auf Sheilas Einwand zu achten. »Immerhin mußt du jetzt auch an die Zukunft des Kindes denken, nicht nur an deine eigene.«

Sheila nickte, aber irgendwie erschienen ihr der gesellschaftliche Status und die materiellen Dinge, an die ihre Eltern dachten, nicht mehr wichtig.

Als hätte ihre Mutter gespürt, daß sie im Augenblick keine völlige Übereinstimmung erzielen konnte, wechselte sie das Thema. »Wir können später Pläne machen, Sheila. Jetzt sind wir erst einmal froh, daß wir dich wiederhaben.«

Tränen verschleierten Sheilas Blick. »Ich habe euch so lange nicht gesehen.«

»Für uns war es auch eine lange, schreckliche Zeit, Baby.« Ihr Vater legte einen Arm um sie und drückte einen feuchten Kuß auf ihre Stirn.

»Oh, Señor und Señora Rogers!« Der mexikanische Offizier gesellte sich zu ihnen. »Sie freuen sich sicher, daß Sie nun wieder mit Ihrer Tochter vereint sind.«

»Sehr«, antwortete E. J. Rogers und ließ Sheila los. »Wir können Ihnen gar nicht genug dafür danken, daß Sie unser kleines Mädchen gefunden haben.«

»Es war mir ein Vergnügen. Unser Essen wird gleich fertig sein. Die Gefangenen sind bereits versorgt worden. Wenn Sie Kaffee möchten…«

Eine wütende Stimme fiel ihm ins Wort. »Wenn ich diesen Schweinefraß essen soll, dann binde mir die Hände los, du Hurensohn!«

»Laredo«, flüsterte Sheila und machte instinktiv einen Schritt in die Richtung, aus der die Stimme gekommen war. Der Offizier trat ihr in den Weg.

»Señora…«

»Darf ich mit ihm sprechen, Capitán?«

Er zögerte kurz. »Gut. Aber ich werde Sie begleiten.«

Die Gefangenen hatten sich auch vorher kaum miteinander unterhalten, aber als Sheila mit dem mexikanischen Offizier zu ihnen kam, herrschte eine geradezu unheimliche Stille. Manche blickten sie mit unverhohlenem Haß an, weil sie sich mit dem Feind verbündet hatte, die anderen ignorierten sie.

Laredo gönnte ihr keinen Blick, als sie sich neben ihm niederkniete. Um seinen rechten Oberschenkel war eine dicke Bandage gewickelt, sein rechter Arm war voller Blutflecken. Auf seinen Knien stand ein gefüllter Teller, aber seine Hände waren mit Handschellen gefesselt.

»Hallo, Laredo!« sagte Sheila.

Mit kalten blauen Augen sah er sie an. »Ich lege keinen Wert auf Ihre Gesellschaft, Mrs. Townsend.«

»Ich auch nicht auf die Ihre«, sagte sie und fügte dann flüsternd hinzu: »Sind Sie schwer verletzt?«

»Ich werd's überleben.«

»Aber Sie müssen essen, wenn Sie bei Kräften bleiben wollen.«

Mit einem spöttischen Grinsen hob er die gefesselten Hände. »Wie denn?«

Sheila wandte sich an den Offizier. »Können Sie ihm nicht die Hände losbinden, damit er essen kann?«

Er zögerte, dann befahl er einem Soldaten, Laredo die Handschellen abzunehmen. Laredo begann zu essen, hörte aber nach drei Bissen wieder auf. »Consuela kann besser kochen. Außerdem kann ich den Arm kaum heben.«

Sheila nahm ihm den Teller und den Löffel aus den Händen und begann ihn zu füttern.

»Ist Ráfaga entkommen?« fragte er flüsternd.

»Ja«, antwortete sie ebenso leise. »Wohin wird er reiten?«

»Das weiß nur Ráfaga. Und Sie? Gehen Sie mit Ihren Eltern nach Texas zurück?«

»Ich weiß noch nicht – vielleicht für ein paar Monate, bis das Baby auf der Welt ist. Vielleicht bleibe ich auch hier und versuche Rá…« Abrupt brach sie ab, als ihr bewußt wurde, daß es Ráfaga war, den die Soldaten einzufangen hofften.

Wenn sie in Mexiko blieb, würden sie abwarten, um zu sehen, ob sie mit ihm Kontakt aufzunehmen versuchte oder er mit ihr. Um seinetwillen mußte sie das Land verlassen. Wenn sie mit dem Gehirn dachte statt mit dem Herzen, mußte sie sich eingestehen, daß es am besten wäre, nie mehr nach Mexiko zurückzukehren.

Ráfaga hatte eine sehr unsichere Existenz. Er könnte dem Baby und ihr selbst niemals eine sorgenfreie Zukunft bieten. Das ungeborene Kind hatte ein Recht auf ein anständiges Leben, auf die Freiheit, nach der sich Ráfaga sehnte und die er nie erreichen konnte. In Amerika konnte Sheila ihrem Kind ein Leben in Freiheit bieten, dazu den unschätzbaren Vorteil, Geld zu besitzen.

Würde sie die wahre Bedeutung der Liebe entdecken, wenn sie ihr Glück für ihr Kind opferte? Oder hatte sie nur Angst davor, ständig auf der Flucht zu sein und sich verstecken zu müssen, wenn sie den Rest ihres Lebens mit Ráfaga verbrachte? Sie war zu verwirrt, um diese Fragen beantworten zu können.

»Wenn Sie in die Staaten gehen, könnten Sie mal nach Alamagordo fahren?« bat Laredo.

»Soll ich Ihre Eltern besuchen?«

Er nickte. »Mein Vater heißt Scott Ludlow. Sagen Sie ihnen nichts von mir, aber...«

»Ich werde sehen, ob es ihnen gutgeht, und Ihnen dann Bescheid geben. Und in der Zwischenzeit werde ich alles tun, was in meiner Macht steht, um Ihnen und den anderen Gefangenen zu helfen. Manchmal kann Geld ganz nützlich sein.«

Laredo schwieg eine Weile und aß ein paar Bissen. Dann flüsterte er: »Wenn Sie uns wirklich helfen wollen, könnten Sie die Wachtposten ablenken. Dann hätten wir die Chance, sie zu überwältigen und Ihnen die Waffen wegzunehmen. Und in der allgemeinen Verwirrung würden ein paar von uns entkommen.«

»Sie könnten getötet werden«, protestierte Sheila, aber Laredo blickte sie nur wortlos an.

»Ich werde es versuchen«, stimmte sie widerstrebend zu. Sie warf einen Blick über die Schulter und sah, daß sich der Offizier immer noch mit einem Untergebenen unterhielt. Rasch wandte sie sich wieder zu Laredo und fragte: »Wo ist Juan? Ich habe ihn noch nicht gesehen.«

»Da drüben«, sagte Laredo, und Sheila starrte erschrocken auf einen reglosen, von einer Decke verhüllten Körper. »Er ist tot. Seine Wunde ist wieder aufgegangen.«

Der Offizier beugte sich zu Sheila hinab.

»Señora, jetzt haben Sie lange genug mit dem Gefangenen gesprochen.«

Sie schluckte ihre Tränen hinunter und richtete sich auf. Bevor sie sich abwandte, sah sie noch, wie ein Soldat Laredo wieder die Handschellen anlegte.

»Danke, daß ich mich mit ihm unterhalten durfte«, sagte sie.

»Mögen Sie ihn?« fragte der Capitán.

»Er ist mein Freund.«

»Ich verstehe«, sagte er, aber sie bezweifelte, ob er sie wirklich verstand, ob er sie jemals verstehen konnte.

»Verzeihen Sie, aber es ist mir nicht entgangen, daß Sie verstört sind, Señora. Sind Sie nicht glücklich, wieder bei Ihren Eltern zu sein?«

»Natürlich bin ich glücklich«, erwiderte sie kühl.

Er warf ihr einen skeptischen Blick zu, dann begleitete er sie schweigend zum Feuer zurück. Sheila blieb am Rand des Lichtkreises stehen, den der Flammenschein warf. Ihre Eltern saßen etwas abseits von den anderen, unterhielten sich miteinander und hatten anscheinend noch nicht bemerkt, daß sie zurückgekommen waren. Der Offizier bedeutete einem seiner Männer, ihnen Kaffee zu bringen. Dann wandte er sich zu Sheila um. Sie wußte, daß sie zu ihnen gehen müßte – aber sie wußte auch, daß sie nur über Ráfaga und das Baby sprechen würden, und so blieb sie stehen.

»Wir haben heute einen weiten Weg zurückgelegt«, sagte der Offizier geistesabwesend.

»Ja«, stimmte Sheila zu.

»Ich habe nachgedacht während unseres langen Ritts«, fuhr der Offizier an ihrer Seite fort, »und ich bin zu der Überzeugung gelangt, daß Sie Ráfagas Geliebte sind. Und Sie sehen nicht aus wie eine Frau, die man zur Liebe gezwungen hat. Ich habe manchmal gesehen, wie Ihr Blick zu den Bergen wanderte – als ob Sie wußten, daß er irgendwo da draußen in der Wildnis steckt. Vielleicht hoffen Sie, daß er zu Ihnen kommen wird.« Seine Augen verengten sich. »Ja, er wird kommen.«

Er wandte sich ab, gab seinen Soldaten einige knappe Befehle, dann drehte er sich lächelnd wieder zu Sheila um. »Ich habe zusätzliche Wachtposten aufstellen lassen. Wir sind auf Ihren Ráfaga vorbereitet – wenn er kommt.«

»Sie irren sich«, stieß Sheila verzweifelt hervor. »Er wird nicht kommen.«

Ein Schuß krachte, dann ein zweiter, ein dritter. Der Offizier packte Sheilas Arm und schrie seine Männer an. Weitere Schüsse fielen, bevor die Soldaten das Feuer erwidern konnten. Sheila versuchte sich loszureißen.

Gedämpfte Geräusche kamen aus der Ecke, wo Laredo und die anderen Gefangenen saßen. Im allgemeinen Chaos suchten sie ihre Chance zur Flucht. Eine Kugel sauste an Sheilas Ohr vorbei, traf den Offizier, der ihren Arm sofort losließ.

»Sheila, hierher!« rief Ráfagas vertraute Stimme, und sie rannte ihr entgegen, versuchte mit den Augen das Dunkel der Bäume zu durchdringen, die das Camp umgaben.

»Sheila, nein!« schrie ihre Mutter hinter ihr. »Bleib hier!«

Aber ihr Entschluß stand fest. Die zivilisierte Welt konnte ihr und ihrem Kind nichts bieten, was einem Augenblick in Ráfagas Armen gleichkam. Er trat hinter einem Baumstamm hervor und feuerte die Schüsse ab, die Sheila Deckung gaben. Sie eilte zu ihm.

Sturmritt

Roman

Aus dem Amerikanischen
von Dagmar Hartmann

Die amerikanische Originalausgabe erschien unter dem Titel
»Ride The Thunder« bei Pocket Books, New York

Prolog

Das große Zimmer war mit dunklem Walnußholz getäfelt. Sonnenlicht sickerte durch die Vorhänge vor der Glastür, die auf die Terrasse der Penthouse-Wohnung führte. Die Wände glänzten in einem natürlichen Schimmer. Einige wenige Bücher standen in den Regalen, die in einer Ecke des Zimmers vom Boden bis zur Decke reichten. Die Bände hatten Waffen und Jagd zum Thema und waren abgegriffen, weil sie so oft benutzt worden waren. Hauptsächlich füllten die Regale Souvenirs und Fotos eines Jägers, der neben erlegter Beute posierte. Ein ausgestopfter Vielfraß kauerte auf einem oberen Regal, während eine gelackte Klapperschlange die Unachtsamen vom untersten Fach aus bedrohte.

Spieße von Rehböcken, Geweihe von Hirsch, Elch und Wapiti hingen neben den präparierten Trophäen von exotischeren Tieren wie Nashorn, Weißschwanzgnu und Gazelle an den Wänden. Ein ausgestopfter Rotluchs stand stolz auf dem schlichten Kaminsims aus Ziegelsteinen; seine Beute, der chinesische Fasan, hockte auf der anderen Seite. Über dem Sims bildeten zwei Stoßzähne eines großen Elefanten einen Torbogen für einen Steinadler, der mit ausgebreiteten Flügeln über seine Beute wachte – ein graues Eichhörnchen, das er in seinen Klauen gefangenhielt. Auf dem Boden, vor dem Kamin, lag der zottige braune Pelz eines Grizzlys, dessen Knopfaugen und entblößte Zähne in stummer Drohung erstarrt waren.

An einer Wand stand ein teurer und solide gebauter Waffenschrank. Die Metalläufe der verschiedenen Waffen glänzten vom sorgfältigen Einölen, aber die hölzernen Schäfte zeigten Abnutzungserscheinungen. Auf einem massiven Schreibtisch gab es kein umherliegendes Papier, nur noch mehr Erinnerungen und Fotos an erfolgreiche Jagdausflüge. Zwei gleiche Sofas, die mit hellem Leder bezogen waren, standen sich zu beiden Seiten des Bärenfellteppichs gegenüber. Auf einem der beiden saß ein schlaksiger, vierzehnjähriger Junge in himmelblauem Pullover und dunkelblauer Hose. Seine langen, zarten Finger reinigten eifrig ein Gewehr. Eine Locke dunklen, fast schwarzen Haares war ihm über die Stirn gefallen, als er sich über seine Arbeit beugte. Seine sensiblen Züge waren fast perfekt, wie von einem Künstler gezeichnet. Lange, dichte, geschwungene Wimpern umrahmten samtig-braune Augen, die sich ernst auf die Waffe konzentrierten.

Ihm gegenüber auf dem anderen Sofa saß ein zwölfjähriges Mädchen, das ebenfalls in die Reinigung einer leichteren Waffe vertieft war. Damit hörte die Ähnlichkeit aber auch schon auf. Ihre schlanke Gestalt steckte in Blue jeans und einem übergroßen grauen Sweatshirt. Ihr langes Haar fiel in einem einzigen, kupferfarbenen Zopf über ihre Schulter herab. Als es sie bei ihrer Aufgabe störte, warf sie es mit einer ungeduldigen Geste nach hinten. Sie wirkte natürlich und eifrig, und ihre Züge glühten vor Vitalität. Nur der Schwung ihrer Lippen zeigte dieselbe Verletzlichkeit und Sensibilität, die dem hübschen Gesicht ihres Bruders aufgeprägt waren. In den haselnußbraunen Augen, die blitzen und funkeln konnten, wenn sie wütend oder aufgeregt war, oder dunkel und unruhig werden wie die See, leuchteten grüne Punkte.

Von einem hochlehnigen Sessel aus, der mit braunem Leder gepolstert war, das schon abgenutzt schien, beobachtete ein Mann schweigend das Pärchen. Geistesabwesend rieb er mit einem Tuch über den Holzteil der Winchester auf seinem Schoß. Es war eine Geste, die gleichzeitig zärtlich und respektvoll war. Sein Gewehr war bereits gereinigt worden, nachdem er es neulich benutzt hatte. Lange Jahre der Erfahrung hatten es ihm möglich gemacht, schneller diese Arbeit zu verrichten als die Kinder, die er beobachtete.

Eine Bruyère-Pfeife klemmte zwischen seinen Zähnen; ihr Kopf war kalt, obwohl der aromatische Duft des Tabaks noch in der Luft hing. Er trug eine Buschjacke und eine braune Hose und sah ganz wie ein Jäger aus. Sein dunkelbraunes Haar hatte einen kastanienbraunen Schimmer. Deutliche graue Strähnen zeichneten sich an den Schläfen ab. Er war auf eine männliche Art gutaussehend, aber seine Haltung drückte Abwesenheit aus. Im Laufe der Jahre hatte er gelernt, seine Emotionen so sehr zu beherrschen, daß nur wenig von dem, was er dachte oder fühlte, in seinem Gesicht oder den dunkelbraunen Augen zu sehen war.

Man konnte hören, wie außerhalb des gemütlichen Zimmers eine Tür geöffnet und wieder geschlossen wurde. Augenblicklich schoß der Kopf des Mädchens in die Höhe, ein Schimmer von Aufregung ließ ihre

Augen erstrahlen. Gewehr und Reinigungsmittel wurden hastig beiseite gelegt, als sie auf die Füße sprang.

»Das muß Mutter sein. Warte nur, bis ich ihr die Neuigkeit erzähle!«

»Jordanna, warte!« Ehe der Mann die Pfeife aus dem Mund nehmen konnte, um Jordanna aufzuhalten, war sie schon aus dem Zimmer geschossen. Er preßte kurz die Lippen zusammen, als er die Pfeife in den Ständer neben seinem Sessel stellte. Ohne Eile stand er auf und ging zum Gewehrschrank hinüber. Nachdem er seine Waffe dort eingeschlossen hatte, drehte er sich um und begegnete dem Ausdruck von Vorfreude im Blick seines Sohnes. »Du reinigst dein Gewehr fertig, Kit. Ich werde es inspizieren, ehe es in den Schrank zurückgestellt wird.« Ein Lächeln begleitete diesen entschiedenen Befehl.

»Ja, Dad.« Der Teenager wandte seine Aufmerksamkeit wieder der Aufgabe zu, ohne zu zeigen, daß er unwillig oder nicht geneigt wäre, als sein Vater den Raum verließ.

Wenn man von dem strikt maskulinen Raum ins Wohnzimmer mit seinen Leuchtern und Brokaten trat, war das fast wie ein Schock. Ein Plüschteppich in ganz hellem gedämpften Grün bedeckte den Boden des riesigen Raumes. Gemälde italienischer Meister, sowohl Originale als auch teure Drucke, schmückten die in gebrochenem Weiß gehaltenen Wände in einer Vielzahl schwerer, vergoldeter Rahmen. Ein großes Sofa war von blauem Brokat mit einem schwachen goldenen Muster bedeckt. Lampen aus Kristall und Messing standen auf italienischen Tischchen, die das Sofa flankierten, während ein langer Kaffeetisch davorstand. Passende Love-Seats im selben zarten Grün wie der Teppich standen sich vor einem weißen Marmorkamin gegenüber. Das blasse Grün wiederholte sich in den Samtvorhängen und ihren tiefhängenden Volants. Vasen mit frisch geschnittenen Blumen standen im Raum verteilt. Die Blumen wiesen alle möglichen Schattierungen von Pink auf.

Inmitten all dieser Eleganz stand eine Frau mit rabenschwarzem Haar, ein hinreißend schönes Geschöpf von unterkühlter Vornehmheit. Ein Mädchen wartete an ihrer Seite, einen Zobelmantel über dem Arm, während die Frau graziös die schwarzen Glacéhandschuhe abstreifte, die sie trug.

»Danke, Tessa.« Als sie dem Mädchen die Handschuhe reichte, sprach ihre kultivierte Stimme höflich die Worte aus; sie brauchte die Dienste des Mädchens nicht mehr.

Die Hausangestellte verließ das Zimmer, als das kupferhaarige Mädchen hereinstürzte. »Rate, was passiert ist?« rief es der Mutter zu.

»Was machst du nur in diesen unmöglichen Kleidern, Jordanna?« Jadegrüne Augen überflogen die Aufmachung des Mädchens mit offener Abscheu. Ihr eigenes Kostüm war nach der letzten Mode geschnitten, und alle Accessoires waren sorgfältig und bestens darauf abgestimmt. »Ich dachte, ich hätte Tessa aufgetragen, sie fortzuwerfen. Du hast einen ganzen Schrank voll der schönsten Kleider, die ich dir gekauft habe. Es wird Zeit, daß du aufhörst auszusehen wie ein gewöhnlicher kleiner Wildfang.«

»Wir haben schießen geübt.« Die Kritik glitt einfach an dem jungen Mädchen ab. »Dad hat gesagt, ich kann nächstes Wochenende mit ihm zur Jagd gehen, wenn er Kit mitnimmt«, verkündete Jordanna mit unverhüllter Freude.

Schock breitete sich auf den hübschen, alabasterfarbenen Zügen der Mutter aus, ehe langsam aufkommender Zorn an seine Stelle trat. »Das ist doch Unsinn.«

»Nein, nein«, beharrte Jordanna. »Dad sagt, daß er mich mitnehmen will, ehrlich, das hat er gesagt!« Mit ihren scharfen Augen fing sie die Bewegung seitlich von sich auf und drehte sich um. »Wenn du mir nicht glaubst, kannst du ja ihn fragen. Du hast doch gesagt, daß du mich mitnimmst, nicht wahr, Dad?« flehte sie den Mann an, der das Wohnzimmer betrat.

»Ja, das habe ich gesagt«, gab er zu. Der Blick seiner braunen Augen begegnete dem grünen Feuer, das ihm entgegengeschleudert wurde.

»Jordanna ist ein junges Mädchen, Fletcher. Es ist schlimm genug, daß du Christopher zu diesen blutigen Beweisen von Männlichkeit mitnehmen mußt, aber meine Tochter mußt du nicht auch noch damit konfrontieren; sie soll nicht Zeugin dieser Taten werden.«

»Aber ich möchte doch gehen«, protestierte Jordanna.

»Du bist still und hältst dich da heraus!« Ihre Mutter wirbelte zu dem Mädchen herum, konnte die Wut, die sie am ganzen Körper zittern ließ, kaum noch beherrschen. »Das ist ein Problem zwischen deinem Vater und mir.«

»Livvie, du übertreibst mal wieder, wie üblich.« Die trocken vorgebrachte Bemerkung wirkte wie mehr Öl in einem bereits prasselnden Feuer.

»Übertreiben?« Das Mädchen war vergessen, als die Frau den Mann anfunkelte, der ihr gegenüberstand. Lange, manikürte Nägel gruben sich in die weichen Innenflächen ihrer Hände. »Das ist deine Lieblingsbeschuldigung, was? Olivia, du bist zu gefühlsbetont.« Sarkastisch ahmte sie seinen vorherigen Kommentar nach.

»Das bist du auch«, behauptete Fletcher Smith, ohne daß sein ruhiger Ton sich verändert hätte. »Sieh dich doch nur an. Du zitterst wie Espenlaub.«

»Was erwartest du denn von mir?« rief sie empört aus. »Meine Tochter stürzt zu mir und verkündet, daß sie nächstes Wochenende mit dir auf die Jagd geht. Sie ist auch mein Kind, Fletcher! Ich glaube doch, daß ich ein Recht habe, bei dieser Angelegenheit auch ein Wörtchen mitzureden. Auch ich muß meine Erlaubnis geben.«

»Ich hätte es ja mit dir besprochen, aber du bist so selten zu Hause. Wann immer ich daheim bin, ist dein Terminkalender voller Verabredungen.« Aus seinem Kommentar sprach Verachtung.

»Du läßt dich ja auch nur äußerst selten hier sehen!« gab Olivia Smith zurück. »Und wenn du mal da bist, verbringst du zwei Drittel deiner Zeit in diesem Raum mit den ausgestopften Tieren und deinen Gewehren! Jagen mag ja dein Leben sein, aber meines ist es nicht!«

»Nein?« Der exakt geschnittene Mund verzog sich zynisch. »Ich habe gehört, daß du dich sehr geschickt dabei anstellst, die männlichen Mitglieder der zweibeinigen Gattung zu verfolgen. Du scheinst ebensogut in der Lage zu sein, Trophäen zu sammeln, wie ich.«

»Warum kommst du nicht einfach zur Sache, Fletcher?« Ihre Stimme war kalt vor Wut und Erbitterung. »Willst du wissen, wie viele Liebhaber ich gehabt habe?«

Die ohnehin schon straffe Linie seines Kiefers schien jetzt wie aus Bronze gemeißelt. Sein Blick glitt vielsagend über Jordannas erbleichtes Gesicht. »Wenn du dieses Thema weiterverfolgen willst, Livvie, darf ich vielleicht vorschlagen, daß du wartest, bis Jordanna das Zimmer verlassen hat. In Anbetracht deiner angeblichen Sorge bezüglich der unschönen Dinge, denen sie in ihrer Jugend ausgesetzt werden könnte, kannst du schwerlich etwas dagegen einzuwenden haben.«

Seine Frau stieß ein zitterndes, bitteres Lachen aus. »Es gelingt dir doch immer wieder, mich wie eine Hure aussehen zu lassen, was, Fletcher?« murmelte sie. Sie riß die grünen Augen auf, um die brennenden

Tränen zurückzuhalten, und sah ihre Tochter an. »Geh in dein Zimmer, Jordanna.«

Statt zu gehorchen, wandte sich das Mädchen dem Vater zu und schlang die Arme fest um seine Taille. »Es tut mir leid, Daddy«, schluchzte sie erstickt. »Ich wollte nicht, daß sie wütend auf dich wird.«

»Ist schon gut, Jordanna.« Er hielt sie einen tröstenden Moment lang fest. Dann rückte er den roten Zopf zurecht, so daß er auf ihrer Wirbelsäule ruhte. Schließlich löste er ihre Arme von sich und schob sie entschlossen weg. »Geh jetzt.«

»Bitte, laß nicht zu, daß sie dich zwingt, mich nächstes Wochenende hier zu lassen«, flehte sie. »Ich will mit dir auf die Jagd gehen.«

»Ich weiß.« Er nickte und gab ihr einen leichten Schubs aus dem Zimmer. »Lauf.«

Langsam und zögernd verließ sie den Raum. Ihr Gehorsam hielt gerade so lange vor, bis sie den Flur erreichte, wo sie vor Entdeckung sicher war. Dort blieb sie stehen und preßte sich ganz flach an die Wand, um zu lauschen. Sie wollte das Ergebnis hören, und doch haßte sie den erbitterten Streit, der den beiden weniger auszumachen schien als ihr.

»Jordanna wird dich nicht begleiten«, erklärte ihre Mutter. »Schlimm genug, daß du Christopher mitnehmen mußt. Er ist ein so sensibler, feinsinniger Junge. Wann wirst du endlich begreifen, daß du ihn nicht zwingen kannst, so zu werden, wie du bist?«

»Wenn man überlegt, wie du ihn verhätschelt hast, dann ist es schon ein Wunder, wenn er überhaupt einmal erwachsen wird. Die meisten Jungen in seinem Alter sind bereits auf der Jagd gewesen«, gab er zurück. »Ich habe bis jetzt gewartet, weil du immer wieder gesagt hast, er wäre zu jung. Kit möchte gehen. Hör endlich auf, ihn mit deiner Liebe zu ersticken, und laß ihn erwachsen werden, Livvie.«

»Christopher will nicht gehen. Wenn er das sagt, dann tut er das nur, weil er weiß, daß du es hören willst.«

»Du irrst dich.« Er sprach nicht lauter, und auch sein Ton änderte sich um keinen Deut. »Ein paar seiner Schulfreunde waren zur Rotwildjagd und haben ihm davon erzählt. Kit ist ganz aufgeregt und kann es kaum erwarten, auch zu jagen.«

»Er begreift nicht, daß du tatsächlich von ihm erwartest, ein Tier zu töten. Er empfindet noch etwas, Fletcher. Er könnte niemals kaltblütig ein armes, wehrloses Tier erschießen. Dich erregt das.«

»Wann wirst du endlich damit aufhören, Jagen mit Morden gleichzusetzen?«

»Wenn du aufhörst, meinen Sohn so zurechtbiegen zu wollen, wie du glaubst, daß ein Mann sein sollte!« gab sie wütend zurück. »Ich hätte dich aufhalten sollen, als du Christopher die Flinte gekauft hast.«

»Gewehr«, verbesserte er automatisch.

»Flinte. Gewehr. Wo ist da der Unterschied? Du hast mich überzeugt, daß er es behalten sollte. Ich stand daneben, während du ihm beigebracht hast, wie man es benützt. Wie du es jemals fertiggebracht hast, mich zu überreden, Jordanna schießen lernen zu lassen, wird mir stets ein Rätsel bleiben. Du setzt deinen Willen immer durch, Fletcher. Ich habe sogar eingewilligt, daß du Christopher zur Jagd mitnimmst. Aber nicht Jordanna. Ich werde nicht zulassen, daß sie mit dir geht.«

»Alle beide möchten gehen. Ich möchte, daß sie mitkommen. Ich sehe sie ohnehin nicht sehr oft. Wenn sie nicht in der Schule sind, bin ich irgendwo unterwegs. Ich möchte, daß wir ein wenig Zeit gemeinsam als Familie verbringen, daß wir Dinge miteinander erleben.«

»Dann bleib daheim! Hör endlich auf, dich überall in der Welt herumzutreiben!« schrie Olivia Smith. »Ich bitte nicht mehr meinetwegen darum, sondern wegen der Kinder.«

»Es macht mir nun mal Spaß. Mir sind ohnehin nur noch wenige Vergnügen geblieben«, bemerkte er.

»Ich nehme an, das soll ein Seitenhieb gegen mich sein. Habe ich dein Leben unglücklich gemacht, Fletcher? Ich hoffe es, weil meines nämlich die Hölle ist, seit ich dich geheiratet habe!«

»Liv, warum müssen wir streiten? Warum können wir nicht vernünftig darüber sprechen?« Müde fuhr er sich mit der Hand über das ergrauende Haar an seinen Schläfen.

»Warum kannst du die Jagd nicht aufgeben?«

»Du verstehst nichts vom Jagen. Du glaubst, es wäre ein Sport des Tötens. Es ist die Aufregung der Jagd, Livvie. Das Messen deiner Fähigkeiten, deiner Geschicklichkeit und deines Wissens gegen einen anderen. Es ist die Jagd, nicht das Töten. Komm nächstes Wochenende mit, und finde es selbst heraus.«

»Nach all den Jahren, die ich allein daheim geblieben bin, forderst du mich endlich auf mitzukommen? Jetzt ist es zu spät.« Ihre heisere Stimme bebte. »Du bist nie hiergewesen, wenn ich dich gebraucht hätte, Fletcher. Du warst immer auf irgendeiner Safari oder an irgendeinem gottverlassenen Ort, wo ich dich nicht erreichen konnte. Du hast mich ausgeschlossen. Ist es da ein Wunder, daß ich mich anderen zugewandt habe? Und doch gibst du mir die Schuld daran. Jetzt erwartest du, daß ich mit dir mitziehe, nachdem du nicht ein einziges Zugeständnis gemacht hast.«

»Was, glaubst du, ist diese Wohnung? Ich hasse New York. Du willst hier leben, nicht ich. Es ist nicht der richtige Ort, um Kinder großzuziehen. Nicht, daß dich das kümmern würde. Dich interessieren doch nur Einkaufen, Partys und Theater.« Zum erstenmal schwang ein Unterton von Zorn und Erschöpfung in seiner Stimme mit. »Ich begreife nicht, warum du dich so darüber aufregst, daß ich Jordanna und Kit am nächsten Wochenende mitnehmen möchte. Dadurch hättest du zwei volle Tage, die du mit deinem neuesten Liebhaber verbringen könntest, wer immer das auch sein mag!«

»Ein Jammer, daß ich nicht daran gedacht habe!« Sie lachte, aber es war ein spröder, unechter Laut.

»Zum Teufel mit dir, Livvie!« Er packte ihre steifen Schultern, als wollte er sie schütteln. »Du bist meine Frau.«

Sie hielt sich ganz starr in seinen Armen, gab seinem Versuch, sie zu beherrschen in keiner Weise nach. »Ich habe schon vor langer Zeit aufgehört dich zu lieben, Fletcher.« Langsam wurde sie freigegeben, als Fletcher Smith sich sammelte, um sie erneut mit seiner früheren Haltung zu betrachten. Es war Olivia, die sich abwandte. »Was Jordanna angeht, du kannst sie nächstes Wochenende mitnehmen. Ein paar Tage ganz für mich allein sind vielleicht genau das, was ich brauche. Du hast gewonnen, Fletcher – aber das tust du ja immer.«

»Ich gebe dir mein Wort, Livvie, daß sie nicht schießen wird. Sie läuft einfach mit Kit und mir mit. Das ist alles«, erklärte er.

Jordanna hatte ihre Antwort. Sie würde mit auf die Jagd gehen. Aber sie verspürte keinen Triumph bei dieser Neuigkeit. Tränen liefen über ihr Gesicht. Ein Kloß schien sich in ihrem Magen zu wälzen, glühendheiß verursachte er ihr Übelkeit, als sie langsam den Gang entlang zu ihrem Zimmer ging.

Das erste frühe Morgenlicht sickerte in den Wald in Vermont. Alles war ruhig und still. Abgesehen von dem Zwitschern der Vögel in den Wipfeln. Ein Mann, ein Junge und ein Mädchen befanden sich dicht neben einem umgestürzten Baum. Der Mann hockte, rührte sich nicht, hielt sein Gewehr in der Armbeuge, der Lauf zeigte von den Kindern fort. Der Junge kniete am Boden, den Lauf seiner Waffe hatte er auf den toten Baumstamm gestützt. In seiner brandneuen Jagdjacke aus kariertem Stoff beobachtete er den Pfad der Hirsche, der sich dicht an ihrem Versteck vorbeiwand. Jordanna saß im Schneidersitz auf dem Boden, hatte die Hände tief in die Taschen ihres Parkas gestopft und den Kragen am Hals hochgeschlagen. Ein weißer Wollschal wärmte ihren Kopf und versteckte den größten Teil des kupferroten Haares. Am Hals war er verknotet. Es war eisig in den frühen Morgenstunden des anbrechenden Herbsttages, aber Jordanna hatte Angst zu zittern. Sie hatte Angst, mit der Wimper zu zucken. Die Anweisungen ihres Vaters waren sehr präzise gewesen. Sie durften sich nicht rühren oder auch nur den leisesten Laut verursachen. Er hatte die Gegend vor Anbruch der Jagdsaison erforscht und ihnen versichert, daß ein großer Weißwedelhirsch genau zu dieser Stelle kommen würde.

Ganz vorsichtig und leise setzte sich Kit auf die Fersen und warf seinem Vater, ohne den Kopf zu drehen, einen fragenden Blick zu. In seinem Gesicht stand die Verzweiflung des Wartens. Fletcher Smith schenkte ihm ein aufmunterndes Lächeln und dirigierte die Aufmerksamkeit des Jungen mit einer Bewegung der Augen wieder auf den Pfad zurück. Jordanna sah, wie Kits Augen vor Aufregung aufleuchteten. Sie folgte seinem Blick, konnte aber nichts erkennen. Sie starrte, bis ihre Augen schmerzten. Dann fiel ihr der Rat ihres Vaters ein, die Augen immer in Bewegung zu lassen. Sekunden später bemerkte sie ein leichtes Zittern der Zweige, konzentrierte sich darauf und erkannte, daß es sich um ein Reh handelte, ein kleines, zartes Wesen.

Trotz des Teppichs aus totem Laub und dem dichten Unterholz schritt das Tier lautlos den Pfad entlang auf sie zu. Diesem Reh folgten zwei weitere und dann ein kleines Kitz. Jordanna konnte ein scharfes Einatmen nur knapp unterdrücken. Ihr Mund öffnete sich ehrfurchtsvoll, aber kein Ton kam über ihre Lippen. Ihre tanzenden Augen begegneten dem Blick ihres Vaters. Er zeigte durch ein Blinzeln an, daß er verstand, wie entzückt sie über die Parade dieser Tiere war. Kits Grinsen war wie ein Echo ihrer eigenen Erregung. Dieser Anblick allein war es wert, die Kälte und die verkrampften Muskeln ertragen zu haben.

Die Geißen verschwanden am anderen Ende der Spur, bahnten sich ihren Weg zu höheren Gefilden. Dennoch behielten die drei ihr Schweigen bei. Weibliche Rehe waren nicht das Ziel ihrer Jagd. Sie warteten auf einen Bock oder einen Hirsch. Weitere Minuten zogen sich dahin, und ihre Sorge nahm zu.

Fletcher Smith legte eine Hand auf die Schulter seines Sohnes. Dort, wo eben noch nichts weiter als Bäume und Büsche gewesen waren, stand jetzt ein Siebenender. Er hatte den Kopf gewandt, musterte den Pfad, prüfte die stehende Luft. Mit einem Finger bedeutete Fletcher seinem Sohn zu warten, bis das Tier näher war. Jordannas Herz klopfte so laut, daß sie sicher war, der Hirsch würde es hören. Mit einem Zucken seines weißen Schwanzes setzte er sich in Bewegung – majestätisch und wachsam. Nicht ein einziges Blatt raschelte unter seinen Hufen.

Als das Tier in Schußweite war, wurde der Druck der Hand auf Kits Schulter fester. Er erinnerte sich an all die Stunden der Übung, zielte und zog durch. Das Gewehr wurde abgefeuert, der Hirsch machte einen Satz auf einen nahen Busch zu. Kit sprang auf.

»Ich habe ihn! Ich habe ihn getroffen, nicht wahr, Dad?« Seine positive Aussage wurde unsicher. Der Hirsch war nirgends zu sehen.

»Du hast ihn getroffen«, versicherte ihm sein Vater. »Aber du hättest ihn noch ein bißchen weiter herankommen lassen müssen. Du hast ihn in den Bauch geschossen.«

»Ich habe die ganze Zeit zugeschaut, aber das habe ich nicht gesehen«, staunte Jordanna. »Woher weißt du, wo Kit ihn getroffen hat?«

»Das habe ich am Geräusch der Kugel gehört, das sie machte, als sie traf«, erklärte er. »Sie macht verschiedene Geräusche, je nachdem welchen Teil des Körpers sie trifft. Nach einer Weile lernt man, den Unterschied zu erkennen.«

»Mann, das war aber mal was«, bemerkte Kit, zumindest teilweise mit seinem Schuß zufrieden. »Es war genauso, wie die Jungs in der Schule erzählt haben. Das war ein großer Hirsch, was, Dad?«

»Er war ganz anständig, für deinen ersten ausgesprochen respektabel«, stimmte Fletcher zu und lächelte breit. »Ich wünschte, deine Mutter könnte dich jetzt sehen. Sie war so davon überzeugt, daß dir die Jagd keinen Spaß machen würde.«

»Es ist toll!« Sein Stolz über seine Tat vermischte sich mit Aufregung. »Komm schon, Dad, laß uns meinen Hirsch holen.«

Fletcher Smith ließ zu, daß sein aufgeregter, eifriger Sohn ihn zu dem Pfad zerrte. Jordanna blieb etwas zurück. Die Bemerkung ihres Vaters über ihre Mutter hatte unerwünschte Erinnerungen zurückgerufen. Mit Mühe schüttelte Jordanna die vage Traurigkeit ab.

Blutspritzer kennzeichneten die Spur des verwundeten Tieres. Sie folgten ihr bis zum Dickicht. Etwas in den toten Blättern schien um sich zu schlagen und brachte sie zum Stehen. Fletcher wies in die Richtung des Geräusches, und die drei eilten vorsichtig darauf zu.

Der Hirsch lag auf einer kleinen Lichtung auf der anderen Seite des Dickichts, unfähig aufzustehen. Blut befleckte seine Flanken und den Boden unter ihm. Als sie näher kamen, hob er den Kopf und wandte ihn ihnen zu. Sie alle blieben beim Anblick dieser ausdrucksvollen, braunen Augen, die sie ansahen, stehen.

»Du mußt ihn erschießen, Kit«, erklärte Fletcher. »Wenn du ihn so liegen läßt, wird es lange dauern, bis er stirbt.« Er schob den Teenager vorsichtig auf das Tier zu. Unter dem Blick aus diesen sanften, braunen Augen schüttelte Kit abwehrend den Kopf. »Du mußt ihn von seinem Elend erlösen. Siehst du nicht das Verzeihen in seinen Augen?«

Kit starrte das Tier an, sein Gesicht wurde immer bleicher. Das Gewehr glitt ihm aus der Hand, als er sich umwandte und davonlief, über Zweige stolperte und durchs Gebüsch stürzte. Fletcher Smith machte einen Schritt hinterher, die Hand ausgestreckt.

»Keine Sorge, Dad.« Jordanna hatte sich bereits gebückt, um das Gewehr aufzuheben. Während sie sprach, wandte sie sich um und zielte auf den gefallenen Hirsch. »Ich mach' das schon.« Der Abzug wurde durchgezogen, und der Schuß zerschnitt die Luft, ehe Fletcher überhaupt reagieren konnte. »Jetzt ist er tot«, sagte sie einfach und ganz ruhig. Sie hob den Blick und versuchte, ihrem Vater ein wenig Trost zu bieten. »Kit hat das nicht verstanden.«

Seine Hand schien zu zittern, als er ihre Schulter packte und sie in seine Arme zog. Er umarmte sie einen Moment lang ganz fest, holte dann tief Luft. Er lächelte auf sie herab, und Wärme und Zärtlichkeit strömten aus seinen Augen. »Du bist immer mein kleines Mädchen gewesen, nicht wahr, Jordanna?«

»Immer«, stimmte sie zu. Sie waren sich besonders nah. Gegenseitiges Verständnis und gegenseitige Bedürfnisse mußten nicht ausgesprochen werden...

»Willst du mir helfen, den Hirsch auszunehmen?« Fletcher zog ein Messer aus der Scheide. »Es wäre dumm, ihn hier herumliegen zu lassen.«

»Klar helf' ich dir«, willigte Jordanna ein.

»Du hast keine Angst, daß dir schlecht wird? Es macht nichts, wenn das so ist«, fügte er hinzu.

»Nein. Was soll ich tun?«

Kit saß auf dem Rücksitz des Jeeps, als sie zu der Stelle zurückkehrten, wo sie geparkt hatten. Fletcher sagte nichts, als er das ausgeweidete Tier auf dem Dachständer befestigte. Auf dem Weg hatte er den vielsagenden Geruch wahrgenommen, wo Kit sein Frühstück verloren hatte. Ein Blick in sein aschfahles Gesicht war Beweis genug, daß er sich auch jetzt nicht viel wohler fühlte. Sobald sie zurück auf der Hauptstraße waren, schaute er in den Rückspiegel und begegnete dem Blick aus den gequälten Augen seines Sohnes. »Schon gut, Kit. Du mußt dich nicht entschuldigen und brauchst auch kein schlechtes Gewissen zu haben, weil du dich so benommen hast. Du hast so etwas zum erstenmal mitgemacht. Das muß fast wie ein Alptraum für dich sein. Wenn wir das nächste Mal jagen gehen, wird es schon leichter sein.«

»Ich will nie wieder auf die Jagd gehen«, stöhnte Kit.

»Ich kann verstehen, daß du jetzt so denkst«, stimmte Fletcher geduldig zu. »Aber du wirst deine Meinung später noch ändern.«

»Nein, werd' ich nicht.«

Fletcher verfolgte das Thema nicht weiter, sondern wandte seine Aufmerksamkeit wieder dem Verkehr auf dem Highway zu. Jordanna sah die Enttäuschung in seinen braunen Augen. Sie warf über die Schulter einen Blick auf ihren Bruder.

»Ich habe dir dein Gewehr gebracht, Kit. Da.« Sie wollte es ihm über die Rückenlehne reichen.

»Du kannst es behalten, Jordanna. Ich will es nicht.« Er wandte sich ab und starrte aus dem Fenster auf die vorbeirasende Landschaft.

»Aber es war doch ein Geschenk«, protestierte sie. »Dad hat es dir geschenkt. Du kannst nicht...« Die Hand ihres Vaters legte sich auf ihren Arm und ließ sie verstummen. Jordanna schaute nach vorne, und er tätschelte wohlwollend ihre Hand.

TEIL EINS

Die Begegnung

1

Der große Falbe trottete mit ausholenden Schritten über die hohe Wiese. Das goldfarbene Fell war zottelig im Winterpelz. Der warme, feuchte Atem bildete Wolken, Zwillingsspiralen kamen aus den Nüstern. Das Pferd kaute an dem Metallbügel. Der lederne Sattel knarrte unter dem Gewicht des Reiters, die Sporen klirrten an den Stiefeln.

Er war ein großer Mann von schlanker, geschmeidiger Gestalt mit festen Muskeln. Er saß ganz entspannt und in leicht gekrümmter Haltung auf dem Pferd. Doch jede Bewegung des Tieres wurde durch die Zügel und die starken Muskeln unter dem Sattel auf ihn übertragen. Hinter der lässigen Haltung lag gespannte Wachsamkeit.

Seine Stiefel waren staubig und schmutzig und an den Absätzen abgelaufen. Das Metall der Sporen war im Laufe der Zeit stumpf geworden. Die ausgeblichene, aber noch nützliche Jeans, die die langen Beine bedeckte, war an den Knien und am Gesäß geflickt. Eine schwere, mit Schaffell gefütterte Wildlederjacke hing ihm bis zu den Hüften herab. Sie hatte hinten einen Schlitz, um die Bewegungsfreiheit nicht zu behindern. Die Hände, die die Zügel hielten, steckten in Handschuhen, die vom Tragen weich geworden waren. Der Kragen seiner Jacke war gegen den Wind hochgestellt, der von den Bergen herabwehte. Ein staubiger Stetson war tief in die Stirn gezogen. Dichtes kaffeebraunes Haar kringelte sich in den Kragen seiner Jacke.

Stunden in der Sonne hatten die Vertiefungen und Erhöhungen in seinem Gesicht bronzefarben gefärbt. Über seinem Mund wuchs ein dichter Schnurrbart. Seine Augen waren braun, in einem staubigtrockenen Ton. Die Sonne hatte Falten in seine Haut gegraben, die von den Augenwinkeln ausstrahlten. Seine dichten, dunklen Brauen wiesen einen natürlichen Schwung auf. Kraft, Sicherheit und Vitalität prägten seine Züge. Er war ein Mann, den keiner gern verärgern wollte. Wenn die Situation es erforderte, konnte er rücksichtslos sein, dann wieder einfach nur hart, mit einer Spur von Zynismus.

Seine scharfen Augen entdeckten etwas, dreißig Schritte weiter rechts. Mit einem Ruck seiner Handgelenke dirigierte Brig McCord den Falben dorthin. Als das Pferd seinem Ziel näher kam, zügelte er es zum Schritt. Das Frühlingsgras der Bergwiese wischte an den Beinen des Tieres entlang. Dort, wo die Bäume bis an den Rand der Wiese wuchsen, hielt sich in ihrem Schatten noch der Schnee, Überbleibsel des letzten Sturmes, der Idaho in diesem Frühjahr heimgesucht hatte.

Das Pferd blieb aus eigenem Antrieb stehen, schnaubte und warf den Kopf zurück, weil etwas vor seinen Füßen lag. Als der Falbe seitwärts auswich, konnte Brig die skelettartigen Überreste eines Kalbs sehen, dessen Knochen noch teilweise von dem roten Fell verdeckt waren.

»Verdammt!« fluchte er leise bei diesem Anblick. Wie viele waren es jetzt? Er hatte die Übersicht verloren.

Er wandte sich ab. Sein harter Blick wanderte zu den Schneeflecken hinüber. Dieser Frühlingssturm war zur schlechtesten Zeit eingetroffen – als die Kühe kalbten. Er würde von Glück sagen können, wenn vierzig Prozent der Frühjahrskälber überlebt hatten. Ein Durchschnittsjahr – das war alles, was er gebraucht hätte, um sich über Wasser halten zu können. Statt dessen mußte er fürchten, seine Ranch zu verlieren. Wenn er nur eine Versicherung gehabt hätte...

»Teufel, ich konnte die Prämie nicht aufbringen!« unterbrach Brig leise fluchend diesen Gedanken. Er hieb eine Spore in die Flanken des Pferdes und lenkte es von dem Kadaver fort, den die Aasgeier bereits saubergepickt hatten. Das Pferd trabte los und schnaubte unzufrieden, fiel dann in eine weit ausholende Gangart, die es meilenweit durchhalten konnte. Eine komplette Übersicht der Verluste ließ sich bei dieser Geschwindigkeit nicht zusammenstellen. Also zügelte Brig sein Pferd wieder.

Zwei weitere Kälber wurden gefunden. Ein vierter Kadaver fand sich im Wald, wohin er von einem Aasfresser verschleppt worden war. Bei jedem Kalb arbeitete Brigs Verstand härter, um eine Lösung für seine Probleme zu finden. An einem kalten Bergbach, der von geschmolzenem Schnee gespeist wurde, hielt Brig sein Pferd an und ließ es trinken. Sein Blick wanderte zu den Bergen. Vielleicht könnte er einen Teil seiner Verluste auf dem Schafmarkt wieder ausgleichen. Der Trend war nicht gut.

Sein Blick wanderte zurück zu der Wiese und dem felsigen Hügel, der sich auf einer Seite erhob. Eine Bewegung zog seinen Blick an. Er sah genauer hin. In der Nähe des Felsens graste ein großes, schweres Tier. Als es den Kopf hob, sah Brig die massiven geschwungenen Hörner, die dicht am Kopf begannen und dann weit zu beiden Seiten hinausschwangen.

»Ein Bighornschaf«, murmelte er. »Ich frage mich, was es auf dieser Höhe treibt.«

Sein Falbe schüttelte den Kopf, als wollte er seine Frage beantworten. Leder und Metall des Zügels scheuerten aneinander. Blitzschnell schoß der große Bock auf die Felsen zu, zeigte dabei den auffälligen weißen Kreis auf seinem Steiß. Unter dem Klappern von Hufen, die auf Stein stießen, kletterte er zu sicherer Höhe auf, wo sein flinker, sicherer Schritt den Raubtieren gegenüber von Vorteil war.

Brig sah zu, bis das wilde Tier seiner Sichtweite entschwunden war. Dann führte er sein Pferd durch den Bergbach. Dieser Bighornbulle hatte ein Paar Hörner gehabt, die eine gute Trophäe abgegeben hätten, eine volle Rundung oder mehr. Aber er war an solchen Dingen nicht interessiert. Er schoß pro Jahr ein paar Elche, um Fleisch zu haben, und hin und wieder der Abwechslung halber einen Hirsch. Vor zwei Jahren hatte ein plündernder Schwarzbär sein Ende bei ihm gefunden. Sein Fell hing jetzt an der Wand im Ranchhaus. Die Hörner waren für Brig nicht Grund genug, ein Tier zu erschießen. Er hatte in seinem Leben genug gesehen und getötet, um es nicht mehr als Sport anzusehen.

Komisch, er hatte seit Jahren nicht mehr an diese Zeiten gedacht, erkannte Brig jetzt. Sie gehörten in ein anderes Leben. Dieses wilde Land in Idaho brachte ihn dazu, Erinnerungen zu verwischen. Entweder war das der Grund dafür oder die Tatsache, daß er jenseits der Dreißig war.

Der Falbe war ziellos umhergewandert. Ein tiefhängender Zweig hieb nach Brigs Stetson, und er duckte sich erst in der letzten Sekunde. Er verhielt sein Pferd und schaute sich um. Ein Winkel seines Mundes verschwand in seinem Bart. Zehn Jahre war es jetzt her, daß er mehr getan hatte, als nur durch diese Gegend zu streifen und nach dem Vieh Ausschau zu halten…

Brig nahm sich eine Minute Zeit, um sich zu orientieren. Dann dirigierte er sein Pferd mit dem Knie nach rechts, wo das Unterholz ungefähr hundert Yard entfernt einen dunklen Hügel bildete. Die Bäume standen dicht beieinander. Die Pferdehufe verursachten auf dem dichten Teppich aus Tannennadeln kaum einen Laut. Brig duckte sich dicht auf die schwarze Mähne des Pferdes und entging so den niedrigen Ästen, die versuchten, ihn aus dem Sattel zu fegen. Als er die dunkle Masse erreichte, die auf einer kleinen Lichtung kauerte, stieg er ab und warf die Zügel über den Kopf des Falben, um ihn zu führen, während er näher ging. Das Pferd spitzte die Ohren angesichts des überwachsenen Hügels, schnaubte nervös und witterte in die Luft.

Unter den Ranken und Büschen befand sich der verrostete Haufen, der alles war, was von dem Privatflugzeug übriggeblieben war, das hier abgestürzt war. Brig war in jenem Sommer neun gewesen. Sein Blick wanderte zu der Anhäufung kleiner Steine auf der anderen Seite der Lichtung, Steine, die er herangeschleppt hatte, um die Gräber seiner Eltern zu bedecken, die bei dem Absturz auf der Stelle getötet worden waren. Er hatte sie selbst begraben, damit die Tiere ihre Leichen nicht fressen konnten. Mit einem Ast hatte er zwei flache Gräber in den felsigen Boden gekratzt und gegraben und sie dann mit Steinen überhäuft...

Brig warf den Kopf in den Nacken und schaute empor. Die Zweige der Bäume bildeten ein Dach, ein undichtes Dach, das Sonnenstrahlen einfallen ließ. Damals war es fast genauso dicht gewesen, hatte das Wrack vor den Suchflugzeugen verborgen. Und ein neunjähriger Junge war ein verdammt kleines Objekt, wenn man es von zweitausend Fuß über dem Boden sehen wollte.

Mehr als eine Woche war seit dem Absturz vergangen, als das erste Flugzeug ihn überflogen hatte. In den nächsten drei Tagen waren mehrere andere gekommen, dann keines mehr. Brig versuchte sich an den kleinen, hungrigen Jungen zu erinnern, der einen ganzen Tag lang einem Bären gefolgt war und gegessen hatte, was der Bär aß. Aber er konnte sich nicht erinnern, wie er überlebt hatte, was er zu sich genommen hatte oder wie er sich in den kalten Nächten in den Bergen warm gehalten hatte.

Zwei Monate lang hatte er hier gelebt, ganz allein, hatte die Kunst des Überlebens vom härtesten Lehrer überhaupt gelernt – von der Natur. Dann war er in das Lager eines Schafhirten gestolpert, eines Onkels von Jocko – von dem Mann, der sich jetzt um seine Schafherde kümmerte. Er hatte zwei Wochen mit dem Hirten verbracht, der seine Tiere nicht unbeaufsichtigt lassen konnte, um einen kleinen Jungen der Zivilisation wiederzugeben. In diesen beiden Wochen hatte er viel über Schafe und die einfache Philosophie des Schäfers gelernt. Dann war der Rancher gekommen, hatte die Vorräte für den Hirten gebracht und den kleinen Jungen mit zurückgenommen.

Sein unfehlbares Ortsgedächtnis hatte die Behörden zur Unfallstätte geführt. Brig neigte den Kopf, um das rostige Wrack des Flugzeuges zu betrachten, das halb vom Unkraut bedeckt war. Die Funkausrüstung, Instrumente und alle Teile, die zu retten gewesen waren, hatte man entfernt. Seine Eltern ruhten nicht mehr in den Gräbern, die er für sie gegraben hatte. Ihre Leichen waren exhumiert und zurück in den Osten geflogen worden, wo sie ein anständiges Begräbnis erhielten, und er war zu seinem Großvater gezogen. Sanger. Aber er hatte diesen Ort, dieses wilde und freie Land niemals vergessen.

Als er schließlich vor vierzehn Jahren zurückgekommen war, mit knapp vierundzwanzig, da hatte er das Gefühl gehabt heimzukehren. Er hatte den Teil des Landes gekauft, wo jetzt sein Ranchhaus stand, und hatte diese öffentliche Weide gepachtet... hatte gekämpft, damit sie sich bezahlt machte. Es war hart gewesen. Die meiste Zeit über konnte er von Glück sagen, wenn er ohne Verluste davonkam. Dann war nach zwei schlechten Jahren hintereinander nun dieser Schneesturm im Frühling gekommen, der praktisch seine halbe Ernte zunichte gemacht hatte. Die Zukunft hatte auch vorher schon düster ausgesehen, aber im Vergleich zu dem, was jetzt vor ihm lag, war es nichts gewesen.

Brig wandte sich wieder dem Pferd zu, packte den Sattelknauf und schwang sich hinauf. Er machte auf der Lichtung noch eine kurze Pause, ehe er zwischen den Bäumen hindurch zurück zur Weide ritt. Wildblumen blühten über dem hohen Bergtal, nickten in der leichten, frischen Brise mit den Köpfen. Ehe er all das verlor, würde er lieber seinen Stolz besiegen und sich an die Sangers wenden, um ein Darlehen zu erbitten.

Ein Dutzend Köpfe von Hereford-Kühen erhoben sich, als das zottige Pferd seinen Reiter auf sie zutrug. Brig fing an, sie auf die Ranch zuzutreiben. Vielleicht würde er, wenn im Frühling alle Tiere zusammengetrieben worden, die Kälber gebrandmarkt und kastriert und die einjährigen Bullen ihrer Hörner beraubt waren, herausfinden, daß die Dinge doch nicht so schlecht standen, wie es jetzt den Anschein hatte. Aber er bezweifelte es. Mit grimmigem Gesicht ritt er weiter.

Müde und durstig nach der langen Fahrt von der Ranch in die Stadt über die planierte Spur, die die Bezeichnung Straße nicht verdiente, parkte Brig seinen Lieferwagen mit Vierrad-Antrieb vor einem Gebäude, in dessen Fenster ein unbeleuchtetes Neonschild Reklame für Bier machte. Seine braunen Augen starrten auf den Koffer, der neben ihm auf dem Beifahrersitz stand, und sein Mund straffte sich zu einer schmalen Linie.

Er zerrte an dem Griff, stieß die Wagentür auf und stieg aus. Er schaute sich um, trennte die Touristen auf dem Gehweg in Gedanken von den Einwohnern von Salmon. Während er auf den Eingang der Bar zuging, klopfte er den Staub von seinem Hut und den Kleidern. Sie waren sauber gewesen, als er am Morgen aufgebrochen war.

Nach der strahlenden Helligkeit der Julisonne war es im Innern der Bar dunkel. Brig blieb in der Tür stehen, bis sich seine Augen an das Dämmerlicht gewöhnt hatten. Aus der Jukebox in der Ecke klang ein Country-song über einen Mann, der jeden Morgen einen Engel küßte. Tische und Stühle standen verstreut im Raum herum, in dem keine Gäste zu sehen waren. Zwei Männer saßen auf Barhockern, hatten die Ellbogen auf die geschnitzte Eichenbar gestützt. Sie warfen ihm einen Blick aus den Augenwinkeln zu und nahmen dann ihre Unterhaltung wieder auf.

Brig ging ans andere Ende der langen Bar, glitt auf einen Hocker und stützte einen Stiefel auf die Messingstange, die unten an der Bar verlief. Hinter der Theke war niemand, aber aus dem Hinterzimmer hörte er Geräusche. Er schob seinen Hut in den Nacken und schüttelte eine Zigarette aus der Packung. Ohne das Streichholz aus dem Heftchen zu reißen, rieb er es am Sandpapierstreifen an. Hier gab es keinen Wind, aber er hielt doch aus Gewohnheit eine Hand vor die Flamme, als er seine Zigarette anzündete.

In der Mitte der Flaschenregale hinter dem Tresen gab es eine Uhr mit einer Reihe langsam sich drehender Reklameschriften auf einer Seite. Bei jeder Vierteldrehung glitt eine neue Anzeige an ihren Platz. Brig las die Werbung für das örtliche Bestattungsunternehmen und die Bank. Als dann die Reklame für die Versicherungsgesellschaft erschien, tauchte aus dem Hinterzimmer eine Frau auf. Sie trug ein halbes Dutzend Flaschen, mit denen sie die Regale neu füllen wollte.

Ihr Haar war zu einem messingähnlichen Blond gebleicht. Blauer

Lidschatten überzog ihre Lider über einem dicken schwarzen Lidstrich, und die Wimpern klebten vor Mascara. Das übertriebene Make-up verlieh ihr ein hartes Aussehen, aber es versteckte die verletzliche Weichheit ihrer rotgeschminkten Lippen und die offene Ehrlichkeit der blauen Augen ebensowenig wie die Falten. Ihre volle Gestalt war schon fast dick zu nennen. Die schlichte weiße Bluse, die sie trug, war weit genug aufgeknöpft, um den Spalt zwischen ihren vollen, runden Brüsten zu enthüllen. Der schwarze, gerade Rock umspannte ihre Hüften wie eine zweite Haut, als wollte er die Festigkeit der Nähte herausfordern. Die Wirkung war auf grobe Art anregend. Brig spürte, wie sich in seinen Lenden etwas regte nach der Abstinenz, die ihm von den endlosen Anforderungen der Landarbeit aufgezwungen worden war – und auch weil er wußte, daß die Frau im Bett gut war.

Ganz in ihre Aufgabe vertieft, bemerkte die Blondine ihn nicht, da er am schwach erhellten Ende des Bartresens saß. »Hallo, Trudie«, zog Brig ihre Aufmerksamkeit auf sich.

Sie brach ab, wandte sich abrupt um. Ihre aufgerissenen Augen entdeckten ihn im Schatten, ihr Ausdruck veränderte sich von Überraschung zu entzücktem Erkennen. Dann legte sich eine leichte Maske von Schüchternheit über ihr Gesicht, die schon fast provozierend wirkte.

»So, so. Der alte Wolf ist schließlich doch aus seinen Bergen herabgestiegen«, erklärte sie und stellte hastig die Flaschen hinter die Bar. »Ich dachte schon, du wärest mit unbekanntem Ziel verzogen.«

»Und hätte mein Lieblingsmädel zurückgelassen? Das würde ich nie tun, Trudie.« Sein Blick war absichtlich zweideutig, und er betrachtete ihren Körper mit lustvollem Ausdruck.

»Lieblingsmädel? Hah!« wischte sie diese Bemerkung lachend beiseite, aber er hatte es doch fertiggebracht, daß sich ein warmer Glanz auf ihrem Gesicht ausbreitete. »Was willst du trinken, Brig?«

»Bier.«

»Vom Faß?« Auf sein Nicken hin füllte sie ihm ein Glas mit Bier und einer Schaumkrone auf der blaßgoldenen Flüssigkeit.

»Wie geht das Geschäft?« Brig nippte an seinem Glas und wischte sich mit dem Handrücken den Schaum aus dem Bart.

»Nicht schlecht, seit die Touristen in die Stadt eingefallen sind, um ihre Floßfahrten auf dem ›Fluß ohne Wiederkehr‹ zu machen.« Sie betonte das so, daß man es als Scherz erkannte. Dann wechselte sie das Thema. »Ich nehme an, du bist in der Stadt, um Vorräte zu besorgen. Was ist das hier – dein letzter Aufenthalt, ehe du wieder zur Ranch hinausfährst?«

»Das ist mein erster Aufenthalt. Ich habe Tandy Barnes erst letzte Woche hergeschickt, um Vorräte für einen Monat zu besorgen«, erklärte er und bezog sich damit auf »sein Mädchen für alles« auf der Ranch.

»Was hat dich dann in die Stadt geführt?« Ein verwirrtes Heben der Brauen vertiefte noch die Falten, die sich bereits auf ihrer Stirn eingegraben hatten. Sofort fügte sie hinzu: »Und sag jetzt bloß nicht ›ich‹, weil ich dir das nicht abnehmen würde.«

»Ich will nach Idaho Falls und von dort mit einem Flugzeug nach New York.« Er schwenkte das Bier im Glas und sah zu, wie sich der Schaum auflöste. Bei aller Gleichgültigkeit in seinem Ton stand doch ein sonderbarer Blick in seinen Augen.

»New York? Wozu denn das?« Trudie stieß ein leises, ungläubiges Lachen aus. »Die meisten Rancher hier in der Gegend können sich nicht einmal ein Glas Bier leisten, und du machst Urlaub.«

»Ich kann mir das auch nicht leisten. Es ist kein Urlaub. Es ist eine Geschäftsreise«, verbesserte Brig sie mit harter, heiserer Stimme. Sein Mund verzog sich zynisch. »Ich muß 'nen reichen Cousin besuchen und sehen, ob ich nicht ein paar Gefälligkeiten eintreiben kann.«

»Einen reichen Cousin?«

»Ja.« Er trank das Bier aus und stellte das Glas hin. Dann nahm er die Zigarette, die qualmend im Aschenbecher lag, ließ sie aus dem Mundwinkel baumeln und blinzelte mit einem Auge am Rauch vorbei. Schon im Stehen langte er in seine Tasche. »Wieviel kriegst du für das Bier?«

»Das geht auf Kosten des Hauses.« Sie winkte ab, als er bezahlen wollte, und fügte mit gesenkter Stimme hinzu: »Alles ist immer auf Kosten des Hauses. Das weißt du doch, Brig.«

»Danke.« Ein schwaches Lächeln ließ die für gewöhnlich harte Linie seines Mundes weicher werden.

Brig war sich über die Bedeutung der Anspielung klar. Jede Stadt, ganz gleich, wie klein sie auch war, hatte ihre Säufer und ein oder zwei Huren, ob die respektablen Kirchgänger das nun zugeben wollten oder nicht. Trudie gehörte der zweiten Kategorie an. Abgesehen vom ersten

Mal, hatte er für ihre Dienste niemals zu zahlen brauchen. So hatte er in den letzten zehn Jahren allmählich aufgehört, sie in diesem Licht zu sehen. Sie war eine herzliche, großzügige Frau, die ihr Einkommen mit dem bestbezahlten Teilzeitjob aufbesserte, den sie finden konnte. Sie war keine hartherzige Professionelle – die betrachtete er mit Verachtung.

»Trink doch noch ein Bier.« Trudie schenkte schon ein, ehe er ablehnen konnte. Mit leichtem Achselzucken setzte sich Brig wieder auf den Barhocker.

Die Blondine ging dorthin, wo sie die frischen Flaschen abgestellt hatte. »Das war wirklich ein schlimmer Winter. Hat alle bös getroffen.« Sie zog einen Holztritt unter dem Tresen hervor und klemmte sich je eine Flasche unter den Arm. »Jake Phelps war letzten Monat hier und sagte, er hätte seit März kein Heu mehr gehabt.«

»Ich hatte genug Heu. Aber dieser Blizzard hat mich mitten in der Zeit getroffen, als meine Kühe gekalbt haben.« Das erste Bier hatte Brig hinabgestürzt, um seine trockene Kehle zu schmieren. Das zweite genoß er jetzt. »Ich habe fast zwei Drittel meiner Kälber verloren.«

»O nein, Brig.« Sie warf ihm über ihre Schulter einen mitfühlenden Blick zu.

»Wie du so richtig gesagt hast, es hat jeden hart getroffen«, bemerkte er.

Er drückte die Zigarette im Aschenbecher aus und sah ihr zu, wie sie auf die beiden Stufen trat und dann ein Knie auf dem Tresen abstützte, um an ein hohes Regal zu reichen, das sich an der Wand hinter der Bar befand. Der enge schwarze Rock glitt auf einer Seite den Schenkel hinauf. Seine Aufmerksamkeit galt nun ihrem herzförmigen Gesäß und der scharfen Kurve ihrer Beine. Wieder fühlte er, wie sich etwas in ihm regte.

Es dauerte eine volle Sekunde, bis Brig begriff, daß Trudie sich halb umgewandt hatte, um ihn anzusehen. Kühn schaute er zu ihr hinauf. Etwas in ihren Augen schien Feuer zu fangen. Er bemerkte, wie sich ihre Brüste gegen den Stoff ihrer Bluse preßten, als sie tief Luft holte und dann den Atem anzuhalten schien. Und schon kletterte sie die zwei Stufen wieder hinab.

»Diese Fahrt nach New York«, fing sie an und wandte sich ihm wieder zu. Ihre Stimme klang sanft. »Ist es nötig, daß du sofort abreist?«

»Ich gewinne nichts dadurch, daß ich sie aufschiebe.«

»Nicht einmal bis morgen?« Ohne ihm Gelegenheit zu geben zu antworten, schaute sie zu den beiden Männern weiter unten an der Bar hinüber. »Wollt ihr noch was, Jungs?«

Die beiden Männer blickten von der Rechnung auf, die sie auf einer Papierserviette machten. Einer schüttelte den Kopf, und der andere sagte. »Nein.«

»Ich gehe nach hinten, ein paar Vorräte holen. Wenn jemand kommt, ruft mich, ja?«

»Klar doch.«

Ihre blauen Augen flehten Brig stumm an, als sie bat: »Hilfst du mir, ein Faß Bier nach vorne zu bringen?«

Zur Antwort richtete Brig sich auf und ging hinter die Theke. Trudie lief ihm voraus durch die Tür ins Hinterzimmer, blieb dann stehen, um sie hinter Brig zu schließen. Sie hatte sich so hingestellt, daß er sie streifen mußte, als er an ihr vorbeikam. Er fühlte das leichte Zittern ihres Körpers bei der Berührung und roch den widerlich süßen Duft eines billigen Parfüms. Brig hatte ihre stumme Botschaft begriffen und konnte jetzt sein eigenes Herz schneller schlagen fühlen. Nach einem langen Winter in völliger Isolation war seine Begierde leicht zu wecken.

»Das Faß ist da drüben.« Sie deutete in eine Ecke des schwach beleuchteten Raumes und machte einen Schritt in diese Richtung.

Seine Finger umspannten ihren Ellbogen, um sie zurückzuhalten. »Zum Teufel mit dem Faß, Trudie.«

Er ließ ihr eine Sekunde Zeit, sich zu wehren, obwohl er wußte, daß sie das nicht tun würde. Dann drehte er sie in seinen Armen um. Er hatte vergessen, wie klein sie war, als sein Kopf sich neigte, um die roten Lippen zu fordern, die sich bereits öffneten, um seinen Kuß entgegenzunehmen.

Sein Blut wurde heiß, als sie ihren schön gerundeten Körper an ihn schmiegte. Ihre festen, runden Brüste drückten sich an ihn, harte Spitzen drangen durch sein Hemd. Er hörte sie stöhnen und fühlte, wie ihre eifrigen Hände seinen Hals umklammerten. Ihre Zunge vollführte einen feuchten Kreis auf seinen Lippen, drang dann in seinen Mund. Ihr aggressives Verhalten setzte ein wildes Fragment seines Charakters frei. Brig riß die dominierende Rolle wieder an sich, zerdrückte ihre Lippen mit seinen Küssen, bis der Zug an seinem Hals zu stark wurde und er den Kopf hob, um ihm zu entgehen. Sein Atem ging heftig vor Leidenschaft. Trudie bebte. Ihre zitternden Finger knöpften sein Hemd auf, glitten dann hinein und vergruben sich in dem rauhen Haar auf seiner Brust.

»Du mußt nicht heute schon abreisen, Brig«, flüsterte sie. »Morgen ist früh genug. Ich bin hier in ein paar Stunden fertig.«

Sie drückte feuchte Küsse auf seine Brust, ihr warmer Atem erhitzte sein Fleisch noch mehr, das bereits brannte. Der Raum war kühl, aber Brig spürte Schweißperlen auf seiner Stirn. Seine Hände glitten über ihre Schultern, ihre Taille und ihren Rücken, preßten dann ihre Hüften fester an seine Schenkel. Ein dringendes Bedürfnis, das ihn zu verschlingen drohte, verursachte ihm körperliche Schmerzen.

Als Trudie den Kopf hob, warf er nur einen Blick auf ihre weichen, roten Lippen und bedeckte sie dann unter Stöhnen mit seinem Mund.

»Bitte bleib, Brig«, bat sie unter seinem fordernden Mund. »Es ist so lange her.«

»Das glaube ich nicht«, murmelte er skeptisch und versuchte, ihre unnötigen Worte zu bremsen. Es kümmerte ihn nicht, wer vorher dran gewesen war.

»Nein, mit dir ist das anders, Brig«, protestierte Trudie. »Es ist etwas Besonderes. Ich... Du weißt, daß es so ist.«

»Ja, ja, ich weiß«, stimmte er ungeduldig zu.

Ihre Standhaftigkeit war gebrochen, sie schien in seinen Armen zu schmelzen. »Liebe mich, Brig. Jetzt. Hier«, flehte sie und fing an, die restlichen Knöpfe an seinem Hemd zu öffnen.

Ihre engsitzenden Kleider waren ungewollte Hindernisse. Es war ihm kaum gelungen, ihren Rock bis über die Hüften zu schieben, als von vorne eine Stimme rief: »Trudie! Kundschaft!«

Sie erstarrte in seinen Armen, und Brig befahl: »Kümmere dich nicht darum.«

»Nein.« Sie kämpfte gegen seinen eisernen Griff. »Dann wird bloß einer von ihnen nach hinten kommen und nach mir suchen. Laß mich gehen, Brig. Bitte.«

Wild, aber leise fluchend gab er sie frei und trat einen Schritt zurück. Er kämpfte mit den primitiven Kräften, die nicht so leicht zu beherrschen waren, wenn sie erst einmal freigesetzt worden waren. Trudie rückte hastig ihre Kleidung zurecht und strich sich nervös übers Haar.

Sie warf noch einen entschuldigenden Blick in seine Richtung, ehe sie zur Tür eilte.

Er konnte nicht dorthin zurückgehen, nicht jetzt, nicht mit dem harten Ding, das gegen den Stoff seiner Hose drängte. Brig fluchte wieder und wischte sich den Schweiß vom Kinn. Sein Handrücken war rot beschmiert von Lippenstift. Er zog sein Taschentuch aus der Hosentasche und wischte sich Mund und Hände ab, ehe er es wieder zurückstopfte.

Es dauerte ein paar Minuten, bis er sich soweit erholt fühlte, daß er in die Bar zurückkehren konnte. Er entdeckte das Bierfaß, hievte es auf eine Schulter und ging zur Tür. Trudie schenkte ihm einen besorgten, aber bewundernden Blick, als er eintrat.

»Wohin willst du das haben?«

»Du kannst es erst einmal dort abstellen.« Sie zeigte auf eine leere Stelle unter dem Tresen, in der Nähe der Zapfhähne. Nachdem er es abgestellt hatte, ging Brig um die Theke herum zu seinem fast vollen Bierglas. »Das ist wahrscheinlich abgestanden«, sagte sie. »Ich hole dir ein frisches.«

»Mach dir nicht die Mühe.« Ein Bier würde die Art von Durst, die er verspürte, nicht stillen. Er ging auf die Vordertür zu.

»Wohin gehst du?« Trudie eilte hinter der Bar hervor, um ihn aufzuhalten.

»Ich mache einen Spaziergang.« Er wußte, daß er knapp und unfreundlich, ja gefühllos klang. Es war nicht direkt ihre Schuld gewesen. Aber er war vollkommen verkrampft und so nervös wie ein Grizzly, der im Winterschlaf gestört wird.

»Kommst du wieder?« Sie suchte in seinem verschlossenen Gesicht nach einem Hinweis auf die Antwort.

»Ich weiß nicht.« Er hätte überhaupt nicht herkommen sollen. Er wäre schon dreißig Meilen näher an Idaho Falls, wenn er nicht angehalten hätte, und ebensoviel näher an New York, wo vierzehn Jahre Arbeit entweder gerettet oder endgültig verloren werden würden. Für den Augenblick war die Wichtigkeit seines Vorhabens primitiveren Bedürfnissen gewichen. Trudie ergriff seine Hand, und etwas Hartes bohrte sich in die schwielige Handfläche. »Verdammt, Trudie!« Brig verfluchte sie, weil sie Ansprüche stellte, die im Augenblick nicht befriedigt werden konnten.

»Das ist mein Hausschlüssel«, erklärte sie den Gegenstand, von dem er geglaubt hatte, es wären ihre Fingernägel. »Es ist der einzige, den ich habe. Wartest du dort auf mich? Ich komme bald von der Arbeit.«

Seine Finger schlossen sich um den Schlüssel, er ballte die Hand zur Faust. Dann nickte er kurz als Zeichen seiner Zustimmung und ging wieder auf die Tür zu. Diesmal hielt Trudie ihn nicht zurück. Draußen blieb er stehen und atmete tief. Die Luft war frisch und sauber. Er fragte sich, ob er den Schlüssel genommen hatte, weil er wirklich mit Trudie zusammensein wollte oder weil er die Reise nach New York hinausschieben wollte. Aufseufzend entschied Brig, daß es eine Kombination aus beidem war.

Brig streckte die Hand aus und streifte die Asche von seiner Zigarette in den Aschenbecher auf dem Nachttisch. Blonde Locken kitzelten ihn unter dem Kinn, und er strich sie an den Kopf, der auf seiner Brust ruhte. Dann kehrte seine Hand wieder zu Trudies bloßer Taille zurück. Trudie ließ ihre Finger über seinen flachen Bauch wandern, folgte dann den dunklen Haaren vom Bauchnabel an aufwärts bis zu der Wolke aus Haaren auf seiner Brust. Sie fuhr über die weiße Narbe auf seiner linken Schulter, wo kein Haar wuchs.

»Warum hast du nie geheiratet, Brig?« Ihre Stimme war nachdenklich, als ihre kurzen Finger weiterhin seine Haut liebkosten.

Frauen, dachte er leicht verärgert; warum müssen die nur immer reden, wenn man sich geliebt hat? Er hätte seine Zigarette lieber schweigend geraucht, als ihrem Gemurmel zuzuhören. Er unterdrückte ein Seufzen und richtete sich weit genug auf, um ihr zu antworten.

»Ich nehme an, meine eigene Gesellschaft genügt mir.« Er inhalierte tief und stieß den Rauch durch die Nase wieder aus.

»Warst du denn nie verliebt?«

»Wahrscheinlich wohl nicht.« Nicht, seit er entdeckt hatte, daß er eine Frau mehr liebte, bevor er sie ins Bett gezogen hatte, als danach.

»Du hast mir mal erzählt, daß du Söldner gewesen bist. Stimmt das?« erkundigte sie sich neugierig und wechselte damit das Thema.

Er runzelte kurz die Stirn. Hatte er ihr das erzählt? Er sprach kaum jemals mit irgend jemandem über diese Jahre. Er dachte auch jetzt daran, alles zu leugnen, aber andererseits schämte er sich dessen, was er getan hatte, nicht.

»Ja, es ist wahr«, gab Brig zu.

»Warum?«

»Warum es wahr ist?« Ein Kissen stützte seinen Kopf. Er lächelte auf den messingfarbenen Lockenkopf herab, fand ihre Frage ein wenig sonderbar.

»Ach, du Dummkopf!« Trudie lachte und schaute zu ihm auf. Auf ihrem Gesicht war nur noch wenig Make-up übriggeblieben. Er hatte das meiste davon fortgeküßt, und den Rest hatten die Laken abgerieben. Sie sah ohne Make-up älter aus, leicht so alt wie er, aber auch attraktiver, auf eine schlichte Art. »Warum bist du Söldner geworden?«

»Ich weiß nicht. Ich habe in mir wohl so etwas wie einen Glücksritter gesehen.« Es war alles schon so lange her, daß er sich nicht mehr erinnern konnte, welche Motive ihn damals dazu veranlaßt haben könnten. Und außerdem war es ihm jetzt auch egal.

»Aber deine Familie…«, setzte sie an.

»Meine Eltern sind tot.« Aber Brig erzählte ihr nichts von den Umständen ihres Todes oder seinem Überleben des Unfalls, der ihr Leben gekostet hatte. »Mein Großvater hat mich aufgezogen – oder es zumindest versucht. Wir sind nie miteinander ausgekommen. Ich war zu wild und aufsässig, und er war zu streng. Als ich dann fünfzehn war, bin ich siebenmal von zu Hause fortgelaufen. Mit siebzehn ging ich dann zur Fremdenlegion, machte eine Tour durch Südostasien – Vietnam, Kambodscha, Laos. Als ich zurückkam, hatte sich nichts verändert. Mein Großvater lebte noch immer in einer Welt, die nur zwei Götzen kannte – Geld und Geschäft – und in der ein Mann nur nach der Summe auf seinem Bankkonto und nach der Anzahl einflußreicher Menschen, die er kennt, beurteilt wird, nicht danach, wie er dazu gekommen ist oder was für ein Mensch er ist.« Er drückte die Zigarette im Aschenbecher aus und stieß die letzte Rauchwolke aus.

»Aber warum bist du dann Söldner geworden?« Trudie stützte sich auf einen Ellbogen, um sein Gesicht besser sehen zu können. Sein Ausdruck verriet ihr nur wenig.

Die schwielige Spitze seines Fingers vollführte eine leichte Kurve von einer Seite ihres Kiefers unter dem Kinn entlang über den Hals bis zur anderen Seite. »Weil ich wußte, wie man schnell und leise tötet. Ich war geschickt und erfahren im Umgang mit fast jeder Waffe, die zu der Zeit hergestellt wurde, und ich konnte anderen zeigen, wie man sie benutzte.« Brig brach ab, als er die Angst in ihren Augen sah, den Funken

Mißtrauen, und er wünschte, er hätte den Mund gehalten. »Das war alles, was ich wußte, als ich aus der Armee austrat. Ich konnte das am besten. Und als mir jemand eine Menge Geld dafür anbot, habe ich es angenommen.«

»Hast du es deshalb getan? Für Geld?«

»Das habe ich damals gedacht«, gab er zu. »Aber wahrscheinlich habe ich versucht, es meinem Großvater heimzuzahlen. Er war schrecklich wütend, als ich ihm erzählte, was ich tun wollte. Seiner Meinung nach waren Söldner der Abschaum der Welt. Es war unwichtig, daß die Männer, die für ihn arbeiteten, kaum etwas anderes waren. Sie zogen durchs Land, errichteten seine kleinen Ladenketten mit Discount-Preisen und jagten die ortsansässigen Händler aus dem Geschäft. Er heuerte respektable Söldner an, aber er konnte den Gedanken nicht ertragen, daß sein Enkel auch einer werden würde. Er hat ein Vermögen gemacht und auf dem Weg dahin eine Menge anständiger Leute ruiniert.«

Seine Stimme wurde hart vor bitteren Erinnerungen. Während manche Menschen den Geschäftssinn seines Großvaters bewundert und andere ihn um seinen Reichtum beneidet hatten, hatte Brig nur Abscheu für diesen Mann empfunden, dessen Namen er trug – Brigham Sanger, Begründer der Sanger Discount Stores.

»Brig?« Trudies Stimme klang zögernd. Die Kälte, die seine Züge verhärtet hatte, machte ihr ein wenig angst.

Sein Blick wurde weicher, als er ihn ihr wieder zuwandte. Etwas wie ein Lächeln spielte um seinen Mund, und die Mundwinkel verschwanden im Schnurrbart.

»Mein Großvater ist wahrscheinlich der Grund dafür, daß ich mich immer bei den Verlierern verdingte. Ich habe immer die Schwachen unterstützt und versucht, das Gleichgewicht wiederherzustellen.«

»Wo... wo hast du gearbeitet?« Fast gegen ihren Willen war sie doch fasziniert von seiner Vergangenheit, fühlte sich abgestoßen und doch auch angezogen.

»Mittelamerika, Afrika, Südamerika. Ich bin viel herumgekommen. Du darfst nicht vergessen, daß ich nicht sehr geschickt dabei war, den Gewinn zu ziehen, und die Kriege haben selten lange gedauert. Entweder war es das, oder das Geld ging aus, was bedeutete, daß ich nicht bezahlt wurde und daß es nichts mehr gab, um Munition oder Waffen... oder Lebensmittel zu kaufen.« Brig ging nicht weiter in Details, erzählte weder von getöteten Kameraden noch von Lebensmitteln, die ungenießbar waren und doch verzehrt werden mußten, weil es nichts anderes gab, auch nicht davon, daß sie auf dem Boden geschlafen hatten, ohne Schutz gegen die Naturgewalten. Und er erzählte nicht von den Soldaten, die durch seine Waffe fielen.

»Warum hast du aufgehört? Du mußt damals noch sehr jung gewesen sein.« Sie hatte aufgegeben, ihre Neugier zu verbergen, und setzte sich jetzt bequem zurück, während sie auf seine Antwort wartete.

Die Decke lag um ihre Hüften. Die schweren Halbkugeln ihrer Brüste hingen herab, die großen rosigen Warzen schwangen hin und her, als sie sich bewegte. Brig war vorübergehend von ihrer Frage abgelenkt.

»Es gab einen Hinterhalt. Meine Patrouille wurde erwischt. Wir steckten mittendrin. Ich erinnere mich, wie sich eine Kugel in meine Schulter bohrte, und dann habe ich allen zugebrüllt, in Deckung zu gehen. Danach wurde alles schwarz«, erzählte er. »Als ich wieder zu mir kam, stand ein Arzt neben mir. Er hatte ein Skalpell und eine Zange in den Händen. Er schickte sich an, die Kugel aus mir herauszuschneiden. Ich lag auf dem Boden, unter einem Stück Canvas, das als Baldachin aufgespannt war. Überall waren Fliegen. Dieser Doktor schob mir eine Kugel zwischen die Zähne und forderte mich auf, darauf zu beißen. In dem provisorischen Hospital gab es keine Betäubungsmittel. Als er anfing, in mich hineinzuschneiden und herumzustochern, wurde mir klar, daß ich weder ihr verdammtes Geld noch ihren Krieg wollte. Ehe ich wieder ohnmächtig wurde, schwor ich mir, wenn ich diese sogenannte Operation überleben würde, auf der Stelle von dort zu verschwinden. Mein Leben war mehr wert als das Geld, das sie mir bezahlten.«

»Und hast du?«

»Überlebt? Nein, ich bin gestorben«, witzelte Brig.

»Ich meine, hast du anschließend den Dienst quittiert?« bohrte Trudie weiter.

»Ja. Sobald ich mich rühren konnte, reiste ich in die Staaten... und schließlich hierher. Ende der Geschichte.« Er schickte sich an, sie wieder in seine Arme zu ziehen und ihre schweren Brüste zu erforschen.

Aber Trudie war noch nicht zufrieden und stützte einen steifen Arm gegen ihn, um Distanz zu wahren. »Als du zurückgekommen bist, hast du da deinen Großvater wiedergesehen?«

»Nein. Er hatte einen schweren Herzanfall. Sie haben ihn einen Monat vor meiner Rückkehr begraben.« Er ergriff die Hand auf seiner Brust, die sich bemühte, Abstand zu halten, und zog sie zum Mund hinauf. Er küßte ihre Fingerspitzen und arbeitete sich langsam zu der Handfläche vor, leckte mit der Zungenspitze über die sensible Vertiefung. Er hörte das leise, erregte Aufstöhnen, das sie zu verbergen suchte.

»Was ist mit seinem Geschäft?« Sie ließ sich hinabziehen. »Seinem Geld?«

»Er hat es alles einem anderen Enkel vermacht, meinem Cousin.« Was nicht genau der Wahrheit entsprach, aber Brig war ihrer Fragen überdrüssig. Und die Antwort auf diese Frage ging sie ohnehin nichts an.

»Dem Cousin, den du jetzt in New York besuchen willst?« beharrte sie.

»Genau dem.«

Brig rollte sie auf den Rücken. Die wirksamste Methode, ihrer endlosen Fragerei zu entgehen, schien ein Kuß zu sein. Er spürte, wie ihr Widerstand nachließ. Während er mit einer Hand eine ihrer Brüste umschloß, spielte sein Daumen mit der Brustwarze, bis sie hart wurde. Sein Knie zwängte sich zwischen ihre Beine, spreizte sie.

Als sein Mund dem Schwung ihrer Wange hinab zum Hals folgte, flüsterte Trudie in sein Ohr: »Du bist ein geiler Bock, Brig McCord.« Ihre Stimme verriet ihren Wunsch nach Befriedigung, und er lachte leise über ihre liebevolle Beleidigung.

2

Der Lärm. Er hatte die Geräusche einer großen Stadt ganz vergessen. Der Verkehrsstrom verursachte ein ständiges Summen, hin und wieder vom Hupen und dem Pfeifen nach einem Taxi unterbrochen. Stimmen in einer Vielzahl von Akzenten und Sprachen schienen in seinen Ohren zu dröhnen. Nach der Kühle in den Bergen war die Hitze hier stickig. Die Sonne brannte nieder, und die Meilen von betonierten Straßen und Häusern brieten in der reflektierten Hitze. Die Luft stank nach Benzin und Autoabgasen. Nicht einmal die Hot dogs und Würstchen von dem Karren an der Ecke hatten ein appetitliches Aroma.

Brig bückte sich und schaute in das offene Fenster eines Taxis. Der Fahrer zählte langsam und äußerst genau das Wechselgeld ab, fummelte in allen Taschen und förderte aus jeder ein paar Münzen zutage. Es war ein alter Trick zu versuchen, das Trinkgeld aufzubessern, indem man die Geduld des Passagiers strapazierte, der auf sein Wechselgeld wartete.

»Ist ja deine Zeit, die du verschwendest, Freund«, informierte Brig den Taxifahrer. »Ich hab' den ganzen Tag nichts vor.« Wie durch Zauberei wurde der letzte Schein den anderen hinzugefügt, und der drahtige Mann reichte ihm sein Geld. »Danke.«

Als er auf den Bürgersteig trat, fuhr das Taxi los, zwängte sich in den fließenden Verkehr. Brig blieb stehen und schaute an dem Gebäude hinauf, das vor ihm aufragte. Das Hauptbüro von Sanger Corporation nahm den gesamten dreiundzwanzigsten Stock in Anspruch.

»Wir in New York bauen hoch, Cowboy«, ertönte eine Stimme hinter ihm.

Sein Blick flog zu dem jungen Mann, der bereits mit seinem Freund über diesen Kommentar lachte. Brig bemerkte die neugierigen Blicke, die sein weißer Stroh-Stetson, die braunen Stiefel und der westernmäßig geschnittene Freizeitanzug aus tannengrünem Material bei den Vorbeigehenden erzeugten. Er hätte weniger Aufmerksamkeit erregt, wenn er das lange wallende Gewand eines Scheichs getragen hätte, dachte er zynisch.

Er betrat das Gebäude und ging zu den Fahrstühlen hinüber. Türen glitten auf, als eine Glocke anschlug, und ein »Aufwärts«-Pfeil leuchtete auf. Brig trat hinein und drückte auf den Knopf. Noch mehr Personen betraten den Fahrstuhl, darunter auch zwei junge Frauen. Brig zog den Hut, als alle beiseite rückten, um mehr Platz zu machen. Eine junge Brünette stand neben ihm und musterte ihn. Sie sah aus, als wäre sie noch nicht alt genug, um aus der Schule zu sein, aber Brig vermutete, daß sie um die Zwanzig war. Für ihn wirkten sie jetzt alle immer so jung. Er konnte sich noch erinnern, daß Mädchen von zwanzig alt aussahen. Ein Zeichen dafür, daß ich alt werde, dachte er amüsiert, und seine Lippen zuckten unter der dunklen Bürste seines dichten Bartes.

»Sind Sie aus Texas?« fragte das Mädchen mit einem Blick, der gewiß nicht die Größe seines Heimatstaates taxierte. Sie war so klein wie Trudie, ihr Kopf reichte knapp bis an seine Schulter.

»Idaho.«

»Idaho?« wiederholte das Mädchen. Ihr Gesichtsausdruck verriet Brig, daß sie keine Ahnung hatte, wo das lag. Eine Welle der Verachtung überkam ihn. Begriff denn niemand hier in New York, daß es noch neunundvierzig andere Staaten gab da draußen? Die dumme Ziege dachte wahrscheinlich, Idaho wäre eine Kartoffel.

Summend kam der Fahrstuhl zum Stehen, und leise glitten die Türen auf. »Verzeihen Sie. Ich muß hier raus.« Er drängte sich an dem Mädchen vorbei, das über sein abruptes Verhalten erstaunt zu sein schien.

Aus Gewohnheit setzte er den Hut wieder auf, sobald er aus dem Aufzug gestiegen war. Auf Glastüren stand in goldenen und schwarzen Buchstaben »Sanger Discount Stores«, und darunter »Corporate Headquaters«. Brig fühlte, wie sich seine Eingeweide zusammenzogen, ein Gefühl, das er seit der Zeit seiner Guerilla-Tage nicht mehr verspürt hatte. Sein Kiefer verhärtete sich, ein Muskel in seiner sonnengebräunten Wange zuckte. Tödliche Ruhe legte sich auf ihn.

Mit langen Schritten, die keine Eile verrieten, ging er zu den Glastüren des Hauptempfangs und stieß sie auf. Eine sehr attraktive schwarze Frau saß hinter einem großen Tresen. Ihre Erscheinung verhieß Tüchtigkeit und Welterfahrenheit. Ihre Augen waren von einem sanften Braun und gleichzeitig intelligent und scharf. Das Lächeln, das sie ihm schenkte, war höflich, aber nichts weiter.

»Kann ich Ihnen helfen?« Ihre Stimme klang heiser und besänftigend, sehr angenehm im Ohr.

Wieder zog er den Hut, als er sich vor dem Tisch aufbaute. »Max Sanger, bitte.« Die Bitte klang schroff und kurz, fast wie ein Befehl.

Ihre Augen musterten ihn hastig, abschätzend, eine Braue wurde zögernd hochgezogen. »Den Präsidenten der Gesellschaft?«

»Genau den.« In seinem Blick stand trockener Humor. Offensichtlich entsprach er nicht dem Standard der Leute, die das Recht für sich beanspruchen konnten, den Präsidenten der Firma aufzusuchen.

»Haben Sie eine Verabredung?«

»Nein.«

»Es tut mir leid. Mr. Sanger ist ein sehr beschäftigter Mann. Er empfängt niemanden ohne Verabredung. Ich kann Sie mit seiner Sekretärin verbinden, wenn Sie es wünschen, und sie kann Sie mit seinen Terminen vertraut machen und Ihnen sagen, wann er in der Lage sein wird, Sie zu empfangen.«

Man erteilte ihm eine sehr höfliche Abfuhr. Brig lächelte, aber sein Ausdruck blieb kalt. Mit der Krempe seines Hutes tippte er auf das Telefon auf ihrem Tisch. »Sie rufen jetzt Max an und sagen ihm, daß Brig McCord hier ist. Er wird mich empfangen.«

Ohne eine Antwort abzuwarten, wandte sich Brig um und durchquerte die große Halle mit den Kübelpflanzen, dem ultramodernen Mobiliar aus Glas und Chrom und dem luxuriösen Teppichboden. Er blieb an dem Fenster stehen, von dem aus man Manhattan überblickte und auch ein wenig Grün im Norden entdeckte, wohl der Central Park. Er stand breitbeinig, befehlsgewohnt, eine Hand lässig in die Hosentasche gesteckt. Er hielt den Hut an der Falte in der Mitte und klopfte damit ungeduldig gegen seinen Schenkel.

Hinter sich hörte er die Empfangsdame den Hörer abnehmen. Ein paar Sekunden später sprach sie leise mit jemandem, aber die Worte blieben unverständlich.

»Mr. McCord?« Auf ihre fragende Stimme hin wandte Brig sich halb um und starrte sie an. Sie hielt den Hörer in der Hand, die Sprechmuschel abgedeckt. »Seine Sekretärin informierte mich gerade, daß Mr. Sanger sich in einer Besprechung befindet. Er hat darum gebeten, keine Anrufe durchzustellen und keine Besucher vorzulassen. Möchten Sie mit ihr sprechen?«

Nach einer verneinenden Kopfbewegung sagte Brig ruhig: »Sie soll ihm meine Nachricht überbringen.«

»Ich werde es ihr sagen.« Sie sah skeptisch aus, erfüllte aber seine Bitte. Die Minuten verrannen, und Brig wandte seine Aufmerksamkeit wieder dem Dunst und Staub zu, der über den Wolkenkratzern hing. Beim Klicken des Telefons warf er einen Blick über die Schulter. In den attraktiven Zügen der schwarzen Empfangsdame konnte er einen neuen Ausdruck von Respekt ausmachen. »Mr. Sanger kommt sofort, Sir.«

»Danke.« Seine Lippen verzogen sich zynisch. Seit der Zeit seines Großvaters hatte sich nichts verändert. Ein Mann wurde immer noch danach beurteilt, wer sprang, wenn er rief. Brig wandte sich nicht vom Fenster ab, bis er Schritte im Flur hörte.

Der Mann, der auf ihn zukam, hatte ein einstudiertes Lächeln im Gesicht. So natürlich es auch wirkte, reichte es doch nicht bis zu den kühlen blauen Augen. Er trug einen dunklen Anzug mit Weste, ein farblich dazu abgestimmtes Hemd und Krawatte, und er hatte die schlanke Gestalt eines Tänzers. Brig mußte nicht erst das Futter der Anzugjacke sehen, um zu wissen, daß sie vom besten Schneider maßgefertigt war. Die einzige Veränderung, die vierzehn Jahre an seinem Cousin bewirkt hatten, war das deutliche Grau in seinem schwarzen, lockigen Haar. Max war zehn oder elf Jahre älter, ging also auf die Fünfzig zu. Seine Erscheinung war zu glatt poliert, um ein sauberes Image zu vermitteln. Brig fing einen Hauch eines männlichen Colognes auf und konnte nicht umhin, es für sich mit dem beißenden Gestank eines Skunks zu vergleichen.

»Brig!« Max Sangers Stimme klang ehrlich entzückt, aber Brig wußte es besser. »Mein Gott, Mann! Wie lange ist das her?«

»Vierzehn Jahre.« Geschmeidige Finger ergriffen seine Hand, während die andere Hand seinen Unterarm umklammerte, um Zuneigung zu demonstrieren. Brig war sich seiner schwieligen Hände plötzlich sehr bewußt. »Ein netter, fester Händedruck Max«, bemerkte er kühl. »Genauso, wie der alte Herr es uns gelehrt hat.«

Unsicherheit flackerte in den blauen Augen auf, aber sie wurde schnell hinter einem Lachen versteckt. »Du hast dich überhaupt nicht verändert, Brig. Du bist immer noch der Zyniker.« Er krallte eine Hand in Brigs Schulter in einem weiteren Versuch, eine Kameradschaft herzustellen, die es zwischen ihnen beiden nie gegeben hatte. »Warum hast du mich nicht wissen lassen, daß du kommen würdest? Ich konnte es gar nicht glauben, als meine Sekretärin mir erzählte, daß du hier wärst.«

»Das ist eine Taktik, die noch aus meiner Zeit als Söldner übriggeblieben ist – niemals eine voreilige Warnung geben, ehe man zuschlägt.«

Sein Cousin gab die gespielte Freundlichkeit auf. Sein Arm fiel herab. »Ich bin nicht dein Feind, Brig«, erklärte er.

Brig zeigte leichte Überraschung. »Habe ich das behauptet?«

Max Sanger kniff die Lippen zusammen, deutete auf die Empfangshalle und schlug vor: »Warum gehen wir nicht in mein Büro, wo wir ungestört sind?«

»Gern«, willigte Brig ein und folgte ihm zwei Schritte nach, als sein Cousin durch den Korridor vorausging. Am anderen Ende des Ganges befand sich eine Doppeltür. Max öffnete sie und wartete, daß Brig an ihm vorbeiging. Seine Sekretärin sah auf, als sie eintraten. Dann wanderte ihr Blick neugierig zu Brig. Sie war eine ältere Frau, verkniffen und eigensinnig.

»Keine Anrufe durchstellen, Agnes«, befahl Max. Eine weitere Doppeltür führte in sein Büro.

Es war ein riesiger Raum, große Fenster zogen sich über zwei Wände hin. Ein großer Hartholzschreibtisch stand schräg in einer Ecke, dahinter ein hoher Schreibtischstuhl aus Leder. Es gab zwei Polstersessel, ein langes Sofa und einen Couchtisch sowie eine Bar. Brig trat ans Fenster, um die Aussicht zu betrachten.

»Eindrucksvoll«, murmelte er mit einer Spur Sarkasmus. »Aber das sollte es wohl auch sein, oder?« Max Sanger erwiderte nichts, als er sich setzte und seine schlanke Gestalt in dem Sessel hinter dem Schreibtisch zusammenfaltete. Er drehte sich zu Brig um, lehnte sich zurück, um ihn aus zusammengekniffenen blauen Augen zu betrachten. Brig griff in die Hemdtasche nach einer Zigarette. Seine Hand verharrte einen Moment lang dort. »Stört es dich, wenn ich rauche?«

»Es würde dich nicht abhalten, wenn es das täte.« Max schob den schweren Kupferaschenbecher auf seinem Schreibtisch auf die Seite, die Brig am nächsten war. »Warum kommst du nicht zur Sache, Brig? Das ist doch kein Höflichkeitsbesuch. Du versuchst nicht, alte Familienbande wiederherzustellen. Also, was genau willst du hier?«

Mit einer Hand entzündete Brig das Streichholz und hielt die Flamme an seine Zigarette. »Vielleicht bin ich als Hauptaktionär nur mal vorbeigekommen, um zu sehen, wie die Gesellschaft sich macht.« Er stieß eine dünne Rauchwolke aus.

»Die Gesellschaft kümmert dich keinen Deut!« schalt Max angesichts dieser Erklärung.

»Da hast du recht«, stimmte Brig mit schiefem Lächeln zu. »Ich fordere meine Anteile.«

»Ich habe nichts von dir.« Max kippte in seinem Sessel nach vorn, wurde ein wenig bleicher. »Du weißt, was der alte Herr in seinem Testament bestimmt hat. Solange du nicht für die Gesellschaft tätig bist, steht dir nichts zu.«

»Und du weißt, daß ich das hätte anfechten können.«

»Es stand dir frei. Du hast dich dagegen entschieden«, gab sein Cousin zurück. »Du wolltest nichts von seinem ›übel verdienten‹ Gewinn. Du hattest schon deinen Blutzoll, Geld, das du selbst verdient hattest.«

»Du würdest jetzt nicht in diesem Sessel sitzen, wenn ich damals nicht beiseite getreten wäre«, erinnerte Brig ihn kühl. »Du würdest nicht einmal dort sitzen, wenn ich dir nicht meine Stimmrechte übereignet hätte. Ich bin nicht hier, um dir diesen Stuhl fortzunehmen. Die Gesellschaft gehört dir. Aber du bist mir etwas schuldig, Max.«

Max sah aus, als wäre er bereit zum Streit. Aber er stieß nur zwischen zusammengekniffenen Lippen ein paar Worte aus. »Sag mir, was du willst.«

»Ich brauche ein Darlehen.« Es war ein mürrisches Zugeständnis. »Zwanzigtausend.«

Belustigung zuckte über das Gesicht seines Cousins. Er zögerte einen Moment, dann zog er die mittlere Schublade seines Schreibtisches auf. Er holte eine Mappe heraus und warf sie vor Brig auf den Schreibtisch. Sie trug den Vermerk »Vertraulich«.

»Lies das.« Max wies auf die Mappe und lehnte sich in seinem Sessel zurück, stützte die Ellbogen auf die Armlehnen und die Fingerspitzen gegeneinander.

Brig zögerte, nahm sie dann aber hoch. Es war eine finanzielle Aussage, zusammengestellt von einer Gruppe von Rechnungsführern, vollständig mit Bilanz, Gewinn- und Verlusterklärung, einer Liste der Guthaben und Verpflichtungen, sowohl kurz- als auch langfristige Prognosen. Brig warf einen flüchtigen Blick auf die beiden ersten Seiten. Als die Zahlen dann zu seinem Verstand vordrangen, sah er sie genauer an. Ein dumpfes Gefühl machte sich in seinem Magen breit. Er warf dem Mann hinter dem Schreibtisch einen harten Blick zu. Der ursprünglich amüsiert-zufriedene Ausdruck im Gesicht seines Cousins war grimmiger Resignation gewichen.

»Das ist der neueste Stand. Ich habe es gestern erhalten«, erklärte Max. »Ich kann es für ein paar Monate unter Verschluß halten, vielleicht auch ein wenig länger. Diese Gesellschaft hat keine zwanzigtausend Dollar, Brig.«

»Mit dir als Präsident sollte es mich eigentlich überraschen, daß die Firma nicht schon lange Bankrott gemacht hat.« Er ließ den Bericht auf den Schreibtisch fallen und kämpfte gegen Zorn und Enttäuschung an, die sich in ihm ausbreiteten. »Wie ist das passiert?«

»Zuerst sanken die Profite in den Geschäften. Du weißt selbst, in welchem Zustand die Wirtschaft dieses Landes gewesen ist. Ich habe versucht zu streuen und habe ein paarmal schlecht angelegt.«

»Ein paarmal? Da gehörte schon mehr dazu, um die Gesellschaft dahin zu bringen, wo sie jetzt ist.« Wut, Verachtung und Abscheu mischten sich in Brigs Antwort. »Du solltest angeklagt werden, wegen falschen Managements.«

»Verdammt, Brig!« Wütend sprang Max auf die Füße.

»Vergiß es. Ich werde dich nicht anklagen. Ich nehme doch an, daß niemand sonst den Bericht gesehen hat?«

»Niemand.«

»Dann habe ich ihn auch nicht gesehen. Ich will nichts weiter als meine zwanzigtausend. Mir ist es egal, ob ich sie von der Gesellschaft bekomme oder von dir persönlich. Und versuch nur nicht, mich zu überzeugen, daß du nicht ein Vermögen abgezweigt hättest, weil ich dich nämlich besser kenne.« Die Verzweiflung über seine eigene Situation ließ seine Stimme noch zusätzlich rauh klingen. Er kämpfte um sein Leben.

Max schien sich in seinem Sessel zu winden. Er konnte dem Blick aus den wüstenbraunen Augen nicht standhalten. »Ich hab' es auch nicht«, gab er nach einer langen Pause zu. »Alles, was ich habe, und alles, was ich erbetteln, leihen oder stehlen konnte, steckt in einem Grundstücksprojekt in Kalifornien. Ferienwohnungen. Ich kann es nicht loseisen.«

Kalte Wut machte sich in Brig breit. Er wollte Max am Kragen pakken und ihm die Faust in sein hübsches Gesicht donnern, bis es nur noch eine blutige Masse wäre. Ehe der Drang nach Gewalt ihn überwältigen konnte, ging Brig steifbeinig zum Fenster. Er war ein Narr gewesen, hierherzukommen, ein Narr, zu hoffen, daß er von seinem Cousin Hilfe bekommen könnte. Vielleicht konnte er noch einmal mit seiner Bank sprechen. Vielleicht, wenn er all seine Kühe und die Schafe verkaufte... Aber wovon sollte er dann im nächsten Jahr ein Einkommen erzielen? Er saß irgendwie fest.

»Wozu hättest du denn die zwanzigtausend gebraucht, Brig?« Max' Stimme klang ruhig und respektvoll, als spürte er, daß ein falscher Ton den schlafenden Wolf zur Weißglut treiben könnte.

»Ich brauche Bargeld. Meine Bilanz sieht zwar verdammt viel besser aus als deine, aber zufällig bin ich arm an Land und Vieh«, gab er zu.

»Ich habe schon früher Schwierigkeiten gehabt. Und das ist noch nicht zu Ende.« Er wandte sich vom Fenster ab und schickte sich an, zur Tür zu gehen. Es gab keinen Grund mehr für ihn, noch zu bleiben.

»Wohin willst du?«

»In mein Hotel. Ich will mit der ersten Maschine zurück nach Idaho.« Brig sah sich nicht um. Er traute sich selbst noch immer nicht, daß er die Finger von seinem Cousin lassen würde. Seine Hände schickten sich an, dem Türknauf den Hals umzudrehen.

»Warte«, sagte Max. »Vielleicht können wir eine Abmachung treffen, die uns beiden Geld einbringt.«

»Erstens einmal, Max, möchte ich einen Handel mit dir nicht einmal riechen. Und zweitens arbeite ich nicht mit jemandem, der mich zwingt, über die Schulter zu schauen aus Angst, hinterrücks erstochen zu werden.« Er riß die Tür auf.

Max beeilte sich, um Brig einzuholen, als er aus dem Vorzimmer auf den Korridor hinaustrat. »Laß uns zusammen zu Mittag essen. Es kann dir doch nicht schaden, mich bis zu Ende anzuhören.«

»Du verschwendest nur deine Zeit.«

»Es ist ja meine Zeit.«

»Und meine«, gab Brig zurück. »Du kannst mir deinen kleinen Plan auf dem Weg in mein Hotel erzählen.«

Das gefiel Max zwar gar nicht, aber er war klug genug, nicht noch mehr zu fordern. Sie hatten sich nie gemocht. Von dem Augenblick an, als Brig zu ihrem Großvater gezogen war, hatte Max ihn verabscheut, ja, fast gehaßt. Brig war immer der Lieblingsenkel gewesen, der ausgesuchte Erbe des Sanger-Throns, und das, obwohl Max sogar älter war. Es wäre alles an Brig gefallen, wenn er die Bedingungen erfüllt hätte, die sein Großvater in seinem Testament gestellt hatte. Max war nur wegen Brigs Eigensinn zum Zug gekommen. Jetzt war er in Schwierigkeiten, aber mit Brigs Hilfe gab es vielleicht einen Ausweg. Aber er erstickte fast daran, das zuzugeben.

Vor dem Haus ging Brig bis an die Ecke, um ein Taxi anzuhalten. »Um diese Zeit wirst du nie eines bekommen«, informierte ihn Max mit der Hochnäsigkeit eines New Yorkers. Brig kümmerte sich nicht um ihn, sondern stieß einen durchdringenden Pfiff zwischen den Zähnen hindurch aus. Unter Hupen und quietschenden Bremsen wechselte ein Taxi die Fahrspur und blieb vor ihnen am Bordstein stehen.

Brig hielt Max die hintere Tür auf. »Das war schon immer dein Problem, Max. Niemand ist gesprungen, wenn du gepfiffen hast.« Purer Haß stand in dem Blick, den Max ihm zuwarf, ehe er ins Taxi kletterte. Brig klappte seine langen Beine zusammen und glitt auf den Sitz neben ihm. »Zum Hilton.« Er beugte sich vor, um es dem Fahrer zu sagen, und lehnte sich dann wieder bequem zurück. »Du solltest besser anfangen, Max. Du hast nicht viel Zeit.«

»Du bist wegen der zwanzigtausend zu mir gekommen, du arroganter Bastard!« Max kochte. »Wenn du glaubst, ich würde auf den Knien daherkriechen und dir den Hintern küssen, damit ich ein paar Minuten von deiner kostbaren Zeit geschenkt bekomme, dann kann ich dir nur sagen, du irrst dich gewaltig!« fauchte er durch zusammengebissene Zähne.

»Tu' ich das? Du hast das bei dem alten Herrn doch immer sehr gut gekonnt«, köderte er ihn. Brig amüsierte sich über den Zorn seines Cousins, denn er wußte, es war alles nur heiße Luft. »Willst du nun reden oder Beleidigungen austauschen?« Er lächelte, als er beobachtete, wie Max sich bemühte, sich zusammenzureißen.

»Es ist ganz einfach«, fing er vorsichtig an. »Ich habe da jemanden, der daran interessiert sein könnte, die Gesellschaft zu kaufen. Ich habe schon versucht, ihm meine Aktienanteile zu verkaufen, aber damit hätte er noch nicht die Leitung des Unternehmens. Dazu braucht er deinen Anteil. Dem Testament nach kannst du deine Aktien nur einem Familienmitglied verkaufen, außer, es handelt sich um einen Totalverkauf der Gesellschaft oder um eine Fusion. Ich glaube, ich kann die Geschäftsleitung zum Verkauf überreden.«

»Der arme Kerl hat den letzten Bericht noch nicht gesehen, oder?« riet Brig.

»Ich habe dir doch erzählt, daß ich ihn eben erst bekommen habe!« fuhr Max ihn an. »Es ist sowieso nicht wichtig. Der Knabe sucht nach irgend etwas, was er von der Steuer abschreiben kann. Der hat mehr Geld als Gott.«

»Wenn das so ist, dann sicher nicht, weil er ein Dummkopf ist. Er muß doch nur noch ein paar Monate warten, und dann kann er die Gesellschaft für 'nen Appel und 'n Ei bekommen.«

»Ja, und? Das hilft weder dir noch mir weiter, oder?« meinte sein Cousin sarkastisch. »Die jährliche Auskunft über die Bilanz der Gesellschaft ist erst im Oktober fällig. Ich habe diese hier früh anfordern lassen, weil... Ich hätte nicht gedacht, daß sie schon in einem so schlechten Zustand ist. Also, was meinst du?«

»Ich finde, das stinkt«, erklärte Brig voll Abscheu. »Ich habe in meinem ganzen Leben noch nie einen Menschen betrogen. Und ich werde nicht jetzt damit anfangen, wegen lausigen zwanzig Riesen.« Das Taxi bog in die Auffahrt des Hotels ein und hielt in der Nähe der Drehtür. Brig beugte sich vor und reichte dem Fahrer einen Schein. »Behalten Sie den Rest.« Als er aus dem Taxi stieg, kletterte Max auf der anderen Seite heraus.

»Du bist immer so verdammt rechtschaffen, McCord!« höhnte er, als er ihm durch die Drehtür folgte. Er mußte schnell gehen, um mit Brigs ausgreifendem Gang Schritt zu halten. »Du bist ein Heuchler. Jawohl, das bist du. Ich habe nicht vergessen, daß du dafür bezahlt worden bist, Menschen zu töten.«

»Regierungen haben mich bezahlt, um zu kämpfen«, verbesserte Brig mit wildem Unterton und blieb an der Rezeption stehen.

»Ich... *bitte* dich«, Max zögerte bei diesem Verb, betonte es dann extra, »zumindest zu überdenken, was ich gesagt habe. Der Mann hat das Geld, und er ist interessiert. Er...« Er brach ab, starrte zum anderen Ende der Halle, die die ganze Länge des Erdgeschosses des Hotels einnahm. »Da kommt er gerade.« Er wies auf ihn. »Der große Mann mit dem grauen Haar, der vor dem Restaurant steht.«

Ohne großes Interesse folgte Brigs Blick dem diskret ausgestreckten Finger seines Cousins. Er sah den Mann, aber es war die Frau an seiner Seite, die seine Aufmerksamkeit auf sich zog. Sie wirkte groß und langbeinig, obwohl sie ein paar Zentimeter kleiner war als der Mann, mit dem sie zusammen war. Ihr Haar war kastanienbraun, ein Braun, das im Licht, das von oben herabfiel, Feuer zu fangen schien. Eine animalische Ausstrahlung umgab sie, eine unterschwellige Sinnlichkeit. Sie war ein faszinierendes Geschöpf – jung und doch mit einem Ausdruck von Reife. Sein Blut erwärmte sich bei ihrem Anblick. Ja, tatsächlich strahlte sie eine gewisse Reife aus, die direkt dazu aufforderte, sie zu pflücken. Brig verspürte den Drang, die Ernte einzubringen.

Sein Blick wanderte zu dem Mann. Er war mindestens dreißig Jahre älter, wenn nicht mehr. Der Mann wirkte körperlich durchtrainiert. Etwas Vornehmes ging von ihm aus, ganz vage nur, etwas, das man wohl als Charisma bezeichnen konnte. Mit seiner Gesundheit war alles in Ordnung. Auch mit seinem Geschmack, entschied Brig, als er sah, wie der Mann etwas Geld aus der Tasche zog und es der jungen Frau in die Hand drückte.

Seine Einstellung der attraktiven Brünetten gegenüber verstärkte sich. Als sie den älteren Herrn flüchtig küßte, verdüsterten sich seine Augen zynisch. Sie winkte noch einmal und eilte dann mit graziösen Schritten auf den Ausgang am anderen Ende zu. In der Nähe der Tür blieb sie stehen, um das Geld in ihre Tasche zu schieben – und wahrscheinlich auch, um es zu zählen, dachte Brig höhnisch, der sie beobachtete.

»Komm schon.« Max ergriff seinen Ellbogen und steuerte ihn vorwärts. »Ich werde dich ihm vorstellen.« Brig wollte sich zurückziehen, aber der Mann hatte sie bereits gesehen und hob grüßend die Hand. »Hallo, Fletcher. Das ist aber eine Überraschung, Sie hier zu sehen«, erklärte Max, als sie sich auf halbem Wege trafen.

»Dasselbe könnte ich auch von Ihnen sagen, Max.« Der Mann erklärte nicht, warum er sich in dem Hotel aufhielt. Brig war nicht überrascht. Nur wenige Männer, die etwas wert waren, prahlten mit dem Mädchen, mit dem sie gerade in einem Hotelzimmer geschlafen hatten. »Was bringt Sie hierher?«

»Brig wohnt hier. Er ist gerade vom Westen herübergeflogen, um ein paar geschäftliche Angelegenheiten zu besprechen. Darf ich bekannt machen? Fletcher, das ist mein Cousin, Brig McCord«, sagte Max, und dann anders herum: »Das ist Fletcher Smith. Die meisten Leute kennen ihn aus den großen Sportzeitschriften, in denen es um Großwildjagd geht, aber ich kenne ihn als außergewöhnlichen Geschäftsmann.«

Brig fand, daß das Lob, das Max aussprach, ein bißchen zu offensichtlich und dick aufgetragen war. Fletcher Smith schien seiner Beschreibung gegenüber gleichgültig, denn er ergriff nur Brigs Hand und schüttelte sie kräftig.

»Ist mir ein Vergnügen, Mr. McCord.« Die ruhigen, relativ faltenlosen Züge in dem sonnengebräunten Gesicht hatten den Ausdruck eines Mannes, der den Wert von Geduld und Beharrlichkeit zu schätzen gelernt hatte, zwei wesentliche Eigenschaften eines erfolgreichen Jägers. »Waren Sie in Kalifornien? Max hat mir viel von dem Projekt erzählt, das er dort laufen hat.«

»Nein. Ich komme aus Idaho«, verbesserte Brig. Er wollte nicht mit den Machenschaften seines Cousins in Verbindung gebracht werden.

»Brig hat dort eine Ranch«, beeilte sich Max zu erklären. »Ich habe seine Vollmacht, für ihn in der Gesellschaft zu stimmen, aber für gewöhnlich besprechen wir die Dinge vorher.«

»Wo in Idaho befindet sich Ihre Ranch?«

Es entging Brig nicht, wie Fletcher Smith die Bemühungen seines Cousins ignorierte, die Gesellschaft und die Aktien ins Gespräch zu bringen. Der Mann war gerissen. Max würde ihn niemals lange zum Narren halten.

»In den Bergen, nahe der Middle Fork des Salmon River«, erwiderte er.

»Das ist eine primitive Gegend.« Der Mann nickte, als hätte er das Gebiet bereits auf einer Landkarte geortet, die er im Kopf hatte. »Muß gut für die Jagd geeignet sein.«

Brig zuckte nur mit den Achseln und umging eine direkte Antwort. »Ich schieße gewöhnlich zwei Elche im Jahr, des Fleisches wegen.«

»Ich mag Elchfleisch auch sehr gern.« Der Mann lächelte zustimmend.

»Ist das nicht toll? Brig hat 'ne Viehfarm und ißt Elchfleisch.« Max brachte ein gezwungenes Lachen zustande. »Er muß den ganzen Weg nach New York machen, wegen der Geschäfte und um Rindfleisch zu bekommen. Wobei mir einfällt – Brig und ich wollten gerade essen. Möchten Sie uns nicht Gesellschaft leisten, Fletcher?«

Der ältere Mann zögerte, warf einen Blick auf Brig, ehe er seinen Entschluß faßte. »Ich werde einen Kaffee trinken«, akzeptierte er dann.

»Ich mache mir nichts aus dem Essen, Max«, erklärte Brig.

»Jet-lag«, erklärte Max Fletcher lachend und warf Brig einen wütenden Blick zu. »Du und Fletcher, ihr könnt Kaffee trinken, und ich esse etwas.«

»Wir lassen ihn die Pfunde ansetzen.« Fletcher lächelte und wandte sich um, um ins Restaurant zu gehen. Mit einem Seitenblick auf Brig bemerkte er: »Ich habe gehört, Sie hatten in diesem Jahr einen sehr strengen Winter.«

Ein bewunderndes Funkeln trat in Brigs Augen. Dieser Mann war ein Jäger, der seine Beute lockte. Und er selber war die Beute dieses Jägers. Wenn er auf diese Bemerkung von Fletcher antworten wollte, dann mußte er mitgehen. Fletcher schaute sich um und las in Brigs Gesicht, daß sein Spiel durchschaut worden war. Er grinste und blieb stehen. Max blickte vollkommen verwirrt von einem zum anderen.

Brig setzte sich in Bewegung. »Es war ein schlimmer Winter«, gab er zu. »Auch übrige Teile des Landes hat es schwer getroffen.« Diesmal waren sie ebenbürtig.

»Wie hat das Wild den Winter überstanden?« wollte Fletcher wissen.

»Diese Tiere kommen immer besser damit zurecht als das Vieh. Hirsche, Elche und Schafe können unter dem Schnee nach Nahrung graben. Eine Kuh dagegen steht da und verhungert, selbst wenn das Gras nur durch zehn Zentimeter Schnee verdeckt ist.«

Brig war sich nicht sicher, warum er der Einladung gefolgt war. Er hätte sich entschuldigen und bereits in einem Taxi zum Flughafen sitzen sollen. Aber dieser Jäger schien ein interessanter Mann zu sein. Innerhalb weniger Minuten war seine Neugier geweckt worden. Was war schon eine Stunde oder zwei? Brig schätzte den Mann erneut ab, als sie das Restaurant betraten und zu einem Tisch geführt wurden.

Fletcher Smith war ebenso groß wie er, etwas mehr als sechs Fuß. Sein Körperbau war schwerer, dicker und breiter, aber Brig ließ sich dadurch nicht täuschen. Der Mann war trainiert. Kein Gramm Fett auf den Knochen, nur Muskeln. Sein Haar war metallgrau, an den Schläfen weißer, aber früher war es einmal braun gewesen. Er war locker und entspannt, und doch besaß er die Reflexe eines Jägers. Vielleicht kamen sie ein wenig langsam, aber Brig vermutete, daß er immer noch schneller reagierte als die meisten Männer. Brig bemerkte die Ausbuchtung in der Innentasche der Anzugjacke – ein Brillenetui, was bedeutete, daß die Sehfähigkeit des Mannes nachließ. Fletcher Smith hatte den Höhepunkt seiner Blüte bereits erreicht und befand sich auf dem Abstieg. Hoffentlich war ihm das bewußt. Das erklärte wahrscheinlich auch das Treffen mit der jungen Frau mit dem kastanienbraunen Haar. Er hatte versucht zu zeigen, daß er immer noch alles hatte, was nötig war, hatte seine Männlichkeit erneut unter Beweis gestellt.

Während der Ober den Kaffee einschenkte, beobachtete Brig, wie Fletchers braune Augen auf seinem Cousin ruhten, als nähme er ein Ziel ins Visier. »Ich habe Sie schon lange nicht mehr bei uns gesehen, Max.«

»Ich war außerhalb oder hatte in letzter Zeit andere Verpflichtungen, deshalb mußte ich einige Ihrer Einladungen absagen.« Max lächelte höflich, als er die Speisekarte aufschlug. »Ich glaube, Ihre Frau hat aufgehört, mich einzuladen.«

»Wir geben morgen abend eine kleine Party. Warum kommen Sie nicht?« schlug Fletcher vor.

»Gern.« Max nickte. Aber er hatte nicht eifrig zugesagt. Ja, Brig war sogar aufgefallen, daß er gezögert hatte.

»Es ist keine große Sache, nur ein ganz inoffizielles Beisammensein.« Er sah zu Brig hinüber. »Sie sind natürlich auch eingeladen, Mr. McCord.«

»Ich fliege nach Idaho zurück. Trotzdem vielen Dank«, lehnte er ab.

»Sie sagten, Ihre Ranch würde sich nahe der Middle Fork des Salmon befinden? Das ist ein abgelegenes Gebiet.« Fletcher nippte an seinem Kaffee und sah Brig über den Rand der Porzellantasse hinweg an.

»Schon, aber mir gefällt es so. Es paßt zu mir.«

»Ein Indianerstamm, die Schafesser, haben in diesem Gebiet gelebt, ehe der weiße Mann kam«, bemerkte er.

»Sie hießen die Schafesser aus einem ganz offensichtlichen Grund: Der Hauptbestandteil ihrer Ernährung waren wilde Schafe. Aber im allgemeinen waren sie unter einem anderen Namen bekannter, nämlich als die Schoschonen.« Brig lächelte vor sich hin. Sein Wissen wurde geprüft, und er fragte sich, was dieses Messen des Verstandes zu bedeuten hatte.

»Haben Sie in der Gegend irgendwelche Bighornschafe gesehen?«

»Einige. Sie halten sich ziemlich ausschließlich im Hochland auf.«

»Auch welche, die groß genug für eine Trophäe wären?«

Brig dachte an den Bock, den er im Frühling gesehen hatte, aber er erwähnte ihn nicht. »Das kommt darauf an, was Sie groß genug finden.«

»Das Gehörn sollte eine volle Umdrehung oder mehr aufweisen. Und dann kommt es auf den Umfang der Hörner und die Breite der Spitzen an.« Fletcher lehnte sich auf seinem Stuhl zurück und betrachtete Brig mit festem Blick. Ein Lächeln spielte um seinen Mund. »Sie wissen ja, wie das ist. Ein Jäger plant immer seine nächste Jagd. Ich habe mit einem Ausstatter in den Bitterroots gesprochen, der mir eine Jagd nach einem Bighorn in seinem Teil des Landes zusammenstellen sollte.«

»Klingt aufregend«, versuchte Max an der Unterhaltung teilzunehmen.

»Das Rocky Mountain Bighorn ist das einzige Großwild, von dem ich in all den Jahren, in denen ich jage, noch keine Trophäe erworben habe. Ich habe das Steinschaf in British Columbia und den Dall in Alaska erfolgreich gejagt, aber ein Bighorn fehlt mir noch.«

»Was versuchen Sie denn – ein großes Gemetzel unter den Schafen?« In Brigs Blick lag Verachtung. Er hatte von reichen Sportlern gehört, die zu jeder Methode Zuflucht nahmen, legal oder nicht, um Trophäen aller vier nordamerikanischen Schafe zu bekommen – vom Dall, Stone, vom Rocky Mountain Bighorn und vom Desert Bighorn.

Belustigung blitzte in Fletcher Smiths Augen auf. »Das wäre das Ziel eines Dilettanten. Kein Jäger, der auch nur etwas Selbstachtung hat, läßt sich gern ein Tier vor die Flinte treiben. Das Aufregende ist doch die Jagd. Ein Jäger ist wie ein Angler. Er würde immer da draußen sein, selbst wenn der große Fisch ihm jedesmal entkommt, einfach, weil er den Sport liebt«, erklärte er. Dann fügte er ernüchtert hinzu: »Vielleicht ist das meine letzte Gelegenheit, ein Bighorn zu jagen. Ich könnte zu alt sein, wenn ich das nächste Mal an die Reihe komme. Diesmal werde ich alles geben, was ich habe, um einen heimzubringen. Wenn es mir nicht gelingt, dann weiß ich wenigstens, daß ich es versucht habe.«

Ihre Unterhaltung geriet ins Stocken, als der Kellner Max' Bestellung entgegennahm. Brigs Kaffee war lauwarm, und er trank ihn aus. Dann lehnte er sich schräg in seinen Sessel, stützte einen Ellbogen auf den Tisch und rieb sich nachdenklich seinen braunen Bart.

Er erkannte, daß er richtig vermutet hatte. Fletcher war sich darüber im klaren, daß er älter wurde, und er hatte angefangen, sich die Vergnügungen des Lebens zu holen, ehe sie für immer an ihm vorbeigezogen waren, sei es nun eine junge, schöne Frau oder die Erregung der Jagd. Er konnte dem Mann deshalb keinen Vorwurf machen, denn er konnte nicht sicher sein, daß er in fünfzehn Jahren nicht genauso handeln würde. Aber wer, zum Teufel, wußte das schon?

»Haben Sie eine reine Rinderzucht, oder halten Sie auch Schafe?« erkundigte sich Fletcher, nachdem der Kellner gegangen war.

»Beides.«

»Hausschafe sind die gefährlichsten Feinde des Bighorns«, bemerkte Fletcher. »Sie grasen nicht nur auf seinen Futterplätzen, sie sind auch Überträger von Krankheiten, gegen die sie immun geworden sind, die sie aber an die wilden Schafe weitergeben.«

»Der alte, erbitterte Streitpunkt zwischen Rancher und Jäger.« Brig lachte geräuschlos.

»Ein Rancher kann eine ganze Herde von Bighorns mit der Krankheit auslöschen, die seine Schafherde überträgt. Ein Jäger dagegen sucht nach dem Tier, das eine Trophäe wert ist, wenn er es nicht des Fleisches wegen jagt. Die trophäenreifen Hörner gehören alten Böcken, denen also, die die Natur und die Berge ohnehin bald töten würden«, gab Fletcher zu bedenken.

»Das Argument ist mir nicht so neu. Aber alle Spezies der Erde müssen mutieren, müssen sich anpassen und werden im Laufe der Zeit immer stärker. Das ist das Gesetz des Überlebens, das Gesetz der Natur. Meine Schafe sind Träger von Krankheiten, die die Natur ihnen auferlegt hat. Wenn sie sie nicht auf die Bighorns übertragen würden, dann würde etwas anderes das tun. Die Bighorns werden entweder immun werden oder ausgelöscht. Das ist das Gesetz der Natur, nicht des Menschen.«

»Dann halten Sie also nichts davon, die Rassen zu erhalten?« meinte Fletcher herausfordernd.

Ein Lächeln ließ Brigs Mundwinkel zucken. »Ich persönlich danke Gott dafür, daß wir zur Zeit der Höhlenmenschen keine fanatischen Anhänger des Naturschutzgedankens herumlaufen hatten, die dann gebrüllt hätten: ›Rettet die Dinosaurier!‹ Können Sie sich vorstellen, wie es wäre, wenn wir ein paar hundert von denen in irgendeinem Reservat hätten, jetzt, wo die Menschen ihre Vorräte so knapp wie möglich bemessen müssen? Nein, nein, alle Lebewesen haben eine bestimmte Lebensspanne. Auch der Mensch wird vielleicht eines Tages von der Welt verschwinden. Durch seine eigene Hand oder durch die Natur, das ist ein und dasselbe«, schloß er.

»Der Mensch glaubt, er könnte die Welt retten«, meinte Fletcher mit amüsiertem Lächeln. »Aber Sie behaupten, er kann von Glück sagen, wenn er sich selbst retten kann. Das ist ziemlich weise Philosophie.« Er holte tief Luft und stieß sie als Seufzer wieder aus. »Wahrscheinlich kommt es der Wahrheit näher, als irgendeiner von uns gern zugeben mag.«

»Die Gesetze der Natur scheinen oft brutal und hart, weil es nur die Tüchtigen sind, die überleben.« Brig zündete sich eine Zigarette an und warf das Streichholz in den Aschenbecher.

»Aber es ist die Arroganz des Menschen zu glauben, daß er über der Natur steht«, murmelte Fletcher. Der Kellner kam und stellte Max' Essen vor ihn hin. »Ich hoffe, unser etwas morbides Thema hat Ihrem Appetit nicht geschadet, Max.«

»Überhaupt nicht. Es war sehr interessant.« Er schüttelte seine Serviette auf und plazierte sie auf seinem Schoß. »Big ist so etwas wie ein Experte, wenn es darum geht, zu überleben, aus eigener Erfahrung. Als er neun Jahre alt war, hat er fast drei Monate allein in der Wildnis verbracht, nachdem seine Eltern bei einem Flugzeugabsturz ums Leben gekommen sind. Später war er dann in Südostasien.« Max zögerte, als hätte er die Absicht, noch mehr zu sagen, änderte aber dann seine Meinung. »Und Sie sind so etwas wie ein Naturexperte, Fletcher, mit all Ihrer Erfahrung beim Jagen. Sie wissen alles über den Jäger und die Beute und über die wechselnden Bedingungen, die die Veränderungen beim Großwild hervorgerufen haben. Bildlich ausgedrückt stehen Sie beide auf den verschiedenen Seiten eines Zaunes, einer als Jäger, der andere als Rancher. Sie sind ein harter Romantiker, und Brig ist der kühle Realist.«

»Sie sind ein guter Beobachter, Max. Manchmal unterschätze ich Sie.« Fletcher hatte ganz leicht die Augen zusammengekniffen. »Sie haben selbst auch schon gejagt, nicht wahr?«

»Schon, aber das ist lange her. Und bestimmt nicht in dem Rahmen, in dem Sie es tun«, erklärte Max bescheiden.

»Wir sollten zusammen auf die Jagd gehen, Sie und ich.« Fletcher sprach, als wäre der Gedanke ihm in diesem Augenblick gekommen.

»Das hört sich gut an«, stimmte Max zu und lachte. »Solange Sie mich nur rechtzeitig vorher informieren, damit ich mich dafür in Form bringen kann, durch den Wald zu stapfen.«

Brig streifte seine Zigarette am Rand des Aschenbechers ab. Er begriff, daß sein Cousin in mancher Hinsicht ein intelligenter Mann war, der seine Grenzen sehr wohl kannte, und in der Lage war, seine Fähigkeiten auszuschöpfen. Was war mit seinem Charakter nicht in Ordnung, das Max daran hinderte, Erfolg zu haben? Kam das, weil er bereit war, alles einzusetzen, um zu bekommen, was er wollte? Oder lag es daran, daß er immer das wollte, was jemand anderem gehörte?

»Sie haben mir nie eine eindeutige Antwort über das Wild in Ihrer Gegend gegeben, McCord«, erinnerte Fletcher Smith ihn eindringlich.

»Was Bighorns angeht?« Brig zog fragend eine Braue hoch.

»Ja.«

»Ich habe ein paar gesehen«, gab er zu.

»Trophäengröße?«

»Wäre schon möglich, daß die, die ich gesehen habe, dafür durchgehen würden.« Brig zog an seiner Zigarette und kniff die Augen zusammen, als der Rauch ihm hineinstieg.

»Ist dort viel gejagt worden?«

»Nicht in dem Gebiet, mit dem ich vertraut bin.« Er schüttelte den Kopf. »Die Schafe sind weit hinten in der Wildnis, im Hochland. Es ist nicht einfach, an sie heranzukommen, nicht einmal mit Packtieren. Es ist schwer hineinzukommen, und schwer, wieder hinauszukommen.«

»Waren Sie jemals als Führer tätig? Oder haben Sie das in Erwägung gezogen?« Fletcher musterte ihn nachdenklich.

»Nein.«

»Was würden Sie sagen, wenn ich Ihnen erkläre, ich würde Sie gern als Führer anheuern? Und dafür, daß Sie einen Jagdausflug für mich vorbereiten?« Er lächelte besänftigend, als er diese Frage stellte.

»Warum sollten Sie dafür mich wollen?« Brig legte den Kopf schief. »Ich habe keinerlei Erfahrung. Außerdem haben Sie bereits Abmachungen mit einem Ausrüster in den Bitterroots getroffen.«

»Nach allen Informationen, die ich habe, sind die Bighorns in seinem Gebiet und in Montana noch jung. Und das heißt, daß meine Chancen, einen Bock mit Hörnern, die eine Trophäe wert sind, zu finden, gleich Null sind. Nach dem wenigen, was Sie mir von Ihrer Gegend erzählt haben, würde ich sagen, daß meine Chancen dort besser sind. Sie sind mit dem Terrain vertraut. Sie besitzen eine Ranch, was bedeutet, daß Sie Zugriff zu guten Pferden haben, die als Lasttiere geeignet sind. Was nun Ihre mangelnde Erfahrung angeht«, Fletcher brach ab, »so erscheinen Sie mir als ein Mann, der dafür sorgen würde – wenn er jemandes Geld annimmt –, daß der dann auch bekommt, wofür er bezahlt hat.«

»Ich habe von Führern gehört, die Flugzeuge haben, mit denen sie die Tiere den Jägern zutreiben«, bemerkte Brig.

»Das ist illegal.«

»Sie wissen das. Und ich weiß das. Aber ein paar Jäger wollen einfach unbedingt einen Bock.« Eine dünne Rauchfahne unterstrich seine Bemerkung, die fast schon eine Herausforderung war.

»Wenn ich einen Bock erlege, dann halte ich mich dabei streng an die Buchstaben des Gesetzes. Da wird es nichts Illegales geben.« Er zeichnete den Umriß seines Löffels nach, der auf dem Tischtuch lag. »Ich werde dafür sorgen, daß es sich für Sie lohnt, McCord. Geld ist für mich kein Hindernis. Ich zahle Ihnen dreihundert... vierhundert Dollar am Tag.«

Brig hielt den Atem an und versuchte, sein Erstaunen über diese Summe zu verbergen. »Hin- und Rückzug, plus Jagdzeit, da können leicht zwanzig Tage zusammenkommen.« Er hatte bereits im Kopf alles multipliziert und wußte, daß die Summe einen beachtlichen Teil dessen ausmachen würde, was er benötigte.

»Das ist ungefähr der Durchschnitt. Es hängt vom Wetter ab«, stimmte Fletcher zu, und ein zufriedener Glanz trat angesichts von Brigs kaum verhohlener Reaktion in seine Augen. »Wir gehen zu zweit. Und der Preis gilt natürlich pro Person.«

Brig fluchte innerlich. Das bedeutete weit mehr als die Hälfte des Geldes, das er benötigte. Ein Tier des Fleisches wegen zu töten – also um etwas zu essen zu haben und zu überleben – war eine Sache. Aber es wegen ein Paar Hörnern zu töten, die man an die Wand irgendeines Zimmers hängen konnte, das ging ihm gegen den Strich.

»Wenn die Hörner länger als vierzig Zoll sind, dann bedeutet das noch einmal einen Extra-Bonus von zehntausend Dollar für Sie«, machte Fletcher ihm die Sache schmackhaft.

Verdammt! Er hatte das Gefühl, seine Eingeweide würden zerrissen, als würde er in zwei verschiedene Richtungen gezerrt. »Ich weiß, wie das Land ist. Ich kann Ihnen nicht einmal garantieren, daß Sie auch nur in Sichtweite eines Bockes von dieser Größe kommen. Es würde ein mühseliger Treck in einem der härtesten Gebiete, die Sie je gesehen haben.« Auf der Höhe, auf der Bighorns lebten, war die Luft dünn. Selbst der kleinste Aufstieg würde das Herz schon wie eine Lokomotive hämmern lassen. »Ich weiß nicht, ob Sie für einen solchen Trip in der richtigen Verfassung sind.« Es würde sogar für ihn eine Anstrengung bedeuten, und Fletcher war mehr als fünfzehn Jahre älter als er. Brig nahm kein Blatt vor den Mund, als er ihn das wissen ließ.

»Ich kümmere mich schon darum, ob ich das schaffe oder nicht.« Fletchers Stimme verhärtete sich. »Ich habe nicht eine Minute lang geglaubt, daß es sich um einen Vergnügungsritt handeln wird. Alles, was ich von Ihnen erwarte, ist, daß Sie die Jagd komplett vorbereiten und ausstatten und mich dorthin führen, wo sich die Schafe aufhalten. Ich habe mein eigenes Gewehr und schieße auch selbst. Ob ich treffe oder das Tier verfehle, wird mein Problem sein. Ihres ist es, mir das Ziel zu zeigen. Abgemacht?«

»Ich muß darüber nachdenken.« Brigs Stimme klang gespannt. Zum Teufel! Was gab es da noch nachzudenken? Er brauchte das Geld. Aber er wollte sich nicht über seine eigene Bitte um Zeit hinwegsetzen.

»Denken Sie darüber nach«, willigte Fletcher ein. »Sie können mir Ihre Entscheidung morgen abend auf der Party mitteilen.«

»Das gibt mir nicht sehr viel Zeit«, protestierte Brig.

»Ich habe auch nicht viel Zeit. Die Saison wird am 1. September eröffnet und geht bis einschließlich der dritten Woche im Oktober. Ich muß meine Pläne jetzt machen. Ich kann es nicht bis zur letzten Minute aufschieben.«

»Bleib doch noch bis Samstag morgen, Brig«, warf Max ein. »Du hast doch keinen zwingenden Grund, heute noch nach Idaho zurückzukehren, oder?«

»Nein.« Er gab es nur mürrisch zu. Er hatte gedacht, daß noch einiges an Papieren ausgefüllt werden mußte, wenn er von Sanger ein Darlehen erhielt. Also hatte er seinen Rückflug für Samstag gebucht und wurde auch nicht früher erwartet.

»In diesem Fall sehe ich Sie morgen abend, irgendwann zwischen acht und neun.« Fletcher schob seinen Stuhl vom Tisch zurück und stand auf. »Sie ebenfalls, Max.«

»Wir werden dasein«, versicherte ihm Max.

Ein undeutbarer Ausdruck zuckte über Fletchers markantes Gesicht. »Ich rechne damit.« Sein Blick umfaßte sie beide. Fletcher machte dem Kellner ein Zeichen und ließ sich die Rechnung geben. Max setzte zum Protest an, doch eine Handbewegung ließ ihn verstummen. »Ich kümmere mich schon darum«, beharrte Fletcher, fragte den Kellner nach der Summe und reichte ihm einen Schein. »Der Rest ist für Sie.«

»Danke für die Einladung, Fletcher«, bemerkte Max höflich, als der Mann sich vom Tisch entfernte.

»Nicht der Rede wert.«

Brig sagte nichts, weder »Danke« noch »Auf Wiedersehen«, als der Mann das Restaurant verließ. Er hatte das Gefühl, soeben gekauft worden zu sein, und ihm gefiel der Nachgeschmack nicht, der davon in seinem Mund zurückgeblieben war.

»Diesmal hast du wirklich einen tollen Handel abgeschlossen, Brig«, erklärte Max kopfschüttelnd. »Bist ja förmlich in den Honigtopf hineingefallen.«

»Ach, halt den Mund, Max«, brummte er nur und drückte seine Zigarette im Aschenbecher aus.

»Was habe ich denn gesagt?« Er schien über die wütende Antwort überrascht. »Fletcher wird dir das Geld bezahlen, das du brauchst, mit einem kleinen Rest.«

»Ich habe noch nicht gesagt, daß ich es mache.« Zornig und unruhig legte Brig die Arme auf den Tisch und schwenkte den Kaffeesatz in seiner Tasse, starrte auf den dunklen Boden.

»Du wärest dumm, wenn du es nicht tätest. Du bist immer ein Dickkopf gewesen, Brig, aber für einen Dummkopf habe ich dich eigentlich nie gehalten«, höhnte sein Cousin.

»Nun, vielleicht bin ich es aber.« Er trank einen Schluck Wasser, um den bitteren Geschmack in seinem Mund fortzuspülen. Er stellte das Glas hart ab und schob sich vom Tisch zurück.

»Wohin willst du?«

»Spazieren.« Er mußte nachdenken.

Erst als er draußen vor dem Hotel war, verlangsamte Brig seine Schritte. Er schlenderte durch die Straßen, die Vierundfünfzigste entlang, die Madison, zurück über die Fifth Avenue. Schließlich trieb ihn die brütende Hitze der Julisonne in eine schmuddelige Bar mit Klimaanlage an einer der Seitenstraßen. Er saß an einem Tisch in einer dunklen Ecke und trank in aller Ruhe ein paar Bier.

Eine Hure mit hartem Gesicht, dem eine ganze Weltkarte aufgeprägt zu sein schien, machte sich an ihn heran. »Willste 'n bißchen Gesellschaft, Cowboy?«

Brig schaute auf. Ihre dumpfen blauen Augen hatten nichts von der Zärtlichkeit, die er bei Trudie gesehen hatte. Er stand auf und warf ein paar Münzen auf den Tisch. »Süße, wenn es so ist, dann wirst du die letzte sein, die es erfährt«, meinte er schleppend.

Sie rief ihm ein paar Schimpfnamen nach, als er aus der Bar ging. Die Hitze schlug ihm entgegen wie die Glut aus einem Hochofen. Sie erinnerte ihn an die dampfenden Dschungel Mittelamerikas. Nur, daß er hier von Beton statt von Pflanzen umgeben war. Er zog das leichte Jakkett seines Freizeitanzuges aus, schwang es sich über die Schulter und kehrte zum Hotel zurück.

Ein paar Minuten vor fünf blieb er an der Rezeption stehen, um sich seinen Schlüssel geben zu lassen, und ging dann zu den Fahrstühlen hinüber. Der Schweiß ließ sein Hemd an seinem Rücken kleben. Seine Haut kribbelte vor Hitze, als er auf den Fahrstuhl wartete. Die Tür öffnete sich,und Max trat heraus. Brigs Brauen schossen in momentaner Überraschung empor, seinem wachen Blick entging nicht, daß Max mit einer verstohlenen Bewegung einen Zimmerschlüssel in seine Tasche gleiten ließ.

»Hallo, Max. Ich hätte nicht erwartet, dich noch immer hier im Hotel zu finden«, bemerkte Brig trocken und trat zur Seite, als sich der Fahrstuhl leerte.

»Ich hatte eine Verabredung.« Die Antwort war ebenso verräterisch wie der süßliche Parfümduft, der in seinen Kleidern hing.

Ein höhnisches Grinsen verzog Brigs Mund. »Du bist immer noch der Frauenheld, was, Max?« In diesem Augenblick mochte Brig eigentlich niemanden so recht. Und Max bekam seinen Haß auf die Welt im allgemeinen zu spüren. »Wer war es? Diese tolle, schwarze Empfangsdame, die für dich arbeitet? Ich bin sicher, ihr werdet so vorsichtig sein und das Hotel getrennt verlassen.« Schon als er die Anklage vorbrachte, wußte er, daß es nicht die Empfangsdame gewesen war. Brig erinnerte sich an den sauberen Duft, der von ihrer Haut ausgegangen war.

Max erstarrte, ein wenig weiß unter seiner Sonnenbräune. »Ich bin dir keine Erklärung schuldig.«

»Da hast du recht. Das bist du nicht. Aber du solltest etwas dagegen unternehmen, wie du riechst, ehe du ins Büro zurückkehrst. Das ist ja schlimmer als der Parfümstand in einem Kaufhaus.«

Die Fahrstuhltür würde sich gleich schließen. Ohne sich um die Röte zu kümmern, die Max ins Gesicht stieg, trat Brig an ihm vorbei in den Aufzug. Während der Fahrt nach oben nahm er den Hut ab und wischte das Schweißband mit seinem Taschentuch ab. Eine kalte Dusche schwebte ihm vor.

Brig schloß die Tür auf und trat ins Zimmer. Die Vorhänge waren geschlossen, das Zimmer war dunkel. Er warf das Jackett auf einen Sessel und ging, um sie aufzuziehen. Sonnenschein fiel auf die blaue Tagesdecke auf dem Bett. Er verzog vor Abscheu das Gesicht, als er das Zimmer sah, eine Kopie von tausend anderen hier in diesem Gebäude.

3

Vor sich hin summend, ging Jordanna den Gang des Apartmenthauses entlang. Sei verschob das schwere, klobige Paket in ihren Armen, bis es bequemer zu tragen war. Es war in glänzende, silbrig-grüne Folie gewickelt, mit einer leuchtend smaragdgrünen Schleife, die immer wieder ihr Kinn kitzelte.

In der Schachtel befand sich eine dieser modernen Skulpturen, die nichts ähnlich sahen. Was Jordanna anging, so konnte sie sich höchstens darüber unterhalten, aber ihr Bruder liebte diese Dinge. Sie waren außerdem noch teuer. Sie hätte nicht genug Geld dafür gehabt, wenn sie ihren Vater nicht beim Essen hätte überreden können, sich an dem Geschenk zu beteiligen. Nach dem Streit letzte Woche hoffte sie, daß Kit das Geschenk als Friedensangebot akzeptieren würde, selbst wenn es in der Verkleidung eines Geschenkes zur Wohnungseinweihung kam.

Sie seufzte bei der Erinnerung an diesen Streit. Sie wußte nicht einmal mehr, wodurch er entstanden war. Man hielt es allgemein für ganz natürlich, daß sich Bruder und Schwester zankten, aber sie hatte das Gefühl, daß sie sich mehr stritten, als gut war. Ihr Problem war ihre Launenhaftigkeit, an der, wie sie meinte, nur ihr dunkelrotes Haar schuld war. Und sie waren sich überhaupt nicht nah. Sie und Kit waren zu verschieden, ihre Interessen gingen zu weit auseinander. Sie befanden sich an gegenseitigen Enden des Spektrums, ihre Meinungen wurden von unterschiedlichen Standpunkten gefärbt.

Ihr suchender Blick machte die Nummer seines Apartments an einer Tür aus. Jordanna blieb davor stehen und jonglierte mit dem Paket, um auf die Klingel drücken zu können. Sie hörte das gedämpfte Summen.

Als die Tür geöffnet wurde, lächelte sie und sagte »Überraschung«, aber das Lächeln verging ihr beim Anblick des fremden Mannes, der anstelle ihres Bruders im Türrahmen stand.

Erkennen blitzte in seinen Augen auf. »Hallo, Sie müssen Jordanna sein.«

»J… ja«, stammelte sie und starrte auf den blonden Mann. »Ich wollte zu meinem Bruder.«

»Christopher ist im Augenblick nicht hier. Tut mir leid, er hat auch nicht gesagt, wann er zurückkommt. Hat er Sie erwartet?« Er war auf schlichte Art gutaussehend, jung, Mitte Zwanzig.

»Nein. Ich bin nur vorbeigekommen, um ihm das Geschenk für seine neue Wohnung zu bringen.« Jordanna deutete auf das klobige Paket in ihren Armen und legte den Kopf schief, um ihn frech und offen zu mustern. »Wer sind Sie?«

»Ich bin Mike Patterson.« Sein Blick war wachsam geworden. »Hat Christopher mich nie erwähnt?«

Jordanna hatte sich daran gewöhnt, daß die Leute ihren Bruder mit seinem Taufnamen anredeten. Sie und ihr Vater waren die einzigen, die ihn noch immer Kit nannten.

»Nein, hat er nicht«, gab sie freimütig zu. »Sollte ich wissen, wer Sie sind? Tut mir leid, aber Kit spricht nicht viel mit mir über seine Freunde oder seine Mädchen.«

»Verstehe.« Eine glatte Maske schien sich über sein Gesicht zu legen. »Ich bin mit Christopher zusammengezogen. Wir teilen uns die Kosten für die Wohnung.«

»Das habe ich nicht gewußt.« Mit einem lässigen Lachen tat Jordanna ihre Unkenntnis ab. »Ich habe seit mehr als einer Woche nicht mehr mit Kit gesprochen.« Das Geschenk wurde von Minute zu Minute schwerer, trotz der Kraft ihrer schlanken Arme. »Hätten Sie etwas dagegen, daß ich hereinkomme?«

»Natürlich nicht.« Er reagierte flink, als erinnerte er sich plötzlich wieder seiner guten Manieren, und hielt die Tür weit auf, um sie einzulassen. Dann trat er vor und erbot sich: »Lassen Sie mich das tragen.«

»Nein, danke, es geht schon.« Er trat beiseite, und Jordanna ging in die Wohnung. »Sie können es auf den Couchtisch stellen«, erklärte er ihr.

Sie bückte sich und stellte es sorgfältig auf die Glasplatte des Tisches. Dann richtete sie sich wieder auf und sah sich im Zimmer um. »Hübsch hier.« Als sie sich umdrehte, um den Freund ihres Bruders anzusehen, wirbelte ihr dunkles Haar um ihre Schultern, flammte mit roten Lichtern auf. »Ich habe es nicht mehr gesehen, seit Kit es eingerichtet hat«, erklärte Jordanna. »Ich persönlich ziehe etwas Gemütliches und Traditionelles vor, nicht all dieses Glas und Chrom, aber Kit mag es. Sie auch?«

»Ja.« Er lächelte, und seine Augen hatten denselben nachsichtigen Blick, den Kit ihr so oft schenkte.

Das erzürnte Jordanna. Es gab ihr das Gefühl, ein Kind zu sein, keine erwachsene Frau von vierundzwanzig. Aber sie wandte sich ab und bezwang ihre Wut. Ihre Augen, in denen grüne Flecken inmitten der haselnußgroßen Iris blitzten, ruhten auf der luxuriösen Kübelpflanze neben dem Fenster.

»Das ist ein wunderschöner Gummibaum. Muß Ihr Beitrag zu der Wohnung sein«, vermutete sie.

»Ist er«, gab Mike Patterson zu. »Woher wissen Sie das?«

»Das war ganz einfach.« Jordanna lachte ein warmes, kehliges Lachen. »Kit ist nicht gut im Umgang mit Pflanzen – oder irgend etwas anderem, was mit der Natur zu tun hat.«

»Kann ich Ihnen etwas anbieten?« erkundigte sich Mike. »Kaffee oder eine Cola? Oder vielleicht hätten Sie auch lieber einen Drink? Ich mache eine ganz passable Margarita.«

»Nein, danke.« Sie warf einen Blick auf die schmale goldene Uhr an ihrem Handgelenk. »Ich sollte besser gehen.«

»Sie können gern auf Christopher warten.« Er schien besorgt, daß sein Verhalten in ihr den Eindruck erweckt haben könnte, sie sollte gehen.

»Wie Sie sagten, hat Kit nicht erwähnt, wann er zurückkommen wird«, erinnerte Jordanna ihn. »Und meine Eltern erwarten mich.« Mit geschmeidigen, graziösen Schritten bewegte sie sich zur Tür.

»Es wird ihm leid tun, daß er Sie verpaßt hat.«

Sie zuckte nur mit den Schultern. Wenn er ihr verziehen hatte... vielleicht. »Sagen Sie ihm, daß ich dagewesen bin...« Sie öffnete die Tür und machte eine kurze Pause. »... Ich hoffe, das Geschenk gefällt ihm. Nett, Sie kennengelernt zu haben, Mike.«

»Ebenfalls.«

Der Schulterriemen ihrer Handtasche verrutschte, als sie die Tür zuwarf. Jordanna rückte ihn zurecht und ging den Weg durch den Flur wieder zurück.

Eine halbe Stunde später öffnete Jordanna die Tür zur Penthouse-Wohnung ihrer Eltern. Das Mädchen arrangierte gerade einen Strauß rosa Rosen in einer kunstvollen Barockvase auf dem Rosenholztisch, der in der Mitte des Foyers stand.

»Hallo, Tessa. Die Blumen sehen wie immer wunderbar aus.« Jordanna blieb stehen, um das Arrangement zu bewundern. »Sind meine Eltern schon zurück?«

»Ihre Mutter ist vor einer Stunde heimgekommen. Sie ruht sich vor dem Dinner noch ein wenig in ihrem Zimmer aus«, antwortete das Mädchen, noch immer lächelnd aus Dankbarkeit für das Lob. Ihre gertenschlanke Figur verriet ihr Alter nicht, aber ihr schüchternes Gesicht war voller Falten.

»Danke.« Jordanna lief zum Arbeitszimmer ihres Vaters, drehte sich dann aber um und ging rückwärts weiter, wobei sie fragte. »Abendessen um acht?«

»Ja.«

Sie warf einen Blick auf ihre Armbanduhr. »Dann habe ich ja noch viel Zeit. Mutter trödelt immer so herum, wenn sie sich zum Essen umzieht.« Sie zog die Nase kraus, um ihren Abscheu für eine Sitte kundzutun, die sie überflüssig fand.

Sie umging den Salon mit seinen Louis-XIV-Möbeln, die mit blaßgrünem Seidendamast bezogen waren, und mit den Kristalleuchtern und begab sich direkt ins Arbeitszimmer. Sie klopfte einmal und trat ein. Ihr Vater saß in seinem Lieblingssessel, dessen braunes Leder vom vielen Gebrauch weich geworden und zu einem hellen Bronzeton verblichen war. Eine Zeitschrift lag offen auf seinem Schoß. Sein ergrauter Kopf ruhte an der hohen Rückenlehne. Eine erloschene Pfeife hing zwischen seinen Zähnen. Der müde Blick verschwand von seinem Gesicht, als er lächelte.

»Hallo, Dad.« Ihr geschmeidiger Gang brachte Jordanna zu seinem Stuhl, wo sie sich bückte,um seine glattrasierte Wange zu küssen. Sie hatte die Müdigkeit in seinem Ausdruck gesehen, wußte aber, daß es besser war, sie nicht zu erwähnen. Als sie sich aufrichtete, schlug sie vor: »Ich trinke einen Scotch. Soll ich dir auch einen machen?«

»Ja, bitte.« Fletcher Smith nahm die Pfeife aus dem Mund und klopfte die Asche in den Aschenbecher.

Eine Kristallkaraffe mit Scotch stand auf einem Tablett auf seinem

Schreibtisch, zusammen mit dem passenden Set von vier Gläsern. Jordanna füllte zwei davon, ohne Eis ins Glas zu tun, denn sie hatten beide eine Vorliebe für Whisky in Zimmertemperatur entwickelt. Ihr Blick wanderte durchs Zimmer. Die Einrichtung in der übrigen Wohnung änderte sich nach den Launen ihrer Mutter, aber dieses Zimmer blieb immer gleich. Die einzigen Veränderungen waren ein paar neue, zusätzliche Trophäen an den Wänden.

»Bist du bei Kit gewesen?« Er nahm das Glas entgegen, das sie ihm reichte.

»Hmm.« Jordanna schluckte und ging zu dem nächsten Sofa, zog die langen Beine unter sich auf die Kissen. »Ja.«

»Was hat er zu dem Geschenk gesagt?«

»Er war nicht da. Ich wollte nicht warten, bis er zurückkam, also habe ich das Geschenk dortgelassen.« Sie trank einen weiteren Schluck Whisky und sah über den Rand ihres Glases zu ihrem Vater hinüber. »Er wohnt nicht allein in der Wohnung, Dad. Hast du das gewußt?«

»Nein.« Fletcher stellte sein Glas ab und fing an, seine Pfeife zu stopfen.

»Ist aber so. Ich habe seinen Mitbewohner heute kennengelernt. Sein Name ist Mike Patterson. Er scheint ganz nett zu sein. Die beiden werden die Wohnung wirklich zu einer Junggesellenbude machen.« Jordanna lehnte sich in die Kissen zurück und betrachtete die Flüssigkeit, die sie in ihrem Glas kreisen ließ. »Kit meint es wirklich ernst damit, daß er von dem leben will, was er verdient, was? Ich meine, da ist er nun – und muß jemand anderen mit einziehen lassen, damit sie sich die Kosten für die Wohnung teilen können.«

»Er scheint es ernst zu meinen.« Er hielt ein Feuerzeug an die Pfeife und stieß Rauchwolken aus. »Von nun an erkundigst du dich also wohl besser vorher, ob Kit daheim ist, ehe du in seine Wohnung gehst.«

»Warum?« Jordanna hob den Kopf von dem Kissen auf der Rückenlehne und sah ihren Vater stirnrunzelnd an. »Nur, weil er sich die Wohnung mit jemandem teilt? Mike sah aus wie ein anständiger Kerl. Er wird mich kaum anfallen oder so.«

»Nein. Das habe ich auch nicht gemeint.« Er klang zornig, und die Falten auf seiner Stirn kehrten zurück. »Ich glaube einfach, daß wir Kits Privatleben respektieren und nicht einfach bei ihm einfallen sollten, ohne uns vorher anzumelden.«

»Wahrscheinlich hast du recht«, lenkte sie ein und musterte ihn durch gesenkte Wimpern. Sie sah, wie er den Kopf abwandte und die Augen in einem Ausdruck von Schmerz schloß, ehe er sich über die Stirn strich. »Was ist los, Dad? Kopfschmerzen?«

Überrascht von ihrer Frage, blickte er auf und öffnete den Mund, als wollte er es abstreiten. »Ja, wahrscheinlich«, meinte er dann jedoch nikkend.

Ihr Blick wanderte zu der Zeitschrift in seinem Schoß. Sie streckte die Beine und erhob sich, ging zu ihm hinüber. Sie stellte ihr Glas neben seines und trat hinter seinen Sessel, um seine Schläfen zu massieren.

»Besser?« erkundigte sie sich.

»Viel besser«, murmelte er und entspannte sich unter ihren geschmeidigen Fingern.

»Wenn du nur endlich aufhören würdest, so eitel zu sein und ohne die hier zu lesen...«, Jordanna tippte gegen das Brillenetui in seiner Jakkentasche, »...dann würdest du deine Augen nicht so anstrengen und hättest keine Kopfschmerzen.« Sie wandte ihre Aufmerksamkeit dem Kneten seiner verspannten Nackenmuskeln zu.

»Dann würde ich eine andere Entschuldigung finden, um eine von diesen Massagen zu bekommen«, erklärte er ihr, und sie konnte förmlich hören, wie er spitzbübisch lächelte.

»Du bist verwöhnt«, warf Jordanna ihm vor.

»Das habe ich dir zu verdanken«, erwiderte er halb im Ernst. Jordanna wußte, daß es eine versteckte Anspielung auf das mangelnde Interesse ihrer Mutter an seiner Gesundheit oder ihm war.

»Was hast du den ganzen Nachmittag über gemacht?« Sie wechselte hastig das Thema.

»Nachdem du fort warst, habe ich Kaffee getrunken, mit Max Sanger und...« Ein Klopfen an der Tür unterbrach seine Antwort. »Herein!« Das Mädchen, Tessa, trat ein.

»Ein Anruf für Sie, Mr. Smith. Es ist Ihr Anwalt, Mr. Blackburn.«

»Danke, Tessa. Ich nehme den Anruf entgegen.« Er erhob sich aus dem Sessel, während das Mädchen sich leise zurückzog.

»Hört sich nach Geschäften an«, bemerkte Jordanna und griff nach ihrem Glas, um zur Tür zu gehen. »Ich überlasse dich deinem langweiligen juristischen Gespräch, während ich mich zum Abendessen fertigmache.«

»Du bist mir eine schöne Freundin«, neckte Fletcher, »verläßt mich angesichts der größten Langeweile.«

Jordannas Antwort bestand nur in tiefem kehligen Gelächter auf seinen Vorwurf, ehe sie durch die Tür in den Flur hinausschlüpfte. Erst später, als sie im Bad war, dachte sie darüber nach, was er gesagt hatte, und stimmte seiner Schlußfolgerung zu. Ja, sie waren Freunde, die engsten Freunde, eine Beziehung, die viel stärker und tiefer war als die zwischen Vater und Tochter.

Auf dem Tisch lagen nur zwei Platzdeckchen, als Jordanna an diesem Abend das Wohnzimmer betrat. Zögernd blieb sie vor dem Eßtisch im Stil des französischen Empire stehen. Die schwarzen Falten ihres langen Rockes schwangen bei ihrer unsicheren Bewegung mit. Ihr Blick glitt über den Kristalleuchter, der über dem Tisch hing, und über den reichgeschnitzten viktorianischen Geschirrschrank an einer Wand. Neben dem Schrank standen ein Paar Säulen aus Onyx mit gleichen türkisfarbenen Sevres-Urnen darauf.

Als sich Jordanna umdrehte, erschien ihre Mutter in der Tür. Sie trug ein langes pfauenblaues Gewand im Mandarin-Stil. Die Farbe zauberte blaue Glanzlichter auf ihr rabenschwarzes Haar, das sie hoch auf dem Kopf aufgesteckt hatte, und unterstrich das Katzengrün ihrer Augen. Ihr Blick musterte Jordannas einfache weiße Seidenbluse und den langen schwarzen Rock auf abschätzende Art.

»Dein Vater wird uns heute abend keine Gesellschaft leisten«, verkündete sie als Erklärung dafür, daß nur für zwei Personen gedeckt war. »Es gibt irgendwelche juristischen Dinge zu regeln, Papiere abzuzeichnen oder so.« Ihre vage Erklärung verriet, wie unaufmerksam sie gewesen war, als man sie informierte. »Also nur wir beide.«

»Wie gemütlich«, murmelte Jordanna und setzte sich in den Chippendalesessel rechts von ihrer Mutter.

Das Kombinieren und Vermischen verschiedener Perioden und Einrichtungsstile war eines der liebsten Hobbies ihrer Mutter. Das einzige, was immer bei der Einrichtung der Wohnung dominierte, war die Farbe Grün, wie die Vorhänge im Eßzimmer.

Sekunden nachdem sie sich gesetzt hatten, trat Tessa ein, um die Suppe zu servieren. »Gehst du heute abend aus, Jordanna?« erkundigte sich ihre Mutter.

»Nein.« Sie tauchte den Löffel in die Suppe und warf einen Seitenblick auf die noch immer sehr gutaussehende Frau. »Du?« Die mit leiser Stimme gestellte Frage grenzte an Hohn.

»Nein. Morgen wird ein harter Tag mit all den Vorbereitungen für die Party am Abend. Da werde ich heute früh zu Bett gehen«, erwiderte Olivia Smith unerschüttert. »Vielleicht kannst du mir morgen helfen?«

»Natürlich«, willigte Jordanna ein.

Ihre Unterhaltung während des restlichen Mahles verlief in derselben, gekünstelten Art; sie erinnerten an zwei Katzen, die einander wachsam umkreisten. Jordanna fühlte die Anspannung, als sie auf eine Vielzahl von Themen antwortete und reagierte, die ihre Mutter anschnitt.

»Wir nehmen den Kaffee im Wohnzimmer, Tessa«, erklärte Olivia, als das Mädchen eintrat, um die Dessertteller abzuräumen. Sie erhob sich, und Jordanna folgte ihr ins Wohnzimmer. Ihre Mutter war so schlank und zierlich, daß Jordanna sich immer wie ein schlaksiges Schulmädchen vorkam, wenn sie neben ihr ging; nur wußte sie, daß ihre große, schlanke Gestalt ebenso graziös und attraktiv war. »Ich bin erleichtert festzustellen, daß du noch immer in der Lage bist, intelligent über Politik, Theater und einige literarische Themen zu sprechen, Jordanna.«

»Du vergißt, Livvie, daß ich, während du die Zusammenfassungen von Romanen liest, sie ungekürzt lese.« Sie hatte schon vor einiger Zeit aufgehört, sie Mutter zu nennen.

Ihr Hieb wurde glatt abgewehrt. »Ich habe unsere Unterhaltung ehrlich genossen. Es war eine angenehme Abwechslung«, bemerkte ihre Mutter. »Normalerweise langweile ich mich immer zu Tode, wenn ich dir und deinem Vater zuhöre, wie ihr über die Jagd redet.«

»Vielleicht könnte man das Thema wechseln, wenn du einen Beitrag zu diesen Gesprächen leisten würdest«, schlug Jordanna vor. Sie wußte, daß ihre Mutter sich selbst von den Gesprächen ausschloß. »Daddy und ich würden ebensogern auch über etwas anderes reden.«

»Daddy und ich!« Irgend etwas schien in der Schwarzhaarigen einzuschnappen. »Immer heißt es ›Daddy und ich‹. Du bist so viel mit ihm zusammen, daß es ein Wunder ist, daß du ihn nicht heiraten willst!« Sie lachte sarkastisch.

Der dünne Faden, der Jordannas Laune gezügelt hatte, riß. Sie war sich nicht einmal bewußt, daß sie sich umdrehte und zuschlug. Erst als sie fühlte, wie ihre flache Hand mit der Wange ihrer Mutter zusammenprallte, begriff sie, was sie getan hatte. Aber da zitterte sie bereits vor Wut.

»Es war sehr häßlich, so etwas zu sagen!« Jordannas Stimme war laut und rauh. »Dad und ich haben dieselben Interessen. Wir mögen einander. Ich liebe meinen Vater, und du läßt es klingen, als hätte es etwas mit Inzest zu tun! Warum? Oder bist du nur eifersüchtig, weil es mir gelungen ist, eine Bindung zu einem einzigen Menschen herzustellen? So ist es doch, oder nicht?« meinte sie vorwurfsvoll. »Ein Mann genügt nicht, um dich zu befriedigen.«

Blind vor Wut sah Jordanna die Hand nicht, die nach ihr hieb. Der heftige Schlag riß ihren Kopf herum und trieb ihr die Tränen in die Augen. Sie riß die Augen auf und starrte ihre Mutter stolz, kalt und trotzig an.

»Sprich nie wieder so mit mir«, befahl Olivia mit bebender Stimme.

»Ich war zwölf Jahre alt, als ich endlich begriff, daß all deine männlichen Freunde in Wirklichkeit deine Liebhaber waren. Ich weiß, daß niemand es erwähnen darf. Es ist das Familiengeheimnis, das Skelett im Schrank«, erklärte Jordanna voll Verachtung. »Aber wir wissen es alle – Kit, Dad, ich selbst, Tessa und alle Diener, wahrscheinlich auch all unsere Freunde. Ich werde nie begreifen, warum du Dad so behandelst oder warum er zuläßt, daß du ihn weiterhin verletzt.«

»Alles hat zwei Seiten, Jordanna.« Die ältere Frau hatte ihre Fassung wiedergewonnen. Ihr ausdrucksloses Gesicht ähnelte glattem, feinem Porzellan, abgesehen von dem lebhaften roten Fleck auf ihrer Wange. Ihr jadegrüner Blick ging an Jordanna vorbei. »Bringen Sie den Kaffee herein, Tessa, und hören Sie auf, so schockiert zu schauen.« Aus ihrem trockenen Ton sprach Müdigkeit. »Sie haben schon früher den einen oder anderen unserer kleinen Familienstreit mit angesehen.«

»Ja, Ma'am.« Das Mädchen trat vor, als ginge es auf Eierschalen, und stelle das Kaffeeservice auf einen Tisch mit Goldauflage. Dann blieb sie daneben stehen. »Wünschen Sie noch etwas?«

»Nein, das ist dann alles.« Mit einem Schnippen ihrer beringten Finger schickte Olivia sie aus dem Zimmer. Es war eine Aufforderung, der unverzüglich eifrig nachgekommen wurde. Auf einem Damastsitzkissen hockend, schenkte sie den Kaffee ein. »Es wäre etwas Neues, wenn du die Situation ausnahmsweise einmal von meiner Seite aus betrachten würdest, Jordanna.«

»Du hast dich selbst so lange als Märtyrerin hingestellt, Livvie, daß du langsam anfängst, selbst an dein hartes Los zu glauben.«

»Du machst dir keine Vorstellung von Einsamkeit.« Sie reichte Jordanna eine zerbrechliche Tasse und Untertasse mit zartrosa Muster. »Aber wenigstens versteht Christopher es.«

»Er war schon immer dein Liebling«, bemerkte Jordanna ohne Eifersucht. »Seit ich denken kann, warst du ganz vernarrt in ihn. Du hast Kit um den Finger gewickelt und ihn dazu benutzt, dich an Dad zu rächen. Du wußtest, wie sehr er sich einen Sohn gewünscht hatte, und du hast Kit gegen ihn aufgebracht. Jeder Vater träumt davon, seinem Sohn Jagen und Fischen beizubringen, ihm vom Leben zu erzählen und ihn dazu heranzuziehen, die Familiengeschäfte zu übernehmen.«

»Hast du das die ganze Zeit über versucht, Jordanna? Hast du versucht, für deinen Vater die Rolle eines Sohnes zu spielen?« forderte Olivia sie in honigsüßem Ton heraus.

»Nein.« Sie setzte abrupt Tasse und Untertasse auf den Tisch. Sie traute ihren Händen nicht mehr. Der Wunsch, die dampfende Flüssigkeit ihrer Mutter ins Gesicht zu schleudern, war zu stark. Sie hatte ihrer Rage schon vorher freien Lauf gelassen und war entschlossen, das nicht wieder zuzulassen. »Ich versuche nicht, wie ein Sohn zu sein. Ich bin eine Frau. Ich sehe aus wie eine; ich benehme mich wie eine; und ich denke wie eine. Ich bin nicht weniger Frau, nur weil ich gern Sport treibe und jage. Ich bin seine Freundin, eine der wenigen, die er hat. Das verdankt er der Tatsache, daß du ihn vor den anderen zum Hahnrei machst.«

Als Jordanna sich anschickte, das Zimmer zu durchqueren, fragte ihre Mutter: »Wohin gehst du?«

»In mein Zimmer«, antwortete sie, ohne auch nur einen Schritt innezuhalten. »Die Atmosphäre hier drinnen macht mich krank.«

»Verstehst du eigentlich, was ich vorhin gemeint habe, Jordanna?« Die Frage folgte ihr. »Ich werde immer allein gelassen.«

Die Leere ihres eigenen Zimmers bot ihr nur kalten Trost. Nach solchen Szenen ging es ihr immer gleich. Ihre Nerven waren zum Zerreißen gespannt, ihr Magen wie ein einziger großer Knoten. Jordanna lief auf dem Perserteppich hin und her wie eine Tigerin im Käfig.

Sie schlüpfte aus dem Rock, zog statt dessen eine rote Satinhose an und band sich ein Tuch um die Taille. Sie schob die Goldkette ihrer winzigen Schultertasche über ihren Arm und eilte aus dem Zimmer und aus der Wohnung.

Draußen war es stickig. Das Pflaster hatte die Hitze des Tages gespeichert, die sich jetzt mit der Feuchtigkeit der Nacht vermischte. Der Portier winkte ein Taxi für sie herbei. Sie schob ihm ein Trinkgeld zu, als sie auf den Rücksitz kletterte. Jordanna nannte dem Fahrer die Adresse eines Clubs, den sie oft besuchte, wenn sie in New York war, und lehnte sich dann, an einem Fingernagel knabbernd, in ihrem Sitz zurück.

Allein blieb sie zögernd am Eingang des Clubs stehen. Die Musik war laut, und das zuckende Licht verwirrte sie. Das Lokal war überfüllt, der Lärm ging ihr auf die Nerven. Jordanna wünschte, sie wäre nicht gekommen, aber da sie nun schon einmal hier war, ging sie auf die Bar zu.

Ehe sie ihr Ziel erreichen konnte, wurde sie eingeladen, sich zu einer Gruppe von Leuten zu gesellen, die man locker als ihre Freunde bezeichnen konnte, Stammgäste hier im Club. Jordanna kannte die meisten von ihnen, die an den beiden Tischen saßen. Sie erwiderte ihren Gruß, aber die Vorstellung von zweien, die sie nicht kannte, ging im Lärm von Musik und Gelächter unter.

Jemand bestellte ihr einen Drink. Vorübergehend besänftigte das ihre Nerven. Sie trank mehr, suchte Erleichterung von der Spannung. Jordanna tanzte, lachte und hatte nichts dagegen, als jemand mit ihr flirtete, aber dennoch wurde sie das Gefühl nicht los, hier fremd zu sein. Dieses Gefühl, mehr als alles andere, veranlaßte sie zu gehen, nachdem sie kaum mehr als eine Stunde dort gewesen war.

Als sie erklärte, sie würde gehen, brachte ihr das mehrere Angebote ein, sie heimzubegleiten, aber Jordanna lehnte ab. Sie wußte, wenn sie das annahm, bedeutete das einen langen Weg nach Hause. Sie war nicht vierundzwanzig geworden, ohne zu erkennen, daß ihr Verlangen ebenso schnell entfacht wurde wie ihre Wut. Sie mußte den Mann, den sie küßte, nicht einmal mögen, um ein gewisses Maß an Befriedigung aus dem Erlebnis zu ziehen. Sie mußte nur ihre Augen schließen, das war alles. Aber früher oder später mußte sie sie wieder öffnen, und ihr gefiel nur selten, was sie dann sah.

Das war nicht die richtige Antwort auf ihre Einsamkeit; und genausowenig würde es ihre Probleme lösen. Die Arme der Männer boten nur vorübergehend Vergessen, und sie sehnte sich nach mehr. Ein leeres Schlafzimmer war immer noch besser als leere Leidenschaft. Vor dem Club hielt sie ein Taxi an und fuhr allein heim.

4

Jordanna häufte ein wenig Kaviar auf einen Cracker und schob ihn sich in den Mund. Der Lieferant sah ihr zu, als sie ein paar der teuren Kügelchen vom Finger leckte. »Der ist sehr gut.«

»Wünschen Sie noch eine Kostprobe?« erkundigte er sich höflich.

»Hmm, nein, danke.« Ungeachtet eines leichten Zorns schlenderte sie aus der Küche in die Haupträume der Wohnung, in denen andere Mitglieder der Catering-Firma eifrig damit beschäftigt waren, die Party vorzubereiten. Jordanna hörte Stimmen im Salon. Eine davon klang wie die ihres Bruders.

»... scheint alles glattzugehen für die Party heute abend.« Sie fing den letzten Teil von Kits Bemerkung gerade noch auf.

»Ja«, stimmte ihre Mutter zu. »Ich habe deine Hilfe vermißt. Es ist alles soviel einfacher, wenn zwei Leute das alles organisieren.«

»Ich bin sicher, du hast es auch ohne mich ganz gut geschafft.«

»Ich weiß wirklich nicht, was das für eine Party sein soll«, seufzte ihre Mutter. »Dein Vater hat ein paar von *seinen* Freunden eingeladen...« Der Kommentar wäre wohl noch großzügiger ausgefallen, aber Olivia schaute auf und sah Jordanna in der Tür stehen.

»Laß dich durch mich nicht stören, Livvie«, machte sie sich über das plötzliche Schweigen lustig, und die glänzenden grünen Flecken in ihren haselnußbraunen Augen starrten in die funkelnden Augen ihrer Mutter.

»Hallo, Jordanna«, warf ihr Bruder seine Begrüßung ein.

»Hallo, Kit.« Ihr Blick wurde weicher, als er auf ihren Bruder fiel. »Ich bin gestern bei dir gewesen.«

Kit war groß und schlank, mit den dichten schwarzen Haaren seiner Mutter und den dunklen Augen seines Vaters, die von langen, dichten Wimpern umrahmt wurden. Sein Gesicht war klassisch. Reife hatte das

Sensible um seinen Mund und in seinen Augen härter werden lassen, hatte über alles einen Ausdruck von Zynismus gelegt. Er war ein gutaussehender Mann, fast perfekt, wie Jordanna es nur selten gesehen hatte.

»Ich bin eine halbe Stunde, nachdem du gegangen warst, wieder in die Wohnung zurückgekehrt«, erzählte er.

Das Rascheln von Papier lenkte Jordannas Blick in den Flur. Tessa ging vorbei, eine Kleiderhülle aus Plastik über dem Arm. Am unteren Ende blitzte der Saum eines smaragdgrünen Kleides hervor.

»Was ist das denn? Ein neues Kleid für die Party, Livvie?« Jordannas Ton war spitz. Ihre Mutter besaß einen ganzen Schrank voll mit Kleidern, die nicht mehr als zweimal getragen worden waren.

»Ja. Ein Christopher-Original, extra für mich für diese Party heute abend entworfen«, kam die schnelle Antwort. »Ich dachte, du wärst in deinem Zimmer und würdest dich fertigmachen, Jordanna.«

»Das hat noch viel Zeit«, meinte diese achselzuckend. »Ich brauche nicht so lange wie du.« Das stimmte nicht. Jordanna betrachtete die Züge, die von geschickten Händen zu einem alterslosen Gesicht zurechtgezupft worden waren.

Kit legte eine besänftigende Hand auf die Schulter seiner Mutter, als diese zornig wurde. »Warum legst du dich nicht ein wenig hin und ruhst dich aus, Mutter? Ich weiß, daß du bei dieser Party heute abend so gut wie nur möglich aussehen willst. Ich werde dafür sorgen, daß die Caterer alles fertig haben«, versprach er. »Du hattest schon einen langen Nachmittag mit all den Vorbereitungen. Du verdienst ein wenig Ruhe, ehe die Party anfängt.«

»Ja.« Der strahlende Blick, den Olivia ihrem Sohn zuwarf, war sanft. »Das ist ein ausgezeichneter Vorschlag. Danke, Christopher.«

Mit zusammengekniffenen Lippen sah Jordanna ihr nach, als sie aus dem Zimmer rauschte, ganz königliche Gnade und Stolz. Sie schaute wieder zu ihrem Bruder und schüttelte verwirrt den Kopf.

»Du verhätschelst sie immer, beschützt sie wie ein Kind vor allem, was unschön ist. Warum? Sie ist eine erwachsene Frau – mit Krallen.«

»Du hast kein Mitgefühl, Jordanna.«

»Ich habe kein Mitgefühl!« Sie hätte fast die Nerven verloren, bemühte sich aber, beherrscht zu bleiben, und ließ schließlich ihren Zorn auf das Schicksal los. »Warum können wir keine zehn Worte miteinander wechseln, ohne uns zu streiten, Kit?«

»Wir sind zwei grundverschiedene Menschen.« Er war ganz ruhig. Er schien immer ruhig zu sein. »Ganz gleich, wie gern wir uns auch haben, wir kommen nicht miteinander aus. Wann wirst du endlich begreifen, daß unsere Eltern dasselbe Problem haben?«

Er verlangte zuviel von ihr, wenn sie ihre Situation mit der ihrer Eltern gleichsetzen sollte. Sie wandte sich ab, um das Zimmer zu verlassen. »Ich habe keine Zeit, das jetzt mit dir zu diskutieren. Ich muß vor der Party noch baden und mich umziehen.«

Nachdem sie ausgiebig in dem luxuriösen Schaumbad geschwelgt hatte, stieg Jordanna aus der in den Boden eingelassenen Wanne und trocknete sich ab. Ihr kurzer Bademantel hing an einem Haken hinter der Tür. Sie schlüpfte hinein und verknotete den Gürtel. Dann lief sie zum Ankleidezimmer, wobei sie die Nadeln herauszog, die ihr Haar auf dem Kopf hielten, und schüttelte sie auf. Als sie den Cremetopf in die Hand nahm, um ihr Gesicht einzucremen, ertönte ein Klopfen an der Schlafzimmertür.

»Wer ist da?« rief Jordanna.

»Ich bin es«, antwortete ihr Bruder. »Darf ich hereinkommen?«

Nach kurzem Zögern erwiderte sie: »Ja, komm herein.«

Die Tür zu ihrem Schlafzimmer wurde geöffnet und geschlossen. Sie hörte seine Schritte auf dem Parkettboden, als er das Zimmer durchquerte und zu der offenen Tür kam, die in das mit italienischem Marmor ausgestattete Bad führte. Sie verrieb die Creme auf ihrem Gesicht und massierte sie sanft ein. Christopher blieb in der Tür stehen, eine Schulter gegen den Rahmen gelehnt. Sie betrachtete sein Bild im Spiegel, hatte Angst, er könnte beabsichtigen, den Streit wiederaufzunehmen, den sie im Salon begonnen hatten.

»Ich wollte mich bei dir für das Geschenk bedanken«, sagte er.

Ihr Mund entspannte sich zu einem Lächeln. »Gern geschehen. Ich hoffe, es hat dir gefallen.«

»Und ob. Es hat einen Ehrenplatz auf dem Couchtisch.«

»Mir gefällt es, wie du die Wohnung eingerichtet hast.« Jordanna nahm ein Bürstchen und fing an, den natürlichen Schwung der braunen Augenbrauen glattzustreichen. »Was macht Mike?«

»Er ist Ingenieur bei einer Hochbaufirma.« Seine dunklen Augen beobachteten sie. Er schien auf eine weitere Frage zu warten.

Jordanna suchte nach etwas, das sie sagen konnte. »Er scheint ein netter Kerl zu sein«, versuchte sie es schließlich.

»Das ist er.« Christopher machte eine weitere Pause, aber nicht so lang diesmal. »Wie lange wird es dauern, bis ihr, du und Dad, wieder zur Jagd geht?«

»Ich weiß es nicht genau. Wir haben eine Lizenz für Bighorns in Idaho. Die Saison beginnt im September. Dad hat etwas von Fischen im August erwähnt, aber er ist jetzt immer draußen im Club, um für die Bighorn-Jagd in Form zu kommen.«

»Hast du dir jemals Gedanken darüber gemacht, dich irgendwo niederzulassen?« Der Blick seiner dunklen Augen war wach und ernst. »Aufzuhören, in der ganzen Welt herumzufliegen und dumme Tiere zu töten, und statt dessen dein eigenes Leben aufzubauen?«

»Nur, weil du dir den Floh ins Ohr gesetzt hast, du müßtest ein eigenes Nest bauen, heißt das noch lange nicht, daß ich das auch will oder muß.« Amüsiert betrachtete Jordanna sein Spiegelbild und griff nach dem Tiegel mit dem Make-up. »Mir macht es Spaß, was ich tue, und das ist übrigens nicht das Töten, sondern das Jagen.«

»Wortfechterei. Das Endergebnis ist dasselbe, ein totes Tier.« Er zog die Mundwinkel nach unten, ein grimmiger Ausdruck stand in seinen Augen, in denen schwarze Lichter funkelten.

Jordanna versuchte eine geduldige Erklärung zur Verteidigung ihrer Position. »Wenn es in diesem Land keine Jäger gäbe, dann würde das Wild überhandnehmen. Die Tiere würden die landwirtschaftlichen Ernten endlos schädigen, würden wertvolles Weideland beanspruchen und schließlich verhungern. Ihre Zahl muß kontrolliert werden. Die Jagd ist dabei ein viel barmherzigerer Weg als Hunger oder Krankheit.«

»Ich gebe zu, daß es notwendig ist, aber was ich nicht verstehe, ist, daß du es genießen kannst.«

»Ich habe es gern so. Ich bin gern draußen – fort von allem und jedem. Es ist faszinierend, wilde Tiere in ihrer natürlichen Umgebung zu beobachten anstatt in einem Zoo. Hast du jemals gesehen, wie ein Adler über den Bergen schwebt? Oder ein Rehkitz, das in der Morgendämmerung auf einer taufeuchten Lichtung herumtollt? Das ist die Schönheit der Jagd. Die Erregung entsteht, wenn du deine Fähigkeiten mit denen eines Tieres mißt, dessen Sinne zwei- oder dreimal so scharf sind wie deine und das hundertmal so wachsam ist.«

»Hört! Hört!« Christopher klatschte, als sie endete, und spöttisches Lachen tanzte in seinen Augen.

»Hör auf.« Jordanna warf ihm einen erschöpften Blick zu.

»Also schön«, stimmte er zu. »Wechseln wir das Thema. Wer ist bei der Party heute abend dein Begleiter?«

»Ich habe keinen.« Sie verwischte beigen Lidschatten auf ihren Augenlidern und griff nach einem braunen Stift.

»Warum nicht?« Eine dichte schwarze Braue wurde überrascht hochgezogen. »Für gewöhnlich hast du doch einen ganzen Schwarm von Anbetern, aus dem du dir einen aussuchen kannst.«

»Ich habe mich entschlossen, den Männern abzuschwören. Ein Familienmitglied mit häufig wechselnden Partnern ist doch wohl genug. Ich habe nicht die Absicht, Livvie diese zweifelhafte Ehre streitig zu machen.« Ihr Ton war sauer und trocken.

»Verdammt noch mal, Jordanna.« Christopher richtete sich auf, sein Gesicht war dunkel vor Zorn. »Wann wirst du sie endlich in Ruhe lassen?«

»Wann wirst du endlich aufhören, sie zu verteidigen?« gab Jordanna ebenso schnell zurück. »Wir wissen beide alles über ihre zahlreichen Liebhaber. Das ist Vergangenheit – Vergangenheit, Gegenwart und Zukunft. Sie wird sich niemals ändern. Ich habe aufgehört, das zu erwarten. Ich habe nur erklärt, daß ich nicht in ihre Fußstapfen treten will.«

»Wer hat denn gesagt, daß du das würdest?« Er gab ihr keine Gelegenheit zu einer Antwort. »Ich weiß, daß du ein paar Beziehungen gehabt hast, aber deine Partnerwahl ließ einiges zu wünschen übrig. Du kannst nicht in diesem Körper herumlaufen und so tun, als hättest du keine Wünsche und Bedürfnisse.«

»Ich kann sie beherrschen«, erklärte sie entschieden.

»Das ist nicht dein Problem.«

»Nein? Da du so viel zu wissen scheinst: Was ist denn mein Problem?«

»Du scheinst zu glauben, daß Sex etwas mit Schande zu tun hat. Vielleicht warst du deshalb in der Vergangenheit in bezug auf deine Männerwelt so kritiklos. Aber Sex ist eine wunderschöne Erfahrung, Jordanna, wenn man sie mit jemandem teilt, den man liebt. Dann gibt es keine Scham oder Schande hinterher, nur einen Glanz.«

»Großer Gott«, spottete sie über die Vehemenz seiner Antwort.

»Vielleicht sollte ich dich bei einer Verabredung begleiten und mir Notizen machen.«

Christopher erblaßte. Sein Gesicht wurde hart und angespannt. »Vielleicht würdest du besser verstehen, was ich meine, wenn ich es mit der Jagd vergleiche. Du verschwendest deine Zeit auch nicht auf ein niederes Mitglied einer Spezies. Du suchst so lange, bis du den besten Vertreter der Zucht gefunden hast – einen mit Lebenskraft, mit Herz und gutem Aussehen. Ich glaube, ihr bezeichnet das als ›trophäen-würdig‹.« Er brach ab, wurde langsam wieder ruhiger. »Jeder braucht einen Partner, Jordanna. Du wirst deinen nie finden, wenn du aufhörst zu suchen. Und wenn du deine eigene Sexualität verleugnest, dann bringt dir das nur Kummer.«

Unfähig, seinen Blick im Spiegel zu erwidern, musterte Jordanna die runde Bürstenspitze ihres Mascara-Stäbchens. Sein Vergleich war gar nicht so schlecht, stand aber im Widerspruch zu ihren eigenen Entschlüssen. Das Schweigen, das seinen Worten folgte, veranlaßte sie schließlich, den Blick zu heben, aber sie sah nur ihr eigenes Spiegelbild. Ihr Bruder war nicht mehr da. Überrascht wandte Jordanna sich um. Das leise Knistern von Seidenpapier kam aus dem Schlafzimmer.

»Kit?« Neugierig trat sie in die Tür.

Sein Rücken war ihr zugekehrt, als er sich über einen Gegenstand beugte, der auf ihrem Bett lag. Jordanna konnte nicht sehen, was es war, weil ihr Bruder im Weg stand. Als er seinen Namen hörte, blickte er über die Schulter und lächelte geistesabwesend.

»Komm her. Ich habe etwas für dich.«

Jordanna trat vor. »Was denn?« fragte sie, einen Moment ehe ihr Bruder die schützende Plastikhülle entfernte, sich umdrehte und ein langes schwarzes Kleid hochhielt.

»Das habe ich für dich entworfen.«

Als erstes fiel ihr die Einfachheit des Schnittes auf. »Es ist wunderschön.« Das Oberteil bestand aus zwei Streifen, die dort, wo sie an der Taille zusammenliefen, breit waren und sich dann zu schmalen Bändern über den Schultern verjüngten, um als noch dünnere Stoffstreifen über den Rücken zu verlaufen. »Das ist gewagt«, bemerkte Jordanna, halb lachend.

»Es ist perfekt für dich«, beharrte er. »Es wird die ideale Symmetrie deiner Figur und deine wunderschöne Haut betonen. Der Schwung des

Rockes läßt die kräftige und graziöse Bewegung zu, die so einzigartig für dich ist. Und ich ziehe das Wort ›provozierend‹ dem Ausdruck ›gewagt‹ vor.«

»Aber ich habe noch nie Schwarz getragen«, protestierte sie zögernd. Es schien immer die Farbe ihrer Mutter gewesen zu sein.

»Das wird die feurigen Glanzlichter in deinem Haar hervorheben. Vertrau mir doch«, drängte ihr Bruder »Du wirst darin wunderschön aussehen. Und es wird Zeit, daß du etwas trägst, das die Sinnlichkeit unterstreicht, die dich von anderen Frauen unterscheidet.«

Sie schenkte ihm einen funkelnden Blick, der gleichzeitig scharf und amüsiert war. »Gehört das alles dazu, daß ich meine eigene Sexualität akzeptiere, Kit?«

»Es ist ein Schritt auf dem Weg dorthin«, lenkte er glatt ein. »Wirst du es heute abend tragen?«

»Ja.« Dann fiel Jordanna etwas ein. »Du hast auch ein Kleid entworfen, das Liv heute abend trägt. Wir werden benutzt, nicht wahr? Wir führen Kleider vor, die du entworfen hast. Livvie wird deinen Look für die reife Frau vorführen, und ich porträtiere die Femme fatale der jungen Jetsetter. Du hoffst also, bei den Partygästen ins Geschäft zu kommen«, meinte sie vorwurfsvoll, aber nicht boshaft.

Ein schiefer, zynischer Ausdruck flog über sein Gesicht, als er achselzuckend meinte: »Das wird doch die ganze Zeit gemacht.« Er ging zur Tür. »Ich schaue lieber einmal nach, was die Caterer machen.«

Jordanna sah ihm nach, rührte sich nicht, bis sich die Tür ihres Schlafzimmers hinter ihm geschlossen hatte. Sie wurde das Gefühl nicht los, daß sie ihren Bruder wirklich überhaupt nicht kannte. Der Seufzer, der durchs Zimmer gehaucht wurde, kam von ihr.

Sie ließ sich Zeit, legte erst sorgfältig ihr Make-up auf, ehe sie ins Schlafzimmer zurückkehrte, um sich anzukleiden. Die schlichte Einfachheit des Kleides erzielte eine verblüffende Wirkung. Es war aus dehnbarem Jersey, und so schmiegte sich das Oberteil an ihre Brüste, und der tiefe Ausschnitt enthüllte die schwellenden Seiten, die das Tal dazwischen formten. In der Taille war es schmal geschnitten, eng anliegend, dann umfloß der Stoff ihre Hüften.

Der schwarze Schimmer des Materials bildete einen perfekten Kontrast zu ihren elfenbeinfarbenen, glatten Schultern und betonte gleichzeitig die scharlachroten Lichter in ihrem Haar. Jordanna trug es offen, hielt das Haar nur mit zwei Kämmen aus dem Gesicht. Sie beschränkte ihren Schmuck auf ein Paar Ohrringe, schlichte Goldkugeln, die auf Hochglanz poliert waren.

Als sie in die Halle kam, mußte noch immer eine Viertelstunde vergehen, ehe die Gäste eintrafen. Statt sich in den Hauptteil der Wohnung zu begeben, wandte sich Jordanna der Mastersuite zu, wo ihre Eltern aneinandergrenzende Schlafzimmer hatten. Sie wollte wissen, ob ihr Vater schon umgezogen war.

Die Tür zum Zimmer ihrer Mutter stand offen. Als Jordanna daran vorbeigehen wollte, hörte sie die Stimme ihres Vaters von drinnen. Sie blieb stehen, wollte nicht lauschen, sondern nur warten, bis ihr Vater aus dem Zimmer kam.

»Das ist ein sehr schönes Kleid, das du da trägst, Olivia«, bemerkte ihr Vater. »Es läßt das faszinierende Grün deiner Augen noch intensiver wirken. Es ist neu, oder?« Seine Worte waren ein Kompliment, und doch lag ein ironischer Ton in seiner Stimme. Der war in letzter Zeit immer da, wenn er sich an seine Frau wandte.

»Ja, das ist es, Christopher hat es entworfen«, erwiderte ihre Mutter herausfordernd.

»Ach so, ja, mein Sohn, der Modeschöpfer«, erklärte Fletcher mit bitterer Verachtung.

Ein Schreck durchfuhr Jordanna. Sie hatte gewußt, daß ein Abgrund zwischen ihrem Vater und ihrem Bruder klaffte, aber sie hatte nicht geahnt, daß ihr Vater ihn mit solcher Verachtung betrachtete. Daß er ihn mißbilligte, ja, das wußte sie, aber auch noch das!

»Das reicht jetzt, Fletcher.« Ihre Mutter verteidigte ihn augenblicklich. »Christopher ist ein talentierter Designer. Eines Tages wird er berühmt sein.«

»Gott helfe uns, wenn es dazu kommen sollte.«

»Sei doch ein einziges Mal ehrlich, Fletcher. Du denkst doch nur an dich selbst und daran, was die anderen über dich sagen könnten«, gab Olivia zurück. »Du hast Angst, daß es ein schlechtes Licht auf dich werfen könnte, daß man vielleicht deine eigene Männlichkeit in Frage stellen könnte.«

»Kit ist das, was du aus ihm gemacht hast!« kam die schnelle, zornige Antwort.

»Ja, gib mir nur die Schuld«, spottete sie. »Alles ist immer nur meine

Schuld. Ich nehme an, ich bin auch dafür verantwortlich, daß sich Jordanna in eine gewehrschleppende Abenteurerin verwandelt hat. Ich bin sicher, du wirst leugnen, daß du irgend etwas damit zu tun hattest.«

»Laß Jordanna aus dem Spiel!« fuhr er sie an. »Sie ist eine Frau. Niemand würde sie für etwas anderes halten. Selbst wenn sie ein Gewehr trägt, ist sie ganz Frau.«

Man hörte, wie etwas auf den Tisch geknallt wurde. »Warum bist du hereingekommen, Fletcher? Nur, um vor der Party einen Streit anzufangen?« fragte Olivia. »Du wirst mir den Abend nicht verderben, weil ich es nicht zulasse!«

»Warum? Ist es ein besonderer Abend? Hast du deinen derzeitigen Liebhaber eingeladen?« Er war überheblich und sarkastisch. »Ist es jemand, den ich kenne? Ich hoffe, du stellst mich ihm vor.«

»Was würdest du tun, wenn ich es täte?« reizte ihn Olivia. »Glaubst du, du könntest ihn zum Kampf fordern? Oder würdest du in die andere Richtung schauen und so tun, als wüßtest du nicht, daß er mein Liebhaber ist?« Ihre Ironie war bewußt grausam. Selbst Jordanna zuckte dabei zusammen.

»Wer ist es denn, Livvie?« Die Stimme ihres Vaters war ein tiefes, ominöses, drohendes Grollen.

»Ein Mann. Ein ganz besonderer Mann. Wenn er mich in den Armen hält, Fletcher, dann vergesse ich tatsächlich, daß es dich überhaupt gibt. Das ist ein außerordentlich angenehmes Gefühl.«

Die Bitterkeit hatte im Laufe der Jahre ihrer Ehe gewaltige Ausmaße angenommen, bis sie zu hoch geworden war, als daß sie hinübersteigen konnten, zu tief, um untergraben, und zu breit, um überbrückt zu werden. Es war mehr, als Jordanna verkraften konnte. Sie zog sich in ihr Zimmer zurück und schloß die Tür.

Als Kind hatten die heftigen Auseinandersetzungen ihr körperliche Übelkeit bereitet. Jetzt, mit vierundzwanzig, waren sie auch nicht leichter zu schlucken. Jordanna hatte keine Ahnung, wie lange sie so auf der Bettkante gesessen hatte, die Arme um ihre Taille geschlungen. Es klopfte an der Tür, aber sie hörte es nicht.

Die Tür ging auf. »Jordanna?« Ihr Bruder trat ein und blieb dann stehen. »Die Gäste treffen ein. Kommst du nicht?« Sie blickte auf, schaute ihn an, sah ihn aber nicht. Eine Falte stand zwischen seinen dunklen Brauen, als er auf sie zuging. »Was ist los?«

»Warum trennen sie sich nicht, und dann ist es vorbei? Warum reißen sie sich gegenseitig in Stücke, ganz langsam?« Bei Jordannas gequälten Fragen atmete Christopher tief ein, hielt die Luft an und stieß sie dann in einem müden Seufzer wieder aus. »Sie quält ihn mit ihren Liebhabern, Kit. Sie prahlt damit, als wären es Trophäen. Warum verläßt sie ihn nicht?«

»Glaubst du, das hätte sie nicht versucht?« murmelte er.

Ihre Augen weiteten sich. »Aber...«, setzte sie verwirrt an.

»Dad willigt nicht in eine Scheidung ein, Jordanna«, bemerkte er. »Du und ich, wir hätten weiß Gott eine angenehmere Kindheit haben können, wenn er es getan hätte, aber...« Es war nicht nötig, den Satz zu beenden. »Du darfst ihre Probleme nicht zu deinen machen, Jordanna. Komm jetzt.« Er streckte ihr eine Hand entgegen. »Niemand wird dieses Kleid jemals sehen, wenn du in diesem Zimmer bleibst.« Sein Mund verzog sich zu einem schmeichelnden Lächeln. Jordanna zögerte. Dann legte sie ihre Hand in seine. Als Kind hatte sie sich in ihrem Zimmer verstecken können; aber jetzt war sie erwachsen, und das Leben ging weiter.

5

Max wartete in der Hotelhalle, als Brig aus dem Fahrstuhl trat. Brig machte sich nicht die Mühe, höfliche Begrüßungsformeln von sich zu geben. Sein Blick umfing gleichzeitig seinen Cousin und die Halle.

»Wo ist deine Frau? Nimmst du sie nicht mit zu der Party?« Brig war zornig, und er ließ es an Max aus. Er trug einen braunen Anzug und Krawatte; den Hut hatte er im Hotelzimmer gelassen. Er fühlte sich nackt ohne ihn, aber weniger auffällig.

»Charlotte und ich sind seit fünf Jahren geschieden, gleich nachdem die Kinder erwachsen waren. Ich dachte, das wüßtest du.« Max setzte sich in Richtung auf den Eingang in Bewegung. »Wir nehmen uns draußen ein Taxi.«

»Ich nehme an, sie hatte es schließlich satt, daß du sie ständig betrogen hast.« Brig wußte, daß er nach Max hackte, ihn absichtlich ärgerte und ihn als Sündenbock für die Widersprüche benutzte, die in seinem

Inneren wüteten. Aber er schien nicht aufhören zu können. »Ich habe mich oft gefragt, ob du nur dann Spaß an Sex hast, wenn er hinter jemandes Rücken stattfindet.«

»Jeder andere außer mir würde dir dafür eins auf die Nase hauen, Brig.« Max riß sich zusammen, obwohl sein Nacken sich rötete.

»Jeder andere würde es versuchen«, stimmte Brig mit ironischem Lächeln zu. »Es überrascht mich, daß du nicht wieder geheiratet hast, Max.«

»Ehrlich gesagt, da ist jemand, mit dem ich es ernst meine. Aber ich werde nicht mit dir über sie reden und ihren Namen auch nicht deinen beleidigenden Kommentaren aussetzen!« Vor der Drehtür machte Max dem Portier ein Zeichen, daß sie ein Taxi wünschten. Augenblicklich wurde eines herbeigewunken, hielt am Bordstein, und die beiden Männer stiegen hinten ein. »Hast du dich schon entschieden, welche Antwort du Fletcher geben wirst?«

»Ja.« An Brigs Kiefer zuckte ein Muskel.

»Und willst du es geheimhalten?« Max warf ihm einen Seitenblick zu, der anzudeuten schien, daß er die Halsschlagader gefunden hatte.

»Ich werde seine Jagd ausstatten und ihn führen.«

Max' Mundwinkel hoben sich, verrieten ebenso Selbstgefälligkeit wie die blitzende Tiefe seiner blauen Augen. »Es ist beruhigend zu wissen, daß jeder seinen Preis hat, Brig – vor allem du.«

Brig kam die Galle hoch. »Aber wenigstens muß ich nicht mit dir gemeinsame Sache machen, Max«, erinnerte Brig ihn. »Ich *habe* nichts mit deinem Plan zu tun, einem reichen Kerl die Firma anzudrehen, ehe sie vollkommen den Bach runtergeht.«

»Aber ich kann meinen Aktienanteil immer noch verkaufen. Und Fletcher ist noch immer daran interessiert. Selbst wenn der Handel für ihn ein Verlustgeschäft wird, wird er das Geld doch nie vermissen.«

Brig beäugte ihn. »Du haßt Smith, ja?«

Max Sanger wich seinem Blick aus. »Er hat etwas, was ich haben will.«

»Und wie unser alter Herr wirst du es dir holen, und wenn du dafür lügen, betrügen oder stehlen mußt.« Seine Stimme triefte vor Verachtung.

»Ich werde meine Chance bekommen. Ich gehe nicht unter.«

Kerle wie Max taten das nie, dachte Brig. Es waren die anständigen, hart arbeitenden Männer, die alles verloren, wofür sie ihr Leben lang gearbeitet hatten. Es war nicht fair. Aber das war das Leben meistens nicht. Man mußte ja nur ihn selbst ansehen. Er hatte seine Prinzipien beiseite gestoßen, um die Ranch zu retten. Vielleicht verachtete er Max deshalb so sehr, weil er in ihm eine vergrößerte Kopie eines seiner eigenen Fehler sah. Er hatte irgendwo gelesen, daß die Fehler, die uns bei anderen stören, diejenigen sind, die wir in uns selbst finden.

Das Taxi hielt bei der Adresse, die Max angegeben hatte. Brig stieg aus und wartete auf dem Bürgersteig. »Welche Etage?« erkundigte er sich, als Max neben ihn trat.

»Ganz oben, das Penthouse, was denn sonst?«

Brig fragte sich, warum er gekommen war. Warum hatte er nicht einfach nur angerufen? Er war nicht in Stimmung für irgendeine gottverdammte Party. Alle Details hätten telefonisch abgeklärt werden können. Aber nun war es zu spät. Er war hier und den anderen ausgeliefert. Vielleicht war das Fletcher Smiths Art, andere nach seiner Pfeife tanzen zu lassen. Diese Aussicht behagte Brig nicht sonderlich.

Die Party war schon in vollem Gang, als sie den obersten Stock erreichten. Die reichgeschnitzte Tür konnte das Lachen und die Stimmen nicht ersticken, die von drinnen herausdrangen. Max drückte auf die Klingel. Innerhalb von Sekunden wurde die Tür von einem Mann in der schwarzen Uniform eines Butlers geöffnet. Max nannte ihm ihre Namen, die diskret mit einer Liste verglichen wurden, ehe sie durch das Foyer in den Salon geführt wurden.

Eine Menschenmenge drängte sich bereits im Zimmer. Sie saßen, standen, redeten, lachten, aßen und tranken. Ein Kellner tauchte neben Brig auf und bot Champagner von einem Tablett an. Als Brig das letzte Mal Champagner getrunken hatte, hatte er noch bei seinem Großvater gewohnt. Er nahm das Glas, während Max einen Martini bestellte. Brig nippte an dem spritzigen Wein. Er zog überrascht eine Braue hoch.

»Schmeckt Ihnen der Champagner, Mr. McCord?« Fletcher Smith blieb vor ihm stehen und lächelte leicht.

»Er ist ausgezeichnet.« Brig betrachtete sein Glas, bemerkte die Farbe und das natürliche Moussieren.

»Sie sprechen wie ein Mann, der sich auskennt.« Fletcher betrachtete ihn mit schräggelegtem Kopf.

»Mein Großvater war stolz darauf, zwischen einem guten Wein und einem, der nur eben trinkbar war, unterscheiden zu können. Er gab sich nicht mit dem letzteren zufrieden, wenn er den ersteren haben konnte. Weinproben gehörten zu meiner Erziehung. Mein Großvater hielt es für wesentlich.« Ein Winkel seines Mundes verschwand in dem dunklen Schnurrbart. »Ich sah darin mehr eine Möglichkeit, betrunken zu werden.«

»Offensichtlich haben Sie einige Kenntnis gewonnen«, bemerkte Fletcher.

»Manche Leute sind Experten, wenn es darum geht, Domino zu spielen«, tat Brig achselzuckend die Vorstellung ab, daß es von mehr als nur snobistischem Wert war, den Unterschied zwischen einem guten und einem schlechten Wein zu erkennen.

»Ich freue mich, daß Sie zu der Party kommen konnten, Mr. Mc Cord.« Fletcher hielt ihm die Hand hin, eine Begrüßung, die bis zu diesem Augenblick aufgeschoben worden war. Dann wandte er sich an Max. »Ich wußte, daß Sie hiersein würden, Max, aber ich war nicht so sicher, daß Ihr Cousin kommen würde.«

»Nein?« Brig war noch immer gereizt, und seine Stimme klang scharf. »Sie wissen genau, daß Sie mir ein Angebot gemacht haben, das ich nicht ablehnen kann, wenn Sie mir diese Phrase verzeihen.«

»Habe ich das?« Die braunen Augen weiteten sich in gespielter Überraschung. »Ich hoffe, das heißt, daß Sie nicht ablehnen.«

»Tue ich nicht. Ich nehme Ihr Angebot an«, gab Brig ziemlich steif zu.

»Gut.« Fletcher griff in ein Jackett und zog einen Umschlag aus der Tasche. Er reichte ihn Brig. »Da sind eine Anzahlung und eine allgemeine Zusammenfassung der Vereinbarungen, die wir besprochen haben. Sie können sich mit mir in Verbindung setzen, sobald Sie eine passende Zeit festgelegt haben. In der Zwischenzeit kann ich Max vielleicht dazu überreden mitzukommen.«

Brig machte sich nicht die Mühe, den Umschlag zu öffnen, sondern schob ihn einfach in die Innentasche seiner Jacke. Zorn durchfuhr ihn. Warum war er zu dieser Party gekommen? Es wäre nicht nötig gewesen, sein Besuch diente nur dazu, daß der Mann den Augenblick des Triumphs auskosten konnte.

»Dieser Jagdausflug ist wirklich verlockend«, bemerkte Max. »Ich war noch nie im Westen.« Er erläuterte das sofort näher. »Ich war natürlich in Kalifornien und ein paarmal in Aspen zum Skifahren, aber man findet dort jeden erdenklichen Luxus. Der Trip, den Sie da planen, erscheint mir wie eine enorme Herausforderung. Vielleicht könnte ich diesmal mit auf die Jagd gehen.«

»Sie haben keine Lizenz, Max. Jetzt ist es zu spät, noch eine zu bekommen.« Fletcher musterte ihn ruhig.

»Ich bin nicht annähernd so sehr daran interessiert, zu jagen wie an dem Trip teilzunehmen«, gab er zurück. Brig erriet, warum sein Cousin mitkommen wollte. Das bedeutete zwei, möglicherweise drei Wochen, in denen Max Fletcher Smith überzeugen konnte, seine Aktien zu kaufen. Er hätte viele Gelegenheiten, sein Angebot schmackhaft zu machen.

»Die Berge würden dich umbringen, Max«, gab Brig zu bedenken. Der Mann war absolut nicht in der Verfassung für eine so mörderische Expedition ins Hochland der Schafe.

»Bis dahin sind noch fast zwei Monate Zeit. Ich kann mich noch genug darauf vorbereiten.« Max schien sich von Brigs Warnung nicht beunruhigen zu lassen, sondern warf einen Blick auf Fletcher. »Wir könnten sogar zusammen im Club trainieren.«

»Das stimmt. Daran hatte ich nicht gedacht«, stimmte Fletcher lächelnd zu. »Ich wüßte nicht, warum Sie nicht mitkommen sollten. Sie, Mr. McCord?«

»O ja, mir fallen gleich ein paar Gründe ein«, antwortete Brig grimmig.

»Keine Sorge, Cousin. Ich werde meinen Anteil schon zahlen.« Max lachte, als hätte Brig einen Scherz gemacht.

»Entschuldigen Sie mich einen Augenblick bitte, ja?« bat Fletcher. »Meine Frau ist da drüben. Ich möchte, daß Sie sie kennenlernen. Ich werde mal sehen, ob sie ein paar Minuten Zeit hat.«

Als er in der Menge verschwand, schoß Brig einen zornigen Blick auf den Mann neben sich ab. »Du wirst auf diesen Trip nicht mitkommen, Max.«

»Der Mann hat mich gerade eingeladen. Du hast doch gehört, was er gesagt hat.« Er wippte zufrieden auf den Absätzen. Sein lockiges schwarzes Haar schimmerte im Licht der Leuchter über ihnen silbrig.

»Ich werde bei deinen Intrigen nicht mitmachen«, warnte ihn Brig. »Wenn du versuchst mitzukommen, dann gebe ich ihm sein Geld zurück, und er kann sich jemand anderen suchen, der ihn führt.«

»Das wirst du nicht tun. Du brauchst das Geld.« Sein Blick verriet, daß er Brigs Drohung keinen Glauben schenkte.

Brig fluchte innerlich, weil er wußte, daß es wahr war, aber er versuchte immer noch, ihn zu bluffen. »Aber ich brauche dich nicht. Was ich mit Fletcher Smith abgemacht habe, galt für eine Gruppe von zwei Jägern, und ich werde dafür sorgen, daß er sich daran hält.«

»Wenn du versuchst, mir diese Sache kaputtzumachen, Brig, dann werde ich dafür sorgen, daß dein Handel mit Fletcher nicht zustande kommt. Und wenn du glaubst, das könnte ich nicht, dann brauchst du es ja nur auszuprobieren«, forderte Max ihn heraus. »Ich habe nichts zu verlieren. Aber du. Es wäre besser, wenn du das nicht vergessen würdest.«

Konnte Max genug Mißtrauen schüren, um Fletcher dazu zu bewegen, einen Rückzieher zu machen? Brig wußte es nicht, aber er konnte nicht riskieren, das herauszufinden. Max' Ankündigung war Salz auf eine bereits offene Wunde.

»Wenn du mitkommst, Max, dann wirst du bezahlen. Und ich will es bar, am Tag deiner Ankunft. Es gibt keinen Kredit.«

»Hast du keine Angst, mein Geld könnte schmutzig sein?« neckte er.

»Ich weiß, daß es das ist. Aber ich werde kein gutes Geld wegschmeißen, um dich zu verpflegen oder dir ein Pferd und einen Platz zum Schlafen zur Verfügung zustellen.« Brig war in die Ecke getrieben, aber er konnte noch immer fauchen. »Mach du nur Smith dein Angebot, aber erwähne ja meinen Namen nicht, und versuche nicht, mich auch nur entfernt in irgendeines deiner Geschäfte hineinzuziehen.«

»Wir verstehen uns.« Max' Zustimmung kam glatt und selbstzufrieden.

»Und du sorgst besser dafür, daß du für diesen Trip in Form bist, denn wenn du zurückbleibst, dann lass' ich dich allein. Das Gebiet ist groß. Es wäre wohl möglich, daß ich dich nicht wiederfinde.« Der Champagner war schal geworden. Brig reichte das halbvolle Glas einem vorbeikommenden Kellner und bestellte einen Scotch auf Eis. Er brauchte jetzt etwas Stärkeres.

»Du wirst mich nicht verlieren, außer, du verlierst Fletcher.« Max nippte an seinem Martini und versteckte seine nächsten Worte hinter dem Glas. »Wenn man vom Teufel spricht... Da kommt er schon, mit seiner Frau.«

Brig schaute in die Richtung, in die Max blickte, und sah den großen grauhaarigen Mann mit einer zierlichen Dunkelhaarigen durch die Menge auf sie zukommen. Sie war eine auffallend schöne Frau mit lebhaften grünen Augen, deren Farbe noch von dem smaragdgrünen Kleid betont wurde, das sie trug. Es dauerte ein Weilchen, bis Brig erkannte, daß das schwarze Haar früher einmal wirklich schwarz gewesen war, daß der ebenholzfarbene Schimmer jetzt durch eine kunstvolle Tönung erzielt wurde. Er vermißte die Charakterzeichen in ihrem Gesicht. Ihre Haut war zu glatt. Ihre perfekt nachgezeichneten Lippen, die fest zusammengepreßt waren, verrieten Bitterkeit. Sie ging auf die Fünfzig zu, klammerte sich aber verzweifelt an eine jugendliche Erscheinung. Brig fragte sich, was es sie kosten mochte, diese schlanke Figur zu halten.

Als sie näher kamen, fiel ihm auf, daß sie nicht ein einziges Mal ihren Ehemann anschaute. Gegenüber der Hand an ihrem Ellbogen, die sie führte, schien sie gleichgültig. Da gab es nichts von der Nähe, dem Zusammengehörigkeitsgefühl, wie er es bei den verheirateten Freunden von den Nachbarranchen gesehen hatte. Etwas an der spröden Spannung zwischen den beiden ließ ihn vermuten, daß ihre Ehe zur Hölle geworden war.

Ihre grünen Augen wandten sich in ungeteilter Aufmerksamkeit Max zu. Etwas glimmte in ihren Tiefen, kaum verschleiert deutete es auf ein Geheimnis hin. Eine Katze, die ihre Beute ins Visier nimmt, dachte Brig. Aus dem Augenwinkel warf er einen Blick auf seinen Cousin. Max schien sich leicht in die Brust zu werfen, aber das tat er immer, wenn eine auch nur halbwegs attraktive Frau näher kam. Als das Ehepaar vor ihnen stehenblieb, musterte Brig Mrs. Smith mit träge interessiertem Blick, der seinen Scharfsinn verbarg.

»Ich glaube, Max kennst du bereits, Livvie«, bemerkte Fletcher Smith höflich.

»Ja, wir kennen uns«, gab sie zu und streckte Max die Hand entgegen. »Es freut mich, daß Sie kommen konnten, Max. Wie geht es Ihnen?«

»Viel besser, jetzt, wo ich Sie sehe, Livvie.« Er war ganz glatter, weltgewandter Charmeur. »Sie sehen noch besser aus als bei unserer letzten Begegnung.«

»Sie sind noch immer der Schmeichler, Max.« Sie lachte, aber Brig entging nicht, daß sie leicht errötete, was ihr ein neues, frischeres Aussehen verlieh. Er staunte über die Leichtgläubigkeit älterer Frauen. Oder vielleicht war es Verzweiflung. »Und ich liebe Sie dafür.«

»Wenn ich das doch nur glauben könnte«, gab Max ironisch zurück. Mit einem Seitenblick fügte er hinzu: »Ich möchte Ihnen meinen Cousin, Brig McCord, vorstellen. Und das ist Olivia Smith.«

»Angenehm, Mrs. Smith.« Er fühlte, wie ihre Finger leicht zuckten, als sie seine rauhe Hand berührten. Brig zweifelte daran, daß sie je zuvor mit Schwielen in Kontakt gekommen war.

»Für meine Freunde bin ich Livvie«, verbesserte sie, ohne auf irgendeine Art zu zeigen, daß seine Berührung ihr unangenehm gewesen war.

Er hätte eine artige Antwort geben können, um mit Max mitzuhalten, aber die Zeiten, in denen er sich so verhalten hatte, lagen schon Jahre zurück. Brig neigte nur leicht den Kopf, um zu zeigen, daß er verstanden hatte. Er war nicht daran interessiert, sie zu beeindrucken.

Jetzt, nachdem Max die Vorstellung beendet hatte, sprach Fletcher. »McCord hat eingewilligt, bei meiner Jagd nach Bighorns im Herbst als Führer tätig zu sein, Livvie.«

»Oh?« Sie hätte kaum weniger interessiert aussehen können.

»Ja, er besitzt eine Ranch in Idaho«, erklärte ihr Mann.

»Wie interessant.« Sie lächelte Brig höflich zu.

Ihr Mangel an Enthusiasmus überraschte ihn nicht. Sie war eine grünäugige Katze, die sich auf Samtkissen ausruhte und Sahne aus einer silbernen Schüssel schleckte. Wieder fiel ihm der Unterschied zwischen den beiden auf, einem Großwildjäger und einer blasierten Weltbürgerin.

»Die Landschaft, in der McCord seine Ranch hat, ist wild und schön. Als wir uns neulich über die Jagd unterhielten, war Max so fasziniert, daß er beschloß, uns zu begleiten.«

Ihre grünen Augen fuhren überrascht zu Max herum. »Ich wußte gar nicht, daß Sie gern jagen.«

»Es geht mir nicht ums Jagen«, gestand Max. »Fletchers und Brigs Beschreibung des Trips ließen mich an ein Abenteuer denken. Ich habe schon lange daran gedacht, Urlaub zu machen. Da draußen kann mich niemand telefonisch erreichen. Die Vorstellung reizt mich. Natürlich bedeutet es auch, daß Fletcher und ich viel Zeit zusammen verbringen müssen, damit ich in Form komme.«

»Halten Sie das für klug?« erkundigte sie sich.

»Wenn Sie damit andeuten wollen, daß ich einen Herzinfarkt bekommen könnte, während ich versuche, mich in Form zu bringen, dann ist das nicht sehr schmeichelhaft.« Max lachte, und Brig runzelte die Stirn. Er glaubte nicht, daß Olivia Smith darauf angespielt hatte, ganz und gar nicht, und er fragte sich, warum er diesen Eindruck hatte. »Sie geben mir das Gefühl, alt zu sein.«

»Das werden Sie niemals sein, Max.« Mit einem schnellen Lächeln tat Olivia diese Möglichkeit ab. Der Kellner brachte Brigs Scotch und blieb kurz stehen, um der Gastgeberin etwas zuzuflüstern. »Bitte entschuldigen Sie mich.« Sie verabschiedete sich von ihnen.

Jemand, der Max kannte, trat zu ihnen. Brig ließ die Vorstellung über sich ergehen, ebenso den anschließenden Austausch von freundlichen Floskeln. Dann ließ er seinen Cousin stehen, indem er ein Interesse am kalten Büffet vortäuschte, das im Eßzimmer aufgebaut war. Er stellte ein paar der fingerdicken Kanapees zusammen und suchte sich dann ein stilles Eckchen. Mit einer Schulter an die Wand gelehnt, trank er langsam seinen Whisky und lauschte dem Geschwätz um sich her. Es war alles so vertraut, die guten Weine, die exotischen Delikatessen, die teuer gekleideten Gäste und die gekünstelte Konversation – wie etwas aus einem immer wiederkehrenden Traum. Nur, daß es nichts aus einem Traum war; es war etwas aus seiner Vergangenheit.

Die Luft war dick von Rauch. Ein schwerfälliger Mann in seiner Nähe paffte an einer Zigarre und entsandte stinkende Rauchwolken in den Raum. Stimmen und Gelächter vermischten sich zu einem sinnlosen Lärm, Satzfetzen verbanden sich zu einem konfusen Gewirr von Unterhaltung. Sein Blick wanderte zurück zum Wohnzimmer, wo sein Cousin in ein Gespräch mit einem Mann vertieft war, der sich zu ihm gesellt hatte. Wenn er vor Jahren eine andere Entscheidung getroffen hätte, dann könnte er jetzt an Max' Stelle sein, das wußte Brig. Er wäre der Kopf der National Corporation, er würde die maßgeschneiderten Anzüge tragen, einen teuren Wagen fahren, Ferien in Europa machen und in einem Penthouse wohnen. Wenn er die Sanger Corporation geleitet hätte, dann hätte sie nicht die Einbußen erlitten wie in den Händen seines Cousins, davon war Brig überzeugt. Oder machte er sich da selbst etwas vor? Man mußte sich ja nur einmal ansehen, in welcher Lage er mit seiner Ranch war!

Zum Teufel! Brig nahm einen großen Schluck von seinem Scotch und verzog bei dem Geschmack das Gesicht. Er drehte das Glas in der Hand und ließ die Eiswürfel gegen die Seiten klimpern. Sein ungeduldiger Blick musterte abschätzend die beiden teuer möblierten Räume in seinem Blickwinkel. Es war ein scharfer Kontrast zu dem Blockhaus, das er und Tandy Barnes mit eigenen Händen als Ranchhaus errichtet hatten. All dies hätte seine Welt sein können, dachte Brig. Und es war eine Erleichterung für ihn zu entdecken, daß er es nicht haben wollte.

Als er das Glas an die Lippen hob, um noch einen Schluck zu trinken, sah er die Frau mit den kastanienbraunen Haaren im Torbogen zur Küche stehen. Das Glas blieb einen Zentimeter von seinem Mund entfernt in der Luft hängen. Einen verblüfften Augenblick lang konnte Brig nicht glauben, daß es sich um dieselbe Frau handelte, die er mit Fletcher Smith im Hotel gesehen hatte. Aber sie war es. Er senkte sein Glas und richtete seinen festen Blick auf sie. Sie war also tatsächlich zu dieser Party gekommen, die von ihrem Liebhaber und seiner Frau gegeben wurde. Ein Blick auf ihre stolze Haltung sagte Brig, daß sie der Typ war, der so kühn handeln konnte.

Er ließ seinen Blick von Kopf bis Fuß schweifen. Das schwarze Kleid war sexy, ohne vulgär zu sein. Es enthüllte eindeutig mehr als die Bluse und die lange Hose, die sie neulich getragen hatte. Ihre Figur war makellos, weder zu sehr gerundet noch zu schlank. Ihre Brüste würden genau in seine Hände passen. Brig fühlte ein Jucken in seinen Händen, als er den Wunsch verspürte, sie zu halten. Weiß Gott, das Kleid forderte einen solchen Wunsch förmlich heraus. Er hob den Blick zu dem kastanienbraunen Haar, das mit roten Lichtern durchsetzt war. Die Farbe erinnerte ihn an einen lebhaften Fuchs, den er besaß.

Eine Bewegung lenkte seine Aufmerksamkeit auf den jungen Mann an ihrer Seite. Er war groß und dunkelhaarig, mit dem Aussehen eines Apolls, und erinnerte Brig an jemanden. Nur nahm er sich nicht die Zeit herauszufinden, an wen. Im Geist registrierte er die Tatsache, daß die Frau nicht allein gekommen war, sondern mit einem Begleiter. Brig wunderte sich darüber. Wer hatte den Mann ausgesucht, Fletcher Smith oder sie selbst?

Die Frage hatte sich kaum in seinem Kopf geformt, als sich eine attraktive Blondine zu den beiden gesellte. Überschwenglich und übertrieben wie sie sich benahm, schloß er, daß die Blondine offensichtlich freizügig Gebrauch von den angebotenen Getränken gemacht hatte. Nachdem sie das Mädchen flüchtig begrüßt hatte, ignorierte sie es vollkommen und wandte ihre ganze Aufmerksamkeit dem Mann zu, klammerte sich an seinen Arm und preßte sich an ihn. Brig beobachtete die nachsichtige und doch gleichgültige Art, mit der der Mann die Aufmerksamkeiten der Blondine ertrug. Sein Mund verzog sich plötzlich zu einem Lächeln, als Brig begriff, daß die Rothaarige keinen sichereren Beschützer haben konnte. Ihr gutaussehender Begleiter war an Frauen nicht interessiert.

Brig trank sein Glas aus, stützte sich von der Wand ab, in der Absicht, einen neuen Drink an der Bar zu holen. Als er vorwärts ging, sah er, wie die Gastgeberin auf ihn zukam.

»Hat Max Sie im Stich gelassen?« erkundigte sich Olivia Smith mit einer Stimme wie aus flüssigem Honig.

»Er unterhält sich im Wohnzimmer mit einigen seiner Freunde.«

Ihre grünen Augen entdeckten das leere Glas in seiner Hand. »Hätten Sie gern noch etwas zu trinken, Mr. McCord?«

»Ich war gerade auf dem Weg zur Bar«, gab er zu.

Sie winkte einem Kellner, der durch die schwatzenden Grüppchen wanderte, nahm Brig das Glas aus der Hand und reichte es dem Mann. »Noch einen Drink für diesen Herrn«, trug sie ihm auf und sah Brig fragend an.

»Scotch on the rocks.«

Der Kellner nickte bei dieser Antwort und ging zur Bar. »Wie lange werden Sie in New York bleiben, Mr. McCord?« Olivia Smith stand dicht neben ihm. Der Duft ihres schweren Parfüms war nahezu überwältigend.

»Ich reise morgen früh ab.« Brig zündete sich eine Zigarette an, um seine Nase und Lungen mit dem Geruch von Tabakrauch zu füllen.

»So bald schon? Wie lange waren Sie denn hier?« Die Fragen waren höflich, ein pflichtbewußter Versuch, mit einem Gast Konversation zu treiben.

»Zwei Tage.« Brig war genausowenig daran interessiert, sich mit ihr zu unterhalten, wie sie. Der Kellner kehrte mit seinem Drink zurück und bot damit eine Fluchtmöglichkeit. »Ich will Sie nicht aufhalten, Mrs. Smith. Ich weiß, daß es zu den Pflichten einer Gastgeberin gehört, ihre Aufmerksamkeit zwischen allen ihren Gästen aufzuteilen.«

»Warten Sie, ich mache Sie noch mit den Fennimores bekannt.« Sie legte eine Hand an seinen Ellbogen, und Brig war gezwungen, sie zu begleiten, wenn er nicht unhöflich sein wollte.

Ein Funken Grün fiel Jordanna ins Auge. Die einzige Frau bei der Party, die diese auffallende Farbe trug, war ihre Mutter. Nachdem sie aus der einseitigen Unterhaltung ausgeschlossen war, die Alisha Van Dyke mit ihrem Bruder führte, ließ Jordanna ihren rastlosen Blick nach dem smaragdgrünen Kleid suchen.

Ihre Mutter sprach mit einem dunkelhaarigen Mann in braunem Anzug. Jordanna kannte ihn nicht. Ein wenig neugierig ließ sie den Blick über das habichtsähnliche Profil schweifen. Er war groß und schlank wie ein Wolf, mit breiten, kräftigen Schultern und schmalen Hüften. Sein Gesicht war sonnengebräunt, ein sauber gestutzter Schnurrbart tauchte seinen Mund in Schatten. Sein Haar hatte die satte Farbe dunkler Schokolade. Es wuchs dicht und ungeachtet der derzeitigen Mode, umrahmte seinen Kopf und lief in kurzen Koteletten aus. Trotz seiner lässigen Haltung strahlte sein Körper Bereitschaft aus. Jordanna schoß der Gedanke durch den Kopf, daß es nicht klug wäre, diesem Mann in die Quere zu kommen. Er würde einen gefährlichen Feind abgeben – stark, mächtig und seiner selbst sicher. Es gab keinen Mann im Zimmer, der ihm das Wasser reichen konnte, höchstens vielleicht ihr Vater.

Ihr Bruder stieß sie mit dem Ellbogen an. Jordanna drehte sich um und sah ihn an. Seine dunklen Augen flehten sie an, ihn von der Blondine zu erlösen, die an seinem Arm hing.

»Kit, sei ein lieber Bruder und hol mir was zu trinken, ja?« bat Jordanna, und ihre haselnußbraunen Augen zwinkerten ihm fröhlich zu.

»Natürlich«, willigte er ein und lächelte höflich der Blondine zu, als er seine Hand unter ihrem Arm hervorzog. »Entschuldige mich, Alisha.«

Als Christopher mit dem Drink zurückkam, war die Blondine gegangen. Gemeinsam mischten sich Jordanna und ihr Bruder unter die anderen Gäste, blieben hier und da stehen, um sich mit verschiedenen Gruppen zu unterhalten, bis sie schließlich voneinander getrennt wurden.

Jordanna löste sich von zwei Paaren, die sich über moderne Kunst unterhielten, und schlenderte ins Wohnzimmer hinüber. Die banalen

Unterhaltungen, die sie hören konnte, interessierten sie nicht. Ein paar Schritte von ihr entfernt sah sie ihren Vater, der sich höflich aus einem Kreis Gäste zurückzog. Der Ausdruck kaum verhohlener Langeweile auf seinem Gesicht entsprach ihrer eigenen Stimmung. Sie näherte sich ihm von hinten und berührte ihn am Arm.

Im gespielten Konversationston erkundigte sie sich: »Papa, hast du schon die neueste Ausstellung in der Galerie gesehen?«

Er wirbelte herum, eine grau durchsetzte Braue hochgezogen, bevor ein Lächeln seinen Mund verzog, weil er begriff, daß sie sich über die Unterhaltungen um sie her lustig machte. »Um die Wahrheit zu sagen, nein. Erzähl mir davon.«

Jordanna lachte kurz. Dann seufzte sie auf. »Ein Jammer, daß wir keine Gäste sind. Dann könnten wir gehen.«

»Da hast du recht«, stimmte Fletcher Smith ihr zu. Sein Blick schweifte durch den Raum. »Wir sind offensichtlich in der Minderheit. Niemand sonst scheint geneigt zu gehen. Ich glaube, es ist noch voller als auf der letzten Party. Scheinbar ist die Party ein Erfolg. Das müßte deiner Mutter gefallen.«

»Ja.«

Als er ihre Mutter erwähnte, wanderte Jordannas Blick automatisch zu der Ecke des Zimmers, in der die Frau mit den rabenschwarzen Haaren sich mit einem älteren, gutgekleideten Herrn unterhielt. Er war schlank und attraktiv, mit dunklem lockigen Haar, das von Grau durchsetzt war. Der Mann kam ihr irgendwie bekannt vor, aber sie konnte sich nicht an seinen Namen erinnern. Sein Charme war offensichtlich, so, wie ihre Mutter sich in seiner Aufmerksamkeit sonnte. Aus dem Augenwinkel sah sie zu ihrem Vater hinüber. Sein Mund hatte sich zu einer schmalen Linie zusammengepreßt, und auch sein Blick ruhte auf der Frau, mit der er verheiratet war. Jordanna fühlte seinen Schmerz und seine Bitterkeit und bemühte sich, seine Gedanken abzulenken.

»Ich hätte gern zehn Minuten Ruhe und Frieden«, sagte sie. »Wer würde es schon merken, wenn wir uns für ein Weilchen zurückziehen?«

Sein Blick war nachsichtig und verständnisvoll. »Niemand. Und woran dachtest du?«

»Dein Arbeitszimmer.« Es war sein Lieblingsplatz, unbelastet von der überladenen Einrichtung der restlichen Wohnung. Und auch Jordanna liebte dieses Zimmer am meisten.

»Also gut«, stimmte er mit einem halben Lächeln zu. Als sie sich anschickten, den Gang entlangzugehen, um sich heimlich von der Party fortzustehlen, blieb Fletcher stehen. »Warte mal. Da kommt Sam Brookfield. Ich muß kurz mit ihm reden.« Er drückte ihr einen Schlüssel in die Hand. »Ich habe die Tür abgeschlossen, damit niemand auf die dumme Idee kommen kann, am Waffenschrank herumzuhantieren. Geh du nur schon vor, ich komme in ein paar Minuten nach.«

»Bleib nicht so lang«, drängte sie, als er sie verließ, um mit dem großen, kahlköpfigen Mann mit der Brille zu sprechen, der auf sie zukam.

»Sie besitzen wirklich eine Ranch – mit Pferden und Kühen und allem?« Die Brünette warf Brig einen skeptischen Blick zu. Sie war eine attraktive Frau, erst kürzlich geschieden, wie sie ihn informiert hatte, aber Brig vermutete, daß ihre Schönheit vergehen würde, wenn das Make-up von ihrem Gesicht gewischt wurde.

»Ja.« Sein Blick wanderte zu dem Gang hinüber, wo er die Rothaarige hatte verschwinden sehen, nachdem sie kurz mit Fletcher gesprochen hatte. Vielleicht war sie gegangen.

»Sie sehen gar nicht aus wie ein Cowboy, abgesehen von dem Bart vielleicht«, bemerkte die Brünette soeben.

»Das nächste Mal trage ich Sporen und einen Riesenhut«, erwiderte Brig mit trockenem, beißendem Spott, der sie zum Schweigen bringen sollte. Aber die Frau lachte nur.

»Was sind Sie für ein Sternzeichen? Ich bin Stier.«

»Schütze.« Brig hoffte, es wäre ein unverträgliches Zeichen.

»Das ist zu schade.« Sie verzog enttäuscht das Gesicht, strahlte aber gleich darauf wieder auf. »Kennen Sie Ihren Aszendenten?«

»Nein, leider nicht.« Er lächelte, aber sein Ausdruck erreichte das Braun seiner Augen nicht.

»Ich weiß nicht, ob man überhaupt an Horoskope glauben kann«, meinte sie. »Mein Ex-Mann und ich sollten angeblich sehr gut miteinander auskommen, aber wir haben uns die ganze Zeit über gestritten.«

»So etwas kommt vor.« Brig wollte die Einzelheiten über ihre Scheidung nicht hören.

Ein tiefes, kehliges Lachen zog seine Aufmerksamkeit an. Olivia

Smith stand mit Max neben ihm. Sein Cousin belegte die Frau mit seinem charmanten Bann, und sie genoß jede verzauberte Sekunde davon. Als sie bei der Party eingetroffen waren, hatte Brig den Eindruck gewonnen, daß eine lange Zeit vergangen war, seit Max Fletchers Frau gesehen hatte. Jetzt benahm er sich so, als wäre es erst gestern gewesen. Brig fragte sich, ob die beiden eine Affäre hatten, und verwarf diese Vorstellung augenblicklich wieder. Nicht einmal Max wäre so unverschämt, etwas mit der Frau eines Mannes anzufangen, an dessen Geld er zu kommen versuchte. Er schaute dorthin, wo er Fletcher zuletzt gesehen hatte, aber er war nicht mehr da. Brig fragte sich, ob er über den Flur verschwunden war, in den die Rothaarige gegangen war. Aber er hatte nicht die Zeit, darüber nachzudenken.

»Ich fragte, kennen Sie die Fitzpatricks?« wiederholte die Brünette die Frage, die er beim ersten Mal überhört hatte.

»Nein.«

»Sie geben morgen abend eine Party. Müßte lustig werden. Möchten Sie mit mir hingehen?«

»Ich kann nicht. Ich fliege morgen auf meine Ranch zurück.« Brig war froh über die Entschuldigung.

»Oh.« Die Frau bemühte sich, ihre Enttäuschung zu verbergen. »Wann kommen Sie wieder nach New York?«

»Das letzte Mal war ich vor vierzehn Jahren hier. Mit etwas Glück wird es wieder vierzehn Jahre dauern.« In seinem Glas war nur noch Eis übriggeblieben, und es schmolz jetzt. »Entschuldigen Sie mich, ich hole mir noch etwas zu trinken.«

Die Brünette protestierte nicht, und Brig vermutete, daß sie wußte, daß er nicht mehr zu ihr kommen würde. Er war wieder gereizt. Im Eßzimmer reichte er dem Barkeeper sein Glas und bat um einen frischen Drink. Es war sein dritter, ohne den Champagner, aber er spürte noch nicht einmal die Wirkung vom ersten.

Er schlenderte zum Büffet hinüber, aber nichts sah appetitanregend aus. Drei Männer standen in einer Ecke des Zimmers. Brig hörte einen von ihnen etwas von Schleichen erwähnen und blieb stehen, um kurz zuzuhören. Ein Mann prahlte mit einem Elch, den er mit einem einzigen Schuß aus einhundertundfünfzig Yard Entfernung erlegt haben wollte. Ein zweiter Mann ließ dieser Geschichte seine eigene folgen, fügte noch zehn Yard hinzu und machte aus dem Elch eine Antilope.

Brig ging weiter und überlegte dabei, warum keiner von ihnen jemals all die Schüsse erwähnte, die ihr Ziel verfehlt hatten.

6

Ein leichtes Klopfen kam von der Tür. Jordanna erhob sich vom Sofa, um zu öffnen. Dabei wich sie dem Bärenfell aus, das vor dem Kamin lag. Ehe sie den Türknauf drehte, fragte sie: »Wer ist da?«

»Ich bin es«, antwortete ihr Vater leise.

Sie ließ ihn ein, lächelte, ihn willkommen heißend. »Du hast es wirklich geschafft.«

»Es ist ruhig hier drinnen«, bemerkte Fletcher, als die Tür geschlossen worden war, um die Party mit all ihrem Lärm auszusperren.

»Wunderbar ruhig, ja.« Jordanna ging in die Mitte des Raumes und blieb vor dem offenen Maul des Grizzlybären stehen. »Möchtest du einen Drink?«

»Nein.« Er setzte sich in seinen Lieblingssessel und lehnte den Kopf gegen die Rückenlehne. Ein ersticktes Lachen sickerte durch die dick isolierten Wände ins Zimmer. Ein müder, verstimmter Ausdruck flog über sein Gesicht.

»Du siehst müde aus, Dad«, bemerkte sie besorgt und strich die Falten ihres langen Rockes glatt, als sie sich aufs Sofa setzte.

»Nein, nur alt.« Fletcher lächelte schief bei seiner Antwort.

Jordanna lächelte nicht. »Das würdest du nicht sagen – das würdest du nicht einmal denken, wenn du nicht vor der Party mit Livvie gestritten hättest.«

»Woher weißt du das?«

»Nur eine Vermutung.« Es war klüger, nicht zuzugeben, daß sie zufällig Zeugin des Streits geworden war. Ihre Mutter machte ihm so schon genug Kummer.

»Nach all den Erfahrungen, die du mit deinen Eltern gemacht hast, ist diese Vermutung so gut wie immer richtig.« Offener hatte ihr Vater ihr gegenüber seine ehelichen Probleme noch nie zugegeben. Die Kluft zwischen ihm und seiner Frau war etwas, über das er niemals mit ihr oder ihrem Bruder gesprochen hatte. Es war ein verbotenes Thema, und er brach das Tabu auch jetzt nicht, indem er das Gespräch weiterverfolgt hätte. »Warum legst du nicht ein wenig Musik auf? Vielleicht können wir damit die Party übertönen«, schlug er vor.

Jordanna ging zum Bücherregal, in dessen Holz ein Stereokassettenrecorder eingebaut war. Sie wählte ein Band mit Instrumentalmusik aus, schob es in den Schlitz und drehte die Lautstärke herab. Dann kehrte sie zum Sofa zurück und lehnte sich entspannt in die Kissen. Ihr Vater schloß die Augen, um den wohlklingenden Tönen zu lauschen.

Sie dachte schon, er wäre eingeschlafen, aber als die Kassette wieder von vorn anfing, öffnete er die Augen und erhob sich aus dem Sessel. Als er das Jackett zurechtzog, spürte er etwas in seiner Tasche. Mit gerunzelter Stirn zog er ein schmales Schmuckkästchen hervor. Mit einem traurigen Lächeln sah er Jordanna an.

»Ich wollte dir das vor der Party geben und habe es dann vergessen«, sagte er.

»Was ist es denn?« Sie erhob sich ebenfalls aus ihrer zusammengekuschelten Stellung auf dem Sofa, und dabei blieb sie mit einem Haken ihres Kleides an einem Kissen hängen. Er sprang auf. »Verdammt.« Jordanna fluchte leise. »Machst du ihn mir bitte zu, Dad?« Sie ging zum Arbeitstisch hinüber, an dem er stand.

Die Wände schienen auf ihn einzustürzen. Die Luft war nahezu erstikkend. Brig betrachtete die schwatzenden Menschen um sich her, die dem Lärm, den sie machten, gleichgültig gegenüberzustehen schienen. Ein kühler, frischer Luftzug strich unerwartet über ihn hinweg, und er suchte nach dem Ursprung. Die glatten Stoffbahnen der Gardinen im Eßzimmer bewegten sich leicht. Dahinter entdeckte er einige Glastüren, die offensichtlich auf einen Dachgarten hinausführten.

Brig schlüpfte hindurch und entkam nach draußen. Die Geräusche der Party folgten ihm, jetzt dumpfer, und vermischten sich mit den Verkehrsgeräuschen, die von der Straße weit unten zu ihm hinaufdrangen. Die Lichter in der Stadt waren zu hell, als daß man Sterne hätte sehen können. Aber wenigstens hatte er das Gefühl von Weite, Raum, in dem er sich bewegen und atmen konnte.

Moderne schmiedeeiserne Balkonmöbel und Kübelpflanzen zierten das Dach. Brig kümmerte sich nicht um die einladenden, gepolsterten Stühle, sondern trat an die Brüstung. Ein Pärchen folgte seinem Fluchtweg. Das Mädchen kicherte. Brig, der keine Gesellschaft wünschte, tauchte im Schatten unter und ging leise um die Ecke des Daches, bis er zu einer abgelegeneren Stelle kam.

Licht fiel durch andere Glastüren, zauberte ein helles Viereck auf das Dach. Mehr geistesabwesend als neugierig schaute Brig hinein. Es war ein Arbeitszimmer – Fletchers Trophäenraum, den präparierten Geweihen an der Wand nach zu urteilen. In diesem Augenblick sah er den grauhaarigen Mann zum Schreibtisch gehen und sich umdrehen. Sein Verhalten ließ vermuten, daß sich noch jemand im Zimmer befand. Ehe Brig eine Vermutung anstellen konnte, trat die Frau mit dem kastanienbraunen Haar und dem schwarzen Kleid in sein Blickfeld. Sie wandte sich um, so daß Fletcher ihr Kleid am Rücken schließen konnte.

Brig verzog zynisch den Mund. Wenn es für ihn eine Frage gewesen war, warum sie sich getrennt von der Party davongestohlen hatten, dann hatte er jetzt seine Antwort. Brig musterte die cremig-sanften Schulterblätter und die Linie ihres Rückens. Fletcher nahm etwas aus einem Schmuckkästchen und befestigte es an ihrem Hals. Sie schien sich über das Geschenk zu freuen und bedankte sich mit einem schnellen Kuß bei Fletcher. Brig fand, daß sie eine so gute Schauspielerin war, daß sie eigentlich auf die Bühne gehörte.

»Die Kette ist wunderschön, Dad.« Jordanna hielt den Jadeanhänger, der die Form eines Kreuzes hatte, in der Hand. Der Stein fühlte sich kühl an. »Aber warum? Was ist der Anlaß? Ich habe doch erst in sechs Monaten Geburtstag.«

»Mußt du denn Geburtstag haben, damit ich meiner einzigen Tochter ein Geschenk kaufen kann?« fragte er. »Ich habe sie gesehen und an dich gedacht, also habe ich sie gekauft.«

»Sie gefällt mir. Ich danke dir.« Jordanna konnte sich nicht erinnern, daß er je zuvor so etwas getan hatte. Sie war überrascht, ein wenig verwirrt und sehr froh.

»Ich gehe zu der Party zurück. Kommst du mit?« Fletcher ging auf die Tür zu.

Sie hatte noch keine Lust. »Nein, ich bleibe noch ein Weilchen.«

»Schließe die Tür ab, damit du nicht gestört wirst. Und vergiß nicht, sie wieder zu versperren, wenn du gehst«, ermahnte er sie.

»Bestimmt nicht«, versprach Jordanna.

Nachdem er hinausgegangen war und die Tür hinter sich geschlossen hatte, wandte sie sich ab. Sie spielte mit dem blaßgrünen Anhänger und lächelte leicht, denn es war ein Geschenk, daß nur der Zuneigung entsprang. Vor sich hatte sie jetzt die Türen, die auf den Dachgarten hinausführten. Ein Licht blitzte auf, von der Größe einer Streichholzflamme. Jordanna erstarrte bei dem Anblick einer großen Gestalt, die dort draußen stand. Sie bewegte sich vorwärts, und der Türgriff wurde gedreht. Jordanna erkannte in dem Mann, der das Arbeitszimmer betrat, den Fremden, den sie mit ihrer Mutter hatte reden sehen.

»Wie lange sind Sie schon da draußen?« Ihr Ton war ein wenig vorwurfsvoll. Ihr gefiel die Vorstellung nicht, daß er ihnen nachspioniert hatte. Es war ein Eindringen in ihr Privatleben, selbst wenn sie es nicht bemerkt hatte.

Eine dichte dunkle Braue wurde bei diesen Worten ironisch hochgezogen. »Nicht lange.« Seine Stimme war tief und leise, leicht schleppend. »Wenn Sie ungestört sein wollten, dann hätten Sie die Vorhänge schließen sollen.« Er griff nach der Vorhangschnur und zog daran, bis sich die schweren Vorhänge schlossen.

»Wenn ich vermutet hätte, daß da draußen irgend jemand sein könnte, dann hätte ich das wohl auch getan«, gab sie schnell zurück.

»Hat Ihnen denn niemand gesagt, daß da hinten eine Party stattfindet? Überall sind Leute.« Sein Arm beschrieb einen weiten Halbkreis. In der Hand hielt er einen Drink, der total verwässert war, und zwischen seinen Fingern eine brennende Zigarette. »Obwohl ich zugeben muß, daß Sie ein ruhiges Plätzchen inmitten all des Lärms und der Leute gefunden haben.«

»Es ist recht friedlich hier«, stimmte Jordanna zu und fragte sich, warum sie ihn nicht aufforderte zu gehen. Die Wahrheit war, daß sie ihn faszinierend fand.

Sie hatte ihn zwar quer durchs Zimmer, inmitten einer Vielzahl von Partygästen beobachtet, aber das hatte sie nicht auf ein Zusammentreffen von Angesicht zu Angesicht vorbereitet. Der Ausdruck in seinen braunen Augen war so trocken und brennend wie Wüstenwind. Das gutaussehende Gesicht war wettergegerbt und rauh. Der dunkle Schnurrbart überschattet einen harten Mund. Eine gefährliche Virilität ging von ihm aus, die gleichzeitig aufregend und alarmierend war. Aber vor allen Dingen war da das Gefühl von Stärke, das sie gefangenhielt, eine unermüdliche Kraft, die bis ins Mark reichte.

Es war schwierig, passende Adjektive zu finden. *Weltgewandt* klammerte Jordanna aus. Sie spürte, daß er alles auf eine Art und Weise erahnte wie ein Tier, das mit dem Instinkt und der List geboren wurde, die zum Überleben wichtig waren. *Erfahren* paßte auch nicht zu ihm, obwohl sie überzeugt war, daß er so mancher Falle entgangen war und daraus seine Kenntnisse erweitert hatte. Er sah in diesem Anzug mit Krawatte aus, als fühlte er sich wohl, und doch war es eine kunstvolle Tarnung, die eine Fähigkeit widerspiegelte, sich an seine Umgebung anzupassen. Ein scharfsinniger Wolf, der letzte seiner Art, im Schafspelz.

Jordanna wurde von seinem Blick befreit, als er das Zimmer betrachtete. »Das nenne ich eine Ausstellung von Trophäen.« Er schlenderte hinüber, um einen der Köpfe zu betrachten. Jordanna hätte ihm erklären können, daß sie das Tier geschossen hatte, aber sie bezweifelte, daß es ihn beeindrucken würde.

»Ja, das ist es wohl.« Sie hörte die leichte Atemlosigkeit in ihrer Stimme, aber sie bezweifelte, daß es ihm aufgefallen war. Es war erschreckend, festzustellen, wie tief beunruhigt sie durch seine Gegenwart war.

Er wandte sich von der Wand ab und lockerte seine Krawatte. Dann warf er ihr einen Blick zu. »Es stört Sie doch nicht?«

Jordanna vermutete, daß es nichts geändert hätte, wenn es so gewesen wäre. »Nein, nein. Machen Sie nur.« Sie hob gleichgültig eine Hand und sah zu, wie er den Knoten löste und die Krawatte in die Tasche schob. Dann öffnete er die beiden obersten Knöpfe seines Hemdes. Ihre Knie fingen an zu zittern. Entschlossen, diese Reaktion zu unterdrücken, ging sie zu der Karaffe mit Scotch hinüber, die auf dem Schreibtisch stand, und schenkte sich etwas in ein Kristallglas.

»Darf ich?« Er hielt ihr sein Glas hin.

»Es gibt hier kein Eis«, warnte ihn Jordanna.

»Das macht nichts. Hier ist noch welches.« Würfel klirrten gegen das Glas, als wollten sie es beweisen.

Jordanna nahm ihm das Glas ab, vermied dabei, seine Finger zu berühren, ohne zu wissen, warum. »Stark oder schwach?« Ihre Hand hielt die Karaffe über sein Glas.

»Stark.«

Sie goß einen großzügigen Schluck Scotch auf die schmelzenden Eiswürfel und stellte die Karaffe wieder ab. Dann nahm sie in jede Hand ein Glas, drehte sich um und stellte fest, daß er direkt vor ihr stand. Ein Schauder überlief ihre Haut, als er sie mit lässig-sinnlichem Blick betrachtete. Jordannas Augen waren auf einer Höhe mit seinem Mund, eine ziemlich beunruhigende Tatsache auf diese Entfernung. Er hatte sein Jackett ausgezogen, trug jetzt nur noch das weiße Hemd.

»Ihr Drink«, erklärte sie und streckte die Hand aus, die sein Glas hielt.

Er griff zu, aber nicht nach dem Glas. Seine Finger schlossen sich um das Jadekreuz, das in dem Tal zwischen ihren Brüsten eingebettet war. Statt es hochzuheben, damit er es genauer betrachten konnte, ließ er es dort, wo seine Hand auf den schwellenden Hügeln ihrer Brust ruhen konnte. Sein Verhalten war beleidigend, aber Empörung war schwer aufzubringen, nachdem eine Flamme vollkommen anderer Art ihre Haut heiß werden ließ.

»Geschnitzte Jade. Es ist sehr schön... und sehr kostbar.« Sein Blick wanderte zu ihrem Gesicht hinauf, und Jordanna erwiderte ihn, ohne mit der Wimper zu zucken.

»Ja, das ist es.« Es gelang ihr, mit ruhiger und fester Stimme zu sprechen. »Hätten Sie etwas dagegen, Ihre Hand zu entfernen und Ihr Glas zu nehmen?«

Sein Blick wanderte über ihr Gesicht, als müßte er sich noch entschließen. »Ich glaube, ich habe etwas dagegen.« Er klang verwirrt.

Es war eine Herausforderung, ein Handschuh, der geworfen worden war. Jordanna erkannte, daß sie herausgefordert wurde, ihn aufzuheben.

»Wenn Sie die Hand nicht fortnehmen, sehe ich mich gezwungen, diesen Drink über Ihrem Kopf auszugießen«, drohte sie ruhig und ernst.

»Tun Sie das nicht.« Die Bemerkung klang noch mehr wie eine ominöse Drohung als ihre. Seine Finger glitten an der Goldkette hinauf, schlossen sie und drehten sie immer enger, bis sie ganz fest unter ihrem Kinn zusammengedreht war.

Die Bewegung war rein instinktiv gewesen. Die Goldkette war dünn und fest. Brig erkannte, daß sie als Garotte dienen könnte, wenn er noch ein einziges Mal weiterdrehte. Im Augenblick jedoch erreichte er sein Ziel, hielt das Mädchen unbeweglich, ohne daß es zum Kampf kam. Er bemerkte die feinen Goldglieder, die sich um ihren Hals spannten, und achtete sorgfältig darauf, keinen weiteren Druck auszuüben, der ihre Haut zeichnen könnte.

Verdammt, sie hatte eine wunderbare Haut. Ob der Rest ihres Körpers so elfenbeinglatt war wie das, was er sah? Brig konnte Fletcher keinen Vorwurf daraus machen, sie zu seinem Privateigentum erkoren zu haben, zu seiner Mätresse und Geliebten. Er hatte nicht erwartet, daß ihre makellose Schönheit auch dieser nahen Betrachtung noch standhalten würde.

Er warf einen Blick in ihre Augen. Sie war wachsam, ein wenig unsicher, aber sie hatte keine Angst. Sie hatte Mut... und ihre eigene Kraft. Brig dachte an die anderen Frauen, mit denen er in den letzten zwanzig Jahren im Bett gewesen war, und wußte, daß diese hier mehr Weib war als alle, die er je kennengelernt hatte. Aber er wußte auch, was sie war, und dieses Wissen erzürnte ihn.

Sein Blick glitt zu ihren Lippen, und er wußte, daß er sie schmecken mußte. Sein Mund bedeckte sie. Sie waren kühl unter seiner Berührung, nicht warm von anderen Küssen, die sie vorher bekommen hatten. Aber sie waren weich, so sehr weich... Brig ließ die goldene Kette los und legte eine Hand in ihren Nacken, um ihren Kopf zu halten.

Das Jadekreuz glitt zurück in das schattige Tal, als die Kette losgelassen wurde. Jordanna fühlte seine Kühle erneut auf ihrer warmen Haut. Sie wehrte sich nicht gegen den Griff, der ihren Hals umspannt hielt. Sie blieb teilnahmslos bei seinem Kuß, aber sein sanfter Mund überredete sie schließlich dazu, die Passivität aufzugeben. Die weichen Haare seines Bartes kitzelten ihre Haut, als seine warmen, männlichen Lippen sie umwarben und jede Kurve, jede Vertiefung leicht und sicher auskundschafteten. Der Puls an ihrem Hals hämmerte gegen seinen Finger, verriet das schnelle Schlagen ihres Herzens. Aus einem eigenen Willen heraus hielten ihre Lippen die seinen fest.

Langsam hob er den Kopf. Ihre Augen waren groß und ein wenig verwirrt. In ihrem Blick lag eine verschleierte Frage. Jordanna war zu stolz, um sie zu stellen. Sein Gesicht war ausdruckslos. Ohne ein Wort zu sagen, nahm er die Gläser aus ihren Händen und stellte sie auf den Schreibtisch.

Als er sie wieder ansah, machte er nicht den Versuch, sie in die Arme zu nehmen, aber ebensowenig vergrößerte er die Distanz zwischen ihnen. Das war ihr Vorrecht. Er gab ihr Gelegenheit zu gehen, ehe sie von ihm verführt wurde. Aber Jordanna wurde dadurch nur noch mehr gereizt. Einem Mann wie diesem Fremden war sie noch nie begegnet.

Er streckte die Hand aus, um über das leuchtende Mahagoni ihres Haares zu streicheln, dort, wo ein Kamm es aus ihrem Gesicht hielt. »Sie haben wunderschönes Haar.« Es war einfach eine Beobachtung, kein Kompliment, um ihr zu schmeicheln.

Eine Antwort war nicht nötig, und Jordanna gab auch keine. Sie sah ihn mit festem Blick an, obwohl ihr Herz wie rasend klopfte. Seine Hände ruhten zu beiden Seiten ihres Halses, um sie näher zu ziehen, glitten dann aber zu den Trägern ihres Kleides hinab, schoben sie von den Schultern und liebkosten vorsichtig ihre Arme. Ihre Wimpern senkten sich flatternd. Seine Berührung erinnerte sie an die rauhe Liebkosung einer Katzenzunge.

Sein Atem streifte warm über ihre Lippen, einen Augenblick, ehe sein Mund sie mit einem langen Kuß bedeckte. Sie schlüpfte aus den Schulterträgern des Kleides, und dann erkundeten ihre Hände die stählernen Muskelbänder an seinen Oberarmen. Sie spürte, wie ihre Brüste anschwollen, um die großen Hände zu füllen, die sie umfaßten. Sie schmeckte den Scotch auf seiner Zunge und das Nikotin auf seinen Lippen und genoß den männlichen Geruch, den er an sich hatte.

Ein Daumen zog langsame Kreise um die rosige Brustwarze, bis sie hart war. Die Schwäche, die ihre Beine schon vorher angegriffen hatte, kehrte mit dreifacher Kraft zurück. Jordanna schwankte, und gehorsam preßte er sie an seinen stützenden Körper. Die Hitze, die von seinem harten Fleisch ausging, breitete sich augenblicklich in ihr aus, ihre Wärme raubte ihr fast den Verstand.

Sein Mund folgte der Kurve ihres Kiefers und weiter bis zu der Vertiefung unter dem Ohr, hinterließ dabei eine Spur aus goldenem Feuer, wanderte weiter an ihrem schlanken Nacken entlang bis zum tiefsten Punkt ihrer Kehle. Jordanna legte ihren Kopf nach hinten, um ihm leichteren Zugang zu gewähren, während sie vor bebender Begierde zitterte.

Diese heiße Leidenschaft war etwas, was sie nie zuvor kennengelernt hatte. Sie rief einen sich ständig verändernden Kreis von Gefühlen hervor, wie die sich langsam drehende Magie eines Kaleidoskops. Jedesmal, wenn ihre Haut unter seiner Liebkosung zitterte, wollte sie den

Augenblick für immer festhalten, aber sein männlicher Duft verdrängte das Gefühl mit seiner Kraft, oder sie schmeckte das Feuer seines Kusses und vergaß alles andere, bis eine neue Empfindung sie überwältigte.

Sie preßte ihre Hüften an seine und versuchte, den pochenden Schmerz zu vermindern, der sie langsam verzehrte. Seine Hände lagen auf ihrem Rücken. Jordanna fühlte, wie der Stoff um ihre Mitte lockerer wurde, als er schweigend den Reißverschluß herabzog. Dann demonstrierte er ihr die Kraft, die sie bislang nur in ihm vermutet hatte, indem er sie aus dem Kleid hob, ohne dazu mehr Mühe aufzuwenden, als wenn er ein Kind hochgenommen hätte. Ebenso leicht nahm er sie auf die Arme. Jordanna hörte, wie ihre Schuhe zu Boden fielen, aber sie war sich nicht bewußt, sie fortgeschleudert zu haben. Sie verschränkte die Arme um die braune Säule seines Nackens und begegnete offen dem begehrenden Leuchten in seinen Augen. Sie scheute weder davor zurück, noch erwiderte sie es. Es war alles viel einfacher. Es war nicht nötig, eine Rolle zu spielen, weder die Jungfrau noch die Verführerin.

Er trug sie zum Kamin und blieb dann auf dem Bärenfell stehen. Als seine Arme sich von ihr lösten, sank Jordanna auf die Knie, ehe sie sich ausstreckte und auf die Seite legte, halb von einem Arm gestützt. Der zottige Pelz des Bären strich über ihre nackte Haut und ließ die sensiblen Nervenenden noch empfindlicher werden. Das Tierfell gab eine primitive Matratze ab, aber eine, die ihren Bedürfnissen entsprach.

Sie sah zu, wie er sich auszog. Er schlüpfte ohne Eile aus den Kleidern, so daß diese Handlung natürlich und leicht erschien. Als er sich zu ihr gesellte, fühlte Jordanna, wie ihr Blut noch schneller durch die Adern rauschte. Sein heißer Körper schmiegte sich an sie und versengte sie. Ihre Hände berührten das feste Fleisch an seinen muskulösen Schultern und auf dem Rücken. Während sein harter Kuß ihren nachgiebigen, weichen Mund eroberte, erzwangen seine geschickten Hände eine Reaktion von jeder Stelle, die er berührte.

Tief in ihrem Leib zog sich alles zu einem festen Knoten der Begierde zusammen. Ein Wimmern drang aus ihrer Kehle, aber er ignorierte ihr leises Flehen, die unerträgliche Spannung in ihr zu lösen. Niemand hatte sie jemals so geliebt – so langsam, als hätten sie alle Zeit der Welt.

Es dämmerte Jordanna allmählich, daß er mehr von ihr erwartete als nur, daß sie da war, damit er Befriedigung fand. Er wollte, daß sie im Gegenzug auch etwas gab – von sich selbst. Noch nie zuvor hatte ein

Mann das von ihr verlangt. Diese Verpflichtung war erschreckend, aber nicht annähernd so schrecklich wie die schwarze Leere, die sie zu verschlucken drohte, wenn sie sich weigerte.

Ihre Reaktionen kamen zuerst vorsichtig, zögernd, dann wurde sie zuversichtlicher, weil er sie auf erfahrene, sinnliche Art ermutigte. Sie wurde in einen Strudel tobender Begierde gerissen. Als sich sein Gewicht auf sie legte, dachte sie, sie müßte in Ekstase ertrinken. Statt dessen wurde sie höher und höher gehoben, bis die Welt in einem blendenden Lichtwirbel zu explodieren schien, der jeden Winkel ihres Wesens erleuchtete.

Als der feurige Liebessturm abgeebbt war, standen winzige Schweißperlen auf ihrer Hat. Jordanna wartete darauf, daß sich Schatten auf sie senkten, aber sie konnten den Augenblick nicht verdüstern. Ihre Mundwinkel verzogen sich zu einem Lächeln. Eine rauhe Hand strich über ihre Wange und schob die Haarsträhnen beiseite, die an ihrer feuchten Haut klebten. Ihre Augen blickten sanft und staunend, als sie sie aufschlug und den Mann ansah, der sie schweigend musterte. Die starken, schmalen Züge strahlten Verwirrung aus. Er neigte den Kopf und ließ seinen Mund einen warmen Moment lang auf ihren Lippen ruhen.

»Wie lange ist es her, daß du aus reinem Vergnügen mit jemandem geschlafen hast?« Seine Stimme war leise, schleppend in ihrer Neugierde.

»Ich…« Wie hätte sie sagen können »niemals«? »Ich… ich weiß nicht.«

Ein grimmiger Ausdruck zuckte über sein Gesicht. Jordanna fragte sich, warum ihre Antwort ihm mißfallen hatte. Sie hatte zugegeben, daß sie in seinen Armen etwas ganz Besonderes empfunden hatte. Die meisten Männer wären stolz gewesen, wenn eine Frau ihnen das gesagt hätte.

Lachen und laute Stimmen der Partygäste drangen plötzlich zu ihnen, störten den Augenblick. Er schenkte ihr ein schiefes, bedauerndes Lächeln, ein Ausdruck, hinter dem keinerlei Gefühl stand, und rollte von ihr fort. Ihr Körper fühlte sich ohne seine Wärme neben sich kühl an.

»Es wird Zeit, daß wir uns wieder zu den Gästen gesellen.« Seine knappe Erklärung hing in der Luft, als er anfing, sich anzukleiden.

»Ja«, stimmte Jordanna zu, konnte aber die Verwirrung nicht abschütteln, die seine sonderbare Haltung bei ihr erzeugt hatte.

Sie verfolgte sie noch, als sie in das schwarze Kleid schlüpfte und die Träger über ihre Schultern streifte. Sie spannte den Stoff straff um ihren Körper und zog den Reißverschluß nach oben, aber der Haken am Ende trotzte ihren Fingern. Sie ging zu ihm hinüber. Er hatte bereits sein Hemd in die Hose gestopft und schloß jetzt den Reißverschluß. Sie drehte sich mit dem Rücken zu ihm.

»Machst du mir den bitte zu?« Als auf ihre Frage keine Antwort kam, blickte sich Jordanna fragend über ihre Schulter nach ihm um. Seine Hände ruhten vorne auf seinem Hemd, verharrten reglos mitten in der Arbeit, einen Knopf zu schließen. Bei ihrem Blick trat er vor und schloß den Haken, aber seine Augen waren zynisch und hart.

»Du hast damit heute abend genug Probleme, was?« Seine Bemerkung klang gequält, als seine Finger jetzt über ihr Rückgrat glitten.

Jordanna zog die Brauen zusammen, bis ihr einfiel, daß sie die Hilfe ihres Vaters benötigt hatte, als er schon draußen im Dachgarten gewesen sein mußte. Das hatte sie ganz vergessen gehabt.

Jemand rüttelte an der Tür zum Arbeitszimmer. Diesem Versuch folgte augenblicklich ein Klopfen. »Jordanna? Bist du da drin?«

Sie erkannte die Stimme ihres Bruders. »Ja, Kit.« Der Haken war zu, und Brig zog die Hand von der empfindlichen Haut auf ihrem Rücken. »Danke«, murmelte sie, aber er hatte sich bereits abgewandt. Ehe ihr Bruder noch einmal klopfen konnte, eilte Jordanna zur Tür, fuhr sich nervös mit den Händen über die Haare.

Als sie schließlich die Tür öffnete, trug Christophers Gesicht ein unsicheres Lächeln, das verwirrte Besorgnis verriet. »Ich habe dich schon überall gesucht«, fing er an und brach dann ab, als er an ihr vorbeisah.

»Verzeihung«, sagte eine tiefe Stimme, und Jordanna drehte sich um und beobachtete den großen, dunkelhaarigen Fremden hinter sich. Sein Jackett baumelte an einem Finger und wurde dann über die Schulter geworfen. Sein gebräuntes Gesicht war bar jeglichen Ausdrucks, als er ihren Blick erwiderte. »Danke, daß Sie Ruhe und Frieden mit mir geteilt haben... und den Scotch.« Er hob das Glas in seiner Hand, neigte dann ironisch den Kopf und zwängte sich an ihnen vorbei in den Flur.

»Wer war das?« fragte ihr Bruder.

Sie fuhr zusammen und begriff, daß sie nicht einmal seinen Namen kannte. Hysterisches Lachen stieg in ihr auf. Was würde ihr Bruder sagen, wenn sie ihm erzählte, daß sie gerade mit einem völlig Fremden geschlafen und sich dabei vollkommen hingegeben hatte? Und was noch absurder war: Es war keine fünf Stunden her, da hatte sie den Männern abgeschworen! Hatte sie den Verstand verloren? Wenn ja, dann hoffte Jordanna, daß dies nicht das einzige derartige Erlebnis bleiben würde. So, wie sie jetzt empfand, das mußte es sein, wovon Kit gesprochen hatte. All diese warme, wundervolle Verwirrung. Das mußte ein Gefühl sein, das sich wiederholen würde. Sie wünschte, sie könnte ihrem Bruder erzählen, wie recht er gehabt hatte, aber ihre Beziehung war nicht gut genug.

»Ein Gast«, beantwortete Jordanna schließlich seine Frage. »Wir sind uns nie vorgestellt worden.« Sie waren sich auf einer elementaren Stufe begegnet, auf der Namen überflüssig waren... bis zu diesem Augenblick.

»Dad sagte, du wärest hier.«

»Ich habe mich... entspannt«, sagte sie, für den Fall, daß ihr Äußeres einer Erklärung bedurfte.

Der Blick aus seinen dunklen Augen glitt prüfend über ihr Gesicht. »Du siehst ausgeruht aus... und erfrischt, weit weniger nervös als vorhin«, gab er zu, aber seine Blicke schienen sie zu durchbohren.

Jordanna wollte nicht so genau betrachtet werden. Es war alles noch zu neu. »Ich glaube, ich kehre jetzt lieber zu den Gästen zurück, ehe man mich für unhöflich hält«, meinte sie mit ironisch verzogenem Gesicht, aber ihr Bruder ging ihr nicht aus dem Weg.

In seinen Augen funkelte ein spöttisches Licht. »Du solltest dir lieber vorher noch die Schuhe anziehen.«

Bei seiner Bemerkung grub sie die nackten Zehen in den Teppich. Verlegene Hitze überflutete sie, als sie sich lachend abwandte. »Ich wünschte, ich müßte sie nicht tragen.«

Brig ließ sein Glas auf dem ersten Tisch stehen, an dem er vorbeikam. Zorn siedete in seinen Adern. Was als genießerischer Kuß angefangen hatte, war zu einem Hunger geworden, den der nicht kontrollieren konnte. Nicht nur, daß sein Appetit gestillt worden war. Er hatte darüber hinaus auch das befriedigende Bewußtsein, daß sie die Erfahrung genossen hatte. Noch immer konnte er ihren weichen, geschmeidigen

Körper an seinem fühlen, und die Empfindung blieb. Verdammt, sie war wirklich eine tolle Frau, nachdem die Mauer erst einmal eingerissen worden war. Er war von der unsichtbaren Barriere überrascht worden und entschlossen gewesen, sie ganz oder gar nicht zu besitzen.

Jemand stieß an seine Schulter und riß ihn aus seinen Träumen. Brig sah sich in dem überfüllten Raum um. Am anderen Ende entdeckte er Fletcher Smith. Er wandte sich in die entgegengesetzte Richtung und haßte sich augenblicklich dafür, daß er es tat. Max stand zwanzig Schritt entfernt, inmitten einer dichtgedrängten Gruppe.

Selbstverachtung wallte in Brig auf, wurde immer größer. Er hatte vorhin den Flirt zwischen seinem Cousin und Olivia Smith mit sengendem Abscheu beobachtet. Er hatte einen Mann verachtet, der einem anderen Mann Geld und Frau nehmen wollte. Aber er hatte genau dasselbe getan.

Lange, ungeduldige Schritte trugen ihn zurück zu Max. »Ich gehe«, verkündete Brig kurz angebunden.

»Jetzt schon?« Sein Cousin runzelte die Stirn.

»Sag Smith, ich melde mich bei ihm.« Brig ging zur Eingangshalle hinüber.

»Das kannst du ihm selbst sagen. Er steht gleich da drüben.«

Aber Brig reagierte nicht. Er war schon halb an der Tür. Er mochte sich selbst nicht in diesem Augenblick – genausowenig wie das, was er getan hatte, oder die Tatsache, daß er dem Ganzen so viel Spaß abgewonnen hatte.

Als Jordanna mit ihrem Bruder zu den Gästen zurückkehrte, suchte sie nach dem Fremden, konnte ihn aber nirgends entdecken. Nachdem sie fast eine Stunde lang diskret nach ihm Ausschau gehalten hatte, gestand sie sich schließlich ein, daß er gegangen sein mußte. Seine Identität war ein Geheimnis für sie, eines, das sie lösen wollte. Sie wollte ihn wiedersehen, wollte herausfinden, ob das wilde Wunder, das sie mit ihm erlebt hatte, nur eine Illusion gewesen war.

Am nächsten Tag rückte eine Putzkolonne an, um die Wohnung nach der Party aufzuräumen. Im Wohnzimmer wurde gesaugt, und Jordanna schlenderte ins Eßzimmer, in dem ihre Mutter überwachte, daß ihre persönlichen silbernen Schüsseln und Platten richtig verstaut wurden.

»Livvie«, setzte Jordanna zögernd zu ihrer Frage an. Sie wollte nur leicht interessiert klingen. »Gestern abend, bei der Party, wer war der Mann, mit dem du dich da unterhalten hast?«

Ihre Mutter erstarrte. Ihr Blick war scharf und wachsam. »Ich habe mit allen gesprochen, die da waren. Du mußt dich schon etwas genauer ausdrücken, Jordanna.«

Die knappe Antwort sollte etwas anderes verbergen. Ein schlechtes Gewissen? Ein Schock rüttelte Jordanna. Was, wenn dieser Mann einer der Liebhaber ihrer Mutter gewesen war? Die Möglichkeit allein ließ sich ihr den Magen umdrehen.

»Schon gut.« Sie wollte gar nicht mehr herausfinden, wer er war. Es war besser, wenn sie es nicht wußte. Hastig zog sie sich aus dem Zimmer zurück. Ihre Mutter starrte ihr verwirrt nach.

Als sie allein war, versuchte Jordanna sich immer wieder einzureden, daß er nicht der Typ Mann war, den ihre Mutter sich ausgesucht hätte. Aber was wußte sie schon, welche Art Mann ihre Mutter attraktiv fand? Es war nicht möglich, beharrte sie. Aber die quälende Ungewißheit blieb doch, sosehr sie sich auch bemühte, sie zu ignorieren.

7

Als Jordanna die Tür aufstieß, die von der Feuertreppe zum obersten Stock führte, trat ihr Bruder aus dem Fahrstuhl. Schweiß lief ihr übers Gesicht, und Locken feuchten Haares klebten an ihren Schläfen und ihrer Stirn. Das übrige lange Haar hatte sie im Nacken mit einer runden Zopfspange zusammengerafft. Sie trug einen tannengrünen Jogginganzug mit hellgelben Streifen und keuchte heftig.

Christopher blieb stehen. »Stimmt was nicht mit dem Fahrstuhl?« meinte er ironisch. »Oder bist du einfach so energiegeladen?«

»Ich bin den halben Weg mit dem Fahrstuhl gefahren und habe für den Rest die Treppe genommen«, erklärte sie atemlos und blieb stehen, die Hände auf die Hüften gestützt. Sie stieß die verbrauchte Luft aus den Lungen und massierte die verkrampften Muskeln in ihren Waden. »Ich war zum Jogging draußen«, stöhnte Jordanna und bemühte sich lockerzubleiben.

»Das dachte ich mir fast«, bemerkte er trocken.

»Ich muß in Form kommen, für die Berge«, erklärte sie zwischen keuchenden Atemzügen.

»Schon wieder ein Jagdausflug?« Christopher nahm den Schlüssel, den sie ihm reichte, und schloß die Wohnungstür auf.

Jordanna nickte. »Wir reisen in der zweiten Septemberwoche ab – für drei Wochen.« Sie ging vor ihm in die Wohnung, noch immer krampfhaft Luft holend.

»Wohin fahrt ihr diesmal?« Er schloß die Tür und gab den Schlüssel zurück. Jordanna schob ihn in die Jackentasche und wischte sich mit dem Ärmel den Schweiß von der Stirn.

»Idaho. Irgendwo in der Nähe des Salmon River, glaube ich. Ein Rancher namens McCord führt uns ins Schafland.« Sie ging im Wohnzimmer auf und ab, um keinen Muskelkater zu bekommen. »Dad hat alle Vorkehrungen getroffen.«

Fletcher kümmerte sich immer um die Einzelheiten, die erforderlich waren, wenn man eine Jagd plante. Normalerweise interessierte sich Jordanna mehr für die Arrangements, die er traf, und besprach sie auch mit ihm, aber diesmal war das nicht der Fall. Sie konnte sich auf nichts konzentrieren. Die Erinnerung an diese Party im Juli und den Mann, der sie geliebt hatte, schlich sich immer wieder in ihre Gedanken. Abgesehen von diesem einen ergebnislosen Versuch, am nächsten Tag ihrer Mutter eine Information zu entlocken, hatte sie ihn nie wieder erwähnt. Sie wollte ihn vergessen, aber sie konnte dem Gefühl nicht Herr werden, das er in ihr erzeugt hatte.

Zuerst hatte sie versucht, dieses Gefühl mit anderen Partnern wiederzufinden. Ihre Küsse hatten ihre Erwartungen nicht erfüllt, und Jordanna hatte sich aus ihren Umarmungen zurückgezogen, weil sie nichts weiter von ihr verlangten als Unterwerfung. Sie hatte etwas erlebt, was sie erfüllt hatte, und sie wollte es wiederfinden. Nicht einmal der Schmerz ihrer Enttäuschungen konnte sie dazu bewegen, sich mit weniger zufriedenzugeben.

»Wie lange werdet ihr Mutter diesmal allein lassen? Drei Wochen? Einen Monat?« Die Frage ihres Bruders klang ein wenig ärgerlich.

Jordannas Zorn war schon immer leicht entflammbar gewesen, aber in letzter Zeit gehörte noch weniger dazu. »Wahrscheinlich drei Wochen. Aber sie wird ja nicht allein sein«, meinte Jordanna schnippisch.

»Du bist ja da. Und wer immer es ist, mit dem sie zur Zeit schläft.« Ein scharfer Schmerz durchfuhr sie bei dem Gedanken daran, wer das sein könnte.

»Du kannst nicht widerstehen, sie bei jeder Gelegenheit niederzumachen, was?« warf er ihr vor. Sein Mund war zu einer schmalen Linie zusammengepreßt, aber seine dunklen Augen blitzten vor Wut. »Du benutzt ihre Fehler dazu, jedes Schuldgefühl zu unterdrücken, das du haben könntest, weil sie zurückbleibt, während du mit Dad an einen gottverlassenen Winkel der Erde ziehst.«

»Zufällig gehen wir diesmal nicht allein«, gab sie zurück. Ihre Lungen hatten sich wieder mit Luft gefüllt und atmeten normal, während das Blut heiß durch ihre Adern floß.

Ihre Bemerkung sorgte dafür, daß Christopher seinen Ärger vorübergehend vergaß. »Nicht? Seit wann das denn? Dad hat noch nie jemanden außer dir und einem Führer mitgenommen, wenn ihr auf die Jagd gegangen seid.«

»Diesmal nimmt Dad einen Freund mit. Er wird nicht jagen, er begleitet uns nur.«

Er musterte sie skeptisch. »Wer kommt denn mit?«

»Ein Freund von Dad. Sein Name ist Max Sanger.« Jordanna kannte den Mann nicht sehr gut. Ihr Vater nahm sie zwar mit auf seine Jagdausflüge, aber schloß sie von allen Aktivitäten aus, bei denen männliche Freunde eine Rolle spielten. Seine Abende gehörten nur ihm allein. Jordanna nahm daran nicht teil.

»Max Sanger?« Ihr Bruder schien von dieser Antwort verblüfft. »Bist du sicher?«

»Wenn du mir nicht glaubst, frag doch Dad.«

»Das werde ich auch.« Seine hübschen Züge hatten sich zum Ausdruck grimmiger Entschlossenheit verzogen. Das überraschte Jordanna. »Wo ist er? Im Arbeitszimmer?«

»Ich denke.« Eine Spur hochmütiger Gleichgültigkeit sprach aus ihrem Achselzucken. Aber als ihr Bruder zum Arbeitszimmer schlenderte, zwang die Neugier sie doch, ihm zu folgen.

Die Tür zum Arbeitszimmer stand bereits offen, als Jordanna um die Ecke des Korridors bog. Ihr Bruder war drinnen und stieß eine knappe Begrüßung aus. »Hallo, Dad.«

»Was machst du hier, Kit? Ich kann mich nicht erinnern, dich gerufen zu haben.« Als sie die Verbitterung und den Zorn in der Stimme ihres Vaters hörte, blieb Jordanna in einiger Entfernung von der Tür stehen. Sie hatte ihren Vater niemals mit solcher Verachtung zu Kit sprechen hören. Es schockierte sie.

»Ich wußte nicht, daß ich eine Aufforderung benötige«, entgegnete ihr Bruder mit harter, flacher Stimme.

»Was willst du? Wenn du deine Mutter suchst, ich habe keine Ahnung, wo sie ist. Frag Tessa.« Man hörte das Rascheln von Papier.

»Im Augenblick möchte ich mit dir sprechen«, erklärte Christopher.

»Es gibt nichts, was wir uns noch zu sagen hätten. Und ich bin mit diesen Berichten hier beschäftigt.«

Jordanna wußte, daß ihr Vater wütend war, weil Kit seine finanzielle Unterstützung abgelehnt hatte und ausgezogen war, um auf eigenen Füßen zu stehen, aber sie hatte nie bemerkt, wie verbittert seine Einstellung seinem Sohn gegenüber geworden war.

»Jordanna hat mir erzählt, ihr geht bald wieder auf die Jagd«, fuhr ihr Bruder fort.

»Seit wann interessierst du dich für einen meiner Jagdausflüge?« fuhr ihr Vater ihn an.

Unglauben, daß es tatsächlich ihr Vater war, der so sprechen konnte, obwohl es seine Stimme war, die sie hörte, trieb Johanna an die Tür. Fletcher saß hinter seinem Schreibtisch. Sein Ausdruck war von einer Verachtung erfüllt, die sie zusammenzucken ließ.

»Jordanna hat auch erwähnt, daß ihr diesmal nicht allein seid.« Ihr Bruder hatte den Kopf zu einer Seite geneigt, in einem leicht herausfordernden Winkel.

»Richtig.« Ihr Vater nahm die Brille ab und lehnte sich in dem Drehsessel zurück. Dabei bemerkte er Jordanna, die an der Tür stand. Augenblicklich veränderte sich seine Haltung zu der leichten Interesses.

»Sie sagte, Max Sanger würde mitkommen. Stimmt das?«

»Max hat seinen Trip so geplant, daß er mit unserem zusammenfällt«, gab er zu und kniff leicht die Augen zusammen. »Er geht nicht auf die Jagd. Er macht nur Urlaub in den Bergen.«

»Aber warum begleitet er euch?«

»Ich glaube, McCord, der Rancher, der uns führen wird, ist irgendwie mit Max verwandt, sein Cousin oder so. Ich nehme an, das hatte etwas mit seiner Entscheidung zu tun, uns zu begleiten«, erklärte ihr Vater ganz logisch. »Außerdem habe ich mein Interesse an einigen Aktien kundgetan, die er verkaufen will, ebenso wie an einem Projekt in Kalifornien, mit dem er zu tun hat. Ich glaube, er möchte die Möglichkeiten in allen Einzelheiten besprechen.«

»Aber du vermischst doch niemals Geschäft und Jagd miteinander«, gab Christopher zu bedenken.

»Das habe ich ihm gesagt, aber Max scheint immer noch überzeugt zu sein.« Fletcher Smith lächelte leicht amüsiert.

»Warum läßt du ihn mitkommen, wo du bislang doch jegliche Begleitung abgelehnt hast?« Es war immer noch ein kleiner Zweifel da, der ausgemerzt werden mußte, ehe ihr Bruder überzeugt wäre, daß ihr Vater keine anderen Motive hatte.

»Ich habe Einwände gegen andere Jäger gehabt«, erklärte Fletcher, »weil das bedeutet hätte, daß man sich einen Führer teilen müßte. Aber Max kommt nur mit, weil er das Abenteuer des Ausflugs sucht.«

»In diesem Fall«, Christopher machte eine kleine Pause, noch immer mißtrauisch, obwohl Jordanna nicht verstand, warum, »hättest du auch nichts dagegen, wenn ich mitkommen würde?«

Der graue Kopf fuhr überrascht auf. »Das ist dennoch eine Jagdgesellschaft, Kit, deren Ziel es ist, einen Bighorn-Bock zu schießen. Das ist kein Ausflug für Ängstliche oder Empfindliche.« Er musterte den schlanken jungen Mann vor seinem Tisch. »Du hast niemals Interesse daran gezeigt mitzukommen, Kit. Warum jetzt?«

»Ich lehne deinen Sport ab, nicht dich. Was immer du auch von mir halten magst, ich bin ein Mann. Ich werde beim Anblick von Blut nicht ohnmächtig«, beruhigte ihn Christopher mit trockenem Humor. »Ich möchte dich begleiten, Dad.«

Fletcher Smith beugte sich in seinem Sessel vor. Ein Schauder schien ihn zu durchlaufen. Er wirkte plötzlich sehr alt und müde... und verletzlich. In seinen braunen Augen stand gequälte Liebe, als er den jungen Mann betrachtete.

»Du weißt nicht, wie oft ich mir gewünscht habe, daß du das sagen würdest, mein Sohn.« Seine Stimme bebte und verriet, wie sehr ihn Kits letzte Bemerkung gerührt hatte. »Warum hast du es nie getan? Warum hast du bis jetzt gewartet?«

»Weil... ich diesen Ausflug mitmachen muß.« Kit schien seine Worte sehr sorgfältig zu wählen. »Darf ich mitkommen?«

»Ja.« Ein breites Lächeln leuchtete auf dem Gesicht ihres Vaters und ließ ihn wieder jung und unbezwingbar erscheinen. Sein funkelnder Blick fiel auf sie. »Nun, Jordanna? Glaubst du, du kannst deinen Bruder drei ganze Wochen lang ertragen?«

»Ich bezweifle es.« Aber um ihre Lippen spielte ein schwaches Lächeln. Sie konnte sehen, wie froh und stolz ihr Vater war, daß Kit mitkommen wollte. Ganz gleich, wie wütend Kit sie auch machen konnte, sie war froh und dankbar, daß er diesen Schritt unternommen hatte, um den Bruch zwischen sich und ihrem Vater zu kitten. »Aber ich denke, ich werde es überleben.«

Es dämmerte schon fast. Auf den fernen Bergen fingen sich die ersten flammendroten Strahlen des Sonnenuntergangs. Brig zerrte die Handschuhe von den Fingern und ging auf das grobe Holzhaus zu. Sein Gang zeigte keine Spuren von Lebenskraft. Die Schritte verrieten eine enorme Müdigkeit, während die Sporen an seinen Stiefeln klirrten. Ein schmutziger Hirtenhund mit verfilztem Fell trottete hinter ihm her.

Er hatte in diesen letzten Wochen mehr von sich gefordert, als er jemals von jemand anderem verlangt hätte. Der letzte Rest Heu war eingebracht worden, und er konnte nur hoffen, daß es ausreichte, um ihn durch den kommenden Winter zu bringen. Er war ins Lager hinaufgeritten, wo Jocko die Schafe grasen ließ, und hatte ihm Vorräte gebracht.

Er hob den Blick zum Himmel und dachte an die Warnung des Schäfers, daß sich die Geschöpfe der Berge auf einen frühen Winter vorbereiteten. Es war ein klarer Tag mit blauem Himmel gewesen. Wie lange konnte er das Vieh noch das saftige Gras im Tal weiden lassen, bis er es auf die Winterweiden in der Nähe des Ranchhauses treiben mußte? Er hatte gehofft, noch bis Ende September warten zu können, aber angesichts dieser Jagdgesellschaft und Jockos Warnung konnte er das nicht riskieren.

Ungeduldig klatschte Brig die Handschuhe gegen seine Oberschenkel. Die Herde würde nächste Woche herunterkommen müssen. Der gescheckte Hirtenhund wich von seiner Seite und ließ sich im Schatten eines Baumes niederfallen. Brigs lächelnder Blick ähnelte einer müden Grimasse.

»Das würde ich auch gern tun, Sam«, erzählte er dem Hund. Dessen Schwanz schlug einmal auf den Boden, als Reaktion auf seinen Namen.

Brig packte das Holzgeländer und kletterte die Stufen zum Hintereingang des Holzhauses hinauf. Er zog den Stroh-Stetson, als er durch die Tür trat, und hängte ihn an einen Holzhaken. Ein kleiner, untersetzter, kräftiger Mann in Blue jeans und kariertem Hemd stand vor dem Küchenherd und rührte in einem Topf herum. Er hatte eine breite, muskulöse Brust und schmale Hüften und schaute zu Brig hinüber, als der eintrat.

»Wie geht's Jocko?« wollte er wissen.

»Fein.« Brig ging direkt zur Spüle und drehte die Hähne auf, um sich zu waschen.

Tandy Barnes war bei ihm, seit er mit der Ranch angefangen hatte, und er war an die knappen Antworten seines Chefs gewöhnt. Er hatte schon oft Witze darüber gemacht, daß Brig keine fünf Worte verschwendete, wenn eines auch reichte. Brig rieb sich kaltes Wasser auf Gesicht und Nacken, in dem Versuch, seine müden Sinne zu beleben, und schäumte seine Hände dann mit Seife ein.

»Er fängt an, die Schafe runterzubringen«, erzählte Brig. »Nächste Woche müssen wir uns um die Kühe kümmern.« Er spülte die Hände ab, griff nach dem Handtuch und wandte sich um. »Wo steckt Frank?«

»Repariert diesen Packsattel. Wirf mir mal das Handtuch rüber.«

Brig rollte das Handtuch zusammen und warf es ihm zu. Tandy benutzte es, um ein Blech mit weichen Brötchen aus dem Ofen zu ziehen.

»Was gibt es zum Abendessen?« erkundigte sich Brig.

»Stew und weiche Brötchen.«

»Schon wieder?« fuhr Brig ihn an.

»Schimpf nicht mich wegen des Essens«, warnte Tandy. »Wenn dir was nicht paßt, kannst du es jederzeit ändern. Ich hab' hier schließlich nicht als Koch angeheuert.«

»Wenn du das hättest, dann hätte ich dich auch schon vor zehn Jahren gefeuert.« Brig stieß empört die Luft aus.

»Klingle lieber und sieh zu, daß Frank reinkommt, damit wir essen können, solange es noch heiß ist.« Der kräftige Cowboy fing an, Löffel voll Stew auf die Teller zu häufen, die er auf dem Herd gestapelt hatte.

Brig ging zur Hintertür, hielt sie auf und zog an dem Seil der Essensglocke, die an der Seite des Hauses angebracht war. Ihr Ton hallte durch den Hof. Er wartete nicht, bis er jemanden aus der Scheune kommen sah, sondern trat ins Haus zurück und schloß die Tür.

Tandy reichte ihm einen Teller mit einem Haufen Stew aus Wildbret und drei Brötchen, die gefährlich nahe am Rand plaziert waren. Brig trug den Teller zum Tisch und zog mit dem Fuß einen alten Holzstuhl hervor. Auf dem Tisch lag ein kleiner Stapel Post. Brig schob einen Löffel Stew in den Mund und kaute, während er die Umschläge durchsah. Einer trug einen Poststempel aus New York. Er legte das Besteck hin und öffnete ihn. Tandy trug zwei Teller zum Tisch. Er zog sich selbst auch einen Stuhl hervor, ehe er den zweiten Teller vor einen dritten Stuhl stellte.

»Von wem ist der Brief?« Tandy verrenkte sich den Hals, um einen Blick auf den Inhalt zu werfen. Sein dunkles Haar wurde bereits dünn und schimmerte hier und da grau.

Brig ignorierte die Frage und las weiter. Er preßte die Lippen fester und fester zusammen. Als er mit dem Brief fertig war, knüllte er das Papier zusammen und stieß einen zornigen Seufzer aus.

»Was steht denn da?« Tandy runzelte die Stirn.

»Er ist von Smith.« Aus seiner Stimme sprach unterdrückter, aber wilder Zorn. »Es kommt noch ein nichtjagendes Mitglied mit. Sein Sohn. Soll das jetzt eine Expedition werden oder eine Jagdparty?«

Wenn er sich in den vergangenen zwei Monaten nicht mit der Rancharbeit befaßt hatte, dann hatte er das Hochland erforscht, hatte die Bighorn-Herden ausfindig gemacht und ihre Reichweite definiert. Fletcher Smith hatte recht gehabt. Wenn Brig Geld von ihm nahm, dann würde er auch alles tun, damit Smith bekam, was sein Geld wert war. Aber diese Jagd nach einer Trophäe schien sich zu etwas anderem auszuwachsen – zuerst wurde Max eingeladen mitzukommen, und jetzt auch noch Smiths Sohn.

»Ich würde ihm am liebsten sagen, er soll sich jemand anderen suchen«, knurrte Brig.

Es gab noch immer so viel anderes zu tun. Zusätzliche Vorräte mußten aus der Stadt geholt werden. Die gesamte Ausrüstung, Packsattel, Zügel, Reitsattel mußten in erstklassiger Verfassung sein, ebenso wie die Reit- und Packpferde. Die gesamte Arbeit auf der Ranch mußte so weit vorbereitet sein, daß ein Mann allein sie in den drei Wochen bewältigen konnte, die Brig nicht dasein würde. Tandy würde ihn begleiten, um auf die Tiere aufzupassen. Jocko wäre der Koch. Frank Savidge würde die Verantwortung für die Ranch übernehmen.

»Aber du hast doch gesagt, du brauchst das Geld. Also wie willst du ihm da sagen, er soll sich jemand anderen suchen?« wollte Tandy wissen.

»Ich weiß selbst, was ich gesagt habe.« Brig aß noch ein Stück Stew, aber es schmeckte wie Kreide. Er ließ den Löffel auf den Teller fallen. »Wenn morgen noch was davon übrig ist, schmeiß es weg.«

Die Hintertür wurde geöffnet, und Frank Savidge trat gerade rechtzeitig in die Küche, um Brigs Worte aufzufangen. »Was ist denn los?«

Frank war ein Bulle von Kerl, mit breitem Kinn und sandigbraunem Haar. Er war ein biertrinkender, fäusteschwingender guter Kerl, der im Umkreis von einhundert Meilen aus allen Stellen geflogen war. Sein Problem war, daß er keinen Mann respektierte, den er schlagen konnte, ganz gleich, ob es sich dabei um seinen Boß oder um einen Kumpel handelte. Seit fünf Jahren arbeitete er jetzt bei Brig.

Tandy warf Brig einen bösen Blick zu, ehe er Franks Frage beantwortete. »Ach, der verhält sich einfach bloß wie ein Wolf, der mit dem Schwanz in einer Falle sitzt. Ich werd' froh sein, wenn's ihm wieder bessergeht.«

»Das trifft wahrscheinlich mit einer Verbesserung der Mahlzeiten zusammen«, gab Brig zurück.

»Stew?!!« Frank starrte auf den Teller auf dem Tisch.

»Jetzt reicht's! Das war das letzte Mal, daß ich gekocht habe!« erklärte Tandy.

Niemand machte irgendwelche Einwände. Die Unterhaltung endete damit, daß die drei Männer schweigend zu Abend aßen. Das zusammengeknüllte Papier neben Brigs Teller war eine ironische Erinnerung an Ereignisse, die er vergessen wollte. Sein Zorn wurde nicht durch die zunehmende Größe der Jagdgesellschaft erweckt oder durch die Veränderungen, die dadurch bei der Unterbringung entstanden. Sein Wunsch, die Jagdgesellschaft ausfallen zu lassen, hatte nichts damit zu tun. Es war die Aussicht darauf, Fletcher Smith gegenübertreten zu müssen, das Geld des Mannes annehmen zu müssen, nachdem er mit seiner Mätresse geschlafen hatte. Jordanna. Verdammt, er wollte ihren Namen vergessen. Er wollte sie vergessen.

Brig warf die Tür des Lieferwagens zu und starrte auf die Vorräte, die er aufgeladen hatte. Ungeachtet der Tatsache, daß er schon wieder auf dem Rückweg zur Ranch sein sollte, ging er über den löchrigen Weg, der einst ein Gehsteig gewesen war, und klopfte an die Tür. Das kleine Haus war alt und hätte dringend einen neuen Anstrich benötigt. Der Besitzer hatte Trudie erklärt, wenn er es streichen ließe, müßte er die Miete erhöhen.

Die Tür wurde geöffnet, und sein Blick wechselte von der abblätternden Farbe an den Hauswänden zu der blonden Frau hinter der Tür des Windfangs. »Brig?« Ihre erschreckte Stimme verriet ihre Überraschung. Sie lief sofort rot an und fuhr sich mit der Hand über das Haar und die ungeschminkten Lippen.

»Kann ich hereinkommen?« Er fühlte sich hart und kalt, aber der Schmerz in seinem Innern trieb ihn vorwärts.

»Natürlich.« Sie entriegelte die Tür, um ihn einzulassen, und hielt den Hausmantel vorne zu. »Ich muß ja schrecklich aussehen. Nimm dir ein Bier aus dem Kühlschrank, während ich mich ein bißchen zurechtmache.«

Seine Hand packte ihr Handgelenk. »Mach dir nicht die Mühe.« Brig zog sie in seine Arme und drückte seine Lippen auf die ihren. Er verabscheute das trockene Gefühl, da er sich doch eigentlich nach der Berührung eines sanften, weichen Mundes sehnte.

Er hob sie hoch und trug sie durch das kleine Wohnzimmer und den schmalen Gang entlang. Die Schlafzimmertür war geschlossen, und er stieß sie mit dem Stiefel auf. Das Bett war nicht gemacht, und Kleider lagen am Boden verstreut. Als er sie absetzte, hastete Trudie los, um sie aufzuheben.

»Es tut mir leid«, entschuldigte sie sich für das Durcheinander. »Ich habe niemanden erwartet.«

»Vergiß es.« Er hatte sein Hemd bereits aufgeknöpft und zog es aus der Hose. Ihre unterwürfige Haltung schmerzte, nach dem Stolz und dem Hauch von Arroganz, den er kennengelernt hatte. »Und zieh den Mantel aus.«

Sein Kopf berührte kurz das Kissen. Er fühlte sich schlechter als zuvor. Das unbefriedigte Begehren nagte an seinen Eingeweiden, trotz der physischen Erfüllung seiner Lust. Sie fraß ihn auf. Mit Schwung stellte Brig die langen Beine auf den Boden und griff nach seiner Hose.

»Wer ist es?« Trudie zog das Laken über ihre Blöße, und ihre Stimme zitterte ein wenig verletzt.

»Wer ist wer?« Brig spielte kalt den Unwissenden.

»Du hast so getan, als wäre ich eine andere Frau«, beschuldigte sie ihn leise, ohne Zorn.

»Ich weiß gar nicht, wovon du sprichst.« Er schlüpfte in sein Hemd und stopfte es in seine Jeans.

»Brig, das ist nicht das erste Mal gewesen«, schalt sie ihn, weil er sie behandelte wie ein unwissendes Kind. »Wenn wir uns geliebt haben, bist du sonst im Bett liegen geblieben, und wir haben uns unterhalten. In letzter Zeit... Nun ja, du bist aus dem Bett, fast noch bevor es vorbei ist.«

»Ich muß zur Ranch zurück.«

»Klar doch.« Sie glaubte ihm nicht.

»Verdammt! Wenn es dir nicht gefällt...« Brig wirbelte herum, seine Wut verrauchte, als er den verzeihenden Ausdruck auf ihrem Gesicht sah. Er schloß den Mund, ein Muskel in seinem Kiefer zuckte, als er die Enttäuschung unterdrückte, die ihn nach jedem schlagen ließ, der in seine Nähe kam.

»Das habe ich nie gesagt, Brig«, murmelte Trudie. »Aber wir kennen uns schon lange. Ich dachte immer, wir müßten einander nicht belügen. Es gibt eine andere. Du weißt, daß es mir nichts ausmacht.«

»Du hast eine lebhafte Phantasie.« Sein Mund lächelte, aber seine Augen blieben kalt. Er würde sich dieses dunkelhaarige Biest schon austreiben, und wenn es das letzte wäre, was er täte. »Ich muß jetzt gehen«, erklärte Brig und griff nach seinem Hut auf der Kommode. »Mach's gut, Trudie.« Er beugte sich übers Bett und küßte sie.

Auf halbem Weg zur Tür entdeckte er plötzlich, daß seine Hand das Gefühl ihrer Lippen vom Mund wischte. Er hatte nichts dadurch erreicht, daß er bei ihr gewesen war. Er riß die Tür auf und ließ sie laut hinter sich zufallen, nachdem er aus dem Haus getreten war.

Seine langen, schnellen Schritte wurden langsamer, als er Jake Phelps den Weg heraufkommen sah. Jake besaß eine Ranch nahe der Grenze nach Montana. Er war fünfzig, noch nie verheiratet gewesen, ein Schicksal, das offensichtlich auch Brig vorbestimmt war. Er war ein kleiner Mann mit pockennarbigem Gesicht und Bierbauch. Der schneeweiße Hut auf seinem Kopf verbarg seine Kahlheit. Brigs Blick glitt über den Cowboyanzug und die Kordel am Hals. Seine vollen Wangen waren so gründlich rasiert worden, daß sie fast wund waren.

Brig konnte das würzige Rasierwasser auf drei Schritt Entfernung riechen. Jakes Gesicht rötete sich unter Brigs Blick aus zusammengekniffenen Augen.

»Was bringt Sie denn hierher, McCord?« polterte er.

Der Rancher war herausgeputzt, um jemandem den Hof zu machen. Das einzige, was noch fehlte, waren ein Blumenstrauß in der Hand und eine Schachtel Pralinen unter dem Arm. Brig warf einen Blick zurück zum Haus und lächelte zynisch.

»Dasselbe, was auch Sie herführt, Jake«, antwortete er.

Der Mann fing an sich aufzublasen wie ein Ochsenfrosch. »Ich mag diese Art von Anspielungen überhaupt nicht...«

»Halten Sie die Luft an, Jake«, unterbrach Brig ihn. »Ich komme nicht wieder.«

»Wie meinen Sie das?« Der Rancher runzelte unsicher die Stirn.

»Trudie ist ein nettes Mädel. Sie verdient jemanden, der sie anständig behandelt.« Und der sie nicht benutzt, um sich abzulenken, dachte er.

Brig ließ den kleinen Mann mit offenem Mund auf dem Weg stehen. Er sah sich nicht noch einmal um, als er hinter das Steuer seines Lieferwagens kletterte und vom Haus zurück auf die Straße setzte.

Das Bild einer Frau mit kastanienrotem Haar und grüngefleckten Augen tanzte in seinem Kopf. Die Erinnerung an sie wurde zur Besessenheit. Er träumte des Nachts von ihr und wachte schmerzerfüllt auf. Er ritt über eine Bergwiese und fing den quälenden Duft von Wildblumen auf. Wenn er einen Sonnenuntergang sah, erinnerte ihn das an die Art, wie ihr braunes Haar im Licht Feuer fing.

»Jordanna.« Brig sprach den Namen laut aus und wollte sich doch die Zunge ausreißen. Er fluchte wild über die Erinnerung, die seinen Seelenfrieden störte. Er war ohne einen Funken des Bedauerns von Trudie fortgegangen. Warum konnte er nicht auch die Erinnerung an jenen Abend von vor zwei Monaten hinter sich lassen?

Aber sie lebte mit ihm. Er konnte ihre Stimme hören, konnte die zarte, alabasterfarbene Haut fühlen. Er konnte ihren Mund schmecken und die wilde Süße ihrer Haut riechen. Aber vor allem konnte er die geschmeidigen, stolzen Linien ihres Körpers vor sich sehen, wie er auf dem Bärenfell lag.

Brig trat aufs Gaspedal, und der Lieferwagen schoß vorwärts, aber er konnte den Visionen vor seinem geistigen Auge nicht davonfahren.

TEIL ZWEI

Die Jagd

8

»Bis hierher fahren wir«, verkündete Tandy Barnes, als er bremste und die Zündung ausschaltete. »Wir sind da.«

Jordanna bewegte sich steif. Sie war verkrampft und erschlagen von der holpernden Fahrt über die Sandpiste. Sie schaute aus dem Fenster des hochrädrigen Vehikels mit Vierrad-Antrieb, aber sie konnte kein Zeichen eines Gebäudes ausmachen. Der gestrige Tag war größtenteils mit dem Flug vergangen; sie waren auf allen möglichen Flughäfen zwischengelandet, umgestiegen und schließlich in Idaho angekommen. Der kleine, kräftige Fahrer hatte sie am Flughafen abgeholt und zu einem Hotel gebracht, wo sie die Nacht verbracht hatten. Er hatte erklärt, es sei angebracht, die Fahrt zur Ranch nur bei Tageslicht zu machen. Nachdem sie diese Straße hinter sich gebracht hatten, konnte sich Jordanna denken, warum. Im Dunkeln hätte das Selbstmord bedeutet.

»Wo sind wir hier? Ich sehe keine Ranch.« Sobald sie das gesagt hatte, begriff Jordanna, daß sie einen Fehler gemacht hatte. Der Fahrer warf ihr einen Blick zu, der zeigte, daß er erwartet hatte, daß eine Frau sich immer beklagen würde.

»Sie liegt auf der anderen Seite des Flusses. Den Rest des Weges müssen wir zu Fuß zurücklegen. Es gibt nur eine schmale Lastbrücke hinüber.« Er erklärte das mit der Geduld eines Mannes, der weiß, daß eine Frau solch primitive Bedingungen mißbilligen würde. »Wie ich Ihnen schon gesagt habe, sind wir hier ziemlich isoliert. Wir haben eine Ranch zum Arbeiten, erwarten Sie also bitte keine Luxusunterkunft.«

»Ich glaube, das erwähnten Sie bereits, Mr. Barnes.« Jordanna lächelte verkniffen, zornig über seine gönnerhafte Art.

Seit sie mit ihrem Vater, ihrem Bruder und Max Sanger aus dem Flugzeug gestiegen war und dieser kurzbeinige, vierschrötige Cowboy vorgetreten war, um sie zu begrüßen, hatte sie alle möglichen Warnungen über sich ergehen lassen müssen, wie unbequem alles sein würde. Obwohl Tandy es nicht ein einziges Mal deutlich aussprach, war seine

Meinung doch offensichtlich – eine Frau hatte bei einer Jagdgesellschaft nichts zu suchen.

Zugegeben, sie hatte wahrscheinlich nicht den besten Eindruck gemacht. Sie hatte ein ockerfarbenes Reisekostüm getragen, das irgendwie aussah, als wäre es einer Modezeitschrift entsprungen – was es auch war! –, aber es waren die bequemsten Sachen, die sie für eine Reise besaß. Er hatte nur einen einzigen Blick auf die schmalen Absätze ihrer Schuhe geworfen, die juwelenbesetzte Brosche an ihrem Halstuch, die Ohrringe, die von ihren Ohren herabbaumelten, und dazu das Kostüm, um sie als dummes Weib abzustempeln. Jordanna war nicht in der Lage gewesen, seine Meinung zu ändern. Sie hatte das Gefühl, er hätte sie günstiger eingeschätzt, wenn sie in Blue jeans und einem weiten Sweater und ohne Make-up erschienen wäre.

Sie öffnete die Tür und sprang leichtfüßig hinaus. Heute hatte sie eine lange Hose angezogen, einen dicken Pullover über der Bluse und zweckmäßige, flache Schuhe, aber Tandy Barnes warf ihr immer noch mißbilligende Blicke von der Seite zu. Jordanna war an Skepsis gewöhnt. Es würde ihr schon gelingen, ihn zu überzeugen. Ihr Vater hatte sie oft damit geneckt, daß sie niemals Probleme haben würde, wenn sie dürr und häßlich wäre.

Aber Männer, vor allem diese Typen, die immer draußen waren, erwarteten von einer schönen jungen Frau nicht, daß sie Gefallen an ihrer Art zu leben finden konnte. Von Frauen wie ihr erwartete man, daß sie sich für Mode und Schmuck und Candlelight-Dinner interessierten und nicht für Lagerfeuer, Insekten und dicke Unterwäsche. Immer, wenn sie aussah, als würde ihr das Ganze Spaß machen, lachten sie und erklärten, daß sie »ein guter Kumpel« wäre. Manchmal war es unmöglich, diesen Männern zu zeigen, wer oder wie sie war, und Jordanna hatte gelernt aufzuhören, gegen ihre Vorurteile anzurennen, und sie zu ignorieren, damit sie ihren Spaß haben konnte.

Das Geräusch von fließendem Wasser zog ihren Blick auf den Fluß, der hinter den Pinien dahinrauschte. Ein Pfad aus Steinen und Sand wand sich zwischen den Bäumen hindurch, auf das schimmernde Wasser zu, das zwischen den Stämmen sichtbar war. Es war die Middle Fork des Salmon River. Seine Stromschnellen, die sich mit tiefen Teichen abwechselten, hatten eine Schlucht in das felsige Terrain gegraben.

Auf der anderen Seite des Flußtales ragten Berge empor. Die Umrisse von Nadelbäumen zeigten sich auf den Kuppen. Aber Jordanna konnte kein Zeichen der Ranchgebäude ausmachen, von denen Tandy Barnes behauptet hatte, sie befänden sich auf der anderen Seite. Zerklüftete Bergkuppen ragten gen Himmel auf, wild und schneebedeckt.

»Ein schönes Land, was?« Christopher stand neben ihr, die Hände auf den Hüften, den dunklen Kopf zurückgeneigt, um die Gipfel der Berge sehen zu können.

»Wunderschön«, stimmte sie zu und drehte sich um, um seinem Blick nach Osten zu folgen.

Kahle Granitberge durchbohrten den Himmel mit einer Vielzahl von felsigen Türmen und Simsen. Die einschüchternden Gipfel ragten majestätisch und ehrfurchterregend über ihnen auf. Ein Fischadler schwebte über den Bergen, folgte den Windungen des Flusses.

»Das sind die Bighorn Crags.« Jordanna hatte sich anhand der Karte orientiert und die Bergkette identifiziert.

»Gehen wir dorthin?« Er musterte das wilde Gebiet mit leicht ängstlichem Ausdruck.

»Nein. Wir jagen westlich vom Fluß, soviel ich weiß«, antwortete sie. »In der Idaho Primitive Area, wo keine Motorfahrzeuge zugelassen sind, außer, sie gehören den privaten Ranchern aus diesem Gebiet.«

»Ich kann mir nicht vorstellen, hier draußen zu leben.« Ihr Bruder schüttelte bei der Vorstellung den Kopf. »Es ist so einsam.«

Einsam? Jordanna sah sich erneut um. Komisch, sie hätte dieses Wort nicht gewählt, um die Gegend zu beschreiben. Es war abgelegen, ja. Nur wenige Leute würden hier auf einen »Sprung zum Kaffee« vorbeikommen. Aber sie hatte es erlebt, daß sie sich am einsamsten gefühlt hatte, wenn sie von Menschen umringt war. Einsamkeit war ein Zustand des Geistes, nicht des Ortes.

»Hier können wohl nur ganz bestimmte Leute leben und dabei nicht vollkommen verrückt werden.« Er lächelte scheu und wandte sich ab.

»Da könntest du recht haben.«

»Ich will dir was sagen«, meinte Christopher. »Verglichen mit diesen Bergen«, und er deutete auf die Bighorn Crags, »sehen die anderen direkt zahm aus.«

»Laß dich nicht täuschen, Kit«, warnte Jordanna ihn. »Sie sind wild. Ein Tag in dem Gebiet, und du wirst Muskeln entdecken, von deren Existenz du keine Ahnung hattest.«

»Bist du schon mal hiergewesen?« Er sah sie überrascht an, weil sie das wußte.

»Hier nicht. Aber Dad und ich haben in den kanadischen Rockies nach Stone Sheep und in Alaska nach Dall gejagt. Das Land verlangt dir alles an Kraft ab, was du hast, und zwingt dich, noch mehr aufzubringen. Es ist erstaunlich: Manchmal, wenn du glaubst, du kannst keinen Schritt mehr machen, schleppst du dich doch noch eine Meile oder mehr weiter. Es heißt, wenn man all die Berge in Idaho flach legen würde, dann hätte man einen Staat, der größer wäre als Texas.« Sie grinste.

»Ich kann's nicht fassen.« Ihr Bruder lachte.

»Genug Sightseeing«, rief ihr Vater. »Kommt und helft uns.«

Ihre Ausrüstung wurde von der Lieferfläche des Fahrzeugs geladen. Fletcher und Tandy Barnes verrichteten die ganze Arbeit, während Max Sanger danebenstand und ihnen zusah. Jordanna warf einen Blick auf den Mann, überrascht, daß er von seiner Gesellschaft sprach. Seit sie New York verlassen hatten, hatte er nichts anderes getan.

»Glaubst du, Max erwartet von uns, daß wir seine Sachen tragen?« flüsterte sie ihrem Bruder zu. Seine dunklen Augen verengten sich, als er den Mann betrachtete. Doch sofort schaute er zu ihrem Vater hinüber. »Ich wünschte, Dad würde diese Aktien, oder was immer es ist, was Max ihm andrehen will, endlich kaufen. Vielleicht würde er seine Meinung, was diesen Trip angeht, dann noch ändern.«

»Das wünsche ich mir auch schon die ganze Zeit«, stimmte Christopher mit sonderbar nüchternem Ausdruck zu.

»Hier.« Ihr Vater hielt ihr ihre Gewehrhülle hin. Die wunderbare Handarbeit aus Leder zeigte Spuren häufigen Gebrauchs. Sie hatte das Gewehr auf so manchem Jagdausflug geschützt. Jordanna nahm sie entgegen und warf sie sich über den Rücken. Ihre persönlichen Satteltaschen hingen über ihrer Schulter, zusammen mit den Taschen, in denen sich das Fernglas und das Zielfernrohr befanden. Die Reisetaschen wurden ebenfalls aus dem Wagen gehievt und an ihre Besitzer verteilt. Als Jordanna nach ihrer griff, packte Tandy sie zuerst.

»Ich trage sie für Sie«, bot er höflich an.

Ein kleiner Koffer, der Kleider enthielt, die sie nicht mit in die Berge nehmen würde, war bereits in ihrer Hand. Offensichtlich hatte er das Gefühl, man könnte nicht von ihr erwarten, noch mehr zu tragen.

»Ich kann meine Sachen selbst tragen, Mr. Barnes. Danke.« Ihr Lächeln war entschlossen, als sie die Hand ausstreckte und ihm die Tasche abnahm.

Max hatte sich nicht gedrängt, seine Sachen zu holen, aber als er jetzt hörte, wie Jordanna die Hilfe des Cowboys ablehnte, trat er vor, um seine Taschen aufzunehmen. Jordanna bemerkte es und verzog die Lippen zu einem amüsierten Lächeln.

Tandy Barnes betrachtete sie auch weiterhin zögernd, als erwarte er, daß sie jede Minute unter ihrer Last zusammenbrechen würde. Ihr Vater blickte von seinem Gepäck auf und bemerkte das Zögern des Cowboys. Sein Blick wanderte weiter zu Jordanna und wieder zurück zu dem Mann.

»Keine Angst, Tandy«, sagte er, er nannte den Mann, der als Führer der Packtiere mitkommen würde, bereits beim Vornamen. »Sie ist zäher, als sie aussieht.«

»Vielleicht.« Als er sich am Kopf kratzte, rutschte sein Hut nach vorn und enthüllte eine kahle Stelle in seinem dunklen Haar. Tandy Barnes hatte Christopher gegenüber zugegeben, sechsundvierzig zu sein, aber Jordanna vermutete, daß er irgendwo sechs Jahre ausgelassen hatte. Obwohl sein massiger Körper so durchtrainiert war, als wäre er nur halb so alt. Er schob den Hut wieder zurück und zog die Krempe tief in die Stirn. Nach einem Blick in den Wagen verkündete er dann: »Sieht so aus, als wär' das dann alles.« Nur zwei Dinge blieben noch zu tragen, und er nahm sie hoch. »Sie reisen wirklich mit leichtem Gepäck.«

Es war ein Kompliment, weil sie erfahren genug war, um wirklich nur das Wichtigste für die Berge einzupacken. Jordanna erwiderte den Blick ihres Vaters. Der Prozeß des Sichmessens war immer derselbe zwischen Jäger und Ausstatter.

Tandy Barnes ging voraus, den Pfad zum Fluß entlang, und sie folgten ihm im Gänsemarsch, mit Fletcher Smith als letztem, hinter Max. Die Brücke über den Fluß war solide, obwohl ihr schmales Äußeres sie täuschend zerbrechlich aussehen ließ. Stromaufwärts plätscherte das Wasser über große Felsbrocken und spitze Steine. Die steilen Granitwände der Schlucht warfen das Tosen des schäumenden Wassers zurück. Unterhalb der Brücke wurde der Fluß langsamer, durchlief wirbelnde Strudel, ehe er schließlich stromabwärts, wo die Ufer weiter auseinanderlagen, in einen tiefen, ruhigen See eintauchte. Eine weiße Sandbank ragte hier ein Stück ins Wasser hinein und bildete einen kurzen, breiten Strand.

»Es wäre schrecklich, von dieser Brücke zu fallen«, bemerkte Max hinter Jordanna. Sie warf einen Blick über die Schulter. Er war stehengeblieben und starrte auf das Wasser unter ihnen. Sie wußte, welch hypnotische Wirkung diese Strudel haben konnten, kannte auch die unheimliche Empfindung, die sie erzeugten – als ob sie einen Menschen hinabziehen wollten. »Sind Sie sicher, daß sie uns alle gleichzeitig trägt?«

»Ich bin sicher.« Ihr Vater stieß den Mann mit seiner Reisetasche an die Schulter.

Christopher war stehengeblieben, als er hörte, daß sie sich unterhielten. »Ist da hinten alles in Ordnung?« rief er.

»Bestens. Wir kommen«, antwortete Fletcher, als Max vorsichtig weiterging.

Tandy wartete auf der anderen Seite, bis sie alle über der Brücke waren. Jordanna blieb neben ihm stehen, um den Fluß abwärts zu schauen. »Die Middle Fork fällt unter den Schutz des *Wild and Scenic River Act*, nicht wahr?« Auf sein Nicken hin fragte sie: »Der Salmon River liegt nördlich von hier?«

»Die Strömung fließt nach Norden und nach Osten.«

»Warum heißt er der ›River of No Return‹, der ›Fluß ohne Wiederkehr‹?« Ein geistesabwesendes Stirnrunzeln lag auf dem Gesicht ihres Bruders.

»Weil er so wild und rauh war, gab es nur eine Richtung, in der man ihn passieren konnte – stromab. Natürlich haben sie heute Motorboote und Schnellboote, mit denen man auch zurückfahren kann«, erklärte er.

Fletcher Smith gesellte sich zu ihrem Halbkreis. »Lewis und Clark haben versucht, ihn zu befahren, und sind umgekehrt. Sie nannten ihn den Lewis River. Die Indianer nannten ihn den Big Fish Water, das Wasser der Großen Fische, wegen der Lachse, die darin schwammen, um zu laichen.«

»Wir fangen hier Lachse, während der Laichzeit. Es gibt eine Fischleiter, stromaufwärts, bei den Dagger Falls«, erzählte Tandy ihnen. »Es gibt außerdem noch Stahlkopf, Flußforellen, Regenbogenforellen und

Dolly-Varden-Forellen im Fluß. Frank hat erst neulich einen ganzen Haufen Chinook-Lachse gefangen. Wenn wir Glück haben, kocht Jocko heute abend.«

»Die Middle Fork gehört zu den Hauptlaichplätzen der Lachse, nicht wahr?« fragte ihr Vater.

»Tja. Wenn Sie später mal Ihr Glück beim Angeln versuchen wollen, dann ist das hier 'n gutes Plätzchen.« Tandy zeigte auf die Sandbank.

»Könnte sein.«

»Wollen wir mal das Zeug zum Haus bringen, damit Sie sich 'n bißchen einrichten können?« Der Cowboy nahm den Koffer wieder auf, den er trug. Sein Blick fiel kurz auf Jordanna, ehe er wieder losmarschierte.

Auf dieser Seite des Flusses war der Weg breiter. Er wand sich um einen soliden Granitblock, der sich zwanzig Fuß hoch über ihnen erhob. Den ersten Blick auf die Ranch erhielten sie, als sie um den Felsen herumgingen. Eine große Wiese erstreckte sich vor ihnen, dicht mit braunem Gras bewachsen. Espen schimmerten golden in der Herbstkälte. Die weiße Rinde bildete einen starken Kontrast zu dem dunkleren Grün der Nadelbäume an den fernen Berghängen.

Auf der Weide graste eine Herde Hereford-Kühe. Weiter weg entdeckte Jordanna eine Herde Schafe, hörte ihr Blöken, das vom Schlurfen und Stampfen ihrer Füße untermalt wurde. Die Luft war frisch und klar, duftete leicht nach Tannen und Heu. Auf der anderen Seite der Weide verschmolzen die zerklüfteten Berge mit der ländlichen Szene.

Jordanna wandte den Blick von der Aussicht und entdeckte die Ranchgebäude auf dieser Seite der Weide. Ein Holzschuppen ragte hoch auf, umgeben von einem Korral, in dem über ein Dutzend Pferde gehalten wurden. Hohe Heustapel waren mit denselben Holzpfählen eingezäunt wie der Korral, Winterfutter für das Vieh, wenn der Schnee zu tief war. In einem kleineren Blockhaus erkannte Jordanna ein Räucherhaus.

Das Ranchhaus kauerte sich in die Nähe der Granitfelsen, auf deren anderer Seite sich die Schlucht mit dem Fluß befand. Es bestand ebenfalls aus Holz, ein kompaktes Haus mit Erdgeschoß und erstem Stock. Die Vorderveranda war aus grobbehauenen Balken gezimmert, in verschiedenen Größen für Geländer, Pfosten und Bohlen.

Tandys Stiefel polterten auf den Treppenstufen, als er zur Haustür ging. Er hielt sie für die anderen auf. Jordanna betrat einen kleinen Wohnraum, der von einem schwarzen Holzofen beherrscht wurde. Eine Treppe führte zum ersten Stock hinauf.

Es gab ein Sofa und ein paar abgenutzt aussehende Lehnsessel. An einer Wand stand ein Schreibtisch, der mit Papieren bedeckt war, und ein einfacher Stuhl stand davor. Die Wände selbst waren kahl, ohne Bilder. Der einzige Schmuck war der braune Pelz eines Schwarzbären, der an der Wand hing. Es gab ein Bücherregal und einen Kartentisch und Stühle. Auf dem Tisch lag ein abgegriffenes Kartenspiel, ausgebreitet in einer Patience, die nicht aufgegangen war und die der Spieler liegen gelassen hatte.

»Stellen Sie Ihre Sachen einfach da ab.« Tandy trat als letzter hinter Fletcher ins Haus.

»Wir können sie ebensogut in unsere Zimmer bringen«, bemerkte ihr Vater.

»Äh, nun ja...« Er zögerte und schaute zu Jordanna hinüber. »Ich weiß nicht genau, wie Brig das arrangieren wollte. Sie warten wohl besser, bis er kommt.«

»Wo steckt McCord?« Ihr Vater sah sich um.

»Ich dachte, Brig wäre hier«, fügte Max hinzu.

»Er wird gleich kommen«, versprach Tandy. »Auf dem Herd steht immer Kaffee. Möchte jemand eine Tasse?« Christopher war der einzige, der ablehnte. Tandy ging zu einer Tür, die halb hinter der Treppe verborgen war, und verschwand.

Als sie ihre Sachen dann ordentlich in der Nähe der Haustür aufgestapelt hatten, kehrte er auch schon mit drei verschiedenen Bechern mit dampfendheißem Kaffee zurück. Ein anderer Mann folgte ihm. Der zweite Mann war ebenso groß wie Tandy, aber da er schlanker war, wirkte er schmächtiger. Er trug keinen Hut. Sein dunkles Haar wurde langsam grau. Obwohl seine braune Haut seinem schmalen Gesicht ein fremdländisches Aussehen verlieh, verrieten seine schwarzen Augen Sanftheit. In einer Hand hielt er einen Becher Kaffee, in der anderen einen Teller mit Krapfen.

»Das ist Jocko Morales«, stellte Tandy den Mann vor. »Er ist der beste Koch hier, wenn man ihn von seinen Schafen loseisen kann.«

Er war Schafhirt. Irgendwie hatte Jordanna das Gefühl, daß das den sanften Zug erklärte, den sie in seinem Gesicht bemerkt hatte. *»Buenos* *dias.«* Die spanische Begrüßung galt ihnen allen. »Willkommen.« Er sprach Englisch mit nur ganz leichtem Akzent.

Während Tandy die Kaffeebecher an die anderen verteilte, ging der Hirt zu Jordanna hinüber, um ihr den Becher zu geben, den er trug, und um ihr einen Krapfen anzubieten. Sie konnte sehen, daß er kein junger Mann war, aber die Jahre lasteten nicht schwer auf seinen Schultern.

»Danke, Señor Morales.« Sie nahm einen der Krapfen.

»Bitte, ich heiße Jocko«, verbesserte er sie freundlich.

»Danke, Jocko.« Jordanna lächelte. Es war leicht zu lächeln, wenn man in so sanfte, dunkle Augen blickte. Es war auch leicht, ihm Fragen zu stellen, ohne das Gefühl zu haben, neugierig zu sein. »Sind Sie aus Mexiko?«

»Meine Familie kommt aus Spanien. Ich bin Baske.« Aus seiner Antwort klang Stolz. Er nickte lächelnd und drehte sich um, um ihrem Vater die Krapfen anzubieten.

»Möchte jemand Milch oder Zucker zum Kaffee?« fragte Tandy.

»Zucker«, bat Max.

Jordanna biß in den lockeren, saftigen Krapfen und warf einen Blick auf ihren Vater. Seine Augen spiegelten ihre Gedanken wider. Wenn diese Krapfen ein Beispiel für Jockos Kochkünste waren, dann wäre er ein ausgezeichneter Begleiter auf ihrem Trip. Ein guter Koch war auf einer Jagd von entscheidender Wichtigkeit.

Von draußen hörte man das Geräusch von Hufen. Jordanna aß ihren Krapfen und schlenderte dabei zum Fenster auf der Vorderseite, eines der wenigen, die das Blockhaus hatte. Zwei Reiter näherten sich im Trab. Einer von ihnen war ein großer, schwerer Mann. Die Art, wie er auf dem Pferd saß, wirkte aggressiv, als erwartete er, daß die Leute ihm aus dem Weg gehen würden. Jordanna vermutete, daß er ein Grobian war, und sie fragte sich, ob das der Rancher McCord war.

Sie leckte sich den Zucker von den Fingern und warf einen Blick auf den zweiten Reiter, der auf einem großen Falben saß. Er hielt sich ganz locker und entspannt im Sattel und wirkte wie ein Teil seines Pferdes. Die breiten Schultern wurden von der schwarzen Jacke noch betont, die er über einem karierten Hemd trug. Als er den Kopf wandte, um etwas zu dem anderen Reiter zu sagen, konnte sie seine scharfen Züge sehen, die bislang im Schatten der Hutkrempe verborgen gewesen waren.

Ihr Magen überschlug sich. Das konnte nicht sein! Ungläubig starrte

Jordanna ihn an, überzeugt, daß ihre Augen ihr einen Streich spielten. Es war einfach nur der Bart, der ihn dem Mann von der Party ähnlich sehen ließ, sagte sie sich in Gedanken. Das war ein Fehler, der ihr schon öfter unterlaufen war. Außerdem, was sollte der wohl hier machen?

Die Reiter zügelten die Pferde und hielten vor der Veranda. Der große Mann auf dem Schecken blieb im Sattel. Jordanna beobachtete, wie der andere Mann abstieg, mit einer graziösen Bewegung, die jeden Zweifel auslöschte. Sie fühlte sich ausgeliefert, verwundbar und blieb doch bei seinem Anblick wie angewurzelt stehen. Er reichte die Zügel seines Pferdes dem anderen Reiter, der augenblicklich zur Scheune hinüberritt, während der bärtige Mann die Stufen zur Veranda hinaufkam.

»Kümmere dich um mein Pferd.« Brig warf Frank die Zügel zu.

»Sag Jocko, er soll aufpassen, daß die Feriengäste nicht die ganzen Krapfen essen. Mir läuft schon den ganzen Tag das Wasser im Mund zusammen, wenn ich an die denke.« Der große Mann trieb sein Pferd an und führte den Falben am Zügel mit.

Sein Blick flog zum Dach des Hauses empor, als seine langen, aber nicht hastigen Schritte ihn zur Veranda trugen. Feriengäste. Brig hoffte nur, sie wären darauf vorbereitet, heute nacht etwas enge Unterkünfte zu haben. Ein Schlafhaus war ihm immer als nutzloses Gebäude erschienen. Frank, Tandy und auch Jocko,wenn er auf der Ranch war, teilten sich das Haus mit Brig. Sie benutzten die beiden Schlafräume oben, während seines im Erdgeschoß lag. Heute nacht würden sie auf dem Boden im Wohnzimmer schlafen, damit Fletcher Smith und seine Begleiter die Schlafzimmer haben konnten. Frank hatte deshalb schon gewaltig gebrummt. Brigs Sporen klirrten im Takt mit dem Stampfen seiner Stiefel auf den Stufen. Ein grimmiger Ausdruck legte sich auf sein Gesicht, als er die Hand ausstreckte, um die Tür zu öffnen. Er konnte es nicht noch länger hinausschieben, Fletcher Smith zu sehen. Brig bekämpfte den Zorn, der an ihm nagte, und ging ins Haus.

Sein Blick streifte Jocko und Tandy auf der Suche nach dem Mann mit dem eisengrauen Haar, den er nur wenige Schritte entfernt von ihnen fand. Brig zwang ein Lächeln auf seine Lippen und zog einen Lederhandschuh aus, um dem Jäger die Hand zu schütteln.

»Hallo, Fletcher. Tut mir leid, daß ich Sie nicht herbringen konnte. Aber ich hoffe, Tandy hat sich gut um Sie gekümmert.« Er fühlte den festen Griff des älteren Mannes.

»Bestens. Er hat uns erklärt, daß die Arbeit hier auf der Ranch Sie gehindert hat, uns abzuholen«, beruhigte Fletcher ihn.

»Hallo, Brig.«

Sein Blick wanderte weiter zu seinem Cousin, der neben der Tür stand. »Max.« Er nickte nur kurz, um anzudeuten, daß er die Anwesenheit seines Cousins zur Kenntnis genommen hatte. Dann entdeckte er den Ausrüstungsstapel neben ihm. »Tandy, hilf ihnen, ihre Sachen nach oben zu bringen«, wandte sich Brig an den untersetzten Cowboy.

Ein unsicherer Ausdruck zog über Tandys Gesicht. Er warf Brig einen Blick zu, der verriet, daß er sich nicht ganz wohl in seiner Haut fühlte. »Ich wußte nicht genau, wie du dir das gedacht hast. Deshalb wartete ich lieber, bis du hier bist, damit du unseren Gästen zeigen kannst, wo sie heute nacht schlafen sollen.«

Verärgert unterdrückte Brig den Wunsch, eine ungeduldige Bemerkung zu machen. Er hatte ganz klar und deutlich erklärt, wie die Gäste untergebracht werden sollten. Die Jäger sollten jeweils zu zweit in den oberen Zimmern übernachten. Aber er wollte Tandy nicht vor Fletcher zurechtweisen. Er konnte ihn sich später vornehmen, wenn sie allein waren.

Als er sich wieder Fletcher zuwandte, überflog sein Blick alle Mitglieder der Jagdgesellschaft. Als er auf den großen jungen Mann mit dem schwarzen Haar und den dunklen Augen stieß, zögerte er in überraschtem Erkennen. Es schoß Brig durch den Kopf, daß er vielleicht der Grund dafür war, daß Tandy so unsicher bezüglich der Schlafmöglichkeiten war.

Aus dem Augenwinkel bemerkte er etwas Rotes. Sonnenschein fiel durch das Fenster und schien das braune Haar der Frau, die danebenstand, in Brand zu setzen. Ihr Anblick traf ihn hart – wie ein Schlag in den Magen. Eine Sekunde lang konnte Brig sich nicht rühren, konnte weder atmen noch denken.

Verlangen fuhr siedendheiß durch seine Adern, verbrannte ihn mit weißglühender Hitze. Es war kein Wunder. Jordanna stand tatsächlich dort, in Fleisch und Blut – wunderschönes, weiches, alabasterfarbenes Fleisch. Der Blick in ihren haselnußbraunen, grüngefleckten Augen verriet ihm, daß auch sie ihn erkannte und sich erinnerte. Er wollte stöhnen vor Erleichterung, daß sie endlich hier war, um seiner quälenden Besessenheit ein Ende zu machen. Sein Bedürfnis war so groß, daß er ihr am liebsten sofort die Kleider vom Leib gerissen und sie genommen hätte, wo sie gerade stand, sie dann in sein Schlafzimmer geschleift hätte, um eine Woche lang nicht wieder herauszukommen. Und er war nicht einmal sicher, daß das lange genug sein würde!

Ehe er seinem Drang nachkommen konnte, bewegte sich jemand und erinnerte Brig daran, daß sich noch andere Menschen im Raum befanden. Erst dann schoß ihm durch den Kopf, warum sie hier war und wer sie mitgebracht hatte. Die heißen Flammen, die in ihm züngelten, verwandelten sich in Wut.

Sein Kopf fuhr anklagend zu Fletcher herum. »Was macht die Frau hier?« Der Mann verlangte zuviel von ihm. Die Vorstellung, daß sie mit ihm unter einem Dach sein, aber in den Armen eines anderen Mannes schlafen würde, war mehr, als Brig ertragen konnte.

Überrascht von der Heftigkeit der Frage, sah Fletcher ihn mit gerunzelter Stirn an. »Wer? Jordanna?«

»Ja! Jordanna.« Er preßte die Worte durch zusammengebissene Zähne. Nie im Leben hatte er wirklich einen Mann umbringen wollen, aber jetzt sehnte sich Brig danach, Fletchers Hals zu umfassen und ihn mit bloßen Händen zu erwürgen. Er wandte sich ab, ehe seine Mordlust ihn überwältigen konnte. »Die Jagd ist vorbei!«

»Was?« Aus Fletchers Stimme klang Verwirrung. »Wovon sprechen Sie eigentlich, McCord? Wir haben eine Abmachung.«

Erschüttert von der Entdeckung, daß der Fremde Brig McCord war, der Rancher, der als ihr Führer bei der Jagd dienen sollte, konnte Jordanna die beiden nur mit aufgerissenen Augen anstarren. Er erinnerte sich an sie. Sie hatte es in seinen Augen gelesen, als er sie entdeckt hatte. Jetzt sah er so gefühllos aus wie ein Stein, hart und kalt.

»In der Abmachung war nicht die Rede von einer Frau!« Sein Blick fiel auf Tandy Barnes. »Warum hast du sie mitgebracht?«

»Was hätte ich denn sonst tun sollen?« verteidigte sich Tandy. »Du hast zwar nie etwas von einer Frau gesagt, aber woher sollte ich denn wissen, daß du nicht wußtest, daß sie kommen würde?«

»McCord, es tut mir leid, wenn ich vergessen haben sollte, Jordanna zu erwähnen«, entschuldigte sich Fletcher mit hilflosem Achselzucken. »Es war keine Absicht. Jordanna begleitet mich immer auf die Jagd.«

»Das ist Ihre Angelegenheit«, gab Brig zurück und warf Jordanna einen wütenden Blick zu. »Ich habe keine Vorkehrungen getroffen, um eine Frau unterzubringen. Wir haben nicht die Möglichkeiten dazu. Die Jagd wird abgesagt.«

»Aber jetzt sind wir den weiten Weg hierhergekommen«, protestierte Fletcher. »Es ist zu spät für mich, um noch jemand anderen zu finden.«

»Daran hätten Sie früher denken sollen. Ich werde dafür sorgen, daß Sie Ihr Geld zurückbekommen. Tandy. Jocko.« Er wandte sich an die beiden benommen dastehenden Arbeiter. »Helft...«

»Das ist doch Blödsinn!« unterbrach Fletcher ihn ungeduldig. »Nur weil Jordanna zufällig eine Frau ist, braucht sie doch keine besonderen Einrichtungen. Sie ist bereit, die Unbequemlichkeiten auf sich zu nehmen, genau wie wir anderen. Das hat sie immer getan.«

»Es ist mir egal, was sie getan hat oder wo sie in der Vergangenheit mit Ihnen gejagt hat!« Brig wirbelte herum und deutete mit drohendem Finger auf Fletcher Smith. »Ich nehme keine Frau auf eine sogenannte Jagd mit. Wenn Sie sie nach New York zurückschicken wollen, okay.«

»Nein!« Jordanna fand ihre Stimme wieder. »Niemand wird mich nach New York zurückschicken.«

Kalte, braune Augen begegneten ihrem trotzigen Blick. »Sie reisen ab – entweder allein oder mit den anderen. Aber ich will Sie nicht hier haben.«

Seine kalte Abfuhr erfüllte sie mit Angst und Schrecken. Es schien unmöglich, daß das derselbe Mann war, der in ihr ein so warmes und gutes Gefühl hervorgerufen hatte, als er sie geliebt hatte. Vielleicht hatte sie sich gar nicht so gefühlt. Vielleicht war es alles nur eine Illusion gewesen.

»McCord, Sie haben eingewilligt, eine Jagdgesellschaft ins Hochland zu führen, um Bighorns zu jagen«, erinnerte ihr Vater ihn steif.

»Eine Jagdgesellschaft? Nennen Sie das so?« höhnte Brig und sah sich verächtlich im Raum um. »Ich sehe nur einen einzigen Jäger. Und selbst, was Sie angeht, bin ich mir nicht mehr so sicher!«

»Ich habe nichts damit zu tun, daß Max mitgekommen ist«, gab Fletcher zurück. »Er hat sich selbst eingeladen. Was nun meinen Sohn Kit angeht – zugegeben, er wird nicht jagen.«

»Ihr Sohn?«

Jordanna sah, wie ihr Vater vor Wut blaß wurde, als er den amüsierten und verächtlichen Blick bemerkte, den Brig McCord ihrem Bruder zuwarf. Zugehörigkeitsgefühl ließ auch sie wütend werden. Er hatte keinen Grund, Kit so anzusehen.

»Jordanna dagegen«, fuhr ihr Vater fort und tat, als hätte er den abwertenden Ton nicht gehört, in dem Brig auf seinen Sohn angespielt hatte, »wird jagen. Ich habe Ihnen bereits in New York gesagt, daß dies wahrscheinlich meine letzte Chance wäre, die Trophäe eines Bighorns zu bekommen. Ich werde sie bekommen. Sie werden nicht aus unserer Vereinbarung aussteigen.«

»Lassen Sie uns eines ganz klar festhalten, Fletcher. Sie können diese kleine Gruppe ja für eine ernsthafte Jagdgesellschaft halten, aber Sie und ich haben da unterschiedliche Definitionen. Ich halte es nicht für seriös, wenn Sie eine Frau zu Ihrem eigenen Vergnügen dabei mitschleppen.«

Jordannas Mund öffnete und schloß sich in wortlosem Entsetzen. Er konnte doch nicht im Ernst meinen, was er da andeutete. Ihr Blick flog zu ihrem Vater.

»Er hält mich für deine Geliebte«, stöhnte sie wütend.

»Was?!« Fletcher starrte Brig an. »Mein Gott, Jordanna ist meine Tochter!«

»Das ist eine hübsche Geschichte«, höhnte Brig. »Zumindest glaubhafter, als wenn Sie behauptet hätten, sie wäre Ihre Nichte.«

»Es ist die Wahrheit, Brig«, warf Max ein. »Jordanna ist Fletchers Tochter. Hast du das nicht gewußt?«

Die unerwartete Bestätigung der Behauptung durch seinen Cousin ließ einen Ausdruck von Unsicherheit über Brig McCords Gesicht huschen. Jordanna wurde gründlich gemustert. Sie war verletzt und empört, daß er ihre Identität immer noch in Frage stellte.

Es war offensichtlich, daß er sie für die Mätresse ihres Vaters gehalten hatte, als er sie während der Party im Arbeitszimmer getroffen hatte. Aber warum? Lebhaft erinnerte sie sich plötzlich wieder an seinen Kommentar, als er den Haken an ihrem Kleid schloß, nachdem sie sich geliebt hatten. Er hatte gesehen, wie ihr Vater ihn vorher geschlossen hatte, und hatte angenommen, daß der Grund derselbe war. Die Tatsache, daß er nicht gewußt hatte, daß Fletcher ihr Vater war, ließ Jordannas Wut nicht weniger werden. Brig hatte sie für eine Art Hure gehalten. Er hatte sich mit ihr vergnügt, hatte sich nicht darum gekümmert, wer sie war, hatte sie nicht einmal nach ihrem Namen gefragt.

Erbost über diese Entdeckung durchquerte Jordanna das Zimmer und baute sich vor ihm auf. Aus ihren Augen schossen grüne Blitze. »Wie können Sie es wagen, mich derart zu beleidigen?« Ihre Stimme war leise und zitterte vor heißer Wut. »Sie… Bastard.« Sie schlug ihn hart, zu wütend, um den brennenden Schmerz in der Handfläche zu fühlen.

Mit eisenhartem Griff umklammerte er ihr Handgelenk, und sie mühte sich vergeblich, sich daraus zu lösen. Der weiße Fleck auf seiner gebräunten Wange färbte sich langsam rot. Jordanna bedauerte nur, daß sie nicht noch fester zugeschlagen hatte. Sein wütender schwarzer Blick schüchterte sie nicht ein.

Ein Arm fuhr zwischen sie, als ihr Bruder versuchte, sie zu trennen. »Lassen Sie sie los, McCord«, befahl er in ruhigem Ton.

Christophers Verhalten veranlaßte Tandy Barnes, vorzutreten und eine beruhigende Hand auf Brigs Schulter zu legen. »Halt dich zurück, Brig. Die Lady hat es nicht so gemeint.«

Brig zog in kaltem, arrogantem Spott eine Braue hoch. »Ich glaube, das hat sie doch.« Er ließ ihr Handgelenk los und trat zurück.

»Ich hoffe, wir haben das Mißverständnis damit beseitigt, McCord«, bemerkte ihr Vater. »Es tut mir leid, daß Jordanna so die Beherrschung verloren hat, aber… ich denke, unter den gegebenen Umständen ist das wohl verzeihlich.«

»Da könnten Sie recht haben.« Brig rieb sich die Wange, war aber noch nicht bereit, völlig zuzustimmen.

»Was mich betrifft, so fühle ich mich durch Ihren Irrtum sogar geschmeichelt.« Fletcher Smith lächelte. »Es ist schön, sich vorzustellen, daß eine Frau, die so hübsch ist wie meine Tochter, sich für mich interessieren könnte.«

»Es gibt Leute, die können für genug Geld ein Interesse an allem vortäuschen«, gab er zurück.

»Da wir gerade von Geld sprechen, ich hoffe doch, Sie ändern Ihre Meinung über die Jagd, jetzt, wo Sie wissen, wer Jordanna ist. Wir haben es uns beide in den Kopf gesetzt, eine Trophäe von einem Bighorn zu schießen.«

»Sie ist Ihre Tochter.« Brig holte tief Luft, als wäre er noch immer nicht völlig davon überzeugt.

»Soll ich Ihnen vielleicht noch meinen Paß zeigen?« fragte Jordanna herausfordernd. »Würde der Sie überzeugen? Oder wie wäre es mit einer Kopie meiner Geburtsurkunde?«

»Wie ernst ist es Ihnen mit der Jagd?« Er ignorierte ihre beißenden Fragen.

»Hat Jordanna Ihnen denn nicht ihre Trophäen gezeigt, die an den Wänden im Arbeitszimmer hängen?« Kits Frage zeigte, daß er sich erinnerte, daß Brig der Mann gewesen war, den er mit seiner Schwester am Abend der Party im Arbeitszimmer gesehen hatte. »Die meisten Trophäen da drin sind zwar von Dad, aber ein paar auch von ihr.«

»Nein, das hat sie nicht erzählt.« Brig musterte sie mit kaltem harten Blick.

Jordanna hatte immer gedacht, braune Augen wären warm und leuchtend. Aber seine waren es nicht. Sie waren braun wie ein Stein, eiskalt und flach. Sie hatten etwas Trockenes an sich, wie ein Felsen in der Wüste. Es war nicht leicht, seiner Musterung standzuhalten, aber Jordanna zuckte mit keiner Wimper.

»Ihre Sorge, daß es uns mit der Jagd nicht erst wäre, ist unbegründet«, erklärte ihr Vater. »Meine Tochter liebt diesen Sport ebenso wie ich.«

Brig wandte den Blick nicht von ihr. »Sie wird nur Ärger verursachen.«

»Wenn ich nicht denken würde, daß sie die Kraft und Energie hat, diese Jagd mitzumachen, dann wäre sie jetzt nicht hier. Ich werde nicht zulassen, daß mir irgend etwas im Weg steht bei meiner Jagd nach einem Bock, nicht einmal Jordanna. Sie hat schon vor langer Zeit gelernt, daß man ihr keine Zugeständnisse macht, nur weil sie eine Frau ist. Ihr Geschlecht berechtigt sie nicht zu einer besonderen Behandlung oder zu einer extra Unterkunft.«

»Jagen ist kein Sport, der nur auf Männer beschränkt ist«, ließ sich Jordanna leise und mit herausfordernder Stimme vernehmen. »Tatsächlich sind es in der Welt der Raubtiere meistens die Weibchen, die den Großteil der Jagd übernehmen. Der afrikanische Löwe, der angebliche ›König der Tiere‹, tut nur sehr wenig. Es ist die Löwin, die tötet, um den stolzen Löwen zu füttern.«

Die Atmosphäre war zum Schneiden. Brig McCord starrte Jordanna noch eine volle Sekunde lang an. Dann wandte er sich den beiden Männern zu, die für ihn arbeiteten.

»Bringt ihr Zeug nach oben, bis auf die Sachen von Miß Smith. Die stellt in mein Schlafzimmer.« Der Befehl wurde mit leiser, brummiger Stimme gegeben, die keinen Widerspruch zuließ. Trotz ihrer Wut fuhr sie zusammen, als er ihr Schlafquartier nannte. Ein kurzer, ironischer Blick fiel auf Jordanna. Die Ausführung, die er dann noch machte, galt ihr, obwohl er sich an seine Männer wandte. »Ich werde mit euch hier auf dem Boden schlafen.«

»Dann halten Sie sich also an unsere Abmachung?« Fletcher Smith beharrte auf einer Antwort, die klarer war als das, was Brigs Anweisungen nahelegten.

Brig schickte sich an, zur Tür zu gehen, die in die Küche führte. Er antwortete ungeduldig über die Schulter hinweg. »Ja, Sie sollen Ihre verdammte Jagd haben.« Er riß die Tür auf und schloß sie hinter sich auf eine Art und Weise, die seine innere Aufgewühltheit verriet.

9

Erschüttert von dem Zusammentreffen mit dem Mann, den sie in der Wildnis von Idaho nicht zu treffen erwartet hatte, wandte sich Jordanna ihrem Vater zu. Sie hatte ihn noch gebeten, die Jagd so durchzuführen, wie es geplant war, aber die Aussicht, zwei der drei Wochen mit Brig McCord zu verbringen, war erschreckend. Als sie den Mund öffnete, um Einwände zu erheben, warf ihr Vater ihr einen strengen Blick zu, der sie verstummen ließ. Jegliche Diskussion würde erst dann stattfinden, wenn sie allein wären, nicht, solange andere zuhören konnten. Jordanna schwieg also und versuchte, ihre aufgewühlten Emotionen zu bezwingen.

Steifbeinig ging sie zu den beiden Männern hinüber, die das Gepäck sortierten. »Das gehört mir.« Sie deutete auf die Teile, die ihr gehörten.

Während Jordanna den kleinen Koffer aufnahm, hob der Baske die übrigen Teile auf, die ihr gehörten. »Ich werde Ihnen zeigen, wo Sie schlafen, Miß Smith«, erklärte er mit höflichem Neigen des Kopfes.

Ihr Vater, ihr Bruder und Max folgten Tandy die Treppe hinauf, während sie mit Jocko durchs Wohnzimmer auf die einfache Holztür zuging. Sie führte in ein Schlafzimmer, das wie eine Mönchszelle aussah und eine Kommode, einen grobgezimmerten Stuhl, einen Nachttisch und ein breites Bett mit einer schweren Steppdecke enthielt. Die Strenge des Zimmers schien der des Mannes zu entsprechen, der es bewohnte. Zu oft hatte sich Jordanna in der Vergangenheit vorgestellt, wieder mit ihm zu schlafen, und so beunruhigte sie die Aussicht darauf, die Nacht in seinem Bett zu verbringen. Es war verwirrend, festzustellen, daß der Gedanke an seine Liebkosungen sie noch immer aufregen konnte, obwohl sie über seine Haltung erzürnt war.

Jocko bemerkte, wie sie die Lippen zusammenkniff, und erriet die Ursache. »Sie müssen Brigs Grobheit verzeihen, Miß Smith«, bat er mit seinem leichten Akzent. »Wir haben nicht viel Kontakt zu Frauen Ihrer Klasse. Vielleicht hat er vergessen, wie man jemanden wie Sie behandeln muß.«

»Ich bezweifle, daß er es Ihnen danken wird, wenn Sie sich für sein Verhalten entschuldigen, Jocko.« Jordanna schnaubte leicht.

Er überging ihre Antwort und fragte statt dessen: »Sind Sie mit der Unterbringung zufrieden?«

»Ja.« Sie mußte zustimmen. Der Spanier würde ihre Einwände nicht verstehen, die sie dem Zimmer entgegenbrachte.

»Wenn Sie noch einen Wunsch haben, ich bin in der Küche.« Mit leichtem Nicken ging er zur Tür.

»Danke.«

Nachdem er das Zimmer verlassen hatte, blieb Jordanna noch am selben Platz stehen. Die schiere Männlichkeit in diesem Raum war überwältigend. Sie spürte die Wirkung an ihrem flachen Atmen und dem Rasen ihres Herzens. Ihr Blick wanderte zum Bett, auf dem zwei Personen gemütlich schlafen konnten, und sie drehte sich um, um es nicht sehen zu müssen. Jordanna ertappte sich dabei, wie sie sich das Handgelenk rieb, wo seine Hand gelegen hatte. Sie konnte die Berührung noch fühlen. Ihre Nägel gruben sich in die Handflächen, um den scharfen Schmerz in ihrem Innern zu bekämpfen.

Sie hörte Schritte auf der Treppe und verließ den Raum durch die offene Tür, als ihr Vater gerade vor den anderen Männern die Treppe herabkam. Flink ging sie zum Fuß der Treppe, um ihm entgegenzutreten. Das beunruhigte Dunkle in ihren Augen sandte eine stumme Botschaft ihrer Sorge und ihres Unwohlseins aus.

»Ich möchte mit dir sprechen, Dad«, bat Jordanna eindringlich.

Einen Augenblick schien er ungeduldig über diese Bitte, aber er blieb doch am Fuß der Treppe stehen und fragte Tandy: »Können wir hier irgendwo unsere Gewehre einschießen?«

»Sie können sie draußen ausprobieren.«

»Wir brauchen irgend etwas als Ziel. Pappteller vielleicht oder Blechdosen.«

»Ich werde schon etwas finden«, versprach Tandy und setzte sich in Richtung Küche in Bewegung. »Ich treffe Sie dann draußen, hinter dem Haus.«

»Max, holen Sie mir bitte mein Gewehr von oben?« Fletcher warf einen Blick auf den Mann mit den Locken, der auf der zweiten Stufe hinter ihm stand.

»Gern«, versicherte ihm Max und drehte sich um, um nach oben zu gehen.

»Was ist denn los, Jordanna?« Es war ihr Bruder, der die Frage stellte.

»Die Situation ist unerträglich.« Sie richtete die Antwort an ihren Vater. »Du weißt, was es heißt, tagein, tagaus miteinander unterwegs zu sein, Dad, und wie nervenaufreibend es sein kann, wenn man mit den Teilnehmern an der Jagd nicht auskommt. Die... die Haltung des Ranchers mir gegenüber wird es für uns alle unerträglich machen.« Sie sprach leise, damit sie niemand hören konnte.

»Du übertreibst«, beharrte Fletcher mit nachsichtigem Lächeln, das anzeigte, daß er sich weigerte, sie ernst zu nehmen. »Er war eben im Irrtum, was deine Beziehung zu mir angeht.« Er zuckte mit den Schultern. »Es gibt wirklich keinen Grund, das als persönliche Beleidigung aufzufassen. Wo bleibt dein Sinn für Humor, Jordanna?«

»Ich soll es also einfach mit einem Lachen abtun, ja?« Sie war wütend, weil es für sie Erinnerungen gab, die sie nicht einfach lachend abschütteln konnte.

»Die Spannung würde sicher nachlassen, wenn du so tun könntest, als wäre alles nur ein Scherz gewesen«, gab er zu bedenken.

»So weit reicht meine Beherrschung nicht.« Die Entgegnung kam zitternd über ihre Lippen, ihr innerer Aufruhr wurde durch ihre Worte sichtbar.

»Was ist denn an jenem Abend bei der Party passiert?« Christopher runzelte die Stirn. »Ist er zudringlich geworden?«

»So könnte man es nennen«, gab Jordanna mit einem verbitterten Lachen zu. Sie wandte sich an ihren Vater und fuhr vorwurfsvoll fort: »Wenn du doch bloß erwähnt hättest, daß Brig bei der Party gewesen ist... Wenn ich auch nur geahnt hätte, wer er ist, bevor wir hier angekommen sind...« Jordanna brach ab.

Es hätte keinen Unterschied gemacht. Wenn überhaupt, wäre sie nur noch mehr darauf erpicht gewesen, den Mann wiederzutreffen, der einen so tiefen Eindruck auf sie gemacht hatte. Jetzt, als sie sich seiner schlechten Meinung von ihr gegenübersah, wollte sie ihm nur noch entkommen.

»Wenn McCord dir gegenüber beim letzten Mal, als ihr euch gesehen habt, zudringlich geworden ist, dann heißt das doch nur, daß er dich attraktiv gefunden hat.« Ihr Vater sah keinen Grund, warum das ihre derzeitige Situation noch schwieriger machen sollte. »Höchstwahrscheinlich findet er das immer noch. Anstatt also die Beherrschung zu verlieren und alles nur noch schlimmer zu machen, solltest du es mit ein wenig Charme versuchen, Jordanna. Er hat eingewilligt, dich auf die Jagd mitzunehmen. Jetzt sorg dafür, daß er es nicht bedauert.« Fletcher machte eine Pause und murmelte geistesabwesend vor sich hin: »Das könnte sogar alles sehr einfach machen.«

»Einfach?«

Er schrak zusammen, als er begriff, daß er die Worte laut ausgesprochen hatte. Aber hastig verteidigte er sich. »Ja, einfach. Wie du bereits selbst gesagt hast, könnte dieser Jagdausflug ungemütlich und angespannt verlaufen, wenn er deine Anwesenheit auch weiterhin ablehnt.«

Erregt wandte sich Jordanna von ihrem Vater ab. »Laß uns das alles absagen. Wir können einen anderen Führer finden, der mit uns geht, selbst noch in der letzten Minute, wenn wir nur genug zahlen. Oder wir machen es ein anderes Mal.«

»Nein.« Seiner schnellen, entschiedenen Absage folgte unverzüglich seine Hand, die ihren Arm umklammerte. Jordanna hatte ihren Vater nur selten wütend gesehen, aber jetzt war er es. Seine Nasenlöcher blähten sich auf, und sein Mund war zu einer dünnen Linie zusammengekniffen. »Wir gehen jetzt! Und mit McCord! Ich werde nie wieder die Chance zu einem solchen Arrangement bekommen.«

»Was meinst du mit Arrangement?« wollte Christopher wissen. »Wovon sprichst du überhaupt, Dad?«

Sein Kopf fuhr herum, zu den dunklen, bohrenden Augen seines Sohnes, als hätte er ganz vergessen, daß Kit auch da war. Augenblicklich ließ Fletcher Jordannas Arm los, und die harten Falten des Zorns waren wie weggewischt aus seinem Gesicht. Jordanna war verblüfft über die schnelle Wandlung seiner Laune, die sie an ein Chamäleon erinnerte, das eine Tarnfarbe annimmt, um sich vor dem Feind zu verstecken.

»Ich meine, daß ich niemals eine bessere Chance haben werde, meine Bighorn-Trophäe zu bekommen. McCord führt nur mich, exkluxiv, bringt mich in ein Gebiet, in dem noch nicht viel gejagt worden ist und mit dem er darüber hinaus durch und durch vertraut ist. Die Tatsache, daß er kein professioneller Führer ist, kommt mir in diesem Fall zugute. Er wird keinen Bock mit trophäenreifen Hörnern für einen favorisierten Kunden zurückhalten.«

Jordanna schaute zu ihrem Bruder. Er wirkte distanziert und nachdenklich. Sie hatte das Gefühl, von etwas Wichtigem ausgeschlossen zu sein, wußte aber nicht, warum sie diesen Eindruck hatte.

»Aber du warst nicht so aufgeregt, als Brig die Jagd abblasen wollte«, erinnerte sie sich, und der Vorname des Ranchers kam ihr mit unbewußter Leichtigkeit über die Lippen.

»Er sagte das aus der Hitze des Augenblicks heraus. Ich wußte, sobald er sich beruhigt hatte, würde er es zurücknehmen, ganz gleich, ob du nun meine Tochter oder meine Geliebte bist.«

Jordanna verstand nicht, wie ihr Vater so sicher hatte sein können. Sie war überzeugt gewesen, daß Brig jedes Wort ehrlich gemeint hatte. Es war keine leere Drohung gewesen, die Jagd abzublasen.

»Woher wußtest du das?«

»Weil ich ihn gekauft habe. Er hatte die Anzahlung bereits angenommen und kannte die Farbe meines Geldes.« Ihr Vater klang so zynisch und berechnend, daß Jordanna sich verletzt fühlte.

»Du hast ihn gekauft?« Sie zweifelte, daß Brig McCord zu irgendeinem Preis zu kaufen war. Er war zu unabhängig und selbstbeherrscht dazu.

»Fällt es dir schwer, das zu glauben?« Fletcher lachte sie mit dieser Stimme eines Fremden aus. »Der strenge Winter hat ihn vernichtet. Er hätte diese Ranch hier verloren, wenn ich ihn nicht im Juli getroffen hätte.«

»Aber damals kannst du das doch noch nicht gewußt haben!« wandte Jordanna ein.

»Hab' ich auch nicht. Ich ließ ihn überprüfen. Schließlich wollte ich sicher sein, daß ich es mit einem ehrlichen Menschen zu tun habe«, verteidigte er sein Vorgehen. »Ich zahle ihm gute Dollars für diese Jagd, zusätzlich einen anständigen Bonus, wenn ich meine Trophäe bekomme. Ich habe ihn gekauft, und McCord konnte es sich nicht leisten, mir zu erklären, daß er ›unverkäuflich‹ sei.«

»Warum bist du so böse auf mich gewesen?«

»Weil ich McCord in die Tasche gesteckt habe. Er wird die Jagd machen. Ich verabscheute deinen Vorschlag, die Sache abzusagen. Du bist meine Tochter. Aber ich werde diese Jagd nicht absagen, nicht einmal dir zuliebe, Jordanna.«

»Wenn es so wichtig für dich ist, diese Trophäe zu bekommen«, warf Christopher ein, »warum schleppst du dann zwei Nicht-Jäger mit, Max und mich?«

»Wie hätte ich deine Bitte, mit mir auf die Jagd zu gehen, ablehnen können, nachdem ich so lange darauf gewartet hatte, sie zu hören, Kit?« konterte Fletcher. »Was Max angeht, nun, den habe ich nicht eingeladen. Du mußt mit McCord sprechen, was ihn angeht. Solange er nicht zur Last wird, kann ich mich nicht beklagen. Aber wenn er das wird, dann könnt ihr sicher sein, daß ich mich gegen ihn wehren werde.«

»Fletcher?« Max erschien am Kopf der Treppe. »Ich kann Ihr Gewehr nicht finden. Es ist nicht hier oben.«

»Nicht?« Ihr Vater zog überrascht eine Braue hoch und schaute dann zur Haustür hinüber. Ein Ausdruck des Kummers zog über sein Gesicht. »Sie haben recht. Ist es nicht. Es ist unten neben der Tür. Tut mir leid, daß ich Sie umsonst losgeschickt habe, Max.«

»Das macht doch nichts.« Max kam die Treppe herab.

»Du solltest besser dein Gewehr holen, Jordanna. Tandy wartet draußen auf uns«, erinnerte ihr Vater sie.

Jordanna trat in ihr Schlafzimmer und nahm die abgegriffene Hülle mit ihrem Gewehr und eine Schachtel Munition an sich. Damit kehrte sie ins Wohnzimmer zurück und ging dann hinter ihrem Vater und Max Sanger nach draußen, ihren Bruder neben sich. Draußen fiel sie zurück. Sie betrachtete ihren Vater verwirrt und besorgt. Christopher verlangsamte seine Schritte ebenfalls.

»Ich habe Dad noch nie so reden hören, Kit«, gab sie zu.

»Wahrscheinlich hat er dich nie zuvor diese Seite seines Wesens sehen lassen. Du bist Daddys kleines Mädchen.«

»Was meinst du damit?«

»Er hat dich immer von dem ferngehalten, was er als die Unannehmlichkeiten des Lebens ansieht. Er hat dich überallhin mitgenommen, Jordanna, und du hast so viel Verschiedenes gesehen, daß deine Augen nicht erkennen konnten, was direkt vor deiner Nase liegt.« Traurigkeit vermischte sich mit Zynismus.

»War das... wirklich unser Vater, der so gesprochen hat?«

»Ein Mann kann nicht so viel Reichtum und Macht anhäufen, ohne zu lernen, wie man Menschen für seine persönlichen Zwecke benutzt und manipuliert. Unser Vater erwartet das Beste. Mit weniger wird er sich nicht zufriedengeben. Und Versagen ist etwas, das er nicht toleriert. Er wird es ebenso bekämpfen wie jedes Tier, das er je gejagt hat. Er gibt nicht auf... bei nichts und niemandem. Da würde er sich eher das Herz aus dem Leibe reißen.«

»Nein.« Jordanna verabscheute das Bild, das ihr Bruder da gezeichnet hatte. Er widersprach ihr nicht, aber sein Blick zeigte, daß er Mitleid mit ihr hatte. »Du kennst Dad nicht so gut wie ich«, beharrte sie.

Tandy wartete vor der Scheune hinter dem Haus auf sie. »Ich habe ein paar Pappteller als Ziele aufgebaut.« Er wies auf die weißen, runden Gegenstände, die an einem Heuhaufen lehnten, ungefähr achtzig Schritte entfernt in der entgegengesetzten Richtung zur Weide.

»Sieht gut aus.« Fletcher nickte zustimmend und sah Jordanna an. »Willst du es zuerst versuchen?«

Die Hintertür fiel zu. Jordanna mußte sich nicht umsehen, um zu wissen, daß Brig McCord aus dem Haus gekommen war. Ein sechster Sinn ließ sie seine Gegenwart spüren. Für einen Moment brachte er sie durcheinander, und sie schüttelte verneinend den Kopf.

»Du zuerst, Dad«, forderte sie.

Ein eingebautes Radarsystem schien ihr mitzuteilen, daß er näher kam. Jordanna machte sich demonstrativ an ihrer Tasche zu schaffen und zog schließlich das speziell für sie angefertigte .30-06 Gewehr heraus. Als Brig McCord in den seitlichen Radius ihres Blickfeldes trat, bebten ihre Nerven, aber sie weigerte sich, ihn auch nur eines Blickes zu würdigen. Sie hielt den Kolben aus französischem Nußbaum fest und zog daran die Waffe aus der Lederhülle, die sie anschließend ihrem Bruder reichte.

»Hallo, McCord.« Ihr Vater nickte und ging bis ungefähr zwanzig Fuß an den Vorsprung eines Granitblockes heran. »Wir haben beschlossen, unsere Gewehre nach der Reise hier zu überprüfen und die Zielfernrohre einzustellen.« Er schaute zu Jordanna hinüber, die ihre Waffe lud. »Ich nehme den Teller rechts.«

»Okay.« Stur vermied sie es, den großen, breitschultrigen Mann zu ihrer Linken anzusehen.

Der Schuß ihres Vaters traf exakt die Mitte des Tellers. Die Pferde in der Koppel rannten nervös hin und her, als sie den überraschenden Lärm hörten. Mit einer Anzahl ruhig nacheinander abgefeuerter Schüsse stanzte er einen Kreis in den Pappteller. Seine Schüsse trafen so akkurat, daß sie mitten in den Teller ein schwarzes Loch schossen.

»Du bist dran.« Fletcher trat zurück, um neu zu laden.

Jordanna stellte sich parallel zu ihrem Vater auf. Sie hob das Gewehr an die Schulter und peilte das Ziel durchs Zielfernrohr an. Sie spürte, daß ein Paar harter brauner Augen sie beobachtete, und versuchte, ihren Arm ruhig zu halten. Der erste Schuß verfehlte die Mitte um einiges, verriet ihre Nervosität, aber die restlichen lagen dicht beieinander im Zentrum des Tellers. Sie senkte die Mündung ihres Gewehrs und warf über die Schulter einen Blick zu Brig McCord. Ihr Kinn reckte sich hochmütig herausfordernd hoch.

»Sind Sie nun überzeugt, daß ich schießen kann?«

Er stand ganz entspannt, die Hände auf die Hüften gestemmt, den Blick auf das Pappziel gerichtet. Lässig wandte er sich ihr zu. »Ich bin überzeugt, daß Sie auf achtzig Yard Entfernung einen Pappteller treffen können.«

Wütend erkannte Jordanna, daß sie diese Bemerkung herausgefordert hatte. Sie hätte den Mund halten sollen. Ihre eigene Dummheit ärgerte sie nur noch mehr.

»Das ist ein schönes Gewehr«, lautete Max' Kommentar. »Darf ich es mal sehen?«

»Sicher.« Sie kehrte dem Ziel den Rücken zu und reichte ihm das Gewehr.

Max überprüfte es noch einmal, um sicherzugehen, daß es nicht geladen war, ehe er liebkosend über den glatten Holzgriff fuhr. »Eine

Schönheit«, wiederholte er abwesend. Als er es vor sich hielt, zeigte die Mündung zufällig auf Brig.

Jordanna sah, wie Brig vor Wut den Mund zusammenkniff, als er beiseite trat, aus der Schußlinie. Er packte das Gewehr am Lauf und drückte die Mündung nach oben.

»He! Was zum...«, fing Max überrascht an, als ihm das Gewehr durch Brigs plötzliche Handlung fast aus der Hand gerissen wurde.

»Richte nie wieder eine Waffe auf mich«, erklang die leise, bedeutungsvolle Warnung.

»Es ist nicht geladen. Ich habe es überprüft«, protestierte Max.

»Es ist mir verdammt egal, ob es geladen ist oder nicht, ob es gesichert ist oder nicht!« gab Brig zurück. »Richte nie wieder eine Waffe auf mich, oder du wirst dir bei Gott wünschen, du hättest es nicht getan!« Er nahm es ihm ab und drückte es wieder Jordanna in die Hand. »Und Sie sollten mehr Verstand haben, als Ihr Gewehr einem Amateur zu überlassen.«

»Ich bin kein Amateur«, empörte sich Max.

»Lassen Sie es gut sein«, warf Fletcher ein und richtete seinen Rat an Max. »Warum setzen Sie sich nicht auf die Felsen dort, wo Sie aus der Schußlinie sind, Max?« Er hob sein Gewehr, um erneut zu zielen.

Max zögerte einen Augenblick, starrte wütend in das gleichgültige Gesicht seines Cousins und ging dann zu dem Felsvorsprung hinüber. Als er sich setzte, hörte Jordanna das warnende Rascheln einer Klapperschlange. Sie entdeckte die zusammengerollte Schlange nur ein kleines Stück von Max' Schulter entfernt.

Im selben Augenblick ertönte schon Brigs gebellter Befehl: »Rühr dich nicht, Max.« Ehe ihr Vater reagieren konnte, riß ihm Brig das Gewehr aus der Hand. Mit einer einzigen, fließenden Bewegung riß er es an die Schulter und drückte ab. Der Kopf der Schlange wurde in kleine Stückchen gerissen, ihr sich windender Leib blieb auf dem Felsen zurück.

Weiß vor Entsetzen starrte Max auf die Überbleibsel des Reptils. Ungeachtet Brigs Anweisung war er bei dem warnenden Laut vom Felsen aufgesprungen. Nur die schnellen Reflexe seines Cousins hatten ihn vor dem Biß der Schlange bewahrt.

»Das ist Schlangengebiet«, verkündete Brig. »Die meisten von ihnen halten jetzt Winterschlaf, vor allem in den höhergelegenen Gebieten.

Aber vielleicht gibt es noch mehr wie diese, die sich auf einem Felsen sonnen und die letzte Wärme des Altweibersommers ausnutzen. Haltet die Augen offen.« Sein harter Blick ruhte auf Fletcher. »Sie hätten sie sehen müssen, Fletcher. Sie sind doch angeblich der Jäger.«

»Hätte ich«, stimmte er zu.

»Du gehst jetzt besser ins Haus, Max, und läßt dir von Jocko einen steifen Whisky einschenken«, riet Brig.

»Ich glaube, das werde ich tun«, willigte er bebend ein und lief auf den Hintereingang des Blockhauses zu.

Brig sah ihm einen Augenblick nach, dann folgte er ihm. Christopher zögerte, schaute von Jordanna zu ihrem Vater. Er öffnete den Mund, als wollte er etwas sagen, änderte dann aber seine Meinung und ging hinter den beiden her.

Wie betäubt, weil alles so schnell gegangen war, sah Jordanna ihren Vater an. »Wo hat er nur gelernt, so mit einem Gewehr umzugehen?« staunte sie.

Ihr Vater entlud sein Gewehr. Er hatte seine Meinung geändert, was das Schießen auf Ziele anging. Aus dem Augenwinkel sah er, wie Tandy ebenfalls das Haus betrat. Erst dann beantwortete er ihre Frage.

»McCord war Berufssoldat, ehe er die Ranch hier kaufte.«

»Berufssoldat?« Diese Information überraschte sie. »Willst du damit sagen, er hätte in einer der Streitkräfte Karriere gemacht?«

»Nein. Er war ein Soldat, der von verschiedenen ausländischen Regierungen angeheuert wurde.«

Jordanna dachte an die Angst vor Gefahr, die in ihr aufgekommen war, als sie Brig zum ersten Mal sah. Sie dachte an seine Kälte, seinen Zynismus. Ein Mann, der so etwas tat, mußte hart sein. Auf seine eigene Art war er ein Raubtier.

»Er hat Max das Leben gerettet. Wenn er nicht so schnell reagiert hätte, hätte die Schlange ihn erwischt«, sagte sie.

»Ja.« Ihr Vater schien gründlich darüber nachzudenken. »Das überrascht mich ein wenig.«

»Warum?«

»Die beiden mögen vielleicht Cousins sein, aber lieben tun sie sich nicht.« Auf ihren fragenden Blick hin erklärte Fletcher: »Die Agentur hat mich informiert, daß der alte Sanger, der Begründer der Gesellschaft, den größten Teil seines Besitzes McCord hinterlassen hat, mit gewissen Auflagen. Brig hat sich geweigert, diese Bedingungen zu erfüllen, und so hat Max die Herrschaft über die Gesellschaft bekommen. Sollte Max jedoch sterben, haben die Bedingungen keine Gültigkeit mehr, und Brig bekommt die Gesellschaft ohne lästige Auflagen.«

»Das heißt...« Die Sanger-Discount-Kette war eine Gesellschaft im Wert von mehreren Millionen Dollar. Wenn Max starb, würde Brig die Kontrolle darüber haben, und damit all das Geld. »... er hat eine Menge zu gewinnen«, hauchte Jordanna.

»Die Gesellschaft hat im Augenblick große Schwierigkeiten. Nach allem, was ich herausgefunden habe, sogar sehr große.«

Jordanna war fast erleichtert, das zu hören. »Sind das die Aktien, die Max dir zu verkaufen versucht?«

»Ja.«

»Wenn die Gesellschaft pleite geht, warum willst du sie dann kaufen? Warum solltest du es überhaupt in Erwägung ziehen?«

»Weil sie ein paar solide Grundlagen hat. Ein bißchen finanzielle Unterstützung und ein gesundes Management, dann würde es nicht mehr lange dauern, bis sie wieder zu einem Riesen wird.«

»Wirst du die finanzielle Unterstützung gewähren?«

Er antwortete nicht sofort, als er ihrem offenen Blick begegnete. Und als er es dann tat, sah er sie nicht an. »Ich habe mich noch nicht entschieden.« Er schob sein Gewehr zurück in die Hülle. »Ich bezweifle, daß ich meinen Entschluß fasse, bevor ich alle Berichte eingesehen habe.«

»Aber du denkst daran?« bohrte sie.

»Ja. Doch meine letzte Entscheidung wird von einer Vielzahl von Umständen abhängen.« Er lächelte plötzlich, und der nachdenkliche, geistesabwesende Blick wich von seinem Gesicht. »Ende der geschäftlichen Besprechung. Das hier ist ein Jagdausflug, hast du das vergessen?«

So viele andere Dinge waren geschehen, daß sie den Sinn ihrer Reise wirklich fast vergessen hätte. »Ich glaube, ja.« Jordanna lachte. Die tanzenden Lichter in seinen braunen Augen und das bereitwillige Lächeln waren so typisch für den Mann, als den sie ihren Vater ansah, und gar nicht für den kalten Fremden, den sie vorhin erblickt hatte.

»Laß uns unsere Ziele prüfen«, schlug er vor. »Du hast beim ersten Mal weit daneben gelegen.«

»Nervensache«, gab sie zu und fiel mit ihm in Gleichschritt.

»Weil McCord dich beobachtet hat?«

»Ja.« Lügen waren nicht nötig. Der Mann beunruhigte sie – in mancher Hinsicht.

»Wende ein bißchen Charme an«, wiederholte er den Rat, den er ihr schon vorher gegeben hatte. »Sei nett zu ihm.«

»Ja, Dad.«

10

Auf der ersten Stufe zum Hintereingang des Hauses blieb Brig stehen, um einen Blick auf Vater und Tochter zu werfen, die in ein scheinbar ernstes Gespräch vertieft zu sein schienen. Tochter! Er versuchte noch immer, diese Beziehung zu begreifen.

Die äußerliche Ähnlichkeit war nur gering, obwohl es denkbar war, daß Fletchers graues Haar früher einmal kastanienbraun gewesen war. Den Hauch Grün in ihren Augen konnte sie von ihrer Mutter geerbt haben. Brig erinnerte sich daran, daß Olivia Smiths Augen von einem lebhaften Grün gewesen waren. Statt der Zierlichkeit der Mutter konnte Jordanna die schlanke Gestalt ihres Vaters geerbt haben.

Die Seitenansicht zeigte die Brüste, die gegen den Pullover drängten. Er fühlte, wie sich in seinen Lenden etwas zusammenzog, und verfluchte sich selbst, weil er sich von Fletcher hatte überreden lassen, den Jagdausflug doch stattfinden zu lassen. Er hatte zuerst geglaubt, er habe des Geldes wegen kapituliert. Jetzt fragte sich Brig, welchen Anteil an seiner Entscheidung die Entdeckung gehabt hatte, daß Jordanna Fletchers Tochter und nicht seine Geliebte war. Wahrscheinlich einen größeren, als er zuzugeben bereit war, vermutete er.

Er hatte sich verpflichtet, die nächsten drei Wochen mit ihr – und ihrem Vater – zu verbringen. Wie sollte er es schaffen, die Finger von ihr zu lassen? Sollte er es überhaupt versuchen? Das letzte Mal war sie ja willig genug gewesen. Aber jetzt war da ihr Vater – und ihr Bruder und Max. Bei einem Trip wie diesem würden sie alle aufeinander hocken, fünf Anstandswauwaus einschließlich Jocko und Tandy. Könnte er überhaupt einmal fünf Minuten mit ihr allein sein? Der wachsende Unmut ließ ihn die Zähne zusammenbeißen. Die Stelle, wo sie ihn geschlagen hatte, war immer noch empfindlich spürbar. Vielleicht wollte sie auch keine fünf Minuten mit ihm allein sein. Aber, bei Gott, er würde schon dafür sorgen, daß sie das wollte! beschloß Brig grimmig. Sie hatte seine Gedanken nicht die ganzen letzten Monate beherrscht, um ihm jetzt in natura zu entfliehen.

»Mr. McCord?« Eine Stimme zog seine Aufmerksamkeit auf sich. Er schaute zu dem geschmeidigen jungen Mann auf, der vor ihm stehengeblieben war.

»Ja?«

»Ich weiß, daß Klapperschlangen giftig sind, aber ist ihr Biß wirklich tödlich?« erkundigte sich Christopher Smith mit gerunzelter Stirn.

»In der Regel nicht.«

»Wie meinen Sie das?«

»Es kommt darauf an, wo man gebissen wird, wieviel vom Gift in den Blutkreislauf eindringt, wie schnell man behandelt wird, und natürlich auf den allgemeinen Gesundheitszustand des Opfers. Es sterben mehr Menschen am Schock als am Gift.«

»Die Lage der Bißwunde. Wenn es in der Nähe des Kopfes gewesen wäre, dann hätte es möglicherweise tödlich sein können«, beharrte er.

»Möglich ist das.« Brigs Blick wanderte über den dunkelhaarigen Mann, leicht amüsiert über seine Sorge. »Aber keine Angst. Wir haben ein Serum für Schlangenbisse.«

»Wenn Max also in der Nähe der Schulter gebissen worden wäre...«

»Er wäre nicht gestorben. Wir hätten unverzüglich das Gift aus der Wunde gesaugt und ihm ein Serum gespritzt. Wahrscheinlich wäre er ein paar Tage lang ziemlich krank gewesen, aber da er kein krankes Herz oder dergleichen hat, ist es höchst unwahrscheinlich, daß er gestorben wäre.« Es war offensichtlich, daß der Sohn nicht ein solcher Jäger und Naturmensch war wie sein Vater. »Hier draußen wissen wir nie, wie schnell wir in ein Krankenhaus kommen oder medizinische Hilfe finden können. Also haben wir immer Erste Hilfe gegen Schlangenbisse parat, einschließlich Serum.«

»Verstehe.« Christopher schien erleichtert. »Ich denke, das ist das Standardvorgehen. Die meisten Führer würden sich wohl so verhalten.«

»Das stimmt.«

»Ich habe noch eine andere Frage, die Sie mir bitte beantworten sollten«, fuhr Kit mit einem langen, nachdenklichen Blick fort.

»Und die wäre?«

»Max ist nicht der Typ für die Wildnis. Er ist für diese Art von Ferien nicht geschaffen.«

»Sie genausowenig«, gab Brig zurück.

»In der Regel nicht.«

Das jugendliche Gesicht verhärtete sich. Es war die einzige Reaktion, die anzeigte, daß er den Kommentar gehört hatte. »Meine Frage ist – warum haben Sie ihn zu diesem Trip eingeladen?«

»Warum *ich* ihn eingeladen habe?« Brig runzelte amüsiert die Stirn. »Da haben Sie etwas durcheinandergebracht. Es war nicht meine Idee, Max mitzunehmen. Fletcher hat es zuerst erwähnt. Sie müssen sich an ihn wenden.«

»Verstehe.« Das hübsche Gesicht sah plötzlich sehr nüchtern aus. »Mein Fehler.« Christopher zuckte mit den Achseln.

»Wollen Sie sonst noch etwas wissen?«

»Nein, ich denke nicht.« Kit drehte sich um, um die Gewehrhülle zurückzutragen. Brig stieg die Holztreppe zur Hintertür hinauf. Max saß am Küchentisch, ein Glas vor sich. Seine Gesichtsfarbe war wieder normal. Brig betrat die Küche. Er kümmerte sich nicht um die Whiskyflasche auf dem Tresen, sondern ging zum Herd und goß sich eine große Tasse dampfendheißen Kaffee ein. Er hätte einen Drink vorgezogen. Aber Brig bezweifelte, daß er dann aufhören würde, ehe er sich bis zur Besinnungslosigkeit betrunken hätte.

»Wie fühlst du dich?« Brig ging zum Tisch und musterte Max mit einem abschätzenden Blick.

»Ich werd's überleben.«

»Ich habe dich gewarnt. Hier in den Bergen ist es nicht so wie in der Stadt.« Brig zog einen Stuhl unter dem Tisch hervor und setzte sich rittlings darauf, die Arme auf der geschwungenen Rückenlehne, die Tasse zwischen beiden Händen haltend.

»Du hast mir gesagt, die Berge würden mich umbringen. Mir war nicht klar, daß es sich dabei um eine Prophezeiung handelte.« Max sagte es als Scherz, aber er schien selbst nicht darüber lachen zu können.

»Du hättest ja Fletcher nicht beim Wort nehmen müssen, was seine Einladung zur Jagd anging. Oder du hättest warten sollen, bis er in ein wirtlicheres Land reist.«

»Ich habe nicht ewig Zeit. Er ist schon ganz neugierig. Ich kann ihn nicht drei Wochen von mir fortlassen, damit er sich wieder abkühlt, wo ich ihn schon so schön heißgemacht habe.«

»Einen anderen Grund dafür, daß du mitgekommen bist, gibt es nicht?« Brig beäugte ihn mit kaltem Blick aus zusammengekniffenen Augen. Ihm gefiel der Gedanke nicht, der langsam in ihm gewachsen war. Er erfüllte ihn mit einem häßlichen, gemeinen Gefühl.

»Ich glaube, ich kann dir nicht recht folgen.« Max schien verwirrt.

»Fletchers Tochter. Du mußt gewußt haben, daß sie mit ihm kommen würde.« Er wußte, daß sein Cousin sich gern als Frauenhelden sah. Wenn Max seine schleimigen Hände an Jordanna legte, dann würde Brig ihn umbringen. Aber er mußte es wissen. Das Rätseln war schlimmer als das Bewußtsein.

»Jordanna? Brig, mit ihr bist du schon einmal ins Fettnäpfchen getreten.« Max lachte, entzückt über Brigs Irrtum. »Wie bist du nur auf die Idee gekommen, sie wäre Fletchers Geliebte? Ich wünschte, ich hätte den Mund gehalten und zugesehen, wie du dich weiter zum Narren gemacht hättest. Das ist dir so prima gelungen.«

»Eindrücke können täuschen.« Er trank einen Schluck von dem heißen Kaffee in seiner Tasse. Er brannte den bitteren Geschmack von seiner Zunge, vertrieb aber nicht seinen Zorn über die unnötige Erinnerung an die Szene, die er verursacht hatte. »Aber was dich angeht, Max, so lasse ich mich nicht täuschen. War Jordanna ein zusätzlicher Reiz für dich, um diesen Trip mitzumachen? Sie sieht ja toll aus. Und du hast nie zu den Männern gehört, die nur ansehen, ohne anzufassen.«

Max sagte nicht sofort etwas, sondern dachte erst einmal über seine Antwort und über Brigs herausfordernden Ausdruck nach. »Ich leugne nicht, daß ich darüber nachgedacht habe. Sie und Fletcher sind die dicksten Freunde. Mit ihr auf meiner Seite hätte ich eine bessere Chance, seine Unterstützung zu gewinnen«, gab er zu. »Aber es ist ebenso schwer, an sie heranzukommen, wie an ihren Vater. Sie hat den Ruf, ein kalter Fisch zu sein.« Als Brigs Braue in stummer Frage emporschoß, führte Max aus: »Nach allem, was ich gehört habe, ist sie trotz ihres feurigen Aussehens sehr zurückhaltend. Als sie dich geohrfeigt hat, war das wahrscheinlich die gefühlvollste Reaktion, die sie je an den Tag gelegt hat.«

Brig wußte es besser. Das Wissen in ihm stöhnte auf, aber er blieb stumm. Max war gerade in redseliger Stimmung. Der Zusammenstoß mit der Schlange und der Whisky hatten seine Zunge gelöst. Brig mischte sich nicht ein.

»Ich habe also daran gedacht, aber mir war das Risiko zu groß, daß der Schuß nach hinten losgehen könnte. Es ergibt auch keinen Sinn. Olivia ist zehnmal mehr Frau als ihre Tochter. In ihrem ganzen Körper gibt es keinen einzigen gehemmten Knochen.«

»Spricht da die Stimme der Erfahrung?«

»Das geht dich nichts an.«

Die Hintertür wurde geöffnet, und Tandy Barnes trat in die Küche. Brig sah zu ihm hinüber. »Wo bist du gewesen?«

»Habe Frank und Jocko mit dem Generator geholfen.« Er trat vor das Spülbecken, um sich die Schmiere von den Händen zu waschen.

»Was ist damit nicht in Ordnung?« Brig erhob sich und ging zum Herd, um seine Tasse neu zu füllen.«

»Hat gespuckt, wie er es immer macht, aber jetzt läuft er wieder rund.« Als er seine Hände einseifte, öffnete sich die Tür erneut, und Jocko kam herein.

Brig sah an ihm vorbei. »Wo steckt Frank?«

»Noch draußen.«

Tandy grinste ihm über die Schulter hinweg zu. »Hat ein Auge auf unseren Gast geworfen. Der arme Frank wird weich wie Wachs in den Händen von allem, was Kurven hat.«

Brig trat ans Küchenfenster, um hinauszuschauen. Der klobige Frank Savidge stand neben Jordanna. Er hielt den Hut in den Händen. Sein Mund war zu einem lechzenden Grinsen geöffnet, als Jordanna ihn anlächelte. Brig hatte denselben Ausdruck schon bei Hunden gesehen, die einer läufigen Hündin folgten.

Er wirbelte herum und warf dem Basken einen bösen Blick zu. »Hol Frank her.«

Jocko Morales ging zur Hintertür und nach draußen, um den Mann zu rufen. Tandy sah vom Fenster aus zu und lachte laut beim Anblick des großen Cowboys, der sich verbeugte und verneigte in einer Karikatur höflicher Manieren, als er sich bei Jordanna entschuldigte.

»Ich hab' dir doch gesagt, Brig, du hättest Frank letzte Woche in die Stadt schicken sollen, damit er die ›drei Bs‹ erleben kann«, scherzte Tandy, und seine Augen funkelten humorvoll. Aber Brig konnte seinem Scherz keine Freude abgewinnen.

»Die drei Bs? Was ist das?« erkundigte sich Max.

»Booze, brawling und broads (Saufen, Raufen und Huren). Nicht unbedingt in dieser Reihenfolge.« Der untersetzte Cowboy lachte. »Frank liebt alle drei.«

Das Lachen stand noch immer in seinen Augen, als Frank hereinkam. »Wolltest du mich sprechen?« Auf dem Gesicht des Mannes lag ein trunkener Ausdruck von Freude.

»Nimm das Grinsen von deinem Gesicht«, fuhr Brig ihn ungeduldig an.

Das breite Lächeln verschwand. »Was wolltest du?«

»Ich wollte, daß du aufhörst, dich selbst zum Narren zu machen.« Er stellte die Tasse hart auf den Tisch, wütend, weil es nicht einen einzigen Teil in ihm selbst gab, der nicht nach Jordanna hungerte.

Frank war durch seinen Kommentar nicht in Verlegenheit gebracht. »Warum hast du mir nicht gesagt, daß eine Frau mitkommen würde?«

»Weil ich es nicht wußte.«

»Laß Tandy hier auf der Ranch bleiben und sich um alles kümmern. Ich möchte mit auf die Jagd.«

»Vergiß es.« Brigs rasiermesserscharfe Stimme hielt Frank davon ab, die Diskussion fortzusetzen. Er hatte die warnende Herausforderung gehört und hütete sich davor, darauf einzugehen.

»Warum hast du bloß immer so viel Glück?« murrte Frank neidisch, an Tandy gewandt.

»Weil ich jetzt mal an der Reihe bin. Bislang war's ja immer auf deiner Seite«, widersprach Tandy.

»Auf meiner? Du durftest schließlich zum Flughafen fahren, um sie abzuholen. Du warst den ganzen Tag mit ihr zusammen!« protestierte Frank. »Wenn du nicht ein alter Mann wärest...«

»Alter Mann?!« brauste Tandy auf.

»Jetzt reicht's! Hört ihr?« Brig trat zwischen sie. Verdammt, sie bedeutete Ärger... Ärger für ihn und Ärger für seine Männer. »Ich gebe hier immer noch die Befehle. Tandy kommt mit. Und du bleibst, Frank. Wenn du was dagegen hast, dann sag's mir. Ich habe es so geplant, und es bleibt dabei.« Er sah den abschätzenden Blick, den Frank ihm zuwarf. »Vergiß nicht, Frank«, warnte Brig, »ich bin bereit, jeden Kampf zu Ende zu bringen, den du anfängst.«

»He, Frank, wie wär's mit einer Tasse Kaffee?« bot Jocko an.

Der große Mann zögerte, wandte sich dann aber ab und knurrte: »Ja.«

Als das Abendessen beendet war, beharrte Jocko darauf, daß er in der Küche keine Hilfe benötigte, und alle schlenderten ins Wohnzimmer. Fletcher Smith wollte sich noch einmal die Karten von dem Gebiet anschauen, in dem sie jagen würden, und Brig breitete sie auf dem selbstgezimmerten Tisch aus. Max setzte sich in einen Lehnsessel in der Nähe und hörte ihrem Gespräch zu. Christopher Smith nahm Tandys Herausforderung zu einem Spiel Cribbage an. Da Jordanna neben dem Stuhl ihres Bruders stand und zusah, tat Frank das ebenfalls.

Frank war tatsächlich ihr Schatten geworden und folgte ihr überallhin. Brig wußte, daß ein schuldbewußter Ausdruck in seinen Augen stand, weil er jede ihrer Bewegungen verfolgte, und Frank war immer in der Nähe. Das Paar erinnerte ihn an »The Beauty and the Beast«. Nur schien Jordanna nicht soviel dagegen zu haben wie Brig. Es war Eifersucht, reine, einfache Eifersucht. Er wollte nicht, daß irgendein anderer Mann sie so ansah, wie er es tat. Es kostete ihn ungeheure Selbstbeherrschung, Frank nicht aufzufordern, sie in Ruhe zu lassen. Inzwischen nahm sein Unmut nur noch zu, weil er sie beobachtete und begehrte.

Fletcher stellte ihm eine Frage, und Brig mußte ihn bitten, sie zu wiederholen. Reine Willenskraft ermöglichte es ihm, sich auf die Karten zu konzentrieren, und er entschloß sich zu verbergen, wie sehr ihn die Tochter dieses Mannes beschäftigte. Er antwortete intelligent auf ein paar Fragen, ehe sein Blick zu dem Tisch zurückwanderte, an dem Jordanna gestanden hatte. Er überflog – ohne Erfolg – verzweifelt das ganze Zimmer, und dann roch er sie. Sie stand hinter der Couch und betrachtete über Fletchers Schulter hinweg die Karten. Statt erleichtert zu sein, sie so in der Nähe zu finden, war Brig wütend. Sie betörte ihn wie einen dummen Schuljungen.

»Studieren Sie nur die Karten, Fletcher.« Brig stand von der Couch auf. »Ich gehe in die Küche und sehe nach, ob Jocko noch Kaffee hat.«

Er fragte nicht, ob sonst noch irgend jemand eine Tasse haben wollte, als seine langen Schritte Distanz zwischen ihn und die Frau mit dem leuchtenden Haar brachten. Ein Topf stand auf dem Herd, und er schenkte sich eine Tasse Kaffee ein. Jocko, der gerade das Geschirr forträumte, unterbrach seine Arbeit und sah ihn an.

»Denkst du an den Trip morgen?«

»Ja«, log Brig.

»Manchmal müssen wir, um zu überleben, Arbeit annehmen, die uns nicht gefällt. Mein Onkel war früher Schafhirt. Jetzt ist er ein alter Mann. Seine Augen lassen nach, und seine Beine versagen manchmal. Um Geld zu verdienen, fegt er den Boden in einem Salon. Er erzählt mir, daß es ihm nicht gefällt, durch Fenster, die gelb vom Nikotin sind, auf die Berge zu sehen, in denen er früher herumgelaufen ist.«

»Ich weiß.« Brig starrte in den Dampf, der von der schwarzen Flüssigkeit aufstieg. Er hatte den alten Hirten gesehen, in dessen Lager er damals, vor so vielen Jahren, gestolpert war, als seine Eltern bei dem Flugzeugabsturz ums Leben gekommen waren. »Ich habe ihm gesagt, wenn er Böden fegen möchte, um sich den Lebensunterhalt zu verdienen, dann kann er das gern hier machen.«

»Aber er will seine Frau nicht verlassen. Das ist ein Teil seines Lebens, der noch immer gut ist«, bemerkte Jocko lächelnd. »Meine Tante ist nicht gesund. Sie muß in der Nähe der Ärzte sein. Und mein Onkel muß in ihrer Nähe sein.« Er stellte den Eisentopf auf den Herd und warf Brig einen Blick zu. »Ich glaube, es ist nicht der Trip, der dich beunruhigt, es ist die Frau.«

»Wie kommst du darauf?« Brig musterte ihn kühl und herausfordernd.

»Weil mein Blut und das meiner Ahnen so heiß ist wie deines. Aber ich glaube, du hast noch nie eine Frau kennengelernt, die dich brennen ließ, was?« Seine dunklen Augen funkelten.

»Du weißt ja nicht, wovon du sprichst.« Er trank einen Schluck Kaffee und fluchte, als er sich die Zunge verbrannte.

»Du bist ein zäher, harter Mann, aber sie weckt in dir den Wunsch, dich sanft zu verhalten. Ich habe ihr erzählt, daß du vergessen hast, wie man eine Frau wie sie behandelt.«

»Ich schlage vor, du kümmerst dich um deine eigenen Angelegenheiten, Jocko.«

Der Spanier lachte. »Sie hat schon gesagt, du würdest mir bestimmt nicht dafür danken, daß ich mich für dich entschuldige.« Er hob die Kaffeekanne hoch, um zu sehen, wieviel noch darin war. »Möchte sonst noch jemand Kaffee?«

»Ich weiß nicht. Du mußt schon selber fragen.« Brig leerte seine

Tasse in den Ausguß und ging zur Hintertür. »Ich gehe ein wenig frische Luft schnappen.«

Am Fuß der Treppe blieb er stehen und zog den Reißverschluß seiner wattierten Jacke zu, die die Kühle der Bergnacht abhielt. Der Mondschein zeichnete ein Muster auf die Weide. Wolken sammelten sich im Nordwesten. Er stopfte die Hände in die Jackentaschen und ging schnellen Schrittes zur Scheune hinüber, um nach den Pferden zu sehen. Er konnte dunkle Umrisse verstreut auf der Weide stehen sehen und wußte, daß dies die Kühe waren.

Schließlich wandte er sich wieder dem Blockhaus und dem gelben Licht zu, das durch die Fenster fiel. Nachdem er die Stufen zur Veranda hinaufgegangen war, ging Brig aber nicht hinein. Er lief zur Ecke am anderen Ende der Veranda. Im Schatten, einen Fuß aufs Geländer gestützt, zündete er sich eine Zigarette an und blickte in die Nacht hinaus.

Als Brig das Zimmer verlassen hatte, hatte Jordanna eigentlich erwartet, sie würde erleichtert sein, daß diese braunen Wolfsaugen sie nicht mehr beobachteten. Statt dessen war sie unruhig und nervös, einer wesentlichen Sache beraubt. Sie trank den Kaffee aus, den Jocko ihr gebracht hatte.

»Möchten Sie noch etwas?« Der allgegenwärtige Frank war eifrig bemüht, ihr alles zu holen, was sie wünschte.

Wie manche Hunde war er so häßlich, daß er schon wieder süß war. »Nein, danke«, lehnte Jordanna ab.

»Dann bringe ich Ihre Tasse fort«, erbot er sich.

Jordanna gab ihm die leere Tasse, damit er sie in die Küche bringen konnte. Als sein klobiger Körper sich entfernte, sah sie sich im Zimmer um. Kit und Tandy waren noch immer in ihr Kartenspiel vertieft. Max hatte wieder ihren Vater aufs Korn genommen. Jetzt, wo Frank in der Küche verschwunden war, in der sich auch Jocko und Brig befanden, war sie allein. Unfähig, die unruhige Stimmung abzulegen, ging sie zur Couch und berührte ihren Vater leicht an der Schulter.

»Ich glaube, ich gehe ein wenig hinaus an die frische Luft«, erzählte sie ihm.

Er tätschelte ihre Hand und nickte, nahm dann aber seine Diskussion mit Max wieder auf. Niemand schien sich um sie zu kümmern, als sie das Zimmer durchquerte und die Haustür öffnete. Jordanna trat auf die Veranda hinaus und schloß leise die Tür hinter sich. Das Kratzen einer

Stiefelsohle auf Holz zog ihre Aufmerksamkeit auf die dunkle Ecke der Veranda. Sie brauchte nur einen Pulsschlag lang, um die große, breitschultrige Gestalt zu erkennen, die sich bei ihrem Erscheinen aufrichtete.

»Ich wußte nicht, daß Sie hier draußen sind. Ich dachte, Sie wären in der Küche.« Jordanna wollte nicht, daß Brig dachte, sie wäre gekommen, um ihn zu suchen.

Er blieb im Schatten, trat nicht ins Licht vor, das aus dem Fenster fiel. »Es ist kalt heute abend. Sie brauchen eine Jacke.«

Sie spürte die Kälte nicht. Ihr Blut raste zu heiß. Sie trat von der Tür fort, ihre Schritte führten sie in seine Richtung. »Dieser Sweater ist dick genug. Ich brauche nur ein bißchen frische Luft. Da drinnen ist es stikkig.« Jordanna wollte nicht von der unruhigen Stimmung erzählen, die so plötzlich vergangen war. »Sie sind auch nicht warm angezogen«, bemerkte sie, als sein Schatten etwas deutlicher wurde.

»Ich bin an die Kälte gewöhnt.«

Hinter Jordanna wurde die Tür geöffnet und tauchte die Veranda vorübergehend in helles Licht. Brigs Gesicht war plötzlich deutlich zu sehen. Der schwarze Streifen seines Schnurrbartes betonte noch seine harte, maskuline Erscheinung. Wieder war sie Gegenstand seiner braunen Augen. Und Jordanna spürte seine Kraft.

»Da sind Sie.« Es war Franks Stimme. Sie drehte sich um, hatte vorübergehend vergessen, daß das Licht durch die offene Tür gefallen war.

»Hallo, Frank«, begrüßte sie ihn.

»Wolltest du nach den Pferden sehen, Frank?« Brigs tiefe, schleppende Stimme ließ den Cowboy erschrecken. Er hatte nur Augen für Jordanna gehabt und die dunkle Gestalt hinter ihr gar nicht gesehen.

»Ich wollte nur ein wenig frische Luft schnappen.«

»Das kannst du, während du nach den Pferden siehst«, bemerkte Brig. Frank zögerte, polterte dann aber über die Veranda und verschwand in der schattigen Dunkelheit. »Schöne Frauen sind eine der größten Schwächen von Frank.«

»Was ist Ihre?« Jordanna wandte sich ihm mit einer Spur von Herausforderung wieder zu.

Die Frage wurde ignoriert, wie sie es erwartet hatte. »Zigarette?« Er zog den Reißverschluß seiner Jacke ein Stückchen auf und griff nach der Schachtel in der Brusttasche. Er schüttelte eine hervor und bot sie ihr an. Jordanna schob sie zwischen die Lippen und beugte sich vor, dem Feuer zu. Ein Windhauch spielte mit der Streichholzflamme. Brig legte schützend eine Hand um die Flamme, als er sie an die Spitze ihrer Zigarette hielt. Es dauerte eine volle Sekunde, nachdem die Zigarette brannte, bis er das Streichholz ausschüttelte, fast so, als hätte er zugesehen, wie die Flamme ihr Gesicht erleuchtete.

»Danke«, murmelte sie und stieß eine Rauchwolke aus.

»Warum sind Sie hier?«

»Ich habe es Ihnen gesagt.« Sie zitterte. Sie hielt ihr Handgelenk fest, aus Furcht, er könnte es bemerken. »Ich wollte ein bißchen an die frische Luft.«

»Nein. Ich meine, warum sind Sie auf diesen Trip mitgekommen?«

»Glauben Sie mir, ich hatte keine Ahnung, daß Sie hiersein würden. Ich war genauso überrascht, als ich Sie sah«, erklärte Jordanna beharrlich und trat näher ans Geländer heran.

»Und wenn Sie es gewußt hätten?«

»Das... das hätte nichts geändert.«

»Sie werden langsam zu erwachsen, um Daddys kleines Mädchen zu spielen. Deshalb nimmt er sie doch mit, oder? Damit er ein Publikum hat, das ihn anbetet und seine Künste bewundert?«

»Er braucht niemanden, der ihn bewundert«, schimpfte Jordanna. »Ich gehe mit ihm auf die Jagd, weil es mir ebenso Spaß macht wie ihm. Ich bin hier, um eine Bighorn-Trophäe zu schießen.«

»Die faulen Reichen. Sie fliegen also einfach von einem Ort zum anderen, um Großwild zu jagen. Macht Ihnen das Töten wirklich Spaß?« Er hatte den Kopf auf eine Seite geneigt, und sein Gesicht lag wieder vollkommen im Schatten.

Sie war es müde, sich immer verteidigen zu müssen, und konterte: »Und Ihnen?«

Brig drehte sich um und schnippte seine Zigarette mit Daumen und Zeigefinger in die Luft. Die brennende Spitze vollführte einen leuchtenden Bogen in der Dunkelheit.

»Ich nehme an, Max hat Ihnen von meiner schmutzigen Vergangenheit erzählt.« In seiner kalten Art klang er amüsiert.

Jordanna zögerte zuzugeben, daß sie die Information von ihrem Vater erhalten hatte oder daß er ein Detektivbüro beauftragt hatte. Da Brig ihr eine andere Möglichkeit geboten hatte, griff sie danach.

»Haben Sie etwa gedacht, das würde er nicht tun?«

»Es ist schon lange her.« Er schaute in die Nacht hinaus, zeigte weder Reue noch Bedauern über das, was er gewesen war.

»Es erklärt, warum Sie heute nachmittag in der Lage waren, so schnell zu reagieren, als diese Schlange Max zu beißen drohte. Sie haben Ihre Instinkte noch nicht verloren.«

»Der Mensch ist ein Raubtier. Diesen Instinkt verliert er niemals völlig. In meinem Fall wurde er noch geschärft. Es war die einzige Möglichkeit zu überleben.« Brig wandte sich wieder ihr zu, und sie spürte seinen Blick. »Von den Raubtieren habe ich gelernt, daß ein Mann sich nimmt, was er haben will.«

Seine Hand legte sich um ihren Nacken, die rauhe Haut seiner Finger verfing sich in Strähnen ihres schimmernden Haares. Jordanna holte schnell Luft und stieß sie wieder aus, als seine andere Hand sich unter ihr Kinn legte und es anhob. Mit dem Daumen fuhr er an ihren Lippen entlang und öffnete sie, berührte ihre weißen Zähne. Mit der Zungenspitze schmeckte sie die salzige Haut seines schwieligen Daumens.

»Sie haben keine Angst vor mir – oder dem, was ich war. Warum?«

»Sollte ich das?« Ihre Stimme war sanft, ein schwaches Flüstern.

»Die meisten Menschen haben Angst.« Sein Mund senkte sich langsam herab, und ihr Herz schlug wild.

»Die meisten Menschen haben Angst vor ihrem eigenen Schatten«, murmelte sie, als sie von seinem Kuß verschlungen wurde.

Die Hand in ihrem Nacken verstärkte ihren Druck, um sie auf die Zehenspitzen zu heben. Ihre Hände glitten über das glatte Material, aus dem seine Jacke angefertigt war, legten sich um seinen Hals, ihre Finger vergruben sich in seinem dichten braunen Haar. Leidenschaft sprang zwischen ihnen über wie eine lebende Flamme, als er ihre Lippen teilte und ihren Mund erforschte.

Seine Hand glitt von ihrem Hals über ihren Rücken und die Hüften, preßte sie an sich. Sie verspürte den vertrauten Duft, den betäubenden Geschmack seiner Zunge, das Hämmern seines Herzens. Wie schon zuvor reagierte sie roh und wild auf ihn. Jordanna fühlte, wie sein Hunger ihre Lippen verschlang, sie schmeckte und fühlte, und in ihr wurde ein unstillbarer Appetit wach. Sie sehnten sich danach, einander zu befriedigen. Seine Hände glitten unter ihren Pullover, streichelten das nackte Fleisch ihrer Schultern und ihres Rückens, massierten auf erotische Art ihre Haut. Jordanna schauderte, als Wogen intensiver Sehnsucht über ihr zusammenschlugen.

So groß war ihr Bedürfnis, daß es schon körperliche Schmerzen in ihr hervorrief. Jordanna wand sich unter seinem besitzergreifenden Mund, versuchte eine Möglichkeit zu finden, sich zu beherrschen, ehe sie ihren Stolz ablegte. Als Brig an ihrem empfindsamen Hals knabberte, durchfuhr sie warm und golden ihr Verlangen wie ein Sonnenstrahl, der ihre Seele erleuchtete.

»Brig«, hauchte sie, endlich fähig, den Mann beim Namen zu nennen, der sie verfolgt hatte.

Er hob den Kopf, holte tief und unsicher Atem. Seine Hände glitten unter ihrem Sweater hervor, fort von der nackten Haut, die er erhitzt hatte, und umfaßten ihr Gesicht. Seine Finger zitterten.

Verwundert musterte sie das Männergesicht, das dem ihren so nahe war. Seine Züge waren gewohnt, keine Gefühle zu verraten. Um seine Augen bemerkte sie Krähenfüße, und zu beiden Seiten seines Mundes entdeckte sie auf der sonnengebräunten Haut Grübchen, die in seinem Bart verschwanden. Es war ein bezwingendes Gesicht, selbstsicher in seiner Männlichkeit und Fähigkeit. Sie wandte ihre Lippen seiner Handfläche zu und küßte sie.

Das tierische Leuchten seiner harten Augen wanderte von ihrem Gesicht an ihr vorbei in die Dunkelheit. »Frank kommt zurück.« Seine Stimme war heiser vor Ungeduld, als seine Hände ihr Gesicht losließen und sich auf ihre Schultern legten.

Jordanna legte den Kopf auf die Seite und lauschte angestrengt. Da waren nur die Geräusche der Nacht. Wie konnte er etwas gehört haben? Dann hörte auch sie ein Knirschen, sehr schwach nur, Schritte im Kies.

»Wie konntest du ihn hören?« flüsterte sie ungläubig.

»Das hier ist mein Heim. Ich kenne die Geräusche, die hierhergehören oder nicht.« Brig bewegte sich, legte Distanz zwischen sie und ihn.

»Brig?« Jordanna wiederholte seinen Namen. »Woher hast du diesen Namen?«

»Es ist eine Abkürzung von Brigham, nach meinem Großvater Sanger. Aber niemand nennt mich Brigham.« Seine Finger bohrten sich in ihr Fleisch. Ebenso schnell ließ er sie wieder los und drehte sich um. »Du solltest jetzt besser hineingehen.«

Jordanna erstarrte. Aus der Dunkelheit tauchte Frank Savidge auf und kam zur Veranda. Der erste Schritt dröhnte auf der untersten Stufe. Sie warf ihm aus dem Augenwinkel einen Blick zu, haßte sein Eindringen. Er sah Brig an.

»Mit den Pferden ist alles in Ordnung.«

»Gut.«

Frank blieb auf der Veranda stehen, warf Jordanna einen erwartungsvollen Blick zu. »Gehen Sie hinein?«

»Ja.« Sie rieb sich die Arme, als wäre ihr kalt.

Frank stürzte zur Tür und hielt sie ihr auf. Ihr Blick prallte an der hohen Gestalt in der Ecke der Veranda ab. Er hatte ihr den Rücken zugewandt. An dem grobschlächtigen Cowboy vorbei betrat Jordanna das Wohnzimmer. Ihr Vater blickte auf und sah, daß der Cowboy ihr nachkam.

»War es kühl draußen?« fragte er.

Sie hatte die Hände noch immer vor sich verschränkt und hielt ihre Ellbogen umfaßt. »Ein bißchen.« Sie hatte es erst kurz bevor sie hineinkam, bemerkt.

Die Tür hatte sich kaum geschlossen, als sie auch schon wieder geöffnet wurde und Brig hereintrat. Fletcher stand vom Sofa auf und sah sich im Zimmer um.

»Ich weiß nicht, wie es mit euch anderen aussieht, aber ich geh' ins Bett. Wir wollen morgen früh los.«

»Zwei Spiele hintereinander«, erklärte ihr Bruder. »Da wird es Zeit aufzuhören, bevor ich als Verlierer ende.« Er schob den Stuhl von dem Kartentisch zurück, auf dem das Brett lag. »Hat Spaß gemacht, Tandy.«

»Jederzeit wieder.«

»Wie steht's mit dir, Jordanna?« Kit schaute zu ihr hinüber. »Machst du auch Schluß für heute?«

»Bald. Wenn alle im Bad fertig sind, möchte ich gern noch ein letztes Bad nehmen. Das ist ein Luxus, den wir uns nicht mehr leisten können, wenn wir erst draußen in den Bergen sind. Ich werde es ausnützen, solange ich die Gelegenheit habe.«

»Für mich ist es eigentlich noch zu früh, um zu Bett zu gehen«, meinte Max. »Aber es wird mir noch früher vorkommen, wenn ich bei Morgengrauen aufstehen muß. Also werde ich wohl auch schlafen gehen.«

»Komm, Frank.« Tandy räumte das Cribbage-Brett fort. »Machen wir unsere Betten hier. Brig?« Sein Blick wanderte zu seinem Arbeitgeber, eine stumme Frage nach dessen Absichten.

»Ich habe noch einiges an Papierkram zu erledigen, ehe ich zu Bett gehen kann.« Brig ging zum Schreibtisch hinüber, der an der Wand stand. Er zog den Stuhl hervor und warf über die Schulter einen Blick auf die anderen. »Gute Nacht.«

11

Die Badezimmertür öffnete und schloß sich. Brig blieb über den Schreibtisch gebeugt sitzen, drehte sich weder um, noch warf er einen Blick über die Schulter, als er hörte, wie sich nackte Füße dem Schlafzimmer im Erdgeschoß näherten – seinem Schlafzimmer. Wieder hörte man das Klicken einer Tür, die geöffnet und dann geschlossen wurde.

Hinter sich hörte er Frank stöhnen und flüstern: »Hast du in deinem Leben jemals eine schönere Frau gesehen?«

Seine Finger umklammerten den Bleistift noch fester, bis sich die Knöchel weiß abhoben. Zum dritten Mal addierte er die Zahlen und erhielt ein drittes Resultat, das sich von den ersten unterschied. Er versuchte es erneut.

»Sie ist sehr schön«, stimmte Jocko leise zu.

Brig fuhr sich mit den Fingern durchs Haar und zwang seine Augen, sich auf die Zahlen zu konzentrieren. Sie verschwammen zu undeutlichen Kritzeleien. Er mußte noch einmal ganz von vorn anfangen.

»Wenn ich das nächste Mal ein Bad nehme, werde ich in der Wanne schwelgen«, verkündete Frank mit verstörter Stimme. »Kannst du sie nicht auch da drin sitzen und mit Wasser spritzen sehen?«

»Jetzt reicht's, Frank.« Brig konnte es nicht mehr ertragen. Seine Stimme war leise und rauh. Ihn quälte der Schmerz, sie in den Armen gehalten zu haben, ohne in der Lage gewesen zu sein, mehr zu tun.

Seinem grollenden Befehl folgte augenblicklich Schweigen. Aber es hielt nicht lange an. »Ich kann sie direkt sehen, wie sie sich die Hände einseift und den Schaum dann überall auf ihre Brust schmiert«, träumte Frank laut.

Ein stummes Stöhnen zerrte in seinem Innern. Brig drehte sich auf seinem Stuhl um. »Ich sagte, das ist genug!« fuhr er den Cowboy an, der zusammengerollt in seinem Schlafsack auf dem Boden lag. »Mach das Licht aus und schlaf.«

»Was ist mit dir?« meinte Frank spitz und herausfordernd. »Gehst du nicht zu Bett?«

»Nicht, ehe ich mit dem Papierkram fertig bin.« Als er sich wieder dem Schreibtisch zuwandte, sah Brig den Lichtschimmer unter der Schlafzimmertür. Jordanna schlief auch noch nicht. Er versuchte, diesen Gedanken zu verdrängen.

»Du kannst nichts sehen, wenn wir das Licht ausmachen«, gab Frank zu bedenken.

»Ich habe ja die Schreibtischlampe.« Brig schaltete die Lampe mit dem grünen Schirm ein. Ein Klicken tauchte den Rest des Zimmers in Dunkelheit.

»Der Boden ist hart«, murrte Frank. »Ich könnte mir ein besseres Bett zum Schlafen vorstellen.«

»Frank!« Das leise Knurren war Brigs letzte Warnung. Es war unwichtig, daß der Cowboy nicht wußte, was seine Kommentare für ihn bedeuteten. Sie mußten aufhören.

»Ich bin ja schon ruhig.« Dann murmelte er vor sich hin: »Aber es ist doch nichts dabei, wenn man sich was wünscht.«

Es war erst schlimm, wenn man es sich so sehr wünschte, daß das Verlangen einen verschlang. Brig hätte es ihm sagen können. Langsam senkte sich Stille über den Raum, nur unterbrochen vom Kratzen des Kugelschreibers auf dem Papier und dem unruhigen Hin- und Herwerfen von Frank in seinem Schlafsack. Brig setzte seine Abrechnung fort, überprüfte, welche Kälber er verkauft und welche Zuchtkühe er behalten hatte. Er versuchte, nicht zu registrieren, wie oft er zu dem Lichtstreifen unter der Tür seines Schlafzimmers hinübergeschaut hatte.

Tandy schnarchte, als Brig schließlich den Stift aus der Hand legte und sich über die Bartstoppeln an seiner Wange strich. Dann massierte er sich die verspannten Nackenmuskeln. Er beugte den Kopf nach hinten, war sich der Geräusche bewußt, die die drei Rancharbeiter beim Schlafen machten. Als er den Kopf wandte, wurde sein Blick wie durch einen Magneten zu dem Licht gezogen. Es ließ ihn reglos erstarren, sandte Feuer durch sein Blut.

Er erhob sich von seinem Stuhl, schaltete die Schreibtischlampe aus und wartete, bis sich seine Augen ans Dunkel gewöhnt hatten, an eine völlige Dunkelheit, mit Ausnahme dieses schmalen Lichtstreifens. Sein Blick wanderte zur Treppe. Er hatte lauschend den Kopf schief gelegt. Im ersten Stock herrschte absolute Ruhe.

Lange, panthergleiche Schritte trugen ihn zu der Tür. Wenn er ein Risiko einging, so kümmerte sich Brig nicht darum. Die Chance, diesen weichen weiblichen Körper an seinen zu pressen und festzuhalten, diesen Körper, der ihn so manche Nacht gefoltert hatte, war es wert.

Er klopfte leise an die Tür. Zuerst blieb alles still. War sie eingeschlafen, ohne das Licht zu löschen? Er streckte die Hand nach dem Griff aus, als er eine leise, kehlige Stimme fragen hörte: »Wer ist da?« Die Stimme war wie eine Liebkosung.

»Brig.« Seine eigene Stimme kam von weit her, vibrierte unter der Unruhe in seinem Innern. »Ich habe ein paar Sachen in meinem Zimmer vergessen.«

Er spürte das Zögern auf der anderen Seite der Tür. Unendlich scheinende Sekunden vergingen, ehe sich der Knauf drehte und die Tür geöffnet wurde. Die Muskeln zogen sich in seiner Brust zusammen, lähmten seine Lungen. Groß und irgendwie königlich trat Jordanna beiseite, um ihn einzulassen. Ein Morgenmantel aus einem samtigen Material in der Farbe reifer Preiselbeeren bedeckte ihren ganzen Körper bis hinab zu den Zehen. Seine Farbe wie auch das Lampenlicht, das von hinten auf sie fiel, brachten die roten Lichter in ihrem Haar zum Tanzen. Sie hatte den Mantel mit dem Reißverschluß bis zum Kinn hinauf geschlossen. Die Manschetten der langen Ärmel verbargen ihre schlanken Handgelenke.

Es war verrückt, aber Brig fand, sie hätte nicht reizvoller aussehen können, wenn sie nackt vor ihm gestanden hätte. Ihr Gesicht war sauber gewaschen, ohne Make-up, aber die klassischen Linien ihrer Wangenknochen, ihrer Nase und des Kiefers und die unergründliche Tiefe ihrer ungewöhnlichen grünbraunen Augen brauchten keine Verschönerung.

Sie ließ die Tür los und trat weiter ins Zimmer. Dann deutete sie auf einen Stapel neben der Wand. »Ich nehme an, das ist es, was Sie suchen.«

Brig trat ins Zimmer und schloß die Tür. »Sie hätten nicht auf mich zu warten brauchen. Sie hätten meine Sachen einfach vor die Tür stellen können.«

»Ja«, gab sie zu, ganz natürlich, ohne kühn oder unverschämt zu sein. Wo war die Maske der Weltgewandtheit, die reiche und schöne Frauen wie sie gewöhnlich zu tragen pflegen? überlegte Brig. Sie tat so, als wäre sie weder schüchtern noch verführerisch. Sie verwirrte ihn und erregte ihn gleichzeitig. Das Verlangen nach ihr pulsierte in ihm wie ein Trommelwirbel, wurde langsam immer stärker.

»Warum haben Sie es nicht getan?« Brig ging langsam auf sie zu.

»Weil ich mit Ihnen sprechen wollte... unter vier Augen.« Das leichte Zögern in ihrer Antwort ließ sie nur noch femininer wirken. Es legte eine Verletzlichkeit nahe, die er erkunden wollte.

»Worüber?« Er blieb nur einen Schritt vor ihr stehen. Sie hob den Blick zu seinem Gesicht und sah ihn offen an. In der funkelnden Tiefe ihrer Augen bemerkte er die Unruhe, die er in ihr erzeugte. Zufrieden darüber beruhigte er sich für einen Augenblick.

»Ich bin überzeugt, Sie haben den falschen Eindruck gewonnen, daß ich – viele Männer habe. Das ist nicht der Fall«, versicherte sie ihm in einer Stimme, die zitterte, weil es ihr so wichtig war, ihn zu überzeugen. »Es ist keine Gewohnheit von mir, mit vollkommen Fremden zu schlafen.«

Ihre Wortwahl amüsierte ihn. »Ich bin nicht perfekt.« Als sie stolz das Kinn reckte, streckte Brig gequält die Hand aus, um daran entlangzufahren.

»Das habe ich nicht gemeint.«

Brig fühlte ihre Erregung und spürte, daß sie zum Teil auf seine Berührung zurückzuführen war. Das erfüllte ihn mit einem berauschenden Gefühl von Macht. Seine Hand liebkoste ihren schlanken Hals. Ihr Puls schlug unregelmäßig. Seine Finger folgten dem Ausschnitt ihres Mantels, stockten dann am Metall des Reißverschlusses. Er öffnete ihn, enthüllte das Grübchen an ihrer Kehle, dann weiter, bis er das Tal zwischen ihren Brüsten sehen konnte. Die Erkenntnis sprang ihn förmlich an, daß sie unter dem Mantel nackt war.

Ihre Finger schlossen sich um sein Handgelenk, um den Weg des Reißverschlusses aufzuhalten. »Sie hören mir nicht zu.« Sie schluckte, um das Zittern in ihrer Stimme zu unterdrücken. »Ich versuche zu erklären...«

»Ich bin ein Mann«, unterbrach Brig sie mit einer sorglosen Leichtigkeit. »Und du bist eine Frau, Jordanna, mit Bedürfnissen, so primitiv und alt wie die Zeit selbst. Was gibt es sonst noch zu erklären?«

Sein Blick glitt auf ihre Lippen. Sie öffneten sich, aber keine Antwort kam darüber. Brig brauchte keine weitere Einladung. Im selben Augenblick, als sein Mund ihre Lippen berührte, wich alle Zärtlichkeit aus ihm, und er zerdrückte sie fast in der Wut seines Verlangens. Er fühlte, wie ihre Lippen von seinen Zähnen aufgerissen wurden, schmeckte Blut in ihrem Mund, aber er konnte den brutalen Druck nicht verringern.

Wie aus eigenem Antrieb öffnete seine Hand den Reißverschluß bis unter ihren Nabel, und die Hand auf seinem Handgelenk machte keinerlei Anstalten, ihn zurückzuhalten. Der Mantel wurde zu einer irritierenden Barriere zwischen ihm und der lebenden Alabasterstatue. Ungeduldig schob er ihn über ihre Schultern und Arme, war erst zufrieden, als er zu ihren Füßen lag.

Seine Hände glitten über sie, zu aufgeregt durch die Berührung ihres Fleisches, um sich Zeit zu lassen. Sie bedeckten die Hügel ihrer festen Brüste, eilten weiter, über den schmalen Brustkorb bis zu ihrer Taille. Die Schwellung ihrer Hüften und die runden Pobacken erfüllten ihn mit brennender Begierde. Brig preßte sich an sie, ungeachtet seiner Grobheit, als er versuchte, den körperlichen Grenzen zu trotzen und sie als Ganzes in seinen Körper aufzunehmen. Weniger als das würde das rasende Feuer nicht befriedigen, das ihn verzehrte.

Er hob sie in seine Arme und trug sie zum Bett, verhielt kurz, um die Steppdecke zurückzuschlagen, ehe er sie auf die Laken legte. Er trat zurück, um seine Kleider abzustreifen. Wie schon einmal beobachtete sie ihn interessiert und ohne zu erröten. Während Brig sich auszog, schien sein Blick Jordanna verschlingen zu wollen. Ihre Lippen waren von seinen Küssen geschwollen. Ihre Brüste mit den rosigen Spitzen hoben und senkten sich und zogen seinen Blick abwärts, an der schmalen Taille vorbei und zu dem dreieckigen Fleck lockigen Haars, dann weiter an den langen, wohlgeformten Beinen entlang.

Sie war in seinem Bett. Sie gehörte ihm, ihm ganz allein. Er würde sie besitzen, diesen rothaarigen, weiblichen Dämon, der von ihm Besitz ergriffen hatte, der seinen Verstand bedroht und seine Männlichkeit herausgefordert hatte. Das Gespenst dieses faszinierenden Geschöpfes würde ihn nicht länger quälen. Sie war hier, in Fleisch und Blut, um ihn zufriedenzustellen. Brig ging aufs Bett zu.

»Willst du nicht das Licht ausmachen?« flüsterte sie.

»Nein.« Die Heiserkeit seiner Stimme verriet die heißen Flammen von Leidenschaft, die ihn durchströmten. »Ich werde nicht zulassen, daß die Dunkelheit deinen Körper vor meinen Augen verbirgt. Ich habe zu lange darauf gewartet, ihn zu sehen.«

Die Matratze gab unter seinem Gewicht nach, und sie rollte in seine Arme. Jegliches Vorspiel wurde außer acht gelassen, als das Bedürfnis, ihren Körper zu besitzen, größer wurde als der Wunsch, ihn zu genießen.

Brig bemühte sich, die rasenden Flammen in seinem Innern zu beherrschen. Aber sie brannten heißer und heißer, bis er ihnen kaum noch widerstehen konnte. Ihre sich windenden Hüften, die sich an ihn preßten, und die erstickten, animalischen Laute wilden Vergnügens, die aus ihrer Kehle kamen, waren nur noch Öl auf dieses Feuer. Es gab kein Zurückhalten der Explosion des Begehrens, als sie kam. Die Heftigkeit ließ ihn erschüttert zurück, aber bereit, das Vergnügen zu genießen, das er in der Hitze des Gefechts ignoriert hatte.

Als Brig von ihr herabgerollt war, fühlte sich Jordanna schwach und leer nach den Anforderungen, die er an sie gestellt hatte. Sie war in das weißglühende Zentrum seiner feurigen Umarmung gezogen worden. Die Vereinigung hatte sie bis ins Mark erschüttert.

Jordanna zitterte noch immer, als sein Arm sich um ihre Taille legte, um ihren Leib an seine Brust zu ziehen. Sein Mund suchte ihre Lippen, als ihre Süße ihm neue Kraft verlieh. Sie zog Energie aus dem Kontakt mit seinem festen, muskulösen Körper, sinnlich und stimulierend. Als sie sich seinem Kuß überließ, erfüllte sie ein dankbares Vergnügen, weil die körperliche Befriedigung sein Verlangen nach ihr nicht ausgebrannt hatte.

Seine Hände suchten ihre Schultern und ihren Rücken, folgten der Linie ihres Rückgrats und riefen auf ihrem ganzen Körper eine Gänsehaut hervor. Die weiche Bürste seines Schnurrbartes wies ihr den Weg, als sein Mund ihr Gesicht erforschte, sich langsam seinen Weg bis zu ihrem Ohr bahnte. Sein warmer Atem erregte ihre Sinne, und Jordanna schauderte, als seine harte Zunge sie berührte.

Erneut wurde ein Feuer in ihr entfacht, eine goldene Wärme breitete sich durch ihre Adern aus, erhitzte ihren Puls. Einen Augenblick lang verfing sich sein Mund in den seidigen Locken ihres Haares, ehe er es beiseite schob, um ihren Nacken zu untersuchen. Schweiß überzog sein hartes Fleisch unter ihren Fingern. Sie klammerte sich an seine Arme. Jordanna beugte den Kopf nach hinten, um ihm seine provozierenden Nachforschungen leichter zu machen.

Er umfaßte ihre Taille mit beiden Händen, hob sie auf sich. Schweißtropfen liefen zwischen ihren Brüsten entlang. Sein Mund fing sie auf, ehe er zum Gipfel ihrer Brust weiterwanderte. Jordanna zitterte unter dem Zucken seiner Zunge und verschränkte die Finger in seinem tiefbraunen Haar, um ihn zu zwingen, ihrer Qual ein Ende zu machen. Ein Stöhnen entrang sich ihrer Kehle, als sein Mund die ganze Brustwarze umfaßte. Nachdem er sein Vergnügen bis zum letzten ausgekostet hatte, wiederholte er das Spiel an der anderen Brust.

Ein goldener Schmerz verzehrte sie. Sie versuchte ihn zu verringern, indem sie rhythmisch ihre Hüften an seinem muskulösen Oberschenkel bewegte. Aber das verschaffte ihr nur teilweise Befriedigung. Seine Hand schloß sich um ihr Gesäß, preßte ihre Hüften an sein hartes Fleisch. Brig vertauschte die Positionen, drückte ihre Schultern gegen die Matratze und glitt zwischen ihre Beine. Sie wimmerte in atemloser Vorfreude.

Ihre Hände und ihr Körper zeigten ihm, was sie wollte, während ihre Lippen an seinen hingen. Brig murmelte Liebesworte, lobte und forderte, ermunterte sie, ihn zu erfreuen, wie er sie erfreute. Der Schweiß ihrer Körper ließ sie miteinander verschmelzen, ließ sie eins werden. Das Entzücken seines selbstlosen Gebens war keine Illusion gewesen, die sich nie wiederholen würde, erkannte Jordanna, als sie erneut zu atemlosen Höhen erhoben wurde.

Es war ein Treiben, ein schwereloser Abstieg in seine Arme. Sie kuschelte sich an ihn, küßte die Schulter, die noch die Narbe der Kugel trug und auf der ihr Kopf ruhte. Seine Hand umfaßte ihre Taille, hielt sie fest. Es war der natürlichste Platz der Welt, um zu schlafen, erschöpft von seinem Liebesspiel und gewärmt von seinem Fleisch. Jordanna merkte es nicht, als er sie beide mit der Steppdecke zudeckte.

Brig hatte diese feurige Besessenheit nie gekannt, diese Weigerung, eine Frau aus seinen Armen zu entlassen. Das neue Gefühl war beunruhigend. Er war sich nicht sicher, ob er diese subtile Beherrschung mochte. Er hatte vermutet, daß eine Nacht ihn nicht befriedigen würde, aber er hatte nicht begriffen, wie mächtig sein Verlangen war, Jordanna immer in Reichweite zu haben. Keine Frau hatte in ihm mehr als oberflächliche Gefühle geweckt, und diese hier hatte ihn sogar bis ins Mark erschüttert. Er fühlte sich ihr ausgeliefert und war empfindlich. Sie machte ihn verwundbar. Das machte sie gefährlich, weil er nicht sicher war, ob er ihr trauen konnte. Warum, wußte er nicht.

Jordanna rührte sich und versuchte, sich bequemer hinzulegen, aber ein stählernes Band um ihre Taille hielt sie fest. Die Hitze eines Glutofens umspielte ihre Schultern, ihren Rücken, ihre Hüften und die Beine. Im Halbschlaf tastete sie, streckte die Hand aus, um ihre Taille von dem beengenden Band zu befreien. Ihre Finger trafen auf die haarige Haut eines Männerarms.

Sie schlug die Augen auf, eine Minute lang überrascht, ehe die Erinnerung auf sie einstürzte. Brig lag neben ihr, dicht an sie geschmiegt. Nie zuvor war sie mit einem Mann eingeschlafen. Es war eine neue und angenehme Erfahrung, in seinen Armen aufzuwachen. Draußen vor dem Schlafzimmerfenster ließ das blasse Grau des frühen Morgens den Himmel heller werden.

Jordanna wandte sich der Wärme zu, reckte sich, um den dunklen Kopf auf dem Kissen neben sich sehen zu können. »Brig, wach auf«, sagte sie leise und zögernd. »Es ist Morgen.«

»Hmm.« Sein Gesicht war im Schlaf ausdruckslos. Das zerzauste Haar forderte ihre Finger auf, es zu glätten, und Jordanna tat es, spürte die Stoppeln des nächtlichen Bartwuchses an ihrer Handfläche.

»Nun komm schon«, schmeichelte sie. »Du stehst besser vor den anderen auf.«

Seine Hand glitt von ihrem Bauch und umfaßte ihre Brust. Dunkle Wimpern hoben sich langsam und enthüllten Augen, die für einen Mann, der gerade erst aufwachte, überraschend wach blickten. Sie musterten gründlich ihr Gesicht. Dann beugte er den Kopf und knabberte an ihrer elfenbeinfarbenen Schulter.

»Das hat keine Eile.«

»Es dämmert schon.« Jordanna zog eine Schulter hoch, um ihren Nacken zu schützen und ihn daran zu hindern, weiter zu knabbern.

»So?« Er hatte sie jetzt ganz umgedreht, so daß sie flach auf dem Rücken lag.

Sie stemmte die Hände gegen seine Brust, als er sich anschickte, sich über sie zu beugen. »Du mußt aufstehen, Brig, bevor jemand dich hier drin findet.«

Die vertraute Härte stahl sich wieder in seine Augen. »Und was wäre, wenn das geschähe?«

Er versuchte sie zu küssen, aber Jordanna wich seinem Mund aus. »Jetzt nicht«, protestierte sie.

»Jetzt nicht?« Er kniff die Augen zusammen. Er hatte an nicht mehr als an einen genießerischen Guten-Morgen-Kuß gedacht. Zugegeben, es wäre ein langer, ausgiebiger Kuß geworden. Doch ihr Versuch, ihm Vorschriften zu machen, wann sie sich lieben sollten, ärgerte ihn. Sie hatte ihm bereits den Verstand geraubt. Er würde nicht zulassen, daß sie ihn aus seinem Bett vertrieb.

»Wenn nicht jetzt, wann würdest du denn dann vorschlagen?« meinte Brig herausfordernd und kalt. »Vielleicht könntest du in deinem Terminkalender nachsehen und mich wissen lassen, wann du das nächste Mal frei bist.«

»Brig, bitte.« Leichter Zorn blitzte in ihren Augen auf.

»Bitte was? Sei ein lieber Junge und geh jetzt«, spottete er.

»Das habe ich nicht gesagt.« Sie klang empört und verletzt und war mehr als nur ein wenig zornig.

»Aber du möchtest nicht, daß ich dich jetzt liebe?«

»Nein.«

Als sie versuchte, aus dem Bett zu schlüpfen, hielt Brig sie an die Matratze gepreßt fest. »Mal sehen.« Sein Mund verzog sich zu einem ironischen Lächeln.

Zuerst leistete sie Widerstand, aber sein Gewicht hielt sie ohne Schwierigkeiten fest. Sie verausgabte sich im nutzlosen Versuch, seinem Mund auszuweichen, während er die Stellen erforschte, die ihr Winden freilegte. Er neckte sie mit seinen Küssen und Liebkosungen, selbst dann noch, als sie schon anfing, darauf zu reagieren. Sie krümmte sich, ihm entgegen, suchte seine Hüften, aber er hielt sich zurück. Sie wand sich unter ihm, animalische Laute entfachter Begierde kamen aus ihrem Mund. Aber Brig wollte ihren Schmerz nicht erleichtern, obwohl seiner ebenso groß war.

»Ich dachte, du wolltest nicht, daß wir uns lieben«, spottete er.

»Verdammt sollst du sein«, fauchte Jordanna wütend.

Sie griff ihn an, beißend und kratzend, verlangte die Befriedigung, die seine Liebkosungen versprochen hatten. Diese wilde Aggression provozierte Brig mehr, als Tränen und Bitten es vermocht hätten. Als sie sich liebten – ein Akt, aus heftigem Wahn geboren –, wurde das zu feuriger Leidenschaft und endete in einer beiderseitigen Raserei der gestillten Begierde.

Als es vorbei war, lag Brig ein paar lange Minuten im Bett, um wieder zu Atem zu kommen und darauf zu warten, daß sein Herz aufhörte, wild gegen seine Rippen zu hämmern. Er wollte sich nicht rühren, aber ein goldener Schimmer überzog den morgengrauen Himmel. Er schwang die Füße aus dem Bett auf den Boden, stand auf und fing an, sich anzuziehen. Er war sich klar darüber, daß Jordanna ihn beobachtete. Er fragte sich, wann er wieder mit ihr zusammensein könnte. Verdammt sollte sie sein, diese grünäugige Hexe, dachte er. Seine Lenden waren noch nicht abgekühlt, und schon machte er sich Gedanken darüber, wann er das nächste Mal bei ihr sein würde.

Brig stopfte sein Hemd in die Hose. Ohne einen Blick aufs Bett zu werfen, wo sie lag, ging er zur Tür und riß sie auf.

»Brig.«

Bereit, die Tür zu schließen, blieb er stehen und warf einen Blick über die Schulter, machte aber keinerlei Anstalten, zum Bett zurückzukehren. Als sie das begriff, stand sie auf, schleifte die Patchwork-Decke mit sich, die ihre Blöße bedeckte. Sie eilte zur Tür und blieb stehen, suchte in seinem Gesicht.

»Sei nicht böse«, bat sie.

Es war eine einfache Bitte, weder eine Entschuldigung noch eine Forderung. Sein Blick ruhte auf ihren Mund. War sie sich der unwiderstehlichen Macht bewußt, die sie auf ihn ausübte? Was machte es schon? Seine Hand legte sich um ihren Nacken, und er preßte ihr einen harten Kuß auf die Lippen.

Auf der Treppe hinter ihnen erklangen Schritte. Er brach den Kuß abrupt ab, erkannte den Schritt, noch ehe er sich umdrehte. Als er dem Blick aus Fletcher Smiths zusammengekniffenen Augen begegnete, verfluchte sich Brig selbst, weil er nicht vorsichtiger gewesen war – und sei es nur um Jordannas willen. Aber er war gleichermaßen erleichtert, daß sein Verlangen nach ihr jetzt kein Geheimnis mehr war. Direkt hinter Fletcher stand sein Sohn auf der Treppe. Brig bemerkte seine Anwesenheit, wandte seine Aufmerksamkeit aber ausschließlich Jordannas Vater zu.

»Wollten Sie etwas zu mir sagen, Fletcher?« erkundigte er sich leise und herausfordernd.

Grimmiges Zögern auf seiten des älteren Mannes hielt nur wenige Sekunden an, während sein Blick zu seiner Tochter flog. Als er dann wieder auf Brig ruhte, war er verschleiert. »Nein.«

Nachdem er die Gefahr dieser Konfrontation hinter sich gebracht hatte, schaute Brig zu Jordanna hinüber. Sie wirkte beherrscht, wenn auch ein wenig verlegen. Brig konnte keinen Grund finden, sich noch länger hier aufzuhalten. Er nickte Jordanna leicht zu und verschwand in der Küche.

Jocko schenkte gerade eine Tasse Kaffee ein, als er eintrat. Er reichte sie Brig. Tandy und Frank saßen bereits am Tisch. Ihre vielsagenden Blicke zeigten Brig, daß es kein Geheimnis mehr war, wo er die letzte Nacht verbracht hatte.

»Ich glaube, du genießt die Gefahr immer noch, Brig«, lautete Jockos Kommentar.

Ein Muskel spannte sich in seiner Wange an. »So, glaubst du das?« Es war eine Frage, die nichts verriet.

»Ich glaube außerdem, daß dieser Mr. Fletcher Smith ein mächtiger Mann ist«, fuhr er fort. »Ich würde es nicht gern sehen, wenn er mich nicht mag.«

»Ich bezweifle, daß du jemals etwas tun würdest, um sein Mißfallen zu erregen, Jocko«, gab Brig zurück.

»Aber wie sieht es mit dir aus, Señor?«

»Das ist ja wohl mein Problem, nicht wahr, Jocko?«

»Si, und ich mache mir Sorgen um dich.«

»Brig kann selbst auf sich aufpassen«, warf Tandy ein.

»Du solltest besser mit dem Frühstück anfangen, Jocko. Was euch zwei angeht«, wandte sich Brig dann an die Cowboys, die am Tisch saßen, »trinkt euren Kaffee aus und sattelt die Pferde, und bereitet die Lasttiere so weit vor, daß sie beladen werden können.«

Er brauchte keine Diskussion darüber, ob es klug war, sich mit Fletcher Smith' Tochter einzulassen. Es war bereits geschehen. Brig bezweifelte, daß er es ändern würde, selbst wenn er könnte. Verdammt, aber er war müde. Er fing Jockos Grinsen auf. Der listige Spanier hatte sein müdes Gesicht gesehen und kannte den Grund dafür. Der momentane Anflug von Zorn wich einem müden Lächeln.

»Sie war es wert, no?«

»Ich denke schon, ja«, gab Brig zu.

Nachdem Brig in der Küche verschwunden war, kam Fletcher die Treppe hinunter. Jordanna blieb in der Tür zum Schlafzimmer stehen, die Decke ein wenig fester an sich gepreßt. Sie wußte nicht, was er von ihr hielt, ob er sie mit seiner Frau verglich. Jordanna hatte ihm nicht von dem Fremden auf der Party erzählen können – Brig. So nah sie sich auch standen, ihre Freundschaft beinhaltete keine intimen, vertraulichen Gespräche über persönliche, sexuelle Erfahrungen. Dabei stand immer die Eltern-Kind-Beziehung im Weg.

Kit folgte ihm die Treppe hinab. Als er vor Jordanna stehenblieb, berührte er ihn am Arm. »Komm, Dad, es geht uns nichts an.«

Ihr Vater schüttelte seine Hand ab. Seine braunen Augen waren beunruhigend direkt, als sie Jordannas Blick auffingen, die mit keiner Wimper zuckte. »Weißt du, was du da tust?« fragte er nur.

»Ich bin eine erwachsene Frau«, erinnerte sie ihn.

»McCord...« Er fing den Satz an, änderte dann aber seine Meinung. »Verliebe dich nicht zu sehr in ihn, Jordanna«, riet ihr Vater statt dessen. »Ich glaube nicht, daß das klug wäre.«

»Ich glaube nicht, daß Gefühle irgend etwas mit Klugheit zu tun haben«, antwortete sie.

»Ich möchte nicht, daß du verletzt wirst.« Auf seinem Gesicht lag ein Ausdruck von Schmerz und Unentschiedenheit. »Und es gibt ein paar Dinge, bei denen ich dir nicht helfen kann.«

»Ich weiß.« Jordanna fühlte sich plötzlich sehr ruhig und sicher. »Mach dir um mich keine Sorgen, Dad.«

Er zögerte und rieb sich die Stirn. »Du ziehst dir besser was an und packst deine Sachen zusammen.« Er wandte sich von der Tür ab. »Ich sehe dich dann beim Frühstück.«

10

»Ich hoffe, du hast ein nettes, ruhiges Pferd für mich, Brig.« Max beäugte die gesattelten Pferde mit großem Mißtrauen.

»Reite den Schecken. Er ist das sanfteste Tier der ganzen Gruppe.« Brig wies auf das braungefleckte Tier, das am Zaun der Koppel stand.

Jordanna stand auf seiner Seite und sah den Vorbereitungen zu. Tandy wog die Satteltaschen ab, um das Gewicht gleichmäßig auf die Lasttiere zu verteilen, während Jocko noch einmal die Liste überprüfte. Frank, der den ganzen Morgen respektvollen Abstand zu ihr gewahrt hatte, zog die Sattelgurte der Pferde nach.

Die Haltung der drei Männer ihr gegenüber hatte sich verändert. Sie sahen in ihr jetzt Brigs Frau, und das Gefühl, das dadurch in ihr ausgelöst wurde, gefiel ihr.

»Jordanna.« Brig teilte den Reitern ihre Pferde zu.

Angenehme Wärme breitete sich in ihr aus, als er ihren Namen nannte. »Ja.« Sie trat vor, die Hände in den Taschen ihres Jagdparkas vergraben; das Haar hatte sie unter dem breitkrempigen Westernhut aufgesteckt, so daß ihr langer schmaler Nacken zu sehen war.

»Du reitest den Fuchs.« Sein Blick war unpersönlich, aber das war so gewesen, seit er am Morgen das Schlafzimmer verlassen hatte.

»In Ordnung.« Sie lief auf das gesattelte Pferd zu, das Frank vom Zaun losband. Er warf dem Tier die Zügel über den Hals und hielt sie fest, während Jordanna aufstieg. »Die Steigbügel sind zu kurz, Frank. Sie müssen neu eingestellt werden«, bemerkte sie.

»Das sagen Sie besser Brig«, murmelte er und ging schnell davon.

Einen Augenblick lang starrte sie ihm verblüfft nach. Es war fast komisch, wie er sie mied. Mit einem müden Kopfschütteln schickte sich Jordanna an, wieder abzusteigen und es selbst zu tun.

»Was gibt es für ein Problem?« Brig kam auf sie zu.

Sie setzte sich wieder in den Sattel. »Die Steigbügel sind zu kurz.«

»Ich kümmere mich darum.«

Sie zog den Fuß aus dem Steigbügel und beugte das Knie. Sie sah Brig zu, wie er den Riemen ein Loch weiter einstellte, ehe er auf die andere Seite des Sattels ging, um dort dasselbe zu tun. Als er fertig war, trat er zurück.

»Wie ist es jetzt?«

Jordanna stellte die Füße in die Bügel. Die Scheide, in der ihr Gewehr steckte, ruhte auf vertraute Weise unter ihrem Bein. »Prima.« Sie nickte. Einen Moment lang sahen sie sich an, dann tätschelte er dem Fuchs die Nase und ging davon, um Tandy zur Hand zu gehen.

Fletcher und Kit ritten kastanienbraune Pferde – zähe, in den Bergen gezüchtete Tiere, deren dunkles Fell dicht und lang war, Winterfell. Max sah im Sattel des Schecken besser aus, als er sie alle hatte vermuten lassen. Alle Reiter trugen breitkrempige Hüte, wie auch Jordanna ihn auf dem Kopf trug, um die Augen gegen die Strahlen der Sonne in den höheren Gebieten und das Gesicht vor Wind, Staub und Regen zu schützen.

Kit ritt langsam herüber, um neben Jordanna zu warten, bis das letzte Lastpferd beladen war. »Jetzt dauert es nicht mehr lange, bis wir aufbrechen«, bemerkte sie.

»Du freust dich darauf, nicht wahr?«

»Natürlich.« Es schien eine dumme Frage. Jordanna konnte nicht anders, sie mußte darüber lächeln. »Das wird die Jagd unseres Lebens! Dad hat oft gesagt, daß ein Mensch nur das Recht auf ein einziges Bighorn hat, in seinem ganzen Leben.« Brig ging an der Reihe der Lasttiere entlang, überprüfte noch einmal genau, ob alle Lasten sicher befestigt waren. Ebenso gründlich war er, wenn es um die körperliche Liebe ging, dachte Jordanna, und der Vergleich machte ihr warm.

»Du siehst glücklich aus.« Kit betrachtete sie nachdenklich.

»Bin ich auch.« Sanft wäre vielleicht das bessere Wort. Zum ersten Mal schien in ihrem Leben nichts zu fehlen.

Ihr Bruder folgte ihrem Blick zu Brig McCord. »Dad hatte doch nichts mit der letzten Nacht zu tun, oder?«

Seine Frage erschreckte und verwirrte sie. »Wie meinst du das?«

»Ich weiß, daß Dad vorgeschlagen hat, du solltest nett zu McCord sein, weil er so darüber erbost war, daß eine Frau an dem Ausflug teilnimmt, noch dazu du.« Sein Blick forschte weiterhin in ihrem Gesicht, gleichgültig dem empörten Zorn gegenüber, der sich darin sammelte.

»Und du glaubst, daß ich letzte Nacht... mit Brig geschlafen habe, weil Dad das wollte?« tobte Jordanna, wenn auch mit leiser, vibrierender Stimme. »Mein Gott, du bist mein eigener Bruder. Wie kannst du so etwas von mir denken? Und von Dad?«

»Ich weiß, daß du praktisch die Erde anbetest, auf der Dad gewandelt ist. In deinen Augen kann er nichts falsch machen. Ich weiß nicht, wie weit du gehen würdest, um ihm zu gefallen«, verteidigte Kit ruhig seine Einstellung. »Ich weiß allerdings, daß du dich von Brig McCord angezogen fühlst. Möglicherweise hat es gestern abend eine Rolle für dich gespielt, daß Dad dich aufforderte, McCord davon zu überzeugen, seine Meinung von dir zu ändern.«

»Du irrst dich. Du könntest dich gar nicht mehr irren.« Sie war so wütend und verletzt, daß sie kaum reden konnte. Der Fuchs spürte die Erregung seiner Reiterin, tänzelte nervös hin und her und schüttelte die flachsbraune Mähne. »Zuerst einmal würde ich niemals so etwas aus einem solchen Grunde tun. Und Dad würde es auch nie vorschlagen.«

»Ich habe nie behauptet, daß du dich bewußt von ihm hast beeinflussen lassen«, stellte ihr Bruder richtig. »Ich unterschätze Dad nicht. Und mir gefällt die Vorstellung nicht, daß er dich dazu benützen könnte, etwas zu erreichen, was er will.«

»Das tut er nicht«, zischte Jordanna.

»Dad war nicht sonderlich erregt, als er McCord heute morgen aus deinem Zimmer hat kommen sehen.«

»Warum sollte er auch? Ich bin erwachsen. Er hat keine Kontrolle über das, was ich tue.«

»Du bist seine Tochter«, erinnerte Kit sie. »Dad ist ziemlich beherrschend, wenn es um Dinge geht, die ihm gehören. Er sieht es nicht gern, wenn ihm Leute etwas fortnehmen, was ihm gehört... außer, er will es so. Ich will damit nur sagen, daß er entweder wollte, daß du dich mit Brig einläßt, oder aber, daß Brig sich einen Feind gemacht hat.«

»Kein Wunder, daß Dad dich nicht mag«, griff Jordanna ihn an. Sie wollte ihm weh tun. »Du bist kein Sohn für ihn. Du bist ein Judas.«

Ein trauriges Lächeln spielte um seinen Mund. »Er ist nicht Gott, Jordanna.« Er lenkte sein Pferd von ihrem fort und hinüber zu Max.

Jordanna saß steif im Sattel und starrte ihm nach. Tränen brannten in ihren Augen. Wie konnte er so etwas über sie sagen – über ihren Vater? Solche beleidigenden Dinge. Sie hörte das gedämpfte Trappeln der Hufe nicht, merkte nicht, daß sich ein Reiter näherte.

»Was ist los, Jordanna?« Die Stimme ihres Vaters erschreckte sie. »Was hat Kit zu dir gesagt?«

Nach einem überraschten Blick wandte sie das Gesicht von ihm ab und bemühte sich, niemanden merken zu lassen, wie verletzt und wütend sie war. »Nichts Besonderes.« Ihre Stimme klang gepreßt und heiser. »Wir können keine fünf Minuten miteinander reden, ohne uns zu streiten. Es ist immer dasselbe.« Sie konnte es nicht riskieren, ihn anzusehen, um festzustellen, ob er ihr glaubte.

»Jordanna, ich...« Was immer er auch hatte sagen wollen, er änderte abrupt seine Meinung. »Ich hoffe, du hast diesmal genug Lippenpomade mitgenommen. Ich ziehe nicht gern die Möglichkeit in Erwägung, Fett für meine aufgesprungenen Lippen nehmen zu müssen, wie damals in Alaska.«

In großen Höhen war die Atmosphäre nicht so dicht, und so konnte die Sonne die Lippen schnell austrocknen und spröde werden lassen. Daß er sie an diese frühere Reise erinnerte, war ein Versuch, sie von dem unerfreulichen Gespräch mit Kit abzulenken und einen Scherz über eine Zeit zu machen, als sie so manche Härte miteinander erlebt hatten. Jordanna bemühte sich, darauf einzugehen.

»Ich habe diesmal drei Tuben mit«, beruhigte sie ihn und warf ihm ein verkrampftes Lächeln zu.

»Das sollte reichen.« Fletcher erwiderte das Lächeln, ein Schleier legte sich vor den durchdringenden Blick, den er ihr schenkte – oder hatte Jordanna sich das nur eingebildet, zeigten Kits Anschuldigungen schon Wirkung? Ehe sie dies ergründen konnte, wandte ihr Vater sich bereits ab. »Sieht so aus, als wären wir bereit zum Aufbruch.«

Brig bestieg gerade einen großen, muskulösen Falben. Sein Fell leuchtete golden in der frühen Morgensonne und bildete einen starken Kontrast zu der schwarzen Mähne, dem schwarzen Schwanz und den schwarzen Fesseln. Die Größe des Tieres entsprach der Gestalt seines Reiters. Brig wendete sein Pferd, um Frank Savidge ansehen zu können.

»Du kennst das Gebiet, in dem wir jagen wollen. Mit ein wenig Glück sind wir in weniger als drei Wochen wieder zurück«, sagte er.

»Ich kümmere mich hier um alles«, versprach Frank.

Mit einem kurzen Nicken ließ Brig seinen Blick über die Jagdgesellschaft gleiten. »Also los«, sagte er nur und trieb sein Pferd an.

Jordannas Fuchs lief eifrig los, als sich Brig an die Spitze setzte. Die Lasttiere waren hintereinandergebunden, jedes mit dem Schwanz des Vorgängers verbunden, und Jocko führte sie, während Tandy den Schluß bildete. Die Gruppe trottete über die Bergwiese, noch ohne bestimmte Ordnung. Die Bewegung bot Entspannung, aber Jordanna fühlte sich in Gesellschaft ihres Bruders und ihres Vaters immer noch nervös. Die breiten Schultern des Reiters an der Spitze boten eine Möglichkeit, ihnen zu entkommen. Sie trieb ihr Pferd an, um den Falben einzuholen, und verlangsamte es, als sie neben Brig angekommen war.

»Hast du etwas dagegen, wenn ich neben dir reite?« fragte sie und begegnete offen seinem Seitenblick. Jordanna wollte mit ihm zusammensein und machte kein Hehl daraus. Sie hatte in den letzten vierundzwanzig Stunden zu deutlich gezeigt, daß er sie anzog, um das jetzt zu verstecken.

Sein Sattel knarrte, als er sich umdrehte, um über die Schulter auf die Reiter zu blicken. Der fragende Blick, der sie dann traf, war warm und herzlich. »Bist du sicher, daß dein Vater nichts dagegen hat?«

»Ich bin über das Alter hinaus, in dem ich seine Einwilligung benötige.«

Er entgegnete nichts auf ihren Kommentar, sondern schaute auf das Gebiet vor ihnen. Jordanna sah, wie sich sein Mund unter dem Bart leicht verzog. Es war das einzige Zeichen für sie, daß er wollte, daß sie neben ihm ritt. Dieses Wissen vertrieb die eisige Anspannung, die Kits Worte hervorgerufen hatten.

Am späten Vormittag waren sie meilenweit vom Ranchhaus entfernt und ritten immer tiefer in die Berge hinein. Das rauhe Land hatte die Reiter gezwungen, einzeln hintereinanderzureiten, ganz zum Schluß Tandy und Jocko mit den Packpferden. Die Sonne versteckte sich hinter einer grauen Wolkendecke, die über den Berggipfeln um sie her hing. Die schneidende Kälte verwandelte den Atem der Pferde in weißen Dampf. Die Luft war scharf und beißend.

Als sie über die Bergkuppe kamen, schritten die Pferde leise auf einem Teppich aus Tannennadeln. Sie ritten am Rand eines dichten Kiefernwaldes entlang und um eine Halde aus losen Felsbrocken herum, die zum Canyon hin abfiel.

Als Brig den Falben zügelte und die anderen Pferde automatisch ebenfalls stehenblieben, dachte Jordanna, er hätte die Absicht, die Pferde rasten zu lassen. Seit ihrem kurzen Halt war über eine Stunde vergangen, und sie waren ständig bergan geritten. Ihre Lungen bemühten sich, sich an die dünnere Höhenluft anzupassen.

Sie sah sich um, um festzustellen, wie es ihrem Bruder und Max ging. Neulinge täuschten sich oft und glaubten, daß das Pferd die ganze Arbeit leistet, aber in Wirklichkeit war Reiten ein Sport, der, wie das Schwimmen, die meisten Muskeln beanspruchte und eine Menge Energie forderte. Aber beide sahen aus, als wären sie noch gut in Form, obwohl man ihnen ansah, daß die Erkenntnis dämmerte, daß sie nicht einfach nur im Sattel saßen.

»Da.« Brigs Ausruf zog ihre Aufmerksamkeit nach vorne.

Ihr Blick folgte seinem ausgestreckten Arm. Dort, wo ein Sims mit dem Hang ihres Berges verschmolz, wurden die Bäume dünner und machten einer felsigen Weide Platz. Ihr Blick überflog das Gebiet, ohne mehr als rauhen Boden zu sehen. Doch beim zweiten Mal bewegte sich etwas, und sie konzentrierte sich darauf.

Ein massiver Hirschbulle stand am Rand der Lichtung. Sein Geweih verschmolz mit den Bäumen. Trotz des schweren, eckigen Körpers schien er mehr majestätisch als klobig. Die Art, wie das Tier den Kopf hielt, verlieh ihm einen Ausdruck königlicher Würde. Mit herrischem Schritt setzte es sich in Bewegung. Der weiße Kreis auf seinem Rumpf – der ihm den indianischen Namen »Wapiti«, weißer Rumpf, eingetragen hatte – zeichnete sich deutlich von dem bräunlichen Pelz ab. Das Tier blieb stehen und wandte den Kopf in ihre Richtung, als hätte ein sechster Sinn es vor ihrer Nähe gewarnt. Die Spannweite seines Geweihs von einer Spitze zur anderen raubte Jordanna den Atem. Es war bei weitem das größte Geweih, das sie je gesehen hatte, über fünf Fuß.

»Sieh dir nur diesen Hirsch an, Dad«, flüsterte sie ehrfürchtig und blickte über die Schulter, um zu prüfen, ob er das riesige Tier entdeckt hatte.

Aber er war bereits abgestiegen und hatte seine Winchester aus der Hülle gezogen. Sein Ausdruck zeigte, daß er in die Berechnung der Entfernung und der Windeinflüsse vertieft war. Geistesabwesend antwortete er auf ihren Kommentar: »Das ist ein Boone and Crockett Gehörn, wenn ich jemals eines gesehen habe«, erklärte er und spielte damit auf die Trophäenstandards des berühmten Boone and Crockett Clubs an.

Brig trieb seinen Falben in die Schußlinie des Vaters. »Ich dachte, diese Jagd gilt Bighorns? Sie haben nicht erwähnt, daß Sie auch anderes Wild schießen wollen. Oder erschießen Sie für gewöhnlich alles, was Sie sehen?«

»Mein Gott, Mann! Das ist eine Trophäe! Gehen Sie mir aus dem Weg«, befahl Fletcher grob, und eine ärgerliche Falte stand zwischen seinen Brauen.

Der Falbe erhielt keinen Befehl, sich fortzubewegen, sondern Brig stützte nur beide Hände aufs Sattelhorn. »Nur, um mich zu vergewissern, daß ich Sie richtig verstanden habe – Sie sind nur daran interessiert, eine Trophäe zu schießen, aber es ist Ihnen gleich, um welche Art von Tier es sich handelt, ja?« Hinter der spöttischen Frage verbarg sich eine stumme Herausforderung. »Als Ihr Führer sollte ich das wissen, denn auf der Suche nach dem Bighorn werden wir noch mehr Wild entdecken. Wenn Sie alles erschießen, was Ihnen vor die Flinte kommt, und Sie sich nicht auf die Bighorns konzentrieren, dann hätten Sie mir das vorher sagen sollen.«

»Ich will den Hirsch«, erklärte ihr Vater.

Jordanna wußte, daß Brig wissen wollte, wie wichtig ihrem Vater die Bighorn-Trophäe war – wichtig genug, um auf dieses Tier zu verzichten? Unentschlossenheit kämpfte in Fletchers Gesicht, bis er sich schließlich umdrehte und ungeduldig das Gewehr in die Lederhülle zurückschob. Brig lenkte sein Pferd wieder an die Spitze der Gruppe, ohne etwas zu der Entscheidung des Jägers zu sagen, den Wapiti zu vergessen.

Als sein Blickfeld wieder frei war, wandte sich Fletcher erneut dem massiven Geschöpf zu, und Jordanna sah den Zorn und die Enttäuschung in seinem Blick – Wut darüber, daß man ihn um etwas gebracht hatte, was er haben wollte, und heißer Abscheu dem Menschen gegenüber, der dafür verantwortlich war. Sie schaute ebenfalls zu dem Hirsch hinüber, der auf dem Sims entlangging und schließlich außer Schußweite geriet. Es war ein prächtiges Tier und hätte eine unbezahlbare Trophäe abgegeben. Sie verstand Brigs Einwand nicht.

Brig wartete, bis Fletcher wieder im Sattel saß, bevor er den Ritt wiederaufnahm. Jordanna behielt ihren Platz in der Reihe hinter ihm. Die Atmosphäre unter den stummen Reitern war beträchtlich belasteter als zuvor.

Später hielt Brig, damit sich die Pferde ausruhen konnten. Drei Stunden lang waren sie über felsiges Gebiet geritten, und die Tiere waren spürbar müde. Steifbeinig schwang sich Max aus dem Sattel und verzog das

Gesicht, so schmerzten seine Muskeln. Sosehr er auch trainiert hatte, war er doch nicht auf die Auswirkungen dieses ersten Tages vorbereitet gewesen, obwohl er den Test gut hinter sich gebracht hatte.

»Wie weit reiten wir heute noch?« fragte er Brig.

»Wir schlagen gegen vier das Lager auf. Morgen werden wir den ganzen Tag brauchen, um die Stelle zu erreichen, an der sich das Basislager befindet.« Brig lockerte den Sattelgurt seines Falben und ging dann zu dem Schecken hinüber, um dasselbe zu tun.

Aus Gewohnheit nahm Jordanna ihr Gewehr und die Hülle mit, als sie abstieg, für den Fall, daß der Fuchs es sich in den Kopf setzen sollte, sich am Boden zu wälzen. Die Nachmittagstemperatur hatte ihren Höhepunkt erreicht, aber es war immer noch kalt und die Luft beißend. Sie gesellte sich zu den übrigen Reitern, die in der Nähe eines Busches Schutz vor der eisigen Brise gesucht hatten. Jocko schenkte Kaffee aus der großen Thermoskanne aus.

Sie befanden sich jetzt in der Nähe der Baumgrenze, und schroffe Felsen führten von hier zum Gipfel. Kleine Koniferen und Zwergweiden sprenkelten das Land um sie her. Ein Spinnennetz aus Tierfährten durchzog eine Fläche aus Moos und Flechten. Ihr Vater hockte sich auf die Fersen und wärmte die Hände an seinem Kaffeebecher.

»Das hier ist Schafland, Max«, sagte er, als der Mann sich ihnen anschloß, die Schultern gegen den Wind hochgezogen. Die Bemerkung schien ihn nicht zu beeindrucken. »Man muß wirklich ein Jäger sein, um die Erregung zu spüren. Das Land, in dem Bighorns zu finden sind, strahlt etwas aus – ein Gefühl, das es anders als jede andere Art von Land sein läßt. Auch das ist Teil der besonderen Faszination, die mit der Jagd auf Bighorns verbunden ist. Manche Menschen behaupten, Grizzlies wären am gefährlichsten zu jagen und der Elch würde einem Jäger körperlich am meisten abverlangen, aber die Jagd auf einen Bighorn-Bock, das ist etwas, dem kein anderes Großwild nahekommt. Was immer es auch ist.«

Jordanna sah das Leuchten in seinen braunen Augen und verstand den ehrfürchtigen Respekt, den er den Bighorn-Schafen entgegenbrachte. Die Tiere hatten sich diesem harten, einschüchternden Gebiet in den Bergen angepaßt, einer alpinen Welt mit schneebedeckten Gipfeln, einer wilden Größe, der nichts gleichkam, außer den Tieren selbst.

»Ich verstehe, was Dad meint«, bemerkte sie. »Bighorns haben Charisma, etwas, das man nur selten bei Menschen findet und noch seltener bei Tieren. Sie sind einfach prachtvoll.«

»Ich weiß, was Sie damit sagen wollen«, stimmte Tandy zu. »Ich war in den Bergen während ihrer Brunstzeit. Einmal sah ich ein paar große, alte Herrscher miteinander kämpfen. Das war ein Anblick.« Er schüttelte den Kopf, noch bei der Erinnerung erstaunt. »Sie gingen ganz steifbeinig voneinander fort, als wäre der andere ihr Interesse gar nicht wert. Dann wirbelten sie herum und stürzten sich aufeinander. Es klang wie ein paar Billardkugeln, die aufeinanderprallten, nur viel lauter. Die Berge hallten davon wider. Nachdem sie ein paarmal gegeneinandergeprallt waren, ließen sie voneinander ab. Da standen auch ein paar Mutterschafe, aber es schien sie nicht zu kümmern, wer gewann.«

»Zumindest bringen sie sich nicht gegenseitig der Weiber wegen um«, warf Kit ein.

»Einige von ihnen sterben schon an den Folgen der Kämpfe«, verbesserte Jocko. »Sie prallen mit solcher Wucht aufeinander, daß sie manchmal innere Verletzungen erleiden. Die Bighorns kämpfen mehr als alle anderen Huftiere.«

»Aber nur zur Brunstzeit«, fügte Jordanna hinzu, »und die ist Ende November, nicht wahr?«

»Si. Das ist die Zeit, wenn die Widder ihr Junggesellenleben aufgeben und sich ihre Weibchen suchen.«

»Ist noch Kaffee da, Jocko?« Zufrieden, nachdem die Pferde versorgt waren, kam auch Brig schließlich zu ihnen. Er griff die Unterhaltung auf. »Die stärksten Widder haben den Vorrang, aber sie werden von schwächeren oder jüngeren Tieren herausgefordert. Auf diese Weise sorgt die Natur dafür, daß die Nachkommen stark sind. Schwäche wird nicht weitervererbt.«

»Der Widder mit den größten Hörnern ist immer das Leittier.« Jocko schenkte den letzten Rest Kaffee in einen Becher und reichte ihn Brig. »Er wird selten alt, weil er immer kämpfen und sich paaren muß. Das wird ihm alles zuviel.«

»Jetzt wissen wir, was unser Problem ist, was, Max?« Fletcher lachte und schlug dem Mann scherzhaft auf die Schulter. »Wir sind die alten Böcke, die müde werden.«

»Das wird es wohl sein.« Max lachte zustimmend. »Zu viele Mutterschafe…«

Kit ignorierte den obszönen Humor der beiden Männer. »Wie lange dauert die Brunstzeit?«

»Ungefähr einen Monat. November bis in den Dezember hinein«, antwortete Jocko. »Oder eher, wenn der Winter schon früh in den Bergen anbricht und wenn es ein strenger werden wird. Die Wildtiere wissen das immer im voraus. Sie leben mit der Natur und erkennen ihre Warnzeichen, während der Mensch versucht, Maschinen zu bauen, die dasselbe tun.«

»Warten Sie nur, bis Sie Ihren ersten Widder sehen, Kit«, sagte Tandy. »Das ganze Frühjahr, den Sommer und den Herbst hindurch hat er gefressen, um Kräfte für die Brunstzeit zu sammeln. Er ist ein massives Tier. Wenn man von ihnen als von Schafen spricht, dann denken die meisten Leute an Tiere von der Größe unserer Hausschafe. Aber ein Bighorn ist ungefähr so groß wie ein Maultierhirsch. Diese großen, gekrümmten Hörner können vierzig Pfund wiegen. Können Sie sich vorstellen, dieses Gewicht auf dem Kopf zu tragen? Kein Wunder, daß er einen Nacken hat wie ein Footballspieler.«

»Ja«, stimmte Jocko dem zu, was sein Freund gesagt hatte. »Und dann sollten Sie den Widder mal nach der Brunstzeit sehen. Er frißt in all der Zeit kaum etwas. Er kämpft und paart sich. Wenn es dann vorbei ist, ist er dünn und knochig. Deshalb überleben die großen, wenn sie dann älter werden, oft die strengen Winter in den Bergen nicht.«

»Hört sich an, als wären die Bighorns faszinierende Tiere«, murmelte Kit.

»Das sind sie auch«, beharrte Fletcher.

»Wenn es wilde Schafe sind, wieso ähneln sie dann unseren Hausschafen nicht mehr? Oder umgekehrt?« erkundigte sich Kit.

Jordanna beantwortete seine Frage. »Man nimmt an, daß die Bighorns von dem großen asiatischen Schaf abstammen und hierher nach Nordamerika wanderten, als die beiden Kontinente noch durch eine Landbrücke miteinander verbunden waren. Unser Hausschaf dagegen ist dem nahöstlichen Schaf verwandt.«

»Du weißt wirklich etwas über die Beute, der du nachjagst, was?« Brig beäugte sie mürrisch, aber bewundernd. »Du kennst mehr als nur den Körperteil, den du treffen mußt, um es sicher zu töten.«

»Dad hat mir beigebracht, daß ich soviel wie möglich über das Tier wissen sollte, das ich jage«, antwortete sie mit leichtem Achselzucken, das andeutete, daß dieses Wissen dazugehörte, wenn man ein guter Jäger sein wollte, und daß es keiner besonderen Erwähnung bedurfte.

»Es ist wichtig, daß man das Tier, das man jagt, möglichst genau kennt«, erklärte ihr Vater ihre Bemerkung.

»Welche Gewohnheiten es hat, zu welchen Zeiten es frißt, wann es ruht, die Region, die es bevorzugt. Das trifft vor allem auf die Rocky Mountain Bighorns zu, weil sie so sehr gejagt worden sind und von den Menschen in die entlegensten und wildesten Gebiete zurückgedrängt wurden, die es gibt. Seither sind sie doppelt wachsam geworden, was sie nur noch schwieriger zu jagen macht – und deshalb zu einer noch begehrteren Trophäe.«

»Außer in der Brunstzeit«, warf Tandy ein. »Dann sind die Widder so beschäftigt, daß man praktisch bis zu ihnen hingehen kann. Deshalb wird die Jagdzeit ja auch nicht in die Brunstzeit gelegt.«

Brig trank seine Tasse leer und richtete sich auf. »Die Pause ist vorüber. Zeit, daß wir weiterziehen.« Er reichte Jocko seine Tasse, damit er sie verpacken konnte, während die anderen auf die Füße kamen.

Jordanna folgte Brig, als er zu ihrem Fuchs ging, um den Sattelgurt festzuzurren. Die Diskussion über die Bighorns hatte die Spannung ausgelöscht, die vorher durch die Konfrontation von Brig und ihrem Vater ausgelöst worden war.

»Brig.« Jordanna sah zu, wie er den Steigbügel über den Sattel warf. »Warum hast du etwas dagegen gehabt, daß Dad heute morgen den Hirsch erschoß?«

»Ich halte nichts davon, ein Tier wegen seiner Hörner zu töten.«

Seine Antwort zauberte eine Falte auf ihre Stirn. »Wenn das deine Einstellung ist, warum hast du dann eingewilligt, als Führer bei unserer Jagd nach Bighorns tätig zu sein?«

Er zurrte den Riemen ganz fest. »Weil ich das Geld brauche.« Ohne sie anzusehen, hielt er den Zügel des Pferdes fest, während sie aufstieg, und ging dann zu seinem eigenen hinüber.

Ihr Vater hatte behauptet, er habe McCord gekauft, aber irgendwie hatte Jordanna es nicht geglaubt, bis Brig es jetzt selbst zugab. Sie begriff langsam, warum ihr Vater davon Abstand genommen hatte, den Wapiti zu schießen. Er gestattete es Brig, an einem Fragment seiner Prinzipien festzuhalten, anstatt ihn zu weit zu drängen. Jordanna vermutete, daß es eine weise Entscheidung gewesen war.

»Warum runzelst du die Stirn?« Kit hatte seinen Braunen zu ihr gelenkt.

»Ich habe gerade über Brig nachgedacht und warum er etwas dagegen hatte, daß Vater den Wapiti schoß«, murmelte sie geistesabwesend.

»Wahrscheinlich verabscheut er ebenso wie ich das Töten als Sport«, gab er dieselbe Antwort wie Brig. »Es sollte ein Gesetz geben, daß die Leute das essen müssen, was sie schießen.« Er trieb sein Pferd vor ihres, um hinter Brig zu reiten, als der sich in Bewegung setzte.

Kurz nach vier an diesem Nachmittag schlugen sie ihr Nachtlager auf. Brig und Tandy kümmerten sich um die Pferde, legten ihnen die Fesseln an den Vorderbeinen an und ließen sie dann auf dem dicken Berggras weiden. Jocko fachte ein Feuer an und setzte sofort einen Kessel Wasser auf, ehe er sich anschickte, das Abendessen zuzubereiten. Eine Reihe von Büschen am Rande des Lagers stellte die von der Natur zur Verfügung gestellte Latrine dar. Jordanna trat gerade aus dem Gebüsch und wollte zum Feuer zurückkehren, als ihr Vater näher kam. Sie lächelte und wollte an ihm vorbeigehen, aber er blieb stehen.

»Ich wollte mit dir über etwas sprechen, Jordanna«, fing er an. »Aber ich hatte den ganzen Tag über keine Gelegenheit, mit dir allein zu sein, bis jetzt.«

»Was gibt es denn?« Sie verspürte nur wenig Neugier dem unbekannten Thema gegenüber, das er mit ihr besprechen wollte.

»Es geht um letzte Nacht. Oder vielleicht sollte ich besser sagen, heute morgen.«

Jordanna fühlte, wie ihre Wangen heiß wurden.

»Was ist damit?« Sie versuchte, nicht so unsicher zu wirken, wie sie sich fühlte.

»Als ich dich gestern gebeten hatte, nett zu McCord zu sein, meinte ich damit nicht, daß du so weit gehen solltest.« Er wirkte verlegen und so, als wollte er sich entschuldigen. »Ich habe nur vorgeschlagen, daß...«

»Ich weiß, was du vorgeschlagen hast«, unterbrach ihn Jordanna, um ihm weitere Erklärungen zu ersparen. »Es war einzig und allein meine Entscheidung.«

»Bist du sicher, daß...« Er blieb skeptisch, war noch nicht völlig überzeugt.

Es tat weh, daß er glaubte, sie würde so etwas für ihn tun. Es tat weh, und es machte sie wütend. »Ich bin erwachsen, Dad«, erklärte sie ihm steif. »Ich bin in der Lage, selbst nachzudenken. Würdest du mir bitte ausnahmsweise einmal zutrauen, daß ich weiß, was ich tue?«

»Das tue ich ja.« Sein Lächeln war entschuldigend und reumütig. Er legte zärtlich liebkosend eine Hand an ihre Wange. »Ich wollte nur absolut sicher sein, daß du weißt, was du tust.«

»Das weiß ich, Dad«, versicherte ihm Jordanna. »Ich verspreche dir, es gibt nichts, weshalb du dir Sorgen machen müßtest.«

Ihr Vater drehte sich um und legte einen Arm um ihre Schultern, eine Geste der Zuneigung. »Laß uns zum Feuer zurückgehen und sehen, ob der Kaffee fertig ist.«

Brig blieb im Schatten verborgen, den die Büsche warfen. Nachdem er die Pferde trockengerieben und ihnen die Vorderläufe gefesselt hatte, war er von der gegenüberliegenden Seite aus zu den Büschen gegangen. Er hatte Fletchers Bitte gehört, allein mit Jordanna zu sprechen. Anstatt sich bemerkbar zu machen, hatte er sich abgewandt, um sie ungestört zu lassen. Da er an der letzten Nacht Anteil gehabt hatte, drängte es ihn zuzuhören.

»... als ich dich bat, nett zu ihm zu sein ...« Dieser Teil von Fletchers Satz klang ihm noch immer in den Ohren.

Der verspannte Muskel in seinem Kiefer glättete sich, als er sah, wie Vater und Tochter am Feuer stehenblieben und die Hände gegen die Flammen reckten, um sich zu wärmen. Jordannas Antwort hatte bestätigt, daß das, was letzte Nacht geschehen war, auch ihr Wunsch gewesen war.

Nicht, daß er sich mit irgend etwas anderem zufriedengegeben hätte, als mit ihr zu schlafen. Das hätte er nie getan. Aber wenn das Licht im Schlafzimmer nicht angewesen wäre, wäre er dann zu ihrer Tür gegangen? Sie hatte auf ihn gewartet, hatte ihn eingeladen zu kommen.

Sein Mund verzog sich zu einem halben Lächeln, als er sich daran erinnerte, wie sie behauptet hatte, keine anderen Männer zu haben. Das hätte er sich nach dem ersten Mal schon denken sollen, als er entdeckt hatte, daß irgend etwas sie hemmte.

Gestern nacht hatte sie aus freien Stücken auf seine Liebe reagiert. Er hatte ihre Leidenschaft geweckt. Oder sprach da nur der verdammte männliche Stolz aus ihm? Bei dieser Frage hätte er fast laut gelacht.

Brig fragte sich nur kurz, was so wichtig war, daß Fletcher es für nötig gehalten hatte, daß Jordanna »nett zu ihm« war. Könnte es die Jagd sein? Der Mann schien ungewöhnlich entschlossen, diese Jagd durchzuführen. Brig vermutete, daß Fletcher von dem Gedanken besessen war, sich seine Bighorn-Trophäe zu schießen. Reichere Männer als Fletcher Smith waren für noch ausgefallenere Idiotien bekannt.

13

Brig hatte keine Lust, sofort ins Lager zurückzukehren. Das prasselnde Lagerfeuer und der Duft des frischen Kaffees reizten ihn nicht im geringsten. Er zog die beißend kalte Luft, die in seiner Nase und seinen Lungen prickelte, der Wärme der goldenen Flammen vor. Sie erweckte all seine Sinne zu neuem Leben.

Auch die Einsamkeit war besser als die Atmosphäre von Kameradschaft im Lager, das sich in den Windschatten einiger Bäume duckte. Ein purpurner Bergbach leuchtete wie geflochtenes Kupfer im Schein der untergehenden Sonne. Ein Bergkamm hinter dem anderen zeichnete sich vor dem Horizont ab, erstreckte sich bis in endlose Fernen. Auf einem der Berge jaulte ein Kojote.

Das Nachtlager war primitiv, verglichen mit dem Basislager, das sie am nächsten Tag erreichen würden. Jocko bereitete ihr Abendessen auf einem offenen Feuer zu. Nur zwei Zelte waren aufgestellt worden, ein größeres für den Hauptteil der Gruppe, und ein kleineres, in dem Jordanna untergebracht werden würde. Brig sah, wie sie einen Armvoll Tannennadeln in das kleine Zelt trug, das kaum groß genug war, um aufrecht darin zu stehen. Er fühlte sich zu ihr hingezogen, mit derselben unwiderstehlichen Macht, die eine Motte ins Feuer zieht. Es war eine schreckliche Schwäche, aber wann hatte er ihr schon widerstehen können, seit er sie zum ersten Mal getroffen hatte?

Als sie heute neben ihm geritten war, hatte er sich ausgesprochen wohl gefühlt. Es hatte ihm gefallen, daß jemand an seiner Seite war, der nicht nur seine Befehle entgegennahm, sondern bereit war, die Welt gemeinsam mit ihm zu erleben. Sie hatte Gefühle in ihm geweckt, die tief und sanft waren. So wollte er sich ihr gegenüber verhalten.

Brig hob ebenfalls trockene Tannennadeln auf und schleppte sie zu dem kleinen Zelt hinüber. Die Zeltklappe war an einer Seite befestigt und ließ Jordanna sehen, die auf Händen und Knien im Zelt saß und die Tannennadeln als Matratze verteilte. Brig duckte sich und betrat das Zelt, ging dann in die Hocke, um die Tannennadeln auf dem Boden auszubreiten. Sie setzte sich auf die Fersen, ein strahlendes Lächeln trat an die Stelle der Konzentration auf ihrem Gesicht, und sein Inneres krampfte sich zusammen.

»Hallo.« Ihre Stimme war atemlos, mit einem Hauch von Heiserkeit, der sein Ohr wie das Schnurren einer Katze liebkoste. »Ich habe versucht, mein Bett zu machen, solange es noch hell genug ist, etwas zu erkennen.«

»Wir bleiben nur eine Nacht hier. Dafür machst du dir eine Menge Arbeit.«

Seine Bemerkung schien sie zu verwirren. Sie fing an, die aufgehäuften Tannennadeln glattzustreichen, die er mitgebracht hatte, fügte sie der rechteckigen Sammlung hinzu, die sie selbst herbeigetragen hatte. Brig hatte das Bedürfnis, zu verbergen, wie verletzlich er ihr gegenüber war.

»Ich weiß«, gab sie zu. »Aber es scheint unwichtig zu sein, wieviel Daunen in einem Schlafsack sind. Wenn man eine gewisse Zeit darin gelegen hat, werden sie vom Körpergewicht zusammengedrückt, und schon fühlt man den kalten Boden unter sich. Ich habe früher immer eine Luftmatratze mitgeschleppt, aber Tannennadeln isolieren genausogut.«

Brig hatte den Eindruck, daß sie nur redete, um ihre Nervosität zu verbergen. Er beunruhigte sie ebenso wie sie ihn. Oder war sie nur aufgrund des Gesprächs mit ihrem Vater so verlegen, das er mit angehört hatte?

Sein Blick schien sie zu durchbohren. In dem schweren Parka, mit den Cordjeans, die sie in die Stiefel gestopft hatte, und den dicken Handschuhen an den Fingern war ihr Körper vor ihm verborgen. Alles, was seine Augen sehen konnten, war eine schlanke, aber formlose Gestalt. Selbst das Haar war unter dem breitkrempigen Hut verborgen, den sie trug. Das einzige an ihr, das nicht bedeckt war, war die klassische Reinheit ihres Gesichts. Brig empfand fast so etwas wie Ehrfurcht gegenüber der frischen, unverdorbenen Schönheit ihrer Züge, die klar und glatt waren, erwachsen und nicht auf falsche Weise unschuldig. Als spürte sie, daß er sie musterte, blickte Jordanna zu ihm hinüber.

Er mußte etwas sagen. »Du siehst aus wie ein Junge, wenn du dein Haar so unter den Hut schiebst.«

»Mit deinen Augen scheint was nicht zu stimmen.« Lachend riß sie den Hut vom Kopf und fuhr sich mit den Fingern durch das zerzauste seidige Haar, dessen Flammen in einem Vorhang aus Nußbraun versteckt waren.

Sein Blick aus zusammengekniffenen Augen ernüchterte sie. Brig wäre am liebsten in den grünen, unergründlichen Tiefen ihrer Augen versunken, um nie wieder an die Oberfläche zu kommen und sich der Wirklichkeit stellen zu müssen.

»Hast du vor, allein hier zu schlafen?« hörte er sich fragen.

»Ich...« Sie stockte, sah durch die Zeltöffnung zu den Männern hinüber, die sich ums Feuer drängten und unter denen sich auch ihr Vater befand. Nachdem sie noch eine Sekunde gezögert hatte, schaute sie auf und begegnete seinem Blick aufrichtig und ohne Beschämung zu zeigen. »Ich möchte es nicht.«

»Ich möchte auch nicht, daß du es tust.«

Sie trafen sich auf halbem Weg. Brig legte eine Hand unter ihren Kopf und preßte die Lippen auf ihren Mund. Er wollte diese weichen Lippen zermalmen, aber so kam es nicht. Ihre bereitwillige Reaktion auf seinen brutalen Kuß ließ die tief verwurzelten Gefühle wiederaufleben. Er brach den Kuß ab, ehe sein Verlangen außer Kontrolle geraten konnte.

Ohne ein Wort verließ er das Zelt und ging zu dem größeren hinüber. Er zog seinen Schlafsack aus dem Stapel der anderen und trug ihn zu ihrem Zelt zurück. Er war sich klar darüber, daß die Männer am Feuer ihn beobachtet hatten, aber niemand sagte ein Wort. Es war Jahre her, daß er die Konventionen so kühn mißachtet hatte. Aber seine Bedürfnisse waren nicht kontrollierbar. Jordanna war seine Frau, und er würde sie nehmen...

Er duckte sich durch die Öffnung und warf den Daunenschlafsack neben sie auf den Boden. Brig bemerkte ihren Versuch, eine plötzliche Verletzlichkeit zu verbergen.

»Ich brauche noch mehr Tannennadeln, um sie unter deinen Schlafsack zu legen«, erklärte sie.

»Mach dir nicht die Mühe«, widersprach er lächelnd. »Ich werde ohnehin die meiste Zeit auf der Seite verbringen, auf der du liegst.«

Die Hände hinter dem Kopf verschränkt, so daß sie ein Kissen bildeten, lag Jordanna in den beiden Schlafsäcken, die zu einem großen verbunden worden waren. Sie starrte in die Dunkelheit am Dach des Zeltes, hörte den Regen auf die Leinwand prasseln. Ein Donner schien über ihrem Kopf zu brechen, grollte furchterregend, ließ den Boden unter ihr vibrieren. Die Wolken, die ihnen den ganzen Tag über gefolgt waren, hatten ihre Wut schließlich in einen Bergsturm umgesetzt.

Wo war Brig? Ihr Herz klopfte, als sie auf Schritte vor dem Zelt lauschte, die das wilde Trommeln des Regens und das Krachen des Donners übertönten. Jordanna erschreckten ihr Eifer, ihre Ungeduld, Brig zu sehen – der vollkommene Mangel an Hemmungen. Sie schien überhaupt kein Schamgefühl zu besitzen. Sie konnte Recht und Unrecht nicht mehr unterscheiden. Aber wie konnte es falsch sein, wenn sie sich so gut fühlte, wenn sie mit ihm zusammen war?

Die Zeltklappe wurde hochgehoben, und Jordanna sah seine Silhouette im Schein eines Blitzes. Die Luft knisterte, und es war nicht nur die Elektrizität des Sturmes darin. Er trat ein, ließ die Zeltklappe fallen. Dadurch wurde die kalte Nachtluft hereingeweht. Jordanna schauderte, als die eisige, feuchte Brise ihr Gesicht berührte.

Brig verlor keine Zeit, streifte seine nassen Kleider bis auf die warme Unterwäsche ab und schlüpfte in die Öffnung des Schlafsacks. Seine Hände griffen nach ihr, und Jordanna schmiegte sich in seine Arme, als der Donner den Boden erzittern ließ. Sie fühlte, wie er in seiner Liebkosung zögerte, als seine Hand den groben Stoff ihrer dicken Unterwäsche berührte. Sein warmer Atem war ganz dicht an ihren Lippen, mischte sich mit ihrem. Sein feuchter Schnurrbart kitzelte sie an der Nasenspitze.

»Warum hast du denn all die Sachen an?« brummte Brig an ihrem Mund.

»Aus demselben Grund wie du«, murmelte Jordanna. »Damit ich warm bleibe.«

Sein Mund preßte sich hart auf ihren, teilte ihre Lippen, als ein Blitz vom Himmel zuckte und die Zeltwände beleuchtete. »Ich kann mir was Besseres vorstellen«, flüsterte er und schob eine kalte Hand unter das

Oberteil ihrer Unterwäsche, um sie an ihrem heißen Fleisch zu wärmen. Jordanna bebte vor Verlangen, als seine Hand ihre Brust umfaßte. Eine Flamme zuckte durch ihre Adern, trotz der Kälte seiner liebkosenden Finger, ein Feuer, so heiß und strahlend wie der Blitz draußen.

»Ich auch«, stimmte sie zu.

Draußen tobte der Sturm. Dunkle Wolkenmassen schoben sich ineinander, Feuer regnete aus dem Himmel, während der Donner grollte und Luft und Erde vibrieren ließ. Die Elemente stießen zusammen, verbanden sich, zogen sich zurück, um sich erneut in roher Pracht zu vereinen und ein Crescendo zu erzeugen.

Seine Hände schienen nicht genug von ihr zu bekommen. Der Sturm vor dem dünnen Zelt hatte nachgelassen. Selbst jetzt, nachdem Brig seine Lust befriedigt hatte – und auch ihre –, streiften seine Hände weiterhin über ihren Körper, liebkosten ihre Hüften, ihre Brüste und Schultern. Der Regen, der weiterhin aufs Zeltdach trommelte, verstärkte noch das Bedürfnis, das er verspürte. Sie lag in seinen Armen, ihr Kopf ruhte auf seiner Schulter, ihr seidiges Haar strich um sein Kinn. Ihre Arme lagen um seinen Bauch, und ein Knie hatte sie über seine Beine gelegt. Er brannte innerlich unter einem Schmerz, der nicht durch körperliche Besitzergreifung befriedigt werden konnte.

»Sag mal«, suchte Brig nach Worten, um den Durst in sich zu stillen, »kommen all deine Jagdführer in den Genuß dieser besonderen Entschädigung für lange, stürmische Nächte hoch oben in den Bergen?«

Donner grummelte in der Ferne, als sie ihre Wangen an seiner Brust rieb. »Warte mal, da war dieser weiße Jäger in Afrika, und dann dieser Spanier in Argentinien... und ein Französisch-Kanadier in Alberta.« Der amüsierte Unterton in ihrer Stimme verriet ihm, daß sie nur Spaß machte. Sie schloß die Liste mit einem gespielten Seufzer. »Ich kann mich einfach nicht mehr an alle erinnern.«

Er fand das überhaupt nicht witzig. »Darauf möchte ich wetten«, murmelte er.

Jordanna legte den Kopf nach hinten, aber die Dunkelheit verbarg sein Gesicht. »Ich habe doch nur Spaß gemacht«, erklärte sie.

Die nagende Erinnerung an die Ermahnung ihres Vaters, »nett zu ihm« zu sein, kehrte gerade in diesem Augenblick zurück. Nicht, daß es wichtig gewesen wäre, sagte sich Brig. Er war sicher, daß er Gefühle in ihr geweckt hatte, wie es keinem Mann vor ihm gelungen war.

»Habe ich vergessen zu lachen? Tut mir leid«, entschuldigte er sich gedankenverloren. »Es wird Zeit, daß wir ein wenig schlafen.«

»Wahrscheinlich hast du recht«, murmelte sie und kuschelte sich wie vorher an ihn.

Die gelegentlichen Blitze wurden seltener, als Brig auf das Trommeln des Regens lauschte. Jordanna schlief lange vor ihm ein.

Am nächsten Morgen waren vom Sturm der vergangenen Nacht nur noch Nieselregen und ein paar leise Donnerschläge übrig. Kurz nach Sonnenaufgang brachen sie das Lager ab und machten sich auf den Weg zum Basislager. Die Reiter trugen die unterschiedlichste Regenkleidung. Gelbe Mäntel, Ponchos, Regenanzüge. Die Wolken hingen über den Gipfeln, graue Schleier trieben über den Weg. Der Boden unter den Pferdehufen war manchmal schlüpfrig. Die Reiter sprachen nur wenig miteinander, als sie dem nassen, goldenen Falben folgten, der den Treck anführte. Am Nachmittag erreichten sie das Basislager. Es bestand aus einem großen, von Pfosten gestützten Zelt mit Holztisch, Bänken und einem großen Ofen; dort fanden sie Wärme und Schutz vor dem Regen. Die Planen der Packtiere dienten jetzt als Bodenbelag. Während Jocko Feuer machte, lud Tandy die Packtiere ab, und Brig stellte das kleine Zelt auf, in dem er und Jordanna schlafen würden. Er zog die natürliche Wärme ihres Körpers der künstlichen des Ofens vor.

Am nächsten Morgen, als Jocko das Frühstück auftischte, verwandelte sich der Nieselregen in einen beständigen Schauer, der den ganzen Tag anhielt und die Jagdgesellschaft ans Lager fesselte. Max ergriff die Gelegenheit, um seine müden Muskeln auszuruhen, während Fletcher, immer ganz Jäger, seine Ausrüstung überprüfte. Tandy hatte ein Kartenspiel mitgebracht und auch das Cribbage-Brett, und er und Kit waren bald in ein Spiel vertieft.

Brig fand genügend Beschäftigung, angefangen mit der Untersuchung der Pferde bis zum Sammeln von Feuerholz, dem Reinigen der Sättel und des Zaumzeugs und schließlich dem Herbeischleppen von Wasser. Jordanna stellte fest, daß er nur in der Dunkelheit ihres Zelts sein Interesse für sie nicht verbarg. Die übrige Zeit hielt er sich abseits. Doch die Art, wie er ihr ständig mit Blicken folgte, ließ sie denken, daß er versuchte, diskret zu sein, ihre Beziehung nicht vor ihrem Vater zu offenkundig zu zeigen. Mit dieser Begründung konnte sie keinen Fehler an seinem Verhalten entdecken, solange sie sich in der Gesellschaft der anderen befanden.

Jordanna verbrachte die Regenzeit damit, Jocko zu helfen. Zuerst hatte er ihre Hilfe abgelehnt, bis er begriff, daß es ihre Möglichkeit war, die Zeit totzuschlagen.

Am Morgen des vierten Tages blitzte die Sonne durch die Wolken. Eine knappe Stunde nach der Dämmerung brachen sie bis auf Jocko und Tandy, die im Lager zurückblieben, zum aktiven Jagen auf.

Es war am späten Vormittag, als sie ihre ersten Bighorns sahen. Sie waren auf einem kahlen Plateau stehengeblieben, um mit dem Fernglas die nächstliegenden Hügelkämme abzusuchen. Max und Kit waren bei den Pferden geblieben, benutzten die Tiere als Schutz gegen die wirbelnden Bergwinde, während Fletcher, Jordanna und Brig ihre Ferngläser genommen hatten und sich zu einem Aussichtspunkt auf dem Plateau begeben hatten.

Nach zwanzig erfolglosen Minuten hatte ihr Vater das Glas gesenkt, um seine Augen auszuruhen. »Das ist ein natürliches Gebiet, wie geschaffen für Bighorns«, hatte er gemurmelt.

»Ja«, stimmte Brig zu und suchte weiterhin die Senke zu seiner Rechten ab. »Es gibt ausreichend Gras und Wasser im Bach. Und die steilen Klippen dahinter bieten den Schafen den perfekten Fluchtweg.« Brig saß ganz bequem auf dem Boden, die Ellbogen auf die Knie gestützt, um mit den Armen das Fernglas zu halten.

Jordanna machte eine Bewegung in der Nähe einiger Felsen aus und versuchte, die Linse darauf einzustellen. »Ich dachte, ich hätte da drüben, bei dem Steinrutsch, etwas gesehen.«

Sowohl Brig als auch Fletcher richteten ihre Gläser auf dasselbe Gebiet. »Da sind sie ja.« Brig sah die braunen Tiere zuerst. »Sie haben aufgehört zu grasen und sich hingelegt, um sich auszuruhen.«

»Sie sind noch jung«, bemerkte ihr Vater. »Ich sehe nur einen einzigen Widder mit mehr als einer halben Drehung.« Er warf einen Blick über die Schulter und winkte Kit und Max. »Kommt und werft einen ersten Blick auf die Bighorns.«

Als die beiden sich zu ihnen gesellten, hielt Jordanna ihrem Bruder ihr Fernglas hin. Während sie und Fletcher den beiden halfen, die ruhenden Bighorns auszumachen, suchte Brig die Gegend nach weiteren, möglichst älteren Schafen ab.

»Und jetzt?« wollte Max wissen.

»Jetzt warten wir«, erklärte Brig. »Es sind vielleicht noch mehr in der Gegend, die wir nur im Augenblick nicht sehen können.«

Sie warteten eine Stunde lang, suchten hin und wieder das Gebiet ab, aber nichts war zu sehen, das größer gewesen wäre als die ersten Tiere. Sie stiegen erneut auf ihre Pferde und ritten zu einer anderen Sektion, wo Brig früher ein paar große Widder entdeckt hatte.

Eine Stunde vor Sonnenuntergang kehrten sie ins Basislager zurück, ohne auch nur einen Bock gesehen zu haben, der für Fletcher oder Jordanna interessant gewesen wäre. Max hatte diesen Ausflug langweilig gefunden. Er versuchte es zwar zu verbergen, aber man merkte es ihm dennoch an.

»Ich hatte mich kaum von dem Ritt hier in die Berge erholt, und jetzt bin ich schon wieder steif und überall wund«, beklagte er sich, ohne sich an jemand Bestimmten zu wenden.

Trotzdem fing Tandy die Bemerkung auf. »Sind Ihre Muskeln noch nicht an das viele Reiten gewöhnt?«

»Wir verbringen ja mehr Zeit damit, in den Sattel und wieder herauszukommen und auf Felsen zu klettern, als mit dem Reiten. Meine Waden bringen mich noch um«, stöhnte er. »Was mich angeht, so halte ich das Ganze für reine Zeitverschwendung.«

»Geduld und Ausdauer, Max.« Fletcher lächelte ihm über das Feuer hinweg zu und drückte den Tabak in seiner Pfeife fest. »Wenn ein Jäger nicht über diese beiden Eigenschaften verfügt, dann kann er ebensogut gleich aufgeben und heimkehren.«

Die versteckte Kritik veranlaßte Max, sich ein wenig aufrechter hinzusetzen. »Wahrscheinlich haben Sie recht. Aber ich bin wohl einfach ein bißchen mehr Action gewöhnt.«

»Wir müssen dafür sorgen, daß Sie ein bißchen aktiver bei uns mitmachen«, meinte Fletcher. »Ich habe noch ein zweites Fernglas. Jordanna kann es für Sie holen. Und wenn wir dann morgen ausreiten, können Sie uns helfen, nach dem Wild Ausschau zu halten, anstatt einfach nur herumzustehen.«

»Das ist sehr großzügig von Ihnen.« Max lächelte verkrampft.

»Schließlich ist das ja Ihr Urlaub. Ich möchte nicht, daß Sie sich dabei zu Tode langweilen.« In Fletchers Stimme lag ein boshafter, spöttischer Unterton, der Jordanna die Stirn runzeln ließ.

»Es ist schon spät.« Kit, der im Schneidersitz vor dem Lagerfeuer gehockt hatte, stand abrupt auf. »Ich glaube, ich mache Schluß für heute.«

»Ich denke, das sollten wir alle tun.« Auch Fletcher richtete sich auf, um sich den anderen anzuschließen, die auf das große Zelt zugingen. »Gute Nacht, Jordanna.«

»Gute Nacht, Dad«, antwortete sie und bemerkte, daß er nichts zu Brig gesagt hatte. Sie hatte vermutet, daß er ihr Verhalten nicht gerade gutheißen würde, aber jetzt hatte er es zum ersten Mal gezeigt. Er machte Brig für alles verantwortlich. Sie starrte in die zuckenden Flammen des Feuers, ohne zu bemerken, daß alle anderen bereits gegangen waren.

»Willst du vor dem Feuer sitzen, bis du geröstet bist wie ein Marshmallow, oder kommst du ins Zelt?« Brig stand neben ihr und musterte sie auf sonderbar berechnende Weise.

Jordanna verdrängte den Eindruck, den das Verhalten ihres Vaters auf sie gemacht hatte. Sie war zu alt, um auf seine Billigung angewiesen zu sein. Außerdem wartete Brig auf sie, und das war wichtiger. Sie erhob sich und warf ihm einen provozierenden Blick zu.

»Magst du keine Marshmallows?« spottete sie.

Er legte den Arm um ihre Taille und zog sie an sich, außerhalb des Feuerscheins. Diese vertraute, sehnsüchtige Wärme ließ die Härte schmelzen, als sie sich an ihn preßte. Atemlos vor Erwartung öffneten sich ihre Lippen. Sie legte den Kopf in den Nacken und schaute in seine groben männlichen Züge, die im Schein des Feuers wie aus Bronze gemeißelt wirkten. Sie konnte sehen, wie die Flammen in seinen harten braunen Augen tanzten.

»Ich mag meine Marshmallows außen knusprig und innen cremig und weich«, erklärte er heiser, ehe sein fester männlicher Mund ihre Lippen kostete. Jordanna schlang die Arme um seinen Nacken, als er sie hochhob und zum Zelt hinübertrug.

Der fünfte Tag war ebenso erfolglos wie der vorherige. Am sechsten entdeckten sie das erste Bighorn, das eine Trophäe wert war. Sie befanden sich in der Nähe der Stelle, wo sie die ersten Tiere gesehen hatten. Der große Widder graste auf einem Vorsprung, sein brauner Körper und das weiße Hinterteil wirkten so rund und fest wie eine Wurst. Die massiven Hörner waren am Ursprung ganz dick, wanden sich dicht am

Kopf, weiteten sich an den Spitzen. Die Kämpfe während der Brunstzeit hatten eine Seite der Hörner splittern lassen, aber dieser Fehler beeinträchtigte den Wert der Trophäe nicht.

»Der schleppt über vierzig Inches mit sich.« Fletchers Aussage war kaum mehr als ein Wispern. Er senkte sein Fernglas, und in seinen Augen leuchtete Erregung.

»Sieh mal, wie sehr die Spitzen abgenutzt sind«, murmelte Jordanna ehrfürchtig.

»Damit er zur Seite sehen kann«, erklärte Big. Mit seinem Fernglas überflog er das Gebiet unmittelbar neben dem Widder mit dem schweren Gehörn. »Er hat sich einen ungünstigen Platz ausgesucht.«

»Ja«, stimmte Fletcher zu und betrachtete die Gegend erneut. »Selbst wenn ich mich erfolgreich anschleichen würde, bis ich eine gute Position zum Schießen einnehmen würde... seht nur, wohin er fallen würde, wenn ich ihn treffe.«

Jordanna richtete ihre Aufmerksamkeit auf das Gebiet unterhalb des Tieres. Zerklüftete Felsen ragten hier auf, sahen aus, als hätte der Berg den Mund aufgerissen und gegähnt und dabei eine Reihe klaffender Zähne entblößt.

»Selbst wenn du das tote Tier von den Felsen wieder heraufbringen könntest, so wären die Hörner wahrscheinlich durch den Sturz gebrochen.« Sie seufzte.

»Wir werden warten.« Ihr Vater streckte sich bäuchlings auf dem Boden aus. »Vielleicht bewegt er sich, bis er eine günstigere Position einnimmt.«

»Ich kann es mir ebensogut auch bequem machen.« Max veränderte seine Position ebenfalls, bis auch er auf dem Boden lag.

Über eine Stunde graste der König der Berge auf dem Sims. Die Spannung in der Gruppe nahm zu, wurde allmählich zu Aufregung, als der Widder anfing, sich grasend von den Klippen zu entfernen.

»Nun komm schon«, drängte Fletcher leise, während er das Tier beobachtete, das sich langsam bewegte. »Das ist ein guter Platz da drüben. Leg dich schon endlich hin, du listiger alter Bastard.«

»Tut er ja«, sagte Brig. »Aber mir gefällt seine Wahl nicht besonders. Es wäre besser für Sie gewesen, wenn er weiter gegrast hätte. Zumindest hätten Sie sich dann bewegen können, wann immer sein Kopf nach unten geneigt gewesen wäre. Auf diese Weise werden Sie nicht sehr nahe an ihn herankommen, ohne daß er Sie wittert, nicht bei diesem Wind.«

Nachdem sie ihre Meinungen darüber ausgetauscht hatten, welches der beste Weg wäre, um sich anzuschleichen, setzten sich die beiden Männer in Bewegung. Jordanna, Kit und Max bleiben zurück, um sie zu beobachten. Es war eine lange, anstrengende Route, die sie sich ausgesucht hatten. Dazu gehörte, daß sie den halben Hügel zu Fuß umgingen und dann zu einem Sims hinaufkletterten, in der Hoffnung, sich dem Bighorn von oben nähern zu können. Das war ein nicht immer erfolgreiches Unternehmen bei einem hochempfindlichen, mißtrauischen wilden Schaf.

Eine Stunde nachdem die beiden Männer verschwunden waren, wandte sich Max an Kit. »Ist noch Kaffee in der Thermoskanne, die Jocko uns mitgegeben hat? Ich könnte eine Tasse vertragen.« Er schniefte, weil seine Nase lief, und schlug mit den Armen, um sich zu wärmen.

»Ich denke schon.« Vorsichtig glitt Kit von dem Vorsprung, an dem die Pferde festgemacht waren, und kehrte mit der Thermoskanne zurück.

»Trinkt nicht alles aus«, warnte Jordanna. »Dad und Brig werden wahrscheinlich welchen brauchen, wenn sie zurückkommen.«

Aber es dauerte noch eine weitere Stunde, bis Jordanna die beiden Männer durch ihr Fernglas entdeckte. Sie hatten gerade das Sims oberhalb des Widders erreicht, aber der steile Hügel und ein Gewirr von Felsbrocken versperrten ihnen die Sicht auf das Tier. Jordanna beobachtete, wie ihr Vater versuchte, sich in eine Position zu bringen, von der aus er den Bock erlegen konnte.

Irgend etwas ging schief. Entweder drehte der Wind, oder ein Luftstrom trug ihren Geruch dem Bock zu. Innerhalb eines Augenblickes war das Tier auf die Füße gesprungen und raste unter Hufgeklapper über den Felsen. Es sprang und kletterte mit der Sicherheit und Grazie eines Seiltänzers. Fletcher hatte überhaupt keine Chance, auch nur einen einzigen Schuß abzugeben.

»Die ganze Strapaze«, brummte Max, »und dann gibt er nicht einmal einen einzigen Schuß ab.«

»Wenn es Ihnen nicht gefällt, Max«, murmelte Kit, »dann brauchen Sie ja nicht jeden Tag mitzukommen. Sie können im Lager bleiben.«

Max sah ihn mit einem vernichtenden Blick an, der ihm zeigte, daß ein solcher Vorschlag unmöglich war. Jordanna schlang die Arme um die Knie. Der Mann war wirklich entschlossen, ihrem Vater diese Aktien zu verkaufen, gleichgültig, welche persönlichen Unannehmlichkeiten das für ihn mit sich bringen würde, sagte sie sich.

Als Brig und Fletcher endlich wieder zu ihnen zurückkehrten, war es später Nachmittag geworden. Fletcher wirkte erschöpft und erhob keinerlei Einwände, als Brig vorschlug, ins Lager zurückzukehren.

Der Anblick des Widders mit dem massiven Geweih hatte Fletchers Enthusiasmus nur noch mehr entfacht. Am nächsten Morgen konnte er es kaum erwarten, das Tier wiederzufinden. Sie suchten ein großes Gebiet ab, erblickten mehrere Böcke mit ganz respektablen Hörnern, aber Fletcher schien entschlossen, sich nicht mit weniger als der Trophäe zufriedenzugeben, die er gesehen hatte – jedenfalls noch nicht.

Es dauerte zwei Tage, bis Brig den großen Widder erneut ausmachte.

»Ist es derselbe?« wollte Jordanna wissen. Sie lag auf dem Boden, und ihr Ellbogen berührte fast seinen, als sie ihr Fernglas vor die Augen hielt.

»Es ist derselbe«, beharrte Fletcher. »Sieh doch nur das Stückchen, das von seinem rechten Horn abgebrochen ist.«

»Ja.«

Brigs Mund wurde zu einer schmalen, harten Linie, als er die mögliche Anschleichroute ausarbeitete. Er hörte, wie Fletcher leise fluchte, und vermutete, daß der Jäger dasselbe gesehen hatte wie er.

»Es gibt nur eine einzige Möglichkeit, ihn zu bekommen. Aber die ist zu gefährlich«, bemerkte Brig.

»Dann müssen wir also wieder warten, nehme ich an«, stöhnte Max verärgert.

»Vielleicht bewegt er sich ja«, murmelte Fletcher, klang aber nicht sehr hoffnungsvoll.

Brig suchte das Gebiet erneut ab. Aber so gründlich er es auch studierte, er konnte nur den einen Weg finden, über den Fletcher bis auf Schußweite an das Bighorn herankommen konnte, das sich am Hang ausruhte. Und dieser Weg war schlimmer als nur verräterisch gefährlich. Sie müßten einen breiten Erdrutsch überqueren, dort, wo der Boden unsicher war. Ein lockerer Stein, der von ihren Füßen losgetreten wurde, würde den Bock zwar nicht unbedingt auf sie aufmerksam machen, denn fallende Steine waren für das Tier etwas Gewohntes. Aber Brig wurde kalt beim Anblick des Abgrunds, der sich unterhalb auftat. Ein falscher Schritt, eine ungeschickte Bewegung, und ein Sturz von fünfhundert Fuß würde allem ein Ende machen.

Eine Stunde. Anderthalb Stunden. Der Bock hatte sich nicht von der Stelle gerührt. Brig warf einen Blick auf Fletcher, bereit vorzuschlagen, es morgen noch einmal zu versuchen. Aber der nahezu besessene Ganz in den Augen des Mannes hielt ihn zurück. Er schaute wieder zu dem Widder hinüber. Ohne die Verstärkung seines Fernglases sah er aus wie ein brauner Klumpen, kaum vom Hintergrund zu unterscheiden – die Deckung der Natur.

»Ich verstehe nicht, warum Sie nicht einfach um diesen losen Felsen marschieren und sich an das Schaf anschleichen«, meinte Max, des ständigen Wartens müde.

»Das ist zu gefährlich«, erwiderte Brig.

»Sieht für mich aber nicht so aus«, widersprach Max achselzuckend.

»Warum versuchen wir es nicht?« schlug Fletcher vor. Brig vermutete, daß Fletchers Bedürfnis, seine Besessenheit, diese Trophäe einzustecken, nachdem er diese großen, ausladenden Hörner über eine Stunde lang beobachtet hatte, stärker geworden waren als seine Vernunft. »Wenn wir näher kommen, sieht es vielleicht nicht so schlimm aus wie von hier.«

»Hört sich gut an«, stimmte Max zu.

»Sie wissen, daß es nicht besser sein wird.« Brig warf dem Jäger einen grimmigen Blick zu.

»Ich glaube, Brig hat recht«, unterstützte ihn Jordanna.

»Es ist bald dunkel, und dann haben wir den Bock ohnehin verloren. Da können wir uns den Weg genausogut aus der Nähe anschauen«, argumentierte Fletcher mit einem Blick auf den lockigen Mann neben sich. »Kommen Sie mit, Max?«

Brig sah den überraschten Ausdruck auf dem Gesicht seines Cousins und wußte, daß Max nicht mit dieser Aufforderung gerechnet hatte. Er wollte, daß etwas geschah, solange es keinerlei Anstrengung seinerseits erforderte. Zynische Belustigung zuckte um Brigs Mundwinkel, als er sah, wie Max zögerte.

»Klar, ich komme mit«, stimmte er dann unerwartet zu.

»Sei doch nicht albern, Max!« fuhr Brig ihn an. Der dumme Versuch seines Cousins, dem Mann zu gefallen, auf dessen Geld er es abgesehen hatte, ließ ihn ungeduldig werden. »Du bist nicht in der Verfassung für eine solche Kletterpartie.«

Augenblicklich wurde ihm klar, daß er die falsche Taktik angewandt hatte. Er hätte Max niemals vor Fletcher kritisieren oder auch nur andeuten dürfen, daß er einem älteren Mann körperlich unterlegen war. Jetzt hatte Max das Gefühl, Brig beweisen zu müssen, daß er sich irrte. Brig verfluchte insgeheim seine übereilten Worte.

»Mach dir um mich keine Sorgen, Brig«, erklärte er stur. »Ich schaffe das schon.«

»Wir wollen uns doch diesen Erdrutsch nur aus der Nähe ansehen«, erklärte Fletcher. »Wenn es zu riskant aussieht, dann müssen wir unser Vorhaben abbrechen.«

»Ich komme mit«, erbot sich Kit und erhob sich eilig.

»Nein.« Fletchers Absage kam scharf und abrupt. Er mäßigte seinen Ton, als sein Blick auf Jordanna fiel. »Du bleibst hier bei deiner Schwester. Drei Leute sind genug. Noch mehr, und wir hören uns an wie eine Armee und vertreiben den Widder ganz bestimmt.«

Brig konnte am Ausdruck auf dem Gesicht des jungen Mannes erkennen, daß er widersprechen wollte, aber die Begründung seines Vaters war zu vernünftig.

14

Es dauerte fast eine Stunde, bis sie das Gebiet des Erdrutsches erreichten. Um Max' willen hatte Brig es langsam angehen lassen. Er warf einen Blick über die Schulter und sah, wie sein Cousin in der dünnen Höhenluft nach Atem rang. Seine eigenen Lungen brannten von der Anstrengung, das rauhe Gebiet zu Fuß zu überqueren. Aber weder er noch Fletcher litten so sehr wie Max. Aber nicht ein einziges Mal hatte sein Cousin ihn gebeten anzuhalten, damit er sich ausruhen konnte. Brig mußte seinen Mut bewundern, wenngleich er an seinem Verstand zweifelte.

Kurz vor dem Erdrutsch blieb Brig stehen und schaute zu dem Sims hinüber, wo Jordanna mit ihrem Bruder wartete. Fletcher gesellte sich zu ihm, während Max gegen einen großen Felsblock sank und sich abmühte, wieder zu Atem zu kommen. Brig zwang sich, sich auf das furchterregende Gebiet zu konzentrieren.

»Es hat keinen Sinn, Fletcher.« Seine Hände ruhten auf seinen Hüften, als er den gefährlichen Pfad entlang des Abgrunds betrachtete.

»Ich bin da nicht so sicher. Sehen Sie da drüben, wo es so schmal ist.« Er deutete mit dem Finger dorthin. »Dieser Riesenblock bietet jedem Menschen etwas, woran er sich festhalten kann.«

»Aber er bedeutet auch, daß man darum herumgehen muß«, gab Brig zu bedenken. »Und man kann nicht sehen, wie es auf der anderen Seite des Felsens aussieht.«

»Nehmen wir einmal an, da wäre nichts, nur Leere – was dann?« meinte Fletcher achselzuckend. »Es ist ja nur einen Fuß breit – und das ist weniger als ein Schritt. Ich denke, das ließe sich überqueren.«

»Das ist Selbstmord.« Brig starrte den Mann entschlossen an.

Aber Fletcher kümmerte sich nicht um ihn. Er drehte sich um und sagte zu Max gewandt: »Wie sieht's aus? Kommen Sie mit?«

Max holte tief und keuchend Luft und stieß sich von dem Felsen ab, der ihn stützte. »Ja, ich komme.« Er setzte sich in Bewegung.

Verblüfft schaute Brig von seinem Cousin zu Fletcher. Aber der Jäger ging bereits auf den schmalen Pfad am Fuß der Geröllhalde zu. Brig blieb vor seinem Cousin stehen.

»Hast du den Verstand verloren, Max?« Er sprach leise, mit angespannter Stimme, die von Fletcher nicht gehört werden konnte. »Sieh dich doch nur mal an. Du kannst ja kaum noch atmen. Die Muskeln in deinen Beinen zittern wahrscheinlich schon nach dem Aufstieg. Es ist doch Irrsinn, mit ihm zu gehen.«

»Geh mir aus dem Weg, Brig.« Max bemühte sich, seinen Atem normal klingen zu lassen. »Ich habe dich nicht um deinen Rat gebeten.«

»Vielleicht hast du nicht darum gebeten, aber du bekommst ihn trotzdem. Geh nicht mit.«

»Du kannst ja hierbleiben, wenn du willst, aber ich folge Fletcher.« Max stieß ihn beiseite.

Brig beobachtete die beiden. Sie waren ein Paar verdammter Narren. Er sollte zwar ihr Führer sein, aber keiner von beiden hörte auf ihn. Er fluchte wütend, weil er wußte, daß er sie begleiten mußte.

Die ersten zwanzig Yards stellten kein Hindernis dar. Brig sah zu, wie Fletcher, der als erster ging, behutsam einen Weg suchte. Er hatte also wenigstens den Trost, daß der Mann so etwas wie Vorsicht an den Tag legte. Der Pfad wurde immer schmaler, während der Boden unter ihren Füßen abfiel, zu der Gletscherschlucht fünfhundert Fuß unterhalb. Brig folgte Max nicht zu dicht auf den Fersen. Wenn die Halde über ihnen in Bewegung geriet, würde ein Mann von den Steinen über den Rand gerissen werden – und jeder andere, der nah genug war, ebenfalls.

Fletcher an der Spitze hatte den massiven Felsblock erreicht. Er preßte sich dicht daran und schob sich Zentimeter für Zentimeter herum. Brig und Max gingen beide langsamer und sahen ihm zu. Der Riemen von Fletchers Gewehr verfing sich an einem hervorstehenden Stück. Er mußte stehenbleiben, um ihn zu lösen. Brig fing an zu schwitzen. Er hatte nichts dagegen, Angst zu haben. Das schärfte seine Sinne und pumpte Adrenalin in seine Adern. Fletcher schob sich um den Felsen und verschwand für ein paar Sekunden.

»Auf dieser Seite ist alles in Ordnung«, rief er ihnen dann leise zu.

»Es ist noch nicht zu spät, um umzukehren, Max«, riet Brig leise.

Doch alles, was er zur Antwort erhielt, war ein Murren, das ihn verstummen ließ. Er wartete, während Max sich um den Felsen schob, trat dann vor, um seinen Platz einzunehmen. Als er sich an dem Felsen festklammerte, hatte er ein besseres Gefühl als ohne Halt auf dem schmalen Sims, wo er sich gefühlt hatte wie ein Seiltänzer. Als er den Felsen umrundete, sah Brig, wie Fletcher stehenblieb, um einen Blick nach hinten auf Max zu werfen. Von seinem Platz aus konnte Brig sehen, wie das Sims in einer Entfernung von etwa einem Fuß von dem Felsen angefangen hatte zu bröckeln. Das ganze Stück war unterminiert worden, und ein wackeliger Rest war geblieben. Schmutz und lose Steine tröpfelten von der Unterseite, als Max die Stelle erreichte. Sie war nicht größer als einen Fußbreit. Brig erwartete, daß Max darüber hinwegsteigen würde. Doch dann sah er, wie sich Max' Fuß genau in die Mitte der unterminierten Stelle senkte. Brig wußte instinktiv, daß die dünne Kruste das Gewicht seines Cousins niemals tragen würde.

»Max, tritt nicht dahin!«

Aber seine Warnung kam zu spät. Max hatte das Gewicht schon zu sehr verlagert, um seinen Fuß noch anders setzen zu können. Das Sims hielt sein Gewicht eine knappe Sekunde lang, ehe die Erdkruste zusammenbrach. Max schrie auf und packte nach irgend etwas, das seinen Sturz aufhalten würde.

Brig streckte sich, ergriff ein herausragendes Stück des Felsblocks und streckte die Hand nach einem wirbelnden Arm aus. Wie durch ein Wunder schlossen sich seine Finger um Max' Unterarm, nahe am Handgelenk. Er stemmte sich fest, um Max' Gewicht zu halten, aber nichts konnte ihn auf das Zerren vorbereiten. Max umklammerte seinen Arm mit beiden Händen, als er keinen Boden unter seinen Füßen mehr verspürte. Er strampelte und kämpfte um einen Halt unter den Füßen, aber ein Steinfluß strömte durch den Spalt im Sims.

»Laß mich nicht los, Brig. Bitte, halt mich fest«, flehte Max in panischer Angst.«

Einhundertvierzig Pfund baumelten an seinem Arm. Brig rechnete jede Minute damit, daß Max' Gewicht ihm den Arm ausreißen würde. Die Schmerzen waren schauderhaft. Max' Umklammerung machte es Brig unmöglich, ihn loszulassen. Wenn Max stürzte, würde er ihn mitziehen.

»Verdammt, Fletcher. Wo, zum Teufel, stecken Sie?« Brig knirschte mit den Zähnen, spürte, wie die Muskeln in seinem Arm zum Zerreißen gespannt waren. »Helfen Sie uns doch!« Eine wilde Wut auf den Mann, der ihrer aller Leben für eine Bighorn-Trophäe aufs Spiel gesetzt hatte, tobte in ihm – für ein Paar Hörner, die er an der Wand seines Arbeitszimmers zur Schau stellen wollte.

»Ich kann Sie nicht erreichen.« Fletchers Stimme klang wie aus weiter Ferne. Er machte keinen Versuch, den beiden näher zu kommen.

Brigs Finger glitten auf dem Felsen aus, sein Griff wurde lockerer. Er bemühte sich mit aller Kraft, dem Gewicht entgegenzuwirken, das ihn in den gähnenden Abgrund zu ziehen drohte. Das Wissen, daß Jordanna von der anderen Seite sie beobachtete, traf ihn plötzlich messerscharf. Brig wollte nicht, daß sie zusah, wie er starb. Ganz unerwartet ließ der Zug an seinem Arm nach. Max hatte einen Halt gefunden. Die Erleichterung war groß. Während er den gefährlichen Stützpunkt ausnutzte, suchte Max nach einem neuen. Trotz der wimmernden Töne, die er von sich gab, geriet er nicht in Panik. Schließlich war er in der Lage, ein Knie über den festen Teil des Sims zu schieben, und Brig fand die Kraft, ihn ganz hochzuziehen, wo er in Sicherheit war. Brig lehnte sich an den Felsen. Er schwitzte und keuchte, während Max zitternd auf dem Rand saß, die Augen geschlossen, um den Abgrund nicht sehen zu müssen. Brigs Arm war taub. Er war sich nicht einmal sicher, ob er noch mit seinem Körper verbunden war oder nicht. Er wartete, bis er wieder zu Atem gekommen war, und sah dann seinen Cousin an.

»Komm, Max. Laß uns von diesem Sims verschwinden.«

Max' Gesicht war weiß, eine kränkliche Farbe, die verriet, daß ihm übel war. Aber jetzt war nicht der Augenblick, um einer Schwäche nachzugeben. Max schluckte und kam zitternd auf die Füße, klammerte sich an dem Felsen fest, um eine Stütze zu haben. Brig trat den Rückweg an, schob sich zentimeterweise um den Felsen und ging dann auf dem schmalen Sims entlang bis zu der Stelle, an der es breiter wurde.

Als er den vergleichsweise leichten Weg am Berghang erreichte, blieb Brig stehen und fing an, sich seine Schulter zu reiben, um die Taubheit zu bekämpfen. Max schien auf dem Boden zusammenzufallen, seine Beine trugen ihn einfach nicht länger.

»Ich...« Max hob den Blick zu dem Mann, der ihm das Leben gerettet hatte. Ausnahmsweise schienen ihm die Worte zu fehlen. »Danke, Brig.«

Brig hätte ihn alles mögliche nennen können, weil er überhaupt versucht hatte, das Sims zu überqueren. Es wäre eine dumme Art zu sterben gewesen, aber Unwissenheit und Unerfahrenheit hatten schon so manchem Mann das Leben gekostet. Brig wußte, daß Max es sich zweimal überlegt hätte, ob er des Nachts durch eine dunkle Gasse in der Stadt gehen sollte, aber auf dieses Sims war er hinausgelaufen, ohne an die Gefahr zu denken, die sein Vorhaben barg. Es hätte ihn fast umgebracht – und Brig ebenfalls.

Steineklappern kündigte Fletchers Kommen an. Mit besorgtem Blick betrachtete er Max, ehe er zu Brig hinüberschaute. Brig fühlte Wut in sich aufsteigen. Die Hand seines intakten Armes ballte sich zur Faust. All das war nur wegen eines verdammten Paars Hörner passiert! Es würde enorme Befriedigung für ihn bedeuten, wenn er diesem Mann ins Gesicht schlagen könnte!

»Seid ihr beide in Ordnung?« erkundigte sich Fletcher.

»Ja.« Sein Mund verzog sich zu einem wölfischen Grinsen. »Aber das haben wir kaum Ihnen zu verdanken.«

»Ich hätte nichts tun können.« Fletcher schien zu denken, daß die

Kritik seiner unterlassenen Hilfe galt und nicht seinem Versuch, den Erdrutsch zu überwinden. »Nachdem das Sims erst einmal nachgegeben hatte und die Steine herabstürzten, hatte ich keine Möglichkeit mehr, Max zu erreichen.«

Das war wahrscheinlich richtig. Brig war zu beschäftigt gewesen, um Fletchers Position zu bemerken. Es war möglich, daß es für ihn keinen Weg gegeben hatte, sie sicher zu erreichen, ohne dadurch einen größeren Erdrutsch auszulösen, der sie alle drei in den Tod gerissen hätte. Brig vermutete allerdings, daß sich Fletcher mehr Gedanken um seine eigene Sicherheit gemacht hatte als darum, sie zu retten.

»Die ganze Sache war unsinnig.« Brig dachte nicht daran zu vergessen, wessen Idee es gewesen war. »Sie hätten Max wegen der unterhöhlten Stelle warnen müssen, ehe er darauf getreten ist.«

»Ich... ich dachte, er hätte sie gesehen.« Fletcher runzelte die Stirn und zuckte bei seiner schwachen Entschuldigung mit den Achseln.

»Ach, kommen Sie, Fletcher.« Brig verachtete ihn wegen dieser Antwort. »Sie wissen so gut wie ich, wie wenig Max von den Gefahren in so einer Umgebung weiß.«

Der Jäger ging in die Defensive. »Sie sind der Führer. Sie hätten als erster gehen müssen, nicht ich.«

»Und ich habe Ihnen erklärt, daß ich es für Selbstmord hielt, zu versuchen, diesen Erdrutsch zu umgehen. Aber Sie haben ja nicht auf mich gehört«, schoß Brig zurück.

»Wenn er nicht hinter uns gegangen wäre, wäre ich jetzt tot«, warf Max mit einer noch immer bebenden Stimme ein.

Fletcher wandte sich ihm zu. »Glauben Sie mir, das weiß ich, Max. Ich kann Ihnen gar nicht sagen, wie bestürzt ich bin, daß das passiert ist, aber nun ist es zu spät für diese Einsicht.«

»Das können Sie ruhig noch mal sagen«, murmelte Brig. »Wir haben verdammtes Glück gehabt.«

Der Jäger wandte sich halb um und schaute den Hügel hinauf. »Der Widder ist wahrscheinlich inzwischen über alle Berge.«

Mein Gott, dachte Brig, der denkt tatsächlich noch immer an das verdammte Schaf! Fletcher war ein egozentrischer Mann, der sich niemals lange um einen anderen Menschen Gedanken machte. Er würde nicht zulassen, daß irgend jemand ihm im Weg stand, wenn er etwas haben wollte. Die einzige Möglichkeit für Brig, ihn davon abzuhalten, das

Sims zu betreten, wäre körperliche Gewalt gewesen. Je mehr Brig über den Mann erfuhr, desto mißtrauischer wurde er ihm gegenüber.

Seine Schulter fing an zu schmerzen. Doch Brig zog dieses Gefühl der lähmenden Taubheit vor. Er warf einen Blick auf Max, um zu sehen, ob er sich erholte. Er sah noch immer mitgenommen aus, schien aber seine Gliedmaßen wieder besser zu beherrschen.

»Wir machen uns auf den Rückweg«, meinte er.

Brig ging hinüber und schob eine Hand unter Max' Arm, um ihm auf die Beine zu helfen. Das Trio machte sich auf den Weg zurück zu den anderen. Diesmal schlugen die drei einen geraderen Weg ein, denn sie brauchten sich nicht mehr vor dem Bighorn zu verstecken. Weder Brig noch Fletcher machten eine Bemerkung über Max' nasse Hose.

Auf halbem Weg zurück kamen ihnen Jordanna und ihr Bruder entgegen. Sie hatte die Augen besorgt aufgerissen, und Angst stand darin, als sie Brig erreichte. Die Nähe des Todes hatte in ihm das Bedürfnis geweckt, das Leben in ihrer Umarmung erneut zu spüren. Aber ein Blick in Fletchers grimmiges Gesicht hielt ihn davon ab, sie in seine Arme zu schließen. Der Mann verwirrte Brig. Nach außen hin billigte Fletcher durch sein Schweigen Brigs Beziehung zu seiner Tochter, und doch schien er sie gleichzeitig zu verabscheuen.

Jordanna blieb vor ihm stehen, nur durch wenige Zentimeter von ihm getrennt. Es entging ihrer Aufmerksamkeit nicht, wie vorsichtig er mit seinem schmerzenden Arm umging. Zögernd berührte sie ihn, als wäre sie sich klar darüber, daß der Kontakt eine Umarmung auslösen könnte.

»Bist du verletzt?« erkundigte sie sich.

»Nicht ernstlich.«

»Ich habe... Angst um dich gehabt.« Sie gab es nur zögernd zu und schaute dabei zu ihrem Vater. »Ihr hättet es nicht versuchen dürfen. Ihr hättet alle ums Leben kommen können.«

»Warum hast du das getan?« wollte Kit wissen und musterte aufmerksam das Gesicht seines Vaters. »Du hast doch gesagt, du würdest es nicht tun, wenn es zu riskant wäre.«

»Weil ich dachte, wir würden es schaffen«, kam die ungeduldige Verteidigung. »Ich hab's ja auch geschafft.«

»Aber Max nicht«, warf Kit ihm vor. »Er wäre deinetwegen fast zu Tode gestürzt.«

»Ist er aber nicht.« Fletcher beherrschte sich nur mit Mühe. »Was geschehen ist, ist geschehen. Wir gewinnen nichts, wenn wir es immer wieder aufwärmen.«

»Nur sollten wir uns vergewissern, daß so etwas nicht noch einmal passiert«, murmelte Kit in einem Ton, der wie eine Herausforderung klang. Er warf seinem Vater einen kurzen, kalten Blick zu und ging dann zu Max hinüber. »Alles in Ordnung?«

»Jaja, machen Sie sich keine Sorgen. Von jetzt an kann Ihr Vater allein an sein Wild heranschleichen. Ich steige nicht mehr vom Pferd.«

»Erst einmal müssen wir zu den Pferden kommen«, erinnerte Brig ihn, und die kleine Gesellschaft setzte sich wieder in Bewegung.

Nach dem langen Abstieg zu der Stelle, wo sie die Pferde zurückgelassen hatten, war es eine willkommene Erleichterung für ihre Beine, die Entfernung zum Lager reitend zurückzulegen. Eine Viertelmeile vom Lager entfernt fiel der Falbe in Trab. Brig zuckte zusammen, als das Tempo den Schmerz in seinem Arm erneut aufflammen ließ. Als sie abstiegen, bemerkte der scharfäugige Tandy Barnes, wie vorsichtig Brig den Arm hielt, um die Verletzung seiner Schulter nicht noch zu verschlimmern.

»Was ist denn mit dir passiert?« wollte er wissen.

Brig erklärte es kurz und nicht allzu ausführlich. Er stellte den Unfall als etwas hin, was jederzeit passieren konnte, nicht als das Resultat von Fletchers dummem Versuch, ein gefährliches Gebiet zu überqueren.

»Jocko und ich werden uns um die Pferde kümmern. Du gehst ins Lager und trinkst erst mal 'nen heißen Kaffee«, befahl Tandy. »Sobald ich hier fertig bin, schau' ich mir deine Schulter an.«

Sie schmerzte ihn so sehr, daß Brig keine Einwände erhob. In dem großen Zelt, das vom Ofen erwärmt wurde, zog er sich bis auf die Hose aus, eine Handlung, die ihn wie ein glühendes Messer schmerzte. Jordanna trieb sich in der Nähe des Tisches herum und beobachtete, wie Tandy mit geschickten Fingern die Schulter untersuchte.

»Kannst von Glück sagen, daß du sie nicht ausgekugelt hast. Das hättest du bestimmt getan... wenn du ein normaler Mensch wärest«, brummte der untersetzte Cowboy.

»Ich habe nur eine Muskelzerrung.« Brig entwand sich den ziehenden und drückenden Fingern, die ihn untersuchten und seine Schmerzen nur noch schlimmer machten.

»Ja, du hast dir ein paar Muskeln gezerrt und Sehnen und alles mögliche«, schimpfte Tandy, als Brig seine Verletzung so leichthin abtat. »Wir verbinden die Schulter lieber, damit die Muskeln gestützt werden und Gelegenheit haben zu heilen. Wir müssen den Arm stillegen.« Er wandte sich an den Basken, der zugeschaut hatte. »Jocko...«

»Si, ich hole Verbandszeug.« Jocko beantwortete die Frage, ehe sie gestellt worden war.

Er ging in eine Ecke des Zeltes und öffnete ein Paket, das Erste-Hilfe-Mittel enthielt. Er holte eine breite elastische Binde heraus und gab sie Tandy. Dieser fing an, die verletzte Schulter zu verbinden, aber dabei stellte er sich ziemlich ungeschickt an.

»Wenn du ein Pferd wärest, wüßte ich, wie man das macht«, murmelte er Brig zu und wickelte den Verband ab, um noch einmal von vorne anzufangen.

»Lassen Sie mich das machen.« Jordanna trat vor und nahm dem Cowboy die fleischfarbene Binde aus der Hand.

»Glaubst du, du weißt, wie das geht?« spottete Brig, nicht gerade in bester Laune.

»Ich habe einen mehrwöchigen Kurs hinter mir«, antwortete sie ganz ruhig. »Ist ganz gut, wenn man bei Jagdausflügen etwas von Erster Hilfe versteht. Man kann nie wissen, wann man das braucht.«

Ihre Hände waren sanft und geschickt. Sie trat dicht neben ihn, um den Verband zu schließen, bückte sich leicht, und ihr langes Haar fiel ihr über die Schulter und schimmerte rötlich im Licht der Lampe. Ihr vertrauter Duft wehte zu ihm herüber. Sie roch nach Pferden und Sattelleder, vermischt mit einem sauberen, sinnlichen Duft.

Trotz der primitiven Bedingungen hier im Lager wusch sie sich häufig, erhitzte das Wasser in einem Kessel über dem offenen Feuer und wusch sich mit einem Schwamm in der Abgeschiedenheit hinter ihrem Zelt. Er hatte ihre Silhouette mehr als einmal auf der Zeltwand gesehen. Sie wollte ihn nicht provozieren, aber das Ergebnis war dasselbe gewesen, als wenn sie ihn absichtlich gereizt hätte – der undeutliche Umriß ihres Körpers und seine eigene Phantasie hatten bewirkt, daß sein Blut vor Verlangen kochte. Jetzt stand derselbe Blick in seinen braunen Augen wie in den Nächten zuvor.

Seine Schulter war fest bandagiert. Nachdem Jordanna das Ende der Binde glattgestrichen hatte, sah sie ihn an. »Geht es so?«

»Prächtig.« Brig dachte in diesem Augenblick nicht an das Unbehagen, das seine Verletzung ihm bereitete, und sie sah es ihm an.

Sie richtete sich auf, wich seinem Blick aus, als sie zu Tandy und Jocko hinüberschaute. Mehr um ihretwillen als ihrer selbst wegen schien sie verlegen zu sein. Sie griff nach dem langärmeligen, dicken Unterhemd, das auf der Holzbank lag.

»Ich helfe dir, das wieder anzuziehen«, erbot sie sich.

»Sieht so aus, als wärest du in guten Händen, Brig.« Tandy ging zum Zelteingang hinüber. »Ich hole das Feuerholz, das du haben wolltest, Jocko.«

»Ich komme mit. Ich brauche Wasser aus dem Bach, das ich erhitze, damit die Männer sich waschen können.« Jocko erfand eine Ausrede, um sie allein zu lassen.

Als Jordanna sich mit dem Hemd zu ihm umdrehte, streckte Brig die Hand aus und ließ sie über ihren Schenkel gleiten, umfaßte sie und zog sie an sich. Er vergrub das Gesicht zwischen ihren Brüsten, und nur ihre Kleider trennten seinen Mund von ihrer nackten Haut. Er lauschte dem beruhigenden Klang ihres Herzschlags und zog sie auf seine Knie herab, während sein Mund den Weg zu ihrem fand. Ihre Lippen waren sanft und cremig-glatt, und der Kuß dauerte lange an.

»Heute…«, fing sie an, und Brig wußte, daß sie über den Unfall reden wollte.

»Ich möchte nicht über heute nachmittag sprechen.« Er wollte nicht daran denken, wie seine Gedanken zu ihr gewandert waren, als er befürchtete, nicht lebend davonzukommen. Brig stellte sie auf die Füße. »Hilf mir mit dem Unterhemd.«

Nachdem sie ihm geholfen hatte, die Arme in die Ärmel zu schieben und das Thermohemd über den Kopf zu ziehen, weigerte sich Brig, sich auch mit dem Flanellhemd helfen zu lassen. Es gelang ihm allein – wenn auch unter Schmerzen. Er bewegte seine verletzte Schulter. Es würde noch ein paar Tage dauern, bis er sich wieder ohne Schmerzen ganz frei würde rühren können.

»Möchtest du Kaffee?« Jordanna stand am Herd und schenkte sich selbst eine Tasse ein.

»Nein.«

Jordanna zog ihren dicken Parka an und nahm die Tasse mit. »Ich glaube, ich gehe für eine Weile nach draußen.«

Brig ließ sie gehen, ohne Einspruch zu erheben.

Max saß allein am Feuer. Tandy näherte sich gerade mit einem Armvoll Feuerholz. Jocko kam aus der Richtung des Baches heran, einen Eimer Wasser in der Hand. Suchend schaute sich Jordanna nach ihrem Vater und ihrem Bruder um. Am Kaffee nippend, ging sie zum Feuer.

»Wo sind Dad und Kit?« fragte sie den Mann, der dicht neben den Flammen kauerte.

Max sah sie einen Moment lang mit leeren Augen an, ehe er achselzuckend antwortete: »Keine Ahnung. Sie sind irgendwohin gegangen. Ich habe mich nicht weiter darum gekümmert«, gab er zu.

Jocko hatte ihre Frage gehört. »Ich habe sie unten am Fluß gesehen.«

Als sie näherkam, hörte sie das Rauschen des Bergbachs. Das Wasser plätscherte über das Kiesbett, schliff die Steine glatt und hämmerte die scharfen Kanten ab. Es war klar und kalt. Jordanna folgte dem gewundenen Verlauf, dem der Berg den letzten Widerstand entgegensetzte.

Das Geräusch von wütend erhobenen Stimmen ließ sie langsamer gehen, als sie versuchte, die Männer ausfindig zu machen. In einiger Entfernung vor sich sah Jordanna ihren Vater und ihren Bruder, die miteinander stritten. Das plätschernde Wasser übertönte ihre Worte, aber nichts schränkte ihre Sicht ein. Jordanna hatte ihren Vater noch niemals so wütend gesehen. Und was immer Kit auch sagte, schien seinen Zorn nur noch zu vergrößern.

Während Jordanna zusah, holte ihr Vater zu einem Schlag mit dem Handrücken aus, der Kit zu Boden stürzen ließ. Sie stöhnte entsetzt auf und stürmte vor. Ohne abzuwarten, bis Kit sich erhob, stapfte ihr Vater in Richtung auf das Lager davon. Als sie ihn erreichte, raffte sich Kit bereits selbst auf und rieb sich das Kinn. Nach einem einzigen Blick wich er ihren Augen aus.

»Ist alles in Ordnung mit dir?« erkundigte sie sich besorgt.

»Ja.« Vorsichtig bewegte er seinen Kiefer.

»Warum hat er dich geschlagen? Worüber habt ihr gestritten?« Jordanna konnte sich nicht vorstellen, was Kit gesagt haben könnte, das ihren Vater zu einer solch heftigen Reaktion getrieben haben konnte.

Kit zögerte, begegnete ihrem fragenden Blick einen kurzen Moment und wandte sich dann ab. »Du würdest es mir nicht glauben, wenn ich es dir erzählte«, murmelte er.

»Was ist denn das für eine Antwort?«

»Laß es gut sein, Jordanna.« Sein entschieden gerecktes Kinn sagte ihr so deutlich wie seine Worte, daß er nicht mit ihr darüber sprechen wollte.

Als er hörte, daß die Zeltklappe hochgehoben wurde, drehte Brig sich um. Er hatte halb erwartet, daß Jordanna zurückkommen würde, aber es war Jocko, der das Zelt betrat. Enttäuschung flackerte in seinen Augen auf, ehe es ihm gelang, sie zu verbergen, aber dennoch entging sie dem Schäfer nicht.

»Sie ist zum Fluß gegangen, um ihren Vater und ihren Bruder zu suchen«, informierte Jocko ihn.

»Ich kann mich nicht erinnern, danach gefragt zu haben«, fuhr Brig ihn an. War er so leicht zu durchschauen?

»Nein, du hast auch nicht gefragt«, gab Jocko zu und lachte leise.

Brig ging zum Herd und goß sich eine Tasse Kaffee ein, in dem Bewußtsein, daß er sie von Jordanna zurückgewiesen hatte. Er war schwarz und stark, so, wie er ihn gern hatte. Er trug die Tasse zu dem grobgezimmerten Holztisch hinüber und setzte sich auf die Bank.

»Hast du sie in letzter Zeit richtig angesehen?« Jocko stand am Herd und holte sich selbst eine Tasse.

»Wen? Jordanna?«

»Si. Jordanna.« Der Baske spottete über Brigs ungeschickten Versuch, Unverständnis vorzutäuschen.

»Was ist mit ihr?« Brig starrte auf seine Tasse, fühlte, wie sich Erregung in ihm ausbreitete.

»Wir sind seit über einer Woche in den Bergen, und sie hat sich noch nicht verändert. Wenn überhaupt etwas, dann ist sie nur noch schöner geworden.«

»Das ist nur natürlich. Nachdem sie die einzige Frau hier ist, muß sie uns ja jeden Tag schöner vorkommen«, verwarf Brig seine Bemerkung.

»Nein, du verstehst mich nicht.« Jockos Zurechtweisung war sanft, als wollte er ein Kind korrigieren. »Ich meine, daß das harte Leben sie aufblühen ließ. Sie wird stärker gegenüber der Herausforderung durch die Berge. Sie kann ihr Pferd selbst satteln, ihr Wild selbst erlegen, ihr Essen selbst zubereiten, ihre Kleider selbst waschen und Verletzungen behandeln. Sie läßt sich von der Einsamkeit weder erschrecken noch einschüchtern. Sie sehnt sich nicht nach der Zivilisation oder nach der Bequemlichkeit eines weichen Betts.«

»So?« Die Aufzählung all ihrer Qualitäten war nicht nötig. Er hatte all diese Dinge bereits bemerkt, die seine Bewunderung wachriefen. Ihre Selbstsicherheit, ihre Kraft, ihre warme Bereitschaft im Bett und ihre Fähigkeiten, unter harten Bedingungen ihr Leben zu meistern, begeisterten ihn. Es war nicht nötig, ihm zu erzählen, daß Jordanna eine außergewöhnliche Frau war.

»Sie ist eine Frau, wie man sie nur selten findet«, bemerkte Jocko. »Sie ist wie die Pioniersfrauen, die mit ihren Männern und Familien in den Westen kamen und Seite an Seite mit ihnen arbeiteten, um ein neues Leben aufzubauen.«

»Du hast einen wesentlichen Bestandteil ausgelassen, Jocko: ihr Herz.« Warum hatte er das gesagt?

»Glaubst du, diese Frau hätte keines?« Er warf Brig einen fragenden Blick zu.

Brig stand vom Tisch auf, als Jocko sich anschickte, sich zu setzen. »Das habe ich nicht gesagt.«

»Nein?« Das Wort klang mehr als skeptisch.

»Nein.« Es war ein schwaches Nein. Etwas beunruhigte ihn. Aber er konnte noch nicht den Finger darauf legen.

»Ich weiß, daß sie für dich mehr als nur ein Flirt ist. Hast du Angst davor zuzugeben, daß du sie magst?« Jocko schenkte ihm einen traurigen Blick, in dem auch Mitleid stand.

»Sie wärmt in einer kalten Bergnacht meinen Schlafsack. Sie verbindet meine Schulter. Sie reitet neben mir. Ja, ich mag sie«, stimmte Brig verwirrt und zornig zu. »Aber wir sind hier, um Bighorns zu jagen, falls du das vergessen haben solltest. Und ihr Vater wünscht eine Trophäe.« Mit einer Leidenschaft, die an diesem Nachmittag fast Max' Leben gekostet hätte – und sein eigenes.

»Was hat das mit Jordanna zu tun? Bei dir klingt alles immer so kompliziert.« Jocko schüttelte den Kopf.

»Das kommt, weil du ein Schäfer bist, Jocko. Für dich ist alles immer ganz einfach.« Brig hatte den Verdacht, daß es das nicht war. »Du hast ja keine Ahnung, wie gemein und hinterhältig die reichen und egoistischen Menschen dieser Welt sein können, um etwas zu bekommen, das sie haben wollen. Es ist eine Welt von Kojoten, Jocko«, erklärte er. »Ich muß es wissen. Ich habe in dieser Welt gelebt. Ein Kojote allein wird nur etwas angreifen, was schwächer ist als er – ein neugeborenes Schaf oder ein krankes Tier. Aber du weißt ja, wie sich ein ganzes Rudel von ihnen verhält, Jocko. Wenn sie zusammenarbeiten, können Kojoten sogar einen ausgewachsenen Elch zur Strecke bringen.« Er schaute zum Zelteingang hinüber. »Wir haben da draußen vielleicht eine Jagdgesellschaft aus vier Kojoten. Ich habe das ungute Gefühl, daß wir ihnen nicht weiter trauen sollten, als wie wir spucken können, Jocko.«

»Ist heute irgend etwas passiert, das du nicht erzählt hast?« argwöhnte Jocko.

»Denk einfach daran, was ich gesagt habe.« Brig trank einen Schluck von seinem Kaffee und langte nach seiner Schaffelljacke, legte sie sich um die Schultern, ehe er zum Fenster ging.

Am nächsten Tag beschloß Max, mit Jocko und Tandy im Lager zu bleiben. Die Erfahrung des Vortages war noch zu lebhaft in seinem Gedächtnis. Brig konnte ihm keinen Vorwurf machen, obwohl er die Verachtung in Fletchers Blick bemerkt hatte.

Es war nur gut, daß Max im Lager bleiben wollte. Es war einer der Tage gewesen, die die Geduld eines Jägers auf die Probe stellen. Jordanna hatte sich einen Widder aus einer Gruppe Jungtiere ausgesucht. Seine Hörner waren zwar nicht so groß wie die des Tieres, das ihr Vater suchte, aber doch um einiges größer als alle, die sie bislang gesehen hatten. Sie waren bis auf vierzig Inches an das Tier herangekommen, aber der Widder hatte sie in letzter Sekunde gewittert. Ihr Schuß war fehlgegangen, und sie hatte keine Zeit zu einem zweiten gehabt. Sie hatten Fletchers Bighorn mehrere Male ausgemacht, aber der Widder war immer in Bewegung gewesen. Ihre Versuche vorauszuahnen, wohin er sich wenden würde, hatten ständig fehlgeschlagen. Ein wütender und enttäuschter Fletcher Smith kehrte schließlich in der Dämmerung ins Lager zurück.

Es war Max, der zur Zielscheibe seiner schlechten Laune wurde. Nach dem Abendessen saßen sie alle ums Lagerfeuer. Fletcher hatte mit Brig darüber diskutiert, wo sie den Widder am nächsten Tag am ehesten finden könnten. Da sie den König der Bighorns nie zweimal am selben Ort gesehen hatten, hatte Brig sich geweigert, eine Vermutung anzustellen, und das hatte Fletcher überhaupt nicht gefallen.

Er wandte sich an Max und spottete: »Was ist mit Ihnen? Kommen Sie morgen mit uns? Oder bleiben Sie wieder im Lager?«

Max wurde blaß, bemühte sich aber um eine ruhige Erwiderung. »Ich weiß nicht. Ich habe noch nicht darüber nachgedacht.«

»Wenn Sie die Strapazen nicht aushalten, dann bleiben Sie besser hier«, erklärte Fletcher in einem Ton, der deutlich zeigte, daß er davon überzeugt war, daß Max zu schwach war.

»Um ehrlich zu sein«, meldete sich Kit zu Wort, »ich habe auch schon daran gedacht, morgen im Lager zu bleiben. Ich bin genau wie Sie, Max, der Meinung, daß es hin und wieder ganz gut tut, das Tempo zu drosseln. Wir sind ja nicht wie Dad hinter einer Trophäe her, es gibt also keinen Grund, warum wir jeden Tag mitreiten sollten.«

»Stimmt.« Max bestätigte ihn hastig. »Aber wer weiß? Morgen früh habe ich vielleicht Lust, mit den anderen zu reiten.«

»Sie müssen natürlich das tun, wozu Sie Lust haben«, sagte Fletcher und lehnte sich an einen Holzpfahl, um genüßlich an seiner Pfeife zu ziehen. »Ich habe über Ihre Aktien nachgedacht, Max. Wenn ich mich entschließe, sie zu kaufen, wie haben Sie sich die Transaktion dann gedacht?«

Fletcher hatte den Köder ausgeworfen, und wie ein Fisch schnappte Max danach. Die beiden Männer vertieften sich in eine Diskussion über Verträge und Finanzen, die für den Rest des Abends anhielt. Bevor sie zu Bett gingen, sprach Max davon, die Unterhaltung am nächsten Tag fortzusetzen – was bedeutete, daß er entschlossen war, sie zu begleiten.

In Brigs Augen stand deutlich Zynismus. Die Angst seines Cousins war nicht so groß wie seine Gier. Er würde alles riskieren, um das Geld von Fletcher zu bekommen. Max hatte das bewiesen. Brig ging zu dem kleinen Zelt hinüber und massierte dabei seine verletzte Schulter.

15

»Bei dem Falben ist ein Eisen locker.« Tandy gab Brig diese Erklärung, während er ein großes braunes Lastpferd sattelte, das als Ersatzreitpferd diente. »Du wirst also heute Jughead reiten müssen.«

»Jughead?« Jordanna warf einen Blick auf Brig und lachte vergnügt. »Wie kann man ein Pferd nur ›Dummkopf‹ nennen? Ein schrecklicher Name!«

»Sei du lieber froh, daß du dieses hartmäulige, starrköpfige und ausgesprochen dumme Ding, das sich Pferd schimpft, nicht reiten mußt.« Der Anflug eines Lächelns zog Brigs Mundwinkel nach oben.

»Tut deine Schulter heute morgen noch weh?« wollte Tandy wissen. Er brummte, während er den Sattelgurt fester zurrte. »Soll ich ihn für dich einreiten?«

Brig zögerte, nickte dann aber. »Besser ja. Ich könnte abgeworfen werden, und das hieße, wer den Schaden hat, braucht für den Spott nicht erst zu sorgen.«

Er hielt das Pferd am Zügel, während Tandy sich in den Sattel schwang. Alle, einschließlich Jordanna, waren zur Seite getreten, um zuzusehen. Tandy zog seinen Hut tief in die Stirn und drückte sich fest in den Sattel. Als Brig den Zügel losließ, bot der Braune dem Publikum ein Schauspiel im Aufbäumen. Er schnaubte wütend, beruhigte sich dann, der Rücken wurde wieder gerade, und das Tier verfiel in Schritt.

»Macht er das öfter?« erkundigte sich Jordanna noch immer lächelnd.

»Sowohl mit Reiter als auch mit Packsattel«, bejahte Brig.

Tandy ritt zu ihnen herüber und stieg ab. Dann reichte er Brig die Zügel. Jordanna stand neben ihrem Fuchs. Sie wurde es nie müde, Brig zuzuschauen, wenn er sich in den Sattel schwang. Es war eine geschmeidige, flüssige Bewegung. Als er im Sattel saß, fiel sein Blick auf sie. Sie trat neben den Fuchs, aber als sie den Fuß in den Steigbügel setzte, stellte sie fest, daß der Sattel locker war. Sie schickte sich an, den Gurt fester zu ziehen.

»Ich mache das schon.« Tandy war sofort zur Stelle. »Dandy bläht sich immer auf. Ich habe vergessen, ihn zu überprüfen.«

»Irgend etwas stimmt nicht mit meinem Pferd«, beklagte sich Max. »Es rührt sich einfach nicht von der Stelle.«

Jordanna warf einen Blick zu dem braungescheckten Wallach hinüber. Max hieb die Fersen in die Flanken des Tieres, aber es zuckte mit keiner Wimper. Es stand reglos wie eine Statue, trotz der verzweifelten Bemühungen seines Reiters.

»Der Gurt könnte zu fest sein«, schlug Tandy vor. »Ich komme sofort.«

»Ich kümmere mich darum, Tandy«, erbot sich Fletcher und schwang sich von seinem Pferd. Er ging zu dem Schecken und sah zu

Max hinauf. »Sie werden absteigen müssen«, erklärte er ihm mit spöttischer Geduld.

»Das wußte ich nicht.«

Fletcher lockerte den Gurt um ein Loch und rückte den Sattel dann wieder zurecht, um sicher zu sein, daß er gerade auf dem Rücken des Pferdes auflag. Dann trat er einen Schritt zurück. »Versuchen Sie es jetzt mal, Max.«

Er stieg auf und trieb das Pferd an. »Es rührt sich immer noch nicht«, empörte sich Max.

Tandy schlug dem Fuchs auf den Bauch und zurrte Jordannas Sattelgurt fester. »Vielleicht hat er eine Falte in der Satteldecke. Dieser Schecke ist ein komisches Pferd. Der geht keinen Schritt, wenn mit seinen Sachen irgend etwas nicht in Ordnung ist. Er hatte einen verletzten Rücken, als wir ihn bekommen haben. Ich nehme an, er ist entschlossen, daß ihm so etwas nicht noch einmal passieren soll.«

Max stieg wieder ab, und Fletcher lockerte den Gurt vollständig. Er schaute unter den Sattel und strich die Satteldecke ganz glatt. Dann stockten seine Hände an einer Stelle.

»Ich glaube, ich hab's gefunden, Tandy. Da war eine kleine Falte in der Decke.«

»Die war dann wohl schuld.«

Als Max wieder in den Sattel kletterte, setzte sich das gescheckte Pferd unverzüglich in Bewegung. »Ein kluges Tier, Max«, bemerkte Smith und kehrte zu seinem eigenen zurück.

Innerhalb weniger Minuten waren sie alle aufgestiegen, und Brig führte sie vom Lager fort. Jordanna ritt hinter ihm. Das war ihr Platz in der Reihe geworden. Es gefiel ihr, seinen breiten Schultern zu folgen. Sie fühlte sich immer besonders sicher und gut, wenn er in der Nähe war – nicht, daß sie jemals wirklich Angst gehabt hätte, das war nämlich nicht der Fall. Es war einfach ein Gefühl, das sie nicht erklären konnte.

Der Plan für diesen Tag bestand darin, zu dem Ort zurückzukehren, an dem sie den großen Widder das erste Mal gesehen hatten. Es war ganz nah beim Lager. Von dort aus konnten sie eine Runde zu all den anderen Plätzen machen, bis sie entweder diesen Bighorn fanden oder aber einen für Jordanna.

Sie warf einen Blick nach hinten auf die übrige Gruppe. Max war direkt hinter ihr, gefolgt von ihrem Vater, und schließlich Kit. Er hatte beschlossen, doch mitzukommen, nachdem Max seine Meinung geändert hatte und nicht im Lager blieb. Jordanna fand es richtig rührend, wie Kit Max am Vorabend zu Hilfe gekommen war, als Fletcher ihn angegriffen hatte. Natürlich hatte Kit nicht verstanden, daß ihr Vater es nicht so böse gemeint hatte. Das lag nur daran, daß er so enttäuscht war wegen des Widders, und das konnte sie gut verstehen.

Der Gedanke an die beiden erinnerte sie an den Streit, dessen Zeugin sie geworden war. Sie hatte gehofft, daß dieser Trip die Kluft zwischen Vater und Sohn verringern würde, aber das Gegenteil schien der Fall zu sein. Warum? Sie konnte keinen Grund dafür finden.

In ihre Gedanken vertieft, bemerkte Jordanna nicht, daß Brig angehalten hatte. Der Fuchs blieb aus eigenem Antrieb neben ihm stehen. Sie sah Brig an, der sein Fernglas auf das Tal unter ihnen richtete.

»Ein Bär.« Brig senkte das Glas eine Minute lang und schaute dann erneut hindurch. »In der Nähe der Baumgruppe dort. Kannst du ihn sehen?«

Jordanna machte die Bewegung aus und stellte ihr Glas darauf ein. Der Bär befand sich ein ganzes Stück unter ihnen, ein dunkler Fleck, der dahintrottete, bis ihr scharfes Fernglas ihm Gestalt verlieh. Er sah kaum größer aus als ein übergroßer Labrador-Hund. Die dunkle Farbe des zottigen Fells ließ den Bären aus der Ferne kleiner aussehen, als er war. Er setzte seinen Weg fort und verschwand zwischen den Bäumen.

»In diesen Bergen gibt es viel Wild.« Jordanna senkte ihr Fernglas und sah Brig an. Die kleine Wunde auf seinem Kinn rief ein Lächeln auf ihre Lippen.

Brig sah interessiert zu, wie es entstand. »Was hat das hervorgerufen?«

»Ich habe daran gedacht, wie schlecht es dir heute morgen ging, als du dich rasieren wolltest – bis ich das übernommen habe.« Ihre warme Stimme klang leicht spöttisch.

Eine Sekunde lang spielte ein Lächeln um seinen Mund, verschwand aber dann. »Ich glaube, ich habe einen gefährlichen Präzedenzfall geschaffen, als ich dir ein Rasiermesser anvertraut habe«, murmelte er und schnalzte mit der Zunge.

Als das Pferd sich in Bewegung setzte, zeigte ihr Gesicht einen gleichermaßen amüsierten wie verwirrten Ausdruck. Brig hatte sich fast so angehört, als meinte er es ernst. Ihr Fuchs fiel wieder auf seinen angestammten Platz zurück. Vor ihnen lag ein steiler Weg, der sich zwischen den Bäumen hindurch zum Höhepunkt des Simses wand. Es war ein schwieriger Aufstieg im Zickzack, und immer wieder kamen sie an Stellen, an denen die Pferde nach einem Halt für ihre Hufe suchen mußten. Jordanna ließ ihrem Tier, das für die Berge gezüchtet worden war, freie Zügel. Sie wußte, daß es den Aufstieg ohne die Einmischung eines Reiters besser bewältigen würde.

Während der ersten Hälfte des Vormittags sahen sie kein einziges Schaf. Gegen Mittag lagen sie bäuchlings auf einem Felsvorsprung und beobachteten durch ihre Ferngläser ein Gebiet mit einem kleinen Bergsee, gutem Gras und steilen, zerklüfteten Felsen. Doch in dieser Gegend schien es keine Bighorns zu geben.

»Schaut mal, was da gerade die Wiese betritt.« Ihr Vater deutete auf den südlichen Rand des Abhangs.

»Ich sehe sie«, antwortete Jordanna, als drei Widder vorsichtig auf die Wiese hinaustraten. »Der eine sieht aus, als hätte er eine gute Größe.«

»Das ist von hier aus schwer zu sagen. Sie sind zu weit fort, als daß ich erkennen könnte, ob er ein gespaltenes Horn hat oder nicht.«

»Wir reiten näher hin«, schlug Brig vor. »Wir können uns ihnen gegen den Wind nähern, indem wir genau unterhalb des Vorsprungs rechts von uns reiten.« Er überflog noch einmal die ganze Gegend. »Sollte nicht zu schwer sein, uns von der Stelle da anzuschleichen.«

Sie stiegen auf und ritten über das Sims. Die Klippe verbarg sie vor den Tieren. An einer Stelle, die Brig vorher ausgesucht hatte, blieben sie stehen und suchten sich dann ihren Weg nach oben zum Gipfel. Die drei Bighorns waren noch immer da, grasten nicht weit von der Stelle entfernt, an der sie sie zuerst gesehen hatten. Der Widder mit dem gespaltenen Horn war zwar nicht darunter, aber der größte der drei war ihm fast ebenbürtig. Jordanna musterte ihn durchs Fernrohr, bevor sie es an ihren Vater weitergab.

»Das ist ein guter«, meinte er nickend. »Willst du es versuchen?«

»Ja.«

Nachdem sie leise mit Brig die möglichen Wege besprochen hatte, auf denen sie sich anpirschen konnte, entschied sich Jordanna für den Weg, der ihr am liebsten war. Gemeinsam machten sie und Brig sich an den langsamen Prozeß des Anschleichens, bemüht, sich nur dann zu bewegen, wenn die Tiere den Kopf grasend gesenkt hatten oder wenn sie in die entgegengesetzte Richtung schauten.

Als Jordanna einen großen Felsbrocken erreichte, der nur noch fünfzig Meter von ihrem Ziel entfernt war, befand sich Brig direkt neben ihr. Sein Blick verriet ihr, daß sie nicht noch weiter gehen könnten. In seinen Augen stand ein Funkeln zögernder Bewunderung, weil ihr geschicktes Anpirschen sie so nah an das Tier herangebracht hatte.

Sie stützte ihr Gewehr auf dem Felsen ab und kauerte sich dahinter nieder. Ihr Hals war trocken, und sie bebte. Jagdfieber. Sie holte ein paarmal leise Atem, um die Nervosität zu vertreiben. Dann nahm sie einen Punkt tief hinter der braunen Schulter ins Visier und drückte sanft auf den Abzug. Der Schuß dröhnte durch die Stille der Berge, zerriß die Luft, und ein Echo wurde von den Steinwänden zurückgeworfen. Der Widder machte einen wankenden Schritt und brach dann zusammen, als hätte man ihm die Beine unter dem Leib fortgezogen. Der Schuß hatte die anderen, jüngeren Tiere vorübergehend gelähmt, aber schon flohen sie von Panik erfüllt in die schroffen Berge.

Das Hochgefühl des Erfolgs breitete sich in ihr aus. Jordanna erhob sich von ihrem Platz hinter dem Felsen und sicherte ihre Waffe. Ihre Augen funkelten, als ihr triumphierender Blick auf Brig fiel. In seinen Augen war nichts zu sehen.

»Mal sehen, was du bekommen hast.« Er ging los, und sie folgte ihm schnell.

Ein wenig außer Atem, sowohl vor Erregung als auch von dem kurzen Aufstieg, erreichte Jordanna das leblose Tier. Es war ein Prachtexemplar seiner Gattung mit einem massiven Paar Hörner. Die Spitze des einen war abgebrochen. Der Widder hatte an vielen Kämpfen teilgenommen und zweifellos viele Mutterschafe erobert. Jordanna war stolz auf ihre Trophäe.

»Sollen wir ihn hier ausweiden?« Brig ließ ihr nicht viel Zeit, in ihrem Erfolg zu schwelgen.

Die Stelle, an der der Bock gestürzt war, war verhältnismäßig eben, und nichts stellte sich ihnen in den Weg. Sie warf einen Blick über die Schulter, sah ihren Vater, ihren Bruder und Max über den Gipfel auf sie zureiten.

»Ja, das ist eine gute Stelle dafür«, stimmte sie zu und zog das Jagdmesser aus dem Gürtel.

Brig sah sie überrascht und skeptisch an. »Machst du das?« Er hielt sein Messer bereits in Händen, die Klinge war nach oben ausgeklappt.

»Ich weiß, wie es geht«, erklärte ihm Jordanna, und in ihren Augen funkelte ein Lachen über seinen zweifelnden Ausdruck. »Du kannst mir aber gern helfen, wenn du weißt, was du tust.«

»Danke«, meinte er trocken und trat zurück, damit sie anfangen konnte.

Jordanna setzte mit dem Messer hinter dem Vorderbein an und schnitt den Rücken auf. Brig half ihr, das Tier zu wenden, damit sie den Schnitt auf der anderen Seite fortsetzen konnte. Jordanna arbeitete gleichmäßig und sauber, häutete Schultern und Nacken und achtete sorgfältig darauf, daß keine Fleisch- oder Fettstücke an der Haut hängenblieben.

»Du weißt wirklich, was du tust«, lobte Brig.

»Das gehört zum Jagen.« Jordanna bemühte sich, bescheiden zu klingen, aber sein Kompliment machte ihr doch Freude. Brig lobte nur, wenn er Grund dazu hatte. Soviel hatte sie bereits über ihn gelernt.

»Du machst das sehr gut; ich habe schon Jäger gesehen, die so auf das Fell eingehackt haben, daß es zum Schluß ruiniert war.« Brig nahm ihr die Arbeit ab, um den Kopf am ersten Wirbel vom Rumpf zu trennen.

Als die restlichen Mitglieder der Jagdgesellschaft kamen, hatte Jordanna auch die nötigen Werkzeuge, um ihre Aufgabe zu Ende zu bringen – einen Schraubenzieher, um die Haut von den Hörnern zu lösen, eine Säge, um die Schädeldecke zu entfernen, und einen Beutel mit Salz, um die Haut zu pökeln. Es war ein langer, mühseliger Prozeß, der äußerste Sorgfalt erforderte.

Es war eine schwere Beute, die sie schließlich ins Lager zurückschleppten. Die Hörner allein wogen schon über dreißig Pfund. Der Sonnenuntergang hüllte die Täler und Berggipfel in auffälliges Rosa. Das Lager strahlte an diesem Abend Feststimmung aus, seine Aura schien aus Erfolg zu bestehen. Die sorgfältig gefaltete Bighorn-Haut wurde in die schattige Gabel eines Baumes gestopft, wo sie vor Aasgeiern sicher war.

»So, Sie haben sich Ihren ersten Bonus verdient, Brig. Wie fühlen Sie sich nun?« erkundigte sich Fletcher fröhlich herausfordernd.

Brig saß auf einem Baumstumpf in der Nähe des prasselnden Feuers. Jordanna hockte am Boden dicht neben ihm, ihre Schulter nicht weit von seinem Schenkel entfernt. Sie wünschte, ihr Vater hätte das Thema Geld nicht in die Unterhaltung eingebracht, nicht einmal im Scherz. Es klang grob.

Nach kurzem Zögern antwortete Brig: »Fein.«

»Wir hätten heute abend Bighorn-Fleisch essen sollen«, wechselte Jocko das Thema. »Haben Sie das jemals probiert?« Er richtete seine Frage an Jordanna, während er frischen Kaffee in ihren Blechbecher schenkte.

»Nein.«

»Ich finde, es ist das beste Wildfleisch überhaupt, so gut wie Rindfleisch von maisgefütterten Tieren. Es schmeckt nur ganz leicht nach Wild«, erklärte Jocko.

»Da spricht der Schäfer«, spöttelte Max über das Lob.

»Es ist ganz etwas anderes als Lamm.«

»Aber dieses Bighorn war alt. Das Fleisch wäre bestimmt zäh gewesen, gar nicht wert, daß man es zubereitet«, fuhr Max fort.

»Früher lebten im Westen unzählige Bighorns«, dachte Fletcher laut nach. »Sie waren von Dakota bis zum Missouri verbreitet, überall dort, wo das Land rauh und wild war. Es gab mehr davon als Rotwild. Die Schoschonen – die Schafesser – jagten sie auf dieselbe Art, wie die Indianer in den Ebenen die Büffel jagten. Dann kamen die Weißen, drangen mit ihren Viehranchen und ihren Schafen in ihre Gebiete ein. Die Bighorns wurden vertrieben, durch Krankheit und Platzmangel.«

»Weil sie so selten sind und so geschickt ausweichen, sind ihre Trophäen so begehrt und kostbar«, erklärte Brig.

»Es ist ein Jammer, daß sie nicht wieder so zahlreich werden können, wie das beim Rotwild der Fall war«, murmelte Jordanna nachdenklich.

»Das wäre schon möglich«, meinte ihr Vater.

»Wie denn?« wollte Kit wissen.

»Seht euch doch nur Idaho an. Mit Ausnahme von einigen ländlichen Gebieten im Süden ist es ein Land, das zu nichts anderem taugt als dazu, ein paar Kühe oder Schafe weiden zu lassen. Wenn die Regierung aufhören würde, den Farmern dieses Land zum Weiden zu überlassen, dann würden die Nahrungsmöglichkeiten für das Bighorn und andere Wildarten wieder zunehmen. Und außerdem wäre die Gefahr gebannt, wilde Schafe mit den Krankheiten der Hausschafe anzustecken und auszurotten«, argumentierte er.

»Mit anderen Worten, man sollte die Rinder- und Schafzucht in Idaho aufgeben.« Brig warf ihm einen kühlen, herausfordernden Blick zu.

Fletcher lachte, ziemlich verlegen. »Ich habe ganz vergessen, daß sich unter uns ein Farmer befindet. Aber ja, das ist genau das, was ich meine. Die Großwildjagd würde der Wirtschaft weit mehr bringen als ein Schäfer oder Rinderzüchter. Dadurch käme Geld für die Lizenzen ins Land, Ausstatter würden verdienen, Steuern könnten erhoben werden, Motels, alles, was zu einer Reise nötig ist, würden entstehen. Die Großwildjagd ist ein Riesengeschäft und würde in jede Gegend mehr Bargeld bringen als eine einfache Rinderfarm. Aber Haustiere und menschliche Behausungen sind die Feinde aller wilden Tiere.«

»Das wäre doch mal was.« Max starrte verträumt ins Feuer. »Der ganze Staat Idaho in ein riesiges Wildreservat verwandelt, und die Reichen dieser Welt kämen dorthin, um zu jagen.«

Jordanna konnte das Dollarzeichen in seinen Augen leuchten sehen. Sein Kommentar ließ den Plan ihres Vaters nicht mehr menschenfreundlich klingen.

»Man müßte das nicht auf Idaho beschränken. Es gibt Tausende von Hektar Land in anderen Staaten hier im Westen, die ebenso geeignet für Bighorns und anderes Wild sind. Bighorn, Grizzly und Elch könnten alle ein Comeback erleben«, beharrte ihr Vater auf seiner Meinung, »zusammen mit den Bergziegen, dem Puma und dem Wolf.«

Es hörte sich an wie ein Paradies für Jäger – oberflächlich betrachtet. Jordanna vernahm, wie Brig voll Abscheu heftig ausatmete. Er hob den Kopf, die Flammen beleuchteten seinen verächtlichen Ausdruck, als sein harter Blick von Max zu Fletcher wanderte.

»In diesem Land und in anderen Teilen der Welt gibt es Millionen Menschen, die verhungern. Sie wollen eine Rinder- und Schafwirtschaft streichen, die Tausende von Menschen ernährt und kleidet, nur damit eine Handvoll reicher ›Herren‹ das Töten als Spiel und Sport genießen kann? Und die kleinen Leute sind dann nur dazu in Ihrer Nähe, damit sie Ihnen auf die Berge helfen und Sie von dort aus besser sehen können, ja?« Er sprang auf die Füße und betrachtete sie alle wütend, ehe kalter Zynismus seinen Mund verzog. »Was mir am meisten angst macht, ist die Tatsache, daß Sie wahrscheinlich genug Politiker kaufen können, um Ihren Plan zu verwirklichen.« Brig goß den Rest aus seiner

Tasse ins Feuer, und die heiße Glut zischte. »Entschuldigen Sie mich, aber ich brauche jetzt frische Luft.«

Er bewegte sich leise wie ein Jäger auf der Pirsch, verließ den Kreis ums Lagerfeuer und verschmolz mit der Dunkelheit der Nacht. Der Mond verschwand hinter einer Wolkendecke. Tandy murmelte etwas darüber, die Pferde überprüfen zu müssen, und Jocko fing an, mit Töpfen und Pfannen zu klappern, um die schwer lastende Stille zu überdekken. Jordanna wischte sich den Staub von den Händen, stand auf und schlenderte zu den Zelten hinüber. Ihr Blick wanderte in die Richtung, die Brig eingeschlagen hatte, aber sie folgte ihm nicht. Sie schaute zu dem Baum hinüber, in dem die Hörner und die Haut des Bighorns untergebracht waren. Plötzlich war sie gar nicht mehr stolz auf ihre Beute.

Hinter sich konnte sie ihren Vater und Max reden hören, viel leiser als zuvor. Schritte knirschten auf dem groben Boden hinter ihr, wo die Tannennadeln fortgeweht worden waren. Sie drehte sich um und erblickte ihren Bruder.

»Das war mal 'ne Rede, was?« Er sah sie fest an, aber mit sanften Augen.

»Ja.« Sie schauderte, als ein kalter Wind über ihre Wange streifte. »Ich glaube, ich fange allmählich an zu verstehen, was du mir immer schon erklären wolltest.«

»Tatsächlich?«

»Jagen als Sport sollte mehr Sinn haben, als nur ein Tier zu töten, damit man das Fell oder das Geweih an die Wand hängen kann. Es sollte Nahrung auf den Tisch bringen«, sagte Jordanna.

»Ich glaube, ich habe es nie so ausgedrückt wie Brig heute abend, aber genau das habe ich immer gemeint«, stimmte Kit zu. »Das ist wirklich ein Mann, Jordanna!«

»Ja.« Sie starrte in die Nacht hinaus.

Es gab nur wenige Einzelheiten von ihm, die sie kannte, aber sie hatte das Gefühl, das Wesentliche zu wissen. Er war stark genug, um sanft zu sein, grausam genug, um freundlich zu sein, und mächtig genug, um verletzlich sein zu können. Er war hart, aber es war die Härte eines Felsens. Und sie liebte ihn. Das Wissen stieg ganz sanft und langsam in ihr auf, warm und glühend, leuchtete immer heller. Es schimmerte in ihren Augen, als sie sich Kit zuwandte.

»Er ist der Beste seiner Art, Kit, vielleicht der einzige.«

»Da könntest du recht haben.«

»Ich...« Jordanna brach ab. Es schien nichts mehr zu sagen zu geben. Es war nichts weiter nötig. »...Ich glaube, ich gehe zu Bett. Gute Nacht, Kit.«

»Gute Nacht.« Ihr Bruder hielt sich noch eine Minute länger auf, nachdem sie sich dem kleineren Zelt zugewandt hatte, und kehrte dann zum Lagerfeuer zurück.

Jordanna holte noch die großen Schlafsäcke herein. Sie hatte sie am Morgen zum Lüften hinausgehängt. Sie bugsierte sie ins Zelt und breitete sie auf der Matratze aus Tannennadeln aus. Dann zog sie sich bis auf die lange Unterhose aus und kroch in die Wärme des Doppelschlafsacks, um sich das Haar zu bürsten. In der Geräumigkeit des doppelten Schlafsacks kam sie sich ziemlich verloren vor.

Sie legte ihre Bürste beiseite und drehte sich auf den Rücken, starrte auf ein Loch im Zeltdach und wartete auf Brig. Eine ganze Stunde verging, bis er das Zelt betrat. Das fehlende Licht verlieh ihm einen düsteren, riesigen Schatten. Sie hätte gern mit ihm gesprochen, hatte aber das Gefühl, als wäre ihr auf merkwürdige Art die Zunge gebunden. Auch Brig blieb stumm, als er sich auszog und in den Schlafsack schlüpfte. Er machte keine Anstalten, näher zu ihr zu rücken.

»Brig?« Sie sprach so leise, daß ihre Stimme zitterte.

Er bewegte sich, wandte sich ihr zu. Seine Hand fand ihre Taille und zog sie an sich. Sein Mund preßte sich schmerzhaft auf ihre Lippen, und Jordanna akzeptierte die wütende Art, wie er sie in Besitz nahm. Grobe Küsse bedeckten ihr Gesicht.

»Du bist wie eine Droge, Jordanna, die man mir eingespritzt hat«, murmelte Brig. »Ich bin süchtig nach dir... und verfluche jede Minute dieser Abhängigkeit.«

»Was...« Ihre Finger zitterten über seine harten, schmalen Züge, sie prägte sie sich mit ihrer Berührung ein. »...wenn ich dir nun erzählen würde, daß ich glaube... ich liebe dich... Was würdest du dann sagen?«

Sie fühlte, wie er einen Augenblick erstarrte. Er hob den Mund von ihrer Haut und hauchte einen stummen Laut. »Daß du möglicherweise zu lange in den Bergen gewesen bist. Es könnte sein, daß uns nur eine körperliche Zuneigung verbindet – keine gefühlsmäßige Abhängigkeit. Wir sollten nichts überstürzen und die Dinge nicht miteinander verwechseln«, warnte er.

Ihre Kehle schmerzte, weil sich Jordanna über ihre Empfindungen im klaren war. »Denkst du das wirklich?«

Eine suchende Hand fand ihren Weg in den Taillenbund ihrer langen Unterwäsche. »Es ist doch möglich«, murmelte Brig an ihrem Mund.

Die Worte, die ihn überzeugen sollten, erstarben auf ihren Lippen, als sich Jordanna in seiner Berührung verlor. Ihre Knochen schienen zu schmelzen, als sie in Kontakt mit seinem stählernen Körper kamen. Ihr Herz hüpfte erregt in ihrem Brustkorb, als seine harten Lippen ihre berührten. Sie hielt nichts zurück, schwelgte im Feuer seiner Leidenschaft. Liebe strömte glühendheiß durch ihre Venen. Jedes Teilchen ihres Körpers gab ihm nach, selbstlos verlangte sie nichts weiter, als daß er sie in Besitz nahm. Brigs Antwort war Befriedigung – für alle beide.

Danach ruhten sie sich aus, umarmten sich gegenseitig. Die Liebkosung seiner Hände war sanft, gedankenverloren, nicht länger fordernd.

»Dein Vater hat mir einen Bonus für einen Widder mit großem Gehörn versprochen«, spottete Brig leise. »Ich hatte keine Ahnung, daß du deine eigene Art von Belohnung auch einbringen würdest.«

Seine Worte zeigten ihr, daß er eine Veränderung in ihrer Reaktion gemerkt hatte. Er hatte seine eigene Begründung dafür gefunden. Sie war verletzt.

»Ich wünschte, ich hätte dieses Schaf nicht erwischt«, murmelte Jordanna.

Sein Kopf wandte sich ihr zu, aber in der Dunkelheit konnte er sie nicht sehen. »Warum?« Brig klang amüsiert, auf zynische Art.

Jordanna zögerte, es ihm zu erklären. Aber sie konnte ihn niemals überzeugen, weil er ihr nicht glauben würde. Sie rollte sich auf die Seite, fort von ihm.

»Es ist unwichtig«, lautete ihre heisere Antwort. »Es würde ohnehin nichts ändern.«

Brig starrte auf den dunklen Umriß ihres Kopfes. Sein Körper fühlte sich plötzlich kühl an, dort, wo sie gelegen hatte. Er widerstand dem Impuls, ihrer Liebeserklärung von vorhin auf den Grund zu gehen, herauszufinden, ob sie es wirklich so gemeint hatte.

Seit diese Jagd begonnen hatte, hatten ihn all seine Instinkte vor einer verborgenen Gefahr gewarnt. Aber seine einzige Verletzlichkeit lag in seinen Gefühlen für Jordanna. Etwas warnte ihn davor, in seiner Wachsamkeit nachzulassen.

Brig starrte zum Zeltdach empor. Sie hatte sich heute mit der Geschicklichkeit einer Tigerin an das Schaf herangepirscht, hatte ihre Beute mit der Sicherheit eines Jägers gehäutet. Sollte er ihre nächste Trophäe werden? Warum stellte er sich eine solche Frage?

Er bekämpfte den Drang, ihren Körper an seinen zu ziehen, und wandte ihr statt dessen den Rücken zu.

15

Als Brig am nächsten Morgen aufstand, war es dunkel und grau. Draußen vor dem Zelt konnte er das Wispern des Nieselregens hören, der sich mit den Bäumen unterhielt. Er machte seine Hose zu und griff nach seinem Hemd. Sein Blick fiel kurz auf die schlafende Gestalt und das schimmernde, dunkle Haar. Mein Gott, sie war wirklich schön! Die Versuchung, zurück in den Schlafsack zu kriechen und sie aufzuwekken, war groß, Brig bückte sich und rüttelte sie unsanft an der Schulter.

»Zeit zum Aufstehen.«

Ihre Lider flatterten, dann schlug sie die Augen auf. Brig drehte sich um, um sein Hemd zuzuknöpfen. Er war sich der Tatsache bewußt, daß sie nicht sofort aus dem Bett stieg. Das Wissen pulsierte durch seine Lenden. Brig ließ sich Zeit mit dem Zuknöpfen seines Hemdes, damit seine Hände und ein Teil seines Geistes beschäftigt waren.

Der Reißverschluß des Schlafsacks zog seinen Blick auf sich. Ihre große, schlanke Gestalt war in weiße, wärmende Unterwäsche gehüllt. Jordanna reckte sich, krümmte den Rücken wie eine Katze. Sein Herz schlug schneller, als er den Umriß ihrer festen Brüste sah.

Brig wandte sich ab und fing an, sein Hemd in die Hose zu stopfen. »Wenn du diese langen Unterhosen in New York tragen würdest, würdest du eine neue Mode kreieren«, erklärte er mit abgehackter Stimme.

»Glaubst du?« Sie lachte und spazierte in spöttischer Imitation eines Mannequins vor ihm auf und ab, drehte und wendete sich und nahm verschiedene Positionen ein, während sie die Ansage des Conférenciers nachahmte. »Und dies, meine Damen und Herren, wird die gutgekleidete Debütantin in der kommenden Saison tragen. Bitte beachten Sie die Art, wie sich der Stoff an den Körper schmiegt und...«

Wenn sie Striptease gemacht hätte, hätte das Feuer in seinen Adern nicht heißer sein können. Sie scherzte, aber in jeder ihrer Bewegungen lag Sinnlichkeit. Ihr Anblick war mehr, als er ertragen konnte. Sein Arm legte sich um ihre Taille und zog sie an sich, schnitt ihre ironische Rede abrupt ab. Ehe er sie vollständig in seine Arme ziehen konnte, bemühte sie sich schon, seinen Mund zu erreichen. Ihr Eifer und ihre Glut verstärkten den Druck seiner Arme, die sie an ihn preßten. Das führte dazu, daß ein scharfer Schmerz durch seine verletzte Schulter fuhr, der ihn zwang, seinen Griff zu lockern.

»Oh, deine Schulter, das habe ich ganz vergessen.« Sofort war Jordanna besorgt, fuhr mit einer Hand darüber, eine stumme Entschuldigung. Ihre ansonsten haselnußbraunen Augen waren vor Sorge fast schwarz. »Wie geht es heute morgen?«

Das Feuer war wieder unter Kontrolle, und Brig schob Jordanna zurück. »Besser.« Er griff nach seiner Lammfelljacke. »Du solltest dich anziehen, ehe du dich erkältest.« Brig ignorierte die Aufforderung in ihrem Blick. »Es ist ziemlich neblig und nieselt heute. Vergiß also deinen Parka nicht, und zieh genügend warme Sachen an.«

Ohne einen weiteren Blick schlüpfte er aus dem Zelt und lief zu dem größeren hinüber. Die Luft, die er atmete, war schwer vor Feuchtigkeit. Wasser tropfte von seiner Hutkrempe. Es würde ein schrecklicher, kalter Tag werden. Er duckte sich unter der Klappe des großen Zeltes hindurch, fühlte die Wärme, roch das Aroma des Kaffees und brutzelnden Specks. Erst da begriff Brig, daß er verschlafen hatte.

Ein brummig aussehender Max saß auf der Bank, über den Tisch und seine Kaffeetasse gebeugt. Kit öffnete die Reißverschlüsse der Schlafsäcke und breitete sie zum Trocknen aus. Jocko stand am Herd und wendete den Speck.

»Ist Tandy bei den Pferden?« wollte Brig wissen.

»Si.« Jocko sah ihn an. »Fletcher hilft ihm heute morgen.«

Brig hätte gern eine Tasse Kaffee getrunken, aber als er hörte, daß der Mann, der ihn angeheuert hatte, da draußen im Nieselregen seine Arbeit verrichtete, machte er auf dem Absatz kehrt. Eine Frau hatte sein Bett zu weich gemacht, das Ergebnis war, daß er zu lange geschlafen hatte. Wenigstens redete er sich das ein.

Auf halbem Weg zu der Stelle, wo die Pferde angebunden waren, traf er Tandy, der auf dem Rückweg war. »Wie ich sehe, bist du endlich aufgewacht«, begrüßte ihn der kräftige Cowboy mit einem schwachen Grinsen.

Brigs Mund preßte sich bei diesem Kommentar zusammen. »Sind die Pferde fertig?« Er sah an Tandy vorbei. »Wo ist Fletcher?«

»Noch bei den Pferden.« Tandy deutete über die Schulter in die Richtung, aus der er gekommen war. »Ich wollte bloß nachsehen, ob du wohl wach bist. Der Schecke hat 'n Eisen verloren. Ich wollte wissen, ob ich für Max Jughead satteln soll oder was?«

»Verdammt«, fluchte Brig leise. »Warum hast du die Tiere nicht gründlicher untersucht?«

»Aber das habe ich doch«, protestierte Tandy. »Gestern abend ist mir nicht aufgefallen, daß der Schecke ein loses Eisen hatte. Aber heute morgen lag's da – am Boden.«

»Du wirst alt, Tandy. Du hast nicht mehr so scharfe Augen wie früher.« Brig sah, wie der ältere Cowboy zusammenzuckte, sich dann aber stolz aufrichtete. Brig wußte, daß Tandy empfindlich war, was seine Jahre anging, und er verfluchte sich selbst, weil er diese Verletzlichkeit ausgenutzt hatte, als er den Cowboy wegen seiner Unachtsamkeit schalt. Es wäre nicht nötig gewesen.

»Ich habe mir das Pferd genau angesehen. Ich habe alle Pferde sorgfältig überprüft. Bei keinem von ihnen war ein Eisen locker«, wiederholte Tandy steif. »Was soll ich jetzt mit Max machen?«

»Sattle Jughead.«

»Soll ich ihn einreiten, oder glaubst du, daß meine Knochen dafür zu alt sind?« Es war eine scharfe Herausforderung. »Möglicherweise sind sie seit gestern morgen beträchtlich gealtert.«

»Nur zu, und treib ihm die Flausen aus«, antwortete Brig und zögerte. »Ich... ich habe das eben nicht so gemeint, Tandy. Ich war bloß... schlecht gelaunt. Ich hatte noch keinen Kaffee heute morgen.«

»Dann hol dir welchen. Ich mache die Pferde fertig. Ich brauche deine Hilfe nicht.« Der Cowboy machte auf dem Absatz kehrt und lief den Weg zurück, den er gekommen war.

Brig zögerte unentschlossen. Er war versucht, ihn wirklich allein zu lassen und seinen Kaffee zu trinken, wie Tandy vorgeschlagen hatte. Aber Fletcher war bei den Pferden, hatte seine Verantwortung übernommen. Er machte einen Schritt hinter Tandy her.

»Brig?« rief Jordanna ihm nach, und er blieb stehen und sah zurück.

Sie lief auf ihn zu, einen Kaffeebecher aus Blech in der Hand. Die Kapuze ihres Parkas war von ihrem Kopf gerutscht. Der dunkle Schimmer der Feuchtigkeit verbarg den Mahagoniton in ihrem Haar. Sie blieb neben ihm stehen und reichte ihm den Becher.

»Jocko sagte, du hättest noch keinen Kaffee getrunken.« Wasser tropfte von ihrer Nasenspitze.

»Dein Haar wird ganz naß...« Ohne sich um die Tasse zu kümmern, streckte er die Hand aus, um ihr die Kapuze wieder übers Haar zu ziehen. Dann nahm er ihren Kopf zwischen die Hände, trotz Regen und allem. Ihre feuchten Lippen bedeuteten einfach eine zu starke Versuchung, und er küßte die regenklare Süße. Danach rieb Jordanna ihre Wange an den Bartstoppeln an seinem Kinn.

»Du hast dich noch nicht rasiert«, murmelte sie. »Soll ich das für dich machen?«

Es gab mindestens hundert Dinge, die sie für ihn hätte tun können. Sein Verlangen nagte an ihm wie ein Hund an seinem Knochen. Seine Hände glitten zu ihren Schultern, und dann stellte Brig sie entschlossen ein paar Schritte entfernt von sich auf die Beine.

»Ich schaffe das schon allein«, erklärte er, und das bezog sich nicht nur auf das Rasieren.

»Dein Kaffee«, drängte Jordanna ihn und hielt ihm die Tasse zur Erinnerung hin. Brig nahm sie entgegen, froh über die kleine Ablenkung. »Du solltest ihn lieber trinken. Der Regen hat ihn wahrscheinlich schon abgekühlt und außerdem verdünnt.«

Der Schluck, den er dann trank, war kaum mehr als lauwarm, aber er war schwarz. »Den habe ich jetzt gebraucht«, murmelte er.

»Wohin willst du?«

»Bei den Pferden helfen.« Brig wußte, daß er fortgehen sollte, aber die regenreine Frische ihres Gesichts hielt ihn fest.

»Das Frühstück ist fast fertig.«

»Ich weiß. Ich...« Unruhe bei den Pferden ließ Brig sich umdrehen. Tandy saß auf dem schweren Wallach und wiederholte seine Vorstellung vom Vortag. Nach ein paar Minuten hüpfte der braune Wallach noch ein paar Schritte und gab dann auf.

»Reitest du ihn heute?« fragte Jordanna.

»Nein. Max hat heute morgen das schlechte Los gezogen. Der Schecke hat ein Eisen verloren.«

»Armer Max.« Sie lächelte, zeigte aber nur wenig ehrliches Mitgefühl.

»Magst du ihn nicht? Er ist doch ein Freund deines Vaters.«

»Er ist auch dein Cousin«, erinnerte Jordanna ihn.

»Ja. Leider.«

»Wenn du so über ihn denkst, warum hast du ihn dann gerettet? Würde es dir nicht bessergehen, wenn er nicht mehr da wäre?« Im selben Augenblick taten ihr ihre Worte auch schon wieder leid. Sie war damit herausgeplatzt, ohne vorher darüber nachzudenken.

Brig fand die Fragen sonderbar. Seine Augen verengten sich, als er sie abschätzend musterte. Woher hatte sie ihre Information? Nicht von Max, soviel war sicher. Blieben also nicht viele Alternativen. Er dachte an ihre Beinahe-Liebeserklärung gestern abend. Da hatte ihn ein wachsamer Instinkt davor bewahrt, alles zu glauben. Dieses Gefühl kehrte jetzt zurück.

»Wie kommst du darauf, daß Max irgend etwas besitzen könnte, was ich haben will?« erkundigte er sich.

»Das denke ich ja gar nicht.« Ihre Antwort kam schnell – zu schnell. »Ich habe damit überhaupt nichts gemeint, Brig. Vergiß es.«

»Es gibt eine Menge, was ich gern vergessen würde.« Er warf ihr einen langen, nachdenklichen Blick zu, der im Geiste die Kleider abstreifte, die ihren Körper vor seinen Augen verbargen. »Wie sinnlich du hinter dieser selbstherrlichen Haltung bist. Wie du in meinen Armen zittern kannst. Wie es ist, deine Brust in den Händen zu halten – und dich unter mir zu fühlen.« Er sah die Röte in ihre Wangen steigen. »In diesem Augenblick würde ich dich gern ausziehen, ganz langsam, und jeden Zentimeter deines Körpers küssen.« Brig machte bewußt eine kleine Pause, um sie mit seiner nächsten Bemerkung auf die Probe zu stellen. »Du bist sehr gut, Jordanna.«

Sie stöhnte auf vor Wut über seinen erniedrigenden Ton. Brig sah ihre Hand vorschnellen, tat aber nichts, um ihr auszuweichen oder sie aufzuhalten. Die brennende Taubheit auf seiner Wange war sonderbar erfreulich. Sie hatte so reagiert, wie er es erwartet und gewünscht hatte, und doch war er nicht vollkommen zufrieden.

»Du bist ein Bastard, Brig McCord!« zischte sie, und ihre Augen blitzten vor Wut. »Zum Leben gehört mehr als nur Sex.«

»Aber Sex ist alles, was zwischen dir und mir ist. Es ist nichts Falsches an reiner, unverfälschter Lust. Du kannst nicht leugnen, daß es für uns beide befriedigend ist.« Gegen seinen Willen bohrte er weiter, brauchte einfach noch mehr Beweise.

»Ist es nur das?« Ihr Kinn war vorgereckt, aber Tränen traten in ihre Augen.

»Wenn nicht, dann bist du eine verdammt gute Schauspielerin. Aber ich habe schon immer vermutet, daß du das wärest.« Brig wartete, daß sie es leugnen würde, getrieben von dem zornigen Bedürfnis, die Worte von ihr zu hören.

»Das bin ich auch. Das Komische ist nur, daß ich die Rolle der Liebenden so lange gespielt habe, daß ich schon fast angefangen habe, selbst daran zu glauben.« Sie lachte bitter.

»Lügnerin!« Ihre plötzliche Zustimmung drängte ihn dazu. »Du hast diese Reaktionen nicht nur gespielt!«

»Nein?« spottete sie und wandte sich von ihm ab.

Wut brannte in ihm. Brig packte ihren Arm, um sie aufzuhalten. »Laß mich nicht so stehen.« Es war ein bitterer Schlag für seinen Stolz, zu erkennen, daß er sie immer noch nicht gehen lassen wollte.

»Nimm deine Hand von mir«, befahl Jordanna mit einer Stimme, die eisig klang vor Verachtung. »Ich muß nicht mehr so tun, als würde deine Berührung mir gefallen. Das Spiel ist aus.«

»Ich sage, wann es vorbei ist. Vergiß das nie«, warnte Brig, ließ aber doch ihren Arm los, damit sie gehen konnte.

Jordanna unterdrückte mühsam die Tränen. Sie haßte ihn so heftig, wie sie ihn liebte. Es war vorher nicht wichtig für sie gewesen, daß er sie nur sexuell benutzte. Sie hatte ihren Stolz mit dem Glauben beruhigt, daß sich das mit der Zeit ändern würde – daß sie ihn dazu bringen könnte, sie zu lieben. Aber er hatte ihre Beziehung auf ein so tiefes Niveau herabgezogen, daß das, was einmal schön gewesen war, schmutzig wurde.

Warum hatte sie ihn angelogen? So getan, als wäre alles nur gespielt gewesen? Um ihr Gesicht zu wahren. Um wenigstens noch einen Rest von Selbstachtung zu retten. Ehe er sie wieder anfassen durfte, mußte er sie auf Knien darum anflehen.

Sie mied das große Zelt und ging zu dem kleineren hinüber. Sie trennte die beiden Schlafsäcke voneinander, sammelte Brigs Habe ein und stapelte seine Sachen in einer Ecke. Als sie damit fertig war, hatte sie ihre Selbstbeherrschung wiedergewonnen, genug jedenfalls, um ins größere Zelt hinüberzugehen und zu frühstücken.

Er hatte einen schlechten Geschmack im Mund, als Jordanna davonging. Ihre aufrechte Haltung, der gerade, stolze Rücken hatten Brig an ein Kind denken lassen, dem zu Unrecht vorgeworfen worden ist, gelogen zu haben, und das deshalb ohne Essen in sein Zimmer geschickt wurde. Er war wütend auf sich selbst. Aber, verdammt noch mal, er hatte doch recht gehabt! Er trank einen Schluck Kaffee. Er war kalt und bitter geworden. Mit einem angewiderten Ausdruck im Gesicht kippte er den Inhalt des Bechers auf den Boden.

»Was ist denn mit dir los, daß du guten Kaffee so wegschüttest?« Tandy sah ihn stirnrunzelnd an.

Brigs Kopf fuhr herum, weil sich der Cowboy so leise genähert hatte. »Er war kalt.« Er sah an ihm vorbei. »Sind die Pferde alle fertig?«

»Ja. Und mein Magen könnte jetzt auch ein Frühstück vertragen.«

»Wo steckt Fletcher? Ich dachte, er wäre bei dir?«

»Der kommt gleich hinter mir. Hat nur noch Jughead aufgezäumt.« Tandy warf einen Blick über die Schulter, gerade als Fletcher Smith aus einer Baumgruppe in der Nähe der Lichtung auftauchte.

Brig meinte zu sehen, wie sich die Augen des Jägers bei seinem Anblick verengten. Aber schon in der nächsten Sekunde sagte er sich, er habe sich wohl geirrt, denn der Mann lächelte und begrüßte ihn.

»Guten Morgen, Brig. Wie geht's der Schulter heute?«

»Viel besser.«

»Gut. Wo steckt Jordanna? War sie nicht bei Ihnen?« Fletcher schaute sich neugierig um.

»Das Frühstück ist fertig. Ich glaube, sie ist etwas essen gegangen.«

»Hört sich nach 'ner guten Idee an, auch für uns.« Fletcher schien in redseliger Stimmung zu sein. Er fiel mit Brig in Gleichschritt. »Ich denke, wir sollten denselben Weg nehmen wie gestern, oder?«

Die Jagd nach Schafen war nicht gerade das Wichtigste für Brig, aber er wurde dafür bezahlt, ganz gleich, wie sehr ihm diese Tatsache auch im Halse steckenbleiben mochte. Also nickte er zustimmend. »Könnte sich als ebenso erfolgreich erweisen wie gestern für Jordanna.«

»Ich rechne damit.« Fletcher blieb stehen, um die Zeltklappe aufzuhalten, damit Brig als erster hineingehen konnte.

Jordanna war drinnen, aber sie schaute nicht einmal auf, als sie eintraten. Ihr Gesicht schien aus kaltem Marmor geschnitzt zu sein. Während der ganzen Mahlzeit sagte sie kein einziges Wort zu ihm. Nur einmal traf ihr Blick zufällig auf seinen, und er strahlte frostige Kälte aus. Aber ihm fiel auch auf, wie sie in ihrem Essen herumstocherte, anstatt herzhaft zuzulangen, wie sie es sonst tat. Sie war ihm gegenüber nicht so gleichgültig, wie sie ihn gern glauben machen wollte. Es bedeutete für ihn eine Erleichterung, das bestätigt zu sehen.

Als alle mit dem Essen fertig waren und die letzte Tasse Kaffee getrunken worden war, verließen sie den Schutz des Zeltes und gingen durch den Nieselregen zu den Pferden. Der große Braune verhielt sich ausweichend, als Max in den Sattel stieg. Er schnaubte und warf den Kopf, tänzelte nervös.

»Vielleicht sollte ich ihn reiten«, schlug Fletcher vor. »Sie werden vielleicht nicht mit ihm fertig, Max.«

»Ich werde mit ihm fertig«, schwor Max und zerrte grob an den Zügeln, um das Pferd zum Stehen zu bringen.

»Er wird sich bald beruhigen«, versprach Tandy.

»Du kannst dir ein anderes Pferd nehmen, wenn du willst«, meldete sich Brig.

»Ich sagte, ich will nicht«, fuhr Max ihn an.

»Also gut. Auf geht's.« Brig wendete den Falben in die Richtung des Weges, den sie in den letzten Tagen immer eingeschlagen hatten.

Nur hatte sich diesmal die Reihenfolge der Reiter verändert. Anstelle von Jordanna ritt Fletcher diesmal hinter ihm. Ihr folgte Kit, und Max kam als letzter. Brig vermißte sie. Es irritierte ihn, daß eine solche Kleinigkeit ihn so beunruhigen konnte.

Als sie sich dem steilen Zickzackweg näherten, der sie über den Gebirgskamm führte, drehte sich Brig im Sattel um. »Bei diesem Regen wird es stellenweise schlüpfrig sein. Nehmt eure Pferde nicht an die Zügel. Sie finden den sichersten Weg am besten selbst.«

Sein suchender Blick sah verständnisvolles Nicken – bei allen außer Jordanna, die kühl in die entgegengesetzte Richtung sah. Mit zusammengepreßten Lippen schaute Brig wieder nach vorn und ließ seinem Pferd die Zügel locker, als er den Aufstieg antrat.

Das Knarren des Sattelleders und das Klirren des Zaumzeugs wurden von den scharfen Geräuschen der vielen Hufe übertönt, die auf Stein trafen und über schlüpfrige Felsen rutschten und kratzten. Hinter sich hörte Brig ein Pferd schnauben und wütend wiehern. Er wollte den Blick nicht vom Weg wenden und war auch nicht gewillt, den schwierigen Aufstieg des Falben zu unterbrechen. Auf einem regennassen steilen Weg wie diesem ließ sich das Tier nicht so leicht wieder in Bewegung setzen.

Er warf einen kurzen Blick über die Schulter nach unten. Der Braune, den Max ritt, tobte. Er warf den Kopf, bäumte sich auf und verweigerte den Weg. Max schlug mit den Zügeln nach dem Tier und hieb ihm die Absätze in die Flanken.

»Du verdammter, blöder Dummkopf!« fluchte er.

Vor sich hin fluchend, lenkte Brig den Falben vom Weg und hielt an. »Übernehmen Sie die Führung, Fletcher!« Er winkte den Mann weiter. Er würde die anderen vorbeiziehen lassen müssen, ehe er den schmalen Pfad zurückreiten konnte, um Max zu helfen. Als Kit an ihm vorbeikam, machte der Braune auf Max' Drängen hin einen Satz nach vorn. Dann bäumte er sich auf und wieherte wütend. Er kam auf alle viere nieder, senkte den Kopf und fing an zu buckeln. Jordanna wurde langsamer. »Aus dem Weg«, befahl Brig ungeduldig. Der Falbe tänzelte unter ihm. Sie warf ihm einen kalten Blick zu und trieb den Fuchs eilig weiter bergauf.

Der Braune war buckelnd vom Weg abgekommen. Max hatte seine Bemühungen aufgegeben, das Pferd zu beherrschen, und klammerte sich jetzt nur noch mit beiden Händen an den Sattelknauf und war bemüht, sich oben zu halten. Sein Ausdruck zeigte Verzweiflung und Angst. Als das Pferd versuchte, seinen Reiter abzuwerfen, verlor es auf dem steilen schlüpfrigen Hang den Halt. Nachdem er auf die Knie gestürzt war, kam der Braune in panischer Angst wieder auf die Füße.

Der Kampf hatte Pferd und Reiter weit vom Weg abgebracht. Der Boden war hier verräterisch. Geröllhalden befanden sich hier und dort auf diesem Teil des Abhangs. Brig konnte seinen Falben nicht mehr antreiben. Er hatte den Pfad erst einmal verlassen, und sein Pferd sollte nicht ebenso widerspenstig werden wie das von Max.

Lose Steine rollten unter den Hufen des Braunen davon. Das Pferd bäumte sich auf, schrie in panischer Angst. Ohne festen Boden unter den Füßen und mit dem Gewicht des Reiters am Rücken stürzte es hintenüber. Max schrie und versuchte, auf der bergabwärts liegenden Seite abzutauchen. Er rollte den steilen Abhang hinab, das Pferd mit gefährlich wirbelnden Beinen nur wenige Fuß hinter ihm. Ein Erdrutsch aus losen Steinen riß sie mit, während die Schwerkraft des steilen Abhangs sie nach unten zog. Am Fuß des Abhangs stürzte der Berg hundert Fuß tief zu einer Kuppe aus Fels und Bäumen.

Es gab keine Möglichkeit für Brig, sie zu erreichen, bevor sie unten ankamen. Schon jetzt legte der Falbe ein großes Stück des Weges auf den Hinterbacken rutschend und nervös schnaubend zurück. Ein Lasso war an seinen Sattel gebunden, aber Max' Abstieg war doppelt so schnell wie seiner, und so befand er sich außerhalb der Reichweite von Brigs Seil.

Zwanzig Fuß vom Abgrund entfernt gelang es dem Braunen, wieder auf die Beine zu kommen. Das vor Angst verrückt gewordene Tier mühte sich ab, auf festen Boden zu kommen. Seine Hufe lösten einen frischen Strom von Felsbrocken aus, der Max mitriß. Brig sah es und zügelte sein Pferd. Er war der verkörperte Grimm.

Jordanna hatte ihr Pferd hinter denen von Kit und ihrem Vater auf dem Weg angehalten. Entsetzt und fasziniert starrte sie auf das Bild, das sich ihnen bot. Es war sonderbar unwirklich. Sie wollte glauben, daß es nicht geschah, daß es Brig irgendwie gelingen würde, Max zu erreichen.

»Oh, mein Gott«, flüsterte sie, als sie sah, daß es unmöglich war.

Als Max hilflos in Richtung Schlucht gerissen wurde, wandte sich Jordanna ab und kniff fest die Augen zu. Ein Schrei zerriß die Luft, der das Blut in den Adern gefrieren ließ. Er schien eine Ewigkeit anzuhalten, hallte von den Granitwänden des Canyons wider und dröhnte durch die Berge. Schließlich wurde ihm mit einem dumpfen Aufprall ein Ende gemacht. Jordanna wurde von heftiger Übelkeit gepackt, als sich anschließend eine unirdische Ruhe ausbreitete.

Sie hörte Stimmen, aber sie drangen nicht in ihr Bewußtsein, bis scharfe Worte ihre Aufmerksamkeit auf sich zogen. »Dreh dein Pferd um, Jordanna, wir müssen nach unten.«

Als ihr Vater sie so laut ermahnte, weil sie den Weg versperrte, wendete Jordanna ihr Tier auf dem schmalen Pfad und ritt langsam abwärts. Ihre aufgerissenen, vom Schock glasigen Augen suchten die Basis des Erdrutsches. Brig war abgestiegen und kletterte über die losen Steine bis zum Rand. Das braune Pferd stand auf der anderen Seite des Steinschlags. Seine Beine waren aufgekratzt und blutig, und es bewegte sich nicht.

Sie ritten den ganzen Weg nach unten, bis dahin, wo der Zickzackweg gerade wurde und zum Lager verlief. Dort stieg ihr Vater ab, gefolgt von Kit, und machte sich auf den Weg zum Fuß des Abhangs, wo Max gestürzt war. Jordanna zögerte. Eine innere Kraft zwang sie, ihnen zu folgen. Sie stieg mit zittrigen Beinen aus dem Sattel, akzeptierte, daß sich ihr Magen zusammenkrampfte.

Brig stand in der Nähe des Simses, nur wenige Fuß von dem Geröllrutsch entfernt, als sie ihn erreichte. Sein Gesicht war gleichgültig, als er nach unten schaute. Er sah sie nicht an, war sich ihrer Gegenwart aber dennoch bewußt.

»Der arme, dumme Kerl. Ich habe ihn gewarnt, daß diese Berge seinen Tod bedeuten würden«, murmelte er geistesabwesend.

»Also ist er tot«, bemerkte Fletcher gefühllos.

Gegen ihren Willen blickte Jordanna über den Rand. Hundert Fuß weiter unten lag die Gestalt eines Mannes in schrecklich verzerrtem Winkel, leblos wie eine Puppe. Ihr wurde übel, und sie wandte sich von der Klippe ab. Ihr Bruder legte den Arm um ihre Schultern. Sie wollte weinen – die Tränen sollten die brennende Trockenheit aus ihren Augen vertreiben und den heißen Schmerz in ihrer Kehle. Aber sie hatte einen Schock und zitterte am ganzen Körper.

»Wir werden hinabsteigen und seinen Leichnam holen müssen«, erklärte Brig.

»Ich komme mit«, erbot sich Fletcher ruhig und freiwillig. »Kit, warum bringst du Jordanna nicht zurück ins Lager und erzählst den anderen, was passiert ist?«

Ihr Bruder reagierte nicht sofort auf seine Bitte. Dann drehte er Jordanna zu den wartenden Pferden um. »Komm.« Der Arm um ihre Schultern stützte sie und brachte sie zum Gehen. Jordanna fing an zu beben aus kaltem Entsetzen über das, was geschehen war.

»Ich hätte etwas tun müssen«, flüsterte sie schuldbewußt. »Ich war die nächste, als er Probleme mit dem Pferd bekam. Ich hätte den Zügel ergreifen und das Pferd nach oben führen müssen.«

»Denk doch so etwas nicht«, schalt ihr Bruder sanft, ehe er zögernd hinzufügte: »Ich bin... nicht sicher, daß irgend jemand Schuld daran hat.«

»O Gott.« Das stumme Gebet kam in trockenem Schluchzen.

»Ich hole das Pferd.« Fletcher machte einen Schritt vorwärts, um das Geröll zu überqueren und den Braunen zu erreichen.

»Sie bleiben hier«, befahl Brig. »Ich hole ihn.«

Er kletterte ein paar Fuß nach oben, wo der Geröllstreifen schmaler war, und suchte sich dann vorsichtig einen Weg auf die andere Seite. Mit jedem vorsichtigen Schritt löste er kleine Steinlawinen aus. Eine tödliche Ruhe beraubte ihn jeden Gefühls, abgesehen von Vorsicht.

Das Pferd zitterte wie Espenlaub, als Brig es erreichte. Es schien Angst zu haben, den festen Boden unter seinen Füßen zu verlassen. Als Brig nach den baumelnden Zügeln griff, scheute es, warf den Kopf und schnaubte nervös. In seinen rollenden Augen sah man nur noch das Weiße. Brig sprach leise mit dem Tier, ehe er seinen zweiten Versuch machte, die Zügel zu ergreifen. Beim Klang seiner Stimme zuckte es nervös mit den Ohren, aber beim nächsten Mal versuchte es nicht mehr, der Hand auszuweichen, die nach den Zügeln griff.

Brig streichelte den bebenden Hals. Das Pferd blieb stehen, widersetzte sich seiner Berührung nicht, und allmählich ließ sein Zittern nach. Beruhigt, weil das Pferd nicht plötzlich in Panik ausbrach, untersuchte Brig die Verletzungen des Braunen. Er hatte Kratzer auf den Läufen und den Flanken. Haut und Fell waren stellenweise von den Beinen abgeschürft worden, und jetzt lag das rohe Fleisch frei, und Blut sickerte aus den Wunden. Aber es gab keine Anzeichen dafür, daß das Pferd irgendein Bein besonders entlastete, und das hieß, daß es keine gebrochenen Knochen hatte.

Brig ergriff die Zügel dicht unter dem Kinn des Pferdes und schickte sich an, den Wallach über die losen Steine zu führen. Das Tier widersetzte sich, schreckte vor dem Druck zurück, der es nach vorne trieb. Brig zerrte an den Zügeln und redete weiter auf das Pferd ein. Zögernd und bei jedem Schritt zitternd, befolgte es schließlich die Befehle, schnaubte und wieherte aber immer noch nervös.

»Bringen Sie das Pferd zurück ins Lager?« erkundigte sich Fletcher, als Brig es über den Erdrutsch geführt hatte.

»Nein. Wir binden es in der Nähe des Weges fest und holen es später ab, wenn wir Max' Leiche geborgen haben.« Ohne eine Pause zu machen, ging Brig zu der Stelle, wo er seinen Falben zurückgelassen hatte. Fletcher folgte dem leicht hinkenden braunen Pferd.

Fletcher hatte sein Pferd auf dem Weg gelassen. Jetzt führte Brig den Falben ebenso wie den Braunen zu der Stelle, stieg dann auf und führte den Braunen bis zu einer Baumgruppe ein Stück weiter am Weg. Fletcher zögerte, war sich wegen irgend etwas offenbar nicht sicher.

»Kommen Sie nicht mit?« Brigs Frage war eine Herausforderung, sein Gesicht blieb eiskalt. »Haben Sie noch nie einen toten Mann gesehen? Ist auch nicht viel anders als ein Bighorn oder ein Elch – nur daß der Leichnam einmal ein Mensch gewesen ist.«

Der grauhaarige Mann warf ihm einen wütenden Blick zu. »Ich komme.« Er schwang sich in den Sattel und lenkte sein Pferd hinter den Braunen, den Brig führte.

Auf halbem Weg zu der Stelle, wo Brig den Pfad verlassen wollte, um die Felsklippe zu erreichen, auf der Max lag, trafen sie auf Tandy. Sie mußten nichts sagen. Sein Gesicht verriet ihnen, daß er die Geschichte bereits von Jordanna und Kit erfahren hatte.

»Ich dachte, ihr könntet vielleicht Hilfe gebrauchen«, meinte er nur.

Brig nickte als Zeichen, daß er das Angebot annahm, und Tandy wendete sein Pferd auf dem Weg, um mit ihnen zu reiten. Brig bemerkte die zusammengefaltete Zeltbahn, die hinter Tandys Sattel festgebunden war – eine Hülle für den Leichnam –, und er sagte nichts.

Jordanna saß auf der Bank am Tisch, war sich nicht bewußt, daß ihr Gesicht keinerlei Gefühl zeigte. Kit saß ihr gegenüber, die Ellbogen auf den Tisch gestützt, und rieb sich mit den Händen die Stirn. Jocko stellte vor jeden von ihnen einen Blechbecher mit Kaffee, stark und schwarz und mit viel Zucker.

»Es ist so schnell gegangen, Jocko – und doch so schrecklich langsam«, erzählte Jordanna geistesabwesend.

»Trinken Sie den Kaffee«, befahl der Baske sanft, aber entschieden. »Das wird Ihnen helfen.«

Jordanna starrte auf die Tasse und dachte immer wieder nur an Brigs Kommentar. Sie hob den Blick zu Jocko. Ihre Augen zeigten das unruhige Grün einer vom Sturm aufgewühlten See.

»Brig sagte, daß er Max davor gewarnt hat, daß die Berge sein Tod sein würden. Was, glauben Sie, hat er damit gemeint?«

»Wahrscheinlich überhaupt nichts«, antwortete Jocko nach kurzem Zögern. »Manchmal sagen wir angesichts des Todes Dinge, die keine

Bedeutung haben. Es sind einfach Worte, die gesprochen werden, weil wir nicht ausdrücken können, was in unserem Innern vorgeht.« Er nickte zu der Tasse hinüber, die vor ihr stand. »Trinken Sie den Kaffee.«

Gehorsam nahm sie die Tasse und führte sie an ihre Lippen. Die starke, süße Flüssigkeit brannte sich einen Weg die Kehle hinunter. Über den Tisch hinweg sah sie ihren Bruder an. Er schien besorgt, aber als er merkte, daß sie ihn anschaute, lächelte er – ein Ausdruck sanfter Beruhigung und des Verständnisses.

17

Der feine Regen hing düster über dem Lager, als die drei Männer zurückkehrten. Brig führte seinen Falben am Zügel. Ein längliches Bündel, in Leinwand gehüllt, lag über dem Sattel, mit einem Seil festgebunden. Die langsame Kadenz der trottenden Pferdehufe ähnelte der Melodie eines Totenmarsches. Jordanna, Kit und Jocko kamen aus dem Zelt, um sie zu erwarten.

Während Tandy und Fletcher abstiegen, fing Brig an, die Leinen aufzubinden, die den Leichnam im Sattel gehalten hatten. Jocko ging vor, um ihm zu helfen. Zusammen hoben sie den Toten herab und legten ihn in der Nähe des großen Zeltes auf den Boden. Brigs Regenponcho schimmerte naß, als er sich aufrichtete und sich mit emotionsloser Stimme in ruhigem Befehlston an sie wandte.

»Wir brechen das Lager ab. Sobald alles gepackt und aufgeladen ist, verlassen wir die Berge. Wir haben keine Möglichkeit, uns mit den Behörden in Verbindung zu setzen, um von dem Unfall zu berichten. Also müssen wir Max' Leichnam hinunterschaffen.«

»Ich habe schon mit dem Packen angefangen«, berichtete Jocko ihm.

Brig nickte als Zeichen seiner Zustimmung und ging zurück, um die Zügel des Falben erneut in die Hand zu nehmen. »Laß uns die Pferde fertigmachen, Tandy.« Er fügte die Zügel von Fletchers Pferd den anderen in seiner Hand hinzu.

»Du willst Max doch nicht einfach so da liegen lassen ... im Regen«, protestierte Jordanna.

Brig warf ihr einen kalten Blick zu. »Er merkt nicht mehr, daß es regnet.« Er stellte einen Fuß in den Steigbügel, glitt geschmeidig in den Sattel und zog Fletchers Pferd nach sich den Weg hinunter.

Tandy folgte ihm. Er führte sein Pferd und den lahmenden Braunen. An den Pfosten standen Jordannas und Kits Pferde, gesattelt und aufgezäumt, mit einer Decke über dem Leder, um es vor dem Regen zu schützen. Brig und Tandy machten es mit ihren Pferden ebenso, außer mit dem verletzten Braunen.

»Wir müssen die Wunden reinigen und etwas zum Desinfizieren darauf tun«, erklärte Brig. »Hol etwas von Jocko.« Der Sattel war beschädigt. Brig öffnete den Sattelgurt und hob den Sattel herunter. »Die Riemen werde ich retten. Der Rest des Sattels ist jetzt wertlos.« Als er die Satteldecke herunterhob, bemerkte er die verletzte Haut darunter. Er runzelte die Stirn. »Sieh dir das an.«

»Muß sich geschnitten haben, als er gestürzt ist«, meinte Tandy. »Ich hole die Medizin.«

Brig öffnete schon den Mund, um Tandy zurückzuhalten, zögerte dann aber. Er wandte sich dem Pferd zu und untersuchte die Wunde erneut, überprüfte auch die Lage unter der Satteldecke. Die Wunde erregte sein Mißtrauen. Es war schon ein sehr scharfer Felsen nötig, um einen solchen Schnitt zu verursachen. Brig bückte sich, hob die Satteldecke hoch und betrachtete sie von unten. In einer Ecke, die der Lage der Wunde entsprach, fand er einen Dornenzweig, der sich in dem steifen Material verfangen hatte. Die Dornen waren groß und scharf.

Brig rollte den Zweig zwischen den behandschuhten Fingern. An diesem Hang hatte es weder Dornbüsche noch Beerensträucher gegeben. In Gedanken ging er den Weg noch einmal durch, den sie am Vortag genommen hatten. Auch dort hatte es keine gegeben. Woher konnte der Zweig gekommen sein? Am letzten Fleck, an dem es Büsche mit derartigen Dornen gegeben hatte, waren sie vor zwei oder drei Tagen gewesen. Er konnte unmöglich die ganze Zeit über in der Satteldecke gesessen haben. So unaufmerksam war Tandy nicht.

Seine Finger schlossen sich zur Faust, die Dornen gruben sich durch das Leder in seine Handfläche. Irgend jemand mußte den Zweig dorthin gelegt haben. Sollte das ein Witz sein? Wollte jemand, daß Max abgeworfen wurde? Es war klar, daß das Pferd in dem Augenblick, in dem diese Dornen sich in seinen Rücken gruben, zu buckeln anfangen würde.

Brig musterte noch einmal die Lage der Wunde und die Stelle, an der der Zweig gesessen hatte. Anfangs wären die Dornen wohl kaum mehr als ein kleines Ärgernis für das Pferd gewesen. Brig erinnerte sich, wie nervös der Braune gewesen war, als Max aufgesessen war. Aber die Dornen drangen erst dann durch das Fell, als sich das Gewicht des Reiters auf den hinteren Teil des Sattels verlagert hatte – in dem Augenblick, als der Braune sich angeschickt hatte, den Zickzackpfad zu erklimmen. Jemand hatte Max getötet – absichtlich oder versehentlich. Im Lager gab es niemanden, der einen so perversen Sinn für Humor hatte, daß er jemandem einen solchen Streich spielen würde. Also blieb nur ein gezielter Versuch. Aber warum? Brig schüttelte verwirrt den Kopf und beleuchtete die Sache von einer anderen Seite.

Fletcher war der letzte gewesen, der sich mit dem Braunen befaßt hatte, bevor Max aufgestiegen war. Er hatte das Pferd aufgezäumt, nachdem Tandy ihm die morgendliche Aufsässigkeit ausgetrieben hatte. Das hieß, daß Fletcher die Gelegenheit gehabt hatte, die Dornen unter die Decke zu schieben. Und Fletcher hatte sich erkundigt, ob sie denselben Weg nehmen würden – also den steilen Pfad über den Kamm. Da war auch noch der andere Unfall, als Max fast abgestürzt wäre und Fletcher nicht geholfen hatte, ihn zu retten. Und der Vorfall mit der Klapperschlange gleich anfangs auf der Ranch?

»Aber warum?« murmelte er leise. Warum sollte Fletcher ihm den Tod wünschen? Jemand wie Max konnte für einen Mann wie ihn niemals eine Bedrohung darstellen. Es ergab einfach keinen Sinn. Eine verwirrte und wütende Falte erschien auf seiner Stirn.

Da war Jordanna. Welche Rolle spielte sie bei alldem? Fletcher hatte sie angewiesen, nett zu ihm zu sein. Warum? Schmerz preßte seine Brust zusammen. Hing es mit Max' Tod zusammen? Sollte sie ihn ablenken, damit er nicht mißtrauisch wurde? Heute morgen hatte sie ihn mit dem Kaffee aufgehalten; sie hatte ihn in eine Unterhaltung verstrickt, während Fletcher Tandy bei den Pferden half. Brig mußte ganz fest die Zähne zusammenbeißen, um nicht laut aufzustöhnen. Ihm fielen die Worte ein, die sie am Morgen gesagt hatte, und sie schnitten wie ein Messer in sein Herz: *Warum hast du ihn gerettet? Würde es dir nicht bessergehen, wenn er nicht da wäre?* Er zwang sich, sich auf das verlorene Eisen des Schecken zu konzentrieren, das ihm jetzt in einem neuen Licht erschien.

Max' Tod war Mord gewesen – der aussehen sollte wie ein Unfall. Aber wie konnte er das beweisen? Er konnte es nicht. Tandy hatte Zugang zu dem Braunen gehabt. Was das anging, er selbst ebenfalls. Und von der ganzen Jagdgesellschaft hatte er, weiß Gott, ein besseres Motiv gehabt, seinen Cousin zu töten, als alle anderen. War auch das geplant gewesen? Brig hatte sich gewundert, warum Fletcher ausgerechnet ihn als Führer ausgesucht hatte, nicht einen der vielen Professionellen. Seine Begründungen hatten logisch geklungen, wenngleich ein wenig schwach. Aber Brig hatte das Geld zu dringend benötigt, um viele Fragen zu stellen. Damit hatte Fletcher wahrscheinlich gerechnet.

Es war von Anfang an geplant gewesen. Und er sollte zum Sündenbock werden. Wenn der Unfall als Mord erkannt wurde, hatte er das Motiv, die Gelegenheit und die Mittel. Wer waren die Zeugen? Fletcher, sein Sohn und seine Tochter – lauter scheinbar unschuldige Beobachter. Brig begriff, daß er vielleicht seinen eigenen Kopf in die Schlinge steckte, wenn er den Mund aufmachte. Er mußte irgendeinen Beweis gegen Fletcher erbringen... und ein Motiv finden.

Brig hatte Max nie wirklich gemocht oder respektiert. Er tat auch nicht so, als wäre er über seinen Tod bekümmert. Aber einen Mord verzeihen, nur weil er seinen Cousin nicht gern gehabt hatte? Nein. Er würde nicht zulassen, daß Fletcher damit durchkam.

»Ich habe die Salbe von Jocko.« Tandy kam durch den Regen gelaufen. »Und ein paar Stoffstreifen und warmes Wasser, um den Schmutz aus den Wunden zu waschen.«

»Dann kümmere dich um ihn.« Brig trat von dem Braunen zurück und schob den Zweig in die Tasche.

Tandy ging neben dem Vorderlauf des Tieres in die Hocke und fing an, vorsichtig das aufgerissene Fleisch zu waschen. Brig lief zu den drei Packtieren hinüber und wischte die Feuchtigkeit von ihren Rücken, ehe er die Decken und Packsättel auflegte.

»Wir haben zwei Pferde zu wenig. Was jetzt?« fragte Tandy.

»Wir müssen einen Teil der Ausrüstung zu den Reitern aufladen. Jeder muß seine eigenen Sachen tragen und alles, was wir den Lasttieren nicht mehr aufladen können. Uns bleibt wohl keine andere Wahl.«

»Und was ist mit Jughead? Der wird kaum fit genug sein, um den weiten Weg zu machen.« Das Pferd riß an seinem Pflock, als das Seifenwasser sein wundes Fleisch brennen ließ.

»Wir müssen ihn loslassen. Und nimm dem Schecken auch die Eisen ab. Sie werden uns eine Weile folgen, und schließlich finden sie allein zur Ranch zurück.« Das Schicksal der beiden Pferde war im Augenblick Brigs geringste Sorge. »Sind dir hier in der Gegend Dornbüsche aufgefallen?«

»Dornbüsche?« Stirnrunzelnd schaute Tandy zu ihm auf.

»Ja, Dornbüsche. Oder Beerensträucher«, wiederholte Brig mit übertriebener Geduld. »Hast du welche gesehen?«

»Nicht daß ich wüßte. Aber ich habe auch nicht gerade nach ihnen Ausschau gehalten. Warum?«

»Es ist nicht wichtig.« Brig zuckte mit den Schultern. »Sind die Kratzer ernst?«

»Nein, aber sie müssen ihm verteufelt weh tun.« Das Pferd trat nach Tandy und versuchte ihn zu beißen. »Gib jetzt Ruhe!« brüllte Tandy es an und hieb dem Braunen mit der Faust gegen den Bauch. »Ich versuch' doch, dir zu helfen, du alter Trottel! Du verdienst die ganzen Schmerzen, weil du auf dem Berg gebuckelt und einen Mann in den Tod getrieben hast.« Das Pferd schnaubte und stand stocksteif da, mehr von der brüllenden Stimme als von dem Hieb eingeschüchtert. »Meinst du, die Leute von der Behörde wollen Jughead sehen, weil er das Pferd ist, das Max abgeworfen hat und so?«

»Ich weiß nicht. Aber wir können ihn schlecht mitnehmen. Er würde uns zu sehr aufhalten.« Brig rückte den Packsattel auf dem letzten Pferd zurecht und zog den Gurt an. »Wenn die ihn haben wollen, dann müssen sie ihn suchen.«

»Da hast du wohl recht.« Tandy seufzte. »Verdammt, das ist wirklich ein lausiger Tag.«

Brig ging zu seinem Falben hinüber und nahm ihm die Schutzdecke ab, um in den Sattel zu steigen. Noch immer nagten Zweifel an ihm, und er wußte, daß er keine Ruhe finden würde, bis der ausgeräumt war.

Der untersetzte Cowboy blickte zu ihm auf. »Wohin willst du?«

»Was nachsehen. Wird nicht lange dauern.«

Der Falbe verursachte kaum ein Geräusch, als Brig ihn zwischen den Bäumen hindurchlenkte, über den regenweichen Teppich aus Tannennadeln. Er vermied absichtlich, durchs Lager zu reiten, machte einen weiten Bogen darum, bevor er den Weg einschlug, der zu dem Pfad über den Kamm führte. Noch immer regnete es leise. Brig ritt langsam, hielt hin und wieder an, um den Weg auf beiden Seiten nach Dornbüschen abzusuchen. Es gab ein wenig Unterholz, das entlang des Weges wuchs. Das Gebiet beim Zickzackweg war kahl. Brig stieg ab, wanderte über die aufgewühlte Erde, dort, wo der Braune angefangen hatte, wild zu werden, und folgte seiner Route bis zur Geröllhalde. Auf halbem Weg nach unten sah er einen Gegenstand, der nicht hierhingehörte. Es war eine lederne Brieftasche, halb von losen Steinen verdeckt. Brig hob sie auf und schob sie in die Jackentasche gegenüber derjenigen, in der sich der Dornenzweig befand. Als er das Gebiet ein letztes Mal überflog, war er überzeugt, daß er sich nicht geirrt hatte. Kein Zeichen von einem Dornbusch oder Beerensträuchern.

Der Falbe wieherte freudig, als Brig zu ihm zurückkehrte. Geistesabwesend rieb er die feuchte Nase des Pferdes, die es ihm entgegenstreckte, und ging auf seine linke Seite, um aufzusteigen. Sein Gesicht war grimmig und hart, als er das Pferd dem Lager zuwandte.

Brig hatte die Absicht gehabt, den Weg zu verlassen und das Lager selbst wieder zu umgehen. Aber bevor er die Stelle erreichte, sah er eine Gestalt in gelbem Regenzeug am Beginn des Weges. Es war Fletcher. Brig lenkte seinen Falben direkt aufs Lager zu. Fletchers Gesicht war beherrscht, zeigte nur wenig Interesse.

»Wo sind Sie gewesen?« fragte er.

»Ich bin noch einmal zurückgeritten«, gab Brig zu.

»Warum?«

Er griff in seine Tasche und zog die Brieftasche hervor. »Mir ist eingefallen, daß Max keine Geldbörse bei sich hatte. Also habe ich sie gesucht.« Sein hartes Gesicht war ebenso ausdruckslos.

»Tandy hat erzählt, Sie wollen den Braunen freilassen, damit er allein heimfindet.«

»Richtig.« Brig zügelte den Falben und beugte sich vor, die Unterarme auf den Sattelknauf gelegt. Regen tropfte von seinem Hut. »Bis morgen früh wird das Tier so steif sein, daß es wahrscheinlich kaum mehr als hoppeln kann. Es wird zur Ranch zurückkehren, wenn es in der Lage dazu ist.« Er sah Fletcher in die Augen. »Ich glaube nicht, daß die Behörden besonders daran interessiert sein werden, ihn zu sehen. Schließlich war es ja nur ein unglückseliger Unfall.«

»Ja. Ja, das war es.« Fletcher nickte mit zur Schau gestellter Sorge. »Ich habe heute morgen noch angeboten, den Braunen zu reiten. Ich habe befürchtet, daß Max nicht mit ihm fertig werden könnte. Aber er wollte ja nichts davon hören. Jetzt...« Er seufzte. »Jetzt ist er tot.«

Brig warf Fletcher die Brieftasche zu. Der Sattel knarrte, als er sich in den Steigbügeln aufrichtete. »Jocko soll die zu Max' Sachen legen.«

»Ich werde dafür sorgen.«

Brig schnalzte mit der Zunge, führte das Pferd um den Mann und trabte dann durchs Lager zu den Pfosten. Die Zelte waren bereits abgebaut, und zwei der Packpferde wurden beladen.

Eine Stunde später waren sie bereits unterwegs. Sie ritten bis zur Dämmerung, ehe sie an diesem Abend ihr Lager aufschlugen. Niemand sprach viel, außer, wenn es absolut notwendig war. Das Lager war einfach, bestand nur aus zwei Dächern. Die Leinwand wurde vorne von zwei Stangen gestützt und hinten mit schweren Steinen am Boden gehalten und bildete so einen Schutz gegen den beständigen Nieselregen. Es war eine düstere Gruppe, die nach dem Essen unter dem Dach in der Nähe des Feuers kauerte. Jordanna war eine der ersten, die sich verabschiedete und vollkommen angezogen in ihren Schlafsack kroch. Die anderen folgten nach und nach ihrem Beispiel, bis nur noch Brig am Feuer zurückblieb. Jordanna rollte sich auf die Seite und sah den tanzenden Schatten zu, die von den zuckenden Flammen auf die Leinwand geworfen wurden. Ihre Lider schienen mit schweren Gewichten beladen. Sie schloß sie.

Schlaf war eine willkommene Flucht. Dann fing der Traum an. Sie befand sich wieder auf dem Abhang, beobachtete, wie der Braune verzweifelt und wild versuchte, seinen Reiter abzuwerfen. Das Pferd stürzte rücklings, und Max fiel. Auf unerklärliche Weise veränderte sich der Traum. Jetzt war es Jordanna, die den Hang hinabrollte. Sie kämpfte gegen das alptraumhafte Bild, sagte sich, daß sie nur träumte, und ließ die Person wieder Max werden. Aber die Handlung schlug immer wieder um. Zuerst war es Max; dann sie selbst. Hin und her. Hin und her. Schließlich kam der Augenblick, als ihr Verstand es nicht mehr zurückdrängen konnte. Sie taumelte an den Rand, mitgerissen von einem Strom loser Steine. Sie würde zu Tode fallen.

Etwas berührte ihre Schulter, und Jordanna griff blindlings danach, um zu verhindern, in den Abgrund zu stürzen. Aber dieses Etwas fing an, sie heftig zu schütteln und von ihr zu verlangen aufzuwachen. Ein scharfer Gegenstand stach in die Innenfläche ihrer wild umherfliegenden Hand. Der Schmerz ließ sie wach werden.

Brig beugte sich über sie. Jordanna war in kalten Schweiß gebadet und zitterte am ganzen Körper. Der Alptraum war so lebhaft gewesen, daß er ihr noch immer anhaftete. Ohne sich voll bewußt zu sein, was sie tat, warf Jordanna in ihrer Panik die Arme um seinen Hals, verlangte nach dem Trost seiner kräftigen Arme. Sie war sich seines Zögerns, bevor seine Arme sich um ihren bebenden Körper legten und sie an sich zogen, nicht bewußt. Er hob sie hoch und trug sie zum Feuer, als könnte dessen Wärme das kalte Entsetzen in ihr vertreiben.

»Ich h-habe geträumt«, versuchte Jordanna zu erklären. Sie stammelte in erschrecktem Flüsterton. Sie mußte darüber sprechen, damit der Traum ihren Geist nicht länger beherrschte. »Ich fiel diesen Berg hinunter. Es... sollte Max sein, aber es... verwandelte sich immer wieder... in mich.«

»Es ist vorbei.« Die harte Bemerkung bot keinerlei Trost, nur die Wahrheit.

Sie vergrub ihr Gesicht an seiner Schulter. Er roch nach Feuchtigkeit, nach Pferden und Rauch. In diese Kombination mischte sich ein schwacher, moschusartiger, männlicher Geruch. Jordanna versuchte, ihr nervöses Atmen unter Kontrolle zu bringen, aber es fiel ihr schwer, weil ihr Puls so wild schlug. Sie drehte sich um, um eine Wange an seine Jacke zu legen. Dann wurde sie sich des brennenden Schmerzes in ihrer Handfläche bewußt und hob sie hoch. Blut sickerte aus zwei kleinen Wunden. Sie wischte es am Ärmel ihrer dicken Bluse ab und versuchte herauszufinden, woran sie sich verletzt hatte.

»Es wird dir nie gelingen, das Blut von deinen Händen zu wischen, Jordanna.« Brigs Stimme klang bedeutungsvoll.

Ein kalter Schauer lief ihr über den Rücken. Sie wich von der Stütze seiner kräftigen Brust zurück und schaute in sein Gesicht empor. Die breite Krempe seines Hutes warf düstere Schatten über sein scharfgeschnittenes Gesicht. Der Strich seines vollen Schnurrbarts sah noch dunkler und einschüchternder als sonst aus. Die Verachtung in seinen braunen Augen war sonderbar bedrohlich. Furcht jagte durch ihre Adern, beschleunigte ihren Puls.

»W-warum sagst du so etwas?« Jordanna war verwirrt, wütend und ein klein wenig erschrocken.

»Welche Rolle spielst du bei alldem, Jordanna?« fuhr er im selben Ton fort.

»Wobei?« Sie schüttelte verständnislos den Kopf.

»Bei Max' Tod.«

»Ich weiß nicht, wovon du sprichst!« Sie riß sich aus seinen Armen und sprang aufgeregt auf die Füße. Die kalte Bergluft verwandelte ihren Atem in Dampfwölkchen. Jordanna zitterte vor Kälte, die sie sowohl äußerlich als auch von innen erfaßte. Sie rieb die Hände über die Arme, um das Frösteln loszuwerden, sah, daß Brig ebenfalls aufgestanden war. Seine vorwurfsvolle Haltung schüchterte sie ein, weil ihr Schuldgefühl sie ohnehin schon quälte. Sie versuchte, es zu leugnen. »Du bist ja verrückt, Brig.«

Er packte ihren Arm und drehte sie wild zu sich herum. Sein Griff schmerzte und verursachte blaue Flecken auf ihrem Arm. »Warum hast du das getan, Jordanna?« erkundigte er sich wild. »Warum?«

Ein Teil von ihr hatte Angst vor seinem wilden Ausdruck, aber sie stellte sich ihm kühn. »Ich habe absolut keine Ahnung, wovon du sprichst. Und jetzt laß mich bitte los, du tust mir weh.«

Seine Antwort bestand darin, daß er sie heftig an sich riß und so kräftig umarmte, daß er ihre Rippen zu brechen drohte. Ihre Lungen hatten keinen Platz, um sich zu dehnen, so daß sie keine Luft holen konnte, und sein Mund preßte ihre Lippen, als er brutal davon Besitz ergriff. Der Angriff enthüllte den rücksichtslosen Kern der Gewalt in ihm. Erschüttert kämpfte Jordanna schwach gegen die Schwärze am Rande ihres Bewußtseins an. Sie konnte nicht atmen. Er preßte das Leben aus ihr heraus, und sie konnte ihn nicht zurückhalten. Ihr Geist wirbelte auf den schwarzen Abgrund zu.

Dann, so heftig, wie er sie an sich gerissen hatte, ließ Brig sie auch wieder los, stieß sie fast von sich. Jordanna taumelte zurück, rang um Gleichgewicht und Atem. Sein Blick ruhte hart auf ihrem Gesicht.

»Geh zu Bett«, brummte er. »Geh mir aus den Augen!«

Sie betrachtete ihn müde und verständnislos, bevor sie zu ihrem Schlafsack stolperte und hastig in seine Wärme kroch. Sie zitterte ebenso heftig wie nach ihrem Alptraum. Seine Brutalität hatte ihn zu einem Fremden werden lassen – einem Fremden, der intime Kenntnisse von ihr besaß. Jordanna schauderte und rollte sich zu einer festen Kugel zusammen.

Teil Drei

Die Pirsch

18

Brig machte eine Pause und starrte auf sein Spiegelbild in dem großen Fenster der Bar. Er hatte in den beiden letzten Nächten nicht sehr viel geschlafen. An diesem Morgen hatte er sich nicht die Mühe gemacht, sich zu rasieren. Er sah verhärmt und müde aus, und er fühlte sich auch genauso.

Nachdem er Max' Tod gemeldet hatte, hatte er Vorkehrungen für die Überführung des Toten nach New York getroffen. Bei der Behörde war man bereit gewesen, seine Erzählung von dem Unfall mit nur wenigen Fragen zu akzeptieren. Man würde natürlich auch noch mit Fletcher, Jordanna und Kit sprechen, um seine Aussage bestätigen zu lassen, aber Brig zweifelte nicht daran, daß sie dasselbe erzählen würden. Der Dornenzweig befand sich noch immer in seiner Tasche und piekste ihn mit seinem Druck, als läge er auf seiner bloßen Haut.

Brig starrte auf das Coors-Zeichen und fragte sich, was ihn dazu getrieben hatte, sich hier mit den drei »Zeugen« zu treffen. Weiß Gott, er wollte nichts weiter, als sich betrinken, um die Bitterkeit in seiner Kehle auszubrennen. Aber es trug nicht dazu bei, den heißen Schmerz in seinem Leib zu vermindern.

Ungeduldig ging er zur Tür und stieß sie auf. Seine langen, lässigen Schritte verursachten ein dumpfes Schlurfen auf dem Boden, als er den Raum zur Bartheke durchquerte. Es war dämmrig und leer zu dieser Stunde. Brig ging in die schattige Ecke am Ende der Bar.

Die gebleichte Blondine hatte ihre Zigarette hingelegt, als er eingetreten war, und ihr Gesicht leuchtete auf, als sie ihn erkannte: »Brig! Es ist lange her, daß ich dich gesehen habe!« Ihre Begrüßung kam in süßem, erfreutem Ton über ihre Lippen.

»Hallo, Trudie.« Brig gab sich Mühe, freundlich zu sprechen, aber die Worte klangen angestrengt, und es fehlte die Wärme darin. Er setzte sich auf einen Hocker, verhakte einen Absatz an der Metallstrebe und stellte einen Stiefel auf die Messingfußstange. Dann nahm er den Hut ab, legte ihn auf die fleckige Theke und fuhr sich müde mit den Fingern durchs Haar.

»Siehst aus, als hätte man dich durch den Wolf gedreht.« Trudie war zu ihm gekommen. »Was ist passiert? Hast du dein Rasiermesser verloren?« scherzte sie.

»Ich hatte heute morgen anderes im Kopf.« Er rieb sich die dunklen Stoppeln an seinem Kinn. Sie gaben ein kratzendes Geräusch von sich, als sie seine schwielige Haut berührten.

»Wo bist du gewesen?«

»Ich habe die beiden letzten Wochen in den Bergen verbracht.« Brig machte nicht zu viele Worte. Er wollte nicht über die Jagdgesellschaft reden und auch nicht über Max' Tod. Um die Vorkehrungen zu treffen, den Leichnam nach New York überführen zu lassen, hatte er sich als sein Cousin ausweisen müssen. Diese Neuigkeit würde sich in der kleinen Gemeinde wie ein Lauffeuer verbreiten. Gott sei Dank würden Max' Ex-Frau und seine Kinder von den Behörden verständigt werden, und Brig mußte wenigstens nicht auch noch dafür die Verantwortung übernehmen.

»Zwei Wochen?« Ein ironisches Lächeln verzog ihren roten Mund. »Ein Wunder, daß du dir in all der Zeit überhaupt die Arbeit gemacht hast, dich zu rasieren.«

Brig hätte ihr erzählen können, daß er während der meisten Zeit dieser beiden Wochen Grund gehabt hatte, ein glattrasiertes Gesicht haben zu wollen. Er hatte nicht gewollt, daß seine rauhen Stoppeln die sanfte, glatte Haut Jordannas zerkratzten. Diesen perfekten Körper zu beschädigen wäre ein Verbrechen gewesen, vor allem, wo es so viele verschiedene Möglichkeiten gab, eine bebende Reaktion hervorzurufen, ohne Schmerz zu bereiten.

»Bier?« fragte Trudie.

»Scotch.«

Sie zog überrascht eine Braue hoch. »Du hast doch noch nie so hartes Zeug bestellt. Was ist los mit dir? Mußt du deinen Kummer ertränken?« Sie sagte es in lockerem, scherzhaftem Ton, aber es kam der Wahrheit zu nahe.

»Hab's mir anders überlegt«, erklärte er knapp. »Gib mir doch lieber 'n Bier.«

»Wie du willst«, meinte Trudie achselzuckend und schaute ihn sonderbar an. Sie zapfte ihm ein Glas Bier und stellte es vor ihn hin. »Wie lange bleibst du in der Stadt?«

Ihr Blick beinhaltete eine Frage wie auch eine Einladung. Brig verabscheute beides. Da war zwar der flüchtige Impuls, sie zu benutzen, wie er benutzt worden war. Wenn er mit ihr ins Bett gehen würde, dann wäre es nur wegen des Sex, und er würde sich nicht gegen andere Emotionen wappnen müssen. Aber das war nicht das, was er sich wünschte.

»Nicht lange. Ich treffe hier ein paar Leute.« Er knöpfte seinen schweren Parka auf und ließ ihn offen hängen. Dann stützte er die Ellbogen auf die gepolsterte Kante der Bar, nippte an seinem Bier und wischte den Schaum mit dem Handrücken aus dem Bart.

»Oh, sind Tandy und die anderen Jungs mit dir in die Stadt gekommen?« riet Trudie.

»Nein.«

Die Tür wurde geöffnet, und Brig drehte sich auf dem Barhocker um. Fletcher trat ein, gefolgt von Jordanna und Kit. Sein Blick zuckte von dem grauhaarigen Mann zu Jordanna. Ihre schlanke Gestalt mit den hohen Brüsten wurde nicht mehr von mehreren Schichten Kleidungsstükken gepolstert, die sie warm halten sollten. Sie trug eine schmale, gutsitzende helle Hose und eine cremefarbene Seidenbluse mit einer taillenkurzen, mit bräunlichem Pelz besetzten Jacke dazu. Sie hatten ihn noch nicht am schattigen Ende der Bar sitzen sehen. Brig machte gar nicht erst den Versuch, den nackten Hunger in den Augen zu verbergen, als sein Blick sie verschlang. Aber er konnte ihr nicht trauen. Irgendwie war sie in der ganzen Sache mit ihrem Vater verbündet. Brig hatte noch nicht herausgefunden, welche Rolle der Sohn spielte, aber irgendwie mußte auch er in alles verwickelt sein.

»Wir sind wohl zu früh?« hörte er Fletcher sagen. Und noch immer zeigte sich Brig nicht.

Drei gegen einen. Zum Teufel, er war schon früher unterlegen gewesen und hatte am Ende doch gesiegt. So zu denken war gefährlich, rief er sich selbst zur Vorsicht. Nur, daß er vorangegangene gefährliche Situationen überstanden hatte, hieß noch lange nicht, daß er auch aus dieser unbeschädigt hervorgehen würde. Diesmal war er verletzlich. Es gab eine schwache Stelle in seiner Verteidigung, was Jordanna betraf. Er war zwar nicht mehr in ihre Nähe gekommen seit jener Nacht, nachdem Max gestorben war, als seine Lust zu töten seiner Lust zu lieben gleichgekommen war. Und da er nicht wußte, welche überwiegen würde, hatte er das Mädchen gemieden. Aber die Anstrengung, die es für ihn bedeutete, die Finger von ihr zu lassen, lastete allmählich auf ihm, und er wußte nicht, wie lange er das noch aushalten könnte.

»Das ist sie also, ja?« fragte Trudie leise. Sie kannte die Antwort bereits. Der Schmerz in ihren Augen verriet mehr Neid als Eifersucht. Sie besaß weder die Schönheit noch die Klasse, die nötig waren, um in Jordannas Schatten zu bestehen.

Ein eiserner Vorhang legte sich vor Brigs Gesicht und sperrte jeglichen Ausdruck aus, als er der Blondine einen kurzen Blick zuwarf, wütend, weil sie gesehen hatte, was er begraben wollte. Er stand vom Barhocker auf. Ein Bein scharrte bei dieser Bewegung über den Boden. Er nahm sein Bier und ging zu der Familie hinüber.

Der Laut zog Jordannas Blick wie magnetisch zu der dunklen Ecke der Bar hinüber. Brig trat aus dem Schatten. Letzte Nacht hatte sie in seinem Schlafzimmer geschlafen, aber diesmal allein. Er hatte die Ranch an diesem Morgen verlassen, noch bevor sie wach geworden war. Er sah müde und wütend und vorbereitet aus. Vorbereitet? Warum hatte sie dieses Wort gewählt? Es paßte, aber worauf war er vorbereitet – und warum? Sein harter Blick ließ sie innerlich zittern. Ihre Gefühle waren alle durcheinander – sie liebte und fürchtete ihn, haßte und begehrte ihn, fühlte sich sicher und gleichzeitig bedroht.

»Hallo, Brig«, begrüßte Fletcher ihn. »Wir haben Sie gar nicht gesehen, als wir eben hereinkamen.«

Brig nickte, grüßte aber niemanden. »Nehmen wir diesen Tisch.« Er wählte einen besser beleuchteten Tisch für vier Personen aus und setzte sich dann auf einen Stuhl, der ihn im Schatten ließ.

Ihr Vater setzte sich ihm gegenüber. Jordanna fühlte sich ausgesprochen unwohl, als sie zu Brigs Rechter Platz nahm. Die Bardame näherte sich ihrem Tisch: eine vollschlanke, kurvenreiche Blondine mit zuviel Make-up. Sie betrachtete Jordanna mit verletztem, eifersüchtigem Ausdruck. Jordanna warf einen scharfen Blick zu Brig hinüber. Sie hatte nie angenommen, daß er keine andere Frauen hätte, aber mit einer von ihnen hier in dieser Bar konfrontiert zu werden war doch etwas, das sie nicht erwartet hatte. Er spürte, wie ihre Augen ihn durchbohrten, und sein Kiefer zuckte. Sein Blick flog zu der Blondine hinüber, kehrte dann mit einem Anflug von Befriedigung zu ihr zurück. Wollte er ihnen beiden zeigen, daß er nicht die Absicht hatte, sich an eine einzige Frau zu binden? Oder versuchte er Jordanna klarzumachen, daß der Reiz des Neuen verklungen war und sie anfing, ihn zu langweilen? Brig hatte sie in den beiden letzten Tagen eindeutig gemieden, abgesehen von jener Nacht, als er sie so wütend an sich gedrückt und all diese verrückten Dinge gesagt hatte, die überhaupt keinen Sinn ergaben.

»Kann ich Ihnen etwas zu trinken bringen?« fragte die Bardame mit strahlendem Lächeln.

»Ich nehme ein Bier«, bestellte Fletcher.

»Für mich nichts, danke«, lehnte Kit ab.

Jordanna schaute zu der Frau auf. »Wäre es möglich, einen Kaffee zu bekommen?«

»Klar. Ich habe eine Kanne auf dem Herd. Möchten Sie irgend etwas hinein? Whisky oder so?«

»Nein. Auch keinen Zucker oder Milch, danke.«

»Wie steht's mit dir, Brig?« erkundigte sich die Frau vertraulich. »Soll ich eine neue Krone auf dein Bier zapfen?«

»Nein, danke, Trudie.« Er lächelte ihr zu und ließ die bernsteinfarbene Flüssigkeit in seinem Glas kreisen.

Als die Blondine gegangen war, lehnte sich Fletcher auf seinem Stuhl zurück und zog Pfeife und Tabak aus der Tasche. Er füllte den Kopf mit einem aromatischen Tabak, drückte ihn nieder und zündete ihn mit einem Feuerzeug an. Brig schien sich ausschließlich auf den Mann zu konzentrieren und beobachtete jede Bewegung von ihm. Jordanna fühlte sich unwohl. Die Atmosphäre rund um den Tisch war gereizt, und sie verstand nicht, was der Grund dafür war.

»Wie ist das Verhör gelaufen?« wollte Brig wissen.

»Gut.« Die einsilbige Antwort wurde mit der Pfeife zwischen den Zähnen gegeben. Fletcher paffte eine Rauchwolke in die Luft und nahm dann die Pfeife aus dem Mund, schien sie zu untersuchen. »Sie haben uns nicht viele Fragen gestellt. Sie haben eigentlich nur bestätigt haben wollen, was Sie ihnen erzählt haben.«

»Ich habe alle Vorkehrungen dafür getroffen, daß der Leichnam nach New York überführt wird.«

»Ach so, ja.« Fletcher sah zu Kit hinüber. »Du solltest deine Mutter anrufen, bevor die Medien die Geschichte aufgreifen und sie es so erfährt.«

»Warum sollte ich mit ihr telefonieren?« Kit hob den Kopf, um den Blick seines Vaters zu erwidern.

»Sie wird die Nachricht besser aufnehmen, wenn sie von dir kommt. Du kannst sie beruhigen, daß wir alle unverletzt und in Sicherheit sind. Ich weiß, daß sie sich Sorgen um uns machen wird, wenn sie von Max' Tod erfährt.« Der letzte Satz wurde in ironischem Ton gesprochen. Fletcher ließ seinen Blick zu Brig schweifen. »Meine Frau neigt zu der Annahme, daß ich alles herunterspiele. Sie wird den Versicherungen meines Sohnes glauben, aber nicht meinen eigenen.«

Kit preßte in grimmigem Mißfallen den Mund zusammen, machte aber keine weiteren Anstalten zu protestieren. »Gibt es hier ein Telefon?« fragte er Brig.

»Hinten bei den Toiletten ist ein öffentlicher Fernsprecher.« Mit dem Kopf deutete Brig auf den schwachbeleuchteten Gang auf der Rückseite des Raumes.

»Ich komme mit«, erbot sich Jordanna. Sie wollte der Spannung entgehen, die an ihren Nerven zerrte, und ihre aufgewühlten Gefühle wieder zur Ruhe bringen.

Fletcher erhob sich höflich von seinem Stuhl, als sie aufstand, aber Brig ahmte sein Verhalten nicht nach. Ja, er sah sie nicht einmal an. Seine Gleichgültigkeit ihr gegenüber verletzte und verwirrte sie. Als sie Brig an dem Morgen, an dem Max gestorben war, aufgefordert hatte, sie in Ruhe zu lassen, da hatte sie das aus Wut gesagt, hatte es nicht wirklich so gemeint und hatte auch nicht erwartet, daß er ihr folgen würde. Sie hatte seine Kapitulation gewollt, er sollte zugeben, daß sie mehr für ihn war als nur eine Bettgefährtin. Ihre Liebe und ihr Stolz brauchten das. Statt dessen verhielt Brig sich jetzt, als gäbe es sie gar nicht.

Jordanna ging mit ihrem Bruder zum Telefon. Sie hörte ihn den Anruf anmelden, während sie in Gedanken bei dem Mann an dem Tisch war. Nur mit halbem Ohr hörte sie Kit mit dem Mädchen, Tessa, sprechen und sie bitten, ihre Mutter ans Telefon zu holen, dann aber nicht fortzugehen.

Nachdem sie sich gegenseitig begrüßt und ein paar unwichtige Floskeln ausgetauscht hatten, sagte Kit: »Mutter, ich habe schlechte Nachrichten für dich. Es hat einen Unfall gegeben... Nein, mir geht es gut. Jordanna steht hier neben mir, und Dad sitzt an einem Tisch. Es war Max Sanger...« Eine Flut von Fragen, hervorgestoßen von einer hysterisch erhobenen Stimme am anderen Ende der Leitung, drang an Jordannas Ohren, aber sie kümmerte sich kaum darum. Sie bemerkte auch Kits scharfen Blick zu ihr nicht. Sie war angefüllt mit Gedanken an Brig... »Es tut mir leid, Mutter. Max kam... bei einem Sturz ums Leben.« Hastig erklärte er die näheren Umstände. Jordanna wollte es nicht wieder hören. Sie schaute zu der Tür mit der Aufschrift »Ladies« und machte Kit ein Zeichen, daß sie dorthin gehen würde. Er nickte und lächelte kurz. Jordanna stieß die Tür auf und ging hinein.

Jordannas Fortgang hatte seiner Ablenkung ein Ende gemacht. Brig hatte keine Mühe mehr, sich auf seinen Gegner Fletcher zu konzentrieren. Es kam von selbst – so natürlich wie die tödliche Ruhe, die sich über ihn gelegt hatte. Er langte in seine Jackentasche, zog den Dornenzweig hervor und legte ihn lässig auf den Tisch.

»Was ist das?« Fletcher zeigte mit keinem Zucken der Wimpern an, daß er ihn wiedererkannte.

»Das wollte ich Sie auch gerade fragen«, konterte Brig.

»Ich bin Jäger, kein Gartenbaukünstler«, scherzte der Mann. »Wo haben Sie den gefunden?«

»Die Dornen steckten unter Max' Satteldecke.« Seine Bemerkung rief bei Fletcher keinerlei Reaktion hervor.

»Ich nehme an, er ist bei dem Rollen den Abhang hinunter dorthin geraten.« Sein Ton verriet nur geringes Interesse daran, woher er gekommen sein könnte. Trudie kam mit den Getränken an den Tisch, und Brig blieb stumm, bis sie gegangen war.

»Das war auch mein erster Gedanke. Tandy hat fast dasselbe gesagt, als ich ihn ihm zeigte«, gab Brig zu. »Interessanterweise gibt es aber an diesem Hang keine Dornbüsche. Ich habe nachgesehen. Und um genau zu sein, auch in der näheren Umgebung des Lagers gibt es keinen einzigen.«

»Das ist interessant.« Fletcher nickte gedankenverloren, kaum neugierig und trank dann einen Schluck Bier. »Ich nehme an, er hat es sich irgendwo anders eingefangen.«

»Das ist eine logische Vermutung«, stimmte Brig zu. »Aber sie hat einen großen Fehler. Wenn der Dorn schon ein paar Tage vor dem Unfall in der Satteldecke gesteckt hätte, dann hätte das Pferd, auf dem Max vorher geritten ist, keinen Schritt gemacht, bis er gefunden und entfernt worden wäre. Vergessen Sie nicht, das Pferd duldet nicht einmal eine Falte in der Decke, geschweige denn Dornen.«

»Stimmt, das hatte ich vergessen.« Fletcher paffte an seiner Pfeife und runzelte nachdenklich die Stirn. »Was meinen Sie also, wie er dorthin gekommen ist?«

»Ich dachte, das wüßten Sie bereits!« Seine hellbraunen Augen funkelten herausfordernd. »Offensichtlich hat ihn jemand dorthin gesteckt.«

»Das ist nicht Ihr Ernst!« rief Fletcher und lachte spöttisch. »Ist Ihnen eigentlich klar, was Sie damit andeuten?«

»Daß Max' Tod kein Unfall war? Das deute ich nicht nur an, das erkläre ich.« Diese Konfrontation bedeutete vielleicht einen waghalsigen Schritt, aber Brig hatte in den vergangenen Tagen alle Alternativen durchdacht und war zu dem Schluß gekommen, daß es nur eine Hoffnung gab, Fletcher dazu zu bringen, sich zu verraten: indem er behauptete, daß er wußte, wie Max gestorben war.

Das halbe Lächeln verschwand vom Gesicht des älteren Mannes, als er Brig aus zusammengekniffenen Augen ansah. »Es ist Ihnen klar, was Sie damit sagen? Daß Max ermordet wurde.«

»Ja. Jemand hat dies hier…« – Brig schnippte mit dem Finger nach dem Zweig, wodurch er näher zu Fletcher geschubst wurde – »…an jenem Morgen unter die Satteldecke gelegt. Jemand, der wußte, daß der Braune bekannt dafür war, daß er bockte. Danach mußte er nur noch warten, bis wir einen Aufstieg machen mußten, steil genug, um das Gewicht des Reiters im Sattel nach hinten zu verlagern, und schon würden sich die Dornen in die Haut bohren.«

»Aber wer sollte so etwas tun? Und warum?« Fletcher runzelte auf überzeugende Art die Stirn.

»Ich weiß, wer«, erklärte Brig, »ich bin nur noch nicht hinter das Warum gekommen.«

»Und wer ist es gewesen?«

Ein kaltes Lächeln verzog Brigs Mund. »Sie, Fletcher.«

»Ich?!« Sein Gesicht zeigte ungläubige Überraschung. »Das kann nicht Ihr Ernst sein!«

»Ich meine es – todernst. Sie hatten die Gelegenheit, als Sie den Braunen aufgezäumt haben, nachdem Tandy ihn eingeritten hatte. Und Sie wußten auch, welchen Weg wir nehmen würden.« Brig machte eine kurze Pause. »Ich frage mich immer wieder, ob diese beiden anderen Unfälle fehlgeschlagene Versuche waren. Max wäre vielleicht am Schock gestorben, wenn diese Schlange ihn gebissen hätte. Es war reines Glück, daß es mir gelungen ist, ihn vor dem anderen Sturz zu bewahren.«

Empörte Wut breitete sich auf Fletchers Gesicht aus. »Wenn wir anfangen wollen, schmutzige Wäsche zu waschen – Sie hatten auch Gelegenheit und kannten unseren Weg. Und außerdem haben Sie etwas, das mir fehlt – ein Motiv. Die Sanger Corporation gehört Ihnen, ohne irgendwelche Einschränkungen oder Vorschriften, jetzt, wo Max tot ist. Es hat schon Menschen gegeben, die für weit weniger als eine mehrere Millionen Dollar schwere Gesellschaft umgebracht worden sind.«

Brigs Augen verengten sich. »Wie kommen Sie denn zu dieser Information? Ich bin sicher, daß Max niemals freiwillig damit herausgerückt ist. Nicht, nachdem er so verzweifelt versucht hat, Ihnen seine Anteile zu verkaufen.«

Fletcher lehnte sich kurz zurück, dachte über Brig und seine Antwort nach. »Als Max mir anbot, seine Aktien zu verkaufen, habe ich die Gesellschaft natürlich von meinen Leuten überprüfen lassen. Und später auch Sie. Ich wollte wissen, was für einen Mann ich als Führer für meine Jagd angeheuert hatte. Als ich dann die beiden Untersuchungen miteinander verglich, kam ich zu dieser Information.«

»In dem Fall muß es Ihnen ja wohl bekannt sein, daß die Gesellschaft am Rand des Bankrotts steht. Ich erbe also einen Ruinenhaufen – kaum ein Motiv dafür, jemanden umzubringen.«

»Ihr Motiv war vielleicht Rache. Schließlich waren es Max' schlechte Investitionen, die die Gesellschaft an den Rand des Ruins getrieben haben. Vielleicht waren Sie wütend auf ihn wegen seines falschen Managements. Sie könnten dafür gesorgt haben, daß er stirbt, bevor die Gesellschaft untergeht, in der Hoffnung, Sie könnten sie vielleicht noch retten«, überlegte Fletcher. Brig sah sich von Indizienbeweisen eingekreist. »Man könnte sie retten – mit ein wenig finanzieller Unterstützung. Das war ein Angebot, daß ich Max unterbreiten wollte. Jetzt mache ich es Ihnen.«

»Wofür? Damit ich schweige?« spottete er. »Soll ich diesen Zweig in den Abfalleimer werfen und vergessen, daß ich ihn je gesehen habe?«

»Ich weiß nichts über diesen Zweig.« Fletcher warf ihn auf Brigs

Seite des Tisches. »Sie haben mir erzählt, daß Sie ihn unter Max' Sattel gefunden haben. Ich habe keinen Beweis, daß er wirklich dort war. Nach allem, was ich weiß, hätten Sie ihn auch irgendwo auflesen können.« Er hob den Blick und sah Brig direkt in die Augen. »Ich habe einen rein geschäftlichen Vorschlag gemacht.«

Fletcher war ein eiskalter Kerl. Brig erkannte, daß er ihn nicht zu irgendeinem Geständnis treiben konnte. Fletcher hatte jede einzelne seiner Behauptungen zurückgewiesen und war ihnen mit anderen begegnet, die für Brig weit gefährlicher waren. Der ganze Plan war sehr gut ausgeführt worden.

»Sie haben einen wesentlichen Faktor übersehen. Ich will die Sanger Corporation nicht. Ich wollte sie vor vierzehn Jahren nicht, und ich will sie auch jetzt nicht. Ich lasse mich durch Ihren geschäftlichen Vorschlag nicht kaufen, Fletcher. Es gibt auf der ganzen Welt nicht genug Geld, um mich über die Tatsache schweigen zu lassen, daß Sie Max ermordet haben.«

Fletcher schüttelte verwirrt und erstaunt den Kopf. »Warum beharren Sie nur auf dieser lächerlichen Beschuldigung? Vergessen Sie nicht, daß ich angeboten habe, den Braunen an Max' Stelle zu reiten. Das hätte ich wohl kaum getan, wenn ich diesen Dorn unter den Sattel getan hätte. Ich hätte genausogut getötet werden können wie er.«

»Das habe ich nicht vergessen. Auch das war ein sehr kluger Schachzug. Sie wußten, daß mein Cousin niemals einwilligen würde, aus Angst, es könnte ihn feige aussehen lassen. Es war ganz ungefährlich für Sie, diesen Vorschlag zu machen«, gab Brig zurück.

»Eines verstehe ich aber nicht an der ganzen Sache. Wenn Sie so überzeugt sind, daß ich Max' Unfall arrangiert habe, warum haben Sie die Geschichte nicht den Behörden gemeldet?«

Ein kaltes Lächeln verzog den Mund unter dem Schnurrbart. »Weil ich noch nicht genug Beweise gegen Sie habe. Aber die bekomme ich schon noch.«

»Wozu dieser lächerliche Kreuzzug, McCord? Max Sanger hat Ihnen doch nie was bedeutet. Sie haben ihn und alles, was er verkörperte, verachtet. Warum kümmern Sie sich also darum, wie er gestorben ist?«

»Haben Sie damit gerechnet, daß ich froh sein würde, ihn nicht mehr zu sehen, und daß ich mich nicht darum scheren würde, was seinen Tod verursacht haben könnte?« Die Frage kam leise und höhnisch. »Ich habe meinen Cousin vielleicht nicht gemocht, aber das ist kein Grund für mich, seinen Mörder ungestraft entkommen zu lassen. Ihr zweiter Fehler, Fletcher, war es, mich als Sündenbock auszuwählen.«

»Sie erstaunen mich wirklich, weil Sie so stur bei Ihrer absurden Behauptung bleiben!« Der Mann lachte. »Max starb bei einem Sturz, hervorgerufen durch ein bockendes Pferd. Wie Sie selbst gesagt haben, war es ein Pferd, das dafür bekannt ist zu bocken. Oder machen Sie sich deshalb Sorgen? Haben Sie Angst, Sie könnten wegen fahrlässiger Tötung angezeigt werden, weil Sie einen unerfahrenen Reiter auf ein gefährliches Pferd gesetzt haben?«

»Haben Sie den Behörden diese Flausen in den Kopf gesetzt?« Brig schenkte seinem unerschütterlichen Gegner einen harten Blick.

»Bis zu diesem Augenblick hatte ich keinen Grund, mißtrauisch zu sein oder zu glauben, daß Sie irgend etwas mit Max' Tod zu tun haben könnten. Und selbst, wenn ich etwas vermutet hätte, hätte ich wohl nichts gesagt, ohne handfeste Beweise zu haben«, gab Fletcher mit gleichgültigem Achselzucken zu. »Jordanna mag Sie. Ich möchte sie nicht verletzen, indem ich möglicherweise unbegründete Anschuldigungen gegen Sie vorbringe.«

»Ja, Jordanna«, murmelte Brig trocken. »Sie ist fast eine ebenso gute Schauspielerin wie Sie. Es ist ein Jammer, daß sie mich nicht besser ablenken konnte. Sonst hätte ich den Dornenzweig vielleicht nie gefunden.«

»Ich weiß nicht, wovon Sie sprechen.« Fletchers Stimme klang, als wäre er es müde, diesen Satz ständig zu wiederholen. »Soll ich daraus schließen, daß Sie kein Interesse daran haben, meine Tochter zu heiraten?«

»Ich wette, Sie hätten mich gern mit Ihrer Tochter verheiratet. Als Ihr Schwiegersohn, so glauben Sie wohl, könnte man mir trauen, daß ich den Mund halte und nicht überall erzähle, was ich von Max' Tod weiß, was?« Verachtung sprach aus seinen Worten. Er brachte nur wenig Respekt für einen Mann auf, der seine Tochter verkaufen würde, um Schweigen zu wahren.

»Ich könnte sehr großzügig sein, wenn Jordanna heiraten würde. Wenn Sie nicht an der Sanger Corporation interessiert sind, so bin ich doch überzeugt, daß Sie zugeben werden, daß es eine Menge kostspieliger Verbesserungen für Ihre Ranch geben würde.«

»Es wird Ihnen vielleicht schwerfallen, das zu glauben, aber mir gefällt sie so, wie sie ist«, antwortete Brig. »Außerdem möchte ich nicht gern Mitwisser eines Mordes sein. Und drittens traue ich Ihrer Tochter nicht. Es ist sehr gut möglich, daß ich in ein paar Jahren plötzlich einen Jagdunfall erleide, wenn ich sie heirate, daß ein im Umgang mit Waffen erfahrener Mensch plötzlich alle Sicherheit außer acht läßt und einen Fehler begeht.«

»Ich glaube wirklich, Sie sind ein bißchen verrückt«, meinte Fletcher nachdenklich.

»So? Warum? Weil ich nicht nur Ihr Geld, sondern auch noch Ihre außerordentlich attraktive Tochter ausschlage? Da könnten Sie recht haben. Vielleicht bin ich es«, gab er zu. »Aber ich kann Ihnen versprechen, daß ich beweisen werde, daß Sie Max getötet haben – und ich werde auch herausfinden, warum.«

»Wenn Sie ein Motiv finden, dann hoffe ich doch, daß Sie mir davon erzählen.« Seine Stimme klang höhnisch, amüsiert und arrogant. »Wie Sie wissen, war Max ein Mann, den ich ein halbes Dutzend Mal kaufen und verkaufen konnte. Wenn er in irgendeiner Weise ein Problem für mich bedeutet hätte, dann hätte es eine ganze Anzahl von Möglichkeiten für mich gegeben, ihn loszuwerden, ohne daß ich gleich auf Mord hätte zurückgreifen müssen.«

Das war genau der Punkt, der Brig Sorgen machte, weil er wußte, daß Fletcher recht hatte. Er sah auch nicht, warum Max eine so große Bedrohung für Fletcher dargestellt hatte, daß dieser das Gefühl hatte, ihn nur loswerden zu können, indem er ihn umbrachte. Er hätte ihn finanziell ruinieren können. Brig fragte sich plötzlich, ob es nicht genau das war, das Fletcher getan hatte. Vielleicht war er für die finanziellen Probleme verantwortlich, die Max sowohl persönlich als auch mit der Gesellschaft gehabt hatte. Diese Möglichkeit machte alles nur noch komplizierter. Wenn Max in ein paar Monaten sowieso untergegangen wäre, warum hatte Fletcher ihn dann jetzt umgebracht? In seinem Puzzle fehlte ein wesentliches Teil. Brig mußte es irgendwie finden.

»Wenn ich Ihr Motiv herausfinde, Fletcher, dann werden Sie es erfahren.« Brig verbarg seine Verwirrung und Unsicherheit. »Wenn ich auch nicht versprechen kann, daß Sie der erste sein werden.«

»Ich würde das nicht tun, wenn ich Sie wäre, McCord.« Einen Moment lang brannte unverhohlener Haß in den braunen Augen. »Sie könnten da etwas in Angriff nehmen, was zu groß für Sie ist, um allein damit fertig zu werden.«

»Soll das eine Drohung sein, Fletcher?« höhnte Brig. »Oder bloß noch ein paar mehr sinnlose Worte von einem alten Mann? Die Wahrheit ist doch, daß Sie diesmal vielleicht zu weit gegangen sind. Bilden Sie sich ja nicht ein, daß Sie mit Mord durchkommen, denn dann sind Sie es, der hier einen Fehler macht.«

Gerade als Brig glaubte, er habe Fletcher soweit gebracht, eine unbedachte Bemerkung zu machen, legte sich eine glatte Maske über dessen Gesicht. Er sah an Brig vorbei und trug ein väterlich-wohlwollendes Lächeln zur Schau.

»Hast du mit deiner Mutter gesprochen, Kit?« fragte er, und Brig erkannte, daß Kit und Jordanna an den Tisch zurückkehrten. Er erstickte die kurz aufkommenden Flammen des Zorns.

»Ja, das hab' ich...« – Kit zögerte für den Bruchteil einer Sekunde, als er sich setzte – »...und ihr versichert, daß wir alle gesund und munter sind.«

»Der Tod ist niemals erfreulich, aber es ist immer ein Schock, wenn es jemanden trifft, den man persönlich gekannt hat«, lautete Fletchers Kommentar. »Ich hoffe, du hast deine Mutter gebeten, in unserem Namen Blumen an Max' Familie zu schicken und auch ein Kondolenzschreiben.«

»Ich... Das habe ich nicht getan, aber ich bin sicher, sie denkt daran«, erwiderte Kit.

»Was ist das?« Jordanna griff nach dem Zweig, der auf der Tischplatte lag.

Einen Augenblick lang war Brig gefangen vom Anblick der langen, schlanken Finger, von ihrer Zartheit und ihrer Kraft. Eilig unterdrückte er das Gefühl und musterte ihr Gesicht. Sie schien tatsächlich keine Ahnung von der Bedeutung des Zweiges zu haben. Aber, verdammt noch mal, er glaubte ihr nicht!

»Das ist mein Talisman.« Er streckte die Hand aus und nahm ihn ihr fort.

»Ein Dornenzweig?« Sie warf ihm einen neugierigen und skeptischen Blick zu.

»Ja.« Brig schob ihn in die Jackentasche.

»Soviel zu Hasenfüßen und Glückspfennigen.« Jordanna lachte.

Mißtrauisch sah Brig zu ihrem Bruder hinüber. Kit hatte die Stirn gerunzelt. Doch das änderte sich schnell, als er spürte, daß Brig ihn ansah. Er wandte sich an seinen Vater.

»Soll ich unseren Rückflug buchen?«

Fletcher holte tief Luft, sah kurz zu Brig hinüber, bevor er zu einer Antwort ansetzte. »Ja, ich...«

»Sie wollen doch jetzt nicht abreisen, oder?« unterbrach Brig ihn geschickt. Er wußte, daß er ein gefährliches Spiel spielte. Aber er wollte Fletcher nicht auf der anderen Seite des Kontinents wissen, noch nicht, nicht jetzt, wo es eine Chance gab, Beweise aufzudecken. »Ich dachte, Sie wären hergekommen, um Bighorns zu jagen. Der König wartet noch immer in den Bergen auf Sie. Wollen Sie nicht hinter ihm her? Die Saison dauert noch ein paar Wochen, und ich habe noch nicht meinen ganzen Bonus verdient.«

Fletcher dachte einen Moment über seinen Vorschlag nach. »Das ist richtig.«

»Wir haben alles getan, was durch Max' Unfall erforderlich geworden ist. Jetzt gibt es nichts mehr, was uns davon abhalten könnte, morgen wieder ins Hochland aufzubrechen, oder?« meinte Brig herausfordernd.

»Aber – aber was ist mit der Beerdigung?« protestierte Jordanna. »Er war dein Cousin. Willst du nicht daran teilnehmen?«

Brig drehte sich um und begegnete ganz ruhig ihrem vorwurfsvollen Blick. »Ich bin kein Heuchler. Die Umstände meiner Geburt haben Max vielleicht zu meinem Cousin gemacht, aber ich habe ihn nie leiden können. Ich würde auch keine Straße überqueren, um ihn zu begrüßen, wenn er noch leben würde. Warum sollte ich da nach New York fliegen, um an seinem Begräbnis teilzunehmen?« Er schaute Fletcher in stummer Herausforderung an. »Also, was sagen Sie? Sie haben doch erklärt, Sie wollten ein Bighorn.«

»Richtig«, gab Fletcher zu, »genau wie Jordanna habe auch ich geglaubt, daß Sie an Max' Beerdigung teilnehmen würden. Aber wenn Sie bereit sind, mich weiterhin bei der Jagd nach dem Bighorn zu führen – ich kann aufbrechen, wann immer Sie wollen.«

»O. k.« Brig schob seinen Stuhl vom Tisch zurück und richtete sich auf. »Ich reite zur Ranch zurück und sorge dafür, daß Jocko alles richtig organisiert, damit wir morgen aufbrechen können.«

»Fein.« Fletcher nickte.

Aber Brig bemerkte, daß weder Jordanna noch ihr Bruder so glücklich über diese Aussichten waren. Er vermutete, daß sie fortlaufen wollten, ehe ihre Tat entdeckt wurde. Fletcher würde keine Zeit verlieren und sie informieren, daß es bereits zu spät war. Brig ging zur Bar, um ihre Drinks zu bezahlen.

Trudie tippte die Rechnung in die Kasse und gab Brig sein Wechselgeld. »Fährst du jetzt?«

»Ich muß zur Ranch zurück.« Er schob das Geld in die Tasche seiner Jeans.

Als er sich zum Gehen anschickte, sagte sie: »Brig, Jake Phelps hat von Hochzeit gesprochen.«

Er blieb stehen und sah sie an. Sie hatten ein paar schöne Stunden zusammen verbracht, bevor ihm Jordanna über den Weg gelaufen war. Und Jake Phelps war ein eifersüchtiger Mann. Nun ja, hatte er nicht beschlossen, sich aus Trudies Leben fernzuhalten? Er stieß einen langen Seufzer aus, Zeichen, daß er es endgültig akzeptierte.

»Er ist ein guter Mann, Trudie.« Es war ihre Entscheidung, und Brig dachte nicht daran, eine Empfehlung zu geben.

»Ja, ich denke schon.« Sie wirkte enttäuscht, und er wußte, warum.

Es blieb nichts mehr zu sagen, also ging Brig zur Tür. Er war sich bewußt, daß die drei Menschen am Tisch ihm schweigend nachsahen, aber er drehte sich nicht um, blickte nicht zu ihnen hinüber, als er die Tür aufstieß und hinausging. Auf dem Bürgersteig blieb er stehen, fragte sich, ob sie jetzt seinen Tod planten. Er mußte in den Bergen besonders vorsichtig sein. Sein Blick wanderte zu den Gipfeln am Horizont. Die Prophezeiung, die er Max mitgegeben hatte, könnte sich auch für ihn erfüllen.

»Da bist du ja, Brig.« Tandys untersetzte Gestalt hastete auf ihn zu. »Sind die Smith' da drin?«

»Ja.«

»Wohin willst du?«

»Zurück zur Ranch. Wir brechen gleich morgen früh wieder auf in die Berge, um die Jagd wiederaufzunehmen. Ich möchte, daß Jocko alles vorbereitet.«

»Wir gehen zurück?« Tandy sah ihn überrascht an.

»Du nicht. Nur Jocko und ich. Frank braucht Hilfe auf der Ranch.

Ich kann diesmal mit den Pferden fertig werden.« Er würde sich um alles persönlich kümmern. Niemand würde einen Dornenzweig unter seinen Sattel schieben. »Fletcher hat für sein Bighorn bezahlt, und er will es haben.«

»Klingt nicht so, als wäre er übermäßig beunruhigt, weil wir gerade den Leichnam seines Freundes aus den Bergen geschleppt haben«, bemerkte der Cowboy.

»Max war nicht sein Freund«, verbesserte Brig ihn und ging zum Lastwagen hinüber. »Ich sehe dich dann später auf der Ranch.«

19

»Warum gehst du wieder da hinaus, Dad?« fragte Kit, als sich die Tür hinter Brig geschlossen hatte.

»Ich bin hierhergekommen, um eine Trophäe zu bekommen. Und aus demselben Grund kehre ich jetzt in die Berge zurück«, antwortete Fletcher in einem Ton, der nahelegte, daß es doch offensichtlich sein sollte. »Ich hätte es selbst erwähnt, aber Max war schließlich Brigs Cousin. Ich würde keinen Mann zwingen, einen Todesfall in der Familie zu ignorieren, um eine vertragliche Verpflichtung mir gegenüber wahrzunehmen. Aber da er es freiwillig angeboten hat, habe ich ganz gewiß nicht die Absicht, es abzulehnen.«

»Aber bedeutet Max' Tod dir denn gar nichts?« beharrte er.

Jordannas Ausdruck ähnelte dem auf dem Gesicht ihres Bruders. Auch sie fand, daß ihr Vater gefühllos und selbstsüchtig war.

»Was soll ich dazu sagen?« meinte ihr Vater achselzuckend. »Es war ein bedauerlicher Unfall. Aber er war schließlich kein enger Freund von mir. Ich kannte den Mann kaum. Das Leben geht weiter. Nichts bleibt stehen, nur weil ein Mann stirbt. Das ist genauso, als wenn du deinen Daumen in einen Eimer mit Wasser steckst und ihn dann wieder herausziehst. Die Wasseroberfläche kräuselt sich leicht, aber das ist auch alles, kein Loch, nichts. Das klingt vielleicht grob, aber es ist die Wahrheit«, erklärte er. »Brig weiß das. Ich bin mit ihm einer Meinung, daß es Heuchelei wäre, zu tun, als würde ich einen Verlust empfinden, wegen eines Menschen, den ich nur oberflächlich kannte.«

»Mir kommt es so vor, als ob...«, setzte Kit an.

»Ich erwarte natürlich nicht von dir, daß du mich begleitest«, unterbrach Fletcher ihn. »Dein Platz ist jetzt bei deiner Mutter. Nach dem Unfall wird sie sich Sorgen um dich machen. Du bist ihr einziger Sohn.« In seiner Stimme lag ein unterschwelliger Ton der Verachtung, der fehlte, als er sich an Jordanna wandte. »Wenn du es für ungehörig hältst, schlage ich vor, du begleitest mich ebenfalls nicht.«

Ungehörig oder nicht, Jordanna wußte, daß sie gehen mußte. Brig ging, und – dumm, wie sie war – mußte sie auch gehen. »Nein, ich komme mit.«

»Ich auch«, erklärte Kit.

»Ich sehe diesmal wirklich keinen Grund dafür, Kit«, erklärte Fletcher kalt. »Und versuch nicht wieder so zu tun, als kämst du mit, weil du mit mir zusammensein möchtest.«

Überrascht blickte Jordanna von einem zum andern. Worüber sprachen sie eigentlich? Warum sonst war Kit mitgekommen? Sie sprachen alle in Rätseln.

»Ich komme mit. Du kannst mich nicht daran hindern.« Kit sagte es ruhig und entschlossen.

Ihr Vater funkelte ihn an. Dann meinte er höhnisch: »Du bist jetzt schon eine ganze Weile fort. Hast du keine Angst, daß dein Zimmergenosse jemand anderen gefunden haben könnte, der deinen Platz einnimmt?« Er betonte seine Worte sarkastisch.

Kits Mund wurde weiß vor Zorn, aber genau in diesem Augenblick betrat Tandy Barnes die Bar. Wie immer die Antwort gelautet hätte, die Kit geben wollte, er unterdrückte sie, als der Cowboy erschien.

»Seid ihr bereit, auf die Ranch zurückzukehren, Leute?« Er blieb neben ihrem Tisch stehen.

Fletcher erwiderte Kits entschlossenen Blick. Dann nickte er. »Ja, ich glaube, wir sind alle bereit zu gehen.« Er protestierte nicht weiter gegen Kits Entscheidung, sie auf die Jagd zu begleiten.

Der Wortwechsel zwischen Vater und Bruder beunruhigte Jordanna. Erst am Spätnachmittag, nachdem sie wieder auf der Ranch waren, hatte sie Gelegenheit, allein mit ihrem Bruder darüber zu sprechen. Und dann auch erst, nachdem er sie aufgesucht hatte. Sie war in Brigs Schlafzimmer, wo sie übernachten würde, und packte ihre Satteltasche, als er an die Tür klopfte.

»Ich wollte auch schon mit dir sprechen«, erklärte sie, als sie ihn einließ.

Aber Kit gab ihr keine Gelegenheit, diese Bemerkung weiter auszuführen. »Gibt es eine Möglichkeit für dich, Dad auszureden, diese Jagd durchzuführen?«

»Es ihm ausreden?« wiederholte sie ungläubig. »Er hat es sich in den Kopf gesetzt, eine Trophäe mit nach Hause zu bringen. Das könnte ich ihm niemals ausreden.« Sofort ließ Jordanna eine eigene Frage folgen. »Warum will er nicht, daß du mitkommst?«

Kit verzog zynisch den Mund. »Vielleicht befürchtet er, ich könnte ihn irgendwie behindern.« Sein Versuch, Humor ins Spiel zu bringen, klang ziemlich grimmig.

»Sei bitte ernst«, beklagte sich Jordanna ungeduldig.

»Aber das bin ich doch.« Er lächelte.

»Warum klingst du dann so unvernünftig?« Sie hob in einer hilflosen Geste die Hände. »Niemand hört sich hier vernünftig an. Ich habe das Gefühl, ihr unterhaltet euch alle in einem geheimen Code, den ich nicht verstehen kann. Nimm doch nur mal diese lächerliche Bemerkung, die Dad über deinen Zimmergenossen Mike gemacht hat. Er weiß doch sehr gut, daß die Wohnung auf deinen Namen läuft. Mike könnte niemand anderen einziehen lassen, während du fort bist, also warum hat er so etwas Albernes gesagt? Und warum bist du so wütend geworden, als er es getan hat?«

Er wandte sich ab. »Das würdest du nicht verstehen, Jordanna.«

»Das würde ich nicht verstehen?« wiederholte sie wütend. »Ich werde niemals etwas verstehen, wenn niemand es erklärt. Ich komme mir vor wie ein Kind, dem irgendein Erwachsener sagt, es muß mit seiner Frage warten, bis es erwachsen geworden ist. Ich bin vierundzwanzig! Wieviel älter muß ich denn noch werden, bis ich in der Lage sein werde, etwas zu verstehen? Oder soll ich für den Rest meines Lebens in blinder Unwissenheit herumstolpern?«

»Du hast es wirklich nicht erraten, was?« Kit sah sie traurig an.

»Erraten? Was? Würdest du bitte endlich aufhören, in Rätseln zu sprechen!« Enttäuschung klang aus ihren Worten.

»Ich weiß, daß wir uns nie sehr nah gestanden haben. Aber hast du dich denn nie gefragt, warum ich niemals eine Freundin mit heimgebracht habe?«

Seine Antwort verwirrte sie. Das hatte sie nun überhaupt nicht erwartet. »Wenn ich überhaupt mal darüber nachgedacht habe, dann habe ich mir wohl gesagt, daß du sie nicht mit der offensichtlichen Feindseligkeit zwischen Livvie und Dad konfrontieren wolltest.« Sie hob unsicher die Schultern.

»Jordanna, es gibt keine Mädchen, die ich heimbringen könnte«, berichtete er in leisem, ruhigem Ton.

Sie sah in verständnislos an. »Was willst du damit sagen?«

»Mike ist nicht mein Zimmergenosse.«

Sie begriff so plötzlich, als ob er ihr einen Schlag versetzte. Sie öffnete und schloß den Mund mehrere Male, bevor sie irgend etwas an dem Kloß vorbeibringen konnte, den der Schock in ihre Kehle gezaubert hatte.

»Nein«, murmelte sie erstickt. »Das glaube ich nicht. Das ist nicht wahr.«

»Es ist wahr«, beharrte Kit sanft. »Ich weiß, daß es ein Schock für dich ist. Du kannst dir sicher vorstellen, wie Dad reagiert hat, als ich es ihm vor ein paar Jahren gestand. Ich dachte, er würde mich umbringen. Er hat mich schwören lassen, daß du es niemals erfahren solltest. Es war ziemlich einfach, dieses Versprechen zu halten. Du und ich, wir sind nie so miteinander ausgekommen, wie Bruder und Schwester es eigentlich sollten. Ich hätte es trotzdem nicht ertragen können, daß du mich mit dieser Verachtung und dem Abscheu ansehen würdest, die in Dads Blick stehen. Ich habe mir etwas vorgemacht, als ich dachte, du würdest es nie herausfinden. Früher oder später wäre es dazu gekommen. Und lieber sage ich es dir selbst, auch wenn es bedeutet...«, einer seiner Mundwinkel verzog sich zu einem traurigen Lächeln, »...daß du mich nie wiedersehen willst.«

»Aber... du bist mein Bruder«, protestierte Jordanna in gequältem Flüsterton. »Wie könnte ich dich zurückstoßen?«

Tränen standen in seinen Augen. »So viele haben sich von mir abgewandt.«

»Du bist mein Bruder«, wiederholte sie. Ein dicker Kloß saß in ihrem Hals; und Tränen ließen alles vor ihren Augen verschwimmen.

In der nächsten Sekunde umarmten sie sich und weinten leise. Jordanna verachtete ihn nicht wegen seiner Tränen. Ihr Bruder war ein starker Mann, sonst hätte er ihrem Vater niemals die Stirn bieten können. Er wäre vor ihm davongelaufen und hätte die Wahrheit verborgen. Er war ihr Bruder. Sie konnte ihn nicht verurteilen.

Sie wischte sich die Tränen von den Wangen. »Mein Gott, wir werden ganz schön rührselig«, lachte sie und zog die Nase hoch.

»Ich würde dir ja mein Taschentuch anbieten, aber das brauche ich selbst«, scherzte Kit.

»Ich hole mir mein eigenes.« Nachdem sie sich die Nase geputzt hatte, wischte sie alle Spuren der gefühlvollen Szene fort und stellte, als sie sich umdrehte, fest, daß Kit dasselbe getan hatte.

»Ich lasse dich wohl besser wieder an deine Arbeit zurückkehren«, sagte er mit warmem Lächeln. »Danke, daß du meine Schwester bist, Jordanna.«

Es gab nichts, was sie hätte sagen können, also nickte sie nur und schenkte ihm ein beruhigendes Lächeln. Er verließ das Schlafzimmer, und nach ein paar Minuten fuhr Jordanna mit dem Packen fort. Nachdem ihr dieses Geheimnis anvertraut worden war, war es unausweichlich, daß ihre Gedanken wieder zu Brig zurückkehrten. Sie schaute zu dem Bett hinüber, das sie einmal miteinander geteilt hatten und in dem sie jetzt allein schlief. War die Affäre vorbei? Und war sie nur zu stur, um ehrlich zu sein? Sie liebte ihn. Sie weigerte sich, die Möglichkeit zu akzeptieren, daß es keine Hoffnung mehr gab.

Brig stand am Waschbecken und starrte in den Spiegel. Die Klinge des Rasiermessers zog einen Pfad in die Rasiercreme auf seiner Wange. Es war schon zu spät, um sich zu rasieren, wo er sich nur umdrehen und es am nächsten Morgen noch einmal machen mußte. Er wandte den Kopf, als die Badezimmertür geöffnet wurde.

Jordanna wollte eintreten und sah ihn am Waschbecken stehen. »Verzeihung. Ich wußte nicht, daß jemand hier ist«, entschuldigte sie sich.

Seine Sinne machten sich bemerkbar, als er sie wieder in diesem Morgenmantel sah. Lebhaft erinnerte er sich an jene Nacht, als er ihn ihr ausgezogen und seine Hände über die samtene Haut hatte streifen lassen. Er wandte sich wieder dem Spiegel zu.

»Ich muß vergessen haben, die Tür abzuschließen.« Seine Hand war nicht sehr ruhig, als er die Klinge an sein Kinn setzte.

Sie wollte gehen, zögerte aber einen Moment und beobachtete ihn.

»Warum ziehen Männer immer ein so komisches Gesicht, wenn sie sich rasieren?« überlegte sie laut.

Gegen seinen Willen mußte er lächeln. »Um die Zuschauer zu unterhalten.« Es gelang ihm zu verhindern, sich zu schneiden, als er mit dem Rasiermesser an seinem Kinn entlangfuhr. »Ich bin gleich fertig. Dann hast du das Badezimmer für dich.«

Jordanna ging nicht. Statt dessen trat sie einen Schritt weiter ins Bad hinein und streckte die Hand aus, um mit den Fingerspitzen leicht seine muskulöse Schulter zu berühren. Als sie eine diagonale Linie von einem Punkt oben auf der Schulter bis zum Schulterblatt zeichnete, stand Brig reglos da, die Rasierklinge dicht an seiner Wange.

»Du hast den Verband abgenommen. Geht es deiner Schulter besser?« Ihr Blick suchte sein Spiegelbild.

»Viel besser.« Er erwiderte ihren Blick kurz, wich ihm dann aber aus und spülte unnötigerweise die Rasierklinge unter dem laufenden Wasser. Seine Stimme war leise und beherrscht. »Würde es dir etwas ausmachen zu gehen? Ich möchte gern allein sein.«

»Oh, natürlich.« Die Antwort klang gedämpft.

Sie wandte sich mit hängendem Kopf ab. Ihr braunes Haar zeigte scharlachrote Lichter unter dem Schein der nackten Glühbirne über dem Waschbecken. Er beobachtete sie im Spiegel, bis ihr Bild von der glatten Oberfläche verschwand. Die Tür wurde geschlossen, und Brig legte die Hände aufs Waschbecken und umklammerte den Porzellanrand. Sie riß ihm die Eingeweide heraus. Sie war eine willige Komplizin für Fletchers Pläne, wenn nicht mehr, aber Brig verspürte noch immer das nagende Bewußtsein, sie zu lieben und beschützen zu wollen. Und sie brauchte seinen Schutz ungefähr so sehr wie eine Tigerin mit Klauen und Krallen.

Jordanna lag im Bett und versuchte zu schlafen, aber sie konnte ihre Augen nicht zwingen, sich zu schließen. Das einzige Licht in dem dunklen Schlafzimmer fiel durch das Fenster. Das Dämmerlicht eines teilweise verdeckten Mondes zauberte einen eckigen Fleck von dunklem Grau auf den Boden und verlieh den Möbeln im Zimmer dunkle Gestalt. Es war schon spät, fast Mitternacht, und sie brauchte ihren Schlaf, aber er wollte nicht kommen. Unruhig warf sie sich herum, preßte ihr Kissen zusammen und versuchte, eine bequemere Lage zu finden.

Nach weiteren fünfzehn Minuten gab sie es auf. Es hatte keinen Sinn. Sie würde nicht schlafen. Jordanna warf die Decke zurück und stellte die Füße auf den Boden. Sie griff nach ihrem Morgenmantel, schlüpfte hinein und zog den Reißverschluß zu. Wenn sie als Kind nicht schlafen konnte, hatte Tessa ihr immer ein Glas warme Milch gebracht. Soweit Jordanna sich erinnern konnte, hatte es immer geholfen.

So leise sie konnte, öffnete sie die Tür und schloß sie vorsichtig hinter sich. Jemand schnarchte im Wohnzimmer. Nicht Brig – Jordanna konnte sich nicht erinnern, ihn je schnarchen gehört zu haben. Aber er war hier. Sie zögerte, fühlte sich wie durch einen Magneten zu ihm hingezogen. Sie widerstand und glitt leise zur Küchentür hinüber. Erst nachdem sie die Tür geschlossen hatte, streckte sie die Hand nach dem Lichtschalter aus. Die plötzliche Helligkeit schmerzte in ihren Augen. Sie blinzelte, beschattete die Augen, bis sie sich ans Licht gewöhnt hatten.

Die Milch stand im Kühlschrank, und Jordanna fand in der Schublade unter dem Herd auch einen kleinen Topf. Während sie die Milch auf der Flamme erhitzte, suchte sie in den Schränken nach einem Glas. Dabei versuchte sie, sowenig Lärm wie möglich zu machen. In dem Schrank neben der Spüle fand Jordanna auf dem zweiten Brett die Gläser. Sie stellte sich auf die Zehenspitzen und langte nach einem von ihnen.

Aus der Stille hörte sie Brigs tiefe Stimme fragen: »Was machst du hier?«

Erschrocken wirbelte Jordanna herum. Das Glas glitt ihr aus den Fingern und fiel zu Boden, zersplitterte durch den Aufprall.

»Rühr dich nicht!« befahl Brig hart.

Aber es war zu spät. Ihr Instinkt hatte sie bereits getrieben, zu versuchen, das Glas aufzufangen, ehe es am Boden auftraf. Ihre Reflexe waren etwas zu langsam, und mit einer nackten Fußsohle trat sie auf eine Glasscherbe. Sofort hob Jordanna den Fuß hoch, stöhnte vor Schmerz auf. Sie versuchte den Fuß umzudrehen, um zu sehen, ob die Scherbe noch in ihrer Fußsohle steckte.

»Ich habe dir doch gesagt, du sollst dich nicht rühren.« Glas knirschte unter seinen Stiefeln, als Brig ungeduldig zu ihr ging.

Da es offensichtlich war, daß sie es dennoch getan hatte, erforderte sein Kommentar keine Antwort. Es war nicht leicht, auf einem Fuß zu balancieren, aber sie wagte nicht, sich zu bewegen. Überall um sie her lagen Glassplitter. Sie lehnte sich gegen die Küchenzeile. Der scharfe Schmerz in ihrem Fuß lenkte sie ab, und so drang es nur halb in ihr Bewußtsein, daß Brig die Küche durchquerte und neben sie trat. Doch sie wurde gezwungenermaßen daran erinnert, als er sie hochhob. Von der plötzlichen Berührung verblüfft, kam ihre Reaktion ganz automatisch. Sie verschränkte die Hände hinter seinem Hals und bemerkte erst jetzt, daß er nur seine Jeans und die Stiefel anhatte.

Sein Oberkörper war nackt, von der haarigen Brust bis hinab zu den harten, flachen Muskeln seines Bauches. Die Leichtigkeit, mit der er sie hochhob, verriet seine körperliche Kraft. Es verschlug ihr den Atem, als sie den warmen männlichen Duft roch, den seine Haut ausströmte. Sie war sich des Spiels seiner Muskeln bewußt, als er sie zum Küchentisch hinübertrug. Sie hob die Augen und musterte sein schmales Gesicht durch den Vorhang ihrer Wimpern. Die dunkle Farbe seines dichten Haares, seiner Brauen und seines Bartes verschmolz mit der sonnengebräunten Haut. Sein Gesicht war dem ihren sehr nahe. Die Linien, die von seinen Augenwinkeln ausgingen, lenkten ihren Blick auf seine dunklen Augen.

Ihr Herz ließ ein paar Schläge aus, als sich seine Aufmerksamkeit auf ihre Lippen richtete. In der nächsten Sekunde setzte Brig sie auf die Tischplatte und riß seinen Blick von ihrem Mund. Er zog sich einen Stuhl heran und konzentrierte sich auf ihren verletzten Fuß. Das zerwühlte dichte braune Haar lud ihre Finger förmlich ein hindurchzufahren, und Jordanna umklammerte ganz fest den Rand der Tischplatte, um dieser Versuchung zu widerstehen.

»Ist die Scherbe noch drin?« Ihre Stimme war heiser und beunruhigt und spiegelte ihre Gefühle wider.

Die Ferse ihres Fußes wurde von einer großen Hand gehalten, während die andere die kleine Wunde untersuchte, aus der das Blut sickerte.

»Ja.«

Einen Augenblick später zuckte sie zusammen, als er sie herauszog. Nachdem die Glasscherbe entfernt war, floß das Blut schneller aus der Wunde. Brig zog ein Taschentuch aus seiner Tasche und drückte es gegen die Unterseite ihres Fußes. Sein Blick glitt zu ihrem Gesicht.

»Was wolltest du eigentlich?«

Unter seinem beunruhigenden direkten Blick hob Jordanna eine Hand, um das zerzauste kastanienbraune Haar aus dem Gesicht zu streichen. Sie mied seinen Blick. »Ich konnte nicht schlafen. Also wollte ich ein wenig warme Milch trinken. Ich dachte, sie würde mir helfen, mich zu entspannen.« Ihre Nase fing den vielsagenden Geruch angebrannter Milch auf. »Die Milch! Sie steht noch immer auf dem Herd!«

»Bleib, wo du bist«, befahl Brig streng. Er band das Taschentuch um ihren Fuß, stand auf und ging über das zerbrochene Glas zum Herd hinüber. Er nahm den Milchtopf vom Feuer, stellte den Herd aus und trug den Topf zur Spüle. Als er die Milch in den Abfluß goß, sah Jordanna, daß der Boden des Topfes mit der schwarzbraunen Kruste verbrannter Milch bedeckt war. Brig füllte den Topf mit Wasser und ließ ihn dann zum Aufweichen in der Spüle stehen. Doch anstatt zum Tisch zurückzukommen, ging er in die Speisekammer und holte einen Besen.

»Ich hätte dich nie für häuslich gehalten«, murmelte Jordanna, als sie zusah, wie er die Glasscherben zusammenkehrte. Häuslich ja, aber niemals zahm, dachte sie insgeheim. Brig würde nie zahm werden. Er war zu sehr sein eigener Herr, um auf die Befehle anderer hin zu springen.

»War notwendig«, lautete seine gleichgültige Antwort. Nachdem er die Scherben auf ein Kehrblech gefegt hatte, wollte Jordanna vom Tisch gleiten. Sein scharfer Blick hielt sie zurück. »Ich habe dir gesagt, du sollst bleiben, wo du bist.«

Es war mehr der unterschwellige Zorn in seiner Stimme als der Befehl selbst, der Jordanna davon abhielt, sich zu bewegen. Nachdem Besen und Schaufel fortgeräumt worden waren, warf er einen Blick auf sie und ging dann aus der Tür und ins Badezimmer. Jordanna hörte, wie das Medizinschränkchen geöffnet und durchsucht wurde. Dann kehrte Brig mit Desinfektionsmittel und einem Pflaster in die Küche zurück.

Wieder wurde ihr verletzter Fuß zum Gefangenen seiner Hand. Sie holte zischend Atem, als das Jod in der Wunde brannte. Als nächstes wurde das Pflaster aufgelegt. Seine rauhen, schwieligen Finger strichen das Klebematerial auf der empfindlichen Haut unter ihrem Fuß glatt. Als das erledigt war, hielt er ihren Fuß noch weiter in der Hand und schaute zu ihrem Gesicht auf.

»Wie ist es jetzt?«

»Gut. Danke.« In ihrer Stimme lag ein beunruhigtes Zittern. Es war sonderbar intim, wenn er ihren Fuß so hielt, eine Hand auf dem Rist, die andere um den schlanken Knöchel. Sein fester Oberschenkel stützte ihre Ferse.

»Sieht nicht sehr ernst aus, wird dir also wohl kaum große Probleme bereiten.« Sein Blick hielt den ihren auch weiterhin fest, spielte vollkommene Gleichgültigkeit ihr gegenüber, aber Jordanna fühlte, wie seine Finger gedankenverloren an ihrer Wade hinaufstrichen.

Das Gefühl verursachte ihr ein Prickeln auf der Haut. Er mußte gesehen haben, wie sie auf seine Berührung reagierte, denn seine Augen verdunkelten sich. Ihr Atem stockte, als seine Hand weiter an ihrem Bein hinaufglitt, ihr Knie umfaßte, sich zentimeterweise auf der Innenseite ihres Schenkels hinaufschob, unter dem langen Mantel. Abrupt zog er die Hand zurück, löste gewaltsam den Blick von ihrem Gesicht und richtete sich auf.

»Du wärst damit wohl versorgt«, bemerkte Brig.

Während Jordanna sich noch bemühte, sich davon zu erholen, daß seine Berührung ein solch plötzliches Ende gefunden hatte, legten sich seine Hände um ihre Taille und hoben sie auf den Boden. Sie war nicht darauf vorbereitet, nach dem Sitzen plötzlich zu stehen. Ihre Finger griffen Halt suchend nach den Muskeln an seinen Oberarmen, während sie versuchte, ihr Gleichgewicht zu finden. Daß die Wunde auf der Unterseite ihres Fußes so empfindlich war, half ihr dabei nicht gerade.

»Tut mir leid, ich...« Sie legte den Kopf zurück, als sie zu der Entschuldigung ansetzte, aber die unverhohlene Begierde in seinem Blick ließ sie abbrechen.

Jordanna bebte vor Sehnsucht. Seine Hände legten sich kaum merklich fester um ihre Taille, zogen sie an sich. Sie hob die Finger zu seinen bronzebraunen Schultern. Sein Mund öffnete sich über ihrem, nahm ihre Lippen mit einem hungrigen, fordernden Kuß. Willig überließ sich Jordanna dem Mann, dem sie bereits gehörte, der ihr Herz und ihre Seele besaß. Die Hände an ihren Hüften und ihrem Rücken preßten sie an seinen harten Körper. Das abgehackte Stakkato seines Herzens war ein wunderbares Geräusch, ganz ähnlich dem ihren. Sein Mund wanderte weiter, um die Kurve ihres Nackens zu erforschen.

»Ich habe dich belogen, Brig«, flüsterte Jordanna von schmerzlicher Liebe erfüllt.

Einen Moment lang herrschte Stille, bevor er den Kopf hob und zuließ, daß ein wenig Luft zwischen sie trat. Sie begegnete seinem durchdringenden Blick, dem Hauch von Vorsicht und Mißtrauen. Ihre Finger fuhren zärtlich an der glattrasierten Wange entlang.

»Wann?« Es war eine scharfe Frage.

»Als ich dir erzählt habe, daß ich nur so getan habe, als hätte mir deine Berührung gefallen«, antwortete sie leise. »Es war nicht wahr. Du hast mich zum Leben erweckt, als du mich in deinen Armen gehalten und mich geliebt hast.«

»Das dachte ich mir schon.« Sein Blick forderte sie auf, ihm etwas zu erzählen, das er nicht wußte.

»Brig, ich möchte mehr für dich sein als nur deine Geliebte. Ich möchte, daß du mehr für mich empfindest als nur Lust.« Ihre Stimme klang angespannt, so groß war ihr Bedürfnis. »Ich möchte, daß du mich liebst. Laß mich deine Freundin sein, deine Vertraute, vielleicht sogar deine Frau und eines Tages die Mutter deiner Kinder.«

Grimmiger Abscheu ließ seinen Mund schmal werden. Dieser Anblick traf sie wie eine Messerschneide. Verletzt wand sich Jordanna aus seinen Armen und machte einen schnellen Schritt fort von ihm. Es war ein sengender Schmerz, der tief ging. Sie hatte gedacht, er könnte mit einem ähnlichen Geständnis reagieren, wenn sie ihm erklärte, daß sie ihn wirklich liebte.

»Jordanna...« Seine Hände berührten ihre Schultern. Sie wich ihrem Griff mit einem Achselzucken aus.

»Nein«, fuhr sie ihn in verletztem Zorn an. »Es genügt mir nicht, dein Bett zu teilen. Ich bin wahrscheinlich von Natur aus ein gieriger Mensch, Brig. Ich möchte die Langeweile mit dir teilen, die Monotonie des alltäglichen Einerleis. Ich möchte die guten und die schlechten Zeiten mit dir erleben. Ich möchte mit dir zusammen arbeiten, um diese Ranch aufzubauen. Ich möchte mit dir streiten – und mit dir schlafen.« Jordanna wirbelte herum, hob stolz das bebende Kinn und begegnete seinem verschlossenen Blick. »Ich liebe dich, Brig McCord. In diesem Punkt habe ich dich nicht belogen!«

»Manchmal bist du sehr überzeugend«, murmelte er mit gerade genug Skepsis, um zu beweisen, daß er ihr nicht glaubte. »Aber ich kann mir nicht vorstellen, daß du für längere Zeit zufrieden wärst, wenn du in dieser primitiven Umgebung leben müßtest.«

»Dahin gehöre ich aber. Nicht nur, weil du hier bist«, erklärte sie. »Das ist meine Umgebung, nicht die Stadt, sondern hier draußen, wo es nichts gibt, was die Sonne aussperrt, außer den Bergen. Wo die Landschaft wild und ungezähmt ist. Wie das Jagen ist das die Art von Leben, die etwas von einem Menschen verlangt – geistig und körperlich. Hier wird man ständig gefordert, und ich...« – ihr saß plötzlich ein Kloß in der Kehle, sie wandte sich ab, schluckte, bevor sie den Satz zu Ende brachte – »...würde sehr gern mit dir hier leben. Ich liebe dich. Du liebst mich«, erklärte sie anklagend. »Ich weiß, daß es so ist. Ich habe es in deinen Augen gesehen, habe es gespürt, wenn du mich in den Armen gehalten hast. Warum willst du es nicht zugeben?« Sie wandte ihm ihre verletzten, fragenden Augen zu.

Sein Blick war undeutbar, als seine Hände hinaufglitten und zu beiden Seiten ihres Nackens ruhten. Eine gewisse Grimmigkeit schien für alle Zeiten in seine Züge eingemeißelt zu sein. Jordanna wehrte sich nicht gegen den leichten Griff seiner Hände oder den Druck seiner Daumen auf ihren Schlüsselbeinen.

»Ich könnte dich lieben, Jordanna«, murmelte er, »wenn ich es nicht besser wüßte.«

Bevor sie ihn fragen konnte, was er damit meinte, riß er sie auch schon in seine Arme, und sein Mund löschte ihren Widerstand aus. Seine Umarmung war fast grausam in ihrer Forderung nach Befriedigung. Jordanna hätte sich vielleicht gewehrt, hätte sie nicht das Zittern der verzweifelten Sehnsucht gefühlt, das durch seinen stählernen, männlichen Körper lief. Sie konnte ihm seine Befriedigung ebensowenig versagen, wie sie sich selbst verleugnen konnte.

Ohne ein weiteres Wort hob Brig sie hoch und trug sie aus der Küche. Auch im Dunkeln fand er den Weg ins Schlafzimmer. In den samtigen schwarzen Schatten des Bettes schlug das Feuer, das ihre Küsse entfacht hatten, in hohe Flammen um und verzehrte sie beide.

Jordanna fühlte seine Arme fest um sich und badete in dem warmen Glanz der Befriedigung. Sie fühlte sich fast vollkommen glücklich. Sie schaute zu ihm auf und lächelte, wußte, daß er ihren Ausdruck bemerken konnte, obwohl sie ihn nicht sah – und das war auch nicht nötig.

»Uns verbindet etwas Besonderes, Brig«, murmelte sie. »Das kannst du nicht abstreiten.«

Seine Antwort bestand darin, daß er seinen Arm unter ihrer Schulter hervorzog. Er wälzte sich auf den Rand des Bettes und setzte sich auf. In der Dunkelheit des Zimmers konnte Jordanna nichts weiter ausmachen als den schwarzen Umriß seiner breitschultrigen Gestalt. Die Bettfedern quietschten, als er aufstand und sein Gewicht von ihnen nahm. Sie runzelte die Stirn, als die Laute seiner Bewegungen ihr zeigten, daß er sich anzog.

»Schläfst du nicht hier?« Die Frage war ausgesprochen, bevor sie erkannte, wie schamlos sie klang.

»Nein.« Es war ein flaches Nein, das keinerlei Bedauern enthielt.

»Warum nicht?« Sie wäre an ihrem Schluchzer fast erstickt.

Eine Minute lang antwortete Brig nicht, während er zur Tür ging. Der Knauf klickte, als er ihn drehte. »Du kannst das Bett behalten, Jordanna...«, entgegnete er ihr, »...und auch deine Lügen. Ich brauche sie nicht.«

Lügen?!! Ihr Herz schrie auf vor Schmerz, aber kein Laut kam über ihre Lippen. Die Tür öffnete und schloß sich. Wie konnte er nur glauben, daß alles, was sie ihm erzählt hatte, Lügen waren? Sie hatte ihre Gefühle offenbart, alles Gespielte abgestreift und ihn praktisch gebeten, sie zu lieben. Sie hatte sich erniedrigt, und er war über ihr Herz getrampelt, als er sie allein im Schlafzimmer zurückließ.

Ihre Finger krallten sich ins Kissen, wo sein Kopf gelegen hatte. Sie zog es an sich und vergrub ihr Gesicht darin, damit ihr Schluchzen von den dicken Federn gedämpft wurde. Jordanna wünschte, Brig hätte sie geschlagen. Dieser Schmerz hätte mit der Zeit nachgelassen, aber die Wunde, die seine Zurückweisung ihr zugefügt hatte, würde lange brauchen, um zu heilen, wenn das überhaupt jemals der Fall sein konnte. Sie weinte ins Kissen, bis es von ihren Tränen durchnäßt war und sie keine Tränen mehr hatte. Aber das trockene, abgehackte Schluchzen wollte nicht aufhören. Sie fand keinen Frieden, bis schiere Erschöpfung ihr Bewußtsein in eine schwarze Wolke hüllte.

20

Ein kalter, stürmischer Wind begleitete die Jagdgesellschaft, als sie in die Berge zurückkehrte. Sie ritten mit nach vorn gebeugten Schultern und gegen den Wind hochgestellten Kragen. Der Himmel war von einem klaren, scharfen Blau und die Luft von kristallener Reinheit.

Am zweiten Tag boten ihnen ein paar Bäume am Weg teilweise Schutz vor dem pfeifenden Wind. Die Gruppe blieb stehen, und die

Reiter stiegen ab, um ihren Pferden eine kleine Pause zu gönnen. Die Tiere kehrten ihre Rücken dem Wind zu, der ihnen ihre Schwänze um die Beine peitschte, und drängten sich dicht aneinander.

Jordanna versuchte, durch Stampfen ein bißchen Gefühl in ihre benommenen Beine zu bekommen, und beobachtete Jocko, der die Thermoskanne mit heißem Kaffee hervorzog. Trotz der vielen Schichten warmer Kleidung war ihr kalt. Den anderen ging es nicht anders. Kit schlug mit den Armen um sich, ihr Vater rieb die Hände aneinander. Nur Brig und Jocko, die mit anderen Dingen beschäftigt waren, versuchten nicht, ihre Körper zu wärmen.

Sie fühlte ihre trockenen Lippen und zog den Lippenbalsam aus der Jackentasche. Ihre Hände in den dicken Handschuhen zitterten, als sie die Lippen mit dem cremigen Stift nachzog. Wie die anderen trug auch sie eine Sonnenbrille, um die Augen vor dem grellen Licht zu schützen, das in dieser Höhe noch heller zu sein schien.

Jocko brachte ihr eine Tasse Kaffee, die sie dankbar annahm. »Es ist kalt heute.« Sie faßte in Worte, was ihre zitternden Hände schon verraten hatten.

Sein Blick überflog den blauen Himmel mit den schneebedeckten Gipfeln am Horizont. »Es wird bald schneien.«

»Aber am Himmel ist doch keine einzige Wolke zu sehen«, widerspach sie.

Der Baske zeigte mit einem Achselzucken an, daß das nichts daran änderte. »Der Wind sagt, daß es schneien wird.« Er ging weiter, um die Tasse ihres Vaters zu füllen.

Brig hatte Jockos Vorhersage gehört, als er die Pferde verließ und sich zu dem Kreis der Reiter gesellte. »Wenn das der Fall ist, treibt der Schnee die Schafe vielleicht herab in die niedrigeren Regionen.« Er legte sein Gewehr neben Jordannas und Fletchers auf den Boden und zog die Handschuhe aus, um sich die Hände am heißen Blech der dampfenden Kaffeetasse zu wärmen.

Jordanna hielt den Blick von ihm gewendet. Wann immer es möglich war, vermied sie es, ihn direkt anzusprechen. Sich so abzukapseln war für sie die einzige Möglichkeit, sich davor zu schützen, noch mehr von Brig verletzt zu werden. Es war weniger ihr Stolz als ihr Überlebenswille, der sie veranlaßte, sich so zu verhalten.

Ihr Schweigen fiel nicht auf, weil keiner aus der Gruppe diesmal sehr gesprächig war. Jeder schien seinen eigenen Gedanken nachzuhängen und drückte nur wenige laut aus. Brigs Bemerkung zu den Schafen hatte bei ihrem Vater eine unklare Reaktion hervorgerufen. Die Pause fiel gerade lange genug aus, um den heißen Kaffee zu trinken; dann war es auch schon wieder Zeit, in den Sattel zu steigen.

Ihr Fuß steckte im Steigbügel. Sie schickte sich gerade an, den Fuchs zu besteigen, als sie eine Hand an ihrer Taille spürte, die ihr in den Sattel half. Sie dachte, es wäre Brig, und zuckte bei dem Kontakt zusammen, warf einen wütenden Blick über die Schulter. Aber es war ihr Bruder, der da stand.

»Was ist denn los?« Sein dunkles, hübsches Gesicht war zu einer besorgten Miene verzogen.

»Nichts. Hat nichts mit dir zu tun«, fügte sie hinzu, für den Fall, daß er das denken sollte. Dann schwang sie sich ohne Hilfe in den Sattel.

Kit trat ein Stück vor, bis er neben dem Sattel stand, und legte eine Hand auf den Sattelknauf. »Was ist zwischen dir und Brig vorgefallen?«

Jordanna wollte ihm überhaupt nicht antworten, doch dann entschied sie, daß er eine Antwort verdient hatte. »Es war ein Fehler zu glauben, daß er mich mag, das ist alles. Ich muß einfach noch einmal von vorn anfangen.« Und versuchen, ohne ihn weiterzumachen, fügte sie für sich selbst hinzu. Darüber hinaus konnte sie nichts sagen – nicht einmal zu ihrem Bruder. Es war viel zu frisch und schmerzhaft... und anhaltend.

Ein Pferd schnaubte neben ihr, zog Jordannas Blick auf sich. Die schwarze Stirnlocke des Falben bewegte sich dicht neben ihrem Bein. Ihr Blick flog zu Brig. Die verspiegelten Gläser seiner Sonnenbrille verhinderten, daß sie seine Augen sehen konnte, aber sie begriff, daß er ihre Antwort mit angehört hatte. Sie fühlte sich bloßgestellt. Jordanna schaute nach vorn, hielt den Kopf steif und aufrecht und starrte stur geradeaus.

Nach ein paar Sekunden tippte sie mit einem Absatz gegen die Rippen des Fuchses. Das Pferd entfernte sich zögernd aus dem Windschutz der Bäume. Der Falbe trabte an ihr vorbei, um sich an die Spitze zu setzen. Ihre Kehle zog sich zusammen, als sie den schmalen, breitschultrigen Mann sah, der so leicht im Sattel saß. Jordanna verlangsamte den Fuchs, bis sie ganz hinten bei Jocko und den Packtieren ritt.

Eine Stunde vor Sonnenuntergang erreichten die Reiter die Stätte ihres früheren Lagers. Der Holzrahmen für das Zelt stand noch da wie ein vergessenes Skelett. Ein Steinring umgab die schwarze Asche früherer Lagerfeuer, und Feuerholz war gehackt und aufgestapelt, bereit für weitere Feuer. Nachdem die Pferde versorgt waren, spannten Brig und Jocko die Leinwand über das größere Zelt. Während Kit Jordanna half, ihr kleines, eigenes Zelt aufzustellen, machte Fletcher Feuer. Ein goldener Sonnenuntergang färbte sich orange und hauchte das wilde Land in einen feurigen Schein.

Am nächsten Tag zeigte der Himmel wieder seine kalte blaue Farbe, die Jordanna an das ewige Eis am Pol denken ließ. Der beißende Wind ließ die Temperatur bis fast zum Gefrierpunkt absinken. Die ersten Wolken am Himmel warnten vor dem Herannahen einer Wetterfront. Als die Jagdgesellschaft sich anschickte, das Lager zu verlassen, stellte Jordanna verblüfft fest, daß Brig die Route einschlug, die zu dem Zickzackweg führte.

»Wir wollen doch wohl nicht da hinauf, oder?« protestierte sie.

Brig drehte sich halb im Sattel um und richtete die dunklen Spiegelbrillengläser auf sie. »Warum nicht? Wir müssen über diesen Kamm.«

Ihr Blick wurde automatisch zu der Stelle gezogen, wo Max gestürzt war. Eisige Kälte durchfuhr sie, aber sie widersprach seiner Entscheidung nicht. Der Fuchs spürte ihre Nervosität und bewegte sich unruhig unter ihr. Jordanna legte beruhigend eine Hand auf seinen Nacken und versuchte, ihre eigenen Nerven ebenfalls zu beruhigen. Einer hinter dem anderen ritten sie vorwärts. Jordannas Atem ging erst wieder leichter, als sie oben angekommen waren.

Sie sichteten an diesem Morgen eine Gruppe junger Widder. Am Nachmittag sahen sie sieben Mutterschafe mit ihren Frühjahrslämmern. Die Jungen waren so zäh wie ihre Eltern, konnten schon zwei Stunden nach ihrer Geburt auf sicheren Füßen rennen. Aber den Herrscher, den ihr Vater suchte, fanden sie nicht.

Der zweite Tag war so wenig erfolgreich wie der erste. Der einzige Unterschied war, daß der Himmel dicht mit Wolken übersät war. Der Wind hielt an und schien kälter zu sein als am Tag zuvor. Eine dünne Eiskruste lag auf den Ufern der Bergbäche, die sie überquerten.

Es nieselte, als Jordanna am Morgen des dritten Tages erwachte. In der Nacht mußte es gefroren haben. Der Boden vor dem Zelt wies Eisflecken auf. Kit rutschte auf einem davon aus und verrenkte sich den

Knöchel. Ihr Vater schäumte vor Wut, sagte aber kein Wort. Jocko und Brig untersuchten die Verletzung.

»Sieht nicht so aus, als wäre irgend etwas gebrochen«, erklärte Brig und hockte sich auf die Fersen. »Ich bin sicher, daß er nur verstaucht ist. Wenn Sie wollen, bringe ich Sie aus den Bergen hinaus in ein Krankenhaus, wo man ihn röntgen kann, damit Sie ganz sicher sind.«

»Nein«, wehrte Kit ab. »Es tut nicht so weh. In ein paar Tagen bin ich wieder in Ordnung.«

Brig half ihm auf die Füße. Kit zuckte zusammen, als er versuchte, ein wenig von seinem Gewicht auf diesen Fuß zu verlagern. Jordanna warf ihm einen besorgten Blick zu.

»Bist du auch ganz sicher, Kit?« Ihre Augen sagten ihm, er dürfe sich nicht von der offensichtlichen Abneigung seines Vaters einschüchtern lassen, der nur nicht wollte, daß diese Jagd ein weiteres Mal unterbrochen wurde.

»Es ist doch *mein* Knöchel«, spaßte er schwach. »Ich kann ziemlich objektiv beurteilen, wie weh er tut. Ich werde einfach ein paar Tage hier im Lager herumsitzen und Jocko Gesellschaft leisten.«

»Sie können mir Cribbage beibringen, damit ich Tandy im Winter schlagen kann«, schlug Jocko lächelnd vor.

Brig trat beiseite, als Jordanna ihrem Bruder zu Hilfe kam. Sie bemerkte es und versuchte nicht zu zeigen, daß es ihr etwas ausmachte. Sie half Kit ins große Zelt, bot ihm ihre Schulter als Stütze, während er zu der Bank humpelte.

»Ich kann bei dir bleiben«, erbot sie sich.

»Nein.« Seine Weigerung kam schnell und scharf. »Ich möchte, daß du bei Dad bist.« Er sah ihr neugieriges Stirnrunzeln und lächelte. »Außerdem, was solltest du hier schon tun? Meine Hand halten?«

Es klang wirklich ein bißchen albern. »Also gut, ich gehe«, akzeptierte sie seine Entscheidung mit dem Schatten eines Lächelns.

Die Jagdgesellschaft war jetzt auf drei Reiter zusammengeschrumpft. Sie wurden naß und hatten kein Glück. Von Zeit zu Zeit fühlte Jordanna das Stechen von Hagelkörnern auf ihrer Wange, als sie auf der Suche nach dem Bighorn-Widder weiterritten. Am späten Vormittag ließen sie die Pferde angepflockt zurück und kletterten auf einen felsigen Hang, um eine Bergkette mit den Ferngläsern abzusuchen.

Der Boden unter Jordanna bestand aus einer kalten Felsplatte. Ihr

Regenanzug hielt zwar die Nässe ab und verhinderte auch, daß der Wind durch ihre Kleider wehte. Aber die Kälte machte es ihr dennoch unmöglich, eine bequeme Haltung zu finden. Sie entschied sich dafür, sich bäuchlings hinzulegen, so daß ihre Ellbogen die Arme stützen konnten, während sie langsam mit dem Fernglas die wilde Gegend absuchte.

»Da, bei zwei Uhr, auf halbem Weg am Hang abwärts.« Fletcher lenkte ihre Aufmerksamkeit auf eine bestimmte Stelle. »Ist er das?«

Jordanna richtete ihr Glas auf das Bighorn, das dort lag, sich ausruhte und wiederkäute. Brig tat es ihr nach. »Er ist zu weit weg«, erklärte er, »ich kann es nicht sagen.«

»Ich will nicht den ganzen Weg reiten, nur um dann festzustellen, daß es nicht der mit dem gespaltenen Horn ist«, knurrte Fletcher. »Reich mir mal den Feldstecher, Jordanna.«

»Der ist noch in der Satteltasche. Ich habe vergessen, ihn mitzubringen«, gestand sie und schickte sich an aufzustehen. »Ich hole ihn.«

»Laß nur. Ich mach' das schon.« Ihr Vater klang ungeduldig.

Jordanna wollte einwenden, daß sie schließlich diejenige war, die ihn vergessen hatte; deshalb sollte sie ihn auch holen. Aber ihr Vater war bereits aufgestanden und hatte sich umgedreht, um sich den Weg über den felsigen Hang zurück zu den Pferden zu bahnen. Sie legte sich wieder in ihre ursprüngliche Position zurück. Zum ersten Mal seit ein paar Tagen war sie mit Brig praktisch allein. Jordanna versuchte, ihren plötzlich wilden Herzschlag zu beruhigen, und richtete ihr Fernglas auf den Bock.

»Glaubst du, es ist der mit dem gespaltenen Horn?« Es war ein verkrampfter Versuch, eine Unterhaltung zu beginnen.

»Ich habe doch schon gesagt, daß ich es nicht weiß.«

»Das ist mir klar.« Jordanna errötete. »Ich habe nur um deine Vermutung gebeten.«

Er senkte sein Fernglas, um sie anzusehen. »Ich stelle nie Vermutungen an.«

»Nein?« Ihr Gesicht war feucht und glänzte vom feinen Regen. »Was mich angeht, so hast du aber eine ganze Menge falscher Vermutungen angestellt.«

»Du hast mich schon mehrmals zu überzeugen versucht, daß das so ist«, bemerkte Brig trocken.

Jordanna konnte seinem Blick nicht standhalten. Ihre Hände umklammerten das Fernglas, bis sie schmerzten, während sie auf den grauen Felsen unter sich starrte. Tränen traten in ihre Augen.

»Ich weiß nicht, warum ich mir die Mühe gemacht habe«, sagte sie mit belegter Stimme.

Seine behandschuhten Finger griffen nach ihrem Kinn und wandten ihr Gesicht zu sich um. »Tränen?« Ein Winkel seines Mundes verzog sich verächtlich und verschwand im Schnurrbart. »Was soll ich jetzt tun? Sie fortküssen?«

Etwas Hartes und Hungriges lag in der Art, wie sein Blick ihre Lippen verschlang. Ihre Sinne tobten unter seinen Augen. Irgendwie gelang es ihr, ihr Gleichgewicht zu bewahren und ihr Kinn aus seinem Griff zu befreien.

»Du hast kein Herz, Brig McCord«, fuhr Jordanna ihn an. »Du bist aus Stein. Statt Blut läuft geschmolzene Lava durch deine Adern. Dein ganzes Feuer bedeutet nur Lust. Ich wünschte nur, ich hätte das früher begriffen.«

»Was fließt denn in deinen Adern?« spottete er.

»In diesem Augenblick Eis«, gab sie zurück.

»Ich frage mich, wie lange es dauern würde, das in Dampf zu verwandeln?« grübelte er.

Nicht lange. Er brauchte nichts weiter zu tun, als sie zu berühren, und sie würde schmelzen. Jordanna wußte es, und sie wollte nicht, daß er sie prüfte und das herausfand. Sie richtete sich auf und schaute den Hang hinab nach ihrem Vater. Er hatte gerade den Rückweg zu ihnen angetreten und trug den Lederbehälter mit dem Feldstecher.

Die starke Vergrößerung überzeugte ihren Vater, daß der Widder, wenn es nicht derjenige mit dem gespaltenen Horn war, ebenso gut, wenn nicht besser war. Jordanna hielt sich aus der Diskussion heraus, ob sie herumreiten und sich den Bighorn auf der Rückseite des Kammes von oben nähern oder es auf dem Talweg versuchen und sich anpirschen sollten. Man entschied sich für die erste Möglichkeit, auch wenn sie länger dauern würde.

Es war ein langer, harter Ritt. Zweimal mußten sie umkehren, weil der Pfad für die Pferde unpassierbar wurde. Schließlich gelangten sie auf die Rückseite des Kammes. Sie ließen die Pferde an einem sanften Hang in der Nähe einiger Bäume zurück und stiegen zu Fuß nach oben.

Der Bighorn-Widder hatte sich erhoben, um zu grasen, hatte sich aber noch nicht weit von der Stelle entfernt, wo sie ihn zuerst ausgemacht hatten. Aus dieser näheren Entfernung war der Einschnitt in seinem gewundenen Horn zu sehen. Jordanna blieb auf der Kammlinie, während Brig und ihr Vater anfingen, sich vorsichtig anzupirschen, um in Schußweite zu kommen. Sie sah zu, empfand aber keine Erregung. Die Bewunderung für die Geschicklichkeit ihres Vaters sowie die Liebe zu ihm fehlten merkwürdigerweise. Jordanna erkannte, daß sie ihren Enthusiasmus für diesen Sport verloren hatte. Sie fühlte sich von dem, was sie sah, nicht abgestoßen; sie war einfach nur gleichgültig. Es gab keinen Haß auf das, was ihr Vater tat. Sie verstand immer noch die Erregung, die er verspürte, und konnte ihn deshalb nicht verurteilen. Aber sie selbst empfand sie nicht mehr.

Durch ihr Fernglas sah Jordanna, wie ihr Vater in Position ging und das Tier durch sein Zielfernrohr anvisierte. Das Krachen des Schusses zerriß die Luft. Der Widder machte einen Satz und versuchte zu entkommen, aber seine Hinterläufe versagten. Das mächtige Tier schleppte sich noch einige Meter weiter in die Felsen, dann starb es.

Ihr Vater, auf dem Gebirgskamm, fühlte sich als Sieger, aber Jordanna empfand vage so etwas wie Bedauern. Die Berge hatten einen Monarchen verloren. Ein trauernder Wind heulte durch die Bäume hinter ihr. Jordanna blieb noch eine Weile oben und beobachtete die beiden Männer, die zwischen die Felsen stiegen und vorsichtig den toten Bock hervorzogen, ohne die kostbaren Hörner zu beschädigen.

Sie verließ ihren Aussichtspunkt und ging den sanften Abhang hinunter zu den Pferden. Brig und ihr Vater würden das Salz und die Werkzeuge benötigen, die in den Satteltaschen verpackt waren. Jordanna hatte vor, sie ihnen zu bringen. Eine Lawine, die schon vor sehr langer Zeit abgegangen sein mußte, hatte einen breiten Weg durch die Bäume gebahnt und eröffnete ihr jetzt den von Bäumen unverstellten Blick über die Berge. Die atemberaubende Schönheit ließ sie stehen bleiben. Sie stand unter einer Gruppe von Nadelbäumen und blickte auf die graue und braune Welt der Wolken und Berge. Granitklötze wechselten mit Wiesen aus gelbbraunem Gras und gaben zähen Kiefernbäumen steinigen Halt. Berggipfel ragten in die dunklen, drohenden Wolken über ihren Köpfen empor. Jordanna hob ihr Gesicht dem kalten, weichen Regen entgegen, der durch die Nadeln sickerte.

Brig erklomm den Bergkamm und sah Jordanna weiter unten am Abhang stehen, nicht weit von den Pferden entfernt. Er hielt einen Moment lang inne, sog die gebetshafte Haltung der geschmeidigen Gestalt in sich auf, ehe er weiter hinabstieg. Ein kleiner Felsbrocken kullerte vor ihm nach unten, und bei diesem Geräusch drehte sie sich um.

»Wir dachten, du würdest die Pferde bringen.« Brig blieb stehen, als er fast mit ihr auf einer Höhe war. Auf der anderen Seite von ihr, in den Bäumen, standen die Pferde mit hängenden Köpfen.

»Wollte ich auch, aber dann sah ich diese Aussicht hier.« Jordanna drehte sich halb um, um noch einmal auf die wilde Bergszene zu schauen. Auf dem Profil, das sie ihm zuwandte, bemerkte er nachdenkliche Linien. »Jetzt, wo Dad seinen Schuß gemacht hat, werden wir abreisen. Ich möchte nicht fort von hier. Diese Berge sind so wild und jungfräulich, daß sie mir ein Gefühl von... Reinheit geben.« Die Wahl ihrer Worte schien sie verlegen zu machen. Brig wußte, was sie meinte. Wie sie so dastand, sah sie so rein und frisch aus wie eine wilde Bergblume, die sich im Frühjahr ihren Weg durch den Schnee bahnt.

Sie schaute zu ihm zurück. In der Art, wie sie den Kopf hielt, lag stolzer Trotz. Grünes Feuer blitzte in ihren haselnußbraunen Augen. »Ich nehme an, du denkst, ich hätte das deinetwegen gesagt, eine weitere Lüge, um dich zu überzeugen, daß ich...« Jordanna beendete ihren Satz nicht. Ihr Blick wanderte zurück zu den Bergen. »Ich kann dich nicht zwingen, mir irgend etwas zu glauben, und ich werde es auch nicht versuchen.«

»Die Berge können eine große Wirkung auf Menschen ausüben, die ihrem Einfluß offen gegenüberstehen.« Brig ließ den Blick zu ihnen wandern. Sie hatten ihn gesäubert und ihn gleichzeitig abgehärtet, damit er in ihrer Nähe leben konnte.

»Zu denen muß ich wohl gehören«, sagte sie leise.

Der gedämpfte Ton ihrer Stimme zog seinen Blick an. Wie bei einer wilden Bergblume war der Mensch zuerst von ihrer Schönheit beeindruckt. Ihre Kraft wurde nicht immer erkannt, ebensowenig wie der Lebenswille, der nötig war, um in so furchterregendem Gebiet wie diesem zu überleben. Hier blühte sie auf. Woanders würde sie wahrscheinlich schmelzen und ein Schatten ihres wahren Selbst werden. Jocko hatte versucht, es ihm zu erklären, aber er hatte es nicht sehen wollen. Er wollte es auch jetzt nicht sehen.

»Ich wünschte, ich müßte nicht fort von hier«, wiederholte Jordanna traurig.

Brig nahm sein Gewehr in die linke Hand und ließ die Mündung auf den Boden zeigen. »Ich werde dich nicht bitten zu bleiben.« Es war eine Bemerkung der Selbstverleugnung, die ihm ihren scharfen Blick eintrug.

»Ich würde es auch nicht tun, wenn du mich bitten würdest!« fuhr sie ihn an. »Du würdest mich schon anbetteln müssen!«

Brig verspürte ein prickelndes Gefühl zwischen den Schulterblättern. Komisch, dieses Gefühl hatte er seit seinen Guerillatagen nicht mehr gekannt, als... Er warf sich nach rechts. Im selben Augenblick bohrte sich etwas in seinen Gewehrkolben, und eine heiße Flamme durchfuhr seinen Schenkel. Den Bruchteil einer Sekunde später zerriß ein Gewehrschuß die Luft.

Als Brig am Boden aufschlug, rollte er. Als er bäuchlings liegen blieb, hatte er sein Gewehr im Anschlag. Erst jetzt begriff er, daß die Kugel, die ihm gegolten hatte, sein Gewehr getroffen und den Abschußmechanismus beschädigt hatte. Er wußte nicht, woher der Schuß gekommen war, außer daß es von irgendwo oberhalb von ihm gewesen sein mußte. Er konnte nicht bleiben, wo er war. Wenn er versuchen würde, die Pferde zu erreichen, bedeutete das, daß er die große Lichtung überqueren mußte. Damit würde er sich ausliefern. All diese Überlegungen liefen blitzschnell in seinem Kopf ab.

Brig wußte, daß er ganz nah bei den Bäumen war. Er versuchte die Entfernung abzuschätzen und bemerkte Jordanna, die sich flach auf einen Baumstumpf drückte. Ihr Blick suchte verzweifelt den Bergkamm ab. In wilder Wut erkannte Brig, daß es von Anfang an so geplant gewesen war. Sie hatte die Pferde nicht gebracht, weil sie wußte, daß Brig sie dann holen würde. Und als er das dann tat, hatte sie ihn abgelenkt, hatte ihn in eine Unterhaltung verstrickt, hatte ihn auf der ungedeckten Stelle festgehalten, wo ihr Vater einen guten Schuß auf ihn abgeben konnte.

Aber Fletcher hatte ihn verfehlt. Brig wußte, daß er es wieder versuchen würde. Der Jäger hatte sich vorgenommen, ihn zu töten. Das Brennen in seinem Schenkel verriet Brig, daß er eine Fleischwunde davongetragen hatte. Er hatte keine Zeit zu überprüfen, wie ernst es war. Instinktiv hatte er bereits die Muskeln in diesem Bein spielen lassen und wußte, daß sie reagierten – also konnte die Kugel nicht zuviel Schaden angerichtet haben. Ein guter Jäger wird jedes Wild aufspüren, das er angeschossen hat, und wird ihm den Fangschuß geben. Genau das beabsichtigte Fletcher Smith mit ihm zu tun. Ohne sein Gewehr hatte Brig keine Möglichkeit, sich zu verteidigen.

In dieser Minute würde sich Fletcher wahrscheinlich in eine Position bringen, von der aus er einen klaren Schuß auf ihn abgeben konnte. Brig konnte nicht hierbleiben wie eine brütende Ente. Er mußte sich zurückziehen, aber er brauchte Deckung – ein Schild. Fletcher würde keinen Schuß riskieren, der seine Tochter treffen könnte, überlegte Brig.

Brig krümmte sich, so daß sein rechtes Bein den Großteil seines Gewichts tragen mußte, und rannte geduckt und langsam zu dem Baum, an dem Jordanna stand, wobei er Fletcher ein so schlechtes Ziel wie möglich bot. Er hörte das Sirren einer Kugel, noch bevor der Knall des Gewehrschusses von den Bergen zurückgeworfen wurde. Dann war Brig sicher zwischen den Bäumen und packte Jordannas Handgelenk.

»Was ist los? Wer schießt da auf uns?« wollte sie mit nur einem Hauch von Angst in der Stimme wissen.

Als ob sie das nicht wüßte, dachte er zynisch und machte sich auch nicht die Mühe, ihre lächerliche Frage zu beantworten. Sein Bein machte ihm noch keine Schwierigkeiten, aber Brig fühlte, wie warmes Blut an seinem Schenkel hinablief. Schock betäubte den Schmerz – noch. Brig machte nur eine sekundenlange Pause, um sich umzusehen und zu überlegen, auf welchem Weg er den Rückzug antreten sollte. Dann lief er zwischen den Bäumen hindurch und zog Jordanna als Schutzschild hinter sich her.

Solange er konnte, hielt er sich zwischen den Bäumen. Brig konnte nur vermuten, aus welcher Richtung Fletcher ihnen folgte. Nachdem sie die Bäume verlassen hatten, versuchte Brig, Jordanna zwischen sich und Fletchers Schußlinie zu halten. Ihre Flucht führte sie bergab auf sanfteren Boden, aber auch immer weiter fort vom Lager. Der Regen vermischte sich mit Schneeflocken. In den höheren Regionen würden die Flocken größer sein, das wußte Brig. Einmal blieb er in einer Felsendeckung stehen, um ihren Weg zu mustern. Er atmete schwer, ebenso wie Jordanna.

»Warum rennen wir eigentlich?« fragte sie zwischen keuchenden Atemzügen. »Niemand verfolgt uns.«

Von Fletcher war nirgendwo etwas zu sehen. Das beunruhigte Brig mehr, als wenn er den Jäger gesehen hätte. Da sie zu Fuß waren, hatte Fletcher wahrscheinlich erraten, daß er versuchen würde, das flachere, tiefere Gebiet zu erreichen. Fletcher hielt sich über ihnen, wo der Boden zwar rauh, von wo aus die Sicht aber besser war. Brig verfluchte sich selbst, weil er nicht früher daran gedacht hatte.

Er riß Jordanna mit sich, zog sie weiter hinter sich her, als er anfing aufzusteigen. Seine einzige Hoffnung bestand darin, in die höheren Regionen oberhalb von Fletcher zu gelangen und dort umzukehren. Der Schnee blieb jetzt auf dem Boden liegen und machte ihn schlüpfrig. Wo immer es möglich war, versuchte Brig, Jordanna vor sich zu halten, zog und stieß sie abwechselnd. Sie wehrte sich nur ein paarmal.

Das mörderische Tempo machte sich allmählich bei ihm bemerkbar. Insgeheim fragte sich Brig, wie Jordanna es schaffte, mit ihm Schritt zu halten – und warum sie nicht versuchte, ihm zu entkommen. Die Wunde hatte zu pochen angefangen, die Muskeln in seinem linken Bein wurden schwächer. Er mußte es jetzt schonen. Wartete sie darauf? Daß er zu schwach war, um seine Flucht fortzusetzen? Sie hatte mit keinem Zeichen verraten, daß sie wußte, daß er verwundet war. Er hatte sie rechts von sich gehalten, also hatte sie das Blut vielleicht nicht über sein linkes Bein laufen sehen. Aber Brig würde sie jedenfalls nicht fragen, was sie vorhatte. Die Luft wurde dünner, als sie weiter nach oben kamen. Seine Lungen platzten fast vor Erschöpfung und Mangel an Sauerstoff. Brig fühlte den Schweißfilm auf seinem Körper und wußte, daß das in diesem kalten Bergklima gefährlich war. Schweißnasse Kleider verloren ihre Isolierfähigkeit. Dieser Schweiß konnte sich in eine dünne Eisschicht auf der Haut verwandeln. Er verlangsamte das Tempo, hielt aber nicht an.

Eine dünne Schneedecke überzog den Boden. Brig betete, daß die großen Flocken weiter fallen und ihre Spuren verdecken würden, bevor Fletcher sie entdecken konnte. Jordanna stolperte und fiel auf die Knie. Brig legte einen Arm um ihre Taille, trug sie halb, als sie versuchte, mit ihm Schritt zu halten. Er hielt immer noch sein Gewehr, obwohl es nutzlos war. Es wurde zu einer unnötigen Last, aber solange er es hatte, würde Fletcher nicht wissen, daß er praktisch unbewaffnet war. Wenn Fletcher der Meinung war, seine verletzte Beute könnte sich umdrehen und angreifen, dann würde seine Verfolgung vorsichtiger ausfallen. Brig brauchte diesen kleinen Vorteil.

Sie näherten sich der Baumgrenze. Vor ihnen befand sich eine ziemlich große Baumgruppe, die ihnen Deckung bieten würde. Brig entschied, daß es ein guter Platz war, um anzuhalten und Atem zu schöpfen. Er drängte Jordanna darauf zu. Sie durften sich nicht lange aufhalten, erkannte er. Das Risiko, daß sein Bein steif wurde, war zu groß. Und solange sie sich bewegten, würden sie warm bleiben.

Entweder konnte Jordanna seine Gedanken lesen, oder sie konnte einfach nicht mehr weiter. Im selben Augenblick, als sie die Bäume erreichten, umklammerte sie einen Stamm als Stütze und blieb stehen. Sein Atem ging hart und stoßweise, aber er wagte es nicht, sich zu entspannen. Sein Blick überflog ihren Fluchtweg, wandte sich dann ihr zu. Sie beobachtete ihn mit weit aufgerissenen, ängstlichen Augen. Brig mußte sich keine Sorgen machen, daß sie versuchen würde, vor ihm zu fliehen, jedenfalls nicht in den nächsten paar Minuten. Sie war die letzten Meter nur noch gestolpert und brauchte diese kurze Rast ebenso dringend wie er. Er fühlte einen scharfen Stich der Bewunderung für die mutige Art, in der sie mit ihm standgehalten hatte, aber er schüttelte das Gefühl ab, wagte nicht zu glauben, daß sie bei ihm bleiben wollte.

Der schnell fallende Schnee hatte ihre Spur fast verwischt. Da sie nicht bemerkt hatten, daß Fletcher sie überholt hätte, mußten sie immer noch vor ihm und inzwischen wohl auch über ihm sein. Brig schaute in die Richtung, in der er den Jäger vermutete, aber der Schnee und die Bäume versperrten ihm die Sicht. Er senkte einen Moment lang den Kopf und preßte eine Hand gegen seinen Schenkel, versuchte, den pochenden Schmerz zu unterdrücken. Mit jedem Schlag seines Herzens pulsierte Blut aus der Wunde und raubte ihm Kraft. Der Druck seiner Hand löste scharfen Schmerz in ihm aus. Er lockerte ihn und warf einen kurzen Blick auf den dunklen Fleck feuchten Blutes an seinem Handschuh.

In derselben Sekunde hörte Brig das Knarren von Sattelleder. Jordanna stieß ein heiseres Flüstern aus. »Sieh mal, da ist mein Vater.«

Im selben Moment schaute Brig über die Schulter und entdeckte Fletcher, der näher ritt und die beiden gesattelten Pferde ungefähr fünfhundert Fuß unter ihnen mit sich führte. Aus dem Augenwinkel fing er die Bewegung auf, die Jordanna auf den Mann zumachte. Der Instinkt trieb seine Reaktion. Brig ließ das Gewehr fallen, riß das Jagdmesser aus der Scheide an seinem Gürtel. Brutal stieß er Jordanna zurück, drückte sie gegen den Baumstamm und ließ die Klinge vorspringen. Seine Hand legte sich auf ihren Mund, erstickte jeden Schrei, den sie hätte ausstoßen können. Er preßte die kalte Metallklinge an ihren Hals.

»Einen Ton, und es wird dein letzter sein«, drohte er. Brig hatte absolut keine Ahnung, ob er diese Drohung wahrmachen würde. Seine Handlung war einem rein tierischen Instinkt entsprungen – dem Willen zu überleben. Fletcher war zu nah, hielt das Gewehr schußbereit in der Hand. Wenn er Brig entdeckte, würde er sie innerhalb weniger Minuten überholen. Und er würde schon bald dahinterkommen, daß Brigs Gewehr nicht mehr funktionierte. Danach konnte selbst Jordanna ihm nicht mehr lange Schutz bieten.

Brig wagte einen Blick auf den Reiter, der kein Zeichen von sich gegeben hatte, daß er wußte, wo sie waren, dann schaute er wieder zu Jordanna hinüber. Ihre großen Augen waren von Furcht erfüllt. Ihre Hände umklammerten sein Handgelenk, aber sie machte keine Anstalten, seine Hand von ihrem Mund zu ziehen. Brig merkte erst jetzt, daß er sie mit seinem Körper am Baumstamm festhielt. Hastig wandte er sich ab, ehe ihr Anblick ihn wieder von der Gefahr, die ihr Vater darstellte, ablenken konnte. Verwirrung nagte in seinem Innern. Der leiseste Ton – selbst ein Fuß, der an den Baum stieß – würde an Fletchers Ohren dringen. Und doch machte Jordanna keinen Versuch, die Aufmerksamkeit ihres Vaters auf sich zu ziehen. Warum nicht? Es war nicht Angst, die sie stumm hielt. Das konnte er beschwören.

Fletcher näherte sich der Stelle, an der er ihren Weg kreuzen würde. Brig hielt den Atem an, war sich nicht sicher, wieviel der Schnee verdeckt hatte. Die Aufmerksamkeit des Jägers schien auf den Berg unterhalb gerichtet zu sein – wo Brig gewesen wäre, wenn er nicht abrupt den Rückzug angetreten hätte. Fletcher führte sein Pferd an der Spur vorbei, wirkte aber beunruhigt. Es würde nicht mehr lange dauern, bis er vermutete, daß Brig umgekehrt war. Sobald er das tat, wußte Brig, daß der Mann schnell reiten würde, um ihm den Weg zurück zum Lager abzuschneiden.

Die Schneewolken verdunkelten den Himmel. Es blieb nicht mehr viel Zeit bis zur Dämmerung. Selbst wenn er nicht das Problem gehabt hätte, Fletcher aus dem Weg gehen zu müssen, würde Brig von Glück sagen können, es vor Anbruch der Nacht zu Fuß bis ins Lager zurück zu schaffen. Wenn man dem noch die Komplikationen durch den

Schneefall hinzufügte, außerdem sein verletztes Bein, dann sah Brig wirklich keine Möglichkeit, das Lager noch an diesem Tag zu erreichen. Sie würden die Nacht in den Bergen verbringen müssen, ohne einen Schutz... außer...

Während sein Blick die sie umgebende Landschaft absuchte, überlegte Brig fieberhaft. Irgendwo hier draußen gab es eine alte Hütte, die vor langer Zeit verlassen worden war. Er war in diesem Sommer auf der Suche nach den Bighorns zufällig daran vorbeigekommen. Die Wände und das Dach waren in Ordnung, aber es war so schmutzig da drinnen gewesen, daß Brig es damals vorgezogen hatte, im Freien zu übernachten. Jetzt könnte diese alte Blockhütte ihnen Schutz bieten – wenn er sich erinnern konnte, wo sie war...

Sie müßte eigentlich hinter dem nächsten Hügelkamm liegen. Sie würden diesen Gipfel umgehen müssen, auf der anderen Seite nach unten absteigen und hoffen, daß er den hohen Canyon wiederfand. Wie weit würde das sein? Drei – vier Meilen? Vielleicht noch mehr? Konnte er es so weit schaffen? Ihm blieb keine Wahl. Er mußte es.

Der erste Kälteschauer lief über seine Haut. Sie mußten sich wieder in Bewegung setzen. Er ließ das Messer zuschnappen und schob es in die Lederscheide zurück, ehe er seine Hand von Jordannas Mund nahm. Sie sagte kein Wort, als Brig zurücktrat, um sie von seinem Gewicht zu befreien, und wieder ihr Handgelenk packte. Er zog sie hinter sich her, als er zwischen den Bäumen hindurchging und anfing, den Berg zu umgehen.

»Aber mein Vater hat mit den Pferden den anderen Weg genommen«, protestierte Jordanna.

»Ich weiß. Warum glaubst du wohl, daß wir diesen Weg gehen?« Er schleuderte ihr die Antwort entgegen, ungeduldig und wütend, weil sie immer noch schauspielerte.

»Ich glaube, du bist verrückt«, murmelte sie.

»Verrückt, weil ich versuche, ihm zu entkommen, da könntest du recht haben«, gab er grimmig zu. »Wir haben einen langen Weg vor uns. Ich würde vorschlagen, daß du den Mund hältst und deinen Atem sparst. Du wirst ihn noch brauchen.«

»Aber warum laufen wir vor meinem Vater davon?« wollte sie wissen.

Brig antwortete nicht. Ihr verwirrter Ausdruck wirkte so echt. Er glaubte ihr fast, daß sie eine unschuldige und unwissende Komplizin im Plan ihres Vaters war. Aber es war zu unwahrscheinlich – und zu gefährlich zu glauben.

21

Ihre Beine fühlten sich an wie erfrorene Auswüchse ihres Körpers. Jordanna wußte nicht, wie sie es schaffte, sie auch weiterhin funktionieren zu lassen. Der Wind hatte wieder eingesetzt, wirbelte den Schnee um sie herum auf und beeinträchtigte ihr Gesichtsfeld. Rücksichtslos zerrte Brig sie hinter sich her, hob sie hoch, wenn sie fiel – was jetzt häufiger der Fall war –, und zwang sie weiter. Es gab keinen Teil an ihrem Körper, der nicht darum flehte stehenzubleiben. Aber auch sie wußte, wie dringend notwendig es war, daß sie Schutz vor diesem Schneesturm fanden, bevor sie zusammenbrachen. Also zwang sie sich vorwärts.

Mit ganzer körperlicher und geistiger Kraft konzentrierte sie sich nur auf eines – auf den Beinen zu bleiben. Sie wußte, daß es ihr lediglich so vorkam, als wäre sie bereits einhundert Meilen weiter gegangen, als sie eigentlich geglaubt hatte, laufen zu können. Da Jordanna keine Energie übrig hatte, vergeudete sie sie auch nicht auf den Versuch, herauszufinden, warum Brig sich ihrem Vater gegenüber so merkwürdig verhielt. Sie war sowieso zu müde, darüber nachzudenken – oder sich darum zu kümmern.

Schwankend blieb Brig stehen, um sich umzusehen. Jordanna bemerkte nichts, was ihr vertraut vorgekommen wäre. Sie war sicher, daß sie nie zuvor in dieser Gegend gewesen waren, nicht während ihrer Jagdausflüge.

»Wir haben uns verlaufen, nicht wahr?« warf sie ihm in heiserem Flüsterton vor. »Du weißt nicht, wohin wir gehen.«

»Du solltest lieber hoffen, daß ich es weiß«, krächzte er und zerrte an ihrem Handgelenk, um sie weiter mitzuschleifen.

Beim ersten Schritt gab sein linkes Bein unter ihm nach. Jordanna hörte ihn vor Schmerz aufstöhnen, als er schwer zu Boden stürzte. Sie sank neben ihm in die Knie, fragte sich, woher sie die Kraft nehmen sollte, ihn aufzurichten. Als Brig sich auf die Seite drehte, mit schmerzverzerrtem Gesicht, bemerkte sie den roten Blutflecken auf dem weißen Schnee. Sie riß die Augen auf.

»Du bist verletzt!« Zum ersten Mal sah sie die dunkle Flüssigkeit, die sein linkes Hosenbein durchtränkte. Angst packte sie angesichts der Menge von Blut, die Brig verloren hatte. Wie hatte er es nur geschafft, so weit zu kommen?

»Halt den Mund und hilf mir auf die Beine«, zischte er durch die Zähne.

Seine große Hand packte ihre Schulter und benützte sie, um sich aufzurichten. Einen Moment stand er auf unsicheren Beinen, klammerte sich Halt suchend an sie. Sein Gesicht war bleich unter der Sonnenbräune, seine Kraft verließ ihn langsam. Aber Jordanna deutete das rücksichtslos und entschlossen vorgeschobene Kinn richtig. Brig war noch nicht am Ende. Sie legte seinen Arm um ihren Hals und über ihre Schulter und versuchte, soviel von seinem Gewicht zu tragen, wie sie konnte. Er sah auf sie hinunter, mit vor Schmerz glasigen braunen Augen, die dennoch hart blickten und ausdrückten, daß er ihre Hilfe zurückwies.

»Ich schaffe es allein«, fuhr er sie an.

Aber Jordanna verstärkte nur noch ihren Griff. »Du brauchst mich. Welchen Weg nehmen wir?«

Er zögerte, dann antwortete er: »Bieg nach rechts ab.«

Wieder setzten sie sich in Bewegung, in die Richtung, die Brig angegeben hatte. Noch zweimal blieben sie stehen, damit er ihre Umgebung mustern konnte. Jedesmal nahm er kleine Änderungen an ihrem Kurs vor. Mehr und mehr mußte er sich auf sie als Stütze verlassen. Beide griffen ihren Vorrat an Kraftreserven an.

»Hinter diesen Bäumen...« – Brigs Stimme war heiser vor Erschöpfung und Schmerz, als er zu der verschwommenen Mauer aus Nadelbäumen deutete, die vor ihnen lag – »...gibt es eine alte Köhlerhütte.« Das nächste, was er sagte, war ein laut ausgesprochener Gedanke. »Wenn sie noch steht.«

Die nassen, schneebedeckten Zweige hingen tief. Wenn sie sie aus dem Weg hielten, rieselten Miniaturlawinen auf sie herab. Der beißende Wind peitschte Jordannas Gesicht, bis es sich wund anfühlte. Sie waren beide von weißen Flocken bedeckt, sahen aus wie lebendige Schneemänner, die tolpatschig durch den Wald stapften. Jordanna konnte die

Flocken sehen, die Brigs Augenbrauen und Schnurrbart weiß gefärbt hatten. Ein paar hingen auch an seinen dunklen Wimpern.

Ein braunes Rechteck erhob sich vor ihnen, von waagerechten weißen Streifen unterbrochen, dort, wo sich der Schnee auf den Oberkanten der Bretter gesammelt hatte.

»Da ist sie, Brig, siehst du?« Jordanna wäre am liebsten gerannt, aber sie konnte von Glück sagen, wenn ihre Beine sie noch die letzten paar Meter tragen würden.

»Ja.« Brig änderte den Rhythmus seines mühseligen Humpelns nicht.

Die Tür widerstand ihren Versuchen, sie zu öffnen; das Holz hatte sich verzogen. Tränen der Enttäuschung traten ihr in die Augen. Brig hatte an der Holzwand der Hütte gelehnt. Als er sah, welche Schwierigkeiten sie hatte, bedeutete er ihr, Platz zu machen, und stemmte seine Schulter an die Tür. Das Holz stöhnte in Protest auf, ehe es nach innen schwang. Brig wurde von seinem eigenen Schwung mitgerissen, taumelte hinein, mühte sich, sein Gleichgewicht zu halten. Jordanna folgte ihm in das dunkle, fensterlose Innere und hörte, wie er gegen etwas fiel, ehe sie ihn erreicht hatte.

Ein grober Tisch mit einem abgebrochenen Bein hatte verhindert, daß er zu Boden gestürzt war. Die Hütte roch staubig und feucht. Spinnweben legten sich über ihr Gesicht. Etwas huschte über den Boden, um sich in einer dunklen Ecke zu verstecken. Eine Maus oder eine Ratte, dachte Jordanna, vor Erschöpfung unbekümmert und gleichgültig den nagenden Einwohnern gegenüber, die diesen Schutz mit ihnen teilten.

»Die Feuerstelle.« Brig lehnte sich schwer gegen sie.

Jordanna fühlte, wie ihre Beine unter seinem Gewicht nachgaben. Sie mühte sich ab, um ihn ein paar Schritte zu der einfachen Feuerstelle aus Stein zu stützen. Er verlor das Bewußtsein. Sie sah, wie er den Kopf bewegte und versuchte, die Schwärze zurückzuhalten, die ihn zu verschlingen drohte.

»Wir müssen... Feuer machen.« Er sackte an ihrer Schulter zusammen. Jordanna ließ sich von seinem ganzen Gewicht zu Boden zwingen, fing seinen Fall mit ihrem Körper auf. Er murmelte Satzfetzen. »... Kleider... naß... müssen... trocknen... Feuer.«

Jordanna befreite sich von seinem Gewicht und streckte seine schlaffe Gestalt vor dem Kamin aus. Unter Schwierigkeiten wickelte sie mit tauben, ungeschickten Fingern den Wollschal von ihrem Hals. Sie band ihn um seine Wunde, nicht so fest, daß sie den Kreislauf behindert hätte, aber doch genug, um Druck auszuüben und den Blutstrom zu dämmen. Sie setzte sich zurück, wäre gern neben ihm zusammengesackt, aber sein unzusammenhängendes Gestammel, bevor er ohnmächtig geworden war, zwang sie jetzt, etwas zu tun.

Aufgestapeltes Brennholz in der Nähe des Kamins war schon vor langer Zeit unordentlich zusammengefallen. Jordanna sammelte einen Teil ein und schichtete es in dem rauchgeschwärzten Kamin auf. Es war genug Holz, um ein Feuer zu machen, aber nicht genug, um es die ganze Nacht am Brennen zu halten. Sie häufte die Rinde und Holzstreifen auf, legte ein paar Holzklötze darüber und suchte dann in ihrer Tasche nach der wasserdichten Streichholzpackung. Sie zitterte so heftig vor Kälte, daß sie Probleme hatte, ein Streichholz anzureißen. Es flammte auf, zuckte und brannte dann. Jordanna hatte Mühe, es mit ruhiger Hand zu halten, als sie die Flamme an das Feuerholz hielt. Die ersten paar Sekunden leckte sie uninteressiert an dem Stapel, aber dann sprang sie auf ein Stück Rinde über. Als sie mehr davon verschlang, fügte Jordanna der winzigen Flamme neue Nahrung hinzu.

Als das Feuer groß genug war, um die trockenen Holzklötze zu verzehren, richtete Jordanna sich auf. Ihr Körper war steif vor Kälte und Erschöpfung, aber sie konnte nicht am warmen Feuer bleiben und ihre schweißnassen Kleider trocknen, die schon anfingen zu gefrieren. Sie mußte mehr Holz für das Feuer sammeln und sich außerdem um Brigs Verletzung kümmern.

Das Feuer war das wichtigste und kam deshalb zuerst. Jordanna stapelte die restlichen Scheite säuberlich auf und schaute sich dann in dem einen Raum der Hütte um. Außer dem groben Tisch gab es noch einen Stuhl. Sie bahnte sich einen Weg durch die Spinnweben, die überall hingen, und hob die zerbrochenen Stücke des Tischbeines auf. Die Lederriemen, die den Stuhl zusammengehalten hatten, waren verfault. Jordanna trennte sie mit ihrem Messer durch und fügte sein Holz dem Stapel hinzu. Ihre Zähne fingen an zu klappern. Aber wenn sie jetzt aufhörte, hätte sie später vielleicht nicht die Kraft weiterzumachen. Sie hörte ihr erschöpftes Schluchzen nicht, als sie sich auf das Regal konzentrierte, das an einer Wand angenagelt war.

Mit einem Stuhlbein als Werkzeug schlug Jordanna die Haken heraus, die das Regal hielten. Eine Maus quiekte panikerfüllt auf und raste über das unterste Bord. Jordanna hämmerte gegen die Bretter und zerrte so lange, bis sie sie von der Wand gerissen hatte. Etwas fiel scheppernd zu Boden. Außer Atem machte sie eine Pause. Irgend etwas krabbelte über ihre Wange. Eine Spinne, die zu einem der Netze gehörte, die an ihrer Haut hafteten, vermutete sie und wischte sie mit nur der Andeutung einer müden Grimasse fort. Nachdem das ganze Holz neben dem Kamin gestapelt war, entschied Jordanna, daß es bis zum nächsten Morgen genug sein müßte. Es gab immer noch den Holzrahmen einer Pritsche mit einem Netz aus Bettfedern, falls sie mehr brauchen sollte. Brig bewegte sich, und sie zog sich hoch. Sie hatte nichts, womit sie die Wunde hätte desinfizieren können, aber so stark, wie er geblutet hatte, würde es bestimmt reichen, wenn sie einen halbwegs sterilen Verband anlegen würde. Das bedeutete heißes Wasser.

Jordanna taumelte in die dunkle Ecke, in die der Eisentopf gefallen war. Sie trug ihn nach draußen, sorgfältig darauf bedacht, die Tür nicht fest zuzumachen. Im grauen Licht des Spätnachmittags schrubbte sie das staubige Innere des Topfes mit Kies, den sie unter dem Schnee zusammengesucht hatte. Sie zitterte vor Kälte am ganzen Körper, als der fallende Schnee um sie wirbelte, vorangetrieben von einem Wind, der durch die Bäume peitschte. Sie wusch den Topf mit Händen voll Schnee aus und füllte ihn dann randvoll. Sie trug ihn hinein, stellte ihn neben das Feuer, damit der Schnee schmolz und zu kochen anfing.

Die Wärme der Flammen schmerzte an ihrer Haut. Sie prickelte wie von tausend Stecknadeln gestochen. Sie hatte nicht mehr die Kraft, wieder aufzustehen, und so rutschte sie über den Boden zu Brig. Seine scharfen Züge waren weiß und starr. Sein Parka glitzerte vor Nässe, und sein Hut war heruntergefallen. Der Schnee schmolz und bildete eine braune Pfütze auf dem schmutzigen Boden. Seine übrigen Kleider mußten ebenso feucht sein vom Schweiß wie ihre eigenen und seine Haut auskühlen, anstatt sie zu wärmen. Das Feuer würde keinem von ihnen guttun, solange sie die nassen Kleider anhatten.

Jordanna zog die nassen Handschuhe aus, legte sie zum Trocknen vors Feuer und wärmte ihre farblosen Hände an den Flammen. Als sie ein wenig von ihrer Steifheit verloren hatten, fing sie an, Brig auszuziehen. Sein Parka und die dickgefütterte Jacke kamen zuerst, gefolgt von dem dicken Flanellhemd und dem Oberteil seiner Wärmeunterwäsche. Es war ein Kampf – mit seinem schlaffen, massiven Körper, der ihr überhaupt keine Hilfe bot.

Sie rieb seine Brust und seine Arme, um seinen Kreislauf anzuregen, bedeckte jeden Zentimeter seines Oberkörpers, bis sie ihn in- und auswendig kannte. Als nächstes kam die untere Hälfte. Nachdem sie den Wollschal entfernt hatte, der um seine Wunde gebunden war, überlegte Jordanna, ob sie mit ihrem Messer den Stoff seiner Levis und der langen Unterhose aufschneiden sollte. Aber sie mußten von hier aus noch weiterwandern. Bei dieser Kälte würde er alle Wärme benötigen, die seine Kleider ihm bieten konnten, und er konnte kein klaffendes Loch in seinen Hosenbeinen gebrauchen.

Sie öffnete seinen Gürtel, dann die Hose und schob sie, so vorsichtig sie konnte, bis zu den Hüften hinunter, arbeitete sich langsam und sorgfältig über die feuchte, blutige Stelle an seinem Schenkel. Brig stöhnte einmal in scharfem Schmerz auf, und Jordanna biß sich ängstlich auf die Lippen, ehe sie fortfuhr. Sie mußte aufhören, um ihm die Stiefel auszuziehen. Sie stellte sie nicht nah ans Feuer, denn sie wußte, daß zuviel Hitze das Leder verderben würde. Nachdem sie ihm die Hose und die Socken ausgezogen hatte, entfernte sie sanft seine lange, warme Unterhose.

Jordanna war froh, daß er bewußtlos war, denn sie wußte, daß sie ihm schrecklich weh tat. Eine zähe Blutkruste hatte den Stoff an seine Haut geklebt. Die Wunde hatte aufgehört zu bluten. Mitten in dem schrecklichen Anblick entdeckte sie die purpurfarbenen Ein- und Austrittslöcher der Kugel. Sie war dennoch erleichtert, daß sie nicht mehr in ihm steckte.

Das Schneewasser im Topf hatte gerade angefangen zu kochen, als sie damit fertig war, ihn auszuziehen. Mit dem rechten Fuß beginnend, fing sie an, seine kalte Haut zu massieren, arbeitete sich an der gesamten Länge seines muskulösen Beines hoch bis zu der glatten Haut seiner Hüfte und weiter durch die haarige Haut seines Unterleibs. Dann verlegte Jordanna ihre Aufmerksamkeit auf seinen linken Fuß, rieb sein hartes Fleisch bis hinauf zu seinem Knie, wagte aber nicht, von dort aus noch weiterzugehen wegen seiner Wunde.

Einen flüchtigen Augenblick lang empfand Jordanna es als beunruhigend, seinen nackten Körper so frei berühren zu können. Sie hatte Narben von früheren Verletzungen gefunden, andere als die, die seine Schulter zeichnete. Brig hätte niemals zugelassen, daß sie so viel von ihm entdeckte, wenn er bei Bewußtsein gewesen wäre. Er hätte schon lange vorher dafür gesorgt, daß sie flach auf dem Rücken und unter ihm lag. Und sie hätte keine Einwände erhoben.

Aber jetzt war nicht die Zeit für derartige Gedanken. Sie wandte sich von dem erregenden Anblick seiner nackten männlichen Gestalt ab und schnitt einen Teil seines Hemdzipfels mit dem Messer ab. Die vielen Schichten ihrer eigenen Kleidung wurden langsam hinderlich. Sie zog sich bis auf die wärmende Unterwäsche aus, zögerte, schlüpfte dann auch aus der Unterhose. Sie schnitt ein Bein unterhalb des Knies ab und ließ es in das kochende Wasser fallen. Ihr Körper war ein einziges, heftiges Zittern, das nicht nachlassen wollte.

Sie tauchte das Stück von seinem Hemd ins Wasser, verbrühte sich fast die Finger, als sie versuchte, es auszuwringen. Dann beugte sie sich über Brigs Bein und fing an, vorsichtig das Blut fortzuwischen, das an seinem Schenkel trocknete, bis die Gegend um die Wunde sauber war. Sie sah häßlich aus. Jordanna wandte sich wieder dem Eisenkessel mit dem dicken Stück Unterwäsche zu, das in dem brodelnden Wasser kochte. Es hatte noch nicht lange genug gekocht, um steril zu sein.

Sie fügte dem Feuer noch mehr Holz hinzu und warf einen Blick auf den Stapel ihrer feuchten Kleider. Sie mußte sie trocknen. Der Boden unter ihren nackten Füßen fühlte sich schmutzig an, als sie hinüberging, um den Tisch aus der Mitte des Raumes zu zerren. Er scharrte laut über den Boden. Da er auf der Seite lag, bildete er einen schiefen, natürlichen Schutz für Brigs Körper. Sie hängte ein paar der Sachen über die Tischbeine, schuf dadurch Seitenwände, die die Wärme einfingen. Mit dem Messer schnitt sie die Matratzenunterlage auf dem Bett entzwei, benutzte die kurzen Seile als Wäscheleine, indem sie ein Ende an einen Haken band, der neben dem Kamin in die Wand zementiert war, und das andere am Tischbein befestigte. Dann hängte sie den Rest ihrer Sachen zum Trocknen auf, zog auch ihr Hemd aus und fügte es noch hinzu.

Mit einem kurzen Stock fischte Jordanna den Stoff aus dem kochenden Wasser und ließ ihn über dem Steinboden abtropfen. Dampf stieg als graue Wolke von dem nassen Tuch auf. Sie wartete, bis die Hitze nachgelassen hatte, ehe sie es berührte. Vielleicht war es falsch, einen nassen Verband auf die Wunde zu legen, aber sie wollte sie an diesem schmutzigen Ort nicht frei liegenlassen und damit eine Infektion hervorrufen. Ihre Muskeln zuckten instinktiv zurück, als sie die heiße, feuchte Kompresse auf die Wunde legte. Sie brauchte etwas, um sie dort festzuhalten. Jordanna überlegte nur kurz und schnitt dann zwei schmale Streifen von ihrer Bluse ab, mit denen sie den Verband an Brigs Bein befestigte.

Das war's. Jetzt gab es nichts mehr zu tun, dachte sie müde. Erschöpfung fing an, ihren Blick zu trüben. Nein. Sie schüttelte sich und stand auf. Sie mußte das Feuer in Gang halten. Nachdem sie nichts hatten, um sich zuzudecken, durfte sie es nicht ausgehen lassen. Sie brauchten seine Wärme dringend.

Jordanna lehnte sich an die warmen Steine des Kamins, und so gelang es ihr, Wache zu halten. Mehrmals döste sie ein, so erschöpft, daß sie im Stehen hätte schlafen können. Aber jedesmal wurde der Teil ihres Körpers, der nicht dem Feuer zugewandt war, so kalt, daß sie sich umdrehen mußte. Ein halbes Dutzend Mal fügte sie dem Feuer neues Holz hinzu. In ihrer Erschöpfung bewegte sie sich wie ein Roboter, führte ihre Aufgabe ohne bewußte Motivation aus.

Draußen legte sich die Dunkelheit der Nacht über die Landschaft. Leichter Schneefall hielt an, während der Wind um die winzige Hütte heulte. Das Feuer prasselte. In den schattigen Winkeln huschten Nagetiere hin und her, aber Jordanna war zu müde, um sie zu hören.

Brig bewegte sich, versuchte, auf der harten Unterlage eine bequemere Stellung einzunehmen. Schmerz durchfuhr sein linkes Bein, weckte ihn stechend. Langsam öffnete er die Augen, um seine Umgebung wahrzunehmen. Im flackernden Licht sah er geisterhafte Wände um sich her, fühlte den harten, kalten Boden unter sich. Seine Hand fuhr nach unten, tastete nach dem verletzten Schenkel und wollte das Pochen beruhigen. Seine Finger berührten haarige Beine, und er begriff, daß er nackt war. Er wandte den Kopf und sah in Richtung des Lichts und der Wärme.

Beim Anblick der nackten Gestalt, die am Steinkamin lehnte, holte er tief Luft. Das Licht des Feuers tauchte die Porzellanfigur in bleiches Gold. Jede Linie drückte Perfektion aus, von den gutgeformten, langen Beinen bis zu dem runden Po und der schlanken Taille, die zu einem Paar cremigweißer Schultern hin auslief. Dunkelkupferfarbene Haare mit scharlachroten Tupfern fielen in einer lockigen Kaskade zwischen ihren Schulterblättern herab. Sein Blick wanderte langsam wieder nach unten, verharrte auf den sanften Rundungen ihres Hinterteils.

Dann bewegte sich die Gestalt, erwachte langsam zum Leben, wandte sich ihm in einer flüssigen Bewegung zu. Hohe, feste Brüste hatten rosige Warzen, die nach oben zeigten. Schmale Hüften luden einen Mann ein, sich ihnen anzupassen. Nichts von einem Bildhauer Geschaffenes hätte die natürliche Sinnlichkeit dieser lebenden Gestalt erreichen können, dachte Brig.

»Venus mit Armen«, murmelte er, und die Gestalt kam auf ihn zu, kniete an seiner Seite, so daß der Feuerschein ihr Gesicht beleuchtete. Dunkle Schatten der Müdigkeit lagen unter den haselnußbraunen Augen, aber er erkannte sie, und sein Mund verzog sich zu einem schwachen Lächeln. »Jordanna.«

»Ja«, lautete die sanfte Antwort. Mit den Fingerspitzen streichelte sie leicht über seine Stirn. »Wie fühlst du dich?«

»Müde.« Nicht ganz von dieser Welt. Sie war nah genug, um von ihm berührt zu werden. Brig legte seine rechte Hand auf ihren Brustkorb und ließ sie bis zur Unterseite ihrer Brust hinabgleiten, wo sein Daumen die aufrechte Warze reiben konnte. Er hörte, wie sie scharf Luft holte. »Warum bist du hier?« fragte er.

»Das ist eine lächerliche Frage.« Ihre Stimme klang leicht beunruhigt. »Wo sollte ich wohl sonst sein?«

»Du hättest mich allein lassen können, damit ich sterbe. Bei diesem Sturm wäre das wohl so gekommen.« Mit der linken Hand griff er nach ihrem Handgelenk und zog sie zu sich herab. Das erforderte nicht viel Kraft.

»Ich aber auch, wenn du diese Hütte nicht gekannt hättest«, erinnerte sie ihn, während die sanften Hügel ihres Busens sich auf seine Brust legten. Er ließ ihr Handgelenk los und fuhr mit der Hand zu ihrem Po hinunter, liebkoste die runden Backen, die er so bewunderte. »Hast du Fieber? Du redest Unsinn.«

»Wenn ich Fieber habe, dann bist du es, die meine Temperatur in die Höhe treibt.« Im Moment war es Brig egal, warum Jordanna geblieben war oder seine Wunde verbunden hatte, wo es doch soviel leichter für sie gewesen wäre, ihn den tödlichen Gefahren zu überlassen, die ihr Vater in Gang gesetzt hatte. Er legte eine Hand um ihren Hals, um ihren

Kopf nach unten zu ziehen, so daß er an ihrer Unterlippe knabbern konnte.

»Brig, nicht«, protestierte sie schwach. »Du bist verletzt.«

»So? Dann wehr dich nicht.«

Das leise Stöhnen, das über ihre Lippen kam, verriet ihm, daß sie sich nicht sehr stark wehren würde, wenn überhaupt. »Bitte. Ich bin sehr, sehr müde, und ich muß das Feuer in Gang halten«, murmelte Jordanna, während er an ihrem Mund knabberte, aber sie machte keine Anstalten, ihn zu hindern. Brig spürte die Lethargie ihrer Glieder und wußte, daß sie die Wahrheit gesagt hatte, was ihre Erschöpfung anging. Aber im Augenblick erkannte er nur die schwellende Härte seines eigenen Bedürfnisses.

Doch ihrem zweiten Argument gegenüber war er aufgeschlossen. »Lege noch ein paar Holzscheite aufs Feuer. Dann hält es bis zum Morgen.« Unwillig gab er Jordanna frei.

Ihre Bewegungen waren flüssig und unbewußt aufreizend. Brig richtete sich auf einen Ellbogen auf, testete seine Kraft und wie sehr seine Verletzung ihn beeinträchtigen würde. Er fühlte sich ein wenig zittrig, aber das war nichts, womit er nicht fertig werden konnte.

Nachdem das Feuer mit zusätzlichen Klötzen geschürt worden war, kehrte Jordanna zögernd zu ihm zurück und schob eine Haarsträhne hinter ihr Ohr. Seine Augen wurden dunkler, als er die Schönheit ihres nackten Körpers in sich aufnahm.

»Leg dich zu mir, Jordanna.«

Ihre Finger verschränkten sich mit denen, die er ihr entgegenstreckte. Langsam und unsicher streckte sie sich an seiner rechten Seite aus. Brig schickte sich an, sich auf die Seite zu legen, aber sie preßte ihre Hände gegen seine Schultern und hielt ihn zurück.

»Nein. Sonst fängst du wieder an zu bluten«, warnte sie ihn besorgt.

»In diesem Fall...« – Brig zog sie auf sich herab – »...machen wir es eben so.«

»Du bist verrückt.« Aber sie erbebte, als seine großen Hände ihre Brüste kneteten.

»Ja, es ist Wahnsinn«, stimmte er zu. Das war die einzige Erklärung für seinen quälenden Verdacht, daß sie tatsächlich bei dem Versuch, ihn umzubringen, mitgewirkt hatte. Wenn das der Fall gewesen war, warum wäre sie dann jetzt hier? Es war nicht wichtig. Sein einziger Gedanke bestand jetzt in dem mächtigen Wunsch, sie zu lieben. Sie hatte ihm diesen teuflischen Samen der Begierde eingepflanzt. Jetzt war es an ihm, seine eigene Saat auszusäen.

Als seine Hände zu ihren Hüften hinabglitten, verteilte Jordanna ihr Gewicht auf seinem Oberkörper. Mit ihren feuchten Lippen streifte sie seine Mundwinkel, ihr Atem war warm und stimulierend, als er sich mit seinem mischte.

»Sei vorsichtig«, bat sie ihn. »Ich möchte nicht, daß du dir noch mehr weh tust.«

»Dann hilf mir«, spottete er und stöhnte, als sie es tat.

Ein kalter Luftzug an ihrem Rücken weckte Jordanna. Sie lag auf Brig, aber selbst im Schlaf hatte sie den Kontakt mit seinem verletzten Bein vermieden. Trotz der Hitze, die von seinem Körper ausging, war sie sich der Kälte bewußt. Es dauerte eine Sekunde, ehe sie begriff, daß das Feuer ausgegangen sein mußte. Sie wandte den Kopf und sah einen schwachen rötlichen Schimmer in der dunklen Asche des Kamins.

Leise schlüpfte sie aus Brigs Armen, um das Feuer neu zu entfachen. Sie zündete die winzige Flamme an und schauderte, als sie das erste Holzscheit hinzufügte. Sie warf einen Blick auf die Wand aus aufgehängter Wäsche und erkannte, daß alles trocken war. Sie griff nach ihrer langen Unterwäsche und zog sie eilig an. Sie hörte erst dann auf, als sie vollkommen angezogen war und von den vielen Schichten Kleidung gewärmt wurde. Da brannte auch das Feuer schon wieder richtig.

Der Holzstapel war bis auf zwei Scheite geschrumpft. Der Holzrahmen des Bettes würde noch ein halbes Dutzend Bretter liefern. Sie brauchten dringend mehr Holz. Und außerdem war sie durstig, und ihr knurrender Magen erinnerte sie daran, daß sie seit gestern mittag nichts mehr gegessen hatte. Sie nahm Brigs Jacke von der provisorischen Wäscheleine, deckte ihn damit zu, setzte dann ihren Hut auf, zog die Handschuhe an und packte schließlich den Eisentopf und ihr Messer.

Es hatte aufgehört zu schneien, aber der Schnee lag ungefähr fünfzehn Zentimeter hoch und bildete stellenweise tiefe Verwehungen. Die Sonne funkelte auf die weiße Schicht, und Jordanna mußte die Augen bedecken, nachdem sie die Dunkelheit der fensterlosen Hütte verlassen hatte. Im Licht des Tages erkannte sie, daß sie nicht ohne Fenster war. Sie waren nur zugenagelt worden.

Nachdem sie den Eisenkessel mit Schnee gefüllt hatte, ließ sie ihn neben der Tür stehen, um die Gegend ein wenig zu erkunden und einen Ort zu finden, an dem sie sich erleichtern konnte. Auf der anderen Seite der Hütte fand sie eine Holzkiste, die zur Hälfte mit Feuerholz gefüllt war. Ungefähr zwanzig Meter von der Hütte entfernt lagen tote Äste herum, falls sie noch mehr benötigten.

Nachdem dieses Problem gelöst war, wandte Jordanna ihre Aufmerksamkeit dem wachsenden Hunger zu. Vor mehreren Jahren schon hatte ihr Vater ihr beigebracht, daß die Innenseite der Rinde von Nadelbäumen, ebenso wie von anderen Bäumen, sowohl roh als auch gekocht eßbar war. Dieser Notvorrat würde ihnen etwas Kraft geben. Wahrscheinlich gab es unter dem Schnee auch ein paar eßbare Kräuter, aber die Rinde war leichter zu gewinnen. Zusammen mit Wasser aus dem geschmolzenen Schnee konnte sie eine nahrhafte Suppe ergeben. Mit Hilfe ihres Messers schnitt Jordanna Streifen von dem Baum und schälte die bittere äußere Rinde ab, um an die zarte innere Faser zu gelangen.

Nachdem sie ihre Taschen vollgestopft hatte, kehrte sie zur Hütte zurück und nahm den Kessel mit Schnee wieder auf. Nach dem hellen Sonnenlicht draußen hatte sie Schwierigkeiten, sich an das düstere Innere der Hütte zu gewöhnen. Eine große Gestalt versperrte den Feuerschein. Sie brauchte eine Sekunde, bis ihr einfiel, daß es Brig war.

»Guten Morgen.« Sie ging auf ihn lächelnd zu.

Er war halb angezogen, hatte den größten Teil seines Gewichtes auf sein rechtes Bein verlagert. Anstatt ihr Lächeln zu erwidern, funkelte Brig sie wütend an. Sein Gesicht zeigte einen bösen Ausdruck. Ihre Laune verschlechterte sich. In der letzten Nacht war er ein so feuriger Liebhaber gewesen, der ihren müden Körper mit wilder Erregung erfüllt hatte. Aber heute morgen standen Haß und Verachtung in seinen Augen. Was hatte sie nur falsch gemacht, außer daß sie ihn liebte?

»Wo bist du gewesen?« Sein Ton war grob und vorwurfsvoll.

»Ich habe die Gegend erkundet.« Sie stellte den Kessel mit Schnee in die Nähe des Feuers. »Da draußen gibt es eine Holzkiste mit mehr Feuerholz, und…«, sie zog die Rindenstreifen aus den Taschen, »…ich habe etwas Rinde geholt, um uns eine Suppe zu kochen.« Die ganze Zeit über bemühte sie sich, beherrscht und ruhig zu bleiben und weder Zorn noch Schmerz über seine Frage zu zeigen.

»Wie klug von dir.« Er zog in zynischem Spott eine Braue hoch.

»Finde ich auch.« Jordanna gab sich Mühe, schnippisch zu klingen.

»Hast du auch deinem Vater ein Zeichen gemacht?«

»Ehrlich gesagt habe ich nicht daran gedacht, sonst hätte ich es wohl getan.« Ihre Antwort war kühl. Sie verstand seinen Ton nicht, aber er gefiel ihr auch nicht.

»Du hattest die perfekte Gelegenheit und hast nicht den Mut gehabt, es zu tun? Warum nicht?« Er legte den Kopf arrogant zurück, was gleichzeitig Spott und Herausforderung bedeutete. »Wo ist denn der Unterschied zwischen einer Kugel und meinem Tod durch Erfrieren, wenn du mich verläßt?«

Jordanna sah ihn mit verwirrt gerunzelter Stirn an und schüttelte den Kopf. »Ich weiß nicht, wovon du sprichst.« Es war warm neben dem Feuer. Sie nahm den Hut ab und knöpfte ihren Mantel auf.

»Spiel nicht länger die Dumme. Ich habe es satt«, höhnte Brig.

»Du hast auch gestern abend schon solchen Unsinn geredet. Du scheinst doch etwas Fieber zu haben.« Sie trat näher, um seine Stirn zu fühlen und seine Temperatur zu überprüfen.

Aber ihre Hand kam nicht einmal in seine Nähe, da wurde sie auch schon so fest gepackt, daß Jordanna sich seitwärts wandte, um den Druck zu verringern. Sein Gesicht wurde dunkel vor Wut.

»Keine Lügen mehr, Jordanna!«

»Ich lüge nicht!« schrie sie empört. »Hast du den Verstand verloren?«

»Ja. Das muß ich wohl, als ich dir begegnet bin.« Sein Mund verzog sich vor Selbstverachtung. »Ich weiß, welch lügendes Flittchen du bist. Ich wußte sogar, daß du dich mit deinem Vater verschworen hast, mich umzubringen, aber trotzdem habe ich mich in eine Situation hineinmanövrieren lassen, in der ihr die Gelegenheit dazu hattet. Es ist reines Glück, daß es mir gelungen ist, mit einer Fleischwunde davonzukommen.«

»Was?« Es war ein atemloses Wort reinster Verwirrung. »Wie kannst du so etwas sagen? Du mußt verrückt sein«, flüsterte sie, ein wenig ängstlich ihm gegenüber. »Ich weiß nicht, wer auf uns geschossen hat.«

»Du Lügnerin!« Mit wildem, wolfsähnlichem Fauchen stieß er sie so heftig von sich, daß sie zurücktaumelte. »Du und ich, wir wissen beide, daß es dein Vater war!«

»Nein!«

»Wer war denn sonst noch da? Wer sonst hatte ein Gewehr? Wer sonst hatte einen Grund, mich umzubringen?« Er schleuderte ihr die Fragen entgegen.

»Ich weiß nicht, wer es gewesen sein könnte, aber es war nicht mein Vater!« Zorn und Enttäuschung lagen in ihrer wiederholten Antwort. »Wie kannst du nur so verrückt sein, zu glauben, daß er dich umbringen will? Brig, was ist nur los mit dir?«

»Mit mir ist gar nichts los. Fletcher will meinen Tod, weil ich ihm gesagt habe, daß ich weiß, wie Max umgebracht worden ist. Das hat er dir doch sicher erzählt.« Sein Ausdruck war höhnisch, als er ihre Unwissenheit verspottete.

»Umgebracht? Es war ein Unfall«, protestierte Jordanna.

»Schöner Unfall!« schalt er und langte nach seiner Jacke. Aus der Tasche zog er den Dornenzweig. »Welches Pferd hätte nicht gebockt und einen unerfahrenen Reiter abgeworfen, wenn es das unter dem Sattel hat? Erzähl mir nur nicht, du hättest ihn noch nie zuvor gesehen.«

Sie starrte den Zweig mit runden Augen an. »Doch. Ich habe ihn gesehen. Du hast erzählt, er wäre dein Glücksbringer.« Sie sah zu ihm auf. »Willst du etwa sagen, daß er schuld an Max' Unfall war?«

»Es war kein Unfall. Es war Mord. Aber ich bin sicher, daß du als Komplizin deines Vaters das niemals zugeben wirst.«

»Nein, das ist nicht wahr. Ich weiß nicht, wie diese Dornen unter Max' Sattel geraten sind, aber ich hatte nichts damit zu tun. Und mein Vater auch nicht.«

»Hör auf, deine Rolle zu spielen, Jordanna«, erklärte er verächtlich. »Während du mir meinen Kaffee gebracht und die rücksichtsvolle Freundin gespielt hast an jenem Morgen, hast du dafür gesorgt, daß ich nicht zu den Pferden gehen konnte. Damit hast du deinem Vater ausreichend Gelegenheit gegeben, den Zweig unter den Sattel zu schieben. Was er auch getan hat.«

»Nein.«

»Ich hätte es schon durchschauen sollen, als dein Vater Max nicht vor der Schlange gewarnt hat. Ich habe noch nicht einmal etwas vermutet, als er Max durch einen Trick dazu brachte, dieses Sims zu überqueren, ohne ihn vor der unterminierten Stelle zu warnen. Aber meinen Verstand und meine Sinne hattest du verdreht. Das war doch die ganze Zeit über euer Plan, nicht wahr? Mich so wild nach dir zu machen, daß ich nicht bemerken würde, was um mich her geschah? Und beinah hätte es auch geklappt. Du warst eine so reizende kleine Verführerin, daß ich, wenn ich nicht mit dir im Bett lag, mir wünschte, es zu tun. Sogar als ich zufällig hörte, wie Fletcher dir auftrug, ›nett‹ zu mir zu sein, fragte ich nicht nach dem Grund. Ich war noch immer dumm genug, seine Geschichte zu glauben, daß er einen Widder schießen wollte. Und mir war es egal, warum du es getan hast, solange ich dich nur besitzen konnte, wann immer ich es wollte.«

»Aber nein! Du hast das alles falsch verstanden! Ich habe nicht mit dir geschlafen, weil er es mir aufgetragen hat!« Bittere Tränen standen in ihren Augen. »Ich habe es getan, weil ich es wollte – weil ich dich liebe! Dad hatte nichts damit zu tun! Und er hat auch nichts mit Max' Tod zu tun, und du kannst es auch nicht beweisen.«

»Das hat er auch gesagt«, erklärte Brig ungerührt.

»W-was hat er gesagt?« wiederholte sie entsetzt. »Meinst du... Er weiß, daß du glaubst, er hätte Max umgebracht?«

»Warum sonst sollte er wohl auf mich schießen? Er will nicht, daß ich anfange herumzuerzählen, was ich weiß. Und fast hätte er mich auch für immer zum Schweigen gebracht. Noch ein paar Sekunden, und...« Er sprach das Offensichtliche nicht aus. »Du hättest mich fast lange genug abgelenkt, Jordanna.«

»Lügner. Nichts davon ist wahr! Du denkst dir das alles aus. Aber warum?« wollte sie wissen und erstickte fast an einem ängstlichen Schluchzen. »Warum tust du das?«

»Du weißt, daß es wahr ist. Fletcher ist jetzt da draußen und sucht mich. Er muß mich töten. Er kann mich nicht entkommen lassen, nicht, nachdem er mich einmal verfehlt hat.«

»Lügner!« tobte Jordanna. Sie stürzte sich auf ihn, schlug und trat wild nach ihm, schluchzte und schrie wieder und wieder. »Lügner! Lügner! Lügner!«

Heiße Tränen liefen ihr über das Gesicht, raubten ihr die Sicht. Nur wenige ihrer hysterischen Schläge trafen ihn tatsächlich, aber es dauerte ein paar Minuten, bevor Brig ihre wirbelnden Arme packen und hinter ihrem Rücken festhalten konnte. Die schiere Sinnlosigkeit, gegen jemanden zu kämpfen, der so viel stärker war als sie selbst, ließ Jordanna zu einem zitternden, schluchzenden Häuflein zusammenbrechen.

22

Brig hielt sie fest an sich gepreßt und fing ihr heftiges Schluchzen mit seinem Körper ab. Keine Schauspielerin, so gut sie auch sein mochte, hätte sich in einem solchen emotionalen Zustand hineinsteigern können. Falten standen auf seiner Stirn, die Furchen wurden immer tiefer, als das Schluchzen immer heftiger wurde. Er ließ ihre Arme los und strich über das verwirrte seidige kastanienbraune Haar. Seine Brust war naß von ihren Tränen.

»Es ist nicht wahr«, hörte er ihr gebrochenes Murmeln.

Seine Hand zitterte, als er sie unter ihr Kinn legte und ihr Gesicht hob, um es zu inspizieren. Quälende Sorge stand in ihren Augen. Die Zweifel an ihrer Schuldlosigkeit, die an ihm genagt hatten, wurden plötzlich fortgewischt, und Erleichterung durchströmte ihn, Erleichterung und ein schwellendes Gefühl von Sanftheit und Zärtlichkeit.

»Du hast es wirklich nicht gewußt, nicht wahr?«

Sie legte die Hände über die Ohren, um seine Stimme auszusperren, und schloß ganz fest die Augen, preßte die letzten Tränen hervor. »Ich will keine Lügen mehr von dir über meinen Vater hören.«

Brig zog ihren steifen Körper in die Arme und rieb sein Kinn an ihrem Haar. Er fühlte ihren Schmerz, ihre Verwirrung und die quälenden Tränen. Er erkannte, daß sie auf dieselbe brutale Art zu einem Opfer geworden war wie er selbst und daß sie unschuldig war, aber er hatte sich vergewissern müssen.

»Es ist wahr, Jordanna. Es tut mir leid.« Seine Stimme war heiser und rauh vor Bedauern. »Fletcher hat mich nicht zufällig als Führer für diese Jagdgesellschaft ausgewählt. Er hat mich gründlich überprüfen lassen. Er wußte alles über meine Verbindungen zu Max und der Sanger Corporation, kannte das ungute Verhältnis zwischen uns. Er hat Max umgebracht und mich als Sündenbock ausersehen, für den Fall, daß es sich herausstellen würde, daß es kein Unfall war. Leider – für ihn – fand ich den Beweis und zählte zwei und zwei zusammen.«

»Aber warum?« protestierte sie und hob ihr verwirrtes Gesicht zu ihm empor, wischte ungeduldig die Tränen fort, die über ihre Wange liefen. »Warum hätte er Max umbringen sollen?«

»Ich weiß es nicht. Aber das ist das einzige, was ich noch nicht habe herausfinden können.« Ein Nerv zuckte in seinem Kiefer. »Weißt du es? Was war Max für ihn?«

»Er war... nur ein Geschäftsfreund«, antwortete Jordanna mit verständnislosem Achselzucken. »Er hatte Dad geraume Zeit bearbeitet, irgendwelche Aktien der Gesellschaft zu kaufen. Dad sagte, er habe die Gesellschaft überprüfen lassen und...« Sie brach ab, ihr Blick flackerte begreifend zu Brig hinüber. »Er hat dich auch überprüfen lassen. Dad war es, der mir erzählt hat, daß du früher Söldner warst, nicht Max. Er wußte alles über dich.«

»Hatte er die Absicht, Max' Aktien zu kaufen?« Brig bemerkte Angst und Schrecken, die in ihre Augen traten.

Er beobachtete, wie sie sich bemühte, sich zu erinnern. »Er sagte, er würde es vielleicht tun. Die Gesellschaft war fast bankrott, aber er glaubte, mit finanzieller Hilfe und dem richtigen Mann an der Spitze würde sie sich erholen. Erbst du das jetzt alles, Brig?«

»Ja. Hat er dir das auch gezählt?«

»Ja.« Jordanna senkte den Kopf und sah ihn nicht mehr an. »Dad hat Max nicht umgebracht. Er hatte keinen Grund.«

»Warum hat er Max eingeladen mitzukommen?«

»Das hat er nicht. Das hast du getan.« Sie brach ab, Zweifel flackerten in ihren Augen. »Oder nicht? Er hat uns erzählt, daß die Einladung von dir gekommen wäre.«

»Ich habe Max nicht eingeladen.«

»Aber wie kann das sein?« Sie schüttelte verwirrt den Kopf. »Dad sagte, du habest Max eingeladen und es habe nichts gegeben, was er dagegen hätte unternehmen können. Ihr beiden wäret Cousins, und es sei schon lange her, daß ihr zusammen gewesen seid. Außerdem wollte Max ihm eben diese Aktien verkaufen.«

»Ich war dabei, als dein Vater den Vorschlag machte, daß Max ihn auf einen Jagdausflug begleiten sollte. Und später hat er dann diesen speziellen Trip vorgeschlagen. Max hat sich auf die Chance gestürzt, aber ganz bestimmt nicht meinetwegen«, beharrte Brig trocken. »Im Gegenteil, ich bin sicher, er wünschte mich ans andere Ende der Welt.«

»Aber das ergibt überhaupt keinen Sinn«, widersprach sie und versteifte sich in seinen Armen. »Warum sollte Dad lügen, was die Einladung anging? Warum hätte er sagen sollen, du habest Max eingeladen, wenn das überhaupt nicht der Fall war?«

»Diese Frage mußt du ihm schon selber stellen. Ich kann nur vermuten, daß er nicht wollte, daß irgend jemand auf die Idee kam, er hätte Max bei diesem Jagdausflug dabeihaben wollen. Wenn alle glauben würden, daß ich Max eingeladen habe und daß dein Vater seine Gegenwart einfach tolerieren mußte, dann wäre er weniger verdächtig, wenn der Mord entdeckt würde.«

»Nein. So etwas würde Dad nie tun.« Jordanna wand sich aus seinen Armen, wütend und verunsichert. »Du denkst dir das alles aus. Ich habe nur dein Wort, daß er etwas mit Max' Tod zu tun hat.«

»Das gehört auch zu seinem Plan. Mein Wort gegen seines. Ein ehemaliger Söldner gegen einen sehr reichen und hochangesehenen Mann. Deshalb habe ich auch den Behörden gegenüber nichts von alledem erwähnt. Ich wollte erst Beweise haben. Ein Jammer, daß die Kugel nicht in meinem Bein steckengeblieben ist. Dann hätte ich sie jetzt.« Brig beobachtete sie, bemerkte den Widerspruch zwischen dem stolz gereckten Kopf und den hängenden Schultern. »Stoße ihn endlich von seinem Podest herunter, Jordanna. Er ist jetzt, in diesem Augenblick, da draußen und sucht mich.«

»Warum sollte er das nicht tun?« Sie wirbelte herum, stand ihm gegenüber, das flammende Haar wirbelte um ihre Schultern. »Wahrscheinlich denkt er, daß wir uns im Sturm verlaufen haben oder daß du mich entführt hast. Kit und Jocko sind wahrscheinlich bei ihm.«

»Glaub mir, Fletcher ist nicht ohne uns ins Lager zurückgekehrt«, erklärte Brig. »Er kann keinen Suchtrupp riskieren, bevor er nicht sicher ist, daß ich tot bin. Jocko wird sich keine Sorgen um uns machen, frühestens, wenn wir heute abend nicht auftauchen. Er wird glauben, daß wir gestern zu spät zum Lager aufgebrochen sind und uns irgendwo eingeigelt haben, als der Schneesturm losbrach. Und Fletcher wird nicht zulassen, daß sie bei der Suche nach uns helfen. Er kann es nicht riskieren, Zeugen in der Nähe zu haben, die er nicht kontrollieren kann, wenn ich meinen ›Jagdunfall‹ erleide.«

»Was ist mit mir? Ich bin einer deiner Zeugen«, meinte Jordanna herausfordernd.

»Du willst ja nicht einmal glauben, daß er für dies hier verantwortlich ist.« Brig berührte seinen verletzten Schenkel. »In deinen Augen kann dein Vater gar nichts falsch machen. Er kann dich kontrollieren. Er kann dich überzeugen, daß es ein tragischer Unfall gewesen ist. Das Gewehr ging zufällig los – oder er hat mich für ein wildes Tier gehalten. Ich bin sicher, er wird eine gute Geschichte parat haben, und du wirst ihm nur zu gerne glauben und sie deshalb nicht in Frage stellen.«

»Nein«, protestierte sie, aber ihr Blick senkte sich unter seinem.

»Aber Jocko könnte er nicht in der Nähe dulden, denn der könnte sich zu einem Problem entwickeln. Dein Vater muß gemerkt haben, daß er Jockos Schweigen ebensowenig kaufen kann wie meines.«

»Dein Schweigen kaufen? Wie meinst du das?«

»Er hat mir neulich in der Stadt einen sehr reizvollen Vorschlag gemacht, als ich ihn mit der Ursache von Max' Tod konfrontierte.«

»Was für einen Vorschlag?« Sie sah wachsam gespannt und unsicher aus.

»Zuerst hat er angeboten, die finanzielle Unterstützung zu bieten, die die Sanger Corporation braucht. Er war sich völlig im klaren darüber, daß ich sie erben würde. Es gefiel ihm gar nicht, als ich ihm sagte, was er mit seinem Geld und der Sanger Corporation machen könnte.«

»Du kannst ihm keinen Vorwurf daraus machen, daß er dir dieses Angebot gemacht hat. Das heißt nicht unbedingt, daß er dich kaufen wollte«, widersprach sie. »Dad hatte schon gesagt, mit dem richtigen Mann an der Spitze wäre er daran interessiert, in die Gesellschaft zu investieren. Wahrscheinlich dachte er, du wärest der richtige Mann.«

»Vielleicht. Aber als ich dieses Angebot ablehnte, hat er mir ein zweites, noch reizvolleres Angebot gemacht: dich.«

»Du lügst!« zischte sie und hätte ihn geschlagen, hätte Brig nicht ihre Hand abgefangen. Diesmal versuchte er nicht, sie zu bestrafen, und sein Griff war mehr fest als brutal.

»Er deutete ganz offen an, daß du mich heiraten würdest, wenn ich dich darum bitten würde.« Er sah, wie ihr die Schamröte in die Wangen stieg. »Als ich nicht mit dem geziemenden Enthusiasmus auf die Idee reagierte, deutete er an, daß sein Hochzeitsgeschenk es mir ermöglichen würde, eine beträchtliche Anzahl teurer Verbesserungen an der Ranch vorzunehmen.«

»Zweifellos hast du ihm gesagt, was er auch mit diesem Angebot tun könnte«, murmelte Jordanna mit zusammengebissenen Zähnen.

»Hab' ich«, gab Brig zu. »Als er feststelle, daß er Max' Skelett nicht im Schrank der Familie halten konnte, mußte er auf diese Möglichkeit zurückgreifen.«

»Aber warum? Du hast mir noch nicht einen einzigen Grund nennen können. Es muß ein Irrtum in deiner Vermutung bestehen.« Brig konnte sehen, wie die Verzweiflung nach ihr griff.

»Ich kenne den Grund nicht, aber ich werde ihn herausfinden.« Er hielt seine Stimme ruhig, aber das konnte seine Entschlossenheit nicht überdecken. »Was immer es ist, es existiert schon seit langer Zeit in ihm. Ich glaube, zuerst hat er versucht, Max finanziell zu ruinieren. Irgendwie stellte Max für deinen Vater eine Bedrohung dar, und er versuchte, ihn zu zermalmen. Als das nicht geklappt hat, hat er ihn umgebracht.«

»Du irrst dich. Du mußt dich irren.« Brig hörte den Zweifel in ihrer Stimme.

»Ich habe recht«, erklärte er ruhig. »Ich hoffe nur, du stehst nicht bereits neben meiner Leiche, wenn du das endlich begreifst.« Er hörte sie entsetzt und empört Luft holen und wußte, daß er alles gesagt hatte, was er sagen konnte. Sie mußte selbst darüber nachdenken und entscheiden, ob sie ihm glauben wollte oder nicht. »Der Schnee schmilzt im Topf. Du hast doch irgend etwas von einer Suppe gesagt.« Er griff nach seinem Hemd. »Ich hole etwas von dem Feuerholz herein, das du draußen gefunden hast.«

»Dein Bein...«, setzte sie zu einem Protest an.

»Dem geht es gut.«

Es tat höllisch weh, aber er konnte nicht zulassen, daß es steif wurde. Die Möglichkeit, daß Fletcher diese Hütte finden würde, war nicht sehr groß. Der Schnee mußte ihre Spur verdeckt haben. Sie würden sicher sein, solange sie hierblieben, aber wie lange konnten sie das aushalten, wenn sie sich nur von Baumrinde ernährten? Ohne Waffen konnten sie Wild jetzt nur mit Hilfe von Schlingen erlegen, aber darauf wollte Brig sich nicht verlassen. Früher oder später mußten sie auf jeden Fall von hier fort. Lieber früher, solange sie noch die Kraft hatten und nicht vom Nahrungsmangel geschwächt waren. Es bestand immer das Risiko, daß Fletcher den Rauch aus dem Kamin sehen könnte und herkam, um nachzusehen. Dann würde die Hütte zu einer Todesfalle für ihn, Brig, werden.

Heute abend würde Jocko anfangen, sich Sorgen zu machen. Morgen früh würde er losziehen, um sie zu suchen. Wenn sie Jocko oder das Lager erreichen könnten... Es beunruhigte Brig, daß er nicht wußte, wo Fletcher war. Der Jäger mußte vermuten, daß er versuchen würde, das

Lager zu erreichen, und er hatte sich bestimmt einen Punkt gesucht, von dem aus er die Wege überwachen konnte, die zum Lager führten. Aber wo würde das sein? Brigg ging im Geiste das ganze Gebiet durch, wählte und verwarf Orte und kam zum Schluß auf eine Handvoll Plätze, an denen Fletcher auf der Lauer liegen könnte.

Er schlüpfte in seine Jacke und warf einen Blick auf Jordanna. Sie fügte die Rindenstreifen dem siedenden Schneewasser hinzu. Seine Ablenkung hatte funktioniert. Sie hatte aufgehört, mit ihm zu streiten, und angefangen, alles zu überdenken. Sie brauchte Zeit. Und er ebenso.

Die Umstände hatten sich in der letzten Stunde dramatisch verändert. Bislang war er wütend genug gewesen, um sie als Schutzschild zu benutzen – wütend, weil er geglaubt hatte, sie habe teil an dem allen gehabt – wütend, weil er nicht daran zweifelte und sich hatte manövrieren lassen – und wütend, weil er sie immer noch begehrt hatte. Nur, daß nichts von seinen Vermutungen wahr war. Jordanna hatte ihn nicht getäuscht. Auch sie war unwissentlich die ganze Zeit über von ihrem Vater benutzt worden.

Der erste Schritt auf die Tür zu rief einen scharfen, schmerzenden Protest von der Wunde hervor. Schweißperlen bildeten sich auf seiner Stirn. Brig blieb stehen und wartete, bis sich das Toben gelegt hatte. Er versuchte es noch einmal, benutzte sein linkes Bein jetzt viel vorsichtiger. Draußen vor der Hütte wischte er sich den Schweiß von der Stirn und atmete die kalte, schneidende Luft ein. Verletzt war er zu dieser Hütte gekommen, und verletzt würde er sie auch wieder verlassen.

Aber er machte sich Sorgen um Jordanna und darum, was geschehen würde, wenn ihr Vater sie beide fand. Ein Querschläger, und sie könnte ernstlich verwundet werden. Brig glaubte noch immer nicht, daß Fletcher riskieren würde, sie zu verletzen, aber unabsichtlich konnte er es doch tun. Indem er sie mitgenommen hatte, hatte er sie in Gefahr gebracht. Er mußte sie jetzt auch lebend hier herausbringen, nicht nur sich selbst. Wenn Jordanna irgend etwas zustieß, dann wäre es seine, Brigs, Schuld, und er wußte nicht, ob er damit würde leben können. Er wußte nicht einmal, ob er ohne sie leben konnte.

Er überflog das Waldgebiet, das die Hütte umgab. Mit einem Blick nach oben beobachtete er die Rauchwolken, die aus dem Schornstein aufstiegen. Das Holz war trocken und brannte ohne viel Rauch. Aber wie weit war er zu sehen? Und wie nah war Fletcher?

Es wurde Zeit, ein paar Erkundungen zu machen, ob er sich nun gut genug dafür fühlte oder nicht. Brig hielt sich in der Deckung der Bäume und Felsen und arbeitete sich bis zum Eingang des hohen Canyons vor. Die Vorsicht erforderte, daß er sich niemals zu lange ungedeckt bewegte und dadurch riskierte, mit Hilfe eines starken Fernglases gesehen zu werden. Er mußte es außerdem langsam angehen, damit seine Wunde nicht wieder zu bluten anfing.

In der Nähe des Eingangs zum Canyon kroch er auf einen Felsen, um besser sehen zu können. Brig wünschte, er hätte ein Fernglas dabei, als er langsam die Kämme und Plateaus absuchte. Nichts rührte sich. Es sah aus wie eine gemalte Weihnachtskarte mit schneebedeckten Bergen und Bäumen. Er warf einen Blick in die Richtung der Hütte. Die dünne Rauchfahne aus dem Kamin war kaum sichtbar vor dem weißen Hintergrund. Er wartete und beobachtete sie fünfzehn Minuten. Dann fing sein schneebedeckter Sitzplatz an, ihn mit seiner Kälte zu betäuben.

Ehe er sich auf den Rückweg machte, brach Brig einen Tannenzweig ab und verwischte damit seine Spuren im Schnee, als er auf demselben Weg zur Hütte zurückging. Niemand, der sie aus der Ferne sah und durch ein Fernglas schaute, würde die Zweigspuren im Schnee bemerken. Aber wenn Fletcher nah genug kam, um sie mit bloßem Auge zu sehen, dann würde er erkennen, was sie bedeuteten.

Draußen vor der Hütte blieb Brig stehen, um sich auszuruhen. Dann belud er seine Arme mit Holz aus der Kiste und trug es hinein. Der lange Gang hatte ihn sehr müde gemacht. Er mußte sich dringend ausruhen, aber wenigstens war sein Bein nicht mehr so steif, wenn es auch noch immer sehr schmerzte.

Jordanna stand vor dem Kamin, das Gesicht den Flammen zugewandt, die Hände gegen die Steine gestützt. Ihre hängenden Schultern und ihre gesenkten Augen verrieten ihre Niedergeschlagenheit. Sie drehte sich nicht um, als er eintrat, zeigte nicht, daß sie wußte, daß er zurück war. Brig ließ das Feuerholz in die Ecke fallen, humpelte hinüber und stellte sich neben sie.

»Ist die Suppe fertig?« Er zog die Handschuhe aus, rieb sich die Hände und streckte sie der Hitze der Flammen entgegen. Mit einem Blick aus den Augenwinkeln entdeckte er, daß ihr Kinn zitterte.

»Sie ist fertig – mal sehen, wie gut sie uns tut«, antwortete sie gepreßt. »Wir haben keine Löffel oder Tassen oder sonst irgendeine Möglichkeit, um sie zu essen. Und aus diesem Kessel können wir sie bestimmt nicht trinken.« Es gab keinen Zweifel: Ihre Stimme verriet, daß sie sich geschlagen gab.

»Hallo«, schalt er leise. Sie hatte in den letzten vierundzwanzig Stunden die Hölle durchgemacht. Das fing jetzt an, sich bemerkbar zu machen. Er legte eine Hand auf ihren Nacken und zwang sie, ihn anzusehen. Ein müdes, beruhigendes Lächeln verzog seinen Mund. »Das Schlimmste ist jetzt vorbei, Jordanna. Du hast mir gestern das Leben gerettet. Mit deiner Hilfe habe ich es bis in diese Hütte geschafft; du hast Feuer gemacht, nachdem ich ohnmächtig geworden bin; du hast mich aus den nassen Kleidern geschält und meine Wunde verbunden, du hast Feuerholz gesammelt und Wasser gekocht und bist die ganze Nacht lang wach geblieben, um das Feuer in Gang zu halten; und heute morgen bist du hinausgegangen und hast dich aus der Speisekammer der Natur bedient. Du bist eine bemerkenswerte Frau, Jordanna Smith. Brich mir jetzt nicht zusammen. Ich brauche dich.«

Sein Blick wanderte zu ihrem bebenden Mund. Brig beugte den Kopf, um diese weichen Lippen zu küssen. Zuerst ließen sie seine Berührung passiv über sich ergehen, aber allmählich unterwarf sie sich seiner sanften Überredung. Eine Welle des Gefühls, sie beschützen zu müssen, wogte in ihm auf, es war ein süßes, aber starkes Gefühl. Als er den Kopf hob, stellte Brig fest, daß er einen Kloß in der Kehle hatte, an dem er zu ersticken drohte.

»Laß uns ein bißchen herumstöbern«, schlug er heiser vor. »Wer auch immer diese Hütte gebaut hat, muß doch ein paar Blechdosen oder etwas zerbrochenes Geschirr herumliegen gelassen haben. Wir werden schon etwas finden.«

Jordanna nickte stumme Zustimmung zu seinem Vorschlag. Ihre Augen schwammen in flüssigem Glanz. Zusammen durchsuchten sie die dunklen und schmutzigen Ecken der Hütte. Rost hatte Löcher in die Dosen gefressen, die sie fanden. Brig verlor schon den Mut, als Jordanna einen Rasiertopf aus Porzellan fand, aus dessen Rand eine Ecke abgesprungen war.

Während sie hinausging, um ihn im Schnee zu säubern, kehrte Brig ans Feuer zurück und ließ sich vorsichtig auf den Boden nieder, den Rücken an den Tisch gelehnt. Sein Bein pochte, und er hatte das Gefühl, es wäre dreimal so dick wie normal. Aber die Schwellung war nur leicht, und die Hitze schien normal für eine Wunde, daran erinnerte er sich von früheren Verletzungen her.

Als Jordanna zurückkehrte, bestand sie darauf, daß er zuerst aß. Brig war zu müde, um zu streiten. Er trank zwei Tassen der Suppe und kaute an den gekochten Rindenstückchen. Sie schmeckten überraschend gut und füllten die Leere in seinem Magen. Er reichte ihr den Becher, zog seine Jacke aus und legte sie als Kissen zurecht. Dann streckte er sich auf dem Rücken aus.

»Trockne das Holz, das ich hereingebracht habe, ehe du es aufs Feuer legst. Ich möchte nicht, daß mehr Rauch als unbedingt nötig aus dem Kamin kommt«, warnte er sie, ehe er die Augen schloß und sich seiner Müdigkeit überließ.

Jordanna hockte vor dem Kamin, die Arme um die angezogenen Knie geschlungen. Ihrer Uhr nach war es später Nachmittag, und Brig schlief noch immer. Sie kaute auf ihrer Unterlippe, dachte an all die Anschuldigungen, die er vorgebracht hatte. Einige von ihnen ergaben einen Sinn. Sie fuhr sich mit den Fingern durchs Haar. Sie konnte einfach nicht glauben, daß ihr Vater Max getötet hatte. Aber wer hatte auf Brig geschossen? Ihre Qual verdüsterte ihren Blick, als sie ihn ansah.

Plötzlich begriff sie, daß er nicht schlief. Wie lange beobachtete er sie schon durch die schmalen Schlitze zwischen seinen Wimpern? Sie löste ihre Finger aus dem Haar und strich nervös über ihre Schenkel. Jordanna starrte hastig in die Flammen.

»Du zweifelst immer noch an dem, was ich dir erzählt habe.« Seine Stimme war leise, weder vorwurfsvoll noch mißbilligend.

»Ich kann nicht anders. Ich glaube einfach, daß du einen Irrtum begehst.« Sie drehte sich nicht um, aber sie hörte, wie er sich aufsetzte. »Ich bin sicher, es gibt eine logische und rationale Erklärung für alles, was passiert ist.«

»Natürlich, eine, die deinen Vater entlastet«, murmelte er.

»Ja.« Ihre Lippen fühlten sich trocken an. Sie fuhr mit der Zunge darüber.

Er ergriff ihre Hand, umschlang sie mit seiner großen. Überrascht wandte sie sich um und stellte fest, daß er neben ihr saß und sie ansah. Er musterte ihre Hand, fuhr an den langen, schmalen Fingern entlang, liebkoste sie auf merkwürdige Art und Weise.

»Du hast mir einmal gesagt, du könntest mich wohl nicht dazu bringen, dir zu glauben.« Er sah sie nicht an, als er das sagte. »Aber du hast dich geirrt. Ich glaube, du hast die Dinge ernst gemeint, die du zu mir gesagt hast. Du hast mich nicht angelogen, Jordanna. Und ich lüge dich genausowenig an.«

Brig hob den Kopf. Der eindringliche Blick seiner dunklen Augen ließ ihren Atem stocken. Die Spannung in seinem Körper übertrug sich auf sie. Ein Muskel zuckte in seiner schmalen Wange, als sein Blick ihr Gesicht überflog.

»Du warst meine Schwäche, Jordanna«, fuhr er fort. »Selbst als ich glaubte, daß du und dein Vater mich nur benutzt habt, konnte ich dir nicht widerstehen. Du hast an meinem Herzen genagt, an meinem Verstand und an meinem Körper. Der Hunger nahm seinen Anfang an jenem Abend in New York, auf der Party. Als ich zurückkam, konnte ich dich nicht vergessen. Es gab Gefühle, von denen ich dachte, sie wären in mir gestorben, aber du hast sie zu neuem Leben erweckt. Aber mir gefiel die Vorstellung nicht, nur einfach dein Hengst zu sein, also versuchte ich, dich zu hassen.«

»Mein Hengst?!« Der Ausdruck tat weh. Jordanna versuchte, ihm ihre Hand zu entziehen, aber er wollte sie nicht loslassen.

»Vergiß nicht, daß ich glaubte, benutzt zu werden, daß das reiche Mädchen sich nur mit einem Bergführer amüsierte, einem ehemaligen Glücksritter. Wenn du eine der Dreingaben sein solltest, wenn ich auf Fletchers Handel einging, dann begehrte ich dich genug, um anzunehmen – ganz gleich, wozu mich das machte. Ich habe ein paar Dinge absichtlich gesagt, um dich zu verletzen.« Er schüttelte den Kopf, warf einen Blick zur Seite und fluchte leise. »Verdammt. Ich bin kein guter Redner. Ich liebe dich, Jordanna.«

Ein ungläubiger Schimmer trat in ihre Augen. Sie wollte ihm so gern glauben, so verzweifelt, daß sie Angst bekam. Die Angst band ihr die Zunge, und ihr Schweigen ließ seine Züge grimmig und hart werden, sein Mund wurde schmal unter dem dunklen Bart, was ihm einen rücksichtslosen Ausdruck verlieh.

»Du hast mal gesagt, du würdest mich lieben. Mein Gott, du hättest deine Meinung lieber nicht ändern sollen. Weil ich dich nämlich nicht gehen lasse.« Sein Blick sprühte plötzlich Funken.

Jordanna machte der Schmerz, den sein Griff an ihrer Hand verursachte, nichts aus. »Ich will ja gar nicht, daß du mich gehen läßt.« Ihre Stimme bebte.

Sie schlug die langen Beine unter sich, so daß sie näher bei ihm sitzen konnte. Mit der anderen Hand strich sie über seinen Mund, vertrieb dadurch den grimmigen Zug. Er zitterte heftig bei ihrer Berührung und riß sie in seine Arme. Er preßte sie an sich, und der Schmerz, den er dabei verursachte, war ein süßes Brennen der Liebe. Sein harter, fordernder Kuß war fast grausam, weil die Selbstbeherrschung fehlte. Brig drückte ihr seinen Besitzerstempel auf die Lippen, ehe er den Druck verringerte, was ihr eine Erwiderung ermöglichte. Das Hämmern seines Herzens schien sie zu durchfahren, bis ihr Herz so laut pochte wie seines. Jordanna schwelgte in dem Bewußtsein, den Grund für seine Grobheit zu kennen. Seine Erklärung hatte ihn verletzbar gemacht. Er hatte ihr erlaubt, seine Verletzbarkeit zu sehen, hatte ihr die Macht gegeben, ihn in die Knie zu zwingen. Aber das war es nicht, was sie wollte. Zitternd vor Freude über die Schönheit dieses Geschenks, drückte sie ihm leichte, bewundernde Küsse auf die Lider, die Wange, das Kinn.

»Ich habe immer diese schmerzhafte Leere in mir gespürt«, erzählte ihm Jordanna flüsternd und kostete das Gefühl seiner rauhen Wange an ihren empfindlichen Lippen aus. »Manchmal wurde sie so groß, daß ich dachte, ich würde von ihr verschluckt werden, und sterben wollte. Körperliche Befriedigung hat dieses Loch nie ausgefüllt. Dann habe ich dich auf dieser Party getroffen. Die Leere wurde von so vielen Empfindungen, Emotionen und Gefühlen erfüllt, daß sie überfloß. Du warst ein völlig Fremder. Ich wußte nicht einmal deinen Namen. Anschließend habe ich dich überall gesucht, aber du warst nicht mehr da.«

»Ich dachte, ich hätte gerade mit der Geliebten meines Gastgebers geschlafen.« Brig hob den Kopf und ließ seinen Blick erneut über ihr Gesicht streichen. Seine Hand liebkoste die schlanke Kurve ihres Halses, ein Finger folgte dem wilden Pochen ihres Pulses bis hinab zu der Grube an ihrer Kehle. »Es hätte nichts geändert, wenn ich gewußt hätte, daß du seine Tochter bist. Es wird von der Gesellschaft nicht akzeptiert, wenn man von einem Mann sein Geld und seine Tochter nimmt.« Sein Mund verzog sich verächtlich. »Ich wollte nichts weiter als dich küssen, aber dann verlor ich die Beherrschung. Als ich meine Sinne wiederfand, war ich nicht sehr stolz auf mich. Ich habe weiß Gott versucht, dich zu vergessen.«

Jordanna fuhr an der schmalen Oberlippe entlang, dann an der sinnlich vollen Unterlippe. Schmerz durchzuckte sie.

»Hat... die Frau in der Bar dir geholfen? Trudie?«

Die Pause wurde so lang, daß sie ihm in die Augen sehen mußte. Er sah sie offen an. »Ja.« Seine Ehrlichkeit tat weh, aber sie war auch Zeichen seiner Liebe. Er versuchte nicht, sie zu täuschen. »Sie hatte dabei ungefähr soviel Erfolg wie eine Teetasse mit Wasser bei einem Waldbrand. Hast du Hilfe gefunden?«

Jordanna schüttelte verneinend den Kopf. »Ich konnte mich scheinbar nicht mehr mit dem Zweitbesten zufriedengeben«, gab sie zu. »Ich war fast überzeugt, daß ich dich nie wiedersehen würde.«

»Hast du denn nie gefragt, wer ich bin?« Eine Braue zuckte neugierig.

»Ich wollte Olivia fragen, aber...« Jordanna dachte an den schmerzlichen Trugschluß, zu dem sie gelangt war. Sie wollte jetzt noch nicht darauf eingehen. Dazu wäre später noch Zeit. »...was sollte ich sagen... Da war dieser Fremde, der mit mir geschlafen hat. Weißt du, wer er war?«

Das halbironische Lächeln verblaßte, als seine Finger geschickt ihre Bluse aufknöpften. Ihre Haut wärmte sich in Erwartung seiner zärtlichen Hände. Sein Mund strich über ihre geschwungenen Lippen, sein warmer Atem mischte sich mit ihrem.

»Soweit ich mich erinnere«, murmelte Brig, »hatte der Fremde viel weniger Kleider, mit denen er fertig werden mußte.« Er schob die Bluse von ihren Schultern und überließ es Jordanna, die Arme aus den Ärmeln zu ziehen.

»Ich glaube, du hast recht.« Ihr Herz schlug jetzt anders, ihr Atem ging flacher, schneller.

Während sein Mund weiterhin ihre Lippen folterte, fuhr Brig mit einer Hand unter das dicke Material ihres Unterhemdes. Die rauhe Haut seiner schwieligen Hand stellte ein angenehmes Raspeln auf der sanften Haut ihres Bauches dar. Sanftes Zittern überlief sie bei dieser Zärtlichkeit.

»Wenn ein Mann dich liebt, hilfst du ihm dann auch ein bißchen, oder muß er alles allein machen?« Sein Mund folgte der Kurve ihres Kinns und biß leicht, in spöttischer Bestrafung, in ihr Ohrläppchen. Die Handlung rief bei Jordanna ein lustvolles Stöhnen hervor.

»Ich hätte es zu gern, wenn du mich ausziehen würdest.« Die Heiserkeit ihrer Stimme verriet, welchen Aufruhr er in ihren Sinnen wachrief. »Aber unter diesen Umständen ...« Die Worte erstarben, waren nicht mehr nötig.

In gegenseitigem Einverständnis trennten sie sich, um sich auszuziehen, während sie vor dem Feuer saßen. Sie sahen einander zu, während die Kleiderschichten abgelegt wurden. Jordanna studierte das Licht des Feuers, das auf Brigs Gesicht spielte. Es flackerte und schien die harten Züge weicher zu machen. Oder war es die Liebe, überlegte sie, die in seinen dunklen Augen brannte, die die Härte zum Schmelzen gebracht hatte?

Brig brauchte länger, um sich auszuziehen, als sie, obwohl sich keiner von beiden beeilte. Als sie die lange Unterhose über ihre Knie schob, brannte sein Blick einen Pfad von ihrer Hüfte an ihrem Schenkel entlang hinab. Er fuhr zusammen, knirschte mit den Zähnen bei dem plötzlichen Schmerz, der seine Bemühung begleitete, die Jeans über seine Hüften zu ziehen. Brig verbarg es hastig, aber Jordanna hatte das kurze Aufblitzen weißer Zähne vor dem Dunkel seines Bartes bereits bemerkt.

»Laß mich dir helfen.« Sie erhob sich auf die Knie, spürte den schmutzigen Boden unter sich nicht. »Ich habe heute nacht damit Erfahrung gewonnen.«

Ohne zu widersprechen, legte sich Brig auf seine Jacke zurück und verschränkte die Hände hinter seinem Kopf. Ihr Lächeln zitterte in der Köstlichkeit dieses intimen Augenblicks. Vorsichtig zog Jordanna seine Hose über die bandagierte Wunde. Es war schwer, sich unter seinem scharfen, prüfenden Blick zu konzentrieren, der die natürlichen, graziösen Bewegungen ihrer nackten Gestalt in sich aufnahm.

Als seine Kleider abgelegt waren, hockte sich Jordanna auf ihre nackten Fersen neben seine Knie. Sie suchte seinen Blick, verspürte diese wundervolle Sicherheit, die nur mit der Liebe kommt. Brig streckte die Hand nach ihr aus, in seinen Augen stand ein warmer Befehl. Zögernd ergriff sie seine Hand, seine kräftigen Finger verschränkten sich mit ihren. Mit der Leichtigkeit eines großen Mannes zog er sie an sich, bis sie der Länge nach neben ihm ausgestreckt war.

Eine geschickte Hand fing an, ihren Körper zu liebkosen, stimulierte Fleisch, das kaum gereizt werden mußte, um auf seine Berührung zu reagieren. Das warme Futter seiner Jacke befand sich unter ihr, aber Jordanna war sich mehr der Wärme seines Körpers bewußt. Brig suchte ihren Mund und drehte sich auf die Seite. Das dunkle Haar auf seiner Brust kitzelte ihren empfindlichen Busen. Die köstliche Qual drängte sie, sich zu krümmen, näher an die feste Mauer seiner Brust zu rücken, bis sie ihre Brüste flach preßte und sich das lockige Haar bis hinab zu ihrem Bauch bewegte.

Sein Atem ging schneller, genau wie ihrer, als er sein Gewicht auf sie verlegte. Seine Hände und sein Mund liebkosten sie, entrissen ihr Seufzer des Vergnügens. Jordannas Reaktion stimulierte ihn, ihre Sinne wirbelten. Sein drängendes Bedürfnis übertrug sich auf sie, ließ in ihr einen Schmerz entstehen, der aufregend und überwältigend war. Es war eine wundervolle Entdeckung, nicht nur zu lieben, sondern auch geliebt zu werden.

Ihre Fingernägel bohrten sich wie die Krallen einer Katze in seine Schultern, als sein Mund sich einen sengenden Weg an ihrem Hals entlang, zwischen den Brüsten hindurch bis zu ihrem Bauch suchte. Seine Zunge zog einen heißen Kreis um ihren Nabel. Jordanna biß sich auf die Unterlippe, um ein Stöhnen schieren Vergnügens zurückzuhalten.

»Unterdrücke nichts«, bat Brig mit belegter Stimme. »Schrei, wenn du möchtest.«

Sein Mund liebkoste die empfindlichen Spitzen ihrer Brüste, und das köstliche Gefühl ließ Jordanna aufwimmern. Sie unterdrückte das wilde Stöhnen der Ekstase nicht mehr, das aus ihrer Kehle kam. Seine Hand glitt an der Innenseite ihres Schenkels entlang, und sie preßte sich dagegen. Ihre liebkosenden Hände spürten, wie seine Muskeln unter ihrer Berührung zitterten. Sie bebte, als sie ihren Namen hörte und die Liebesworte, die er murmelte. Brig stöhnte auf vor Sehnsucht, als er Jordanna mit seinem ganzen Gewicht auf seiner Jacke festhielt. Sein Mund preßte sich auf ihren, und sie schlang die Beine um seine Hüften, war verloren in den sinnlichen Akt ihrer Liebe.

23

Jordanna lag in seinem Arm, sah ihn an und fuhr mit den Fingerspitzen an seinen harten Zügen entlang. Seine Liebe hatte ihr Fleisch beruhigt, aber ihre Seele schwebte noch immer auf den Flügeln der Liebe. Ein rauhes Männerbein lag über ihren Knien, um sie in der Nähe zu halten, während eine Hand gedankenverloren über ihre Taille und ihre Hüfte strich. Seine Augen waren wie brauner Samt, glitten über jede Einzelheit ihres Gesichts.

»Ich habe nie verstanden, warum Frauen immer reden wollen, wenn sie mit jemandem geschlafen haben.« Seine tiefe Stimme hatte noch immer ihren verführerischen Klang.

»Was hattest du denn danach vor?« Jordanna ließ eine Fingerspitze dem sinnlichen Umriß seiner Unterlippe folgen. Sie beobachtete gern, wie sein Mund Worte formte.

»Die meiste Zeit habe ich ihren Kommentaren und Fragen zugehört, während ich mir überlegt habe, wie zum Teufel ich aus dem Bett kommen könnte«, gab Brig ohne Bedauern zu. »Sonst wollte ich mich entweder umdrehen und schlafen oder sie noch einmal lieben.«

»Und welches von beidem möchtest du jetzt?« Ihre spöttische Frage kam leicht atemlos und vollkommen ernst.

Sein Blick war dunkel. »Ich möchte einfach, daß du weißt, wie gern ich mit dir schlafe und wie gut es sich anfühlt, in dir zu sein. Du kannst nicht wissen, wie es ist, wenn ich deine Brust an meiner Haut spüre, wie es mich erregt, zu wissen, daß du genauso wild bist wie ich.«

»Ich wette, ich empfinde Gefühle, die sich damit vergleichen lassen«, widersprach Jordanna seiner Andeutung, daß die Intensität einzigartig wäre.

»Es ist mehr als das.« Brig wollte es nicht auf die leichte Schulter nehmen. »Es liegt ein ruhiges Vergnügen darin, wenn du neben mir durch die Berge reitest, ich empfinde eine verborgene Freude, die Schönheit der Landschaft mit dir zu teilen, und eine Befriedigung, die sich nicht beschreiben läßt, mit dir vor einem Lagerfeuer zu sitzen. Es ist deine Gesellschaft, die mir Freude macht, Jordanna. Die sexuelle Befriedigung, die dein Körper mir verschafft, stellt nur einen Faktor der Lust dar.«

Liebe schimmerte in ihren Augen, die wie grüne Juwelen funkelten. »Und du behauptest, du könntest nicht gut mit Worten umgehen.«

»Kann ich auch nicht.« Seine dunklen Brauen zogen sich zusammen. »Wenn ich das könnte, dann würde ich einen einfachen Weg finden, dich zu bitten, mich zu heiraten, ohne das Gefühl zu haben, ich würde über einen gedrechselten Satz stolpern, der so oft benutzt worden ist, daß er seine Bedeutung verloren hat.«

»Ich wäre sehr stolz darauf, Sie zu heiraten, Brig McCord. Du brauchst mich gar nicht erst zu bitten.« Ihre Stimme bebte vor Gefühl.

Brig küßte sie hart, besiegelte das Versprechen, während er die Leidenschaft zurückhielt. Ein schiefes Lächeln verzog seinen Mund, als er sich zurückzog und seufzte: »Ich denke, ich muß ein Schlafhaus für die Jungs bauen, damit wir anfangen können, die oberen Schlafzimmer mit Kindern zu füllen.«

Kinder, dachte Jordanna, Kinder mit braunen Augen und dunkelbraunem Haar. Sie wollte die Bilder umarmen und ganz fest an sich ziehen. Sie konnte eine kleine Version von Brig vor sich sehen, die hinter ihrem Vater herstapfte, wenn er über den Hof ging. Sie sah sich sogar selbst, wie sie auf der Veranda des Blockhauses stand und die beiden beobachtete.

Sie schaute Brig an, ohne sich des Strahlens auf ihrem Gesicht bewußt zu sein. »Dank deiner Potenz und der Tatsache, daß meine Pillen noch im Lager sind, fangen wir vielleicht früher mit der Familiengründung an, als du denkst«, gab sie glücklich zu.

Seine Nase blähte sich, als er Luft holte; dann glitt seine Hand schützend über ihren Bauch. Aufstöhnend verbarg er sein Gesicht an ihrem geschwungenen Hals. Der Griff seiner Hände, die sie festhielten, war fest und sanft zugleich. Jordanna fiel ein, daß ein männlicher Wolf die Verantwortung für die Aufzucht der Jungen zu gleichen Teilen mit der Partnerin übernahm. Es dauerte ein paar Minuten, bis die feinen Schauer, die ihn durchliefen, ein Ende hatten und er sich aufrichtete.

»Hör zu, Jordanna.« Seine Hand zitterte ein wenig, als er das Haar hinter ihrem Ohr glattstrich. Der ernste, fast strenge Blick seiner Augen war leicht erschreckend. »Morgen wird Jocko anfangen, nach uns zu suchen. Er wird wissen, daß etwas nicht in Ordnung ist, wenn wir heute nicht ins Lager zurückkehren. Wenn ich Glück habe, finde ich Jocko, bevor dein Vater mich findet.«

Die Wirklichkeit prallte auf die unbefleckte Schönheit ihrer Liebe. Inmitten all ihrer Verzauberung hatte Jordanna vorübergehend den Verdacht vergessen, den Brig gegen ihren Vater hegte, und auch ihre eigene Verwirrung darüber.

»Nein.« Sie wollte nicht über dieses Thema sprechen, wollte die kostbaren Augenblicke, die sie miteinander erlebten, nicht zerstören. »Ich will nicht darüber sprechen.« Sie wandte sich ab, fixierte den Blick auf die elfenbeinfarbene Wolle des Innenfutters der Jacke, auf der sie lag.

»Das müssen wir aber«, beharrte Brig und fuhr fort: »Wenn ich morgen früh gehe, möchte ich, daß du hierbleibst, wo du sicher bist.«

»Nein!«

Brig tat so, als hätte er sie nicht gehört. »Ich habe das Papier aus meiner Zigarettenschachtel. Ich werde eine Karte zeichnen, auf der ich die Hütte eintrage… so daß man dich finden kann, falls mir etwas passiert.«

»Dir wird nichts passieren!« Sie wies diese Möglichkeit heftig von sich. Es war ein doppeltes Leugnen – einmal war da ihr Glaube, daß er sich in bezug auf ihren Vater irrte, zum anderen die flehentliche Bitte, daß das Schicksal nicht so grausam sein möge, ihr Brig schon so bald zu entreißen.

Der mitleidige Ausdruck in seinen Augen, die auf ihr ruhten, machte es ihr schwer, an ihrem Unglauben festzuhalten. »Nicht, wenn ich es verhindern kann.« Er strich ihr liebkosend über die Wange. »Ich habe nie einen besseren Grund gehabt, am Leben zu bleiben, als jetzt.«

»Hör auf!« Jordanna erstickte an den Worten. »Du hast dich geirrt, was Dad angeht. Irgendwie hast du da etwas durcheinandergebracht.«

»Um deinetwillen wünschte ich, es wäre so.« Seine Stimme war schwer.

»Wir werden ihn morgen finden. Und dann wird er im Handumdrehen alles erklären.«

»Du bleibst hier in der Hütte«, wiederholte Brig. »Ich möchte nicht riskieren, daß du verletzt wirst.«

»Dad würde mir niemals weh tun, das ist absurd!«

»Absichtlich nicht«, stimmte er zu. »Aber ein schneller Schuß, schlecht gezielt, eine Kugel, die fehlgeht, ein Querschläger – nein, es gibt zu viele Möglichkeiten. Solange ich weiß, daß du hier und in

Sicherheit bist, muß ich mir nur um mich selbst Sorgen machen.« Brig ignorierte den Protest in ihrem Gesicht. »Ich werde dafür sorgen, daß du ausreichend Feuerholz hast, und auch ein paar Schlingen legen, bevor ich morgen aufbreche. Wenn bis übermorgen niemand kommt, um dich zu holen, setze die Hütte in Brand. Irgend jemand wird den Rauch sehen und kommen, um die Ursache zu untersuchen.«

»Nein!« Sie verwarf wütend seinen Vorschlag. Ihre Augen blitzten vor ungeweinten Tränen der Qual. »Ich bleibe nicht ohne dich hier. Wenn du morgen gehst, dann gehe ich mit.«

»Verdammt noch mal, hör mir zu, Jordanna.« Er schüttelte sie. »Ich versuche doch nur zu tun, was am besten ist.«

Sie wurde ganz ruhig und entschlossen. »Ich bleibe nicht allein hier, und du kannst mich nicht dazu zwingen, Brig«, erklärte sie ihm. »Entweder ich gehe mit dir zusammen fort, oder ich folge dir. Ich werde nicht zurückbleiben.«

Er zog fragend eine Braue hoch, kniff die Augen zusammen und starrte sie durchdringend an. »Warum nicht?« wollte er wissen.

»Weil...« Sie war sich des Grundes nicht sicher.

»...weil du nicht sicher bist, daß ich mich in bezug auf deinen Vater irre, ist es nicht so?« Grimmige Befriedigung lag in seinen Worten, und Jordanna schwankte unsicher.

»Ich... weiß nicht, ob es stimmt oder nicht.« Das Eingeständnis machte ihr angst. Sie hatte ihren Vater ihr Leben lang gekannt. Aber sie liebte diesen Mann. Es war eine Situation, die ihr Vertrauen und ihre Loyalität in zwei entgegengesetzte Richtungen zwang. Sie hatte das Gefühl, zwischen zwei gleich starken, mächtigen Magneten gefangen zu sein. »Ich bleibe nicht zurück, Brig«, erklärte Jordanna noch einmal. »Verlange es nicht von mir.«

»Verstehst du denn nicht, Jordanna?« Sein Mund verzog sich zu einem traurigen Lächeln. »Ich möchte nicht, daß du in eine Situation gerätst, in der du zwischen uns beiden wählen mußt.«

Es war ein kaum unterdrückter Schrei, der über ihre Lippen kam. Sofort zog er sie an sich. Sie klammerte sich an ihn, brauchte seinen Trost und seine Kraft. Sie weinte leise, und Brig küßte die Tränen fort, die über ihre Wangen liefen. Wie aus weiter Ferne hörte sie seine Worte, als er ihr seine Liebe schwor und seinen Wunsch bekräftigte, ihr das alles zu ersparen. Als ihr Gesicht trockengeküßt war, fing sie an, die Küsse zurückzugeben, die auf sie herabgeregnet waren. Das hatte einen katalytischen Effekt, rief einen Sturm der Leidenschaft hervor, der erst verging, als die Raserei abgeebbt war.

Brig war am nächsten Morgen schon vor Jordanna auf. Sie wußte, daß er ohne sie gegangen wäre, wenn sie nicht rechtzeitig von selbst aufgewacht wäre, aber diese Chance gab sie ihm nicht. Noch einmal versuchte er sie zu überreden zu bleiben, wo sie sicher war.

Sie stand trotzig und hartnäckig vor ihm. »Ich komme mit dir. Was immer auch geschieht... wenn irgend etwas geschieht«, verbesserte sie sich hastig, »ich werde bei dir sein, wenn es soweit ist.«

Brig war wütend, hatte aber keine Möglichkeit, sie dazu zu zwingen, zu bleiben. In grimmigem Schweigen waren sie von der Hütte aufgebrochen. Er humpelte, behindert von der Wunde. Jordanna bestand darauf, daß sie abwechselnd den Weg durch den Schnee bahnen sollten, und er nahm dieses Angebot mürrisch an. Logik zwang ihn, ihrem Plan zuzustimmen, wenn sein Stolz von ihm auch verlangte vorauszugehen.

Wieder war der Himmel klar, und die Sonne schien hell, aber die Luft war kalt. Der Schnee, der stellenweise mehr als einen Fuß hoch war, wies keine Anzeichen auf, in der Sonne zu schmelzen. Ihr Atem gefror zu Dampfwolken, die jedem schlurfenden Schritt durch das weiße Pulver vorauseilten.

Die Route, die Brig gewählt hatte, war nicht leicht. Sie blieben häufig stehen, um sich auszuruhen, damit sich kein Schweiß auf ihrer Haut bilden und gefrieren konnte. Sie hatten schon mehrere Meilen zurückgelegt, bevor Jordanna erkannte, daß Brig keinen direkten Weg zurück zum Lager eingeschlagen hatte. Für den Bruchteil einer Sekunde glaubte sie, er habe sich verlaufen, daß ein Fieber seinen Geisteszustand beeinträchtigt haben könnte. Doch einen Moment später erriet sie den Grund dafür, daß er diesen Umweg gewählt hatte, der durch das rauheste Gebiet führte. Brig mied ihren Vater. Sie ruhten sich immer an Stellen aus, von denen aus er das vor ihnen liegende Gebiet überblicken konnte. Und der Weg wurde ihnen von der Deckung vorgeschrieben, die er bot – Bäume, Felsen, Gestrüpp. Jordanna wollte abstreiten, daß solche Vorsicht nötig war, aber sie war sich weniger sicher als je zuvor.

Tierspuren waren zahlreich im Schnee zu sehen, aber abgesehen von ihrem eigenen Pfad war nirgendwo ein Zeichen für die Anwesenheit eines Menschen zu sehen. Sie schienen allein in den Bergen, nur der Wind tanzte über den Schnee, und Wolkenschatten zogen über die Berge. Die Einsamkeit machte Jordanna nichts aus, nur Brigs Mißtrauen und Wachsamkeit, die zuzunehmen schienen, je vertrauter die Gegend wurde und je näher sie dem Lager kamen. Sie waren fast greifbar. Sein Blick wurde unruhig, rastete nie und war immer auf der Suche. Seine Wachsamkeit war unheimlich, als wäre jeder einzelne seiner Sinne aufs äußerste geschärft. Das Gefühl zog sich an ihren Nerven entlang, erinnerte Jordanna an ein Tier, das die Gefahr spürt, ohne zu wissen, wo sie lauerte.

Jordanna lehnte an einem kalten Stein und bedeckte die Augen vor der Sonne. Bei jedem Atemzug füllte eisige Luft ihre Lungen. Ihr Blick wanderte zu Brig. Auf der letzten Meile hatten sie kein Wort miteinander gewechselt. Das Lager war nicht mehr als zwei Meilen entfernt. Brig musterte das Land, das sie noch von dem Lager trennte, achtete sorgfältig darauf, sich nicht vor dem Himmel abzuzeichnen. Jordanna hörte, wie er leise fluchte.

»Was ist los?« Sie hielt den Atem an, als sie die Frage stellte.

Der Blick, den er ihr von der Seite zuwarf, war ungeduldig und scharf. »Ich hatte erwartet, daß sich Jocko in dieser Gegend aufhält. Sieht aber so aus, als hätte ich mich geirrt.« Als er sich umdrehte, um zu ihr hinüberzuhumpeln, bemerkte Jordanna den dunklen, nassen Flekken an seiner Jeans.

»Deine Wunde ist wieder aufgegangen. Du blutest«, meinte sie vorwurfsvoll.

»Sag mir lieber was, was ich noch nicht weiß – zum Beispiel, wo dein Vater steckt... oder Jocko«, fuhr er sie an.

»Wenn ich wüßte, wo sich einer von ihnen befindet, würde ich es dir sagen«, gab Jordanna zurück und wirbelte herum.

Seine lederbehandschuhten Hände packten ihre Schultern und zogen sie rücklings an seine Brust. Die plötzliche Bewegung schlug ihr den Hut vom Kopf. Der Wind blies durch ihr Haar, als der Hut in den Schnee fiel. Jordanna widersetzte sich dem stählernen Griff für einen Moment. Dann spürte sie sein Kinn auf ihrem Haar.

»Die Sonne scheint wieder auf dein Haar«, murmelte Brig. »Ich wünschte, all das würde hinter uns liegen und wir wären schon wieder in unserem Bett auf der Ranch.« Die Entschuldigung, die er nicht aussprechen konnte, lag in seinen liebevollen Worten.

»Ich auch«, stimmte sie ihm zu. »Und wir werden über das Mißverständnis lachen – was Dad angeht.«

Bei dieser Bemerkung seufzte er tief und hob den Kopf. »Komm weiter.« Er stieß sie vorwärts. »Zeit, daß wir uns wieder in Bewegung setzen.«

»Aber das ist nicht der Weg zum Lager«, protestierte Jordanna, als sie die Richtung erkannte, die sie einschlugen.

»Den Weg können wir nicht gehen. Da gibt es keinerlei Deckung. Wir wären deinem... Wir wären ausgeliefert.« Brig verbesserte sich nicht so schnell, daß Jordanna nicht erraten hätte, was er eigentlich hatte sagen wollen. Sie wären einem Schützen zu sehr ausgeliefert. Er glaubte auch nicht eine Minute lang, daß jemals eine Zeit kommen würde, wo sie darüber lachen würden. Seine Gewißheit machte ihr angst. »Wir nehmen diesen Weg«, wies Brig sie an.

Jordanna hob ihren Hut auf und schaute in die Richtung, die er ihr wies. Das Gebiet war furchteinflößend und schroff. Felsen, die vom Wind leer gefegt waren und unter Eiskristallen schimmerten. Es bedeutete, daß sie auf unsicherem Boden höher klettern mußten.

»Das schaffst du nie, Brig. Nicht mit dieser Wunde.« Es war eine Bemerkung, die nichts feststellte als reine Tatsachen.

»Ich muß es schaffen.« Er zuckte leicht mit den Achseln, als er den ersten Schritt vorwärts tat und sein linkes Bein fast hinterherschleifte.

»Du blutest jetzt schon«, wiederholte Jordanna. »Was glaubst du, wieviel Blut du verlieren kannst, bevor du ohnmächtig wirst?«

»Das werde ich wohl herausfinden müssen, nicht wahr?« Sein Mund verzog sich in beißendem Humor.

»Nein. Ich kann es von hier aus zum Lager schaffen, und es macht nichts, wenn man mich sieht«, überlegte sie. »Da unten gibt es Ersatzpferde. Du kannst hierbleiben, und ich reite zurück und hole dich.«

Sie rechnete damit, daß Brig Einwände erheben würde. Aber er musterte sie eine Minute lang und nickte dann. »Also schön. Ich werde hier auf dich warten.«

Statt erleichtert zu sein, machte es Jordanna Sorgen, daß er ihren Vorschlag so einfach annahm. Das mußte bedeuten, daß sein Bein ihm weit mehr zu schaffen machte, als er sich hatte anmerken lassen.

»Ich beeile mich«, versprach sie.

Sein Blick war plötzlich sehr eindringlich. »Paß vor allem auf dich auf, Jordanna.« Das kühle Leder seiner Handschuhe umfaßte ihr Kinn und hob es an, bis es mit seinem geneigten Kopf zusammentraf. Sein Mund war hart, als er von ihren Lippen Besitz ergriff, so fest, so feurig und verzweifelt, als wäre es das letzte Mal. Furcht durchzuckte Jordanna, und sie klammerte sich an ihn, bis er sie entschieden von sich schob.

»Ich werde auf dich warten.«

»Ich komme wieder«, flüsterte sie, den Tränen nahe.

Erleichterung breitete sich in ihm aus, als Jordanna über den Kamm schritt und sich anschickte, den Hang hinabzusteigen. Fern von ihm würde sie sicher sein. Brig humpelte bis in die Nähe des Kammes und ließ sich in eine sitzende Stellung nieder, die es ihm erlaubte, über den Kamm zu blicken. Er bedeckte sein linkes Bein mit Schnee. Die weißen Flocken färbten sich rot, als sein Blut sie durchtränkte. Innerhalb weniger Minuten betäubte die kalte Packung sein schmerzendes Bein und, so hoffte er, verlangsamte auch den Blutfluß.

Der Blutverlust und der Hunger hatten ihn mehr geschwächt, als er erwartet hatte. Er benötigte diese zusätzlichen Minuten der Ruhe dringend, um die wenige Kraft zu erhalten, die ihm noch geblieben war. Er sah zu, wie sich Jordanna ihren Weg über das kahle Plateau bahnte, bis sie außer Sichtweite war. Nie im Leben hatte er sich so einsam gefühlt. Entschlossen schob er den Schmerz der Leere beiseite und ließ den Blick suchend über die ihn umgebenden zerklüfteten Hügel wandern.

Von einer Dringlichkeit getrieben, die tiefer ging als die, die nur der Sorge um Brigs Wunde entsprang, zwang sich Jordanna vorwärts, ohne sich einen Moment auszuruhen. Einmal schoß ihr ein Kaninchen über den Weg, aber das war das einzige Lebewesen, das sie sah.

Das Lager wirkte verlassen, als sie müde hineinstolperte. Von den Bäumen herüber wieherte ein Pferd. Jordanna rang nach Atem, als sie auf das große Zelt zutaumelte, in dem die Vorräte aufbewahrt wurden. Als sie die Zeltklappe anhob, legte sich unverzüglich die Wärme aus dem Ofen um sie, hüllte sie liebkosend ein. Etwas bewegte sich in den dämmrigen Schatten.

»Jordanna!«

Sie erkannte die Stimme sofort. »Kit!« Sie lachte, als sie seinen Namen rief, verrückt vor Erleichterung.

»Mein Gott, wo habt ihr gesteckt? Wir haben fast den Verstand verloren vor Sorgen um euch«, meinte ihr Bruder anklagend, als er auf sie zugehumpelt kam. »Jocko ist losgezogen, um nach euch zu suchen. Hat er euch gefunden? Wo sind Dad und Brig?«

»Deinen Knöchel hatte ich ganz vergessen. Wie geht es ihm?« Angesichts dessen, was seit seinem Unfall passiert war, war das kaum verwunderlich. Erst dann wurde ihr die Dummheit ihrer Frage bewußt, augenblicklich gefolgt von der Erkenntnis dessen, was er sie gefragt hatte. »Dad ist nicht hier?« Brig hatte also recht gehabt, als er erklärte, ihr Vater würde nicht ins Lager zurückkehren. Womit hatte er sonst noch recht gehabt?

»Nein.« Kit runzelte die Stirn. »Ist er denn nicht bei euch?«

»Nein. Wir… wir sind getrennt worden«, erklärte sie ausweichend.

»Dieser Schnee ist eine Weile sehr dicht gefallen.« Er sah besorgt aus. »Ist alles in Ordnung mit dir? Da steht Kaffee auf dem Herd. Du mußt auch Hunger haben. Jocko hat Stew gekocht. Komm hier zum Herd, damit du warm wirst. Du mußt inzwischen halb erfroren sein.«

»Nein, nicht jetzt.« Sie widersetzte sich seinem Versuch, einen Arm um ihre Schulter zu legen und sie tiefer ins Zelt hineinzuführen. »Ich muß gehen. Ich bin nur hergekommen, um Sattel und Zaumzeug zu holen, wenn es noch eines gibt. Brig ist verwundet. Ich muß zu ihm zurück.«

»Er ist verwundet?« Kit änderte sofort seine Richtung, humpelte dorthin, wo seine Jacke und sein Hut lagen. »Ich komme mit. Wie schlimm ist es? Was ist passiert?«

Jordanna wünschte, er würde sie nicht mit Fragen bombardieren. Erschöpfung und Hunger machten es ihr in diesem Augenblick schwer zu denken. Hinzu kam die Verwirrung über die Rolle, die ihr Vater bei alldem spielte.

»Es ist sein Bein.« Sie eilte auf die Zügel zu, die in einer Ecke lagen. Es gab nur einen Sattel. Sie hob ihn hoch und warf ihn sich über die Schulter.

»Ist es gebrochen?« Ihr Bruder trat neben sie und nahm ihr das Zaumzeug ab.

»Nein.« Jordanna zögerte. Dann gestand sie: »Brig wurde angeschossen. Er hat diese lächerliche, alberne Vorstellung, daß es Dad gewesen ist.« Sie lachte unsicher und wünschte, daß Kit mitlachen würde.

»O mein Gott!« stöhnte er, und Schmerz zuckte über sein Gesicht.

Seine Reaktion machte ihr angst. »Das ist doch komisch, oder?« bemerkte sie. »Es ist wirklich unmöglich, daß...«

»Warum? Weiß Brig, warum?« unterbrach ihr Bruder sie.

»Er sagt... es ist, weil er weiß, daß Dad Max getötet hat. Das ist natürlich nicht wahr«, fügte sie hastig hinzu und spürte, wie beim Anblick von Kits Gesichtsausdruck Übelkeit in ihr aufstieg. »Das ist es nicht. Du glaubst das doch nicht etwa, oder?«

»Wußte Brig, *wie* Max getötet worden ist?« Grimmige Traurigkeit verzerrte seine Züge.

»Er hat mir einen Dornenzweig gezeigt, den er unter dem Sattel gefunden hat.« Kalte Angst hüllte sie ein. All das war ein Alptraum, und sie wünschte sich verzweifelt aufzuwachen. Sie rannte aus dem Zelt ins grelle Sonnenlicht hinaus. Ihr Bruder hinkte neben ihr her.

»Ich habe mich gefragt... ich hatte gehofft...« Kit schüttelte den Kopf, unfähig, einen Satz zu Ende zu bringen. Seine Schultern sackten nach vorn, und er schloß die Augen und preßte die Lippen ganz fest zusammen.

»Warum?« Das Wort platzte aus ihr heraus, und Jordanna schluckte. »Warum sollte Dad Max töten? Welchen Grund sollte er haben? Brig konnte mir keinen nennen. Kannst du es?«

»Ich hatte befürchtet, daß so etwas passieren würde«, murmelte Kit. »Ich dachte, wenn ich mitkommen würde, könnte ich es verhindern. Ich wollte so sehr glauben, daß es ein Unfall war... reiner Zufall.«

»Aber warum?« Sie verlangte eine Antwort. Wenn ihr Bruder mitgekommen war, weil er vermutet hatte, daß etwas passieren würde, dann mußte er auch wissen, weshalb. Als sie sich den Pfählen näherten, wo die Pferde angebunden waren, sah ihnen ein Pferd entgegen.

»Kannst du dir das nicht denken, Jordanna?« Wieder lag der traurige, zynische Blick in seinen dunklen Augen. »Es war wegen Mutter.«

»Max... war ihr letzter Liebhaber?« riet sie, und Kit nickte. »Aber das erklärt noch nichts«, protestierte sie. »Es ist bestimmt nicht Livvies erste Affäre. Und Dad hat keinen der anderen umgebracht. Warum also ausgerechnet Max aus einer ganzen Reihe?«

»Mutter wollte ihn wegen Max verlassen... sobald Max es arrangiert hatte, Dad die Aktien zu verkaufen. Sie konnte sich in New York nicht von Dad scheiden lassen, also wollte sie nach Mexiko oder Nevada oder irgendwohin fliegen, wo sie ihre Freiheit bekommen konnte. Dad sollte es nicht wissen. Aber eines Tages hat sie die Beherrschung verloren und ihm erzählt, was sie zu tun beabsichtigte. Nicht einmal eine Woche später kam diese Sache ins Gespräch, daß Max mit ihm auf die Jagd gehen sollte. Mutter war unruhig... sie hat geweint. Sie hat mir geschworen, daß sie Max' Namen nicht erwähnt habe, aber Dad hat sie jahrelang beschatten lassen. Er kann dir Namen, Daten, Orte angeben. Es bestand auch nicht die geringste Chance, daß er nicht erfahren hatte, daß Max ihr Liebhaber war.«

»Willst du mich etwa davon überzeugen, daß Dad Max getötet hat, weil Livvie sich seinetwegen scheiden lassen wollte?« Jordanna schüttelte verwirrt den Kopf. »Warum sollte Dad das etwas ausmachen? Sieh dir doch nur an, was sie ihm angetan hat, wie sie ihn behandelt hat.«

»Sieh du dir an, wie er sie behandelt hat.«

»Dad hat versucht, ihr alles zu geben, was sie sich nur wünschen konnte.« Sie legte den Sattel zu Boden und strich die Satteldecke auf dem Rücken eines braunen Pferdes glatt.

»Außer sich selbst. Weißt du, warum sie getrennte Schlafzimmer haben?« erkundigte sich ihr Bruder und antwortete, bevor Jordanna es konnte. »Er ist ausgezogen, kurz nachdem du geboren worden warst und die Ärzte ihr erklärten, daß sie keine weiteren Kinder bekommen könnte. Ihre einzige Aufgabe bestand darin, sein Haus zu schmücken. Die Leute durften sie berühren und bewundern, aber sie durften sie ihm nicht fortnehmen. Dad hat jeden zerstört, der es versucht hat, einschließlich Max, denke ich.«

Jordanna fühlte, wie sie vor dem Bild zurückwich, das Kit ihr malte. »Wenn du so redest, hört es sich an, als wäre Dad so... kaltblütig. Das ist er nicht.« Sie hob den Sattel auf den Pferderücken. All ihre Bewegungen waren unbewußt und automatisch.

»Ich habe schon früher versucht, es dir zu erklären«, sagte er geduldig. »Du hast nur das bemerkt, was Dad dir zeigen wollte. Sieh mich an. Du dachtest, du würdest mich kennen, aber du hast mich niemals wirklich gekannt, sonst hättest du erraten, daß Mike mein Liebhaber ist und nicht mein Zimmergenosse.«

»Der arme Max. Dad hat nie wirklich vorgehabt, diese Aktien zu kaufen. Er hat ihn nur mitgeschleift«, begriff Jordanna, sprach den Gedanken laut aus. Ihr Bruder hatte das Motiv erklärt. Jetzt waren die Beweise gegen ihren Vater zu stark, als daß Jordanna seine Schuld noch länger hätte in Zweifel ziehen können. Es war bitter und schmerzhaft, so aller Illusionen beraubt zu werden. »Aber warum hat er sich nicht damit zufriedengegeben, Max zu ruinieren?«

»Max' Gier übertraf seinen Stolz bei weitem. Mutter hatte ihm von dem Ehevertrag erzählt, den sie vor Jahren unterzeichnet hat. Dad war sehr großzügig ihr gegenüber für den Fall einer Scheidung oder Trennung«, erklärte Kit trocken. »Max liebte Mutter und ihr Geld. Dad konnte ihn nicht kaufen – oder ihn finanziell ruinieren –, also arrangierte er den ›Unfall‹.«

Nachdem sie den Bauchriemen angezogen hatte, nahm sie den Steigbügel vom Sattelknauf und ließ ihn herabhängen. Als sie zum Kopf des Pferdes trat, reichte ihr Kit automatisch einen Zügel. Jordanna ließ das Halfter angelegt, während sie das metallene Mundstück zwischen die Zähne des Pferdes drückte und ihm das Kopfteil über die Ohren zog. Sie sprachen über einen Mann, den sie ihr Leben lang als ihren Vater angesehen hatte, und doch war er plötzlich ein vollkommen Fremder, ein gefährlicher Mann, der sie ängstigte.

»Mutter hätte ihn schon vor langer Zeit verlassen sollen.« Jordanna schnallte mit raschen Bewegungen die Backenstücke zu. »Warum hat sie es nicht getan?«

»Sie hatte Angst. Sie kannte das Ausmaß von Dads Macht. Er hatte es sie oft genug spüren lassen«, erklärte ihr Bruder und trat zu dem Lastpferd, das neben dem Braunen angebunden war. »Wenn sie ihn verlassen hätte, hätte Dad sie gesellschaftlich ruiniert. Sie hätte zwar Geld gehabt, zugegeben, aber er hätte dafür gesorgt, daß sie aus der Welt ausgeschlossen worden wäre, die sie kannte, und daß ihre Freunde sie geschnitten hätten. Sie hatte Angst davor, allein zu sein, und sie wußte, daß Dad alle ihm zur Verfügung stehenden Mittel eingesetzt hätte, um jedes Glück zu zerstören, das sie in den Armen eines anderen Mannes finden mochte. Dann kam Max daher und überzeugte sie, daß sie gemeinsam mit allem fertig werden könnten. Die Liebe verlieh ihr Mut.«

Der Blick aus ihren aufgerissenen Augen suchte das Gesicht ihres

Bruders. »Jetzt ist Max tot.« Sie hatte Mitleid mit ihrer Mutter, wenn sie an die Qual ihrer Ehe dachte. »Du hast ihr immer nahegestanden, Kit. Du hättest jetzt nach New York fahren müssen, um bei ihr zu sein.«

»Wahrscheinlich«, gab er zu. »Aber ich traute Dad nicht. Ich dachte, er würde vielleicht hierhin zurückkehren, um Beweise zu vernichten. Ich mußte einfach wissen, ob er für Max' Tod verantwortlich war. Ich konnte Mutter nicht gegenübertreten, ohne es mit Sicherheit zu wissen.« Er reichte ihr den zweiten Zügel.

Eiseskälte lief Jordanna den Rücken hinunter. »Er ist zurückgekommen, um Beweismaterial zu vernichten. Brig. Der einzige Grund, warum Brig niemandem von seinem Verdacht erzählt hat, war, daß er das Motiv nicht kannte. Wir kennen das Motiv. Dad denkt wahrscheinlich, daß ich es ihm erzählt habe.« Die Angst ließ ihre Stimme zu einem Wispern schrumpfen. »Er versucht, Brig zu töten, nicht wahr?«

Die Linie von Kits Mund wurde grimmig. Nach einem Augenblick des Zögerns bewegte er den Kopf, nickte kurz und zustimmend. »Das ist die einzige Erklärung.«

»Er hat uns gejagt.« Jordanna zwang sich, die Tatsache zu akzeptieren. »... hat Brig gejagt. Brig hat sein Gewehr verloren. Er ist verletzt. Er hat keine Chance, wenn Dad ihn findet.«

Die Schwäche der Erschöpfung und des Hungers wich von ihr. All ihre Bewegungen wurden jetzt von der Eile des Augenblicks diktiert. Sie legte dem Lastpferd die Zügel an.

»Ich bin gleich wieder hier.« Kit schickte sich an davonzugehen, blieb dann stehen. »Komm zum Zelt.«

Jordanna wußte nicht, warum ihr Bruder zurückging, aber das war jetzt auch unwichtig. Nachdem alle drei Pferde aufgezäumt waren, löste sie die Seile, mit denen sie festgebunden waren, und sprang auf den nackten Rücken eines der Lastpferde. Sie führte die anderen zwei und ritt zum Zelt hinüber.

Als Kit aus dem Zelt kam, hatte er ein Gewehr in der Hand. »Könnte sein, daß wir das brauchen.«

Jordanna reichte ihm die Zügel des gesattelten Pferdes und erwiderte nichts auf seine Bemerkung. Sie wartete nicht, bis er aufgestiegen war, sondern trieb ihr Pferd vorwärts. Die Hitze, die von dem Tier ausging, wärmte ihre Beine.

Je länger Brig die Spuren musterte, die Jordanna im Schnee hinterlassen hatte, desto größer wurde seine Sorge. Wenn Fletcher auf diese Spur stieß, dann würde sie ihn direkt zu ihm führen. Er brauchte einen Platz, an dem er besser gedeckt wäre, aber von hier aus immer noch zu sehen, damit er Jordanna Zeichen machen konnte, wenn sie zurückkam.

Brig schaute zurück über das Gebiet, das sie durchquert hatten. Eine Gruppe dicht stehender Nadelbäume befand sich hinter ihm. Die sahen sicherer aus als das Durcheinander von Felsen, die ihn umgaben. Querschläger könnten ihn hier in Stücke reißen, wenn sie von diesen Felsen abprallten, während das Holz und Gestrüpp sie abfangen würden.

Er kratzte den Schnee von seiner Wunde und sah, daß sie aufgehört hatte zu bluten, aber die betäubten und wunden Muskeln waren fast steif geworden. Unter Schmerzen kam Brig auf die Füße und quälte sich die ersten paar Schritte. Vor den Bäumen blies der Wind besonders heftig. Er hatte ihre alten Spuren fast ausgelöscht. Vorsichtig ging Brig auf die Bäume zu, versuchte, nur dort zu gehen, wo der Schnee dünn war, um es für Fletcher schwerer zu machen, seiner Spur zu folgen.

Beim ersten Baum blieb er stehen, lehnte sich dagegen und verlagerte einen Teil seines Gewichts von seinem linken Bein. Die Rinde in der Nähe seines Kopfes explodierte, jagte ihm Splitter in die Wange. Brig ließ sich auf den schneebedeckten Boden fallen, als der Gewehrschuß durch die Berge hallte. Sein Herz donnerte in seiner Brust. Bäuchlings schob er sich auf die Bäume zu.

24

»Hast du das gehört?« Jordanna zügelte heftig ihr Pferd und schaute besorgt zu Kit hinüber.

Er hatte sein Pferd beim Klang des Gewehrschusses angehalten. Jetzt hielt er lauschend den Kopf auf die Seite. »Jocko hat gesagt, er würde zwei Schüsse abfeuern, wenn er euch gefunden hätte.«

Kein zweiter Schuß folgte dem ersten. Jordanna zog scharf den Atem ein, als sie begriff, was das bedeutete. Sie zerrte einmal an dem Zügel des Pferdes, das sie hinter sich führte. Als es sich widersetzte, ließ sie los und trieb das Pferd, das sie ritt, zum Trab an. Kit blieb dicht hinter ihr.

Brig wartete hinter dem Holz. Schweiß war auf seine Stirn getreten, als sich seine Ohren und Augen bemühten herauszufinden, wo sich sein Angreifer aufhielt. Der Teppich aus pudrigem Schnee würde die Schritte jedes Menschen dämpfen, der wußte, wie man darauf gehen mußte. Und Brig hatte häufig genug Gelegenheit gehabt zu beobachten, wie geschickt Fletcher sich anpirschen konnte. Brig war nicht besonders gut gedeckt, aber er wagte nicht, sich zu rühren. Der Schnee verbarg die spröden Zweige im Dickicht. Wenn er versuchte, in eine bessere Position zu gelangen, würde er vielleicht einen von ihnen zerbrechen, und er konnte kein Geräusch riskieren, das die Aufmerksamkeit auf seinen Aufenthaltsort lenken würde.

Seine Wange fing an zu brennen, als der Schweiß in die winzigen Schnittwunden sickerte, die die splitternde Rinde ihm zugefügt hatte. Brig ignorierte den Schmerz und feuchtete seine trockenen Lippen an. Aus dem Augenwinkel beobachtete er, wie sich etwas am Hügel nach unten bewegte. Er richtete den Blick darauf.

Fletcher bewegte sich langsam auf die Baumgruppe zu. Brig vermutete, daß der Jäger wahrscheinlich nicht sicher war, ob seine Kugel ihn getötet hatte oder nicht. Gleich würde Fletcher sehen, daß keine Leiche am Fuß des Baumes lag, und würde anfangen, alles nach ihm abzusuchen. Leise verfluchte Brig die Tatsache, daß er keine Waffe hatte. Sein Messer würde ihm nur bei einem Kampf von Mann zu Mann helfen, und so nah würde ihn Fletcher nie kommen lassen.

Als Fletcher auf den breiten Pfad trat, von dem der Wind den Schnee fortgeweht hatte, blieb er stehen. Brigs Kehle war trocken. Er betrachtete seine Deckung. Solange er sich nicht bewegte, würde er kaum zu sehen sein. Er beobachtete, wie Fletcher die Bäume mit Blicken absuchte.

»McCord!« rief er. »Sie können ebensogut rauskommen. Ich weiß, daß Sie verletzt sind. Ich habe neulich das Blut am Boden gefunden. Machen wir es doch so schmerzlos wie möglich. Sie kommen nicht weit – nicht weit genug, um mir zu entgehen. Ich verspreche Ihnen, ich mache es kurz.«

Brig antwortete nicht. Die Baumgruppe war offensichtlich ein gutes Versteck, und dort würde Fletcher als erstes nach ihm suchen. Er schaute sich nach einem anderen Ort um. Zeit – er mußte etwas Zeit schinden. Vielleicht würde Fletcher einen Fehler machen.

»Ihnen hilft niemand, wenn Sie das glauben sollten, McCord!« rief Fletcher jetzt, während er sich langsam den Hang hinaufarbeitete. »Jocko ist auf der anderen Seite des Lagers. Ich habe ihn heute morgen gehen sehen. Selbst wenn er den Schuß gehört haben sollte, kann er nicht schnell genug hiersein, um Ihnen zu helfen. Er ist weit weg. Jordanna verläßt vielleicht gerade das Lager, aber sie wird Ihnen nicht zu Hilfe kommen. Es ist eine Sache zwischen Ihnen und mir, McCord, also kommen Sie raus.«

Auf einer Seite von ihm stand ein Baum, und Brig schob sich langsam und vorsichtig darauf zu. Er bewegte sich nur, wenn er ganz sicher war, daß Fletcher in eine andere Richtung blickte. Er benutzte den dicken Stamm als Schild, richtete sich auf und preßte sich flach dagegen. Jede Sekunde, die er gewann, war kostbar.

»Ich weiß, warum Sie mich umbringen müssen, Fletcher!« rief er dem Jäger zu. »Aber warum Max?«

»Kommen Sie raus, damit ich Sie sehen kann.«

»Nein! Noch nicht!« schrie Brig. Er wußte, daß sich der Jäger bewegte, jetzt, wo er seine Beute ausfindig gemacht hatte, aber er wußte nicht, in welche Richtung. »Wenn ich schon sterben muß, dann geben Sie mir wenigstens meinen Seelenfrieden, und beantworten Sie mir all meine Fragen!«

»Der Bastard dachte, er könne meine Frau und mein Geld haben.«

Fletchers Stimme kam von links, und Brig schob sich in die entgegengesetzte Richtung, hielt so den Baum zwischen ihnen. Es war kaum noch wichtig, daß sein erster Verdacht, was Max und Fletchers Frau anging, richtig gewesen war.

»Sie sind ein Narr, Fletcher«, erklärte Brig.

»Nein, Sie sind der Narr, weil Sie jetzt alles in die Länge ziehen! Kommen Sie heraus, damit ich Sie sehen kann!«

»Sie können immer noch aus dieser Sache aussteigen, Fletcher. Sie können sich ein paar Anwälte kaufen, und wahrscheinlich kommen Sie mit einer leichten Geldstrafe und ein paar Jahren Bewährung für Max' Tod davon. Aber wenn Sie mich töten, dann machen Sie alles viel schlimmer. Dafür werden sie Sie hängen. Es ist geplanter Mord, und Sie wissen das.«

»Aber Sie sind der einzige, der es weiß!« lachte Fletcher. »Und Sie sind bald tot!«

Das Klirren von Trensen und das Schnaufen von Pferden drangen an Brigs Ohren, gefolgt von dem Hämmern galoppierender Hufe. Sein Kopf fuhr in die Richtung des Geräusches, als Jordanna und Kit gerade über den Kamm stürmten. Ein weiteres Pferd lief frei neben ihnen, den Kopf zur Seite haltend, um dem schleifenden Zügel auszuweichen. Jordanna glitt von dem Rücken ihres Pferdes.

»Brig!«

Er hörte die Panik in ihrer Stimme. »Bleib zurück, Jordanna!«

»Verschwinde von hier, Jordanna«, befahl Fletcher.

»Nein!« protestierte sie. »Nein, du wirst ihn nicht töten! Dad, hör auf damit!«

»Du hast mich gehört. Jetzt tu, was ich dir gesagt habe!«

»Wer ist dann nach mir als nächster dran, Fletcher?« rief Brig herausfordernd. »Jordanna ist eine Zeugin. Ihr Sohn ebenfalls. Werden Sie die auch töten? Und was ist mit Jocko? Er kann Spuren besser lesen als Sie. Glauben Sie wirklich, er wird nicht erkennen, was hier vorgefallen ist? Wenn Sie mich umbringen, werden Sie immer weiter und weiter töten müssen. Mit mir allein wird es nicht aufhören!«

Eine Kugel peitschte den Baum dicht neben seinem Kopf. Brig duckte sich, um den Rindensplittern zu entgehen. Der Mann war jenseits aller Vernunft, logischen Gründen nicht mehr zugänglich.

Bei dem Schuß wirbelte Jordanna herum und riß ihrem Bruder das Gewehr aus der Hand. Diesmal hatte der Baum Brig noch geschützt, aber wenn sie ihren Vater nicht aufhielt, wäre es beim nächsten Mal vielleicht schon anders. Sie rammte die Munition in die Kammern. Ehe das Echo des ersten Schusses verklungen war, feuerte Jordanna bereits in die Luft. Dann riß sie das Gewehr herum, bis die Mündung auf ihren Vater zeigte.

»Ich werde nicht zulassen, daß du ihn tötest«, warnte sie mit fester Stimme.

Ihr Vater wandte sich um, um sie überrascht anzusehen. Aus dem Augenwinkel beobachtete Jordanna, wie Brig zu einem anderen Baum hinüberhinkte, einem, der ihn näher an den Hang brachte. Aber sie ließ ihren Blick nicht von dem verblüfften Gesicht ihres Vaters.

»Du wirst mich nicht erschießen.« Er entspannte sich leicht, und ein etwas blasierter Ausdruck trat auf sein Gesicht.

»Ich muß dich nicht erschießen, Dad.« Der Abstand zwischen ihnen betrug nicht mehr als dreißig Yard. »Auf diese Entfernung kann ich dich überall treffen, wo ich will ... ins Bein, in die Schulter, ins Knie. Du hast mich gelehrt zu schießen. Du weißt, was ich kann. Laß das Gewehr fallen, Dad.«

»Du verstehst das nicht.« Eine Falte stand auf seiner Stirn. Er schien mit ihr streiten zu wollen, doch dann preßte er die Lippen fest zusammen und drehte sich um, um auf den Baum zu zielen, hinter dem Brig gestanden hatte.

Jordanna drückte ab, und die Kugel ließ den Schnee vor seinen Füßen aufwirbeln, ehe sie sirrend davonzischte. Eine Handvoll Steine polterten von dem Bergkamm den Hang herab, ausgelöst von der Erschütterung des Echos des Schusses. »Zwing mich nicht, das zu tun.« Der Gewehrlauf bebte, als sie ihn erneut auf ihn richtete. Obwohl sie nach außen hin ganz ruhig wirkte, weinte sie innerlich. Dieser Mann war von ihr als Held angebetet worden.

»Jordanna, er ist angeschossen.« Die Stimme ihres Vaters klang vernünftig und überzeugend. »Ich muß ihm den Fangschuß geben, ihn von seiner Qual erlösen. Siehst du nicht das Verzeihen in seinen Augen?«

»Nein!« Sie kreischte das Wort fast.

Sie hörte ein knirschendes Geräusch und dachte, es wäre ihre Welt, die jemand zertreten hätte. Kit hinter ihr rief: »Dad, paß auf!«

Ihr erster Gedanke war Brig, und ihr Blick flog zum Baum, der ihn verbarg. Sie erhaschte einen Blick auf den angeschossenen Geliebten, der nach oben schaute, bevor Kit sie grob beiseite stieß und zu ihrem Vater rannte. Als Jordanna zurücktaumelte, sah sie die riesigen Felsbrocken, die leise durch den Schnee rollten. Als sie immer schneller und schneller wurden, fing die Erde an zu grollen.

Brig hörte Jordannas Schrei, als sie erkannte, daß ihr Vater im Weg der Felsen stand. Er trat hinter dem Baum hervor und hob die Hände an den Mund, um das Dröhnen der Felslawine zu übertönen.

»Hierher, Fletcher!«

Der grauhaarige Mann starrte auf die Felsen, die auf ihn zurasten. Er hörte Brigs Ruf nicht, aber er sah Kit, der auf ihn zulief. Statt auf die Bäume zuzulaufen, wo er eine Chance gehabt hätte, dem Erdrutsch zu entkommen, lief er auf seinen Sohn zu. Die kleineren Steine waren bereits unter seinen Füßen. Ein Felsbrocken traf seine Schulter, warf ihn zu Boden. Der Rest rollte über ihn, riß seinen Körper mit, zermalmte ihn.

Es war eine kurze, heftige Lawine. Als sie zum Stillstand kam, humpelte Brig über den breiten Weg, der von Felsbrocken übersät war. Kit kletterte bereits den Hügel hinab zu der Stelle, wo der Körper zwischen zwei großen Felsbrocken eingeklemmt war. Jordanna hatte das Gewehr fallen gelassen und das Gesicht in ihren Händen vergraben. Als Brig sie erreichte, hatte sie gerade begonnen zu begreifen, daß es vorbei war. Sie nahm die Hände von den Augen und starrte den Abhang hinab.

»Dad?« rief sie mit gebrochener Stimme und machte einen Schritt auf den Leichnam zu, den Kit freilegte.

Brig legte einen Arm um ihre Taille und zog sie zurück. »Nein. Es ist besser, wenn du nicht hinsiehst.«

Sie hob das tränenverschmierte Gesicht zu ihm empor und starrte ihn an. »Er ist... tot?«

»Sei froh, daß der Berg ihn geholt hat, Jordanna. Niemand muß erfahren, was geschehen ist oder warum. Dein Vater ist tot. Es gibt keinen Grund, warum du, dein Bruder oder deine Mutter eine Menge schmutziger Publicity über euch ergehen lassen solltet. Verstehst du?« meinte er sanft.

»Ja.« Sie fing an zu schluchzen und schlang die Arme um seinen Hals, klammerte sich an ihn.

»Wir werden das durchstehen.« Zärtlichkeit durchströmte ihn. »Wir schaffen es gemeinsam.« Er hielt sie ganz fest, fing ihr Zittern auf.

Ein Reiter tauchte oben auf dem Kamm auf und blieb stehen. Das Pferd schüttelte die Mähne und kaute am Mundstück. Jocko nahm die Szene mit einem Blick in sich auf und ritt zu dem jungen Mann hinunter, der sich über die reglose Gestalt beugte.